KB047327

"자, 받아라. 은 삼십 세겔이다. 몸값이다, 몸값이야." 유다는 스가랴의 팸플릿 위에 있던 꾸러미를 노파의 가슴팍에다 거칠게 던졌다. 그리고 유다가 다 탄 초 동강이의 불을 끄려 할 때, 그 사마리아의 여인은 유다가 보는 앞에서 자기의 혀를 꽉 깨물었다. 촛불도 꺼졌다. 새벽빛이 방안에 넘쳤다.

그리고 잠시 후, 초 동강이의 심지가 굳어질 때쯤엔 그 노파도 운명했다. 눈은 뜬 채였다. 그 뜬눈 속에도 새벽의 어슴푸레함은 사양없이 파고들었다.

2

유다는 사흘을 두번씩이나 보내기까지도 자리에서 한 번도 일어나질 않았다. 그 동안은 먹지도 마시지도 않았던 것이다. 몸부림도 그렇게 심하게는 하지 않았던 모양이었다. 하기야 처음 자리에 들었을 땐 노파를 등진 쪽으로 누웠었는데, 나중엔 죽은 노파 쪽을 향해 누워 있었던 걸로 보아서 몸을 두 번쯤 뒤채였으리란 건 추측할 수 있었다. 그외에 그 방안의 풍경은 조금도 변하지 않았던 것이다.

그러니까 유다가 눈을 뜬 것은, 예수가 십자가형(刑)을 당한 날로부터 엿새가 지난 두번째 안식일 새벽, 닭이 세 홰를 울고 목을 움츠릴 때쯤이었다. 유다는 누군가 자기를 깨우는 사람이 있다는 느낌을 가지고 잠으로부터 서서히 깨어나던 참이었다. 그러나 그 깊은 수면 속을 헤엄치고 건너온 피로로 해서 어떤 것을 인식하기에는 얼마쯤의 시간을 필요로 했다. 점차, 흐릿하게라고는 하여도 의식이 돌아오자, 그는 누군가가 자기의 이마를 짚고 있다는 것을 알았다. 눈을 감고라도 그 손은 희고 가냘프며 그리고 부드럽다는 것을 알 수 있었다. 그러나 왠지 얼음장처럼 차고, 바닥에 가시라도 찔렸던 흔적이라도 있는 손처럼 느껴졌다. 그 느낌은 오관에 의한 것이기보다 그의 깊숙한 곳에 잠자고 있던 혼의 촉수로써 닿아진 것이었다.

유다는 그 순간 무의식적으로 외쳤다.

"랍비여, 당신의 손이니다."

그러나 말이 혀끝에서 방울져 떨어지지는 못했고, 그저 탄 입술만 두어 번 움직였을 뿐이었다.

큰 나무 꼭대기의 마른 잎이 떨어져 땅에 와 닿을 만큼은 어느 쪽에서도 말이 없었다. 그 시간은 천년의 적막이 한 마른 잎에 축적되었다가 날라져내리는 것이라고 생각되었다. 그런 무던히도 긴 시간을 유다의 이마 위의 손은 한결같이 부드러웠다.

"랍비여, 당신은 아버지 같으니이다."

결국은 유다가 참을 수 없어 진실되게 그러면서도 분노를 섞어 이렇게 외쳤다.

"………"

그러나 대답은 들리지 않았다.

"도대체 당신은 무엇 때문에 나에게 오셨습니까?"

유다는 깊은 사념에 잠기면서 꺼질 듯이 뇌까렸다.

"………"

"무엇을 나에게서 더 원하십니까?"

"………"

"나는 당신의 아버지가 내 몫으로 지워준 십자가를 훌륭히 졌습니다. 그리고 당신도 약간의 비겁만을 제외하면 훌륭했습니다. 그것으로 당신과 나와의 일은 끝난 것입니다. 무엇 때문에 이제 또 나를 괴롭히려 하시오?"

이 말이 끝나자 자기 이마를 어루만지던 손이 잠깐 동안 바르르 떠는 것을 유다는 느꼈다. 그래서 유다는 눈을 번쩍 뜨고 자기 앞을 똑똑히 쳐다보았다. 유다의 눈은 승리에 넘쳐 있었다.

눈앞에는 하늘보다도 넓게 보이는 두 개의 파란 눈이 유다를 지켜보고 있었다. 웃음도 없고, 다정스럽지도 않고, 그렇다고 미워하는 눈도 아닌, ——의미가 바래버리고 빛이 없는 눈이었다. 그 눈 속에서는 아무리 훌륭한 포도주 담그는 사람이라고 해도 한 방울의 즙도 짜낼 수 없는 듯했다. 그 눈 속엔 무(無)가 있었고, 휴지(休止)가 있었고, 그리고 그것은 불멸 그 자체이기도 했다. 그러나 유다는 그런 눈을 원하진 않았다. 증오든, 사랑이든, 그 어느 쪽의 의미를 담은 눈을 원했다. 유다로서는 그 눈을 견딜 수가 없었다. 유다는 다시 한번 패배했다.

유다는 있는 힘을 다해 발악적으로 일어나려고 했다. 유다의 손은 가냘프게 떨리고, 얼굴은 진땀으로 번뜩이고 있었다. 그리고 유다의 몸은 똥과 오줌으로 뭉개져 있었다. 유다는 그러나 몸을 꼼짝도 할 수가 없었다. 다만 쌕쌕거리는 목구멍으로 몇 마디의 말을 각혈할 수 있을 정도였다.

"대체 무엇 때문에 다시 나를 찾느냐 말이오, 대체 무엇 때문에?"

"………"

"당신은 저주받아 마땅합니다. 쌍십자가(雙十字架)라도 당신에겐 오히려 부족했을 정도였소. 그래요, 부족했고 말고요. 로마

율법이란 건 엉뚱한 판결을 좋아한단 말야. 당신 같은 이는 십자가 대신 지하 감옥이 더 적당했을 것인데. 당신의 그 푸른 눈이 멀고 고름이 나고, 그 희디흰 손에 문둥병이 돋고, 그리고 당신의 그 냉정이 광란으로 변하고, 그리하여 골고다 언덕에 던져버려졌더라면, 당신이 참으로 메시야인지 아닌지가 판명되었을 것이오. 메시야라고 했더라도 지상적인 것에 굴복하였을 것인데……"

"………"

"아마도 당신은 배고픈 거지 계집애처럼 '엘리 엘리'나 찾다가 말았을 거요. 대체 무엇 때문에 나에게 왔습니까?"

그러나 대답은 없었다. 유다는 더욱 지쳐서 거의 죽어가고 있었다. 땀도, 오줌도, 똥도 더는 분비되지 않았다. 커다랗게 뜬 사팔뜨기 눈만이 분노와 번민으로 이글거리며 많은 의미를 담고 위를 쳐다보며 숨가쁜 발음을 했다.

"도대체 무엇 때문에?"

그때에야 저 아스라한 높이로부터,

"서른 세겔의 은(銀)을 받아가기 위해서니라"

하는 말소리가 들려왔다.

"그, 그것이라면, 저……"

유다는 더듬거렸다. 그러다간 갑자기 빠른 말씨로,

"저 사마리아 노파의 속치마 값으로 지불되어버렸소."

"그러나 나는 그것을 받아야만 하느니라."

다시 저 아스라이 높은 곳으로부터 건조하기만한 음성이 들려왔다.

"제기랄, 이제 와서 당신은 노예가 아니었다는 것을 증명할 셈인가? 아니면 나를 유대인의 왕으로 삼을 생각인가?"

유다가 '노예'라고 말한 것은 출애굽기 이십일장 삼십이절을 염두에 두고 하는 말이었는데, 은 삼십은 노예의 대가였던 것이다. 그리고 '유대인의 왕'이라고 한 의미는 왕의 백성에 대한 절대권을 강조하자는 의미도 되지만, 그보다 예수 당신이 노예가 아닌 이상 어떻게 유다 자기가 사고 팔 수 있겠냐는 것이었다.

유다는 빙그레 웃기까지 했다. 물론 비웃음이었다.

"나는 한 노예를 판 돈으로 한 나그네 여인의 수의 값을 장만했어. 그것은 나그네의 것이다."

'나그네'란 유대인, 또는 개종자로서 예루살렘에 와 있는 자를 말하며, 이방인을 포함시켜 말한 것은 아니었다.

"그래도 나는 받아가야만 하느니라."

"랍비여, 더 이상 나를 괴롭히지 마십시오. 내가 당신에게 행한 일이 무엇입니까? 당신이 나를 번뇌케 합니다. 당신은 병자를 돌보는 의사가 아닙니까. 제발 혼자 있도록 해주십쇼. 혼자 있도록 두어달란 말이오."

"나는 서른 세겔의 은을 받아야만 하느니라."

"제기랄, 이제 와서 당신은 유대인의 왕이라는 걸 증명할 셈인가? 이 지상의 왕이라고? 그리하여 이 몸뚱이 하나 누일 곳마저 빼앗을 셈이오? 은 삼십은 저 노파의 수의 값으로 지불되었다는 말이오. 물론 이 집까지도 내 것이 된 거요. 당신은 이것까지도 뺏지 못해 안달이 났구려. 나에게 당신이 어떻게 했지요? 어떻게 했느냐 말요."

유다는 피골이 상접한 손을 모아 쥐었지만, 엿새나 굶은 몸뚱이에선 힘이 나질 않았다. 그러니까 성만찬 때——그 달 열나흘

목요일 —— 빵 한 조각과 포도주 한 모금을 맛본 뒤, 아직껏 아무
것도 목구멍에 넘기질 않았던 것이다.

"당신은 나를 배반했었소. 그리곤 나로 하여금 당신을 배반하
도록 충동시켰소. 당신은 '나와 함께 그릇에 손을 넣는 그가 나
를 팔리라' 하고 말했었소. 그러나 내가 어떻게 가장 존경했었던
당신을 배반할 생각을 꿈엔들 가져볼 수 있었겠습니까? 존경하
지도 않으면서 덩달아 추종하는 그런 사내도 있을 줄 알았습니
까? 하기야 존경과 '미혹(迷惑)'은 거리가 멀지요. 나도 그 미혹
된 사람들 중의 하나였을 테니까요. 나는 결국 당신에게서 실망
하고 말았습니다. 하여튼 당신은 왕이 아니고, 미혹자라는 걸 맨
처음으로 안 것은 나였소. 그것도 당신이 일깨워준 덕분이었지
만, 하필 당신은 왜 나를 택했는지 지금도 그것이 의문이오. 하
기야, 당신은 언제까지나 당신을 지속하기에는 너무도 벅참을
느꼈을지도 모르지요. 서른셋의 나이로서는 너무나 피곤을 잘
느꼈고, 침묵이 많았습니다. 자, 이제는 제발 떠나주시오. 난 신
경이 이상해졌습니다. 배반자들끼리만의 회합이란 언제나 숨막
힐 듯하다는 것을 알겠지요? 이제 우리의 거래는 끝났습니다.
당신의 시인적인 기질이 당신을 비극적인 인물로 만들긴 했지
만, 하여튼 선지자 이사야에 의한 당신의 자기 도취는 만족되고
도 남았을 것입니다. 언젠가는 당신을 두른 두터운 껍질이 벗겨
지고, 가난하고 비참한 한 알몸뚱이가 나타나긴 할 거요만……
어찌 되었든 내 수중엔 서른 세겔의 은이 굴러 들어왔습니다. 그
것은 이제 내 것도 당신 것도 아니게 되었습니다만."

"나는 내 것을 받으려 하느니라."

유다는 더 이상 말하지 않았다. 너무 많이 말했고, 너무 지쳤

고, 굶주렸다. 뿐만이 아니라, 그와 이야기하는 중에 자기의 영혼이 저장해두었던 기름을 모두 빼앗긴 듯했기 때문이었다. 그래 견딜 수 없게 되어 눈을 감아버렸다.

그때 동창이 훤히 밝아오고 있었다.

유다가 기력을 다해 다시 눈을 떠보았을 땐, 자기를 바라보던 눈도, 이마 위의 손도, 목소리라고 느꼈던 어떤 음향도 어느 사이엔지 없어진 때였다. 유다는 그것을 알곤 미미하게 웃었다. 승리나 패배를 초월한 것이었다.

"아깐 확실히 신경이 이상했었어. 신경(神經)과 나〔我〕와의 사이엔 상당한 거리가 있는지도 몰라."

그땐 유다의 눈도 서서히 변해가던 중이었다. 의미가 하나씩 하나씩 바래버렸던 것이다.

유다는 불현듯 생각난 듯이 기력을 다해 노파의 몸뚱이를 살펴보았다. 피가 그녀의 옷과 살을 온통 뒤덮고 있었다. 다음 순간 유다는 약간 경련을 일으켰다. 그녀에게서 아까 보았던 것과 흡사한 두 눈을 발견했기 때문이었다. 몇 올의 머리칼이 눈자위로 늘어져 있었다.

그 눈은 아무 의미도 기력도 없는 죽음의 강을 건너편 저쪽 마을 사람의 눈──그것은 투명하긴 했지만, 끝간데 모를 심연을 가진 눈, 그러면서도 폐쇄되어버린 눈, 유다는 또 한 번 웃는 것 같지도 않게 웃었다. 그리곤 고개를 돌려, 동쪽 창턱에 아침이 감빛으로 밝아져오는 것을, 그 창의 찢어진 구멍을 통해서 푸른 하늘이 엿보이는 것을 무슨 구원이나처럼 바라보았다. 밖에선 참새들의 지저귀는 소리가 니산달──사월──의 명랑한 아침을 찬양하는 듯했다. 유다는 그 모든 것을 즐거운 마음으로 보고,

듣고, 느끼고, 상상했다.

"참 즐거운 아침이 시작되는가본데. 숨쉬고, 느낀다는 것은 참 즐거워."

유다는 빙그레 웃었다. 어떤 승리감 같은 것을 느낀 때문이었다.

"정말이지 얼마나 즐거운가, 이 지상의 이 고요한 아침은……"

하지만 형언할 수 없는 오뇌와 갈등과 피로, 그리고 엿새 동안이나 굶은 그로서는 더 이상 버티어낼 수가 없었다. 점점 의식이 희미해져가는 것을 스스로도 느꼈다.

"참으로 견디기 어려운 지옥이었어. 그래도 나는 회피하지는 않았었던 것 같다. 단념도 하지 않았어…… 나는 이 지옥을 제법 잘 영위했던 사람이란 걸 자부할 수 있을 것 같다. 암, 그렇고 말고."

유다는 희미해져가는 의식으로 상념에 잠기면서 자기가 모아온 '꿀과 의미'에서 몇 방울의 정수(精粹)를 걸러내려는 모양이었다.

"나는 무엇이든 똑똑히 보아두었어. 나는 이제 비방을 받아도 좋고 욕지거리를 받아도 좋다는 생각이 든다. 이젠 나의 지옥도 끝이 났을 거야. 나는 지금 물밀 듯한 행복 속에 누워 있는 것 같다. 하여튼 무엇이든 끝까지 똑똑히 보아두어야지. 물론이지."

날이 완전히 밝아졌다. 힌놈의 골짜기의 등성이로 아침 햇살이 춤추며 찾아들었다.

"랍비여, 진정으로 원하신다면, 삼십 세겔의 은을 거두어주십쇼. 이제는 거두어주십쇼."

그로부터 스무닷새나 지난 해질녘에, 욥바 항(港)에 살고 있는 한 구두쇠 장사치가 예루살렘까지 행상(行商) 왔다. 그곳에서 하룻밤쯤 묵을 생각으로 들렀었는데, 거기서 그는 끔찍한 광경을 보게 되었다. 그는 마을을 찾아 고갯길을 어슬렁어슬렁 넘다가 우연히 그 집을 발견하고 들렀던 것이다. 거기서 그는 한 노파가 옷이 갈기갈기 찢겨 하반신을 전부 드러내고 죽어 있는 것을 보았고, 또 한 사내가 죽어져 있는 것을 보았다. 그 사내 역시 바짓가랑이가 찢겨 하반신을 노출하고 있었는데, 웃옷의 단추가 모두 열려 거의 알몸뚱이나 같았다고 한다.

"처음엔 큰 구데기인지 몸뚱이인지 구별할 수가 없을 정도였어요. 하여튼 구데기 뭉치가 그 사내의 배때기에서 술에라도 취한 듯이 꾸물거렸으니까요. 그런데도 그 사내는 웃는 얼굴을 하고 있었어요. 물론 바짓가랑이가 찢어진 사이로 그 해괴스러운 고깃덩이가 나와 있었는데, 그놈이 그 노파의 가랑이를 보고 뭐라고 이야길 했던 게지요? 하기야 노파의 가랑이는 피투성이였지만 말예요. 그렇지 않다면 무엇이 우스워서 숨이 넘어가게 웃겠어요. 그 사람 웃다가 숨을 못 돌린 거 같습데다. ……창잔지 그건지 구별이 잘 되진 않았지만…… 나는 그냥 쏜살같이 도망쳐 나온 걸요. 무서워서 견딜 수가 없었어요."

'이 일이 예루살렘에 사는 모든 사람에게 알려지게 되어 본 방언에 그곳을 이르되 아겔다마라 하니 이는 피밭이라는 뜻이었다.'

(그리고 어느 때 누구의 손으로 된 것인지는 몰라도 그 움막집 사립문 한쪽 기둥에 '가롯 유다' 라는 문패가 걸리게 되었다.)

〔『사상계』, 1963. 11〕

장끼傳

"우리는 워디든 다른 디로 가야 할랑개벼." 춘섭(春燮)이가 팔베개를 풀며 곁에 있는 친구들을 향해 하는 말이다.

"워디라고 벨다르깨미?" 봉길(奉吉)이가 이렇게 말을 받는다.

"그런개 말여. 워디 다른 디 간들 우리 살 땅이 있을라고?" 키가 작은 상문(相文)이가 걱정하는 투로 하는 말이다.

"그렇다고 이대로 뺏뺏이 앉아 죽을 수야 없잖은개비." 춘섭이다. 이어서,

"돼지 잡아 기우제(祈雨祭)도 두 번이나 올렸잖타고."

"그렇기는 히어. 그래바도 두 달 간이나 비 한 방울 안 오시니, 워디 이거 살겠어? 나락이고, 콩이고, 펄이고, 다 타죽고 있잖은개비. 참말로……" 상문이다.

"이 사람아, 석달이 뭣인가? 눈 녹고는 비가 안 왔는디." 봉길이의 핀잔이다.

"그란개 기우제 지내고부텀 그렇단 거여. 아 글씨, 노루니 토끼니 여우니 오소리 같은 짐성들이 방죽에 물 묵으로 왔다가, 물이

26

없은개, 갈라진 바닥만 보면서 비얄비얄 죽을 듯이 하고 있드래."

"동네 시암물도 어젯밤 지내고부텀 빽 줄어들었더랑개. 시암이라고는 그것배끼 안 남았으니, 우린 워찌 살란 거여 그래, 참말로……" 다시 봉길이다.

순일(順一)이와 남식(南植)이는 눈을 껌벅이며 듣고만 있다.

"나는 묵을 것도 달랑달랑한디…… 암만해도 우리 워디로 가야 할랑개비어."

그러나 그들의 입술은 다시 닫혀지고 말았다. 그들은 퀭한 눈을 머언 하늘 쪽에로 돌렸다. 그래 보아도 하나님의 횡포가 연민(憐憫)으로 바뀌어질 아무 징조도 보이지 않았다.

그들에겐 한결같이 어떤 표정이 없다. 그래도 그들은 사는 날까지는 살아볼 모양이었다. 논밭을 둘러볼 생각 같은 건 가지지도 않고, 나무 그늘에 누워 멍청히 하늘이나 보면서 ——누에처럼 하늘이나 뜯어 먹으면서 ——

그런 맹폭한 팔월 어떤 날 오후였다.

대화도 끊긴 무덤 속 같은 마을을 향해서, 한 나그네가 걸어오고 있었다. 허우적, 허우적 익사자(溺死者)의 최후의 발악 같은 몸짓으로 더위 속을 걸어오고 있었다.

그는 몹시 지쳐 곧 죽을 듯했으나 어딘가를 향한 한 생각으로 걸어오고 있는 것 같이도 보였다.

사람들이 그를 발견했을 땐, 그의 그와 같은 보조로 그늘 밑까지 오려면 여름날 새벽잠 한숨씩은 더 즐길 만한 거리에서 그는 허우적이고 있었는데, 벌써 석 달 간이나 손님 하나 찾아들지 않은 마을이었으나, 그래도 사람들의 표정엔 별 변화가 있지도 않왔다.

"우리들 송장이나 묻어주러 오는개벼."

"그라기라도 한담사 다행이라고. 송장이나 떠맡기러 오는지 뉘 알 꺼여. 원, 젠장헐늠의 하늘이 미친 거여, 달친 거여."

그리고 그들의 입술은 다시 다물어졌다. 다시 그들의 흐린 눈은 하늘 쪽에로 옮겨졌다. 하늘은 진이 빠진 담배 연기 색깔로 엷은 구름장 하나 없었다. 태양은 시뻘겋게 달구어지고, 부풀어 올라 수레바퀴만큼이나 커 보였다. 새도 날아다니지 않았다. 하루살이떼가 윙윙거리며 날았을 뿐인데, 그것들은 흡사 까마귀떼들처럼 실의(失意)한 육신에서 살점을 뜯으려는 것 같았다. 새라도 날아다녔더면, 새의 날갯짓에서 비롯된 실낱 같은 흐름이라도 있었을 것인데. 그러면 그 기류를 통해 더위가 자락 접는 해조음(海潮音)이라도 들을 수 있었을 게다. 그러나 녹은 납물 같은 더위가 출렁임도 없이 천지를 가득 채우고 있을 뿐이므로, 그 바닥엔 산 자들이 이완(弛緩)되어 실의 속에 침전되어 있었다. 그런 오후의 더위 속을, 나그네는 열사(熱砂) 위의 지렁이처럼 꿈틀거리며 걸어오고 있었다. 그의 동작은 무기력했으며, 능률이 없었으나, 하여튼 쓰러지려는 몸뚱이를 지탱하며 걷기에 진땀을 빼는 것 같았다.

그 나그네가 그늘 밑까지 왔을 땐 그를 발견했던 때로부터 시작해서, 아낙들은 젖먹이 아기의 잠든 입술에서 젖꼭지를 빼고 노인들은 두 대째의 장죽을 털고 세 대째의 담배를 담으려고 담배에 침을 뱉아 비비는 무렵이었다.

그런데, 나그네를 가까이 보고서 눈살을 찌푸리고 침을 뱉지 않는 사람은 하나도 없었다.

"저건 사람이 아니라 고름주머니 아니라고?"

"이 재수 없는 시절에 웬 문뎅이 놈이단가? 쳇, 투에, 튓."

나그네는 그늘 밑에 오자 갑자기 긴장이 풀린 듯이 풀썩 고꾸라졌다. 그리곤 아무 말도 못하고, 눈을 희번덕이며 숨도 못 쉴 정도로 기침을 해댔다. 쿨룩, 쿨룩…… 쿨룩…… 그러자 거무스름한 핏덩이가 펑펑 쏟아져나오는 것이다. 쏟아진 핏덩이는 흙에 떨어지자 흙과 같이 반죽이 되어 밀떡처럼 되었다. 사람들은 계속 가래침을 뱉아대며, 눈살을 찌푸릴 뿐, 그를 보살피려고 누구도 몸을 움직이지 않았다. 그저 역병과 같은 나그네가 빨리 진정되어 걸어가 주었으면 하는 눈치를 보였다.

얼마쯤 시간이 지나자, 나그네는 약간 진정된 모양으로 핏기 없는 입술을 혀를 내서 한번 축인 뒤, "여 여러분네, 쿨룩, 쿨룩, 무, 물이나 한모금 주시우. 쿨룩, 쿨룩, 쿨룩."

"예이 여보쇼, 이 가므름에 워디 물이 있겠수?"

"나, 나 같은 사람은 쿨룩 쿨룩, 병들어 쓰, 쓸모 없기는 하지마는……" 나그네는 마른 삼대 같은 팔에 힘을 모아 몸을 일으키려 했다. 그는 발끝에서 머리 끝까지 흙먼지에 뒤덮여 있었는데, 땀방울이 머리에서 이마를 통해 얼굴과 목과, 드러난 앞가슴의 먼지 사이로 실뱀 같은 여러 작은 강줄기를 이루고 있었다.

"댁은 워디까장 가는 거여? 성한 몸도 아니구마는." 태주[明圖] 할미가 나그네에게 묻는 말이다.

"나요? 쿨룩 쿨룩, 다, 다비소(茶毘所)라는 쿨룩, 쿨룩, 마을로 가는 길입녠다."

"그 마을은 풍년이라도 들었단가?"

"그러믄요, 거기 가면, 쿨룩 쿨룩 쿨룩 쿨룩 병도 여읠 수 있답

낸다." 나그네는 다시 한참 동안이나 피를 토하고 기침을 하더니, "이 길로 사람들이 쿨룩 쿨룩, 많이 지나갔지유?" 했다.

"그랴? 못봤는디." 춘섭이다.

"그럼 난 길을 잘못 든 건가? 쿨룩 쿨룩 쿠울룩." 나그네는 혼잣말처럼 하곤, "제발 물이나 한모금 줍시우 잉? 물이나 한모금 주시와유" 했다.

"그런디 그 마을은 워디쯤 있단가?" 마을의 한 노인이 입에서 장죽을 빼며 묻는 말이다. 담배통에서 진 끓는 소리가 찌그르 하고 나고 담배 연기가 동그란 고리를 만들며 풀썩 올랐다. 노인은 담배통을 오른쪽 엄지손가락으로 지그시 눌렀다.

"예? 예에, 저 북쪽에 있단 말만 들었습넨다." 나그네는 기침은 더하지 않았으나, 목구멍에서 가래 끓는 소리가 그르륵 그르륵 났다.

"멀단가?"

"그건 모르겠어유. 하여튼 거기 가면 꺼지지 않는 향불이 타고 있고, 언제나 잔치판이랍네다. 그런데 그 향불이 약이라는구만요." 나그네는 띄엄띄엄, 듣기에 조급을 느끼게 하는 어조로 말하면서, 눈을 내리깔고 혓바닥으로 마른 입술을 축였다.

"아가, 가서 물 한 사발 떠와, 잉."

태주할미가, 넉 달 된 딸을 보듬고 젖먹이고 있는 춘섭이 아내에게 하는 말이다. 그러자 춘섭이가 뿌적뿌적 일어나며,

"내가 갔다올킨개, 저그매는 쉬고 있어 잉" 하고 걸어갔다. 그런데 "저그매는 쉬고 있어 잉" 하는 말은 춘섭이 아내밖에는 들은 사람이 없었다.

"그래 그 행불이 워떤 건디?" 다른 노인 하나가 가래침을 뱉으

며 호기심에 차서 묻는 말이다. 침은 누런 이빨 색깔이었다.

"그거유, 글쎄 그 연기가 병을 낫게 한다누면요. 그 연기에 몸을 한번 쐬이면 금방 튼튼해지고 힘이 난대유. 그래 몸도 튼튼히 할 겸, 잔치에도 참석해서 얻어먹기라도 실컷 할까봐서유."

"흐음."

"풍문에 듣자면 많은 사람들이 거기 찾아 길 떠났답니다요. 헌데 난 길을 잘못 들었는지 모르겠어유. 하여튼 북쪽이라 합넨다." 그는 물 생각을 하곤 목을 한번 쓸었다.

"벵을 여윌 수 있는 마을이라, 다비소…… 그라믄 월마나 멀단가?"

"모르겠어유, 하여튼 노란 연기가 오르는 마을이랍넨다."

그러나 마을 사람들 중에 그를 따라 길 떠난 사람은 하나도 없었다.

"우리 땅을 워찌 버리고 갈 꺼여?"

"그랴, 그랴, 죽어도 내 땅에 보타져 죽어야제. 내 땅의 갈라진 흙 새에다 쎄를 박고 죽어야제."

"이 몸뚱이라도 썩어지면 내 땅 한평이라도 걸어질 게다."

그렇게 중얼거리면서도 사람들은 하나 같이 북쪽 산모퉁이로 비틀비틀 걸어가는 나그네의 등뒤에 희미한 시선을 던지며 눈물을 글썽이었다.

"워짜면 저쪽에 그런 동네가 있을란지도 모르는디……"

"그런개 말여, 벵도 낫는다 하고, 잔치도 있다고 안 하드라고?"

"비도 오죽 알맞게 오겄는개비."

"참 그랴, 태주할매, 뭔 방벱이 없겠는그라우?"

"으응? 흐흐흥, 글씨 그것 때미 내가 나왔는디, 송아치 한 마리

잡아 위령제(慰靈祭)를 올리면 비가 오실 것도 같더구마는……"

"그 위령제란 게 뭐간디요? 송아치야 왜 없는그라우. 죽네 사네 하는 판에, 송아치 두었다 뭣하게요." 봉길이다.

"호호홍, 그랴아."

"위령제란 건, 죽은 사람 혼백(魂魄)이나 좋은 고제 가라고 지사〔祭祀〕 지내는 것을 말하는 거여." 이 대답은 진서권(眞書卷)이나 읽었다는 성(成)노인이 했다. 그러자 젊은이들은 의아한 표정으로 서로서로를 쳐다보며,

"아 누가 죽었간디 위령지사를 지낸단 거여?"

"그런개 말여, 내 참" 했다. 그러자,

"호호홍, 싫으면 구만두면 될 거 아녀?" 하고 태주할미의 성난 목소리가 쩡하고 울렸다. "버파(바보) 같은 것들, 이번 위령제도 효력은 없을 모양이여. 싫은 짓은 구만두어야 한당개."

"아, 아니라우 태주할매. 송아치는 워찌되던 얘기나 좀 해줘기라우." 봉길이다.

"으흐흐흐홍, 그랴, ……어젯밤에 태주〔明圖〕가 나한티 와서 울면서 말하기를 천제님(天帝) 막내둥이가 죽었단 거여. 그래서 천제님이 앓아 누웠단 거 아녀?"

"천제님이 뭔디요?" 순일이다.

"아, 하눌님 말여." 봉길이다. 봉길이는 어깨를 한번 으쓱하며 순일이를 건너다보았다.

"아, 그런개 하눌님 막내아들 좋은 고제 가라고 그러는구면." 춘섭이다.

"으흐홍, 그랴, 바로 그거여." 태주할미는 몸을 일으키며, 계속해서,

"나는 인제 가바야겠어. 위령제를 지내려면 니얼〔來日〕이 좋은 날이란 것만 알아둬" 하고, 목구멍에 보리수염이라도 붙어 있는 깔끄러운 목소리로 말한 뒤, 지팡이를 짚고 언덕길을 올라갔다.

"워쨀 꺼여, 히어보는 디까장은 히어보아야제. 송아치는 봉길이 자네네밖에 더 있는가. 이따가 자네 집 지어서 제금〔分家〕날 때, 부역(負役)말고도 동네 사람이 한 사날씩 더 일해서 갚거나 함세. 자네나 내가 설두하덜 안 하면 누가 할 사람이 있는개비." 춘섭이의 이 말에, 봉길이는 입맛을 한번 다신 외에 아무 말이 없었다.

사람들은 다시 입을 닫고, 빛 없는 눈을 하늘로 돌렸다. 하늘은 언제나와 마찬가지로, 황회색(黃灰色)으로 구름 한점 덮일 기미도 없었다.

그래도 산그늘만은 마을을 품어주기 위해 찾아오는 모양이었다. 잔칫집 갔던 어머니처럼 돌아오는 모양이었다. 먼저 산 중턱에 있는 태주할미네 오막살이를 들러서, 마을에 덮어내렸다.

위령제를 올리고도 이레나 지났는데도, 비는 그만두고, 구름기도 없었다. 사람들은 다시 실의 속에로 떨어졌다. 그러나 그들은 아무도 원망하지 않았다. 그들은 이따금씩 태주할미네 오막살이로 흐릿한 시선을 던지며, 입맛을 다셨다.

여든한 해나 묵어온 태주할미는 위령제가 끝나고 아직까지 한번도 얼굴을 보이지 않았다. 적어도 이틀에 한번씩은 지팡이에 의지해서 그녀의 산성(山城)으로부터 마을에 내려와 얼굴을 보이곤 했었다. 그러나 할미는 벌써 이레 동안이나 두문불출하고 뭔지 깊은 생각에 잠겨 있었다.

이 이레 동안은, 이따금씩 할미의 손주딸이 마을에 내려와 보리 방아를 찧어가는 외에는, 산 중턱의 할미네는 돌보아주는 사람 없는 묵은 무덤이 된 거나 같았다.

그런데 그 고요하고 침묵적이던 할미, 위령제가 끝난 그날 밤부터 닷새 동안은 식음을 전폐하고 무엇을 골똘히 생각하더니 이 이틀 동안은 신경질적으로 되고, 괴팍해졌다. 밤에도 잠에 들지 못하고 뭘 혼자 중얼거리면서 뼈쩍 마른 좁은 어깨를 떠는가 하면 흐득흐득 울어댔다.

밤이면 더했다. 일렁이는 호롱불 빛의 그림자를 보고 놀라는가 하면, 울부짖었다.

할미네 좁은 방에는 오래 전부터 낮이나 밤이나 없이 호롱불이 가물거리며 타고 있었는데, "흐흑, 흐흑, 으흐흐흐흑, 불이 곧 꺼져버릴랑가비. 곧 꺼져버릴랑개벼" 하고 의미모를 이야길 씨부렁거렸다. "저 불이 꺼지면 나는 가야 한당개, 가야 한당개, 가야 혀" 하곤 또 흐득였다. 파뿌리가 된 머리칼을 갈고리 같은 손톱 긴 손가락으로 쥐어뜯으면서 충혈된 눈을 들어 무슨 끈이라도 찾고 싶은 듯이 네 벽을 두리번거렸다.

"대왕님, 내가 안 죽고는 안되겠습여? 송아치 한 마리로도 안되겠습여? 살려주시겨요, 살려주시와요." 온낮을 그렇게 괴로워하고도, 그날 밤에는 더했다.

"할매, 무슨 말씀이여 웅? 무슨 말씀이여, 얘기 좀 해보란개."

"흐흑, 흐흐으흑, 할미가 죽을 때가 됐는개벼. 염라대왕님이 날 오라시는 거여. 날 오라시는 거여." 그리고 또 할미는 까마귀처럼 울부짖었다.

"대왕님, 안되겼는그라우? 그렇게 안 하고는 안되겼는그라우?"

"할매, 무슨 말씀이여? 인제 구만 자아 잉? 구만 자아. 할매 죽

34

으먼 난 싫어, 싫어!" 열여덟된 손주딸은 할미의 무릎을 붙들고 칭얼거리는 소리로 이렇게 졸랐다. 그러자 태주할미는 갑자기 조용해진 것이다. 어떤 결단을 내린 모양이었다. 움푹 들어간 찌 부러진 눈을 가늘게 뜨고, 자기의 손녀를 이윽이 내려다보았다. 그러나 태주할미의 손은 부들부들 떨리고 있었고 눈은 더욱 무 섭게 타고 있었다.

"삼악도(三惡道)를 멘할 수 없는 일인디……" 태주할미는 이렇 게 중얼거렸으나, 금방,

"오냐, 오냐, 죽지 않을 껀개, 걱정 말아 잉?" 했다.

"아이고, 우리 할매 좋아라. 오래오래 살아 잉?"

"아암, 그렇고 말고, 널 시집도 보내고…… 그라고 죽어야제."

"엥 할매도."

"올 가실엔 시집보낼라고 했었는디……"

"봉길이란 청년 좋제? 잉, 흐흐훗."

"………"

"엥 할매도…… 할매, 저 —"

"엉? 무신 말여 엉?"

"저 —, 아무것도 아녀. 아무것도 아니란개. 할매, 얼렁 자 잉?"

"오냐, 오냐." 그렇게 대답은 했어도, 할미는 잠을 이루지 못하 는 양으로, 밤깊도록 쭈그리고 앉아 뭘 쑤물거렸다.

밤은, 태주할미네 오막살이에만은 더욱 어둡고 숨막히게 깊었 다. 머언 낙엽지는 소리 같은, 가느다란, 태주할미의 한숨이 호 롱불을 간들거리게 하며 유랑(流浪)해가는 밤은 —

냇가엔 밤에도 젊은이들이 모여, 말없이 하늘을 응시했다. 그

들은 잠도 들 수 없는 듯이, 어름어름 걸어와선 별말 없이 모래
밭에 번듯이 누워 하늘의 고적 속에다 시선을 던졌다. 더위가 두
텁게 덮인 하늘에서 별들도 빛을 잃어보였다.

이전 여름에랑은, 넘치며 흘러가는 개울물 속에서 땀을 씻어
내곤 했었다. 땀에 젖은 몸뚱이를 푹 잠그고 있으면, 그 물살에
별이 깨어져 흘러가면서 부딪치는 돌돌또르륵 소리가 즐겁게 들
려왔었다.

그들은 자기들도 모르는 사이 그때의 일을 생각하곤 했다.

"엣페, 물맛이 왜 이렇단가? 겅건짭짤하니 더럽구마."

"어째 그랴? 누가 똥이라도 누었는가?"

"곰팽이친 조개껍데기 씻긴 물이 흘러온개 그렇제."

"우후후후홋."

"젠장헐, 난 원제나 옌네 삭신 맛을 좀 볼 겐지."

"한번 흔들어봐."

"그나따나 춘섭이 자넨 벌쎄 알 까놓았을 거여. 마누라가 품고
있는지 알 수 있단가."

"에끼, 이 못된 사람아. 봉길이 자넨 태주할미네 나뭇짐이나 단
단히 져다주기나 히어."

그들은 모두 즐겁던 때의 모습들을 밤의 고적 안에서 부각하
는 것이었다. 한숨지며 ——

"나도 예편네나 있었더면……" 삼문이다. 삼문이는 몸을 비틀
며 "끙" 했다.

"뭐하게?" 춘섭이다.

"시절이 나쁘면 나쁠수록 옌네 궁둥이 생각배끼 안 난단개." 다
시 삼문이다.

"그건 그랴, 거 뫼하단 말여. 그런 맛도 못 보고 죽으면 살았달 게 있는가." 순일이다.

"몽다리 귀신 되는 건 워짜고." 남식이다. "배는 고파도 그 생각은 난당개."

"천제님인지 하눌임인지도 다 소양〔所用〕 없어. 그저 암숫놈이 있는 건 둘이나 바라보면서 사는 게 젤이라." 순일이가 뭘 체념한 듯, 경험 많은 노인처럼 이렇게 말하자 모두 다시 침묵했다.

밤이 밀려가는 소리가 들리고, 부엉이 우는 소리가 들렸다.

호르륵, 호르륵, 호르륵,

부엉, 부엉, 부엉,

"암만해도 우린 더 못 견디겄는디, 워짤 꺼여. 우리도 다비소라는 마을로 가보는 것이 워뗘?" 춘섭이가 침묵을 깨뜨리면서, "우리도 새로운 땅을 찾아야 할 때라 이 말이여. 하기사 할아부지들이 대대로 살아왔던 땅이기는 하지마는, 인제 우리 손으로 새로운 땅을 찾아야겄잖타고" 했다. 그리곤 한참 동안 말이 없더니, "이 땅은 우리한테는 인제 소양도 없게 되었잖은개비" 하고 말 끝을 맺었다.

"그렇기는 그랴. 그래도 곧 비가 올지 뉘 알겄는가?" 봉길이다. 그러자 기다렸다는 듯이 춘섭이가, "그란개 거그서 영 살아버리잔 말은 아녀. 한번 귀경이나 해보자는 거제. 내년 농사 지을 때까장만 말여. 나는 한 이레 묵을 양석배끼 안 남았단개. 우리는 움직여야겄어. 죽어도 우리가 죽어야제, 기다렸다 죽을 수는 없잖타고?" 하고 열을 냈다.

"다 옳여. 그대로 버텨보는 디까지는 버텨봐야잖은개비. 참말로 나 같은 사람은 그렇단개. 일흔이 넘은 노모를 뫼시고 워찌한단가." 봉길이다.

"혜에, 그도 옳여, 태주할미 손주딸내미 때문에도 그렇제." 순일이다. 순일인 소견은 좀 좁았지만, 명랑한 친구였는데 순일이가 했던 말 속에는 두어 달 전에 마을에 떠돌았던 소문이 은연중에 내포되어 있었다. 그 소문인즉, 태주할미 손주딸이 봉길이의 애를 뱄다는 것이었다.

"아, 글씨 냇가에서 붙었단 거여."

"통도 큰 년놈들이라."

그러나 그것도 계속된 가뭄에 시달리다 보니, 잊혀졌던 먼 전설처럼 되었던 것이다.

"예이 이 쥑일놈…… 아 사실이 안 그런개비." 봉길이는 슬쩍 말을 돌렸다.

새벽닭이 울 무렵에야 그들은 자리에서 일어나곤 했다.

호르륵, 호르륵, 호르륵,

부엉, 부엉, 부엉,

더위는 나날이 더했다. 더위도 막다른 골목에서 최후의 발악을 하는 모양이었다. 태양열과 지열이 맞닿아, 이젠 더위가 안개처럼 눈에 보일 듯했다.

그날도, 해가 뜨기 시작하면서부터 더위는 맹위를 떨치기 시작했다. 구월이 되면서부터 더위는 더욱 조급하게 날뛰며 목을 졸랐다.

더위는 뻘겋게 탄 수풀 속이나, 무더운 지열 속, 또는 불덩이 같은 바위 위에 쭈그리고 있다가, 태양이 솟자마자 뛰쳐 일어나 연등(燃燈)놀이를 하는 모양이었다. 그래도 오전은 오후에 비하면 아직 서주(序奏)에 불과했다. 오전 동안은 마을에 하나뿐인 샘을 더 깊이 판다든가, 보리 방아를 찧는다든가, 장작을 빠개는 일들을 할 수가 있었다. 그러나 오후가 되면, 사람들은 버릇처럼 숲을 찾았다. 콧구멍 속 같은 집 안에서 더위를 견뎌낸다는 것은 한증하는 거나 같았기 때문이기도 했으나, 전례 없던 무서운 천형(天刑)을 따로따로 견딘다는 것이 어째 더 견딜 수 없는 것 같았기 때문에, 그들은 무언의 공약으로써, 오후의 한때만은 공통된 운명을 응시하기로 한 것이다. 어느덧 그렇게 습관처럼 되어 버렸다. 이 두 달 동안은 하루도 빼놓음없이 그 숲속의 그 소나무 가지들에는, 빛 잃은 백여 개의 눈동자가 노란 하늘을 배경으로 솔방울처럼 매달려 있었다.

그날 오후도, 그러니까 실물보다 세 배나 더 길었던 그림자가 난쟁이로 되고, 그 난쟁이 그림자가 서서히 동북편으로 방향을 바꾸면서 거의 실물과 같은 길이로 불어나는 무렵, 또 한 사람의 나그네가 그네들 마을로 통한 길을 걸어오고 있었다. 이 시간은 그 전날의 나그네가 허우적이며 왔던 시간과 거의 같은 시간이었다. 그리고 전날의 나그네를 처음 발견했던 거의 같은 지점에서 그날의 나그네도 발견되었다. 거기는 산허리를 돌아나는 곳이기 때문에, 마을에선 그보다 더 먼 길을 볼 수는 없었지만—

사람들은 고개를 갸우뚱거리며 이해할 수 없다는 듯한 눈짓들을 했다.

"전날의 그 고름 주머니가 쳇바퀴 도는 모양이제? 길을 헛들었는가?"

"그렇지도 않은 것 같구만. 저 사람은 꼽사 같잖타고?"

"원 젠장헐, 웬 뿌서진 똥장군 같은 것들이 그리 많단가. 대체 살아서 뭣할 거여. 뒈져버리기나 하제."

"저 사람도 다비소라는 동네로 가는지 몰라."

"하기사 그런지도 모르제."

"그런 마을이 참말로만 있다면야 우리 자석들은 그런 데 가서
살아야 할 건디. 후유우."

나그네는 멀리서 보아도 뼈만 남은, 지팡이에 의지해서밖에
걸을 수 없는 늙은이였다.

그가 가까이 걸어왔을 때, 노인들은 한숨을 쉬었고, 젊은이들
은 전날과 같이 가래침을 뱉으며 외면했다. 그는 뼈마디를 쭈글
쭈글한 엷은 가죽 부대에 싸가지고 끌고 다니는—움직이는 무
덤이었다.

나그네는 저만쯤에서부터 한 손을 흔들어대며 가래 끓는 목소
리로 무슨 말을 열심히 했으나, 한마디도 알아들 수 없는 말이었
다. 그렇게 하며, 그늘 밑까지 오자, 그도 쓰러져버렸다.

"물, 물, 무울."

그러자 수군거리기 좋아하는 아낙들은,

"이 가므름에 워디 물이 그리 많다고, 물 동냥이 그렇게 많대
여, 참말로" 했다.

"헌디 저 늙은네의 몸뚱이엔 웬눔의 곰팽이가 저렇게 많이 피
었단가?"

"관솔불 끄시름에 석삼 년은 더 끄실린 것 같잖타고?" 그래도
노인의 눈속엔 은은한 어떤 가느다란 불길이 타고 있어 보였다.
그것은 어쩜, 명도(冥途)의 유황불 빛이 그 눈에 반영된 탓이었
을 게다. 노인의 눈 색깔은 바래져서, 오래 묵혀두었던 보섭 빛
깔에 가까웠지마는—

"헌디 댁은 늙은 풍신이 워디를 가오?" 담배를 잘 피우는 성노인이 물었다. 그러나 나그네는 한참이나 대답이 없다가, "나, 나요? 무, 물이나 좀 주시오" 했다. 그리고 일어나 앉았다.

"댁도 다비소라는 디로 가는 거요?"

"예?…… 예, 사람들이 이 길로 마, 많이 지나갔지요?"

"아니오, 하나배끼 안 지내갔소."

"그, 그럴 리 없습니다. 이 늙은이는 걸음이 느, 느려서 그만, 이렇게 됐지만" 하고 숨을 몰아쉬면서 말했는데, 바람이 새는 말소리라 알아듣기가 여간 힘들지 않았다.

"거그는 풍년이라도 들었답뎌?"

"그렇다는 말이 있습니다만" 하곤 좀 쉬어서 빠른 말씨로, "그나 그뿐인가요. 그 마을에선 늙음을 여읜다 합데다. 물이나 좀 주시오, 엥."

"………" 그 늙은 나그네도 물을 한모금 얻어 마신 뒤, 길 떠나 버렸다. 그날도 그를 따르는 사람은 없었다.

그 늙은이도 폭양을 받으며, 헤엄치듯 걸어서 모퉁이를 돌아가 버렸는데, 그가 걸어간 길바닥엔 그의 등 위에 붙었다 떨어져 뒹구는 마을 사람들의 눈들이 깔렸다.

"어쩌면 저쪽에 그런 마을이 있을란지도 모르는디."

"병도, 늙음도, 가난도 여읠 수 있다는 것 아니여?"

"우리에게도 새로운 땅이 필요하구마는── 새로운 땅을 찾아야겠는디."

나그네가 걸어가버리고, 그날 오후도 산그늘에 덮일 무렵인데, 웬일로 태주할미가 지팡이를 짚고, 흰 머리를 흔들며 마을엘 왔다.

할미는 이레 사이에 갑자기 더 늙어진 모양으로, 허리는 굽어
질대로 굽어져 이마가 거의 땅에 닿을 지경이었고, 꺼멓던 피부
가 더 검어져, 머리만 빼놓곤 그늘에 덮여 있는 것 같았다.
　"할미, 오랜만이구만이라우."
　그러나 할미는 인사도 받으려 하지도 않고, 앉으려 하지도 않
았다. 그리고 그전처럼 눈을 두리번거리지도 않았다. 할미는 가
느스름한 눈을 먼 하늘로 향한 채, 어떤 표정도 없이, 우물우물
하는 이빠진 말소리로 "한 해짜리 갓난애기를 하나 바치라는 전
갈이 있어서 내가 왔구마는……"하고는 돌아갈 모양이었다. 그
러자 그때,
　"할미, 그거 무슨 말이오? 위령지산지, 기우젠지, 쥐뿔따군지,
그게 다 뭐야? 할미 몸이나 바치시제?"하고 춘섭이가 뛰어 일
어났다. 춘섭이는 주먹을 쥐곤 금방이라도 할미의 굽은 등을 갈
길 기세다.
　"으응? 흐흐흐흐흐. 그렇다면 구만두게. 누구를 위해 이 늙은
할미가 비딱길을 왔겠는가?"태주할미의 이 말에 춘섭이는 기운
이 빠져버린 듯이 주먹을 풀었다. 따지고 보면 할미의 말이 옳을
는지도 몰랐기 때문이다.
　"으응흐흐흐. 천제님은 겡코(기어코) 송아치 갖고는 안되시는
모양이여. 진작부터 아이를 바치라 하고 태주가 전갈 왔었지마
는 이 할미가 그것만은 못하겠다고 월마나 우겼다고. 이레 동안
이나 싸웠지만 안된단 거여."할미의 이 말에 고개를 끄덕이는
사람들도 있었다. 그런 걸 눈치채고 할미는 더 깔끄러운 목소리
로, "으흐흐흐흐흥, 그런 중만 알고, 생각대로 하면 되는 거여. 천
제님도 기신〔氣力〕이 좀 생겨야 비를 내릴 거 아니라고?"

"그렇지만 할미, 그건 안되어. 안된단개, 안되어 —— 우리는 가야 히어. 가야 한당개. 천제님인지, 태주할민지도 없는 땅으로 가야겠어." 춘섭이는 핼쑥한 얼굴로 되는 대로 지껄이고 있었다.

그러나 태주할미는 아무 대꾸도 없이 다시 한번 깔끄러운 목소리로 길게 한번 웃곤 가버렸다. 사람들은 한숨쉬며 우두커니 있었으나, 사람들의 메말랐던 마음속으로 단비라도 떨어진 듯이 —— 뭔가가 그네들 가슴속에서 야기되고 있는 것을 느꼈다. 그들은 "그래서라도 비만 온다면" 하고 바라는 것 같았다.

그로부터 또 닷새가 지났다.

그리고 또 밤이 되어, 냇가엔 젊은이들이 모였다.

그 동안도 비는 오지 않았다. 그러나 날씨는 퍽 시원해진 모양으로 모든 것이 바작바작 말라 죽어버린 황무한 마을로 산들바람이 이따금씩 불어왔다. 날씨는 시원해질 듯했으나, 도처에 황폐가 있었다.

샘물도 형편없이 줄어들어, 이제는 내일 걱정이 아니라, 오늘을 살아야 할 걱정으로 해서, 모두가 거의 미쳐 있었다.

그들은 잃었던 긴장을 이완해서 되찾고 실의에서 광기를 흡수해들였다. 그들의 눈은 한 사람도 빼놓지 않고 뻘겋게 충혈되어 있었으며 헤벌렸던 입술들은 악물어져 모두가 어떤 결단의 시간을 재촉하는 듯이 하고 있었다.

아사자(餓死者)만도 세 명이나 있었는데, 술집을 하던 과부와 그의 어린 두 자녀였다. 그러나 그건 사실로 아사였는지, 아니면 집단 자살이었는지는 아무도 몰랐다. 그 집은 완전히 불더미 속에 파묻히고 말았었으니까. 사람들은 그냥 편리한 대로 "배가 고파 죽었구만"이라고 표현했다.

　게다가 마을엔 앓는 자가 속출했다.

　"인제는 할 수 없제. 할 수 없어. 춘섭이 자네가 동네를 위해서
좋은 일 좀 해야겄어. 아무리 둘러 찾아봐야……"하고 봉길이는
말을 중단했다가, 결심했다는 듯이 "자네 딸배끼 없단 말여. 한
살배기는 말여" 했다.

　"자네 몫으로 우리가 논 한 마지기를 맨글어줄 껀개." 상문이
다. 그런데 춘섭이는 아무 말도 못하고 있었다. 봉길이와 상문이
를 노려보았으나, 그들은 오히려 당연한 말을 했다는 듯이 비식
이 웃으려고 하는 것 같이 보였다.

　"나는 못하겄어. 나는 못히어. 나를 죽여라, 나를. 이제 겨우 넉
달짜리 핏덩이를 잡아묵지 못해 환장한 놈들아. 나를 잡아묵어
라. 나를 쥑여. 천젠지 하눌님인지 모두 뒈져버려라. 음덕(陰德)
없이도 나는 살아. 내가 음덕 입은 것이 뭐여, 뭐여? 하눌님이란
건 해 입히기만 좋아한단 말여. 넉 달짜리 핏덩이가 무신 죄가
있어? 무신 죄가 있다는 거여? 무신 죄여, 엥? 이 쥑일 놈들아."
그러나 춘섭이의 목구멍에선 피가 한 방울 넘어왔을 뿐, 말이라
곤 한 마디도 토해내지 못했다. 춘섭이는 악몽이라도 꾸는 듯이
입술을 옴지락거리며, 멍청하게 앉아 있다간, 갑자기 뛰쳐일어
나 어둠 속을 어딘지로 마구 달려갔다. 자기 머리칼을 쥐어뜯고,
옷을 찢고, 가슴을 치고, 살을 물어뜯고, 그리고 방울 큰 눈물을
흘리면서 마구 달려갔다.

　남은 젊은이들은 눈을 껌벅이며, 그저 가만히 있었다. 봉길이
도 더 입을 열려 하진 않았다. 그들은 그렇게 오랫동안 아무 말
도 없이 누워 있기만 했다.

어디선지 흘러온 가느다란 바람이 머엉하게 누워 있는 젊은이들의 가슴을 어루만져주며 스쳐갔다.

호르륵, 호르륵, 호르륵,
부엉, 부엉, 부엉,

"엉? 여보게, 저거 웬 도깨비불이단가?" 누웠던 순길이가 갑자기 일어나며 이렇게 부르짖었다.

"워디여? 워디 엉?"

"아, 저쪽이랑개" 하면서, 태주할미네 집이 있는 산 중턱을 가리켰다.

"저건 태주할미네 집이 타고 있는 거 아니단가?" 느릿느릿한 말씨로 상문이가 말했다.

"그랴, 엉? 그랴?" 관심도 없다는 듯이 누웠던 봉길이가 놀라 일어났다.

"참말로, 참말로……" 봉길이는 벌써 저만쯤에 뛰어가고 있었다.

불이 타고 있었는데도, 태주할미는 그것도 모르고, 잠든 손주딸을 내려다보며, "쯧쯧, 버리 방애 찧니라고 월매나 고상을 했으면 요로케 벌쎄 잠이 든단가. 쯧쯧, 아가, 헌디, 이힝, 이 할매가 더 살고 싶어서, 그래서 애기를 하나 바치라 한 거여. 할매는 멩[命]이 다 됐단개. 헌디 고 춘셉이 딸년은 살아봤자, 열다섯된 해에는 죽을 운수거던, 열다섯 해 동안은 이 할매가 더 살 수 있을 건개, 흐흐흐으응. 송아치 갖고는 멩이 잇어질 수가 없다는 거여. 흐흐으으, 춘셉이 딸년의 멩을 이 할매가 뺏아 잇는 거란 말여. 고것들이 니얼쯤 소식이 있을 건디" 하고 혼자 이야기하고 있었다.

"헌디 할매는 삼악도(三惡道)를 멘할 수는 없을 기여" 하고 한숨을 한 번 쉰 뒤, 코를 킁킁하면서, "싼내(타는 냄새)가 워디서 나는 거여. 킁킁" 했으나, 할미도 피곤했던지 오그리고 누우면서 스르르 눈을 감았다.

봉길이가 할미네 오두막까지 뛰어왔을 땐 오두막은 막 쓰러지던 참이었다. 눈 녹고는 습기에 젖어보지 못했던, 개다리 기둥에 이엉 이은 지붕이라 삽시간에 쓰러지고 말았던 것이다.

그걸 보고 봉길이는 멍해져 서버리고 말았다. 무슨 비명 같은 소리가 두 번인가 들렸다고 생각했으면서도, 몸이 말을 듣지 않았다. 왜인지 움직일 수가 없었다. 눈앞에서 쓰러져 눕던 불더미도 머언 마을의 풍경 같이 멀리 그리고 자기와는 아무 관계도 없는 듯이 보였다.

불이 일그러지고, 냄새나는 노란 연기만이 모락모락 피어오르고 있을 때까지도, 그러니까 날이 희끄무레 새고 있을 때까지도 봉길이는 그렇게 서 있었다. 밤은 악몽과 같이 지나갔다. 그리고 밤은 집이 서 있던 자리에 몇 개의 돌덩이와, 잿더미와 노란 연기만 남겨놓고, 그리곤 아무것도 남기지 않고 모두 가져가버렸다. 봉길이는 밤이 모든 걸 가져가버리고, 잿더미만 남겨놓았다고 그렇게 생각했다.

그런데 날이 더 밝아지자, 봉길이의 흐린 안막에 뭔가가 커다랗게, 그런가 하면 아주 작게 비추어드는 것이 있는 것을 인식했다. 그것은 웃고 있었다. 이빨을 드러내고 히히 웃고 있었다. 머리칼은 검불 같이 헝클어져 있고, 눈은 얼굴 전체보다도 더 크게 퀭했다. 웃옷은 한쪽 어깨만 걸쳤을 뿐, 모두 찢기었는데, 드러난 살은 불에 데인 듯이 군데군데 꺼뭇꺼뭇한 반점이 있었다. 벗은 발은 피철갑(鐵甲)이었다.

"여, 봉길이, 봉길이, 왜 거그 서 있는 거여, 엉? 왜 거그서 그렇게 서 있는 거여? 멍충하게 잉? 웃고 있네그랴. 웃고 있어. 봉길이 자네는 히히 웃고 있당개." 그러나 그는 아무 대답도 몸짓도 없었다.

날이 완전히 밝아졌을 때, 그리고 잿더미 건너편 맞바로 서 있는 물체를 봉길이가 깨닫게 되어졌을 때, 봉길이 또한 이빨을 드러내고 웃었다. 천치 같이 히히하고 웃었다.

"봉길이 자네, 씨암탉은 뛰쳐나올지 알았었는디……" 누구도 들을 수 없는 목소리가 잿더미 건너편에서 이렇게 중얼거렸다. 그러더니 그는 미친놈처럼 팔을 휘두르며 마을 쪽으로 뛰어내려 갔다. 뛰어내려가면서, "나는 씨암탉이라도 남을 건개. 씨암탉이라도 남을 건개. 씨암탉이라도 남는단 말여. 남아" 했다. "씨암탉은 남아"라고 ──

그날 정오에, 기우제와 위령제를 올렸던, 태주할미네 집이 있었던 산꼭대기에서 다시 한 번 연기가 올랐다. 노란 연기가 올랐다.

태주할미도 없이 기묘한 기우제는 진행되었던 것이다.

삼십여 명의 마을 사람들은 ── 오십여 명의 마을 사람들 중에서, 병든 늙은이들과 기진한 아낙들과 아이들이 빠져 있었다 ── 남녀 할 것 없이 꿇어앉아 하늘을 우러러보며, 흐느적 흐느적 피어오르는 노란 연기 속에다 비를 갈망하는 마음을 실어보냈다. 참으로 경건하고 청중한 기우제였다. 그들의 눈들은 더할 수 없이 고요하고 깊었다. 그들은 두툼하고 푸르스름한 입술을 무겁게 움직여, "천제님, 보살피시와요, 보살피시와요" 하고, 속삭이는 듯이 중얼거렸다.

그러나 그렇게 기도하지 않는 여섯 개의 눈이 있었다. 그 눈들은 노란 연기 기둥 양편에서 탁탁 소리내며 일럭일럭 하는 불을 지켜보고 있었다.

"춘섭이, 자네는 그래도 씨암탉이라도 남았은개……" 누구도 들을 수 없는 목소리가 노란 연기 기둥 건너편에서 이렇게 중얼거렸다. 그러더니 그는 미친놈처럼 팔을 휘두르며 아랫녘으로 뛰어내려갔다.

기우제는 또 그렇게 해서 끝났다. 산마루엔 어린 사지(四肢)를 비끄러맸던 네 개의 말뚝이 타다 남은 채 서 있었다. 폭풍우 속에서도 가뭄을 이야기하며 언제까지나 서 있을 게다.

꽹과리도, 장고도, 막걸리도 없이 치러졌던.

사람들이 총총걸음으로 내려가고 난 뒤에도, 춘섭이와 그의 안댁은 움직일 줄 모르고 서 있던 자리에 못박혀 서 있었다. 그들은 그렇게 서서 넉 달짜리의 어린 영혼을 위한 두 망주석(望柱石)이라도 되려는지, 눈 하나 깜빡이지 않고 서서 있기만 했다.

그러나 산들바람에 불려온 노을이, 그들의 귀여웠던 넉 달짜리 시회(屍灰) 위로 덮여올 무렵엔 그들은 움직이는 것 같지도 않게 움직이기 시작했다. 그들은 불 탄 자리에 엎드러져 타다남은 작은 뼈를 줍기 시작했다. 노래하며 줍기 시작했다.

황혼은 언제까지고, 마을의 운명이 다하는 날까진, 딸의 뼈를 긁어 모으며 노래하는 한 어미의 노래를 간직해둘 게다. 나물 캐는 산골 처녀들이 흔히 불렀던 수심가의 구성진 가락을 그리고 무덤을 파는 두 사내의 핼쑥한 얼굴을 상기해낼 게다. 윗녘의 무덤과 아랫녘 무덤을 꼭 같이 감싸주면서 ——

　최후의 희망을 걸고, 천제와 담판을 지으려 했던, 그 기우제가
끝나고도 십오일이나 흘렀어도 비는 오지 않았다. 깊이 뿌리를
박은 나무들도 꼭대기서부터 말라들었다. 벼도, 콩도, 깨도, 옥
수수도, 심었던 때의 크기에서 두 치도 더 자라지 못하고 말라
죽어버렸다는 건 오래된 이야기다.
　마을엔 병자와, 아사자와, 미친 자가 불어났다. 그래도 여태껏
살아왔다는 것은, 생명이 얼마나 모진가 하는 것을 잘 증명하고
도 남았다.
　내일에 대한 공포보다도, 현실적인 기아와 갈증은, 그들에게
서 내일에 대한 공포도 설계도 빼앗아버리고, 외면되었던 현실
이 각박하게 그들의 목을 짓눌러 그들은 현실 속에서 습기를 빨
기 위해 미친 듯 서둘러대기 시작했다.
　물 한 모금 마시기 위해서도, 그들은 밤이나 낮이나 샘터를 떠
나지 않았다. 그리고도 나중엔 쇠스랑이나, 괭이나, 모난 돌로
서로를 찍었다. 찍히고 찍었다. 찍고 찍혔다. 찍힌 자들은 피를
토하면서도 샘 안으로 쓰러졌다. 설사 물을 받았다 해도 마셔 본
사람은 없었다. 하나만이 그 가뭄에도 물이 고였던 그 샘가엔,
탄 입술을 갖고 벌벌 기어와 쓰러진 노인들과 아낙들과 아이들
이 헛소리를 하고 있었다.
　　　　　　　　　"물. 무울. 무, 물."
　　　　　　　　　"무. 무울. 무울."
　　　　　　　　　"무울."
　　　　　　　　　"다, 다, 다비소로……"

"무, 물이 많은 땅."

그러나, 생명이 아직 다하지 않은 자들은, 최후의 흐릿한 눈으로 보았다──산허리를 돌아오는 동구 쪽으로부터, 검게 쏟아져 내리는 폭양 속을 걸어서 피리를 불며 걸어오는 한 나그네를. 그리고 그들은 들었다. 상처를 핥아주는 듯이, 요람(搖籃)을 흔들어주는 듯이, 그렇게 달콤하게 굴러오는 가냘프고도 구슬픈 피리 소리를. 물 흘러내려오는 소리를 듣는 것처럼 그리고 흘러내려오는 물에 흠뻑 입술과 목구멍과 창자를 적신 것처럼──다른 아무 고통도 없이 그 선율에 귀멀었다. 그러나 그 곡조는 그들이 이전에 한번도 들어보지 못한 것이었다. 그러면서도 그들은 태어날 때부터 들으며 살아왔던 것 같은, 아주 친숙함을 갖고 그 선율에 도취되어 있었다.

그들은 그 선율 속에서, 그들이 꿈꾸었던 새로운 땅의 체온(體溫)과 체취(體臭)를 느낄 수 있었다. 그래서 그들은 발음되지 않은 말로…… 당신도 다비소로 가는 길이면, 제발 우리도 데불고 가주우…… 했다. 그리고 그들은 그가 고개 끄덕이는 것을 보았다. 그래서 그들은 빙그레 웃었다. 웃는 입술로 산그늘이 무겁게 덮여내렸다.

피리의 주인공은 마포건(麻布巾)에 짚신을 신고 있었다.

〔참고〕『우리말 팔만대장경』, 「아함경법문」, 10장 13절의 23, 법통사 간행.

〔『사상계』, 1964. 11〕

江南見聞錄

화설(話說) ……

 애비 없는 후레새끼[私生兒] 하나 키워내느라고 ── 어머니는
후레새끼를 낳고 삼 년 후엔 출가해버렸다 ── 젊고난 뒤, 평생을
다 바친 할아버지가, 죽기 전에 귀가 아프도록 내게 들려준 얘기
가 있다. 그이는 젊었을 시절에 삼 년 간, 어떤 선교사를 따라다
니며 열세(閱世)를 했다 하는데, 그 삼 년 동안은 그이의 발이 머
물지 않는 곳이 거의 없었다 싶을 정도로 두루 편력해댔다 한다.
이야기엔 과장이 포함된 건 사실이다. 그리곤 책 속에 파묻혀서
살았는데, 손주인 나를 얻게 된 노년에는 지금도 잘은 이해할 수
없는 역사서니 철학서니 지리서니 종교서, 또는 정치학책 나부
랭이를 자장가 겸 읽어주기도 하고, 때로는 벽이나 쳐다보고 몇
시간씩이나 보내기도 하고, 어떤 때는 언제나 꼭같은 노래를 부
르기도 했는데, 아마도 그것이 그이의 소견법(消遣法)의 전부였
던 것이다. 그이의 생활은 그이가 써낸 몇 저술에 의해 보장되었
던 터였다. 그러나 가난했다.

그이는 확실히 껍질을 가진 거머리로 살다 거머리로 죽었다. 그이는 죽을 때 눈도 감지 못했는데, 세상에서, 또는 자기의 삶에서, 아니면 자기의 껍질에서 피를 다 빨지 못한 그것 때문이었을 게다. 그래도 숨지기 전에 이놈의 손을 잡고 빙긋이 웃어주었기에 다행이었지, 눈을 부릅뜬 채 웃지도 않고 숨졌던들 지금은 내가 뭣이 됐을 것인가는 불문가지다. 그이는 자기가 못다 빨아들인 그 인색한 집념을 내게 넘겨준다는 식으로 웃었다. 그래서 나는 상속자(相續者)가 되었지만, 그이가 눈을 홉뜬 채 죽었기 때문에 나의 상속은 온전한 것은 못된 듯했다고 치더라도 그의 유언 속엔 내게 충분할 유산이 있었다. 나는 그이로부터 한 시민권을 물려받았는데, 내가 가서 정주할 땅은 역사 이후의 가장 희망에 찬 연대의 가장 자유롭고 비옥한 땅이었다.

그이가 귀가 아프도록 들려준 얘기〔遺言〕는, "그래, 이 세상 어디엔가는 그쪽으로 통한 길이 있을 게다. 암믄, 있구말구. 신작로는 새로 태어난 맘모스가 휩쓸었다 해도 오솔길 하나는 남아 있을 게다"로 시작된 것이었다. 언제나 반복되는 서설이다. "그럼, 있구말구. 오솔길은 있구말구. 그 길은 전설에로 통한 길은 아니다. 그 길은 희망과 평화에 대한 결속과 번영으로 넘침을 약속했던 그런 연대(年代)로 통한다. 사람이 모두 강남행의 제비였던 시절에 말이다. 네가 어렸을 적에도 자주 읽어 들려주었지만, 그 시대는 세속화된 신에게 압제받던 우리 프로메테우스들이 코카서스 바위 위에서 해방되던 시대였단 말야. 생각해 보아라, 신은 독수리였다는 것을. 독수리는 인간에게서 인간임을 씹어 삼켜왔었어. 인간에게서 인간임은 그것은 육신에 있어선 심장이나 간과 마찬가지야 알겠어? 태초에도 황금 시대가 있었지. 그러나 거긴 전설로 통해진 곳이야. 내가 말하는 황금 시대란 바로 이웃했던 시대란 말야." 그이는 얼굴을 찌푸리며 또 조금 생각에 잠긴다. 식모할멈의 식사 재촉이 있을 때까지 그러고 있을 때도 있었다. 삼십 년이나 지나서 안 것이지만, 그이는 그런 동안이면 황금 시대로 통한 오솔길을 걷고 있던 중이었다.

식사하는 동안은 그이의 습관은 이야길 하지 않았다. 생각도 하지 않은 것 같았다. 그이는 음식에 대해선 아마추어의 경지를 넘는 감식가였기 때문이다. 그이 역시, 삼 년 동안의 편력중에서, 어떤 여인과의 야합으로 딸을 하나 얻었는데, 그 딸이 바로 나의 어머니다. 어머니는 열일곱 되었을 때, 어떤 곡마단의 무대 장치를 맡아보는 녀석하고 배가 맞아 돌아다녔는데, 그 배 부딪치는 곳에서 발하는 섬광적인 빛이 나로 뭉쳤다. 그러니까 나는 유서 깊고 전통 있는 후레새끼이다. 할아버지의 음식에 대한 감식안이 싹튼 것은 여기에 이유가 있었다고 생각된다. 그이는 한 번, 내게는 눈에 보이지 않는——생식의 여신이나, 암퇘지의 자궁을 지닌 여인으로 생각하는 바의 어떤 여인과 배를 맞대본 뒤는, 그 여인이 환가(라고 하면 가장 적합한 표현이 되는데, 그도 그럴 것이, 그 여인은 배가 배에서 떨어지자 할아버지의 뺨을 느닷없이 갈기더니 그 당장으로 사라져버렸다 한다. 그러더니 일 년 하고 육개월이나 지나 할아버지가 정착하고 있었던 옛집으로 찾아와선 이번엔 영양실조의 계집애 하나를 예의 그 뺨을 치던 제스처로 맡기고 홀홀히 가버렸다 하는데, 아마도 녹수청산에 흰 구름 따라, 아니면 벌 받는 노루가 쫓기는 샘골에 가서 두레박 타고, 「귀거래사」 한 구절 신명나게 뽑은 뒤, 속한 내 할아버지께 흰 손수건 흔들었을 거라는 생각이다)해버렸으므로, 할아버지의 배고픈 정력이 음식으로나 채워볼까 하고 음식에 달라붙었다. 음식이 지닌 신맛, 단맛, 짠맛, 쓴맛, 구린 맛 등 모든 것이 다 그이의 아내뻘이었다. 사실 이렇게 된 것을 나나 식모할멈(할아버지의 사촌 누이)이나 고마워해야 할 일임엔 틀림없었다. 그렇지 않았던들 유산을 나누어가질 자식들이 붙었거나, 고집과 신경질이 붙었을 게다.

"그래서 말이다," 식사를 끝내면 할아버지의 입은 다시 열린다. "난 그 오솔길을 찾으러 삼 년 간 다녔지. 대체 그곳이 어땠느냐구? 그건 말야, '래세에 있어서가 아니라, 여기 세상에서 허약한 인간의 성질의 테두리 안에서, 그 안에서의 도덕적인 진보와 정신력의 진보의 실현'이 가능했던 연대의 땅이었단 말야. 인간 본위의 시대였어. 인간이 신에 우선(優先)했었단 말야. 그해는 세속화되었던 신의 식민으로부터 독립을 갈취하던 해였어. 독립선언문은 대략 다음과 같다." 그리고 그이는 신파조의 음성으로 웅얼댔다. 노래 비슷한 것이었다.

"'공업은 황금색의 날개를 펼치고, 천만 족(足)의 거대한 발걸음으로 온 세상을 돌아다니며 나라들을 기름지게 한다.' 세속화되었던, 우리를 압제하던 신은 청동탑 속에 유폐되었다. 우리 이제, 그가 헐어버린 바벨탑을 다시 쌓기 시작했느니, 천만족의 언어와, 천만족의 풍습과 천만족의 사상이 하나로 결속될 날이 가까웠도다. '최후의 심판의 종은 울렸다. 악은 그치고 폭력은 사라진다.' '자유는 무덤에서 소생하고, 악마의 행적은 영원의 암흑 속에 묻히고 말았다. 천만족의 만백성은 우애 속에 서로 손을 잡고 우레와 같은 환호성을 울리며 자유를 환영한다.' '이제 피로했던 세계는 사바드의 기나긴 날에도 자유롭게 숨쉬리.'" 할

54

아버지는 노래를, 이른바 독립 선언문을 그치면 향수에 잠겼다. 이럴 때면 내게도 푸른 불꽃과 같은 향수가 나를 휘감고 나를 태워 나는 형체도 내음도 없는 그을음이 되어 그 정토(淨土)의 대지로 내리는 것이다. 할아버지는 확실히 울창한 가장 큰, 가장 아름다운 고향을 갖고 있었다. 그이는 거기로 돌아가 보고 싶어 했지만, "이젠 늙어서 나는 틀렸어. 너나 돌아가 보렴. 그 오솔길을 찾아보렴" 했다. "참말인가요? 그 고향을 저에게 주시는 겁니까?" 난 열심을 내서 말했다.

"암믄, 너에게 주고 말고. 그 아름다운 땅을. 얘야, 글쎄 그와 같은 땅일지라도 한땐 암흑 시대가 있었어. 모든 건 신의 이름으로써 비롯되었다. 면죄부(免罪符)라고 하는 것까지 팔았단 말야. 인간은 그 신의 이름 아래에서 무기력해졌었다. 그러나 이 현세에 있어선 이 세계는 인간의 땅이다. 너나 나의 공화국이야. '우리를 압제하던 신은 청동탑 안에 유폐되었다'라는 그 구절은 의미가 심각해. 세속화되었던, 그리고 제국주의적이었던, 그리고 악과 폭력의 맹주였던 그 악마적인 행적을 남긴 거짓된 신이 유폐된 거야. 알겠니? 이 시대야말로 황금색의 날개를 가진 참모습의 신에 의해서 나라들은 기름지고, 사람들은 희망에 불탔던 것이다. 그런 건 모두 신 세계에 대한 끊임없는 동경과 염원에 의해서, 그리고 그런 염원의 승화된 개혁에 의해서 핀 것이었지. 안개는 걷히고 진실된 태양이 뻔쩍였던 것이다." 할아버지의 눈은 빛났다. 나에게 준, 할아버지의 유산은 이 이상 훌륭할 수는 없었다. 나는 여기까지만 이야길 들으면 되었다. 나는 벌써 그 공화국의 시민이었을 뿐, 이미 나그네는 아니었다.

"그 땅은 그러나 서자가 혼혈아나 사생아처럼 되어지고 말았다."할아버지는 내가 그 고향길에 있는 동안 한숨을 쉬고 이렇게 말했다. 그 당시는, 그 이야기의 의미야 어찌되었든, 그 이야기처럼 맘에 맞는 이야긴 없었다. 서자나, 혼혈아나, 사생아의 고향——그들은 모두 자유에서의 산아들이었기 때문에, 응당 그들은 그와 같은 땅에 정주할 만하다. 나로 말하면 아주 전통 있는 가문의 아들이다. 그 땅의 시민권은 나와 같은 가문의 아들만이 얻을 수 있다. 우리들, 사슬 너머에서의, 자유의, 개방된 자궁이, 사슬에의 반항과, 사슬에서의 자유와, 사슬에서의 초월을, 생명으로 빚어내놓은——황금 시대를 살도록 특혜받은 인간들. ——삼십 년이나 지나 뒤늦게사 할아버지 이야기의 향방을 알게 되었다 해도 난 이 삼십 년 동안의 나의 믿음에 실망하지는 않는다.

"그 수유의 지상의 천국은 사라졌다. 아주 눈깜짝할 사이에 신화적으로 몰락되어져버렸다. 새로운 용납될 수 없는, 신이 탄생되면서 그렇게 되었다. 이것은 인간만의 평화스러운 공화국을 부르짖던 자들이, 그리고 '황금색의 날개를 가진 참 신'을 예찬하던 자들이 조작해냈다. 이것은 평화와 행복스런 미래를 유액으로 빨고 자라나선, 나중엔 유모를 잡아먹고 암흑의 산파(産婆)가 되었다. 그는 '천만족의 거대한 발걸음으로 온 세상을 돌아다니며' 진통하는 산모들께서 암흑을 받아냈다. 불안과 공포와 절망이 대량 생산되었다. 이미 그것의 아버지들도 항복해버렸다. 아버지들의 정액 속엔 매독균이 있었거나, 그 정액을 받은 자궁에 뱀이 들끓고 있었던지도 몰랐다. 그 이전의 암흑 시대보다 그 이후의 암흑 시대는 더욱 검고 비참하게 되었다. 세계는 매독에 걸려 고름을 쏟으며 발작하려고 한다. 바벨탑을 쌓아올리자고 노래했던 그들의 노래는 공허한 메아리가 되었거나, 발작을 위한 신음으로 변해버렸다. 오늘날 인류는 계급 투쟁과 선동적인 정치, 배타적이고 군국적인 민족주의와 사회주의에 의해 초래된 폐허 안에서 매독균에 즐거워하며 살고 있다. 그래, 다시 암흑 시대가 왔다. 우리로 하여금 희망과 행복을 느끼게 했던 저 황금 시대는 묻히고 말았다. 헌데 말이다. 이 폐허 안에서 살고 있다고 하더라도 우리는 다시 황금 시대를 낳게 할 수도 있어. 신 세계에 대한 꿈을 갖는다는 그것만으로서도 어느덧 세계는 바뀌어질 수도 있어. 그러나 오늘날엔 바벨탑에 대한 꿈이 사라진 시대다. 그와 비슷한 형태의 것이 이스트-리버 해협에 기초가 닦여져 있다더라만, 범게르만주의니 범슬라브주의니 뭐니 하는 철근과 대리석으로 되어지는 건물이라면, 생각해보면, 그것들은 향수가 없겠는지. ……그러나 반드시, 어디엔가는 그 황금 시대로 통한 오솔길은 있을 게다. 난 그것을 믿는다. 그것은 신기루나 기적은 아니었어. 확실한 것이었어. 난 눈을 감으면 그 길을 볼 수도 있으며 발 밑에 느낄 수도 있다. 그곳의 지붕은 모두 오월 그늘에 부드럽게 애무를 받고 은근히 빛난다. 사람들은 지루한 시간엔 일하며 경쾌한 시간엔 행복을 나눈다. 공장에선 부족한 필수품을 생산하느라 기계는 노래하고, 절망된 자는 없다. 인구는 적당하며 물질은 풍부하다. 순경은 어디에 불편한 점이 있는가 하는 것을 찾기에 혈안이 되어 있을 정도다. 가령 시청 광장을 걷던 사람이 광장을 다 건너기 전에 설사를 해버릴 지경이 되었다면 그런 사람을 위해 광장에 금방 변소를 세운다는 식이다. 순경은 그러한 일을 한 달에 한 건이라도 발견한다면, 그는 유능한 순경으로서 화제가 된다. 거기서는 인간만이 가치가 있기 때문이다.

신도 인간을 위해서 존재해 있고, 변소도 인간을 위해서 세워져 있다. 처음에서 끝까지 인간 본위이다. 다시 말할 수 없이 평화스럽고 희망에 넘치고 교만한 땅이었다. 침팬지까지라도 인간 닮았다 해서 존경받을 정도였다. 각인은 모두 위대한 개선장군처럼 다른 사람으로부터 존경받고 존경한다. 그러므로 반목이나 전쟁이나 불안은 있을 수도 없었다. 그랬던 시절도 있었다. 그러나 혹자는 믿지 않을는지도 모른다. 외관상으론 그래도 그 내면엔 많은 사회적인 문제가 있노라고. 그리고 그것은 멸망으로 발전할 것이라고. 헌데 말이다. 그건 절망된 세계를 살아본 사람들의 역사관이야. 사람은 행복해지면 감사와 축복을 그들의 영혼의 비계덩이로 만든단 말야. 불안과 절망 대신에 행복과 희망을 심어넣어 보렴. 리트머스 시험지의 반응처럼 순식간에 모범이 될 인간이 태어난다. ……난 그 길을 지금도 보고 있다. 라일락꽃이 줄지어 선 잔디밭을 통해서 둥근 지붕들의 빛나는 건물들이 어슴푸레 보이고 있다. 오오, 황금의 땅이여! 땅 위의 천국이여!" 할아버지는, 그리곤 쓰러졌는데, 닷새 후에는 죽었다. 닷새 동안은 할아버지의 눈은 초점이 없었다. 깊은 그늘에 덮인 듯했는데, 사물은 그 동자(瞳子) 안에선 형체를 잃고, 무한히 긴 오솔길만이 그 눈 속을 가로질러 황금 시대로 통했다.

"어디엔가는 그 강남의 오솔길이 있을 게다. 난 그것을 보기는 수없이 보았고, 또 지금도 보고 있다만, 너무 늙어 발을 떼어놓을 수가 없구나." 할아버지는 가쁜 숨을 쉬면서 웃는 듯한 입 모양을 했다. 임종하려는 것이다.

"가난스런 내가 줄 곳이 있다면 그곳뿐이다. 나는 그저 바라보는 이것만으로도 행복하다. 내 눈만은 감기지 말아다오!" 할아버진 그리곤 숨겨버렸다. 마지막으로, "내 눈만은 감기지 말아다오!" 하고 이야기하면서 —

"내 눈만은 감기지 말아다오!"

그러나 난 할아버지의 눈을 감겨버리고 말았다. 어찌나 세게 눌렀던지 죽은 입술이 꽥 소리를 지를 정도였다.

각설(却說)……

난 할아버지가 숨진 그날로 행장을 꾸렸다. 나는 나의 유산을 찾으려는 것이었다.

일주일 후에는, 나는 시골길을 걷고 있었다. 큰길은 건물로 들어차 버렸지만, 오솔길만은 남아 있을 것이라는 믿음이 있었기 때문이다. 할아버지와 마찬가지로 나도 그러한 길을 꿈에서 수없이 보았던 터였다. 그 길은 온전히 나만의 것이었다. 누가 넘겨보는 사람이 있을 리도 없었다. 그것은 나만의 비밀이었다. 나는 아직 오늘까지 한 여인을 빼놓곤 아무에게도 말하지 않았다. 나의 삼십 년 간에 걸친 탐색에 따랐던 슬픔과 고뇌를 정사(情事)와 이별을, 병듦과 주림과 때때로 맛보았던 행복을, 이런 모두를 말하지 않았다. 내게는 이 탐색과, 탐색에서 체험된 몇 경험들은 처녀성이나 순결성 또는 정조처럼 생각컸다.

그런데 그 나이가 되기도 전에 나는 너무 늙어버렸다. 볼은 구레나룻이 덮고 있으며, 까맣던 눈도 잿빛으로 변했다. 이 조로(早老)의 슬픔이 영영 나를 무덤으로 이끌기 전에, 나도 하기야 할멈이 필요하다. 할멈 하나 얻어 등이나 좀 긁어달랠까? 내가 생명을 이 육신 안에 담고 있는 동안은 나를 담을 곳은 여기밖에는 없으니까 이제는 나도 정좌해볼까?

탐색에 오른 첫 세 해 동안은 나는 살던 도시를 떠나 강의 남쪽 시골길을 헤매다녔다. 내가 꿈에서 보았던 그 오솔길은 도시의 거대한 건물이 끝나는 곳에서부터 시작되었었다. 그 오솔길은 누구도 딛고 간 발자국이 없어 돌들은 이끼에 덮여 까만 모습으로 웅숭그리고 있었고, 낙엽은 쌓이고 쌓여서 푹신한 쿠션으로 되어 있었다. 그 사이로 길 같은 것이 어쨌든 시선의 한계가 끝나는 곳까지 뻗어 있었고 그 저쪽에 금빛 지붕들이 어머니처럼 보였다. 내겐 할아버지의 것과 같은 라일락꽃 오솔길은 아니었다. 나는 어쨌든 나의 마을을 찾아야 했다. 나의 마을은 버리고 떠나왔던 선조의 후예인 나를 기다리고 있었으니까. 그곳은 강남이라 했는데. 나는 이 서자와 혼혈아와 사생아의 고장을 수없이 꿈꾸었던 것이다. 나는 어서 찾아가야만 했다. 특혜의 자유에서 선택된 우리들, 후손이 살고 있는 땅을. 그러나 나는 억만번이나 희망을 가졌고, 억만 번이나 실망했다. 강편의, 오솔길이 시작되는 길을 나는 끝없이 걸었고, 또 헤아릴 수 없는 많은 마을을 보았다. 마을마다 상냥스런 아가씨들이 있어 어느 때는 어느 아가씨와 세 마을쯤 같이 걸은 적도 있었고, 뽕나무 밑에서 오디를 따는 척하며 그 아가씨를 눈물 흘리게 해준 적도 있었다. 면서기와 같이 길을 걷기도 했으며, 모심는 논에 가 줄을 잡아주기도 했다. 겨울은 아무튼 나는 움직일 수가 없었으므로 훈장 노릇을 해야 했다. 경험에서 짐이 불어난 것이지만, 내 행장 속엔 심심한 노인들께 들려줄 이야기책 몇 권, 그들의 아들 손주께 배워줄 천자책(千字冊) 하나, 이런 것들이 불었다. 어느 마을에선 결혼해서 주저앉아버리라고 권유를 하기도 하고, 또 나로서도 정다운 아가씨 탓에 그래보고도 싶었으나, 그런 마음이 들 때

60

론 다시 그 오솔길의 꿈을 꾸었다. 난 오솔길을 꿈에서 보기만 하면 견딜 수 없이 우울해져서 뿌리치고 일어나야만 했다. 어느 때는 계속 며칠이고 꿈을 꾸었다. 앓고 있을 때면 꿈은 더욱 많 아졌다. 나는 초라하고 조급해져서 앓는 몸으로라도 몇 번이고 뿌리치고 일어나기도 했고, 또 앓는 몸으로도 몇 번이고 추방당 하기도 했다. 잠자리는 물레방앗간이 언제나 제일 그럴듯했다. 대개는 한둘의 벗을 찾을 수도 있고, 벗이 없더라도 내 경험의 몇 푼을 털어내놓고 셈해볼 수도 있었으니까. 그러나 달 밝은 밤 이면 난 거의 미쳐서 잠을 들 수가 없었다. 내 눈에 오솔길이 보 이며 어머니 같은 내 마을이 보이기 때문이다. 나는 뛰쳐 일어나 달리다시피 걷다 보면 때로는 호수에 이르기도 하고, 때로는 면 소재지에 이르기도 했다. 때로는 강의 상류에까지도 이르렀다. 호수에 이른다든가 면소재지에 이른다든가 거기에는 하등의 차 이도 없었다. 실망을 느끼고 아무렇게나 몸을 부려 잠이 들면 아 침은 더워 있거나 비가 내리고 있었다. 그래도 나는 정처가 없었 다. 난 슬픈 마음으로 여위며 빨리 정착하고 살고 싶었다. 그렇 게 세 해 동안을 나는 강촌을 헤맸다. 그러나 그 길은 발견하지 못했다. 나는 흐느낌을 짓물고 강촌을 떠나기로 했다.

네 해째부터 네 해 동안, 나는 바닷가를 헤맸다. 바닷가에서 바닷가로, 나는 내 오솔길의 꿈이 이끄는 대로 따랐다. 불기둥도 구름기둥도 없는 고독한 여로였다.

하기야 그 동안에 내게로, 아들이 하나, 딸이 둘, 사산아(死産 兒)가 하나, 그리고 고자 남편을 가진 어느 부잣집 외동 며느리 에게 심어준 것까지 합쳐 다섯이나 되는 아이가 있었다. 그 고자 아내의 뱃속의 것은 아들인지 딸인지는 몰라도 배가 불러올라

숨을 헐떡일 때까지는 서로 좋아지냈었으므로 틀림없이 씨를 갖긴 했을 게다. 그 여자는 참으로 그럴듯한, 딛고 간 발자국이 없던 채로의 왕성한 여자였었다. 그런 여자였으므로 내가 떠나온 후론 가끔 샛서방을 맞았을 것이다. 바닷가엔 칠팔월 호박처럼 무르녹는 과부가 많기도 많았다.

그런데 문제는 사산아의 경우였다. 이것이 나의 방랑을 멈추게 한 획기적인 계기였다. 그외의 네 아이는, 한 아이는 부잣집 외아들 몫으로 선물해버린 셈 치더라도, 세 아이는 어떻게 되었는지 나도 알 수가 없다. 한 아이는 처녀의 뱃속에서 총각으로 나왔고, 한 아이는 과부의 뱃속에서 홀어미로 나왔고, 그리고 한 아이는, 처녀는 아니었지만 처녀로 행세하던 식모의 뱃속에서 반처녀로 태어났는데, 나는 항상 오솔길 따라 야간 행각을 잘했던 터였으므로 불행히도 내 아들 딸의 안부는 캄캄할 수밖에 없다.

그런데 몇 달이고 오솔길이 보이지 않은, 청명한 날씨가 계속되었다 해도 내겐 그렇게밖에 생각되지 않는 우계(雨季)가 있었다. 나는 아마 처음으로 사랑을 느꼈던 모양이었다. 내가 우계를 견뎌야만 했던, 그 괴로운 철[季]을 준 아가씨는 선주(船主)의 외동딸로서 나보다는 다섯이나 아래인 깜찍한 소녀였는데, 나는 그만 그녀에게 압도되고 말았던 것이다.

때는 5월, 다정해지고 싶은, 누구나를 자기의 오솔길로 데리고 가는 계절이었다. 나는 부둣가에 서서 바다 끝을 바라보고 있었다. 나는 바다로 눈을 향했지만, 내 시선이 닿은 것은 내 마을의 오솔길이었을 뿐이었다. 이 세상을 편력하면 할수록 그곳에 대한 나의 동경과 회향은 더욱 절실하고 집요한 것이었다. 난 현실에로 눈을 돌리면 가련하고 비참한 상여(喪輿)집 같은 거지 나부랭이로, 잘하면 식모나 가난한 과부의 며칠 밤 서방 노릇을 하면서 밥술이나 얻어먹을 수 있었으나, 형편이 아니었다. 그렇대도 나의 고향, 나의 땅은 기름지며, 아름답고 포근하고 평화스러운 곳이다. 나에게 그와 같은 고향이 없었던들, 귀향의 오솔길이 보이지 않았던들, 나는 지금 내 자신의 백골 위에 오줌을 갈기며 휘파람 불고 있거나, 내 자신의 백골을 빻아 환약(丸藥)을 지어 먹고 땀내고 누워 있을 게다.

바다 저 먼 곳에, 이미 파도 같은 건 보이지 않고, 나의 어머니인 내 마을 공화국의 지붕들이 보였었다. 난 취해 서 있었다. 지붕의 꼭대기엔 공화국기가 펄럭이고 있었는데, 자꾸만 내게로 가까워오고 있었다. 난 그것을 바라보며 황홀되어 미소짓고 있었을 게다. 그리고 어떻게 하면 나를 근사하게 보이게 할까 하고 생각하고 있었을 게다. 젠장헐, 그 순간 갑자기 나를 현실로 데리고 오는 것이 있었다. 나는 어찌나 슬펐던지 하마터면 눈물을 쏟을 뻔했다. 난 언제든 좀 실컷 울어야겠다는 생각을 해왔던 참이었으니까.

"아빠, 저거 우리 배가 틀림없죠?" 나를 나의 귀향길로부터 이 냉엄한 현실로 데리고 온 것은 ── 그건 몹시 정답고 달콤한 목소리였지만 ── 체면없이 열띤 금속성 부르짖음 그것이었다. 나는 얼른 그쪽을 향했다. 때는 기우는 정오, 아침의 명석은 호박잎처럼 지쳐 숙어들고, 누구나 사춘(思春)의 어머니가 되는 시각. 내가 그쪽에서 본 것은, 내가 그전에 할아버지의 서재에서 읽었던 어떤 책 속의 미치광이 ── 그 이름은 에이허브라고 기억되는데 ── 같은 한 늙은이가, 펄펄 뛰는 도미 같은 이십 세 안팎의 아가씨에게 기대 서서, 온화한 미소를 짓고 있는 행복스런 광경이었다. 내가 특별히 에이허브에게 그를 비한 것은, 그도 바다에서 늙어온 듯한 피부 빛깔과 지금은 이미 꺼져버린, 의지의 잿더미로 변해버렸지만, 그래도 그 잿더미에서 무엇인가를 찾아볼 수 있다는 그것과, 한쪽 다리가 의족인 듯싶게 거북상스러워하는 몸짓 때문이었다. 그는 시종 온화한 빛을 띠고 좀 망연한 시선으로 마스트가 조금씩 커지는 바다 끝을 바라보기만 했다. 그 아가씬 거의 발을 동동 구를 지경이었다.

"우리 배가 틀림없어요. 부두까지 나왔단 건 참 잘했어요. 여기서 일주일만 있다 돌아갈래요, 아빠 응." 딸은 그렇게 졸랐다. 난 한눈에 그녀의 순진무구에 부러움을 느꼈고 나와는 상관없는 그녀의 교만에 화를 냈다. 그러나 그러한 것들은 나를 자신도 모르는 새 그들에게로 이끄는 것이었다. 나는 나를 살펴볼 겨를도 없이 그들 가까이로 걸어갔던 걸 게다. 그리고 아마 나는, "안녕하세요? 이런 날씨엔 기쁜 소식만 들리는 법이랍니다" 하고 말했을 게다. 그러자 그 늙은이는 빙긋이 웃는 낯으로 잠깐 내게 시선을 주더니, "고마우이" 하며 안주머니에 손을 넣는 것이었다. 그 아가씬 한순간 내게 시선을 주었을 뿐이지만, 난 줄곧 그 아가씨만 바라보았는데, 그녀를 감싸고 있는 분위기의 향그러움과 그녀의 눈망울 안으로 비쳐드는 사물의 정다움, 모든 것은 그녀에게 접촉되고 느껴지고 비쳐들기 위하여 분홍빛의 명주로 성장하고 다가드는 것 같은 느낌을 주는 그것에 나는 압도되어 숨쉬는 것을 멈출 정도였다. 나 같은 음치까지도 그녀 앞에서는 천재적인 베짱이가 되어버릴 것 같은 이런 모두를 한꺼번에, 실로 눈 한번 깜짝할 사이에 느껴버렸다. 내가 그렇게 얼이 빠져 있는

64

동안, 내 귓바퀴를 나직한 음성이 한번 스쳐지나갔다. 다시 한번 같은 음성의 묵직한 위압이 내게 현실을 재촉했을 때에야 나는 정신을 차렸다. 나는 참 예민한 사내였던 것이다.

"자, 이거 갖고 가서 저녁이나 들어."

그 늙은이가 내민 것은 한 장으로서는 가장 단위가 높은 수해구(海狗)의 음모(陰毛)였다.

"고맙습니다만, 난 거지가 아닙니다. 이래뵈도 황금 시대에 사는 시민권을 지닌 사람입니다. 이 핏속에. 어쩌면 난 그곳의 이장(里長)이 될는지도 모릅니다. 난 그곳으로 돌아갈 오솔길을 찾고 있어요." 그 늙은이는 이상한 녀석 다보겠다는 듯이 거절하는 나를 빤히 쳐다보더니 —그때 그 아가씨의 눈이 이십 초쯤 내게 머물러 있었다. 난 처음으로 가슴뜀을 느꼈다— "거참, 가엾은 친굴세. 받아둬, 기쁨은 나누어가져야 마(魔)가 붙지 않는단 말야" 하고 자기의 자선심에 아첨하려 했다.

"다시 한번 말씀드림을 용서하십쇼만, 난 거지가 아닙니다. 난 내 마을에선 상류 인사입니다. 난 그런데 그 길을 잃었어요. 난 찾기에 칠 년을 보냈지만." 그 노인은 얘기가 끝나기도 전에 화를 내며 감정을 주체할 바 모르고 있는데,

"아빠, 그 돈 나 줄래요? 나 저녁 사먹을래" 하고 딸이 응석을 피웠기 때문에 늙은이의 분노는 평정으로 돌아왔다.

"바다를 두고, 내 어머니 같은 마을을 두고 맹세해도 이 세상에서는 제일 아름다운 숙녀님." 나의 목소리는 어느덧 비장해 있었다. "친절하신 아버님의 호의를 거절한 것을 용서하십쇼." 그녀는 금방이라도 깔깔거리고 싶은 걸 참고 있는 듯한 눈 모양으로 나를 내려다보았다. "이 몸은 너무나 행복하고 풍족한 사람입니

다.” 나의 이 말이 끝나자 그 아가씨가 놀랐다는 듯이 나를 훑어 보았다. 나를 내 자신이 침해해가면서까지 나를 스스로 비천하게 표현해본다면, 침팬지를 어르는 유한부인들의 그런 것이라고 나 해둬도 좋다. 아무튼 좋다. 우리가 듣는 어떤 진기한 이야기론 무슨 비행기 회사의 사장의 영양이 아프리카 상공을 날다 추락되어 고릴라의 정부 노릇을 하면서도 암고릴라에게 질투를 낸다는 이야긴 간혹 들리니까. 내가 침팬지가 되었든, 고릴라가 되었든, 뭣이 되었든 좋았다. 난 그 아가씨를 내가 그때까지도 경험해보지 못했던 순수무구의 덩이인 그 아가씨를, 품을 수만 있다면.

“난 나만의 울창한 마음을 가졌으니까요. 할아버지가 내게 물려준 것입니다. 할아버진 원정(園丁)이었었죠. 거긴 할아버지의 표현으론 계절은 언제나 5월이며, 그 짙은 5월 그늘에 애무를 받는 것은 무엇이나 은근하며 너그럽다 합니다. 거기로 통한 길은 라일락꽃이 줄지어 서 있어 개선장군을 맞는 숙녀들의 손처럼 흔들리고 있다 합니다. 거긴 나의 땅입니다. 무엇이나 신랑인 나를 위해 마련되어진 나의 신방(新房)입니다. 난 누구보다도 풍부합니다. 난 지금 돌아가는 길에 있으니까요. 허지만 불쌍하게도 아직 귀떨어진 이정표도 보질 못한 채 칠 년째의 5월을 맞았답니다. 후유우.” 나의 이야긴 흐트러져 있었을 것이지만, 난 나의 이야기가 계속되는 동안 그녀의 눈이 어떤 선망과 동경으로 한 마리의 까투리가 됨을 알았다. ‘양주부처(兩主夫妻) 내외자웅(內外雌雄), 가시버시 큰 물에 들어가 조개되었으니’ —— 난 여자의 눈의 바다에서 의미를 캐어내는 데는 일가를 이룬 진주잡이였다. 그러는 사이 선체가 아주 크게 드러나 보였기 때문에 그녀의 흥미는 바뀌어지고 말았으나, 나는 행복스러운 듯하기도 하고 비애스러운 듯도 싶은 어릿한 기분으로 그저 줄곧 그녀의 곁에 서 있기만 했다.

배는 도착되고, 떠들썩한 잡패놈들의 쌍소리와 웃는 소리 속에서 해가 지고 바다는 노을에 물들고 있었다. 그때는 나는 어느 사이엔지 손님 떠나버린 잔칫집, 열기 가신 화톳불 앞에 혼자 쭈그리고 남아 있었다. 오솔길 같은 건, 빛나는 지붕들의 손짓 같은 건, 내 눈엔 보이지도 않았다. 오솔길에 대한 내 집념과 회향의 환등 같은 건 폭풍이 불어 꺼버리고, 폭풍이 불고 간 내 하늘에서 한 별이 빨갛게 타오르고 있었을 뿐이었다.

사흘 동안을 나는, 그곳으로부터 조금 먼 곳으론 발을 옮기지 않고, 그곳만을 지켰다. 나는 내가 가진 것 중에서 제일 깨끗한 옷으로 갈아입고 그랬다. 그러나 내 모습은 내가 보아도 형편없이 초췌하고 가련했다. 나는 병이 들어 있었으므로. 한 번만 더 그녀의 그림자를 볼 수만 있다면 죽어도 좋을 것이라고 생각했다.

나흘도 저물려는 해거름에, 나는 그때 죽어도 좋았다. 그녀가 천천히 부두를 걸어 모래펄로 가고 있는 참이었다. 한데 나는 나의 소망이 이루어져 그녀를 보았으므로 죽어야만 했는데 왜 죽지 못하고 그녀를 뒤따랐을까. 오오, 이 부조리의 침팬지여, 너의 생각은 방귀 냄새밖엔 안 나는구나. 너의 방귀에 난 코도 찡그리지 않으리라. 나는 열두 번도 더 세수를 해놓았던 참이었다.

내가 가까이 갔을 때도 그녀는 나를 깨닫지 못하고 있었다. 그녀는 분홍 실크의 원피스를 입고 건강한 모습으로 구애받지 않는 백조처럼 내 앞을 걸어가고 있었다. 난 그녀의 발자국마다에 입맞춤을 퍼부으며 울고 싶었다. 난 언제부터도 울고 싶음을 내 피낭(皮囊) 안에 목화씨처럼 감추어두고 있었다. 그러나 난 침착 하려고 애쓰며 그녀의 교만 앞에 나를 벗어던지기로 결심했다.

"헤헤, 저 제일 아름다운 숙녀님, 절 알아보시겠습니까?" 나는 열적게 뒤에서 소리쳤다. 그러면서 넘어질 듯이 뛰어 나란히 섰 다. 그녀는 싫지는 않은 듯이 ——아니 적어도 멸시하는 눈이 아 닌 눈으로 힐끔 한번 나를 쳐다보더니,

"그럼요, 알아보구 말구요. 아버지가 칭찬을 하시던 분인 걸요" 하며 킥킥거리는 것이다. 하마터면 난 눈물 속에 빠질 뻔했다. 울고픔이 피낭 안에서 누선(淚腺)을 간질거리며 종용했다.

"뭐, 뭐요? 나, 나를요? 아 하늘 같이 너그러우신 분!" 나는 성 호를 두 번이나 그었다.

"네, 그러나 즐거워는 마세요. 아버지 말씀이, '그놈은 미친놈 이 아니면 반편이야' 그랬거든요." 그리고 그녀는 눈물이 나올 때까지 자지러졌다.

"제기랄 놈의 영감쟁이, 혀를 쏙 빼내버릴라? 제기랄." 나는 숨 이 막힐 정도로 화가 났다. 나를 살게 했던 모든 것들이 그와 같 은 취급을 받았다는 건, 나는 결국 자기 도취의 아포(芽胞) 안에 서 오차(誤差)를 살아왔다는 것밖에는 다른 아무것도 아니었으 니까. 그러나 난, 그전에도 그랬고, 또 그때도 그랬고, 지금도 그 렇지만, 나의 삶은 헛되었다고는 생각지 않았다. 헛된 건 내 쪽 이 아니다. 심장엔 비계가 없으면서 아랫배에는 비계가 많은 심 장에 선행해서 창자를 위주하는 놈들. 저주받을 배금주의, 배금 주의, 오호 배금주의, 배금주의의 물결이 내 오솔길을 휩쓰누나. 나는 번뇌로워 팔을 휘졌고 가슴을 치다가 쓰러져버렸다. 내 안

에선 울고픔이 폭발하는 굉음이 들렸다. 난 모래에 얼굴을 처박고 울음의 주머니가 말라붙기를 기다렸다. 그 아가씨 따위야 있는지 없는지 내가 알 게 뭐냐?

"세속화되었던, 우리를 압제하던, 청동탑 속에 유폐되었던 그 신이 다른 모습을 하고 뛰쳐나왔구나. 썩어 문드러져 구린내나는 몸뚱이에 황금의 도금을 하고 호색한들의 불알을 사들이는구나. 제기랄, 제기랄 불알 없는 몸뚱이로 너희들은 뭘 사정해 내겠다는 것이냐. 너희들의 몸뚱이에선 유칠이 막힌 정액이 썩는 냄새가 난다." 나는 정말 몇 년 간이나 못 울었던 울음을 울었는데, 깔깔거리는 웃음 소리를 등뒤에 듣고서는 나의 울음의 이유를 생각해보았다. 그런데, 제기랄, 이유가 없었다. 이미 그렇고 그렇게 해서 짓뭉개어진, 가득 찼으면서도 하나도 없는 공허의 수용소가 되어버린 땅이 되었기 때문에 나는 나의 고향의 귀로를 찾았던 것이 아닌가. 새삼스럽게 그 기정 사실 때문에 울어야 할 필요는 없었다. 제기랄, 이유가 없었다.

"헤헤, 헤헷, 헤헤헷, 헤헤, 헤헷." 갑자기 난 내가 우스워 고개를 처박은 채 웃어제치기 시작했다. 등뒤에선 더욱 자지러진 웃음 소리가 들린다. 한참 웃고 나니 아주 즐거운 기분이 든다. 난 기분이 좋아져서 무릎을 꿇고 고개를 쳐들었다. 얼굴에 묻었던 모래가 부스스 떨어지며 옷에 묻은 모래까지 떤다.

"미안하게 되었어요. 저의 아버지의 이야기를 해드려서 눈물을 흘리게 했군요. 당신은 참 가여워요." 난 얼른 등뒤로 고개를 돌렸다. 깔깔거리며 곧 죽어가던 소리를 분명히 들었었는데, 그녀의 눈엔 이슬이 맺혀 있었다. 난 다시 뭔가 뭉클해져 부르짖었다.

"아니, 천만에요. '맹세코' 나는 눈물을 흘리지 않았어요." 난
'맹세코'만을 반복했다. "맹세코 당신 아버님의 욕도 하지 않았
어요. 맹세코!"

"호호호호호, 남자분들은 어쩜 거짓말 잘하는 개구장이만 같을
까?"

"네? 그, 그, 뭐, 뭐요? 어린아이죠! 개구쟁이예요. 더욱이 난
더해요." 그러고 나서 나는 턱을 만져보았다. 쳇, 어느 사이 난
개구쟁이의 세월을 넘겨버렸는가. 수염이나 좀 깎을 텐데. 그러
나 나의 경험이 나에게 일러준 바에 의하면, 나의 연애는 오분의
둘쯤 성공했다는 답이 나왔다. 나를 싫어할 이유가 있어야지. 난
장담하지만, 못생긴 곳이라곤 꼭 한 군데밖엔 없었다. 배꼽이 두
치 짜리라는 그것이다. 배꼽이 두 치가 된 데에는 이유가 없는
건 아니었다. 개구리란 놈이 배꼽이 없는 것이 우스워 어찌나 웃
었던지 그날 밤에 나는 배꼽으로 오줌을 누었다. 배꼽인지 무엇
인지 잘 구별이 안될 정도로 자라나 있었던 것이다. 그러곤, 어
디까지나 내가 만든 기준이지만, 난 참으로 그럴듯이 잘생긴 사
내였다. 게다가 그날 나는 최대한으로 멋을 부렸기 때문에 나를
싫어해야 할 이유가 없었다. 멋을 부렸대야 낡은 코듀로이 바지
에 누렇게 변색된 와이셔츠가 고작이었는데, 아껴서 여자 만날
때만 입었었으므로 해진 곳은 없었다. 그러나 슬프게도 난 감수
성 많은 아가씨의 동정 안에 있었던지도 몰랐다. 그녀의 눈은 인
자한 누이의 그것처럼 변해 있었기 때문이다.

"눈자위나 닦으세요. 모래로 범벅이 되어 있어요." 그녀는 다정
을 좀 섞어서 그러면서도 놀리는 조로 내게 말했다.

"네? ○,▨ ▨?" 난 손수건이 없었기 때문에 손바닥으로 쓱

쓱 문질러버렸다. 난 좀 으쓱하고 싶은 기분이었다.

"그러고 나니까 눈자위께만 구리 가루로 도금을 한 것 같아요. 자, 이걸로 닦으세요." 그녀는 하얀 손수건을 하나 내게 내밀었다. 난 좀 황송되었으나 얼굴로 가져왔다. 물큰한 처녀 냄새가 코에 좋았다. 품위 있는 여인의 냄새였다.

"그럼 안녕히 가세요." 그녀는 뜻밖에 이별을 고했다. 그러곤 싹 돌아서더니 다시 초연스런 걸음으로 걸어가기 시작했다. 아니, 난 놓칠 수는 없었다. 기회는 다시 오진 않을 게다. 난 멍하게 서 있다간 부랴부랴 따라붙었다.

"저 숙녀님, 헤헤, 저 숙녀님, 당신의 잠시의 하인으로서 당신을 뫼시게 하는 은총을 베푸소서. 모래 속엔 악마도 많고 바닷속엔 상어도 많아서요. 그것들이 숙녀님을 골탕 먹일 거예요."

그녀는 대답이 없었으나 나에게 악의는 갖고 있지 않은 듯했다. 난 참으로 그럴듯한 미남이었으니까.

"근데, 그댁의 공화국인지 고향인지, 그곳으로 통한 오솔길이란 건 뭐예요?" 침묵만 하고 걷던 그녀가 불쑥 물었다. "난 그런 곳이 어떤 곳인지는 모르지만, 그날의 짧은 이야기만으로서도 어디엔가는 그런 곳이 있을 것 같기도 하다고 생각했어요." 그녀의 눈은 어느덧 내 할아버지의 눈과 같이 되어 있었다.

해가 각혈을 하며 바다를 붉게 물들이더니 기진되어 바닷속에 익사되려고 하고 있었다. 산들바람이 그곳으로부터 불어왔는데, 자연의 위대함 앞에서는 부자나 거지나, 학대하는 것이나 받는 것이나의 옷을 벗겨 본래의 것으로 되돌아오게 하는 뭣이 있었다.

"그건 나의 끝날까지의 숙제이며 비밀입니다만, 숙녀님께라면 다 말해드릴 수 있어요." 나는 한숨을 한 번 쉬었다. 그러고 가장 아름다운 아가씨를 아내로 맞아 그 오솔길을 걸어가는 꿈을 잠깐 꾸었다. 난 꿈이 깨어지기 전에 그 오솔길에 대한 이야길 시작해야 했다.

"내게도 누구에게와 마찬가지로 할아버지가 한 분 계셨습니다. 그러나 그분은 어떤 할아버지와도 다른 분이었습니다. 그분은 젊었을 시절 단 삼 년 간만 햇빛 아래서 몸을 구었을 뿐, 나머지 세월은 자기가 쌓은 상아탑 속의 박명 가운데 누워서, 자신을 유리관 속에 담아 진열해놓고 바라보며 살았습니다. 헌데 그분은 나에게 들려주시는 것이었습니다. 이 세상엔 어느 때 꼭 한번 황금 시대가 있었다는 것입니다. 역사 이후의 이야깁니다. 그 황금 시대라고 하는 것은 인간주의의 싹이 텄던 때라고 하는데, 그때까지는 어떤 형태의 신이든 신에 의해 인간은 지배되어왔었던 것이었습니다. 인간이라는 것 그것의 가치는 신 안에서만 가치가 있었을 뿐, 정작 인간에게 있어선 녹(綠)이나 같았습니다. 그런데 그것은 녹이 아니고 본질이라는 것을 모든 사람들이 다 인식하게 된 것이었습니다. 이것은……"

"아, 그러니까 그 황금 시대로 통한 길이겠군요?"

"그렇지요. 바로 그 길입니다. 그 길은 라일락꽃이 핀 들판을 가로질러서 그 끝에 있다고 하였습니다만, 내게는 라일락꽃 핀 들판이 아니라 거대한 수목이 줄지어 서고, 그 밑으로 낙엽이 몇 세기 동안이나 깔려덮여 있는 그런 길이라는 생각입니다. 하기야 난 그런 길을 수없이 걸었습니다만, ……어디엔가는 반드시……"

"거긴 사슴의 동산이 있겠지요?" 그녀는 그녀 나름으로 꿈을 꾸는지, 불쑥불쑥 뇌까리는 것이었다.

"선녀들이 꽃 따는 들판이랑." 노래 같았다.

"황금의 지붕들이 저녁 햇빛에 뻔쩍이기도 하지요. 그곳을 할아버지께서는 나에게 주셨습니다."

"아 댁은 참 부자예요! 댁은 부자군요. 그저께 아버지께서 댁에게 했던 동정은 제가 대신 사과하겠어요." 그녀는 감동적이었다. 나는 비로소 한번 나의 신념에 대한 보람을 느꼈다.

"저도 그런 꿈을 꾸었거든요." 그녀는 계속했다. "갑갑한 도시 안에서 살다보면 신경이 피로해져요. 그래서 전 신경병 탓이려니 했었지만요, 혼자 밤에 잠자리에 들 때라든가, 해질녘 창가에 앉아 있으면 어떤 아름다운 땅이 생각혀요. 그러나 어떻게도 설명하진 못하겠어요. 책에서 읽어본 그런 마을이지요. 사자도 표범도 곰도 모두 온순하고, 토끼나 들쥐까지도 불안을 느끼지 않는 그런 곳이라는 정도였어요."

"아, 그것은" 나는 목이 메어 그녀의 손을 잡으며 부르짖었다. "인간주의의 최고로 발전한 것의 전형입니다. 그것은,"

"아무튼 전 그런 건 잘 모르지만요, 거긴 온갖 꽃이 사철 피어 있고, 바나나는 바나나 나무에, 감은 감나무에 언제나 매달려 있어서 필요할 때면 손만 벌리면 되는 곳……"

"거기엔 최선의 질서가 질서하고 있는 곳입니다. 한 깃발 아래 바벨탑을 쌓기 시작하면……"

"그러나 그렇게 되면 시간을 어떻게 메꿀 것인가 하는 것이 걱정스러웠어요. 그보다도 뱀이나 없었으면 좋겠다고 생각했었지요. 그래 기도도 드렸지요."

"물론이지요. 뱀은 있을 수 없습니다. 뱀이란 놈은 땅의 인간주의의 퇴락한 승화입니다. 그러나 꽃과 과일과 수목들이 아름답고, 질서가 이기고 있는 곳에는 그런 것은 있을 수 없어요. 왜냐하면 꽃이나 과일, 아무튼 그런 것들은 땅의 인간주의의 가장 고결한 승화이니까요. 그리고 남은 시간은…… 남은 시간은 뭘 하시겠느냐구요?" 우리는 어느덧 모래 위에 앉고 있었다. "그런 시간은, 그런 땐 말예요, 저……"

"그래서 사랑하는 사람을 생각했어요. 그이와 종일 손을 잡고 가만히 있는 것입니다." 어둑해지고 있었다.

"오오, 그것은," 나는 다시 부르짖으며, 그녀의 손을 힘껏 쥐었다. 어떤 공감과 공명과 은근한 이야기가 손을 통해 교류되는 느낌이 들었다.

"우리처럼, 헌데 숙녀님의 애인은 어떤 분이 될 수 있을까요."

"그건 저도 잘 모르겠지만요," 그녀는 좀 수줍어 하며, "아무튼 뻔칠한 남자는 싫어요. 저 ─, 좀 바보 같기도 하고, 부족한 것 같기도 하고, 하루 종일 읽어도 그 의미를 잘 알 수 없는 사람" 하고 말끝을 흐렸다. 난 나의 능숙한 솜씨로 그녀의 등을, 어깨를, 머리칼을, 허리를 어루만지고 있었다. 그녀는 나의 어루만짐을 깨닫고 있지는 않은 것 같았다. 그저 좀 어떤 황홀에 도취되어 있었다고 생각되었다.

"지나치게 빈틈이 없는 사람은 기계나 조작된 인간 같아서 싫었어요. 이런 것은 어쩌면 신경병적인 것인지도 몰라요." 난 그녀의 부드러운 손을 내 입술로 덮고 있었다. 그녀의 목소린 울음 같은 걸로 떨려 있는 듯했다. 사위가 깜깜해지고, 물자락 소리만이 흐느끼듯 들려왔다. 나직한 대기 위에서 몇 별이 젖어 빤짝이고 있었다.

"처음 보았을 때, 난 댁은 기괴한 사람이라고 생각했어요. 아버지 말씀대로 미쳤거나 반편이거나…… 헌데 댁에겐 뭔지 모르지만, 존엄스러운 인간성의 냄새를 느낄 수 있을 것이라고 생각해 보았어요. 댁은 아무리 보아도 천하지 않는 귀공자적인 냄새를 풍길 것 같았거든요. 꿈에 잠긴 그런 눈으로 ── 숫노루의 눈 같을 것이라고 생각했다니까요 ── 저를 멍하게 바라보았을 때, 전 뭔가 댁의 눈 속의 공동(空洞)으로 빨려들어가는 전율을 느꼈거든요. 아버지의 호주머니에는 많은 돈이 있고 또 저는 지금 값비싼 옷을 걸치고 있지만, 이런 것은 더러움을 덮으려는 것 이상은 아니라고 생각했어요. 정신이 고결한 사람은 겉은 더러워도 부끄럽진 않을 거예요. 전 그래서 고독했지요. 그래서 때로는 산록(山麓)의 팔십 세나 된 하루방의 아내가 되는 자신을 그려 보기도 하고, 때로는 다리 밑 거지아이를 남편 삼는 꿈도 꾸었고, 또어떤 때는 어느 목장으로 찾아가 어떤 목동이든 만나면 무릎을 꿇고도 싶었어요. 그리고 그가 원한다면 그의 발이라도 씻겨주고 싶었어요." 그녀는 자신도 모르는 새 내 가슴에 등을 기대고 미끈한 다리를 뻗고 있었다.

"어쩌면 전, 생판 모르는 분에게, 이런 것을 다 말했을까. 어쩌면" 그녀는 울고픈 듯이 중얼거렸다. 난 대답 대신에 그녀의 목을 내 턱수염으로 애무했다. 더없이 향긋한 여자의 냄새가 나를 떨게 했고, 여자에 대한 향수가 나를 울먹이게 했다.

"그러나 왜 그런지 도시의 남자는 싫었어요. 저에게도 수없는 청년들의 청혼이 있었지만 말예요, 그들의 공통점은 진저리나고 바쁘고 냄새나는 무대 위에 서 자기의 역할을 흐트림 없이 해야하는 피에로 이상은 아니게 보인다는 그 점이거든요. 관객은, 수심(水深)으로 날씨를 본다는 산록의 하루방이나, 풀피리 불며 배를 긁는 목동이나, 배고파 문전을 끼웃거리는 거지들인지도 모르잖아요? 허지만 그들에게도 그들 나름의 현실이 있고 그 무대 위에서 구차한 역을 해치워야 하는 피에로들인지도 모른다는 생각이 들어 용기를 낼 수 없었지요. 아, 그런데 당……" 그녀는 자기 감정에 복받쳐 어깨를 들먹이며 내게 머리를 묻었다.

밤새도록, 바닷물은, 만리도 더, 자락접어, 밀려갔을 게다. 흰 푸른 새벽녘에, 창백해진 그녀는 흐느끼며 부두 쪽으로 달려서, 거리로 사라져버렸다.

"이젠 만나지 않겠어요!" 이것이 그녀가 남긴 말이었다. 그러나 만나지 않겠다고 그녀는 말했지만, 나의 경험으로써 비추어본다면 그날 밤에도 그녀가 나올 것이라고 나는 믿었었기 때문에, 나는 하루를 빈들빈들 공원의 벤치에서 보내면서 저녁 되기를 기다렸다. 그런데, 저녁이 되어 그 부둣가로 나가서 사이렌이 울 때까지 기다렸으나 그녀는 나타나지 않았다. 그 이튿날도 마찬가지였다. 그 이튿날은 난 골목골목을, 여관이라 쓴 간판 밑을 허댔지만 발견하지 못했다. 경험은 나를 배반했다.

그 이후 오개월 동안이나 난 그녀를 보지 못했다. 날씨는 비교적 청명한 날씨가 많이도 계속되었으나, 내게는 우계였었다. 난 그 바닷가를 떠나지도 못하고 어떻게 살았던지 오개월을 살았다. 어떻게 살았던지 오솔길 한번 보지 못한 긴 오개월이라는 우계가 지났다. 난 골목과 부두를 헤매며 살았을 게다. 밥도 굶으며, 병도 앓으며, 천대도 받으며, 그래도 난 살았다. 사는 일이 어려운 게 아니라 죽어버릴 수 없는 것이 어려웠다.

팔월이 되면서는 그 많던 해수욕객도 점점 줄어지더니, 구월에는 거의 뜨음해졌다. 나의 기대는 어긋났다. 난 그녀가 한번쯤 해수욕이라도 올 줄 알았기에 줄기차게 기대하며 견뎠던 것이다. 구월말이 되면서는 욕장의 텐트도, 상점도, 인정도 명멸하는 별들처럼 문을 닫고 걷어치웠다. 화려하게 인정이 피고 휴식의 생활이 충일되어 넘치던 곳에 정적만이 남았다. 바닷물은 뱀 혓바닥처럼 탐욕부리며 풍성진 육체들을 애무하던 혀끝으로 빈 깡통과 휴지와 흔적을 삼켜갔다. 며칠 지나서는 사람들의 무르녹는 잔치가 있었던 자리는 흔적도 추억도 없어졌다. 남은 것은, 밟혀서 묻혔던 조개껍질들이 파도에 의해 다시 잔해를 드러낸 그것과, 찢어진 돛폭의 언제나 있던 작은 어선 몇 척, 그리고 빈, 텅빈 나만이 남았다. 그래도 나는 떠돌았다. 비와 바람과 세월과 바닷물이 그녀의 살이 닿고, 옷이 닿고, 머리칼이 닿고, 숨길이 닿고, 흐느낌이 닿았던 자리는 쓸어버렸을 망정 내 마음속의 자취는 쓸어버리지 못했으므로 그것들은 거기에 없었어도 거기에 있었다. 난 별이 빤짝이는 밤이면 그 자리에서 잠들고, 달이 밝은 밤이면 그 자리를 떠돌고 비가 내리는 밤이면 웅숭그리고 그 자리에 앉아 울었다. 난 떠날 수가 없었다. 거기가 나의 고향이었던지도 몰랐다. 그녀를 알던 밤에 난 고향에 돌아와 있었던지도 몰랐다.

시월도 중순이 되어, 어디에선지도 모르는 낙엽이 물살에 밀려와 모래밭에 깔리는 무렵, 그날은 온종일 비가 오더니 모래알을 적셨다. 난 그녀와 뒹굴었던 자리에 웅숭그리고 앉아 떨고 있었다. 난 며칠 전부터 감기와 신열과 오한에 괴롭힘을 받아왔었다. 난 어쩜 나의 무덤을, 범도 죽을 땐 제 굴에 몸을 부리고 싶어하듯, 나의 무덤을 찾았던지도 몰랐다. 그녀를 만났을 때 입었던 옷은 모두 찢기고 젖어, 병은 내 가난스런 육신을 한발 한발 죽음 속으로 밀고 갔다. 난 죽음의 가까워진 발자국을 달콤하게 들었던 것이다. 저벅저벅, 그것은 가까이 오고 있었다. 그것은 가까이 오더니 찬 비에 젖어 웅숭크려 울고 있는 내 드러난 등짝에 따스한 입맞춤을 하는 것이었다. 난 기쁘게 웃으며, 나의 죽음을 맞았던 것이다. 신고와 간난과의 결별이여 — 한데 웬일인가, 부풋한 가슴이 내 젖은 머리를 감싸고, ……내 등뒤에선 흐느낌 소리가 났다. 그녀였다. 내 임종을 지키러, 그녀였다. 그때 난 죽었으면 좋았는데. 하지만 그날 밤은 그녀와 참으로 오랜만에 여관방에서 보냈다. 닷새를 보냈다. 나의 병은 씻은 듯이 나았졌다. 다시 힘이 났다. 그 동안 그녀는 내게서 한시도 떠나지 않았다. 그녀는 나의 아기를 갖고 있었다. 그러나 나는 그녀를 만나지 않았던 것만 못했을지도 몰랐다. 내 건강이 좋아지자 그녀는 말하는 것이었다.

"난 당신을 사랑하지 않았어요. 어쩌면 그날 밤, 당신에게서 여자를 배웠을 그때만 당신을 사랑했었던지도 몰라요. 아니, 사랑한 건 나의 꿈 그것이었지요. 그러나 새벽에, 난 당신을 저주했어요. 그리고 오늘날까지 당신을 저주하며 살아왔어요. 내가 다시 이곳으로 온 것은 당신이 아직도 여기에 있을 것이라는 그런 기대를 갖고 온 건 아녜요. 당신은 한 천한 계집년과 밤을 지낸 그날 아침으로 떠나실 줄 알았었지요. 다만, 나의 시체가 묻힐 곳은, 어쨌든 저주스러운 당신일망정, 그 남자와 관계했던 그 자리뿐이라는 생각이 들었거든요. 당신과 관계를 가졌던 그날 아침에, 난 갑자기 현실로 되돌아왔던 거예요. 역시 가치 있는 건 충실한 피에로뿐일 것 같았어요. 그래 그 충실한 피에로의 역할을 난 자살에서 찾기로 했어요."

"아니 반드시 자살을 해야만 충실해지는 것은 아니오."

"물론 그렇지요. 그러나 덩어리진 꿈을 잉태하고 또 태어나게 하고, 기르는 데에는 아무래도…… 무엇보담도 나의 생각이 중요하지요!"

"아, 그렇다면 내가 당신을 죽여주지. 그 마지막의 행복을 나에게 남겨주시오. 당신을 내 손으로 죽여 영원히 내 몫으로 갖게 하는 그 행복을 —"

난 그날 밤으로 그녀의 목을 눌렀다. 난 그녀의 생명을 아끼며 세 시간 동안에 걸쳐 죽였다. 세 시간 동안에 그녀의 모든 것은 내 것으로 되었다. 그녀는 세 시간이나 괴로워하면서 자기의 모든 것을 내게 주었다. 뱃속의 아이까지도 내놓았다. 아이는 죽어 있는 한 핏덩이였다.

난 죽은 그녀를 밤새도록 껴안고 흐느꼈다. 눈은 감고 있었다. 난 행복했었다. 어쨌든 아이와 어미를 합장할 수는 없었다. 그 아이는 그 어미의 생명을 저주했던 씨였으니까.

난 희부연한 새벽에 그녀를 묻고, 아이는 나도 저주를 퍼부어대며, 뒷다리라고 생각되는 곳을 붙들고 빙빙 돌리다가 바다 가운데로 던져넣어 버렸다. 그 핏덩이는 한 이십 미터 저쪽으로 날라가더니 풍덩 가라앉았다. 잠시 후엔 떠오르겠지만, 떠오르기 전에 나는 부두를 향해 달렸다.

그리고 감옥에서 이십삼 년의 세월이 흘러서, 많기도 많은 정변(政變) 덕분으로, 깎인 머리에 노동모를 하나 쓰고 이제 나는 나의 옛집으로 돌아왔다. 그 동안은 할아버지의 식모할미의 조카뻘 되는 역시 홋할미 하나가 그녀의 스무 살된 손주와 함께 살

고 있었다. 할아버지의 식모는 죽고 없었다. 집은 엉망이었지만
그런대로 물방앗간이나 모래 위나 거적 속, 또는 감옥보다는 나
았다. 할아버지의 책들은 거의 썩어 있을 정도였으나 나의 남은
생명을 묻어도 좋다고는 생각된다. 역시 할아버지의 유산은 내
게 충분한 것이었다. 할아버지가 눈 감을 수 없던 미련의 땅, 할
아버지의 공화국, 할아버지의 고향은 여기였던 걸 게다. 그러나
할아버지는 끝내 눈을 감을 수 없었지만, 난 편히 눈 감을 수 있
을 것 같다.

　이미 몰락된 시대나 번영을 찾는다는 일은 불가능한 일일지는
모르지만, 그러나 나의 믿음은 할아버지의 그것과 마찬가지로
아직도 한가지다. 이 세상엔 그곳으로 통한 오솔길은 분명히 하
나쯤 있다. 그리고 그 길은 전설에로 통한 길은 아니다. 난 그 길
을 지나 여기에 왔으므로. 그 길은, 내가 꿈꾸었던 대로 몇 세기
나 쌓인 낙엽에 뒤덮인 길도 아니며, 울창하게 미래로 뻗은 수목
들 사이의 길도 아니었다. 그 길은 라일락꽃 줄 선 곳으로 통한
길임에 틀림없었다. 그런데도 할아버지가 눈 감을 수 없었던 이
유는, 그는 상아탑의 작은 창문으로만 길을 내어다보았던 탓이
었을 게다. 난 그 창을 막길 잘했었다.

　이젠 할멈이나 하나 얻어 등이나 좀 긁어달랠까? 나는 눈 감
고 나를 부릴 수 있는 고향에 돌아왔으므로.

　할아버지, 당신만 원한다면 당신 스스로 눈 감으실 수 있도록
지금이라도 무덤에 내려가 당신의 눈꺼풀을 열어드리지요.

〔『사상계』, 1965. 5〕

담쟁이네 집

　담쟁이네 영감은 십 년 전에 마누라를 잃고 자식도 없이 홀로 늙어왔다. 몇 군데에서 청혼도 있었고, 같은 또래 영감들의 끈덕진 권(勸)도 있었지만 담쟁이네 영감은 그저 묵묵히 담배 연기나 뿜어내는 것으로 대답을 해왔을 뿐, 이렇다 할 동요도 보이질 않았다. 사랑방에도 잘 나가지 않고, 바로 옆집의 탐스럽고 부유한 장미네 과수댁의 끈질긴 추파에도 눈 한번 깜박이지 않았다. 그렇게 늙어오고 보니, 쓸쓸하지 않으면 못사는 늙은이거나 고자임에 틀림없으리라는 평이 돌았다. 그러나 영감은 고자가 아니었으며 쓸쓸한 것이 그렇게 좋지도 않았다. 영감은 마누라를 잃었을 때의 슬픔을 여의지 못하고 있었는 데다가 장미네 과수댁이다 또는 향나무댁에 소박맞고 돌아온 큰딸이다 누구다 하는 여자들과 자기는 어울릴 수가 없다는 것만 생각했다. 영감은 겨울에는 참선승이나 같았다. 봄엔 넉잠 잔 누에였고, 여름엔 개미였고, 가을엔 눈먼 암다람쥐였다.
　해마다 한번씩 왔다간 가는 떠돌이 극단패가 이웃 마을에 왔다는 소식이 떠돌게 되자 마을에선 잔치 전날이라도 된다는 듯 그 애기로 법석을 피웠는데도 담쟁이네 영감만은 별 표정도 떠올리지 않고 북풍이 헐어가고, 눈보라가 드나들고, 쌓인 눈이 썩힌 담이니 지붕이니 창문 같은 것을 손질하기에 여념이 없었다. 물론 옆집 과수댁이 몇 번이나 와선 같이 구경을 가자고 졸랐었지만 영감은 고개만 저었다. 좀 참고 기다리면 올 터이고 게다가 자긴 겨울의 감기로 해서 형편없이 여위어 고개를 넘지 못하겠다는 이유였다.

한 장(場)을 건너뛴 다음 장날엔 떠돌이 극단패의 천막이 이 마을 동구에 쳐졌다. 서커스도 하고 연극도 하고, 노래도 부르고, 춤도 추고, 만담도 하고, 깡깡이도 키고, 고약도 팔고, 연애도 하고 돈도 번다는 이 패는, 어느 해나 똑같은 그런 얼굴의 그런 얼룩덜룩한 옷의 그런 남자, 그런 여자, 그런 꼬마들이었다. 달라진 것이 있다면 천막이니, 울긋불긋한 옷이니 마차의 포장이니 배우들의 얼굴이니, 당나귀 등가죽이니, 뭐 그런저런 것들에 헝겊이니 주름살이니 하는 것들이 조금씩 더 는다는 것뿐이다. 그렇다고 해서 그런 것이 그들의 인기를 깎는 것은 아니었다. 오히려 더 친근스럽고 더 신뢰케 했다.

그들은 모두 마을집에서 숙식을 제공받았는데, 어느 해부터인지, 이 반가운 손님들에게 숙식은 무료로 제공되게 되었던 것이다.

담쟁이 영감네 집엔 단장 내외가 들게 되었는데 마을에서 제일 부자이고 집도 좋은 장미네 과수댁으로 가지 않고, 하필 영감네 집으로 든 이유인즉, 단장나리가 색골이라 어느 마을엘 가든지 주인집 마누라나 딸이나 심지어는 할머니하고까지 잠을 자고 쫓겨나다시피 떠나오곤 했으므로, 여자라곤 없는 홀아비 집을 굳이 들겠다고 단장의 마누라가 우겨댄 탓이었다. 그런 배려에서 들었는데도 그날 해가 지기도 전에 벌써 장미네와 단장 사이엔 눈짓이 오고 갔다. 담쟁이네 영감은 우둔한 체 해보였지만, 벌써 그들의 눈짓을 알고 홀로 한숨 지었다. 왠지 마음이 자꾸 언짢아져 영감은 더 부지런히 나불댔다. 갑자기 작년보다 무엇이든 더 망가져 있는 것 같이만 생각됐다.

단장 마누라는 혼자 남아 있게 되는 한낮에론, 할 일이 없어 양지 끝에 쭈그리고 앉아 영감이 하는 일이나 바라보며 생각도 하고, 노래도 하고, 울기도 했다. 동구 밖 천막 속에선 박수 소리가 나고, 대사가 흐르고, 닐니리 가락이 흥겨웠지만, 그녀에겐 그것이 벌써 지겨운 것으로 변해 있었던 것이다.

"아이 영감님두! 겨울이 되면 또 헐어질 텐데 뭐 가만 두고 참는 게 낫겠어요. 그리구 구경이나 가셔요. 결국 언젠가는 마찬가지로 될 거예요."

단장 마누라는 진심으로 영감을 동정하여 말했다.

"허기야 저희들은 고약장수들이지만 말예요." 단장 마누라는 첨언해놓곤 무엇인지 갈피를 잡을 수 없다는 듯이 고개를 쩔레쩔레 저었다.

"글쎄, 고약은 좀 사러 가야겠다면서도……" 하고 웃어 보였다. 그는 사실, 고약을 사러 가야겠다는 것을 때때로 생각하고 있었다.

"우리 고약이 잘 들던가요?"

단장 마누라는 시들어진 웃음을 날리며 물었다.

"글쎄…… 잘 든다지, 아마. 헌데……"

담쟁이네 영감은 잠깐 망치질을 멈추고 엄지손가락으로 담배
통을 눌렀다. 한데 영감에게는 고약이 듣지 않고 있었다. 마누라
가 죽기 전엔 그렇지 않았댔는데, 그만 마누라가 죽고 난 뒤엔,
아픈 가슴팍에 고약을 좀 발라보아야 효험이 없었다. 그래서 그
는 무엇이든 부지런히 해댔다. 구멍난 가슴을 메꾸듯 뚝딱뚝딱
맞춰댔다.

　석 달 동안 흥행을 하다 떠돌이패는 뜨고 말았다. 마을은 갑자
기 더 쓸쓸해져버린 느낌이 들었다. 그들이 남긴 낡은 노래 몇
구절과, 만담 몇 토막과, 연극 대사 몇 마디가 남긴 했지만, 그리
고 그것이 일년 내내 마음을 적셔줄 것들이긴 했지만 이 마을엔
버림받은 사람들이나 남아 사는 듯하다는 그런 슬픔으로 그들은
자기네 생활에로 눈을 돌렸다. 떠돌이패들이 떠난 저녁녘부터
담쟁이 영감네 집에선, 망치질 소리가 더욱더 요란스레 났는데,
사실 못을 박지 않아도 괜찮을 그런 데에까지도 서너 개도 넘는
못을 박아대고 있었다. 영감이라고 다를 리 없었다. 누구보다도
슬퍼한 사람은 역시 장미네 과수댁이었다. 그녀는 거의 실성거
리며 살았댔는데, 이상한 소문까지 파다했다. 애를 뱄다는 것이
다. 그러나 그녀가 퍼뜨렸다는 소문으론 그녀의 꿈에 신선이 나
타났다고도 하고, 흰 숫용이 구름 속으로 업고 들어갔다고도 했
다.

　그러는 동안에, 다시 또 하늘이 높아지고 구름이 끼더니 진눈
깨비가 내렸다. 그러더니 소문도 들리지 않게 되고 아는 얼굴 만
나기도 힘이 들었다. 병든 낙엽이나 골목골목으로 바람 따라 구
르다가 구석진 담 밑에서 썩어가고 있었다.

　아주 늙어 해수를 앓고 있는 매화네 할멈의 쿨럭이는 기침 소

리가 생명 냄새를 풍기기 시작했다.

소설(小雪)도 지나고 대설(大雪) 무렵이 되었을 땐 눈바람 소리와 울타리 흔들리는 소리가 이 마을을 불어가버릴 듯도 했고, 송두리째 찌그러뜨릴 듯도 했다. 온종일을, 온밤을 짓누르고 우지끈거리게 하고, 삐끄덕거리게 했다.

그런 혼돈스런 횡포 속에서도, 그래도 담쟁이네 영감은 조용히 자신을 간추리며 거둬들였다. 장미네 과수댁의 주름살을 생각하며,

"그렇게나 애써서 수리하고 보살펴야 했던 것은 바로 지금을 위해서지."

담쟁이 영감은 단장 마누라의 조언에 대해서 이제야 대답을 하고 있는 것이다.

"허물어지게 하기 위해서였어. 이 즐거움을 따내기 위해서였단 말야. 이렇게 되어서 난 다시 고치고 손볼 수 있게 되었어. 아무것도 부셔지지도 않고 손댈 것이 없는 그런 데서 살아야 한다면 그땐 참 울고 싶을 거야."

담쟁이 영감은 조용히 뇌까리며 눈을 감았다.

"그래서 난 젊어지고, 또 늙어지고, 또 젊어지고, 또 늙어지고 또 젊어지고. 난 할애비와 손주의 같은 한 어미 같다는 믿음이 드는군. 불생불멸(不生不滅) 부증불감(不增不感), 불생불멸 부증불감, 불생불……"

쿠마場
──「却說이 日記」基一

　　독장수 영감은, 낮지만 전이 넓은, 골동품 같은 독 속에 구겨 앉아서, 겨울날 엷은 양광 몇 편을 대머리에 받으며, 신경질적으로 눈을 굴리고 있다. 삐쩍 마르고 때가 더덕더덕 낀, 열다섯 살은 되어 보이는 소년 하나가 영감의 그 침상가의 역시 비슷한 침상 속에 영감과 같은 자세로 앉아 이따끔씩 영감을 지켜보는 외엔, 손님이라곤 얼씬도 하지 않는다. 철도 철이지만, 도대체 전(塵)을 벌여놓을 장소가 아닌 곳에다,. 벌여놓고 있으니 그럴 수밖에도 없겠지만, 영감이 침상으로 사용하는 그 못생긴 골동품으로부터 모든 독이 다 영감의 성품을 반영하고나 있는 듯이 보여졌는데 한결같이 초조해하고, 지루해하고 치질이라도 내민 듯이 찡그리고 있고, 그런데도 얼이 빠져 반씩은 죽어 있었다. 난 생각하기를, 아이놈이 온종일 영감의 혼을 빨아댔을 것이 틀림없다고 하며, 벙거지를 벗어 쥐었다.
　　"안녕합쇼, 영감님? 금년 겨울은 지낼 만한뎁쇼." 그리고 나는 소년을 내려다보았다. 놈에게도 눈을 찡긋해줬다. 그러나 놈은 호기심과 불쾌감을 섞은 굉장히 작은 눈으로 날 훑어보기만 했다. '요녀석, 이거 아주 독거미처럼 생겼구나.' 나는 속으로 말해줬다.

"엥?" 영감은 의뭉스럽게도 한참 후에야 이빠진 발음으로 물으며 치떠보았다. "뭐라구?"

"예, 저어, 예, 영감님 신색이 전보다 좋아 뵈는걸입쇼." 나는 항용하는 투로 다시 말해줬다. "헌데 장사가 잘되어 보이는군입쇼."

"에헹, 흐흐흐으, 헌데 거긴 어디서 왔나?" 영감은 뻘겋게 살이 흘러내리는 눈으로 내 아래 위를 훑어보았다.

"나요? 나 같은 놈이야 뭐 이 모양 이 꼴로 아무데서나 오는 놈입죠. 헤헤, 장(場)이나 뜯어 먹는 걸뱅이야 뭐 고향이 있습네까? 안쪽에서 와선 언제나 바깥쪽으로 가는, 그러면서도 그 문턱에만 서 있는 놈입죠." 나는 시제(時制)를 말했던 것이다.

"허음, 허니깐두루 장타령꾼이군 그래, 엉? 장타령꾼이라. 앉아, 허고 거 볕이나 좀 비켜라."

"아, 이, 참, 고맙습네다. 난 오늘 초행입죠만, 헤헤, 난 성미가 어떻게 된 탓인지 갔던 장엔 두번 다시 가보질 않았습죠. 그렇게 돌아다니다 보니깐은요." 난 소년의 독 옆 돌팍 위에 쭈그리고 앉았다. "장이 가시내들이나 되는 것 같더군입쇼. 등(燈)을 들고 신랑 오기를 기다리는 년들 말입죠." 나는 머리가 허전해 다시 벙거지를 썼다.

"흐흐흐." 영감은 까닭없이 낄낄거리며 때 낀 긴 손톱으로 머리를 긁어 비듬을 돋게 했다. 손톱 밑엔 이똥과 눈곱과 밥과 땀과 비듬과 흙과, 이를 짓눌러 죽인 피와 똥찌꺼기들이 끼어 있을 것이었다.

"난 농담으로 하는 말이 아닙네다요. 꽤 오랫동안 경험해보고 하는 말인걸입쇼." 난 핀잔을 주고, 그리고 화제를 바꾸었다. "영감님은 연세가 많아 보이는군입쇼?"

"내 나이? 나이라." 영감은 생각해보더니, "벌써 '남의 나이'를 한 살이나 더 먹고 있구나" 했다. "헌데 그렇게 돌아다니다 보니 어떻드냐, 세상이 바뀌고 있지 아마, 엥? 요즘 녀석들은 사느니 죽느니 하는 건 통 생각지 않는 것 같단 말이라. 그래, 통소를 잘 분다구? 거 한가락 뽑아봐라야. 그 듣기 좋더라, 좋아."

영감은 여러 날 얘기를 못 해본 듯싶었다. 통소 같은 건 별로 듣고 싶어하는 눈치가 아니었다.

"여기도 아주 달라지고 있더라. 귀신이 쓸고 다니는 판국이라. 떠돌이 장사꾼이란 건 보따리 속에다 귀신을 넣어갖고 다니더구나, 엥?"

"귀, 귀신을 말입네까? 헤, 헤헤."

"글쎄 그렇대두. 그런 거 못 봤나? 색깔은 아주 붉은 것 같애. 그게 사람들 눈 속으로 들어가선 신기(神氣) 같은 것을 마구잽이로 처먹더구나. 그러면 눈이 붉어지고 갑자기 늙어버려. 머릿속에 잡동사니가 가득 차서 머리가 아픈 모양이더라. 그리곤 괜스레 이웃이나 저를 무서워한다니깐."

"참, 말씀을 듣고 보니까, 그런 사내라면 귀신이 붙었을 것 같은 사내가 하나 떠오르는군입쇼. 오전에 장터에서 보았는데 말입죠, 얼굴에 흉터가 많고, 손가락은 모두 합쳐 일곱 개밖에 안 된 사낸데, 굉장히 사납더군입쇼. 난, 어떤 가난한 여자가 나무다리 위에서, 거 왜 개장국집 앞 내 위로 통나무 세 개를 가지런히 묶어 걸쳐놓은 거 있잖습네까, 그 위에서 애를 낳고 기절해 버린 걸 보았는데 말입죠, 핏덩이야 뭐 다리 아래로 꿀방울처럼 떨어져 돌에 부딪혀 묵사발이 되어버리더군입쇼. 바로, 그."

"아니, 가, 갓난애가 말이지? 갓난애가 꿀방울처럼, 가, 갓난애 가."

"그렇다니깐입쇼. 그 구경에 취해 있다가 글쎄, 그 사내에게 호 되게 얻어맞고 쫓겨나온 겁죠. 맞고 돌아서서 나도, 그 사내가 미친개에게 물린 경험이 한 번이라도 있을 거라고 생각은 했었 습죠. 헌데 그 사내가 뭘 하길래 모두 그렇게 쩔쩔매는지 모르겠 더군입쇼."

"아, 그인." 소년이 뜻밖에 뛰들었다. "장감독(場監督)이에요. 아주 이상한 사람이죠. 가만히 있다가도 느닷없이 사람을 치고 받곤 해요. 참 우스워요." 소년은 교만함을 나타내려 애를 썼다.

"장가를 들기 전엔 색시 같은 애였지." 영감이 소년의 얘길 보충하고 나섰다. "장가를 들더니 변해졌다니깐." 지붕과 연기 와 김에 가려 그 내품(內稟)은 보이지 않는 장터로 영감은 시선 을 보냈다. "불쌍하게도 고자라, 개고자. 개란 놈이."

"헤, 헤헤헤, 어쩐지. 그러니 물리긴 물렸군입쇼?"

"글쎄 개란 놈이 그애의 똥묻은 자지를 짤라 먹었다니깐."

"후후우후후, 그럼 그 사내의 부인도 고자겠군입쇼? 후후우."

"아니지, 그애의 마누라는 썩 훌륭하지. 첫째 가는 처녀였댔다. 둘이는 태어나기 전부터 정혼이 되어 있었더니라. 내가 보는 앞 에서 혼약이."

"저, 저런, 쯔츠츳." 난 혀를 차긴 했지만, 사실로는 '썩 훌륭 하' 다는 여인의 숙명적인 고독과 번뇌를 생각하고, 그 속에서 어떤 종류의 변태적인 간음을 행한 것에 불과했다.

"안됐지, 안됐어!" 영감은 괴로운 듯 뇌까리곤 눈을 지그시 감았다. "난 그 일만은 어떤 쪽이 옳은지를 여태도 모르겠어, 모르겠다구, 알 수가 없어." 혼잣말이었다.

내 생각에 영감은 아마, 계율 ──그 거인과 맞서 있는 것 같았다.

"영감님 댁은 어디쯤에나 있습죠?"

난 영감의 기분을 좀 돌려줄 생각으로 이렇게 물었다.

"집?" 영감은 눈을 흐릿하게 뜨고, 날 이상하다는 듯이 바라보았다. "이게 바로 내 집인데 집 말인가?" 영감은 자기의 몸을 담아주고 있는 골동품을 톡톡 쳤다. 그래서 다시 살펴보고 나는 영감이 큰 구데기 같다고 생각했다.

"그럼 할머닌 어디 계시죠?"

"할멈? 호호호, 이게 바로 내 할멈이기도 해, 호호호." 영감은 기분을 돌렸다.

"헤헤, 몰랐댔습니다요. 허지만 다른 편안한 집도 가지실 수가 있으실 텐뎁쇼."

"할아버진 그런 더러운 집에서 사실 분이 아녜요!" 느닷없이 소년이 툭 쏘았다.

"엉? 아, 헤헤에, 그렇던가?" 난 어처구니가 없어 실소하고 말았다.

"할아버진 이 부락의 살아 있는 신기(神氣)란 말이에요." 녀석은 누구에게선가 수천 번 듣고 어느덧 외어버린 듯하게 부연했다.

"그, 그러시던가? 허, 헌데 신기란 뭔가, 이 총각?"

90

"건 나도 잘 몰라요." 소년은, 몰라도 자기는 당연하다는 투로 분명하게 대답했다.

"그, 그도 그, 그럴상해." 난 녀석의 머리라도 쓰다듬어줘야겠다고 생각하며 손을 올리려 하자, 웬일로 녀석은 분노에 이글거리는 눈으로 나를 쏘아보면서 가래침을 모아 뱉을 태세였다. 그래서 난 내버려뒀다.

"야봐라 장타령꾼, 거 통소나 한번 불어라 잉? 불어봐." 영감이 소년과 나를 즐거운 듯 번갈아보더니 권했다.

"그야 어렵지 않습죠…… 만, 주로 난 구걸을 할 때만 불어서요……"

"흐흥, 그래? 그럼 그 값으로 저 독이나 하나 가져라 엥? 자네가 묻히기야 꼭 알맞지. 알맞구말구!"

"예에? 묻히단입쇼 영감님? 후후훗."

"왜 우습나? 하지만 웃을 일이 아니다. 아니구말구지! 자네에겐 그게 뭘로 보이나?" 영감은 뭣이 몹시 거슬렸다는 듯 어찌나 머리를 거세게 흔들었던지 비끼고 있는 볕이 대머리에 붙질 못하고 비틀거렸다. 소년놈은 다시 누런 가래침을 모아 끝에 뭉쳤는데, 여차하면 내 얼굴에다 뱉아버릴 모양이었다. 대체 뭣이 이 괴팍한 두 친구를 한꺼번에 화나게 했는지 알 수가 없었다. 그래서 난 한술 더 떴다. 악취미적이지만, 어쨌든 재미가 났다.

"분명히 오줌독인데 그것도 턱이 떨어지고 배가 들어간 아주 못생긴 것이군입쇼. 정말 서툴게 구워냈습니다요. 후후후우욱." 난 웃다가 급기야 봉변을 당했다. 놈이 내 얼굴에다 가래침을 뱉아던진 것이다. 견딜 수 없이 화가 치밀어 난 녀석의 어깨를 움켜잡았다. 그리고 두려워할 줄 모르는 이 서투른 놈의 대가리를 바로 녀석이 묻힌 항아리 전에다 찌어주었다. "요녀석 한번만 더 그랬다간 항아리 속에다 진짜 묻어버릴 테다, 짜아식!"

"호호호호홋." 영감은 뭐가 좋은지 웃어만 대더니, 소년이 다시 침을 모으는 걸 보곤 손을 살랑살랑 저었다.

"애, 애, 애야, 가, 가봐라, 너의 어미가 기다리겠다. 어서 가 봐!"

그러자 소년은 갑자기 양순해져서 비틀거리며 항아리 속에서 나와 영감의 항아리에 이마를 대 보이곤 병신처럼 걸어갔다. 항아리가 그렇게 만들어놓은 것이라고 생각하며 나는, 항아리들을 둘러보고 빙긋 웃었다.

"츠쯧, 옥수수떡이나 해 파는 홀어미 아들인데, 밥만 먹으면 내 곁엘 오군 하지. 대단한 놈이지만…… 제놈도 이 할애비처럼 되겠다는 모양이더라."

"그래요? 허지만 전 조금도 알 수가 없는 걸입쇼."

"난 관장수라네, 장의사야, 알겠나?"

"예에? 후후후…… 그, 그렇던 걸 몰랐는걸입쇼, 모 몰랐어요, 허, 헌데 하필이면, 후후후, 항, 항아리로 관을 하십네까요, 예?"

"아, 그거? 그건 신기가 새지 말라는 거지. 자네두 그 항아리 속에서 살잖나? 허지만 그건 새며, 나중엔 썩더라." 영감은 별스럽지 않다는 투였다.

"내가 항아리 속에서요?"

"그럼, 그렇지. 그건 곧 썩을 게야."

난 무의식적으로 내 전신을 훑어봤다. 그리고서 영감의 얘기를 이해했다.

"허, 허지만, 이렇게 썩는 항아리 속에서 살라는 건 아마도 썩고 난 뒤에 신기만은 좋은 곳에 가 살라는 뜻이겠습죠." 난 전신에 스멀대는 젊음을 유쾌하게 음미했다.

"그것도 자네가 아무렇게나 지껄인 소리구나 엥." 영감은 장광설을 늘어놓을 양으로 입술에 침을 발랐다.

"신기란 건 덩이가 아니다, 알겠나? 그건 물에서, 불에서 흙에서, 바람에서 조금씩 뽑혀져온, 꿀 같기도 하고 푸른 아지랑이 같기도 하고, 도대체 형상이 없는 형상이니라. 헌데 항아리는 그것들이 되돌아가지 못하게 하고 한곳에 괴이게 해선 나중에 뽑아내게 하는 것이니라. 한꺼번에 말이다."

"뽑아내단입쇼? 헤헤, 그 그보다도 저어, 그거보다도 말씀입죠." 난 영감의 얘기가 길어질 게 겁이 나서 우물쭈물했다.

"소년의 말로는 영감님이 이 부락의 신기라는데 말입죠, 어찌 하필 관 속에서 사십니까요?"

"그거? 그것도 말이다, 생각해보거라, 살아 있는 신기가 사는 항아리란 뭐겠느냐, 엥? 살아 있는 신기란 게 자네 눈에 보이는 이 한심한 늙은이에 지나지 못하다마는, 하지만 목숨들이 갖고 있는 개미만한 신기에 비하면 이 늙은인 수미산 정도는 되느니. 흐흐흐, 해도 그건 몰라도 된다. 목숨 하나가 두 개씩이나 된 항아리 속에서 살고 있다는 걸 깨닫게 되면 갑갑해서 미칠 테니깐두루."

"헤헤, 나두 그런 것쯤은 알고 있습죠. 허지만 영감님처럼 복잡하게 생각할 필욘 느끼질 못했을 뿐입죠. 뭐 그렇다뿐입죠." 난 왠지 좀 감기 기운 비슷한 걸 느끼고 있었다. 그건 순전히 머릿속에서 시작된 것이다. "헌데 영감님은 어떻게 살아 있는 신기가 되셨습니까요? 그래서 그런지 어쩐지 모르겠지만 영 돌아가시지 않을 것 같군입쇼." 난 감기기로 해서 좀 거짓말을 하고 있는 느낌이었다.

"그, 그렇다네. 후유." 영감은 한숨을 쉬었다. "난 허지만 '죽고 싶어!'"

"헤헤, 허기야 죽을 수 없다는 건 지루합죠. 그럼은입쇼. 헌데 나 좀 누워도 괜찮겠습네까?"

영감은 빛 없는 눈으로 고개를 끄덕여 보이며, 통소 부는 값으로 주겠다던 항아리를 가리켰다. 도대체 달갑지 않았지만, 난 영감의 호의를 받아들여 영감이나 소년놈 모양으로 구겨앉았다. 생각보다 그렇게 불편하지도 않았고, 바람기를 막아주는 데다 훈기마저 있어서 한잠 졸 만도 했다. 그렇지만 내가 시체로 되어 묻혀 있는 것만 같아서, 내 자신의 시즙 냄새가 나는 것도 같았고, 신기가 흘러 빠지는 것도 같아서 좀 좀이 쑤셨지만, 생각은 많이 불러일으켰다.

"몸이 아주 녹는 것 같은 기분인데요." 난 솔직하게 투덜대며 허리춤에서 통소를 뽑아 입술에 댔다.

"그래, 바로 그게 대단한 거라. 목숨이란 건 결국 관 속에 들게 마련인데 말이다, 산 사람이 관 속에서 하루의 꼭 반을 지낸다면, 그러면 하루의 목숨 중에서 꼭 반은 관 속에다 넣어두는 게 되는 거니라. 그러면 육십 년 살 사람이 삼십 년을 더 살게 되어 구십 년을 살게 된다. 온종일을 관 속에서 보내면, 두 배를 더 살게 되는데, 산 신기가 되기 위해선 어렸을 때부터 이 속에서 수십 년을 열심히 죽지 않으면 안되느니라."

난 소년이 그렇게나 교만하며 강폭했던 까닭을 알 듯했다. 그 망할 놈의 영웅은 사치를 즐기고 있었던 것이 분명했다.

"자네만큼 된 나이엔 아무리 열심히 죽어 보아야 신기가 흩어져 있기에 모으기가 힘들어. 헌데 어린애의 신기란 아직 눈도 뜨고 있지 않아서 사실로는 훨씬 큰 게 감추어져 있거든. 그것을 새지 않는 이 관이 맑고 깨끗하게〔精〕 뽑아낸다. 나중엔 이 할애비처럼 되어지지. 난 늙었지만, 사실로는 아직도 어린애야. 아이란 근원이거든. 게다가 난 여러 사람의 신기를 먹구 있어. 그렇든 저렇든 나도 이 항아리 속에다 흙과 생명을 채우고 싶어졌다. 나도 나의 할아버지들처럼, 어디론가 떠날 때가 되어온 모양인가. 어디론가, 장타령꾼처럼, 정말 어디론가……"

영감의 얘길 내가 속 깊이 알 수는 없다더라도, 어쨌든 영감이 내게 고백을 하고 있다는 것만은 알 수 있었다. 난 감기기 같은 것에 떨며 통소를 입술에 대고 바람을 넣기 전에, 그 점을 물었다. "왜 내게다 그런 말씀을 하시죠?"

"자네에게선 죽음 속으로 용감히 걸어가는 목숨 냄새가 나고 있기 때문이라. 삶 속으로 비틀거리며 걸어가는 죽음 냄새완 다르다, 달라."

나는 통소에다 바람을 넣기 시작했다. 어떤 가락을 불어내야겠다는 생각은 없었다. 난 감기기로 불어내기 시작했을 뿐이다. 그리고 그것이 몇 구절 흘러났을 때 나는, 그것이 비흩뿌린 어느 무주공산에서 산령(山靈)들을 울렸던 그 가락이라는 걸 알았다. 그 의식을 최후로 나는 영감도, 장도, 나도, 항아리도, 신기도, 죽음도 잊어갔다. 그때는 내가 통소를 부는 것이 아니라 통소가 내게 소리를 강요했다. 통소는 나와 나를 휩싼 모든 것을 자기의 가느다란 관(管) 속에다 빨아들여넣곤 나와 나를 휩싼 모든 것을 아프게 짓짜고 비틀며 굴렸다. 그리고 불려나면 사라져버리는 소리 속에서 그것들은 산화되어버리는 것이다. 난 그 속에서 온 갖 체험과 모든 삶을 다 살아버린다. 유년에서 노년까지를. 그러 다 음악이 죽고 통소와 내가 별개의 것으로 회귀되었을 때는, 나 는 다시 유년에서 노년까지를 구축해야 되었다. 나는 어떤 이끌 어주는 것에 의해 계속되는 그런 삶을 사는 것이 아니라, 순간순 간 스러져버리는——그리고 그 전이(轉移)로서 사는 것이다. 음 악은 하나의 예(例)일 뿐이다. 음악에서뿐만이 아니다. 여자와의 교미도 그렇고, 갈증도 그렇고, 할 일 없어 지루한 시간도 그렇 고, 신열이니 오한도 그렇다. 아침에서 저녁까지로 끝나버리는 어떤 촌락의 장날과 마찬가지로 말하자면 그것도 그런 것이다. 나타나는 꼴이 다를 뿐이다. 그리고 나는 거기서 저기로 떠도는 장돌뱅이다. 그렇게 살기 서른세 살이 된 이 각설이는, 그래서 지금은 여러 수천 개의 장날을 살고 지닌 한 집단이 되었으며, 앞으로도 여러 수천 개가 더 쌓일 것이고, 그것을 지니고 있으며 계속 더 지니게 될 나는 그렇게 해서 그것들 위에 떠돌고 '있는' 그런 어떤 놈이 되었다.

무주공산 비흩뿌리는 밤 타령이 어디론지 사라져버렸을 때, 나는 칠십 년이나 그보다 많은 세월의 회분(灰粉)이 쌓인 속에 누워 있었다. 나는 도대체 어디에 있었던지를 몰랐다. 하늘은 그 저도 싸늘하게 푸르고, 볕은 황혼과 섞여 미적지근히 붉었다. 바 람이 먼지를 쥐어다 뿌렸다. 난 그제서야 기억이 나서 관장수 영 감을 찾았다. 나는 그리고, 도대체 웃고 싶진 않았는데 웃고 말 았다. 영감은 서럽게도 훌쩍이며, 손가락으로 눈물을 따내고 있 었다. 난 좀 어이가 없어져 주위를 휙 둘러보았다. 그리고 난 좀 부끄러웠다. 놀던 애들을 저녁상 앞으로 데려가려는 그애들의 어머니와 형과 누나들이 긴 그림자를 내게 밀어뜨리며 늘어서 있다가 내 눈짓에 몸매를 수습하곤, 영감의 관 앞으로 가서 그 전에다 이마를 댄 뒤 떠나갔다. 한데 산발에 맨발을 한 굉장히 인상적인 젊은 여자 하나와 아까의 그 고양이 같던 소년만은 떠나질 않았다. 그 여인은 정말 탐이 나게 아름다웠다. 산녀(山女)답게 어글어글한 그 여자의 전체가, 지나치게 팽배해 있지만 지나치게 주린 듯한 그런 이끌음으로 보여졌다. 그런데 어디선가 난 그녀를 본 것 같다는 느낌을 받았다.

영감은 아직도 훌쩍이며, 그때껏도 통소의 여운에든, 자기 감상(感傷)의 올가미에든 옮겨 미끄러운 대머리로서도 빠져나오질 못하고 있었는데, 산녀가 떨리고 낮지만 분명한 음성으로 이렇게 고했을 때에야 어물어물 자기로 돌아왔다.

"할아버지, 저의 집 장례를 좀 치러주세요. 그이가 돌아가셨어요." 여자는 거의 감정이 없어 보였다.

"………" 영감은 무슨 소리가 들리긴 했는데 내용은 모르겠다는 표정으로 여자를 올려다보았다.

"그이가 돌아가버렸어요." 여자는 아까와 조금도 다르지 않게 반복했다.

"그, 그래?" 영감은 어물쩡하니 말을 찾질 못하더니, "야아 거 안됐다, 안됐어. 헌데 그렇게나 건장했던 사내가 갑자기 웬일로?" 하고 즐거워서 비명이 나온다는 투로, 들뜬 음성을 썼다.

"스스로 섬돌에다 머리를 짓찧어댔어요. 제가 보는 앞에서……" 여자는 고개를 떨구었다.

영감이 갈퀴 같은 더러운 손을 내밀어 여자의 머리칼을 쓰다듬었다.

"그인 오늘은 술 한잔도 안 하셨어요. 그리곤 일찍 들어오셨어요." 여자는 또록또록 시말을 얘기하기 시작했다. 나는 이 본 듯한 여자가 누구의 아내였던가가 궁금했다.

"장터에 있는 나무다리 위에서 갓난애가 죽었대요."

나는 순간 좀 착잡했다. 이 여자를 어디서 보았었던 것 같다고 했던 것은 해산한 걸부(乞婦)의 바로 그 얼굴을 이 여자가 갖고 있기 때문이었다. 만삭이 된 거지 여자는 고통에 찌들어진 얼굴로 목교를 건너다가 쓰러져 목교를 안고 몸을 비틀어댔는데, 비트는 짓이 끝났을 때 핏덩이 하나가 다리 아래로 굴러떨어졌었다. 그때는 그 여자는 움직이지 않았었는데, 죽은 듯하게 화평스러운 그 여자의 싸늘한 얼굴에서 난 이해할 수 없는 향수를 느꼈던 것이다. 박제된 여자, 미래의 씨앗을 뺏긴 공허한 껍질의 시간, 하지만 그 자신의 무거운 짐으로부터 태어난 여자, 생성으로부터 생성의 젖으로 돌아온 바탕, 그녀의 그런 얼굴에는 어떻게 거칠은 시간의 어떤 의지라도 파종할 만한 빈터가 있었다. 나는 그 순간 그 여자를 사랑하고 있었는데 다시 소요가 시작되었을 때, 장감독이라는 사내의 미친 울부짖음과 주먹질에 쫓겨오고 말았다. 한데 그 여자와 같은 여자가 바로 여기에 나타났다.

"그래서? 갓난, 갓난애가 죽었는데."

"그래요, 낳자마자 다리 아래로 굴러떨어져 돌덩이에 부딪쳤대요. 꼭 무슨 꽃이 으깨어지는 것 같더래요."

"꽃이 으깨어져 꽃이…… 그건 나두 알구 있네. 헌데 그애 때문에 그애(장감독)가 죽을 이유는 모르겠다야." 영감은 석연치 않다는 듯이 말은 했지만 그리고 잘은 모르겠지만, 뭔가 짚이는 게 있는지 기신을 하려고 애쓰기 시작했다. 듣고 보니 이 여자는 바로 장감독 그의 아내였기에 나는 거의 벌벌 떨게 되었다. 나도 왠지는 모른다. 감기기가 종내 오한을 가져온 것일 거라고 되는 대로 해석할밖에, 정말이지 모른다.

소년은, 얘기가 오고 가는 동안에, 늘 그렇게 해온 버릇인지 이리저리 다니며 항아리를 살펴보고 있다. 장감독의 신기를 짜낼 틀을 고르는 걸 게다. 한데 녀석은 맨 나중으로 내가 들어 있는 독 옆에 와선 눈독을 들였다. 난 헐쭉하니 웃고, 관 속에서 나와버렸다. 무릎이 시큰거렸지만, 죽음에서 몰약을 짜낸 덕으로 난 조금도 늙지 않았다. 난 역행을 반나절 했던 거다.

내가 빠져나오자 소년은 그 큰 항아리를 힘 안 들이고 들어 둘러메고 영감의 눈짓을 기다렸다. 그러자 영감이 고개를 끄덕인다. 소년은 앞서 출발한다 ─ 제기랄 아주 손발이 잘 맞아들고 있었다.

"저도 잘은 모르겠어요. 더욱이 말로는 할 수가 없을 것 같아요." 여자는 한참 생각해보고서야 입을 열었다. "허지만 저도 당연하다곤 생각했어요. 그래서 그이의 죽음을 도와주었어요."

"흐, 흐흐." 영감은 짖는 것처럼 세 번 소릴 냈다.

"그인 늘 자기의 어렸을 때를 한스럽게 생각했거든요. 그때에 그만 그런 일이 있었기 때문인가봐요." '그때의 그런 일'이란 뚱개에 대한 얘긴 것 같았다. "그래서 그이는 늘 다시 그때로 되돌아가서 잃은 것을 찾아와야 된다고 으르렁거렸어요. 그러는 동안에 그이는 아주 이상하게 되었어요. 맘은 한해 두해 자꾸 어린 시절로 되돌아갔는데, 몸은 한해 두해 늙어만 왔거든요. 문득문득 그이는 자기가 늙고 있다는 것을 깨닫는가봐요."

"문득문득이라…… 늙고 있다는 것을……"

"그럴 때론 막 싸움을 걸고 술을 마시고, 상채기를 내곤 했어요. 집에 와선 며칠이고 울곤 했죠. 맘속에 있는 아기를 태어나게 하고 자기는 썩어졌으면 좋겠다고."

"아아, 맘, 맘속에 있는 애기는, 애, 애기는 태, 어나게 하고……"

"정말 그랬으면 좋겠다고 하면서도 '마음뿐'이라는 거였어요."

"마, 마음뿐이라고?"

"그런데 그애가 죽었다니깐요. 제가 알고 있고, 말씀드릴 수 있는 건 그것뿐이에요. 전 하여튼 턱을 괴고 앉아서 그이를 보냈어요. 우리는 모두 틀렸나요?" 여자는 여기까지 말해놓곤 대답도 듣지 않고 빙그르 돌아 터벅터벅 내려갔다.

"아닙죠, 틀리지 않았습죠. 정말, 너무너무 당연했습니다요." 난, 알 수도 없으면서 속으로 부르짖었다.

영감은 왠지 몸을 부들부들 떨고 있더니 경련하듯 손을 저어 나를 불렀다. 그리곤 부축해달라고 했다. 나는 손을 내밀어 영감을 사파로 끌어냈다. 이 큰 구더기는 앉은뱅이가 다되어 있었다. 그것이 그의 완성을 의미하는 건지 어떤 건지는 모르지만, 이 부락의 모든 사람의 신기가 앉은뱅이에 불과하다는 것을 보고 만 나는 왠지 입안이 떫떨해지고 있었다. 하기야 어쩌면 완성은 앉은뱅이까지인지도 모른다. 앉은뱅이는 그 형체에 있어 궁궁(弓弓)의 표상인 것 같으니까.

영감은 자벌레처럼 꿈틀꿈틀 갔다. 손을 발처럼 짚고 버티면서 몸을 앞에다 운반해놓고 또 그렇게 했다. 나는 내가 해야 할 행동을 결정하지 못하고 우두커니 서 있었더니, 그렇게 몇 걸음

가다말고 영감이 날 불렀다. 같이 갈 수 없겠느냐는 것이다. 거의 강요하는 태도였다. 나는 탐하고 응했다. 과부가 된 그 여자를 난 사랑하고 있었는 데다. 또한 영감을 난 존경하고 있었으며, 아직 못 본 장례식이 호기심을 일으키고 있었던 것이다.

영감과 나는 나란히 걸었다. 보조를 맞추려고 애쓸 것도 없었다. 영감은 숙달되어 있었고, 나는 빨리 걸을 생각이 없었으니까. 우린 얘기라곤 나누질 않았다. 구더기 같은 추한 늙은이와, 늙은이에 비하면 신과 같은 아름다운 젊은이는 어느 한 점에서 조화를 이루고 있는 것 같았다.

흙냄새 나는 건조한 골목은 검푸른 어둠에 묻히고 있었다. 난 무슨 이유로 그 사내의 자살이 정당한 것이라고 믿었을까 ─ 그것을 생각해보려 했다. 뭐라고 꼭 끄집어낼 것이 집히지 않았다. 이내 나는 다른 풍경들에 생각을 날려가고 있었다. 처마 낮은 추탕집에서 던져져나오는 번들번들한 여자의 남성적인 음성의 꼬리에, 지물과 대통을 파는 허리 굽은 영감의 튼 손에, 작부의 코에 크림갑을 내밀고 있는 박물장수 할멈의 흙탕 묻은 치맛깃에, 소장수 패들이 그래도 그중 걸직히 배를 채우고 있는 듯했다. 그들은 모두 떠돌아온 사람들뿐이다. 토착민들은 벌써 그들의 토착(土着) 속으로 기어들어가 버리고 보이지 않았다.

우리는, 걸부가 해산을 한 목교가 보이는 곳에서 방향을 바꿔 전망이 좋아 보이는 산록에 매달린 집을 향해 걸었다. 그 집이 그 자살꾼의 집인 모양으로, 말라 버스럭이는 옥수수 줄기 사이로 마당에 피운 화롯불빛이 부서져나왔다. 성큼 걸음으로 오십 걸음만 걸으면 될 만큼에 이르렀다. 그때까지도 우리 사이엔 말 한마디 없었다. 영감은 뭔지 깊은 생각에 잠겨왔던 것이다. 그런데 영감이 날 세웠다. 그리고 뜻밖의 말을 했다. 옥수수 줄기 사이에서였다.

"나도 아마 죽을 것 같네." 영감의 음성은 높은 데도 들떠 있지는 않았다. "그 사내는 죽을 만했군, 죽을 만했어." 영감은 내 손을 움켜잡아 나를 앉혔다.

"난 젊은애들이 사느니 죽느니 하는 문제는 생각지도 않는다고 불평을 해왔었지. 헌데 그 문젠 장의사인 내가 몰랐었던 것 같은데."

"난 좀 잘 모르겠는뎁쇼."

"신기란 것은 모두 내가 쥐고 있는 줄로만 생각을 했댔는데 말이다, 그게 아니거든, 아니야. 난 말이다, 항아리에 시체를 처넣고 소금 뿌리듯 흙을 뿌린 뒤, 보리 씨앗 몇 낱을 던져주곤 했지. 그래서 그 씨앗이 시체가 흘린 신기를 먹고 자라면, 그걸로 떡과 술을 빚어 가져오라 했어. 난 그런 걸 먹고 마셨는데 말이다." 영감은 구역을 하다 계속했다. "그래서 난 이 부락 사람들의 제사를 받고, 섬김을 받고 살아왔는데…… 생각해보니 나도 내 항아리만큼이나 고물이었댔어." 영감은 고해라도 하는 듯 경건하고 엄숙했다. "그렇다면 말이다, 그렇다면 난 만신묘(萬神墓) 같은 나는 말이다, 나는 내 알맹이를 어디다 뒀지? 어디다 뒀냐 말이다." 영감은 분해서 못 살겠는지 눈을 부릅떴다. 그러다 이내 숙연해졌다. "헌데 죽었다." 영감은 슬프게 입술을 짓물었다. 그리고 눈을 내리감았다. "아프기 시작한 건 자네의 통소 소리를 들을 때부터였어. 원인 모르게 그냥 아프더라." 영감은 얼굴을 갈퀴 같은 손 속에다 묻었다. "난 오랫동안 소리[音樂]라는 걸 들어보질 못했더니."

"웬걸입쇼? 옥수수 줄기도 소리를 하는 걸입쇼." 난 웃었다.

"그래, 그래. 나도 듣고 있었다. 통소 소리가 갑자기 이 세상에서 모든 소리들을 깨우쳐줬어. 그건 불길 같이 자꾸 타오른다." 영감은 미친 듯이 귀를 틀어막고 한참 엎드려 있더니 조용히 고개를 쳐들었는데 눈물이 흘러내리고 있었다.

"통소 소리가 자꾸 익고 있었을 때, 난 나도 모르게 소년 시절을 생각했었지. 그때 일은 옥수수대궁을 씹는 것 같더라. 항아리 속에 앉아 있는 의젓한 나를 향해 온 동네 사람이 칭찬을 퍼부었거든. 아무도 참으려골 안했지, 알겠나? 그때의 내 우쭐함이 어쨌겠어. 헌데 말이다. 그렇게 뽐냈던 것이 그만 그 항아리보다 더 큰 항아리를 만들어주었어. 나는 빠져나올 수가 없었지. 그러는 사이 나는 나도 모르게 부락의 신기덩이가 되고 말았다. 나는 몰랐지만 그 사람들이 내게 나를 믿게 해주었다구. 오늘까지도 그랬다. 오늘 이전엔 그렇지만 나는 나를 믿고 있었다." 여기까지 말하고 영감은 잠깐 쉰 뒤 계속했다. 오랫동안 자신도 모르게 쌓여왔던 것들이 풀려나오는 모양이었다. 난 열심히 듣고 이해하려 애는 썼지만, 영감의 얘기가 언제나 끝나려는지 그게 궁금했다.

"정말이지 나는 나에 대해서 아무런 옷도 만들어내지 않았다. 장승처럼, 저희들이 깎아 세워놓고 저희들이 절을 했단 말이거든. 나는 무덤과 목숨 사이에 있는 중매쟁이며, 저희들이 알기론 나는 죽지 않는다고 했기에, 나는 중매쟁이며, 죽지 않는다고 믿어버린 것이다. 통소 소린 헌데 그 잠을 깨워준 거야. 난 아팠거든. 그게 잠이란 건 장감독의 부음을 들고서 장례를 치르기 위해 걸어오면서 생각해보고야 알았지만. 그 사람(장감독)은 확실히 불길처럼 목숨을 태워 올렸다. 신기란 걸 본 사람은 없지만, 난 이제 그것이 기름이라곤 알게 됐다." 영감은 얘기를 계속하며 다시 땅을 재듯이 움직여나갔다. 나도 따랐다. "헌데 죽었어. 꿀방울처럼 떨어져선 꽃처럼 으깨어졌다. 그리고 나는 빈 껍질의 늙은이야. 하지만 그애가 오늘 죽은 건 아니지. 난 언젠지 죽어 있다가 오늘 태어난 거지. 만산(晩産)도 대단한 만산이지."

"헤헤, 나, 난 잘 모르겠지만요, 허구 보니껜두루, 헤헤, 영감님은 관이 되었군입쇼, 예? 헤헤."

"⋯⋯⋯⋯" 영감은 대답하지 않았다.

그러는 사이 여자네 집에 닿았다. 소년은 마당의 한가운데를 파기에 여념이 없었다. 조금만 더 파면 항아리가 묻힐 만큼이나 되었다. 여자는 화톳불 옆에 돌로 깎은 좌상처럼 앉아만 있었다.

영감은, 토방에 호청을 덮고 누워 있는 시체 곁으로 가고, 나는 여자의 앞에 무릎을 꿇고 여자를 우러러보았다. 유난히 서글거리는 여자의 눈이 내게 머문다. 여자의 눈은 그러나 아무 얘기도 하지 않았다. 나는 대체 왜 무릎을 꿇었을까── 나는 얼른 돌아앉아 소년의 동작을 보았다. 소년은 자기 자신에 취해 있는 듯이 일했다. 머잖아 여행길에 올라버릴 영감의 대리로서의 자신을 충분히 의식하고 있는 것 같았다. 소년을 축복해주고 싶은 심정이 뭉클 일었다. 그러다 곧 나 자신으로 돌아왔다. 나는 오늘 장에 몇 푼이나 벌었을까? 나는 바랑을 만져보고 비어 있는 걸 알았다. 그 밑에 먼지 같은 뭣이 조금 있었는데, 살펴보니 그것은 소년의 가래침 한 덩이와 영감의 고백 몇 낱이 굳어 있다.

항아리는 초밤중에나 되어서야 묻혔다. 그리고 소년이 구워내놓은 옥수수 두 통씩을 뜯는 시간까지 두었다가, 시체는 호청에

104

싸인 채 구겨 넣어졌다. 여자는 처음대로 앉아만 있었다. 소년은 눈빛을 빛내며 영감을 도우며 살펴봐뒀지만, 나는 여자의 눈을 볼 수 있다는 그 흐뭇함만을 빼놓는다면 아주 지루하고 역겨웠다.

영감은 관습대로 소금 뿌리듯 흙을 뿌려넣고, 누룩을 넣듯 씨앗을 넣었다. 그리고 나서 영감은, 소년을 먼저 보내고 여자 곁으로 와 앉았다.

"얘야, 저기 뿌린 씨앗이 열매를 맺거든 따뒀다가, 술과 떡을 빚어 내년의 오늘 내게로 가져오너라, 잉? 그때 그 떡과 술로 너의 혼례를 축복해주마" 하고 은근히 말해주고 나를 향했다.

"내년의 오늘 와주게. 허지만 오늘은 나와 같이 가줘야겠어." 그리곤 먼저 출발했다.

난 얼른 알아듣진 못했지만, 처음으로 여자의 눈이 무슨 얘기를 하고 있다는 것을 읽었다. 그래서 나는 그 의미를 읽으려고 여자의 눈을 들여다보았다. 활활 타오르는 모닥불이 여자의 눈 속에서도 타고 있었다. 그것은 모닥불의 반영만은 아닌 듯이 내겐 자꾸 믿어졌다. 슬픔을 이겨내고 있는 이 여자의 이 비어 있는 응집(凝集)은 내게 다시 고향에 대한 갈망을 불러일으켰다.

"내년의 오늘 돌아올 수 있었으면 좋겠군요. 그땐 복숭아도 살구도, 아기진달래도 피었을 텐데요."

그리고 나는 여자로부터 얼른 떠나 영감의 뒤를 쫓아갔다.

영감은 아까의 그 옥수수대궁 사이에서 날 기다리고 있다가 친근스럽게 내 손을 잡았다.

"내 죽음을 지켜보아주겠나?"

".........."

난 대답하지 않았지만, 영감은 기뻐했다. 강냉이대궁 사이의 바람 소리가, 너무도 차가운 별이 우리를 쓸쓸하게 하고, 또 서로의 맥관을 이어줬다.

영감과 나는 고개를 숙이고 말없이 다시 항아리로 돌아왔다. 그리고 우리는 가을 하늘 같은 그런 어둠 속에 말없이 서 있었다.

"구태여 스스로 죽으려 안 해도 생명을 맛본 이 늙은인 곧 죽겠지만, ……그렇지만 난 한번도 살아보질 못했기에…… 그래서 한번 치열하게 살아보려는 걸세."

영감은 이틀을 드러내는 듯 웃어 보이곤 항아리에 이마를 댔다.

"지금 생각해보니 자네게 통소 값을 치르지 못했군. 아마 내년의 오늘 장감독의 처가 치를 거네. 거기서 받게. 한 번 더 통소를 불어줄 수 없겠나?"

나는 그러나 고개를 저었다.

"통소는 내 산모였다네."

영감은 포기하고 항아리 전에다 이마를 찧기 시작했다. 신음을 해대면서도 그 짓을 치열하게 감행했는데, 아마도 축적되었던 기름이 한꺼번에 터져 한꺼번에 타고 있는 듯했다. 항아리 전이 몇 번인지 조각되어 떨어져나가고, 영감의 얼굴은 걸레쪽이 되어갔다. 오래지 않아 영감은 피에 낭자히 젖어 힘을 풀고 항아리 전에 턱을 걸고 늘어져버렸다.

나는 대체 어떤 느낌으로 영감을 봐주었는지는 모른다. 나도 그 산녀와 마찬가지로 턱을 괴고 그저 눈을 똑바로 뜨고 바라보아주었을 뿐이다. 그러다 영감이 맥을 풀었을 때 일어나서, 그를 들어 깨어진 그의 관 속에다 넣어주었다. 그는 그 자신만의 신기가 타버린 재무게밖엔 안 되었다.

씨앗은 없어 못 뿌렸지만, 나도 그의 관 속에다 흙은 뿌려주었다. 그리고 나는 천천히 목교까지 와서, 오전중에 죽은 갓난애의 주검과 그애의 어미를 찾았다. 그리고 나는, 그들이 조용히 터오는 동 속에 은근하게 꿈틀거리는 처마 낮은 창에 와 거리와 그 안쪽들에 있음을 보았다.

나는 다음 장을 향해 길을 재촉하기 시작했다. 그러면서 나는 생각하고 무거워진 바랑의 끈을 묶었다.

갓나서 꽃처럼 으깨어진 그애는, 이 장(場) ──그 항아리 속에 던져졌던 한 씨앗이었던 모양이었다.　　　　〔『사상계』, 1967. 9〕

山東場
——「却說이 日記」基二

　감정 없이, 그냥 보기만 하더라도 웃음을 터뜨리게 할, 그런 일단의 남자들이, 감람나무가 몇 그루 있는 언덕바지에서, 제법들 심각한 얼굴로 내려왔다. 나는 새벽 이슬로 어깨가 무거워 있었는데, 막 장구(場口)로 들어서려다 그들을 만났다. 난 언제나 하는 버릇으로 벙거지에다 손을 얹고, "안녕들 합쇼? 날씨가 좀 궂을 것 같군입쇼" 하고 떠드는 목소리로 인사를 걸었다.

　"너는 나를 따라라. 내가 너의 냄새나는 바랑에 향기로운 지혜를 채워줄 것인즉슨."

　아닌밤중에 홍두깨격으로 어떤 사내가 소리쳤다. 어쨌든 그 음성은 폭이 넓고 박력이 있었으며, 따르지 않을 수 없으리라는 확신에 넘쳐 있었는데, 그럴 만한 저력을 쌓아온 자인 모양이었다.

　"헤, 헤헤헤, 헤, 무, 물론 그, 그렇게 해얍죠." 난 누구를 향해서가 아니라 건성으로 대답을 띄워놓곤, 나 같은 장타령꾼의 '발싸개'보다도 더한 녀석들을 살피는 데 혼을 빼면서도 따랐다.

맨 앞장서 걷는 놈은, 대갈통 무게에 짓눌려 자라질 못하고 어기적거리는 난쟁이였고, 그놈의 어깨를 정다운 척 끼고 있는 놈은, 한군데도 올바르게 보이는 데가 없는 꼽추였는데, 둘이는 좋은 한 쌍으로 보였다. 표정도 그랬다. 난쟁이는 우둔해 뵈는 얼굴에 수심을 물고 있고, 꼽추는 고양이 같은 상에 찐득거리는 웃음을 발라놓고 있다.

그 다음으로 한 쌍은 핏기 한점 없는 장님과 외다리가 서로 허리와 어깨를 끼고 부족을 보충하고 있었고, 그뒤엔 그의 소싯적 흉년에나 빼어먹어버린 듯한 외눈박이가 그 눈을 그나마도 반쯤은 감고 외팔이와 나란히 서고, 좀 뒤떨어져 걷는 한 쌍은, 하나는 지나치게 여위었는데 육손이고, 하나는 비교적 정상적으로 보이긴 했지만 무슨 갑작스런 사고나 놀람으로 해서 말을 잊어버린 벙어리인 것이 금방 알려졌다. 그는 들을 줄은 알고 있었던 것이다.

그 다음이 내게 명령했을 듯한 장닭 같은 사내였는데, 그는 늘씬하게 큰 키에다 계집 같은 피부와 참으로 시원한 얼굴을 가졌고(그는 너무 흠없이 뽑혀져나온 듯했다), 그 사내의 오른쪽엔 왼쪽 귀밑에 쇠불알만한 혹을 매단 사내, 왼쪽엔 코가 썩어문드러진 사내가 보위하고 있었다. 혹부리의 혹엔 명주실 같은 섬세한 혈관이 뒤덮고 있었는데, 그것은 혹시 혈관이 짧아져 꼽추라도 될 때를 염려하여 여벌로 한 꾸러미쯤 준비해 갖고 있는 것 같았고, 코 없는 사내는 창병(瘡病), 그 전장에서 돌아온 용사인 것 같았다.

마지막으로 보인 사내는 정말 더더욱 가엾게 보이는 사내였다. 그 사내는 마누라 오줌에 영계처럼 튀겨졌거나, 불붙은 성루를 용감하게 최후까지 지켰던 병사의 귀신이거나, 화장독에서 반쯤 타다가 걸어나온 놈임에 틀림없었다. 전신이 화상으로 덮여 있었다. 나까지 합치면 모두 열세 명이었고, 나이는(짐작해볼 수 없는 꼽추와 난쟁이와 화상걸린 친구만 빼면) 모두 삼십이삼 세에서 오륙 세 사이였다.

우리는 소요학파의 일단처럼 길을 메꾸고 장통으로 들어섰다. 난, 맨 뒤꽁무니에 따랐다. 그리고 '저 희멀건 작자가 이놈들에게서 한 가지씩 뺏아다 제 자루를 채운 모양인데' 하고 생각했다.

"선생." 육손이가 희멀건 사내를 선생이라고 부르며 촐랑촐랑 선생 곁으로 다가왔다. "방금 지나온 저 순댓국집 말인데, 그 냄새가 아주 계집 냄새 같았어. 창자가 비틀리구," 그는 빼마른 손으로 배를 훑었다. "거길 좀 들러보면 어떻겠지? 아직 우린 해장도 못했잖나 말야, 선생."

"히히, 그거, 그거 좋아, 좋지." 장님이 얼른 알아듣고 눈을 희번득이며 침을 흘렸다. 꼽추는, 얘기가 떨어지기가 무섭게 뒤뚱거리는 난쟁이의 머리통을 밀어 순댓국집으로 달려가며 혀를 널름거리고 있었다.

"탐욕으로 해서 말라 비틀어진 이 육손이 놈아, 너는 너의 손가락 하나를 잘라냄이 좋을 게다. 한치 앞도 못 보고 덤벙대는 이 눈먼 녀석아, 너는 개눈이라도 박는 게 좋을 게다."

말은 그렇게 하면서도, 선생도 순댓국집을 향해 발을 옮겼다.

"흐흐흐, 그건 선생이 틀렸어." 혹부리가 신명이 나서 나섰다. "탐욕과 실명(失明) —— 그것이 없이는 무엇이든 살아갈 맛이 없다는 걸 몰라? 그런 간단한 이치 속도 모르느냔 말야. 내일 죽을 일을 생각하면 어떤 젠장맞을 놈이 움직이나 엉?"

"이 혹부리놈아." 선생이 느닷없이 혹부리의 혹에다 가래침을 뱉았다. "너는 잡동사니로 된 그 사상의 주머니를 떼어내버리는 것이 역시 좋을 게다. 너는, 그 혹이 네 몸보다 더 크게 되는 날 그 혹의 중턱에 매달려 현깃증을 느끼거나 깔려죽고 말 게다."

선생의 준열한 나무람에 정신이 흩어져버렸는지 혹부리는, 고개만 썰레썰레 젓고 입을 열지도 닫지도 못했다.

꼽추는 벌써 안으로 들어가 매달리듯이 식탁에 앉아 다리를 흔들어대고 있었는데, 순댓국집의 호인형 남자와 부은 여편네의 쥐어박는 소리에도 아랑곳없이, 우 몰려와 문밖에 서 있는 친구들에게 한 눈을 질끈 감아 보인다. 난쟁이는 얼른 보이지 않았는데, 슬픈 눈으로 문턱에 걸터앉아 아주 낮게 있었기 때문이었다.

선생은 차마 들어가진 않고, 그 대신 창턱 밑에 놓인 순댓국 솥에서 올라오는 김에 수십 번 코를 적시고 입맛을 다시더니, 이번엔 희고 부드러워 보이는 손을 펴서 김을 한움큼 움켜쥐었다. 차차로 그 거동이 병적으로 변해지고 있었다. 무슨 지혜든가, 모략이든가, 비유든가, 무슨 그런 거 한 낱이 집힌 모양이었다. "들을 귀가 없는 자라도 듣고 지혜를 배워라." 선언하듯 해놓곤 다시 몇 번이고 김을 움켜쥐었다.

"너희들도 쥐어봐라. 움켜쥐는 놈이 있다면 그는 선생 중의 선생이 될 게다."

선생의 말은 반응이 빨랐다. 혹부리가 먼저 달려들고, 나중엔 모두 달라붙느라 화상쟁이는 솥뚜껑에 한번 더 손바닥을 데었다. "아구구구우!" 화상쟁이는 비명을 지르면서도 행여 누가 볼세라 손을 얼른 감추었다.

"야 이 병신새끼야!" 꼽추가 괜스레 화를 내며 화상쟁이의 뺨을 갈기고 나섰다. "뒈져라, 이 병신아!"

"수모와 비굴로 해서 변해진 짐승에게 더 이상 상처를 입히지 말라."

선생이 조용히 타일렀다.

"정말 말세야."

이제껏 말이 없던 난쟁이가 보충을 하곤 괴로운 듯 머릴 감쌌다.

주인남자는 어처구니가 없는 듯 멍하니 서 있기만 하고——그는 속으로 '저 병신들을 섣불리 건드렸다간 와서 짜란히 누우면 곤란해' 하고 생각하고 있을지도 몰랐다——지랄을 떠는 건 주인여편네였는데, 그녀는 소금을 얼굴들에다 획획 내갈기며, 이놈 저놈 쿵쿵 쳤다.

"육갑들 짚고 있네, 썩을 것들!"

"안 쥐어지는데, 선생." 육손이가 육손으로 김 한터럭 잡지 못하고 불평이었다. "안 쥐어져!"

"바로 그것이 지혜인 줄을 너희들이 이제야 알겠구나. 지혜란 향기지 물건이 아니다. 지혜를 내는 자도 역시 그렇지. 듣고 깨달아라. 이 솥 속엔 온갖 잡동사니가 다 들어 있는 줄은 너희도 아는 바다. 비유로 말하자면, 이 속에서 끓여지고 있는 건 저 꼽추 같은 놈이다. 구린내 나는 똥창자."

"아, 구린내!" 코 문드러진 녀석이 되받았다. 그리고 외다리의 궁둥일 철썩 갈겼다. "임마, 새벽에 너 옷에다 똥을 갈겼지? 에익 더러운 놈."

"히히히, 안되었지만 뭐 하는 수 있었어야지." 꼽추가 점잖게 끼어들었다. "춥긴 하고, 나무는 없고, 그래서 목발로 모닥불을 피우고 말았었지. 여 외다리놈, 정말 미안허이. 해도 너도 그 불에 불알을 느렸잖나."

"뭐라구? 뭐, 뭐라구?" 외다리는 뛰지도 못하고 앞가슴을 둥둥 쳤다. "너도 다리 하나쯤 없어봐야 알 거다. 어떤 놈은 다리가 필요없어서 떼어놓고 다니는 줄 알아? 아이구우 맙수사! 디딜 자리만 줘봐라, 저절로 순이 돋을 게다."

"이 똥개 같은 족속들아, 지혜는 외면을 하고 뭣들 하는 거냐?" 선생이 쩌렁 울리는 소리로 나무라고, 가까이 있는 벙어리의 대 갈통을 쥐어박자 모두 움찔움찔 소심하게 되사린다.

"난 배만 고프네. 먹어도 먹어도 배만 고파." 육손이가 슬프게 뇌까린다.

"선생의 얘긴 음식이 못돼. 여편네라도 있으면 팔아먹을걸."

"너희도 알겠지만, 이 솥 속엔, 똥독에서 자란 돼지의 똥창자, 썩어문드러진 쓰레기, 죄와 같은 먹피에다, 채독벌레, 코끝에라도 한 방울 묻게 되면 사흘까지라도 기분을 상하게 하는 된장찌꺼기."

"후후후," 코 없는 사내가 킬킬거렸다. 육손이는 기진된 듯 선생의 어깨에 얼굴을 묻고, 여섯째 손가락으로 선생의 귓속을 후벼판다. 벙어리는 여태도 무표정이고, 외눈박이는 외팔이의 알맹이 없는 소매를 측은한 듯이 바라보고 있다.

"그리고 국 끓이는 저 사내와 저 여편네의 코딱지와, 하루에도 열두 번씩 보는 쇠피[所避]의 지릿함 그리고 부스러 떨어진 똥가루."

"허허허," 순댓국 주인이 어이없이 너털거렸다. 여편네도 맥이 빠져 피식 웃고, 손바닥에 묻어 남았던 소금을 선생의 어깨에다 털었다.

"그뿐이 아니다. 저 사내의 입술에서 꺼질 줄 모르고 타고 있는 이똥 묻은 담뱃재," 선생은 계속했다.

"아, 그런 건 없지, 없어! 내가 얼마나 주의를 한다구?" 순댓국 집 주인이 완강히 부인하고 나섰다. "한번 실수가 있은 후론 없다구. 글쎄 말야, 하루는, 한 오륙십 그릇의 국을 고스란히 망쳤지 뭔가? 물고 있던 골연〔卷煙〕이 침에 절어가지고시나는 가운데서 동강이 났다니깐, 재수없게도. 헌데 국솥에 떨어져 삶겼지. 냄새도 맛도 다 버린 거지 뭐. 그럴 때 자네들이나 왔더면 좀 좋아? 그때 일이라면 이가 갈린다구."

"그나 그뿐이랴? 더러운 촌놈들이 재채기를 해가며 먹다 남은 찌꺼기를 다시 부어넣는다." 주인이 손을 홰홰 젓는 것도 무시하고 선생은 신명껏 섬겼다. "그 찌꺼기 속엔 촌놈의 침방울, 콧물, 썩어져 부스러진 충치, 위냄새, 폐병균, 부스럼딱지, 비듬, 조끼 윗주머니에다 용알처럼 간수했던 부적에서 떨어진 꼬마잡귀, 그리고 그런 악령들을 삶아내는 물을 생각해봐라." 선생은, 구역질을 참는다는 시늉으로 목젖을 움찔움찔했다. 그러나 청중은, 나와 순댓국 주인과(그는 자기에 관한 일이므로 열심히 들어 둬야겠다는 태도였다) 벙어리뿐, 아무도 들으려골 안했다. 난쟁이는 턱받침으로 슬퍼만 있고, 꼽추는 오줌을 누고, 외다리는 가로수에 기대어 있고, 장님은 땅바닥에 주저앉았고, 외팔이는 장갑장수와 농담을 하고, 화상쟁이는 국 끓이는 잉걸불에 손을 쬐고, 외눈박이는 지나는 여자의 궁둥일 훑고, 육손이는 선생의 허릴 감고 늘어졌고, 혹부리는 제 혹을 만지작이며 어디서 혈관 끊

114

기는 소리라도 들리는가 귀 기울이고 있어 보였다. 코 없는 사내만 열심으로 국냄새를 맡아댄다.

"저 물은 갈보들이 운집해 사는 천변(川邊)의 반수상가옥 밑을 흘러온 것이다. 그 물 속엔 떨어진 씨앗들이 싹을 터보지도 못하고 흘러내린 수만의 사람 새끼가 들끓고 있고, 갈보년들의 월경대가 즙을 냈고, 고름 묻은 거웃이 옭혀졌고, 살인강도가 피묻은 손을 씻었고, 유산아와 사산아의 심장이 썩은 물이다. 온갖 병균과 죄와 잡귀와 불구(不具)들이 이 솥 속에선 끓는다. 이것은 하나의 장(場) 속 같은 것이지. 산서(山西)에서, 산남(山南)에서, 멀리로는 호동(湖東)이니 호북(湖北)에서, 그보다도 더 멀리서 온 온갖 잡놈들이 온갖 잡동사니를 갖고 와 팔고 사고 아우성치는 장 속이란 말이다. 똥간 속이지, 저 꼽추 같은, ──허지만 저놈은(꼽추) 내 음이며 또한 뿌리인 셈이긴 하지. 저놈과 나는 같지만, 저놈은 뱀이면 나는 하느님이라는 식이다. ──그런데도, 그런데도, 흠, 음음, 흐으음." 선생은 다시 김을 탐하며 손바닥에 쥐었다. "이 희한한 냄새를 맡아보라, 이 멋들어진 냄새를. 이것이 바로 질서라는 것이다. 이것이 바로 관념 형태라는 것이며, 그것은 이런 더러운 잡동사니의 혼돈이 만들어내는 것이다. 깨끗하기만 하고 맑은 것에서는 무엇이 태어나겠느냐? 정말 티없는 물을 아무리 끓여보더라도 거기선 이처럼 훌륭한 향기는 우러나지 않는다. 그러나 이 물 속에 장구벌레 한 마리든 암캐의 불알이든 뭐든 넣고 끓여봐라, 그땐 어쨌든 맹물 냄새보다는 멋진 향기가 날 게다. 흐음, 음, 음, 으흠, 이 냄새의 구수함, 그윽함, 고상함, 이 거룩함, 이 탈속 ── 이것이 바로 나니라. 나는 너희들과 같은 병신 나부랭이들이 끓여져서 승화된 향기니라. 나는 너희들의 질서며 너희들의 사상이다. 물론 네놈들이 먼저 있고 내가 있으나, 그러나 너희들 이전에 내가 없이는 너희들만으로서는 나를 이뤄놓지는 못할 것이다. 너희는 재료이지 운동이 아니기 때문이다. 비유로 말하면, 나는 저 사내와 같이 솥 밑에다 불을 때는 자라는 말이다. 불을 때지 않고도 이 국이 끓겠느냐? 그러면 불을 때는 나는 누구인가? 좀 어렵게 말하면, 먼젓 솥에서 남몰래 형성되어온 어떤 뜻이며 운동이니라. 먼젓 솥의 향기는 난쟁이가 되어, 지금은 '말세'나 찾지만, 지금은 골동품 이상의 가치는 없다. 어쨌든 왜소하게 된 구덕(舊德)이 아직도 살아 있음은 한심한 노릇이다. 하지만 이 모든 말은 너희들에겐 어려울 것이다. 그래도 어쩌면 너만은," 선생은 엉뚱하게 내 가슴을 찌르는 듯이 가리켰다. "장돌뱅이니 내 얘기의 조금은 알 수 있을 게다. 너는 장돌뱅이지, 틀림없이? 흐으, 음, 음, 흠, 아이 훌륭한 향기, 이 완전한 질서, 이 부족없이 적셔주는 사상, 흙탕이 피워낸 이 연꽃, 음, 흠, 흠, 혼돈들이 아무 뜻도 운동의 질서도 없이 질서를 저절로 만드는구나. 이놈아, 넌 혼돈에도 의지가 있다고 생각하나?" 선생은 다시 엉뚱하게 내게다 꽥 소릴 쳤다. 난 어리둥절해져 모르겠다고 고개를 저었다. 그러자 선생은 비웃듯 입술을 비틀곤(그건 결코 웃음은 아니었다) 마저 이었다. 효과적으로 얘길 하기 위한 방법으로서 그래보았을 뿐인 것 같았다. "혼돈에도 의지가 있다면 그것은 질서지 혼돈이 아니다. 한 가닥씩 떼어놓으면 시끄럽고 빽빽거리는 의미없는 소리도 모아놓고 멀리서 들으면 가락이 생긴다. 들릴 듯 말 듯한 아주 멀리서 들으면. 신(神)이 없이 못사는 녀석들은 그것을 신이라고 한다. 하여튼 그렇게 해서 나타난 이 거룩한 나를 도대체 이 더

116

러운 병신들은 예배할 줄을 모른단 말야." 선생은 불평으로 얘길 맺곤 미친 듯이 순댓국 냄새를 움켜먹었다. 자기에게 올리는 기도나 제사의 향냄새나 된다는 듯이 ——

"선생," 좀 비꼬고 싶어서 내가 나섰다. "그러나 이 솥 속에 담배꽁초라도 하나 떨어진다면 맛과 냄새가 바뀐다는 건 잊지 않으셨습죠? 그러고 보면 맛이니 냄새니 하는 건 뭐 별게 아닌 상한뎁쇼. 그건 말하자면 우발적인 사건이라고 해야 될 건데 말입죠, 그렇다면 냄새라는 것도 기막히게 사소한 우발에 의해 그 모양이 수시로 달라지는 그런 것이 아니냐 이 말입죠. 헤헤헤."

"아, 너의 바랑에 지혜가 차기 시작하는구나. 착하고 참한 아들이다."

"헤? 헤헤헤, 헤."

나는 웃을 수밖에 없었다.

"비로소 그렇게도 얻고 싶어했던 아들을 얻었다. 너는 나의 독생자라. 허지만 내가 너의 눈을 보니 너는 이미 정착에는 넌더리를 내고 있는 데다. 그 속에 독기마저 품고 있다. 너의 눈은 웃지만 된내기가 내린다. 너의 눈동자는 피에 부족해 있어. 너는 피맛을 보러 허대고 있는지도 모르겠다." 선생은 독설을 뱉다가 어조를 바꾸었다. 그리고 깊이깊이 생각하며 아주 느리게, 그리고 띄엄띄엄, 거의 아무것도 보지 않으며 '지혜'를 짜냈다.

"너의 의문에 대한 대답은 이렇다. 나, 나는 아까, '먼젓 솥에서 남몰래 형성되어온 어떤 뜻과 운동'이란 말을 했다. 남몰래 말이다, 남몰래. 혼돈들의 밑바닥에, 질서의 내심방(內心房)에, 그것은 자기를 저장해왔다. 그, 그때까진 그것은, 혼돈도, 질서도, 음도, 양도 아닌, 그, 그러니까 그 사이[中]의…… 그 사이의 끝

[極]이다, 끝이야. 그런데 그, 끝은 이내 어떤 모양으로든 퇴화 (退化)한다, 그래, 퇴화한다." 선생은 흥분하기 시작했다. 그리 곤 막힘없이 쏟았다. "그래서 새로운 다른 향기가 나타난다. 그 퇴화하는 방법이 항상 일정치 않으므로 그래서, 맛과 냄새가 달 라지는 것이다. 그렇더라도 맛이니 향기니 하는 것의 그 모양이 다를 뿐, 끝에 이르러서는 다를 것이 없다. 똑같을 뿐이다. 내가 지금 말하는 끝이란, 이미 형성돼 있었던 '뜻과 운동'과 새로 형 성될 그것을 말하는 것이다. 더욱 쉽게 말하자면, 구린내와 짠내 와 지린내가 혼합된 그 속에서 형성된 '뜻과 운동'은, 분냄새와 살냄새와 젖냄새가 범벅이 된 그 속에서 형성된 '뜻과 운동'과 결코 다르지 않다는 그 말이다. 그러므로 구린내든 젖내든 그것 은 끝도 역시 똑같은 것이 된다. 우발적인 사건이 던져졌다고 하 면, 너는 새로운 퇴화를 생각하지 않으면 안된다. 그래서 새로운 솥이 시작된다. 이제는 알겠느냐? 그럼 나는 왜 질서 편에다 많 은 비중을 두느냐 하면, '뜻과 운동'은 잠복적인 데 비해 질서는 현현이기 때문이다." 선생은 취한 듯했다. 순댓국 내음이 선생에 게 지혜도 되고 아편도 될 수 있다는 것 때문에 난 웃음이 났다.

"음, 음, 으흐으음, 거품들이 뒤엉켜 만든 이 진주, 으, 흐음, 음,"

혹부리가 혹을 흔든다.

"선생, 그렇게 좋으시우?" 순댓국집 사내가 보다 딱한지 한마 디 거들었다.

"좋다마다, 아, 좋다마다, 미치게 만드는 이 그윽한 향기,……
저 천해먹고 막돼먹은 자식들이 꼽추가 되는 건 어렵잖지만, 도 대체 어떻게 이렇게 고귀한 나, 나를,"

"아따, 선생 들어오슈! 특제루다 내 공짜루 한 그릇 대접하지. 인심 썼다. 들어와, 허지만 매장 이렇게 오면 그땐 알아둬요, 구정물을 덮어씌울 테니깐. 어차피 재수는 벌집이 났으니껜두루……" 주인은 선생의 탐함에 기분이 으쓱해진 모양이었다.

"그야, 응당 그렇게 하는 게 당연하지." 선생이 시큰둥하니 대답을 하곤 문지방을 넘으려 하자, 육손이가 선생의 귀를 잡아당기며, "나 먼저 먹어야지 뭐" 하고 매달린다.

"우리와 나눠먹지 않으면 선생을 죽도록 때리자." 꼽추가 주먹에 침을 바르고 으르렁거렸다.

"이 똥개만도 못한 병신들아." 선생이 버럭 고함을 쳤다. "내가 너희들에게 화평을 얻어주려 온 자인 줄로 아느냐? 나는 네놈들을 미끼로 하여 내 자신을 높이는 자인 줄을 모르느냐? 네놈들을 앞세워 내 바랑을 채우자는 자인 줄을 몰라? 부족하고 더러운 병신들!" 선생은 다시 설교조로 돌아왔다. "네놈들은 네놈들의 부족을 온전한 내게서 보충받는 줄 알지만, 천만에, 네놈들이 잃어버린 온전한 것들이 바로 거룩한 이 나를 만든 것이다. 이 막돼먹고 천하고 구더기만도 못한 갈보 새끼들." 선생은, 붙들고 늘어지는 어린애 같은 병신들 머리 위로 주먹을 날렸다. "그래서 내게는 병신과 죄인과 창녀가 더욱 필요하단 말야."

내가 듣기에, 선생의 얘기는 앞서 했던 말의 반복에 불과했다. 향기로운 냄새를 만드는 것은 솥 속에 끓고 있는 잡동사니지, 냄새가 잡동사니를 만드는 것이 아니라는——

"헤헤헤, 야이 씨펄놈의 선생, 나중에 매맞기 싫으면 까불지 마." 외팔이가 맹꽁이 소릴 냈다.

"이 우라질늠의 새끼들, 야아, 거 다 들어오라, 다 들어와! 젠장, 재수는 이미 썩어문드러졌으니. 빈대피로 목욕할 놈들 같으니." 주인이 다투는 녀석들에게 고함을 치곤, 구정물 바가지를 들고 문을 막아 서 있는 여편네를 끌어들였다. 문이 트이자 봇물이 터진 듯이 녀석들은 몰려들어가 탁자를 차지해버렸다. 손님이 오기엔 아직 이른 시간이다.

"아이구 폭폭해, 아이구, 아이구," 여편네는 제 분을 이기지 못해 가슴을 둥둥 치고 곧 까무러칠 듯했다. 그러다 귀밑에 뭘 느꼈음인지 이내 얌전해져버렸다. 남자가 순대 써는 칼을 여편네의 귀밑에다 대고 있었다. 그래서 살펴보니 여편네의 목 둘레엔 칼자국 같은 흉터가 서너 개 있었다.

"자, 빨리빨리 처넣구 썩 꺼져버려!" 주인이, 한 되씩은 들어보일 듯한 넓직한 뚝배기에다 순댓국에 보리밥 몇 덩일 섞어 네 그릇을 내놓았다. 그리고 선생은 비교적 '특제루다' 한 옆에다 한 그릇 놓아주었다.

육손이가 맨먼저 달려들어 자기 앞에다 네 그릇 다 끌어다놓고 먹기 시작했고, 화상쟁이는 멈칫멈칫 눈치를 보다가 늦게야 숟갈을 들었다. 난 도대체 머리와 숟갈을 부딪쳐가면서까지 아귀다툼은 하고 싶질 않아 가만히 있기만 했더니, 딱했던지 주인이 따로 반 그릇 정도를 내 몫으로 놓아주었다. "보매 장타령꾼 같은데, 초면이군. 들어, 들라구. 그리구 저따위 병신나부렁이들관 헤어져야 몇 푼이라도 벌 게야. 이놈들은 진드기 같은 놈들이라니깐."

그릇들은 순식간에 비워졌다. 육손이는 욕심을 부리다 세 숟갈도 채 못 먹고 화가 나서, "이새끼!" 하고 화상쟁이를 몹시 쳤다. 그리곤 탁자에 고개를 박곤 흘린 것들을 핥았다. 장님은 한

순갈도 못 먹었는지 훌쩍훌쩍 울고 있었다. 선생이 먹다가 삼분의 일쯤 그에게 주었다.

"혜엥, 거 쬐끔만 더 응?" 꼽추가 장님의 그릇에다 숟갈을 넣다가 선생에게 얻어맞곤 주인에게 보챘다.

"뭐야, 이 꼽추새끼?" 주인이 화를 냈다. 그러자 기다렸다는 듯이 여편네가 구정물을 퍼가지고 쫓아와 꼽추의 얼굴에다 끼얹으며 주먹으로 혹을 쿵쿵 쳤다.

"아야, 아야야야, 아, 야야야," 꼽추는 죽는 시늉을 하며 탁자 아래로 굴러떨어져선 꿈틀꿈틀 기기 시작했다.

"이새끼들, 한번만 더 왔다간 순댓국을 만들어버릴 테다." 주인도 엄포를 놓았는데, 그러면서도 여편네가 때려놓은 꼽추가 걱정스러운 눈치였다.

"자, 가도록 하자, 이 어린것들아."

눈치를 보고 있다가 선생이 먼저 일어섰다. 그리고 주인을 향해선, "나를 따라라. 그러면 내가 그대에게 지혜를 끓이는 지혜를 가르쳐줄 터인즉슨," 하곤, 밖에 나와선 먼지를 툴툴 털어버렸다. 그리곤 다시는 뒤도 돌아보지도 않고 휘적휘적 걸어갔다. 꼽추를 빼놓은 우리도 그렇게 하고 선생을 따랐다. 꼽추는, 우리들이 쇠전에서 호되게 얻어맞고 미곡상 앞을 지나고 있을 때에야, 꼭 누르면 토해낼 것 같은 배를 북북 긁으며 나타났다.

"넌 아주 돼지도록 처먹었구나?" 육손이가 부러운 듯 물었다. 꼽추는 교만하게 고개를 끄덕였다. "한 그릇 더 내놓더군." 그리고 "허이, 선생, 정말 미안한데. 헌데 말야," 하고 선생의 뒤꽁무니를 잡고 따르며 의젓하게 섬겼다. "아까 그 여편네에게 이 등을 쿵쿵 맞는데 말이지, 아따 거 숨도 못 쉬게 아프긴 하더라만,

글쎄 이 못된 게 버쩍 스잖아?" 꼽추는 하복부를 움켜잡았다.
"참 젠장맞을!"

"말세야, 말세! 소금덩이가 돼봐야 그때 알 게야." 난쟁이가 혼
잣말 했다.

"건 나도 왜 그랬는진 모르지만, 저눔의 벙어리가 계집년한테
만 맞으면 헤헤거리고 말도 하게 되는 이유를 알았다구."

벙어리가 관심없는 흐릿한 눈으로 꼽추의 나불거리는 입술을
보았다.

"어때 선생, 이젠 배도 불러졌고, 또 장에 쓰자고 몇 푼씩 벌어
놓은 것도 있고하니 이제 그 거리로 가자구. 몸이 아주 용틀임을
한다구." 꼽추는 동배들에게 눈짓을 껌벅껌벅 보냈다.

내겐 꼽추의 얘기가 잘 이해되진 않았지만, 얼마 걷지 않아 우
리는, 분위기가 매우 이상한 골목으로 들어서고 있었다. 우선 골
목에 감도는 냄새부터가 밀큰한 게 더러우면서도 자극적이었다.
창녀들의 골목인 것이 금방 드러났다. 화대 때문에 혁대를 붙들
고 늘어진 년과, 땀을 뻘뻘 흘리면서도 창백한 놈팽이 간의 씨름
이 보이기 시작한 것이다. 해장을 좋아하다 봉변을 당하는 놈팽
이들일 것이다.

"허 거참, 매장마다 한번씩 보지만," 사십대의 뚱뚱한 여자 하
나가 창문으로 내다보면서 혼잣말처럼 했다. "병신들 포주 하나
만은 꽤 잘생겼어."

선생은 옳다구나 싶은지 걸음을 멈추고, 좀 번들거리는 눈초
리로 여편네를 핥듯이 보며, "여자야, 그대도 날 따라라. 내가
그대로 하여금 똥갈보의 포주로부터 지혜의 포주로 만들겠은즉
슨" 하고 내게와 같이 분부했다.

"흐흐흐, 또 미친병이 솟아났구나 잉? 또 계집 생각이 났지? 오늘 새로 온 게 있으니 맛보기 좀 하겠니? 음(淫)지랄쯤은 씻은 듯이 낮게 해줄걸. 흐흐흣." 여자는 체구만큼이나 걸직하게 떠벌이며, '새로 온' 얼굴을 창턱으로 끌어올려 턱 위까지만 보여줬다. 한데 기가 막히게도, 백치 인상이 도는 언청이 여자였다. 하지만 이마와 눈은 맑고 시원했으며, 코도 품위있게 솟아 있었다. 단지, 무엇이든 알 수 없다는 어눌한 표정과, 윗이빨 두 개가 짜란히 밖을 내다보고 있다는 것이 흠이었을 뿐, '음지랄'을 풀기 위해서라면 그녀도 몸뚱이는 갖고 있을 것이 분명했다. 그런데도 선생은 맘이 내키지 않은 듯이 신경질적으로 어깨를 털어보이곤, 갑자기 높아진 음성으로 꽥꽥거렸다.

"늙은 똥갈보야, 네가 어찌 그리 미련하냐? 이 녀석은 저를 좀 먹는 사상의 주머니를 이렇게 매달고 있는데 —— 혹부리의 혹을 주물럭였다. 다른 녀석들은 뿔뿔이 헤어지고 그만 남아 있었기에 그를 끌어들인 듯했다 —— 너는 자식을 키워야 할 유방에 나날의 음사에서 경화되어온 불감증을 열서 말도 더 처넣고 있구나. 여자가 남자를 받고도 자식을 가질 수 없는 이 메마른 이단자들아, 모두 돌소금이나 되어라." 선생은 이창 저창 구멍을 휘둘러보며 손을 홱홱 뿌렸다. 순댓국집 여편네가 하던 짓을 어느덧 배워두고 있었다. 여기저기서 깔깔대며 더럽게 야유하는 소리가 가래침처럼 떨어진다. "쑥 같은 계집들이 머잖아 이 읍의 모든 샘물을 쓰게 할 것이다." 그리고 선생은 비질비질 떠났다.

나는 아무리 해도 언청이에게서 돌이켜 설 수가 없었다. 나는 나 혼자 생각과 속단으로 해서, 나를 그녀에게 묶어놓고 있었던지도 모른다.

나는 이끌리듯 그녀의 창 아래로 갔다. 그리고 그녀를 올려다보았는데, 차차로 그녀의 눈의 국화 속 같은 저 속으로 빨려들어갔다. 초점이 없는 탓에 그녀의 눈은 그냥 비어 있었지만, 그렇지만 그렇기 때문에 그녀의 눈은 열려 있었다. 나는 그녀의 얼굴을 보고 있었으면서도, 나는 그녀의 얼굴은 잊고 있었다. 나는 그녀의 눈에 접하자마자 형체 이상의 어떤 것에 대번에 맞닥뜨린 것이다. 백치, 그래, 백치 여자에게서 ——

"허이, 거 품바꾼, 살펴보니 썩 미남인걸. 어때, 쉬어 갈 돈이나 있나?" 내가 넋을 놓고 있을 때, 포주나리가 내게로 흥정을 옮겼다. 나는 얼굴도 돌리지 않고 피식 웃어 대답해주었다.

"형, 그럴 테지! 보는 건 공짜니 맘대루 봐라." 그리고 포주는 기분이 상했다는 듯이, "이 병신 기집애야, 어이구우," 하고 언청이의 뒤통수에 주먹총을 주곤 밖으로 나와, 저만쯤서 떠드는 병신패들 쪽으로 신발을 질질 끌며 갔다. 꼽추든, 외다리든, 아니면 고자든, 아무 놈이라도 끌어다 한낮의 흉년을 메꿀 생각인 듯했다. 궂은 날씨는 곧 진눈깨비라도 흐트릴 성한데, 그런 탓으로 감정이 외곬으로만 모아들게 하고 있었다. 나는 어이없게도 언청이를 사랑하고 있다고 생각했다. 아무 생각도 없으면서 생각에 묻힌 듯한 이 여자의 침잠한 분위기, 경련하듯 이따끔씩 핼끔 웃는 웃음, 두려워할 줄도 교만할 줄도 모르는 —— 바로 아기의 얼굴이며 동시에 어머니의 얼굴인 이 무균(無菌)의 명징(明澄), 아무것도 이해할 수 없지만, 그러나 다 포용할 수 있으며, 무엇이든 다 주겠지만 그래도 마름을 모를 것이라는 이 비옥함, 그런 것들 그런 것 이상의 것들이 나를 그녀에게서 헤어나오지 못하게 하고 있던 것이다. 이건 물론 지나친 속단일는지도 모르지만, 그녀는 어머니를 떠났을 때, 두 개의 세계를 오락가락했을 것이다. 어머니가 곁에 있었을 땐 어머니의 사고에 의해서 자기도 어머니만큼의 연령으로 살았겠지만, 어머니가 곁을 떠났을 때 그녀는, 자기가 갓나온 애였음을(무의식적으로) 발견했을 것이다. 그로부터 그녀는 성숙한 여자로서 유년을 다시 살아오며 경험을 쌓았어야 되었을 것이며, 성인 여자로서 노년을 맞을 준비를 하기에 바빴을 것이다. 그러는 동안에 그녀에게서는 어쩌면 성숙한 여자로서의 현실은 사라지고 그 대신 유년과 노년이 묘하게 혼합되어, 내가 그녀에게서 읽을 수 있었던 그런 모든 것이 나타났을 것이다. 나는 차차로 확신하게 되었는데, 백치며 언청이인 이 여자는 자애스러운 어머니며 동시에 갓난 딸이었다. 나는 그녀를 몇 분 만이라도 사지 않으면 안될 것 같았다. 사고 팔리는 건 물론 그녀는 모르며, 또한 그녀와는 관계없는 일일지도 모르지만, 그녀를 산다면 난 동시에 세 가지 것을 가지게 될 것 같았다. 생각도 감정도 이성도 없는 고깃덩이를, 가공 안된 순수와 천연 그대로의 꿀방울을, 그리고 그런 모두를 초월한 어머니를. 고깃덩이에선 나는 너무도 오래 뭉쳐 있던 '음지랄'을 풀 것이고, 꿀방울에선 때때로 나의 성년(成年)에 지치고 있는 내 혀끝에 소년을 맛볼 것이고, 어머니에게선 내 고독한 방랑을 위로받을 수 있을 것이다.

나는 얼른, 오늘 어울리게 된 병신들을 찾았다. 꼽추의 말대로 하자면, 적어도 '짧은 시간' 값은 다 준비해갖고 있을 것이기 때문이다. 이것을 빌릴 수밖에 딴 방도는 없을 것 같았다.

나로부터 별로 떨어져 있지 않은 곳의 창밑에서 곰보와 흥정을 벌이고 있는 외다리가 눈에 띄었다. 그리고 그놈 밑에, 언제나 슬프기만 해쌌는 난쟁이가 서 있는 것이 한참 후에야 발견되었는데, 외다리가 그놈의 머리통 위에다 잘려진 다리를 올려놓고 있었다. 난 놈들에게 다가갔다. 맘속으론 궁리를 했다. 한 가지 것에 매달려 호소하는 방법 외에 다른 수는 없는 듯했다. 난 오랫동안의 열세(閱世)에서 대부분의 불구자들이 지니고 있는 공통적인 허(虛)를 알고 있었다.

난, 살금살금 다가가선 난쟁이의 머리통을 몰래 한 대 따끔하게 갈겨놓은 데서부터 시작을 했다. 그러자 난쟁이는 죽을 듯이 비명을 지르고 비틀비틀하며, 예의 '말세'를 거듭 찾고 곰보갈보에게 눈을 흘겼다. 그년이 들고 있던 성냥갑이나 던질 줄 알았던 모양이다. 난쟁이가 비틀거리자 외다리는, 중심을 잃고 기우뚱하다간 한 다리로 껑충거렸다. 내가 호소한 건 바로 그 결함에 대해서였다. 난 재빠르게 그 사내의 허리를 끼고, "나 정도라면 든든합죠" 하고 정답게 말해주었다. 이어서, "웬만한 값이면 모셔드리라구" 하고 훈수를 들었다.

"글쎄, 도대체 에누리가 없다는 거 아니게?" 외다리가 응수해왔다. "곰보가 곰보 구멍 하나 빌리는 데 지랄한다니껜."

"그, 그러게요, 후후. 내가 늘 댁과 같이 지낸다면 언제라도 지팡이가 돼드릴 수 있을 텐데, 그만. 그보다도 역시 자기 다리로 걷는다는 게 최고죠."

"허, 그러기를 바랄 수야……"

"웬걸입쇼?"

"그럼 다리가 새로 돋아나기라도 한단 말요?" 외다리는 갈보에게서 눈을 돌려 나를 바라보았다.

"돋아나는 건 아닙죠. 허지만," 난 흥미없다는 표정을 만들며

126

중단했다.

"허, 헌데?" 외다리가 내 팔을 움켜잡았다. "어떻단 말요?"

"어떻달 건 없지만," 난 느리게, 하품을 섞어가며 말했다. "난, 댁과 같은 분이 되려 더욱더 건장한 다리를 얻는 걸 몇 번 보았습죠. 뭐, 몰라서 그렇지 방법은 쉬운 모양입디다요." 난 외면을 하고 그로부터 떠날 듯하게 몸짓을 해보였다. "댁도 많이 돌아다녀봤겠지만, 난 온갖 곳을 다 다녔으니까요."

"여, 여보쇼," 외다리가 나를 놓치지 않으려 내 허릴 껴안았다. "대체 그런 방법도 있단 말요, 그래?"

"있으니까 다리를 얻었을 거 아니겠소. 다리뿐만이 아닙죠. 꼽추니, 외눈이니, 장님이니, 혹이니, 육손이니, 난쟁이니, 뭐니 왼갖 불구를 다 고칩디다. 문둥병도 고쳐요. 그런 소문 못 들었소?"

"아, 가만있자, 허구 보니껜 두루, 어디서 들어본 것도 같고, 이거 통 아슴푸레해서…… 여, 여보, 그러지 말고, 그 방, 방법 좀 가르쳐주쇼, 잉? 당신이라면 알 듯도 싶소, 잉?"

"알기야 알죠만, 알아요, 알지만," 나는 외다리를 좀 사납게 뿌리쳐서, 그에게 자기의 결함을 더욱더 절감시켰다. "그럼 재미들 보시구 안녕히들 지냅시우." 난 벙거지에다 손을 얹고, 미련도 없다는 듯이 돌아서 느릿느릿 걸었다.

"어, 어, 거, 거, 장타령꾼 나리," 아니나다를까, 외다리의 황급한 부름이 들렸다. 난 못 들은 척했다. 다시 또 들리며, 이번엔 난쟁이가 쫓아와 내 손을 붙들었다. "가지 마, 가면 말세야."

"가지 말고, 그 방법 하나만 가르쳐주라구요 잉? 그럼 안 잊을게." 외다리가 한발걸음으로 뛰어와서 내 옷자락을 움켜잡았다.

"정말이라, 정말."

"아니, 그런 건 함부로 누설할 수도 없지만, 그보다도 난 이제부턴 돈을 좀 얻으러 가야겠습니다요. 그래야 노자가 됩죠." 난, 이제는 돈얘기를 해도 된다고 생각하며, 다시 떨치고 걸음을 재촉할 듯이 해보였다. 그랬더니 외다리 가슴이 달았다. "얼마면 되는데 엉? 얼마? 말을 해봐, 내가 가진 돈의 삼분의 일이라면 줄 수 있으니깐, 엉?"

"아니 여보슈, 아무리 이렇게 털뱅이라도 얻은 돈에서 내가 피를 짜낼 성싶소 그래?" 난 화를 내보였다. 그랬더니 외다리가 금방 울상이 되어 하나뿐인 다리를 꿇었다. 그러자 난쟁이도 따라 꿇으며, "난 모르지만 말세야" 했다.

"장타령선생, 살려주쇼 잉? 살려달라구! 그럼 우리 모두가 가진 것에서 반씩을 거둬줄 테니껜, 잉?"

"………" 난 한동안이나 이 가련한 녀석들을 내려다보았다. 일이 잘되어간다 싶었다. 난 여자를 사고, 병신들은 온전함을 얻는다. "그러면, 생각해, 보도록, 합죠. 저기 저 언청이 여자네 집에 있겠으니, 해질녘쯤 선생 없이 당신네들만 오시오. 선생은 온전한 몸이니까 말입죠." 그리고 나는 두말없이 언청이네 문간으로 들어섰다. 돈이 되든 안되든, 그건 대문간을 빠져나올 때 생각할 일이다.

언청이는 내가 들어가자마자, 반복된 경험에서 알게 되었을 하나의 지식으로, 아무 표정도 없이 치마를 까올리고, 정액과 땀에 찌들은 이불 위에 벌렁 누웠다. 말도 없고, 눈짓도 없다. 문둥이가 손가락을 넣어도 젖으로 알고 빨아만 대는 그런 아기였다. 천장에 뭣이 보이고 있는지 천장을 보며 언청이 입술을 움찔움찔하다간 손가락을 세기 시작했다. 두 개보다는 많은 것 같고 세 개보다는 모자라다는 눈치였다.

나는 열심히 그녀를 보다가, 나도 어느덧 그녀처럼 되었다가, 잠이 들고 말았다. 깨었을 땐 박모였다. 언청이도 자고 있었다. 깨끗한 웃음이 죽음처럼 덮여 있었다. 그렇지만 내 눈이 솜처럼 피어 있는 그녀의 하복부에 머물렀을 때, 난 '지랄' 기를 느끼게 되었다. 그래서 난 탐욕을 부리기 시작했다.

"히히히,"

어디선지 웃음소리가 들렸을 때, 나는 번히 뜬 언청이의 눈에 눈물이 맺힌 걸 볼 수 있었다. 그러고 그녀의 부드럽고 따뜻한 손이 내 등에 놓여 있는 걸 알았다.

"너도 아이를 가질 수 있을까?" 난 나도 잘 모를 소릴 그녀의 귀에다 속삭이고 있었다. "그것이 내 아이였으면 좋겠다. 너까지도 애비를 모르는 그 아이가," 난 그녀를 사랑하고 있었다.

"히히, 재미봤어?" 어디서 또 소리가 들려왔다. "끝냈으면 나와." 분명 그건 꼽추놈의 소리였다. 창턱에서 들려왔다. 난 형언할 수 없는 분노로 당장에 녀석을 죽여버리고 싶었지만 참고, 그 대신 창문 구멍으로 손을 내밀었다. 내 손바닥에 몇 푼의 돈이 쥐어왔다. 난 그것을 송두리째 언청이의 주먹에다 쥐어주곤 밖으로 나왔다. 진눈깨비가 엷게 깔려 있었고, 또 내리고 있었다.

선생과, 화상쟁이와, 장님만 빼놓곤 모두 창밑에 있었다. 꼽추는 벙어리의 목에 얹혀서 방안을 들여다보았던 모양으로 막 기어내려오고 있었다.

난 두말도 없이 앞장서 걸었다. 딴따라패들처럼 날 따랐는데, 행여나 놓칠세라 꼽추는 내 허리춤을 단단히 잡고 거의 끌리며,

외다리는 내 어깨 위로 해서 내 목을 끼고 메뚜기 걸음으로 따랐다.

"이제 그 방법을 내놔!" 육손이가 위협조로 소리쳤다. "그렇잖으면 널 죽이기로 했거든."

"………" 난 대답없이 아침에 이 패들이 내려왔던 감람나무 있는 언덕을 향해 걸었다. 어스름이 짙게 깔리고, 알아들을 수도 없는 소리들이 움츠러들기 시작했다.

우리는 얼마 걷지 않아 장구에 이르렀다. 장구를 벗어나서부터는, 나는 통소를 입술에다 댔다. 언청이 여자에 대한 내 그리움은 몹시 미묘했으며 착잡했다. 나는 통소라도 불지 않고는 달랠 길이 없었다.

통소 소리는 내 고막을 울리며 차차로 피어났다. 다음으로는 심정에 울리고, 그리곤 귀도 심정도 소릴 듣지 못했다. 이 나는, 한번도 불어본 적이 없는 가락이 되어 진눈깨비처럼 흩어져버렸다.

누군가 훌쩍이는 소리를 낸 것을 듣게 된 건 굉장히 오랜 후였다. 꼽추만 빼놓곤 모두 눈물을 따내고 있었다. 벙어리까지도 단편적으로 말을 뱉으며 훌쩍였는데, 나는 그의 말의 뜻은 알 수가 없었다.

나는 이제 이들로부터는 떠나야겠다고 생각했다. 벌써 이 장은 저물었으며, 나는 또 밤길을 얼마쯤 걸어야 할 나그네다. 그래서 숙연해 있는 이 박제된 인간들에게 얘기해주었다.

"당신들은 선생에게로 가서 잃은 걸 찾거나, 선생이 버린 걸 되돌려주면 될 거요. 당신은 건강한 다리를, 당신은 키를, 꼽추 당신은 자살과 함께 그의 정신을, 당신은 그의 한 눈을, 당신은 그

의 한 팔을, 당신은 그의 언어를, 당신은 그의 코를. 그리고 당신
의 그의 사상의 찌꺼기를 그에게 돌리고, 당신은 당신에게 전가
된 그의 탐욕을 돌리시오. 선생 그가 말한 바와 같이, 그가 당신
들의 부족을 보충하는 것이 아니라, 당신들이 성한 곳을 뜯어서
그 불구자를 온전하게 만든 거요. 그는 원래 꼽추였음이 틀림없
소. 그러니 그에게서 당신들의 것을 찢어오면 될 거고, 떼어서
주면 될 거요. 그것이 방법이오. 그뿐이오. 그러니 당신들은 선
생께로 가면 되고, 나는 이제 떠나면 되오."

"………"

아무도 말하는 자가 없더니, 이 가엾은 사내들은 어깨를 가늘
게 떨곤 언덕으로 향했다. 그렇게도 오랫동안 잠들었던 심정을
내가 일깨워주었다고는 나는 생각지 않는다. 그렇지만 그들은
그들의 밤을 인식하기에 적당한 시간 안에 와 있었다.

나는 다시 장구로 돌아오다가, 아무래도 그들의 뒷일이 궁금
해서 어름어름 뒤따라 감람언덕을 올랐다.

거기 화톳불이 흐르는 굴이 있었는데, 굴 문으로 보기론, 선생
은 모닥불을 피워놓고 네모진 돌팍에 앉아 고요히 묵상하고 있
었고, 제자들은 쭈뼛쭈뼛해 있다간, 선생께로 나아가 발에 입맞
춤을 했다.

"그 장돌뱅인 어디를 갔느냐?"

"방금 전에 헤어졌지." 난쟁이의 대답이었다.

"난 그 사람을 기다리고 있었더니." 선생이 한숨을 쉬었다.

"선생, 우리는 자네에게서가 아니라 그 사람에게서 지혜를 배
웠네."

꼽추가 이렇게 말하며 선생께 달려들자, 모두 꿀통에 달려들

듯 선생께 달라붙었다. 외다리는 다리에, 외눈은 눈에, 벙어리는 혀에. 그리곤 미쳐서 자기가 잃은 부분들을 뜯어내기 시작했다. 선생의 마지막 얘긴, "그 장돌뱅이가 내 피에 혼을 적시겠구나" 였다.

혹부리와, 육손이와, 화상에 덮인 놈과, 장님은 어쩔 줄을 모르고 멍해만 있었다.

나는 다시 통소에 바람을 넣으며 언덕을 내렸다. 나는, 이 솥에서 '남몰래 형성되었을 뜻과 운동'을 찾아야겠다는 생각으로 가득 차서, 나중엔 어디를 걷는지도 잊었다. 그것이 어떻게 '퇴화'하는가를 보아야겠기 때문이다.

그 생각에 곁들여서 나는, 필시 나를 사랑하고 있을 언청이 여자의 눈을 그리워하고 있었다. 한번만 더 그녀의 눈이 보고 싶어졌다. 그 장, 그 찐득거리고 질척거리고, 냄새나는 푸줏간에 걸린 연육(蓮肉)의 눈에서 혈즙을 내려고── 나는 어느덧 그녀의 창 아래에 와 서 있었다. 그것을 의식한 순간 나는 창을 열고 싶어 견디지 못했다. 창은 쉽게, 소리없이 열렸다. 창이 열렸다는 것 때문에 난 들어가고 싶었다. 그래서 들어갔다.

언청이는 한쪽 구석에 처박혀 앉아선, 손가락에 침을 발라 벽에 칠하며 침이 스며드는 얼룩을 바라보고 있었다. 창으로 들어온 사람을 알아봤을 때 그녀는, 오전처럼 치마를 까올리고 누웠다. 그러나 내게 '지랄'기는 생기지 않았다. 나는 다짜고짜로 그녀의 머리를 팔에 안고, 촛불을 끌어다 눈을 들여다보았다. 내 혼신의 기(氣)를 모아 열심으로 들여다보았다. 그랬더니 국화(菊花) 속 같은 저 안에서, 그녀의 숨은 눈인지 영혼인지 불인지 뭔지가 일럭일럭 하고 있었다.

"아, 이것은, 그래 이것은, '어떤 뜻'이며 '운동'이로구나. 그래, 너도 애는 가질 수 있었어, 애를."

난, 사실, 이것저것 몹시 착잡해 있었는데, 그것이 한꺼번에 정리됨을 느꼈다. 그것으로 충분했다. 나는 만족된 맘으로 다시 창턱을 넘으려 했다. 이젠 바랑끈을 묶고 다음 장을 향해 걸어도 좋다는 믿음이 든 것이다.

창턱을 넘다가 나는, 깜박 잊고 있었던 것이 생각켜, 다시 돌이키고 주저앉아 아까처럼 그녀의 머리를 껴안았다. 난, 퇴화(退化)를 보지 않았으며, 퇴화의 아들인 질서를 보지 못한 것이다.

나는 새로운 각오로 그녀의 눈 속에다 두레박을 드리웠다.

반식경이 흐르고 한식경이 흘렀다. 그래도 '뜻'은 좀체로 '운동'화(化)되지 않았다. 그건 그것대로 하나의 질서며 정지였다. 두레박은 무거워질 것 같지 않았다. 난 좀 멍청해지고 있었는데, 잠깐 동안 감람나무가 있는 언덕이 떠올랐다. 어쩌면 녀석들은, 질서며 관념 형태라던 그 사내의 사지를 발기곤 선생을 새로 맞으려 언덕을 내리든가, 자기들이 헐어버린 우상의 쓰레기더미 위에서 피로 얼룩진 손을 내려다보고 있을지도 모른다.

"참, 그렇다. '질서'에게와 마찬가지로 '퇴화'에게도 싹은 틔워 줘야 된다."

나는 언청이의 목을 조르기 시작했다.

"후훗, 허지만 싹을 틔워주는 나는 누구인가?"

차차로, 소로(小路)로 구불구불하게 열렸던 (언청이의) 눈의 내부가 대로(大路)로 열리더니, 나중엔 그저 불모하고 광막한, 그 속에 아무 신비도 없는 빔〔虛〕이 드러나버리고 말았다. 그 속으로 촛불빛이 들어가선 반사되어 나오지 못하고 겁(劫)을 두고 헤맸다. 어떤 '뜻'도 '운동'도 보지 못했다. 나는 맥이 풀려 언청이의 머릴 놓고, 한동안 촛불을 보다가 촛불도 꺼버리고 창을 통해 밖으로 나왔다.

그래도 어쨌든 장은 어김없이 설 것이며, 순댓국 솥에선 다시 냄새를 뿜어올릴 것이다. 그 솥의 순댓국 내음은 시래기 냄새가 더 많을지 순대 냄새가 더 많을지 나는 그것은 알 수가 없다. 나는 (누구인가 하면) 왔던 장은 두번 다시 오지 않으며, 끊임없이 흘러갈 뿐 멈출 줄을 모르고, (바랑엔) 항상 새롭게 얻지만 언제나 개혁 이전의 화폐만을 갖고 있는 장돌뱅이지 예언자가 아니기 때문이다. 내일은 어떻게 생각이 바뀔는지는 모르지만, 나는, 오늘은 그저 소박하게 이렇게밖엔 생각지 않는다, 내일 장은 오늘 장의 고분(古墳) 위에 돋아난 할미꽃 한 포기에 불과한 것이 아니겠느냐는 ——
[『현대문학』, 1968. 1]

經外典 세 篇

1. 기원 제3시(紀元 第三時)

　베데스다라는 못엔, 연꽃도 피어 있지 않은데, 때때로 천사가
내려 못물을 흔들어놓는다. 그러나 천사가 내리는 걸 본 사람은
하나도 없었다. 못은 늘 언제나 너무도 조용히 천사의 강림을 기
다리며 참고 있어서, 도대체 흔들림도 없고, 못가에 사는 육신이
가난한 자들의 행각(行閣) 다섯 채를 오직 자기의 전재산으로 간
직하고 있을 뿐, 못엔 흰새 한 마리 날아들지 않고, 그 속에 고기
도 놀고 있지 않아, 사실로 너무 쓸쓸했다. 그래도 그 주변에 사
는 가난한 육신의 사람들은 거기로부터 떠나려곤 하지 않고 삼
년도 살며, 십 년도 살고 심지어 삼십팔 년까지도 살며, 원망이
라곤 한번도 내품해본 적도 없다. 그들은 한번도 본 적 없는 천
사를 사랑하며, 바라보다가 결국 베데스다 그 못이 되어버린 그
눈으로 못물만을 바라며 살았다. 그래도 천사는 내렸다. 그들은
믿었으며, 어찌되었든 보았다고 추억했다. 사실 그들은 못가의

행각 속에서가 아니라, 천천히 머리칼로부터 못 속으로 들어가 버린 못 속의 행각 속에서 살고 있었다. 이, 육신이 가난스런 자들이 그리하여 그 못 속에 있는 온전한 육신의 자기의 실체와 해후하곤 했던 것이다. 실명(失明)을 통해 못 속에서 자기를 수시로 수시로 만나는 소경과, 실어(失語)를 통해 보다 더 밀접한 대화로 자기를 만나는 벙어리와, 그리고 절뚝발이와, 혈기 마른〔痲痺〕 자와, 팔 없는 자와, 고자와, 당뇨병자와, 문둥병자와, 매독을 앓는 자와, 신들린 자와, 위장병자와, 간질병자와, 몸의 일부분이 자꾸 썩어드는 자, 치통을 앓는 자와, 편두통을 앓는 자, 천식병자와, 요도염에, 또 취장염에, 간암에, 결핵성 관절염에, 담석증에, 횟배에, 신경과민에, 자궁암에, 음낭염에, 병도 없는 내종에, 게걸병에, 도라홈에, 중이염에, 만성맹장염에, 앓고 있는 자, 먹히워가는 자들, 그런 자들이 못 속에선 참으로 온전한 몸으로 살고 있었다. 베데스다는 그들의 가난에서 가난만을 모아 자기의 가슴에 묻어두었다가, 천사가 내리는 지극히 고요한 시각에, 그 가난과 천사의 옷과를 바꾸어버린다. 그래서 물은 동하고, 가난한 육신들 중에 몇 사람씩은 못 속에만 있던 자기의 온전한 육신을 못 밖으로 데리고나와 고향으로 돌아간다. 이, 육신이 가난한 자들은, 자기의 온전한 육신을 낚궈내려는 이 낚시꾼들은, 밤이고 낮이고 없이 그래서 못물을 바랐다. 그러며 생각하는 것이다. "내가 혹시 너무 곤하여 잠들어버린 사이 천사가 내리기라도 한다면, 나는 그 잠 때문에 받을 구제를 놓치게 될 것이다. 그 두통꾼은 깨어 있기 때문에 어려서부터 앓던 두통을 씻어버리고 나가지 안했나 말야. 그건 순전히 그가 깨어 있었다는 그 때문이야. 그래 그러니, 나도 눈을 똑바로 뜨고, 뜨고 있다간

136

천사가 내려 물을 동하게 하자마자 먼저 뛰어들어야지, 암튼, 맨 먼저. 그러면 히히, 이 짧은 다리가 무처럼 쑥쑥 길어지겠지, 암튼," 그리고 그렇게 중얼거리며 벌써 그는 코를 골기 시작하곤 했다. 그러다 놀라 깨어선, 천사가 벌써 한차례 목욕을 끝내고 다시 돌아가버렸다고 한탄하며, 그러면서 천사의 강림설을 더욱 더욱 믿어버리는 것이다. 천사는 이렇게 그들의 게으름을 통해 이 베데스다와 그 주위를 떠돌며, 다스렸다.

이쁜 질서를 펴 그들을 싸안았다.

그런데 풍문이 떠돌고 있었다. 베들레헴에, 아니 나사렛에, 아니 예루살렘의 동쪽에, 아니 저쪽 사마리아에, 아니, 이웃친구였는데 그만 아깝게도 죽어버린 나자로네 집에, 가나의 혼인 잔치에, 갈릴리 바닷가에, 아니, 요단 강 건너 유대지경에, 아리마대에, 여리고에, 베다니에, 가버나움에, 막달라에, 시돈에, 두로에, 베니게에, 디베랴에, 애논에, 수가에, 세겜에, 엠마오에, 가사에, 욥파에, 가이샤랴에, 아니 바로 저 양문(羊門) 저쪽 거리에, '그이가 왔다'고 했다. '그이가 왔다.' ── 그런 풍문이었다. '그이가' 누군지도 모를 '그이가 왔다' '그이가 왔다'는 ── 이 풍문은, 베데스다 주변에 살며 보지도 못한 천사와 얘기를 주고받던, 육신이 가난스런 이 주민들에게는, 지극한 슬픔을 안겨주었다. 그들은 기뻐할 수가 없었다. 기쁘기는커녕, 이제까지 맛보지 못했던 느닷없는 슬픔이 몸의 온갖 곳에서, 외부의 온갖 곳에서, 온갖 곳에서 엄습해와, 기왕에 부족했던 부분의 그 상처보다도 더 아프고 더 쓰리게 했다. 그래서 서성이며 못 주위를 떠돌면서 울었다. 울면서, 한번도 내품해본 적 없는 원망을 토로했다.

"천사님은 어찌하여 베데스다 이 괴로운 곳만을 버리고 모든 곳에 내리셨습니까? 어찌하여 학수고대하던 우리를 저버리고, 어찌하여 우리를 외면하고, 어찌하여 우리에게 고통만 더 보태십니까? 당신은 어찌하여 가난과 고통은 외면하고, 행복한 사람들의 식탁에만 복을 더해주십니까? 우리는 옷을 찢고 가슴을 드러내어 애통합니다. 오시오, 이쪽으로 오시오……"

한여름의 석양녘을 우는 개구리들처럼 그들은 정말 옷을 찢어 가슴을 드러내며, 애통해싸서 울부짖었다. 못도 그 깊이 모를 내부에서 오열하고 있는 듯도 해보였는데 그것은, 꼭 한 사람의 너무도 조용한, 그리고 너무도 고독해뵈는 두 눈을 조용히 수면에 떠올려놓고 흔들림도 없이 하늘을 향해 있었기 때문이다. 흰새도 날지 않고, 바람도 지나지 안했다. 그렇다고 하더라도 천래의 자비를 잃고 있어 보이지는 절대로 안했다. 그러면서 그녀는 두 개의 고독한 눈을 젖꼭지모양 자기의 가슴에 품고 아꼈는데, 그 눈의 주인은 혈기가 말라〔痲痺〕 삼십팔 년 간을 움직이지도 못하고 누워 있었으면서, 별로 말도 없었고, 별로 졸지도 않았던 그 사내였다. 그는 멀리 사마리아에서부터 병상째 옮겨져왔었는데, 그는 자기를 송두리째, 그것도 삼십팔 년을 바쳐 못에 내릴 천사를 사랑하며 갈망했고, 그리워하면서도, 세속적인 욕정은 느끼지를 안했었다. 그는 그 못에 달이 뜨면 밤새도록 달을 낚았고, 그 못에 구름이 부표하면 구름을 걷어 움켜먹었고, 하늘만 어려 있고 다른 것은 아무것도 보이지 않을 때면, 물 속의 하늘 속을 새처럼 헤엄쳐서, 하늘의 속으로 속으로 날라 종내는 못의 맨 밑바닥으로 침식되는 것이었다. 거기서 그는 나직이 드리워 머리 감는 초라한 행각 속에다 자기의 영혼을 누이고, 수정(水精)처럼, 겸허히 행복해했다. 햇볕이 뜨겁지도 않았고, 이엉이은 행각

138

지붕 위로 박덩굴이 몇 번이나 뻗어올라 몇 번이나 꽃을 피우고, 몇 번이나 졌는지 그것도 몰라했다. 물론 누에모양 그는 그 꽃을 갉아먹기도 했고, 그 열매로 만든 바가지로 물 속 저 깊은 곳의 시간(時間)을 길어먹기도 했고, 그리고 다시 자라는 그 싹을 사랑하기도 했었다. 했지만, 그것은 베데스다의 계절이었지 그의 육신의 계절이 아니었기에, 순서가 있고, 머리와 꼬리가 있는 것도 아니었다. 그건, 일순에도 여러 수백 번의 윤회를 하는가 하면, 십 년이나 그보다 더 긴 세월 동안에도 한번도 지나치지 않을 수도 있는 것이었다. 그가 그렇게 되기까지에는 처음 몇 년 동안에, 오백 년이나 육백 년을 여러 수십 개도 더 지나가며, 그, 한, 오백 년이나 육백 년이 지날 때마다 스스로 태워져버리고, 그리하여 그 잿더미 속에서 다시 태어나곤 했었어야만 되었을 것이다. 그리고 그는 못처럼 조용한 자신을 확보할 수가 있었는데, 그럼에도 못이 천사의 목욕을 애타게 기다리듯이 그도 자기 속에서의 베데스다의 목욕이 그리웠다. 아마도 천사가 내려 물이 동할 때 그의 혈기말라 움직일 수 없는 전신에서도 물이 동하게 될 것이다. 아마 틀림없이 그렇게 될 것이다.

풍문 때문에 의기소침된 이웃들이, 그렇게도 조용하고 묵상적이던 그런 우아함을 깨뜨리고 어지럽게 비틀거리며, 서성이며, 쑤물대며, 애통할 때도 그는, 못물과 같이, 무자비하게 보일 정도로 조용하기만 했다. 그 눈으론 흰새도 날아들지 않았으며, 바람도 지나지 않았다. 처음 핀 박꽃 한 송이가 그 눈 속에 그냥 박혀 있었다.

그리고 육신이 결핍된 자들은 풍문을 좇아 끝내 떠나고 말았다. 양문(羊門)을 통과해서, 육신보다도 더 결핍되게 되어버린

그런 영혼을 그 결핍된 육신 속에 툴툴 싸쥐고 그리고, 거리로
나갔다. 풍문이란 것의 정체를 좇아서, 좇아서 나갔다.

그들이 떠나버리고 난 뒤의 베데스다는 숨막힐 지경으로 쓸쓸
하고 적막했다. 그렇게도 붐비던 다섯 채의 행랑이 모두 비고,
혈기마른 자 하나가, 오래 전에 썩어 삭아내린 서까래 한토막처
럼 남아 있었을 뿐이니, 베데스다도 심장을 도려패인 빈 껍질 같
이만 보였다. 천사는 그러니 더더욱 내릴 것 같지가 않았다.

그런데 그 공허한 껍질 속을 석양이 먼지처럼 쌓이고, 이내 어
스름이 또한 그 붉음을 갉기 시작할 무렵인데, 한 풍문이 거기를
찾아왔다. 그 풍문은, 박꽃 같은 얼굴에 박꽃 같은 옷을 입고, 하
늘만 담긴 베데스다 같은 눈에, '강낭콩꽃' 같은 입술을 갖고 있
었다. 그리고 소리도 없이 걸으며, 팔은 구름처럼 피워들고, 음
성은 깔리는 연기 같은 그런 것을 썼다. 그래서 이내 심정이 매
워드는지도 알 수 없는 그런, 깔리는 연기 같은 음성을──

"당신은 병을 낫고자 하지 않는 모양인가요?"

이 말이 혈기마른 자에게 닿았을 때, 혈기마른 자는 우선 가볍
게 경련을 일으킨 뒤, 심정이 왠지 출렁댐을 느꼈다. 그건 어쩌
면 순전히, 모두 떠난 뒤에도 남아 있어야 했던 자의 그 외로움
이 위로받은, 그 탓인지도 모르긴 했지만──

"아, 천사가 못에 내리셨다!" 그는 이렇게 부르짖고 싶은 것을,
"그야 물론, 물론 낫고자 합죠. 그러나 물이 동할 때 나를 못에
넣어줄 사람이 없어 이러고 있습죠" 하고 겸비히 대답했다.

그러자, "물이 동했고, 내가 당신을 거기에 넣었은즉, 일어나
당신 자리를 들고 고향으로 가십시오" 하고 그가 매우 '권위있
는' 듯하게 말하더니 표연히 걸어가버렸다. 때에 마침 베데스다

가 음탕스러이 몸을 비틀며 동하고 있음을 이 병자는 보았다. 그래, 베데스다가 몸부림을, 그것도 아픈 몸부림을 시작했다. 이 가난한 육신의 사내의 눈 속 저 깊이서 베데스다가 출렁댄 것이다. 그는 바로 그때 뛰어들고 싶음을 미칠 듯이 느꼈고, 또 뛰어들지 않으면 아마도 이런 기회는 다시 한번 오지 않을 것이라는 그런 초조로움 때문에 또한 미칠 듯했다. 지금 뛰어들지 않으면 안되는 것이다. 그는 그 조급한 생각에 몸을 벌떡 일으켰다. 삼십팔 년 동안이나 몸을 일으켜세워 보질 못했다는 것을 그는 정말 까마득히 잊고 있었다. 시위에 메이어 있던 화살처럼, 그리고 일상적인 일들의 평범한 반복처럼, 그는 그래서 박차고 일어나버린 것이다. "베데스다가 동하고 있잖은가, 그려, 베데스다가, 헤헤, 동하고 있잖은가, 베데스다가……" 그는 각혈처럼 토해내며 그리하여, 자기 스스로 자기를 움직여 베데스다의 가슴으로 뛰어들어버렸다. 바로 잇달아서, 삼십팔 년 간이나 동경해왔던 바로 그 물의 차가움이 그의 전신을 휘감아돌며 소용돌이로 애무해젖혔다.

"으, 으, 으흐흐으으."

그는 괴로워서 짐승처럼 신음했다.

혈기가 말라, 움직일 수 없었던 그가, 삼십팔 년의 긴 잠에서 그렇게 하여 자기를 일으켜세운 것이다. 그래서 그는 엉엉 울며, 허허거리고 웃으며, 베데스다를 으스러뜨릴 듯이 자꾸자꾸 가슴에다 품었다.

풍문을 따라갔던 자들은, 끝내 풍문의 정체는 잡지를 못하고 헤맸던 피곤으로, 어깨를 늘어뜨리고 하는 수 없이 돌아와선, 이 혈기말랐던 자의 기대치 않았던 광태를 놀라서 지켜보고 있었다. 그들은, 어디를 가나 다 끝난 잔치밖에는 만날 수 없다는 것을 알고, 언젠가는 그 잔치가 바로 자기들께서 벌어지기를 기대하며 돌아왔었는데, 여기서도 그들은 다 끝난 잔치의 다 일그러진 모닥불가에 자기들이 모여서 있음을 발견하고, 자기들의 순례와 운명을 끌끌 혀찼다. 끝난 잔치의 모닥불이 밀어뜨린 그들의 그림자는 참 가난하고도 을씨년스러웠다.

그런데 그날은 안식일이었다.

"안식일에 저 사내는 죄를 짓고 있군." 이렇게 말하는 한 유대인에 의해서 그날이 안식일이었음을 그들은 깨달았다.

"아 그래, 정말이야, 헌데 이 안식일을 저 사내가 잡스럽게 만드는군 응."

다른 유대인이 맞장구를 치고 나섰다.

혈기말랐던 자가, 지쳐서 못가로 나왔을 때, 유대인들은 지독하게 화를 냈다. 그러면서 이렇게 따졌다.

"안식일을 당신은 더럽힌 걸 아오?"

그러나 혈기말랐던 자는, 그 물음엔 아랑곳도 없이 콧노래를 하더니, 삼십팔 년이나 지고 누워 있었던 침상을 메고, 풍문을 좇아서가 아니라, 자기의 고향을 찾아서 떠나길 시작했다.

"안식일인데 자리를 들고 당신은 어디를 가려는 거요?"

수종다리의 다른 유대인이 다시 따졌다.

"허지만 나를 낫게 하신 그가 자리를 들고 걸어가라 하셨으니, 나는 다만 그분의 명령에만 따를 뿐입니다."

혈기말랐던 자는 고분스럽게 대답하곤, 휘파람을 불며 양문을 통과해나갔다.

한떼의 양들 사이에 섞여서, 새로 태어난 이 양도 통과해나갔다.

"당신을 낮게 한 그가 누구요?"

유대 사람은 아닌 듯한, 양쪽 팔이 다 없는 사내 하나가 뛰어오며 묻고 있었다.

"예? 아, 아마 처, 천사였을 거요?"

그는 경쾌하게 대답해주며 걷기를 계속했다.

"그럼 그는 어디로 갔소?"

그는 목마른 듯 바짝 보채며 다시 물었다.

"그, 그가 간 곳, 간 곳 말요? 하하, 건 나도 알 수가 없는 걸요, 정말 알 수가 없어요. 글쎄 말이시다, 어디서 내리신 것인지 알 수가 없었으니, 어디로 가셨는지 그것도 알 수 없죠."

"그, 그렇겠군요만, ……"

팔 없는 사내는 낭패한 얼굴로 땅만 보며 그렇게 한참 더 그를 따라오더니, 단념했는지, 아니면 새로운 각오를 한 건지 뒤돌아서며 속삭이듯 말했다.

"축복받으신 양반, 안녕히 갑쇼. 난 다시 베데스다에로 가 기다려보겠습니다요."

"아, 그러시게요? 참 좋으신 생각이군요. 자, 그럼 축복받길 빌겠습니다."

둘이는 그리고 헤어졌다.

그런데 거리는 그가 생각했던 것보다 훨씬 조용했다. 도대체 아무 일도 없었던 것처럼 켜진 등 밑을 사람들이 한가로이 왕래하고 있을 뿐, 아무리 둘레둘레 찾았어도 무슨 일이 일어났던 것 같진 않았다.

"커어 정 알 수가 없군!" 그는 혼자 중얼거리다 생각은 미뤄두고 부지런히 걷기 시작했다. "우선 누구라도 친구를 만들어서 밤이 새도록 이야길 해야겠어. 암튼, 이건 속이 근지러워 견딜 수가 없거든, 없어."

그래서, 그가 고향에 돌아가서, 아내 얻고 자식 보고 살다 가만히 생각해보니, 아무래도 아내와 아들에게도 베데스다를 한번은 구경시켜줘야 되겠다는 생각이 들고, 한번 생각이 들자 그것은, 걷잡을 수 없는 집념이 되고 말았다. 그래서 바쁜 일은 대충대충 좀 치러놓고, 아직 걷지도 잘 못하는 두 살짜리 아들을 들쳐업은 뒤, 아내와 함께 여로에 올랐다.

그러나 그가 베데스다에 도착되었을 때 그는, 자기의 눈을 의심해야 되었고, 잇달아서 자기가 아내와 아들에게 매우 면목없이 되었다는 것을 알게 되었다.

행각은 쓰러져 있었고, 못은 말라 비참하게도 바닥이 갈라터져 있어, 그 균열로 귀뚜라미와 땅강아지가 기어올라오고 있었다. 그래서 그는 걷잡을 수 없이 허탈되어, 자기도 모르는 소리를 시부렁시부렁거리며 빙글빙글 못가를 돌다간, 나중엔 못바닥으로 뛰어들어가 미친 듯이 바닥을 파댔다. 그는 소처럼 울고, 그랬다.

"당신은 무엇을 하고 있는 거요?"

그때 누가 묻는 것이었다. 그 음성은 언젠가, 아득한 언젠가, 한번 들어본 그 음성이었다. 그래서 그는 귀를 의심하다간, 심정이 타는 것 같아서 소리나는 쪽을 얼른 올려다보았다. 그리고 "아," 하고 한번 경악했을 뿐으로, 멍청히 있다가, "나는 예전에 여기 있었던 못을 찾고 있습니다" 하고 대답하곤, "헤헤, 그러고 보니 참 오랜만에 또 뵙게 되었군입쇼. 반갑시다, 참 반갑시다."

그런데 그는 이번에도 또 어디론지 구름모양 훨훨 걸어가면서 들릴 듯 말 듯하게 이렇게 말했다.

"여보, 어떤 남자 하나가 한 닷새 전에 골고다에서 죽었는데 말요, 십자가에서 못박혀서 죽었는데 말요."

"허 거 처음듣는 말씀인뎁쇼. 그래설랑은 어, 어떻게 됐습죠?"

"글쎄 느닷없이 그날 천둥이 울고, 번개가 치고, 삽시간에 하늘이 닫히더니 땅이 갈라터지군 했단 말요."

"호호, 거, 우리 고향엔 그런 일이란 전혀, 전혀 어, 없었는데……"

"그때 아마 저 못의 물이 모두 없어져버린 거요. 갈라진 땅 틈으로 말요. 그래서 아마도 이 지상에서의 베데스다는 영 사라져버린 모양이외다."

"허으!"

혈기말랐었던 사내는 사태가 너무 어처구니없이 되어버렸다는 듯이 한번 부르짖곤 입을 다물지를 못했다.

둘이는, 아기를 업고 사마리아서부터 온 아낙이 보이지 않는 데까지 와 있었다.

"허지만 말요, 뭐 그렇게 걱정할 일은 아니오. 오히려 잘된 일이지, 잘된 일이라구요. 이 땅 위선 그것이 사라져버렸다곤 하더라도, 그러나 그것이 어쩌면 하늘나라로 옮겨갔을는지도 누가 압니까? 사실로 그걸 보았다는 사내도 있더군요. 그러니 확실히 그렇달 수도 안 있겠습니까. 그러니 이제는, 육신이든 영혼이든 결핍된 자들은 하늘의 베데스다로 와, 그 행각 속에 머물며 천사가 내릴 것을 기다려야 할 것 같습니다. 그러면 그들의 참회를 통해 천사가 내리죠."

"아하, 그, 그러구 보니깐 그게 그렇게 되었군입쇼, 헤헤헤, 그
럼 됐어요, 됐죠 뭐, 안 그렇겠어요? 아참, 이거, 이 정신 좀 보
게 헤헤, 그럼 됐군입쇼. 저 이제 돌아가야 되겠시다. 그러면 그
랬겠습죠."

그래서 둘이는 헤어졌다. 그때의 그의 기분은 썩 좋았다. 그래
아내 곁에 닿기도 전부터 손을 흔들며 떠들어댔다.

"여보, 우리가 아무래도 길을 잘못 든 거야. 여보, 어서 우리 또
떠납시다. 글쎄 이 못이 하늘나라로 옮겨갔다잖겠어? 그러니 거
기로 가잔 말야. 거기로…… 헤헤, 가만있자 그런데, 아차, 도대
체 내 정신 좀 봤나, 거기로 가는 길이 어딘지를 물어뒀어야 됐
는 거를."

떠들며 오다 그는, 픽석 주저앉아버리고 말았다. 한낮의 태양
이 온화하게 내려쪼이고 있어, 세상은 참 밝고, 살 만해보이며,
즐거웠다.

〔참고〕「요한복음」5장 1절.

    베데스다 : '자비의 못'이라는 뜻의 못〔池〕.

2. 기원 제6시(紀元 第六時)

"흐흐, 으흐홋."

영감은 흙덩일 던지곤 기분이 좋아라 웃었다.

밖엔 나뭇가지를 찢어대는 북풍이 사나웠다.

소는 흙에 맞은 부분의 근육을 실룩실룩 떨었지만, 영감을 향

해 눈은 흘기지 않았다.

영감은 다시 벽을 뜯어 흙덩일 준비하곤, 이번엔 어디를 맞힐까 궁리를 하며 눈을 가늘게 떴다. 영감의 솜씨는 일단 일가를 이룬 셈이었다. 벌써 열닷새째나 소를 과녁삼아온 터였다. 벽은 이 수난에 자꾸만 구멍이 넓어져왔다. 그러나 벽도 영감을 흘겨보지는 않았다. 벽이나 소나, 그저 묵묵히 영감을 용납하고 사랑해주었다. 그럴 수밖에 없었다.

"심심했는데 말이다, 흐흐, 갑갑하고."

영감은 소의 두 눈 사이를 맞추리라 생각하고, 흙 든 손을 어깨 뒤로 넘겼다.

"자식삼아, 할멈삼아, 널 송아지 때부터 이 손으로 길러왔댔는데 말이지,"

영감은, 홍분을 이로 지그시 물고 만끽하며, 흙을 쏘았다. 흙은 약간 빗나가 소의 왼쪽 뿔에 가서 맞아 부스러졌다. 소는 너그럽게 고개를 좀 흔들어보이곤, 기억도 할 수 없이 많은 날을 굶다시피 살아온 밥주머니 속에서 말씀 같은, 그래서 실속없는 뭘 쬐금 토해내선 새김질을 다시 했다. 자기 똥에 짓뭉개진 북더기까지도 거의 다 씹어 먹어버려, 이젠 지린내나고 똥에 덮여 질척이는, 그래도 그가 그렇게도 사랑해왔던 흙바닥만 남았다. 고삐는, 그의 자유를 규정짓는 그만큼은 길게 늘여져 있었기에 그래도 살아오긴 오늘까지 살아왔다. 그러나 소에게도 기력은 거의 없어져가고 있었다. 그저 피곤하고, 지루하며, 생각나는 것이라곤 싱싱한 꼴 한 구유뿐이었다. 영감에 대해 화가 나지 않은 것도 아니었지만, 그냥 참아버렸다. 참을 수 없었다고 별수없긴 했지만, 고삐는 너무 매정스럽게 튼튼하며 고삐가 묶인 말뚝은 고삐보다도 더 튼튼했다. 그것이 그가 한동안 자유라고 생각했었던 그 전부였다. 화풀이라곤, 참으로 참을 수 없을 때, 헛뒷발길질 한두 번 해보는 외에, 미친놈의 영감쟁이에게 어떻게 해주기에는 영감이 너무 멀리 있었다. 영감의 편에선 얼마든지 소에게 가까이 올 수도 있고 멀리 갈 수도 있지만, 소의 편에선 자기의 영토를 벗어날 수 없는 거기에, 소에게는 한계가 있고 영감에겐 거룩함이 있었다. 한데 소가 영감에게 느끼는 거룩함이란, 어떻게도 영감에게 접근할 수 없는 거리감, 그것 이상의 것은 아니었다. 영감놈이야 어쩌든 소는 자기 문제만을 생각하기로 했다. 눈앞이 자꾸 캄캄해지고 있고, 의식도 깜박깜박 꺼져가려 하지만 미리 자살이라도 할 생각은 들지를 안해 하질 않았다. 배가 고프고, 목이 마르고, 영감의 학대가 괴롭더라도 사는 날까지 살아갈 작정인 것이다. 소는, 영감의 학대 때문에 더욱더 자기를 치열하게 느끼면서, 그렇기 때문에 결코 자기를 포기할 수가 없다고 우겼다. 그건, 멀리로는 죽음의 준비가 되었을는지도 모르지만 가깝게 현실적인 문제로는 영감으로부터의 해방을 성취하는 것이 되었는지도 몰랐다. 자기를, 선언이었다. 물론 소가 그것을 확실하게 의식하고 있는 것은 아니었지만, 영감의 배신에서 소는, 영감과 자기라는 그 둘의 야합에서 생겨난 그 제삼의 자기로부터, 영감의 이식(移植)을 추방하고, 자기의 이민(移民)들을 불러모으고 있었다. 그것은 각성으로서보다는, 아메바적인, 그리고 백혈구적인 일종의 본능으로서였다. 하지만 그래서 고독과 슬픔이 시작된 것이다.

영감은, 소의 양미간을 겨냥했던 것이 뿔에 맞아 부스러뜨려진 걸 보곤 기분이 언짢아져 욕설을 뱉고 혀를 차며, "저놈의 눈이 도전했던 탓이었어, 저 눈이. 인내밖에는 예지도 반항도 없던 저놈의 눈이 느닷없이 도전했던 탓이었어. 이 죽일 놈, 감히, 이 죽일 놈" 하면서, 이번엔 흙덩이를 주먹만하게 뜯어들었다. 그리곤 충혈되고 물크러진 눈을 가늘게 하여 정신을 집중시켰다. 다음으론, 초조한 것 같으면서도 자기를 송두리째 바쳐 잃게 하는 쾌감, 바로 그것의 덩어리가 되어 신음 같은 기합을 지르며 영감은, 흙덩일 휙 쏘았다. 자기의 온갖 것을 던진 것이다. 권태롭지 않기 위해서, 그래 고독하지 않기 위해서, 자기를 즐기기 위해서……

흙덩인 이번엔, 빗나가지 않고, 기대보다도 더욱더 정통을 맞혔다. 그리고 소복하게 담겨졌다가 젖처럼 흘러내렸다.

영감은 킬킬거렸는데, 그의 평생 처음 맛보는 희열을 감당못해 곧 죽어가고 있었다. 몸을 무섭게 틀며, 방바닥을 기었는데, 나중엔 숨을 빨아넣질 못해 목이라도 졸린 듯이 버둥질을 해댔다. 자기가 던진 흙에 자기가 맞기라도 한 것 같았다.

소도, 표현에 있어, 영감과 다를 바 없었다.

소는 그 큰 흙덩이에 왼쪽 눈을 맞고 안질이 터져서, 되도 넘을 피를 젖처럼, 죽처럼 쏟았다. 뚜레가 꿰인 코에서도 소의 충성심과 우직과 인내심만큼이나 진한 선혈이 눈물처럼, 꿀방울처럼 흘렀다. 돌처럼이나 굳었던 흙덩이가 선혈이 되어, 눈물이 되어, 젖이 되어, 꿀방울이 되어 흘러내렸다.

자식은 상원갑년 전쟁에 죽고, 그래서 할멈도 죽고, 손주는 없었고, 그래 혼자 살아온 이 여러 해에 이 늙은이는 집착과 편애의 누룩으로 두꺼비처럼 부풀어올라 있었는데 있었는데, 그래서, 자기의 소유라면 그것이 뭣이든, 할멈 사랑할 정성으로 아꼈었다. 장 속에 든 닭에게라도 튼튼하고 보기에 좋은 가죽끈을 매어 횃대에 묶어두었으며, 고양이에게도 그렇게 했었다. 고양이에게선 그러나 실연의 쓴 잔을 마셔야 했다. 년은 영감의 사랑에 넌더리를 내고 교활을 부려 줄을 끊어버린 뒤, 어디론가 사라져버렸다. 어느 타국에 가서, 돈 많고 음탕하며, 젊고도 젊은 다른 영감의 스물셋째 첩으로 들었다는 풍문이 들리기도 했고, 골목으로 나가, 봇짐장수들의 불알이나 만져주고 살다가 종내는 매독으로 죽었다는 소식이 오기도 했는데, 영감의 '질투'와 '진노' 했음은 형언할 수가 없었다. 이 바람난 계집년이 돌아오긴 이미 틀려버렸으니 이젠, 품속에 있는 년들이라도 단단히 붙들어두지 않으면 안되었다. 그는 이 실연으로 해서 너무도 많은 것을 잃어버렸던 것이다. 은근히 짐승들의 윗언저리에 있어, 그들을 내려다보며 자비를 베풀었던, 약간은 사치스러웠던 행복이 깨어져버렸으며, 그대신 그것들로부터의 추방이, 그리고 동화될 수 없는 고독감이 시작되었으며, 그렇다고 그것들 없이도 혼자 살 수 있을 것 같은 용기도 생기지 않았는데, 세상은 갑자기 쓸쓸해지고, 어설프고 존재들 사이의 통로가 느닷없이 막혀버린 것이다. 그래서 영감은 몇 날 몇 밤이고를 꼴딱 새우며 남은 년들이 도망치지 못하도록 고삐를 다시 꼬았다. 그러나 그렇게 해서 마음이 조금 편해졌을 땐, 닭은 물론이고, 염소까지도 고삐의 무게에 가엾게 죽어버리고, 소도 여위기 시작했다. 슬펐지만 영감은 고삐로서도 매둘 수 없는 것이 있어 그것이 굴레 사이로 흘러빠져나가며 자기를 버린다는 것을 인정하지 않을 수 없었다. 그걸 알았음에도 영감은 절대로 고삐를 풀어주려고는 안했는데, 그도 하긴 그럴 것이 몇 번의 실연 때문에 영감은, 자기의 매력에 대해 조

금도 자신을 가질 수가 없었던 것이다. 그러므로 그런 수단으로
해서라도 한사코 붙들고 늘어질 수밖엔 없었는데, 어쨌든 그렇
게 해서라도 그는, 자기가 살아 있으며, 외롭고 있으며, 권태에
몸이 휘이고 있다는 것을 확인받을 수는 있었다. 해도 소는, 워
낙 힘이 좋은 가문의 태생인지라 고삐쯤 그렇게 힘겨워하진 않
았으나, 철근으로 된 코뚜레가 언제나 좀 거슬렸다. 고삐가 오줌
에라도 젖어버리면 그것의 무게로 숨이 컥컥 막히곤 했으므로
그 점을 각별히 주의하다보면 코뚜레가 백 근의 무게로 압도해
오곤 했다. 그래서 자기도 모르게 고개가 숙여지곤 했지만, 그래
도 울진 안했었다.

영감은, 웃음에 먹혀 허탈 상태가 왔을 때까지 웃고는, 멍청해
져 소를 건너다보았다. 이젠, 외양간과 영감의 방을 막았던 벽이
소라도 들어올 정도로 뜯겼는데, 방금 전의 웃음으로 해서 영감
의 마음도 벽처럼 뚫려졌다. 영감은 몹시 피로해져 외양간에 상
반신을 걸쳐 떨구고 늘어져버렸다. 그리곤 하품하듯 중얼댔다.

"너도 어느 땐가는, 어느 땐가는 너도 날 버리고 어디로 갈 건
가, 죽어버릴 건가, 그땐 고삐가 아무리 튼튼하다 하더라도 널
붙들어둘 수가 없겠지? 헹 없을 게여, 그렇다고 미리 네놈의 고
삐를 풀어줄 생각은 추호도 없다네. 없구말구지! 그래, 날더러
자살을 하라겠느냐?"

영감은 생각을 하다, 눈물을 좀 흘리고 싶어 소리를 내보았으
나, 마른번개처럼 눈물은 따르지 않았다.

이튿날, 영감은 또 시작을 했다. 소는 잠 한숨 못이루고 밤새
도록 앓았다. 소는 버릇이 되어버린 묵상으로, 영감이 왜 자기에

게 전쟁을 걸고 있나를 곰곰이 따져보았지만, 도무지 알 수가 없었다. 원망스럽기만 했다. 소는 그래서 영감에서 속삭였다.

"사랑많으신 주인님, 소생이 뭘 잘못했는지 모르겠으나 소생의 죄를 용서하시고, 다만 주인님께 영광과 기쁨을 돌릴 수 있게 해주소서."

그러나 영감은 소의 우는 소리 때문에 잠을 못 자겠다고 몹시 탓했을 뿐, 도대체 소의 간구를 받아들이려 하질 않았다. 그래도 소는 끊질기게 매달렸으며, 하나밖에 남지 않은 눈에 추파를 담아 끈기있게 주인을 우러러보았다.

"일용할 양식을 주옵시고, 시험치 마옵시오. 다만 악에서 구원하소서."

"흐흐, 딴은 괴롭겠지, 괴롭겠지. 앓는 소리가 싫진 않구나. 허지만 널 놓아보낼 순 없어, 없구말구지. 아, 이눔의 겨울이란 철은," 영감은 용을 쓰며 흙덩일 떼려 했다. "권태가 월경을 하는 바로 그 이레[七日]란 말야, 지랄맞게도. 헌데 난 그 겨울에 있고, 내가 하혈을 못 참겠다야. 헌데 안됐다만, 참아줘야겠는데 말이지, 이 흙덩일 네게 던지며 살아 있는 것의 반응을 본다는 건, 흐흐흐, 북풍도 꽃샘바람 냄새로 변하더라야, 헌데 너의 남은 눈 하나가 날 노려보는 거지?"

영감은 이죽이면서, 소의 남은 눈을, 그 애잔한 수녀를 겨냥하고 흙덩일 힘껏 던졌다. 적중해버렸다. 소는 용처럼 날뛰기 시작했다. 소는 미쳐버렸다. 고삐의 중간쯤에서 터지는 뚜뚝 소리가 나며 몇 올의 가죽이 터져났다. 고삐를 묶은 말뚝도 흔들흔들했다. 끝내 코가 찢어지고 고삐가 소를 풀어줬다. 그러나 소는 무기력하게 넘어져버렸다. 완전히 죽어버린 것 같진 않았지만 고삐와 소는 벌써 아무 관계도 갖고 있질 않았다.

영감은 웃지 않았다. 영감은 눈을 가늘게 뜨고만 있었는데, 침을 줄줄이 흘려냈다. 소가 넘어져버렸을 땐 영감도 속빈 부대처럼 스르르 넘어져버렸다.

눈 한잎 없이 청청한 겨울날의 된바람이 쉼없이 추녀와 벗은 나뭇가지를 흔들었다. 유령 같은 햇볕이 홱 쏟겼다, 무덤 같은 구름그늘이 홱 스쳤다, 화상(火傷)을 주지 않는 불길이 홱 살아올랐다, 달이 부피 없는 찬바다를 홱 뱉아냈다, 그리고 다시 무덤 같은 구름그늘이 홱 덮었다.

그런 상태로 이틀이 흘렀다.

소는, 이미 볼 수 없이 된 눈에 대해선 잊어버리려 애썼다. 처음부터도 볼 수 없었던 것이라 치려도 했다. 주인에 대해서도 이젠 그렇게 생각하려 했다. 속삭임은 하지 않았다. 무섭게 변해버린 늙은 벌레가 보이지 않게 되었다는 게 되려 다행스럽기도 했다. 어쩌면 눈이 보이지 않게 된 것이 아니라 영감이 느닷없이 사라져버린 것인지도 몰랐다. 하여튼 영감의 실재를 아무렇게나 생각해도 좋았다. 있다고 해도 되고, 없다고 해도 되고, 있는지 없는지 모르겠다고 해도 되게 되었다. 그건 소의 마음의 문제 이상은 아니게 된 것이다.

소는 아픔을 참으며 전에 없이 속깊은 생각을 했다. 어디로 갈 생각은 내지 않았다. 그럴 기력도 없기도 했으려니와, 설사 풀과 물이 풍성한 고장을 헤맨다더라도 '이미' 쓸쓸히 닫혀버린 이 세계에서는 자기가 안주할 곳은 없을 것이라는 것을 소는 알고 있었다. 그것은 소로 하여금, 광휘가 사라져버린 그의 세계의 가장 추운 자기의 장소를 사랑하게 만들었다. 거기서 소는 자기의 생애를 추적하여 잊었던 많은 것을 기억해내고, 정리하고, 종합했다. 그러는 중에 의식은 석양에 멱감는 하루살이처럼 되어갔다. 소는 그래서 그 나머지를 정말 소중히 아꼈다.

"가엾지 영감도 허긴."

소는 자기가 연민스러워졌으므로 해서, 있는지 없는지도 모를, 자기 이웃에 대해서까지도 연민을 느꼈다. 소의 자기 연민의 이 확산은, 예속시켰던 자의 치열한 월경처럼, 예속당했던 자의 월경인 것 같기도 했다. 그리고 월경이 끝나면 당연히 오는 배란기에, 소가 뭘 잉태할진 모르나, 어쨌든 그녀의 자식의 자유의 영토가 훨씬 넓어질 것이 틀림없을 것은 그녀의 자식은, 예속당했던 자로서의 겨울을 참고나온, 어미의 자궁에서 태어난 자일 것이기 때문이다.

"가여워! 매인 건 내가 아니라 영감님 편이었을지도 몰라, 글쎄 몰라."

소는 중얼거리다, 자기 세계의 적막에 귀를 기울였다. 그리고 안도를 느꼈다. 지나간 날에도 아니고, 다가올 날에도 아닌 오직 이 현재의 이 적막 속에, 자기가 모두 돌아와 있어, 오붓했기 때문이다. 아무것도 자기를 나누어가지려곤 하지 않고, 임종에 가까운 어머니의 침상가로 모이는 아들들처럼, 시간이 진지한 표정으로 응축해들고 있었다.

"짧은 소녀 시절이 지나 이 코에 뚜레가 꿰어졌을 때 난 너무너무 서러워 매일을 울고 살았었지."

소는 유언이라도 하듯, 추억들을 중얼여냈다.

"뭣보다도 자유가 그리웠었어. 그것도 한두 달 지내보니 참을 만했었지만, 지금 생각해보면 영감이 겨울을 살기 시작한 건 그때부터야. 글쎄 그때부터야. 난 그저 영감님의 의사대로만 살면 되었지, 글쎄 그랬어. 헌데 대체 영감은 어쩌자고 다른 것의 생명이니 운명이니, 여러 무거운 짐을, 자기것도 고된 그것에다 더 얹고 끙끙댔지? 글쎄 왜 그랬댔지?"

소는 알 수가 없어 이맛살을 찌푸리다간, 다시 자기의 문제에로 생각을 옮겼다.

"영감님께선 처음엔 그것이 좋았던 모양이야. 헌데 요즘 갑자기 겨울을 인식했음이 분명해. 그러길래 자기가 괜스레 떠맡았던 그 짐을 그 주인에게 돌려주려 하고 있는 게야. 글쎄 그러는 게야. 절대로, 심심하다고 해서 그러실 영감은 아니지, 아니고 말구. 느닷없이 심심해질 이유란 없거든. 허지만 느닷없이 피곤을 느끼는 수는 있지. 가령 긴장이 풀린다든가 하면. 글쎄 그래서 이제 영감은 쉬고 싶은 거지. 쯔즛, 이제야 난, 의탁시켜 여기까지 탁송해온 내것 모두를 찾게 되었군."

소는 그의 독특한 방법으로, 윗이틀을 드러내며 위를 향해 진지하게 한번 웃었다.

"영감이 이렇게 해주질 않았더면, 참말이지 이렇게 해주질 안했더라면, 난 어쩔 뻔했어, 글쎄 어쩔 뻔했어. 이 빈 껍질이나 썩어질 뿐이었겠지. 이젠 영감과는 이별이지만, 내것을 영감이 되돌렸으니, 이제 내것을 내가 갖고 어디든 갈 수 있게 된 거지, 훨훨 갈 수 있게 된 거지, 영감과는 아무 연척도 없게 되었으니, 되었으니 ―"

소는 깊이 한번 숨을 몰아쉬었다.

"훨훨, 호랑나비처럼 가다가 가다가, 어디든 맥관(脈管)이 열려 있으면 스며들어야지, 암은. 나무의 맥관이든, 바위의 맥관이든,

새의 맥관이든, 그렇지만 어쩌면 바위 속의 속이 어떨까? 복된
환생(幻生)을 얻기엔 아직 내게 찌꺼기가 좀 남았을지도 모르니,
모르니 더 인내하고 더 침묵해야겠지러. 해도 역시 나는 다시 한
번 소이기를 원할 뿐이지만."

소는 그리고, 영감에게 마지막으로 속삭였다.

"이 계집은 이제 어디든 가도 되지만, 영감님은 어디로 가시겠
습니까? 영감님이 이 미천한 계집 같은 하찮은 생명 속으로 들
어와 섞인다는 것도 있을 수 없는 노릇이오니, 타오르시다가, 오
르시다가, 꽃처럼 흩어나시옵소서. 하오면 하찮은 우리 모두 영
감님이 흐트러진 그 꽃잎을 주워 우리들의 털 속에, 깃 속에, 또
는 잎 속에, 눈에는 뜨이지 않겠지만 색깔 다른 한 이파리로나
달고 있겠습니다. 절대로 혼백 속에 뫼시고 싶지 않음은, 이 미
천한 생명이, 미천한 생명의 맛을 앓아본, 미천한 추억을 어찌할
수 없어서입니다."

소는 그리고 머릴 떨구었다.

소가 죽자 영감도 소에게서 죽어버렸다.

살아 있는 영감은, 단지 황폐한 영감 자신의 영감에만 불과했
다. 그래서 영감은 이를 빠드득 빠드득 갈아댔다. 그러다간 미쳐
서 낫을 꼰아들고 망난이처럼 외양간으로 뛰어내렸다. 그리고
소를 묶었던 고삐를 찍으며 부르짖었다.

"이눔의 고삐, 아무것도 매두지 못하는 이눔의 굴레,"

고삐는 금방 몇 동강이가 났다. 났지만 아무런 변화도 없었다.

"뭐든 매둘 수 있었거든 지금 도망시켜봐."

영감은 씩씩거리며 이번엔 뚫린 벽을 찍어댔다. 그건 이미 열
려 있었으므로 낫은 허공을 날았다. 대신 권태가 밀려왔다. 영감

은 더 발광해볼 기력도 없는 듯이 어깨를 늘어뜨리곤 죽은 소를 내려다보았다. 자기의 시체가 거기 처참히 쓰러져 있었다. 그래서 영감은 얼른 눈을 감았다. 뜨곤, 다시 낫질을 해댔는데, 이번엔 소의 척추를 상대로 그랬다.

"이 망할년, 너만 죽은 게 아니구나. 너와 함께 살았던 영감도 죽였구나, 죽였어. 속에서 살던 영감의 혼백을 내놔라, 내놓아!"

그러다 낫이 동강이 나버렸을 땐 무릎을 꿇고 주저앉아 소의 등에다 가슴을 비볐다. 그리곤 갈증이 난 듯 소의 등에서 흐르는 선혈을 빨기 시작했다.

"그러고 보니 썰렁한 겨울, 한낮의 이눔의 집이 비기도 텅 비었구나. 권태가 하혈을 하는 이 이레가 왜 이다지도 길기만 긴가, 지랄맞게도. 헌데 난 처음부터의 그 겨울에 아직껏 있고, 하혈은 더 심해졌으니, ─"

밖엔, 눈 한잎 없이 청청한 겨울날의 된바람이 쉼도 없이 추녀와 벗은 나뭇가지들을 흔들고 있었다. 유령 같은 햇볕이 홱 쏟기고 있었다. 무덤 같은 구름그늘이 홱 스치고 있었다. 화상을 주지 않는 불길이 홱 살아오르고 있었다. 달이 부피 없는 찬바다를 홱 뱉아내고 있었다. 그리고 다시 유령 같은 햇볕이, 무덤 같은 구름그늘이 ─

그런 상태는 계속되었다.

3. 기원 제9시(紀元 第九時)

안쪽에서 바깥쪽으로 나가려고, 그러면서도 언제나 그쪽에서 서성거려온 잿빛 얼굴의 여윈 녀석, 그 멀쑥하니 길기만 길고 살은 없는 그 녀석이 나일 것이라고 나는 생각한다.

바깥쪽에서 안쪽으로 들어오려고, 그러면서도 언제나 그쪽에서 서성거려온 젖빛 얼굴의 통통한 녀석, 그 두루뭉수리의 살덩이를 늘 등에다 메고만 있는 그 녀석이 나일 것이라고 나는 또한 생각한다.

바깥녀석은 안의 녀석을 손짓해 부르며, 안의 녀석은 바깥녀석에게 또 그렇게 한다. 그래서 만나선, 안의 녀석은 바깥녀석에게 자살을 종용하고, 바깥녀석은 안의 녀석에게 또 그렇게 한다. 그렇게 해서 우리는 서로에게 똑같은 것을 요구하며 종용하고, 똑같은 말을 주고받게 된다. 그런데도 우리는 도대체 가까워질 수가 없었는데 그것은, 똑같은 것을 요구하고 종용하고 말하고 있다는 그것이 바로, 참으로 어처구니없는 멀리에다 우리를 떼어놓는 그 이유였던 것이다.

"내가 네게 바라는 것은 야 새꺄, 너의 죽음이다."

"나 역시 네게 바라는 것은 야 새꺄, 너의 죽음이다."

그래서 결국 우리는 동의어를 쓰는데도 정반대의 입장에서의 동의어를 써왔던 것이다. 그런데 그것을 우리는 근래에 와서 알게 되었다.

"야, 너하고 나하곤 이거 너무 멀구나." 안의 녀석이 탄식조로 말했을 때, 그것이 우리 사이에서 이해된 시초였다.

"참 그러구 보니 이거 너무 멀구나."

바깥녀석도, 한참 생각해보고 난 뒤에 맞장구를 쳤다. 그리고 둘이 사이에선 '멀다'는 얘기만이 며칠 동안이나 계속되었다.

"야 이거 너무 멀구나, 멀다 그지?"

"……이게 물 오르는 철이면 좋은데."

며칠 지난 어느 날 느닷없이, 뼈쩍 마른 녀석이 뼈쩍 마른 목소리로 소릴 쳤다.

"………"

살을, 지독하게 무거워하며 숨을 씩씩거리던 꼽추는 얼른 이해가 되질 않아, 한참 생각해보고도 대답을 찾질 못했다. 그대신, 등이 가려워 대답은 미뤄둬야겠다는 식으로, 괜스레 등을 벽에다 이겨댔다.

"정말 물이 오르는 철이면 좋은데."

그는 초조히 반복했다.

"건 걱정할 것 없어. 물 오르는 철이래야 저 고개 하나 너머에 있잖나 말야. 헤헤, 그런 걸 염려할 네 나이는 아니라구, 야 새까."

살을 지고 괴로워 끙끙대는 녀석이, 겨우 할 얘기를 찾고, 호기를 부렸다.

"아, 그러구 보니 그렇군 그래. 후훗, 우린 말야 접목(接木)이 필요하다. 접목이 있어야겠어."

살이 없어 뼈 때문에 앓는 녀석이 좋아라 씨분댔다. 참 좋아라 떠들었다.

"헤에, 거 뭐, 거 저, 접목이랬겠다?"

꼽추녀석은, 생각은 '접목'이라는 단어 쪽에다 보내면서, 딴은 비꼬듯이 되물었다. 그러다간, "아 그야 그럼, 이를 말이냐? 헤헤, 두말할 말이냐? 그럼 그렇구말구지!" 하고 우선 맞장구를 쳤다. 그리고 물 오르는 철이 왔을 때까지 생각해보고서야 비꼬던 어투를 바꿨다.

물 오르는 철은 그리하여, 긴 잠에서 깨어 하품하며 하산했다.

저녁에 우리는 할일이 있으므로, 온종일을 지루해했다.

바깥쪽의 사내는 아침부터 서성이며 앓는 소릴 냈고, 안쪽의 사내는 밖의 사내를 비웃는 듯이 입을 비틀고 내려다만 보고 있었다.

"야 나는 이거 살이 푸들려 견딜 수가 없는데."

밖의 사내가 숨가빠하며 꿍얼댔다.

"허지만 난 지독하게 우울하단 말야."

저녁은 그리하여 긴 낮의 끄트머리에서 교태부리며 찾아왔다. 자, 우리는 이제 나가기로 하자.

잿빛 얼굴의 안의 사내는 괭이를 들고, 젖빛 얼굴의 바깥사내는 삽을 들었다. 그리고 우리는 히죽이며 휘파람을 불었다. 그래도 우리는 잇닿지 못한 그런, 왠지 쓸쓸한 각자의 길을 걸었다.

우리는 어머니를 밖에서 만나기로 한 것이다.

사람들은 무심한 얼굴로 우리 곁을 지나간다. 우리도 무심한 얼굴을 만들어 그들 곁을 지나갔다. 그리고 오래잖아 어머니와 약속한 동구밖 버드나무 아래까지 왔다. 어머니는 우리를 먼저 내보냈으므로 좀 기다려야 올 것이므로 우리는 버드나무의 드러내진 뿌리 위에 엉덩이를 붙이고 나란히 앉았다. 그러고 보니 우리도 꽤 정다운 듯했다. 그래서 우리는 곁눈으로 이쪽과 저쪽에서 눈을 껌벅했다. 우리는 계획을 한번 더 확인한 것이다. 우리는 서로 사이의 거리를 좁히고 서로를 사랑할 수 있도록 하려 하는 중이다. 혀끝에 침이 방울진다.

"아, 저기 어머니가 오고 있다."

마른 녀석이 속삭였다. 비계덩이를 무거워하는 녀석은 고개를 빼올렸다.

"젠장, 굉장히 차렸는데. 뭐 곡마단 구경이라도 시켜줄 줄 아는 모양이군, 후훗. 어쨌든 우리는 지금 제비를 뽑아두자." 꼽추녀석이 의견을 냈다. "법이란 허약한 자만을 보호하기 위한 것은 아니야. 그것은 때때로 강자의 덕에 아첨하도록 쓰여지고도 있거든."

"아 그따위 돼먹지 못한 소릴 떠벌일 건 없어. 자, 이렇게 하자, 네가 보지 않는 곳에서 내가 땅에다 두 개의 선을 긋는다. 그리고 선의 상류를 내가 발로 딛고 있다. 그럼 너는 아무쪽이라도 선택해라. 긴 선 쪽이 먼저다, 알겠지?"

"거 썩 좋은 생각인데. 때때로 너도 머리가 좋군. 그럼 이봐, 나는 눈을 감고 있을 테니, 어머니가 가까이 오기 전에 빨리 그어라, 빨리."

그러고 있을 때 어머니는, 아주 기쁘고, 또 우리가 대견해 못 견디겠다는 듯이 좀 야단을 부리며 다가오고 있었다. 아직도 젊고, 팽팽하고, 싱싱해보였는데, 그것 때문에 우린 좀 떵했다. 전혀 기대치도 않았던 여인이 나타난 것이다. 대체 그녀는 어디다가 자기의 이런 모습을 감춰두고 있다가 오늘 느닷없이 꺼내입고 온 것일까? 물론 장롱 속에도 없었다. 아버지 무덤 속에서 잠깐 빌려온 것인지도 하긴 모르지만, 어쩌면 찬장 속에다 아무렇게나 뒹굴려놓았던 것일지도 모른다. 히히, 아무튼 우린 좋아서 웃었다.

"자 짚어라, 어느 쪽이냐?"

"바로 이 줄이다."

"가만있자, 아, 그렇다면 제기랄, 됐다 됐어, 아무튼 됐어, 네 것이 길다."

잿빛 사내는 더욱더 잿빛이 된 얼굴로 투덜대며 가래침을 뱉아냈다. 그러는 사이 어머니는 벌써 우리 곁까지 왔다.

"원 자식들두! 늘 집에만 박혀 있던 어미를 끌어내선 어쩌자는 거냐?"

어머니는 기뻐서 어쩔 줄 모르면서 우리들의 등을 두들기기도 하고, 꼽추녀석의 도대체 채워놓지를 않은 바지 단추를 채워주기도 했다.

"어머니가 이렇게 이쁜 줄은 정말 몰랐는데, 몰랐어."

녀석은 호락호락한 계집들에게 하는 투의 언사를 쓰며, 바지를 한사코 추켜올렸다.

"호호호, 아 이런 자식두……"

"어머니, 우리가 한번 어머닐 뫼시려구 오래전부터 계획을 세워왔었는데…… 왔었는데 말입죠, 아 글쎄 나무에 물이 오르질 않잖어?"

잿빛 얼굴이 어머니의 겨드랑에다 손을 넣으며 은근히 속삭였다.

"건 정말이야. 그래도 내가 이렇게 말해줬었지. '건 걱정할 것 없어. 물 오르는 철이래야 저 고개 하나 너머에 있잖나 말야. 헤헤, 그런 걸 염려할 네 나이는 아니라구, 야 새꺄' 했더니," 하면서 꼽추녀석도 어머니의 남은 쪽 겨드랑이에다 팔을 밀어넣었다. 녀석이 그렇게 하자, 길다란 덩굴에 못생긴 호박이 하나 매달린 것 같이 보였다.

162

"허, 헌데 얘들아, 어미가 좀 알아들을 말을 해야지, 어미는 한 마디도 알아듣질 못하겠어. 그래 어딜 가는 거지? 어디 네가 살짝 귀띔 좀 해줄까?"

어머니는, 어쨌든 신이 나서, 꼽추에게 아첨을 떨었다.

"어머니, 가면서 얘기해요 네?"

볼품없이 큰 녀석이 꼽추의 대답을 앞질러 말하며 걸음을 빨리했다. 그래서 꼽추는 숨을 헐떡이며 짚신처럼 끌려가지 않으면 안되게 되었다.

우리는 그렇게 하여 동구를 벗어났다.

"어머니, 곡마단 구경이나 뭐 그런 건 아닙니다."

산소 용접의 파철 더미 같은 녀석이 부지런히 떠들었다. 살을 번뇌하는 녀석은 걷는 데 숨이 가빠 도대체 얘기에 참여할 수가 없었다.

"그래도 우린 어머니를 사랑하고 있어요."

"정말이에요."

"그, 그럼, 정, 정말이구말구."

"호호호, 암, 건 그래야지!"

"헌데 그게 이상타 이 말이에요. 저 새끼와 난 이를테면 말이죠, 이를테면 뭘까, 뭐 이렇죠, 저 새끼가 옻나무라면 난 오동나무고, 저 새끼가 돌배나무라면 난 천도(天桃)나무죠."

"야, 야새, 새꺄."

"그러니 짜식이 죽어주면 좋은데 이거 뭐 돌배를 천도 나뭇가지에다 매달려고 한다니깐요. 참 젠장, 그런데도."

"너, 너야말로, 야, 야 새꺄, 너야말로 그런단, 그런단 말야."

"헤헤헤, 그런데도 묘하게 우린 어머니를 사랑하는 점에 있어선 꼭같거든요. 건 같애요, 같다구요."

"그렇지, 그, 그러고 보니, 그건 가, 같았다, 같았어."

"그러니 어미지. 허, 헌데, 아 애들아 지금 내가 어딜 가는 거지? 온 이건."

"예 뭐, 숲으로 가는 거죠."

파철 더미 같은 녀석이 너무도 태연하게 대답했기에 어머니도 더이상 물을 말을 찾지 못해했는데, 우린 참나무숲 언덕을 오르는 중이었다.

"숲으로 가는 중예요. 어머니 행복하세요? 헤헤, 뭐 아무래도 괜찮아요. 저 녀석과 내가 연구를 했어요. 아주 열심히 연구를 했는데, 아 숨이 가쁘시죠? 조금만 더 걸으시면, 이젠 다 온 셈이에요. 참 어머닌 예쁜데. 우린 결혼하기로 했어요, 저 녀석과 내가."

"겨, 결혼을? 너희 사, 사내들끼리?"

"그, 그럼요, 후훗. 그걸 우린 열심히 연구했었다니깐요. 생, 생각해보세요, 두 개의 극단적인 양(陽)이 한 극에서 일치된다고 해보세요, 훗,"

그러는 사이 우리는, 숲속 깊은 데에 있는 널따란 바위에 닿았다. 어머니는 의심을 싹 씻은 대신, 좀 머저리처럼 웃느라고 정신을 못 차렸다.

가쁜 숨이 좀 돌려졌을 때 우리는 아주 은근히 어머니를 포옹했다. 어머니는 싫지 않은 듯 조용히 참았는데, 우리는 그탓에 아주 흥분되고 말았다. 그래서 우리는 어머니를 무지막지하게 쓰러뜨리곤, 어머니의 저고리와 치마와 속곳을 찢으면서 벗겨냈다. 그러고 나니, 살이 솜처럼 피어난 곳에서, 십몇 년 동안이나 간직해왔던 암내가 코를 쑤셔댄다. 우리는 그녀의 자식이므로 그녀를 사랑하여 이렇게 하는 것이다.

잿빛 얼굴이 어머니의 입술을 틀어막고 욱센 힘으로 어머니의 버둥질을 억눌렀다. 그리고, "어머니, 우리는 접목이 필요합니다. 저 녀석과 나와의 접목이 필요합니다. 그래서 결혼하는 겁니다" 하고, 어머니의 귓속에다 고함쳐넣었다. 그러자 어머니는 젖통이를 할퀴어 피가 쏟아지게 했다. 아마도, "이 젖통이로 너희를 키워낸 어미가 아니냐? 이 짐승 같은 놈들아."라고 절규했던 것이었을 게다.

"그래서 어머니밖엔 누구도 우리의 접목을 가능시켜줄 자가 없어요. 우리는 다시 태어나야겠거덩이오. 우리를 다시 태어나게 하실 분이 어머니말고 누가 또 있겠세요 네? 그게 어미 아네요?"

그러자 일순에 어머니는, 고개를 뒤로 젖히며 근육을 풀고, 수용의 원(圓)을 만드는 것이었다. 우리는 좋아서 킬킬댔다.

"봐라 짜식아, 거절치 않을 거라고 내가 말했잖아?"

꼽추가 떠들었다.

"야 새꺄, 지랄말고 빨리 끝내!"

뼛더미가 짜증을 냈다.

"허지만 나 아직 단추도 못 끌렀어. 씨팔, 아까 어머니가 이따 위로 채워놨단 말야."

젖빛 얼굴은 땀을 흘리며, 단추를 풀려 하나 손이 떨려 잘되질 않자, 화를 내며 앞자락을 쥐어뜯었다. 그리곤 무릎을 꿇고 엎드리더니 "아 성모여" 하곤 대단히 경건한 입맞춤을 성모의 하복부에 시작했다.

"아 성모여, 오실 아기의 어머니여," 그러면서 그의 입맞춤은 어머니의 배꼽으로 올라왔고, 마지막으로 어머니의 젖꼭지를 물어뜯었다. 시간은 오래 걸리지 않았다. 대략 산기증청(山氣蒸青)을 눈보라가 흔들어놓는 그런 만큼의 시간이 그냥 짧게 태워져버린 것이다. 그리고 일어났는데, 그는 여간만 울고 싶은 것이 아닌 것을 웃는 듯, 대단히 냄새나게 웃곤 뒤돌아앉아, 구부정하니 해가지고 앞자락을 여몄다.

이번엔 파철 더미의 차례다. 그는 눈보라를 산기증청으로 태웠다. 그러나 그는 웃으려 하지 않았는데도 웃음이, 이제는 이뤘다, 하는 식의 웃음이, 조용히 그의 입술을 베어물고 있었다.

그렇게 해서 어쨌든 우리는, 우리의 결혼과 접목을 성취했다. 남은 일만 끝내고 우리는 하산하여 가을을 기다리면 되게 되었다. 그래서 우린 곧바로 남은 일에 착수했다.

우리는, 특별히 흙이 보슬보슬하고 비옥해뵈는 곳을 골라 파내기 시작했다. 몇백 년 동안이나 낙엽만 썩고 해일(海溢)이란 한번도 당해본 적 없는 흙이라, 파기도 쉬웠으려니와, 천고의 흙 냄새는 소금기가 없어 좋았다.

구덩이는 금방, 너무도 충분할 만큼 패여졌다. 그래서 우리는, 어머니가 걸치고 있던 찢긴 옷가지들을 말끔히 벗기워낸 뒤, 정말로 잘도 물오른 뿌리를 안아다 구덩이에 뉘었다. 그때 한번 이 뿌리가 꿈틀하는 것 같았다. 그 반응은 우리에게 굉장히 확실한 장래를 약속해주는 것이 되었다. 어느 때 혹시 의심이 생겨, 그때 어머니가 죽어나 있었다면 어쩔까 하는, 그런 걱정은 하지 않아도 좋게 된 것이다.

"어머니, 우리 둘의 상극(相克)의 배자(胚子)가 당신이라는 배유(胚乳)를 빨고, 성모여, 우리가 어떻게 출아(出芽)되는가를 보아야겠습니다. 성모여, 숙주(宿主)여, 그걸 봐야겠습니다."

명복을 빌듯 중얼거리며 우리는, 파냈던 흙을 다시 밀어넣어 덮고, 그 위에다간 넓은 바위를 한잎 얹어두었다. 사흘 후에 우리가 다시 와보았을 때 바위가 굴러져 있으면, 그때 우리는 가을을 따면 될 것이다.

달도 없고 별도 없는 밤이면 우리는, 물 오른 뿌리 위에 흙과 바위를 덮기 전에 물론, 그 물 오른 자궁에다 사흘을 참았던 설사똥을 갈겨넣는 건 잊지 않았다.

그것은 뿌리를 위한 시비(施肥)였다. 글쎄 도대체, 달도 없고 별도 없는 물만 오르는 밤이었다. 그 속에서 우리들의 가을은 조용히 싹트고 있을 것이었다. 싹트고 있을 것이었다, 우리들의 가을은 ──

〔『현대문학』, 1969. 2〕

山南場

— 「却說이 日記」 基三

"더러운 자가 어찌 이 성역(聖域)을 침입하려 하느냐?"

회오리바람은 황진을 몰아다 한 삼태기씩이나 퍼붓고 고름 냄새와 같기도 하고 진물 냄새와 같기도 한 냄새는 하늘에서 땅에서 오방에서 흩어져오고 잎 없는 나뭇가지는 사납게 짖으며 흔들리고 칠 년 전에나 한번 이슬이 왔었을 것 같은 땅바닥엔 가을에 찢어낸 문풍지가 여태도 구르고 흰벽들엔 세월이 싼 오줌 자국이 어지럽고 누가 줄을 잡아당기지도 않는데 종루에선 쉼없이 요령 소리가 구슬프게 흐르고 햇볕은 내려오다 식어버려 춥기만 추운 점심때 가까운 한낮에 노가주나무 맨 밑 가지에서 까마귀가 우짖어쌌는데 흰벽의 오줌 자국 밑에 손은 굽어들었고 전신으로 진물을 흘려내며 부었고 코는 속의 점막이 수축되어 삼각형으로 된 구멍 두 개를 정면으로 열고 눈썹도 없는 그런 몰골의 문둥이 노파 하나가 천사 같은 한 소녀의 부축을 받고 삼 년을 썩다보니 문득 억울한 생각이 폭폭 치밀어 관을 박차고 나와 보이는 사내의 보위를 받아 앉아 고함을 친다.

168

"이곳의 흙이 네 발바닥에 한톨이라도 더 묻기 전에 너는 너의 고향으로 돌아가도록 해라."

노파의 음성은 노파답지 않게 쩌렁쩌렁 울렸다. 그래도 나는 개의치 않고 "병신도 갖가지라더니 쳇, 미친 지랄도 갖가지로군" 하고 가래침을 모아 뱉어던지곤 히쭉 한번 웃었다. 그리곤 난 외면을 하고 노파의 앞을 그냥 지나치려 했다. 도대체 재수없게 되었다는 생각이 치밀어, 산불에라도 튀겨진 듯한 이 백여우 같은 노파를 칵 짓밟아버리고 싶은 걸 간신히 참았다.

"귀까지도 멀어버린 이 천형병자(天刑病者)야!"

노파는 노여움에 쉬어진 소리로 다시 꽥 소릴 치더니, 이번엔 거꾸로 쥔 지팡이를 불쑥 내밀어 내 길을 막는 것이었다. 난 참 난처하게 되어, 웃을 수도 없는 기분을 지그시 참고, 온건하게 이렇게 말을 받아주었다.

"헤헤, 하, 할머님 이거 참 미안스럽습니다요. 헌데 할머님은 이따위 놈에게도 고향이 있을 상하게 보입니까요? 헤헤, 아 이 놈두 참 괴롭다굽쇼. 고향이 없다는 건 슬프다굽쇼."

그리고 나는, 노파 몫으로서 아마도 틀림없이 준비되어 있었을, 노파 몫의 미덕이라는 미덕을 송두리째 앗아버린 듯한, 그래서 미덕이 너무 헐렁해뵈도록, 불공평한 아름다움의 덩이인 소녀에게, 눈을 한번 찡긋 해주곤, 노파와 마찬가지로 썩은 걸레를 뼈 위에 걸치고 있는, 참 되게도 문드러진 사내를 향해선 혀를 쏙 내밀어 보여주었다. 그랬더니 소녀는, 느닷없는 기습에 혼백이 비산 백천(百千)되었는지 멍청히 날 올려보고 있다간 밥통 같이 웃었고, 사내 녀석은 입을 헤 벌린 채 열심히 생각해보더니 고개를 쩔레쩔레 흔들었다.

"이놈 보기에, 헤헤, 천사 같은 저 아가씨에 대해 말씀인뎁쇼, 적어도 삼백촌도 넘는 외손녀쯤으로 뵈는데 말씀입죠, 정말 저 아가씨의 눈은 그게 아닌뎁쇼. 눈이란 건 말씀입죠, 이 항아리에 뚫린 단 둘의 창이기 때문에 말인뎁쇼, 그 안을 들여다본 이놈의 속이 왠지 따끔따끔 결리기 시작하고 있으닙쇼, 글쎄 그 속의 저 어디 내실에서 암내낸 암코양이 하고" 가로막고 있는 노파의 지팡이를 넘어서려면서 나는 부지런히 떠들어주었다. "멋모르는 새끼사슴이 용케도 만나 생지랄을 떨고 있다니깐입쇼. 헤헤, 내 어머니의 눈이 그랬었습죠. 그래서 이놈이 아는뎁쇼, 이놈의 어머니는 글쎄, 늘 뭔가를 저질러 보고 싶어 안달이 났었다니껜입쇼. 글쎄 말입죠, 설익은 사과 한 알과 정조를 바꿨다던지, 자궁 속에다 뱀알을 넣어선 깨어보았다던지…… 뭐 많습죠, 많습죠. 헌데 저 아가씬 어머니가 못되었군입쇼. 그렇습죠? 자 그럼 평안히 햇볕이나 즐기시와요. 소인놈은 슬슬 장구경이나 하렵니다요. 허고 저 아가씨님, 어머니가 되셔얍죠, 아무렴요, 되셔얍죠, 되셔얍죠, 헤헤. 허고 저 나찰님, 그 누덕진 살점은 벗으셔요, 아무렴요. 뼈만 걷는 게 더욱 아름다울 걸입쇼. 벗으셔요, 벗으셔얍죠, 벗으셔얍죠."

씨부리길 계속하며 난, 오른발을 한껏 쳐들어 지팡이를 넘었다. 비켜서 가도 될 것이지만, 그것이 '막고 있다는 단지 그 이유 때문에' 난 언제나 타넘고 싶었다. 노파의 어투로 보아서, 그녀가 이 고을의 수문장이나 뭐 그런 정도는 된 듯했지만, 그렇다고 그 권위에 도전하자는 의도는 전혀 없었다.

"하옵고 할머님은 진짜 고향으로 돌아가시어요, 아무렴요, 두더지가 실을 나르고 지렁이가 베틀노래를 부르는, 헤헤헤, 조국

으로, 그 고향으로 가셔얍죠, 가셔얍죠. 너무 오래 댁을 비웠겠
군입쇼, 그럼 안됩죠." 그리고 나는 왼발까지 마저 옮기려 했다.
"안된다 뿌, 뿍." 그러다 난 급기야 봉변을 당했다. 지팡이의 구
부러진 손잡이가 내 왼쪽 발목을 물고늘어진 모양이었다. 한 순
간에 내 이마는 흙 속에 처박히고 입은 모래를 물고 피를 흘렸
다. 이가 갈렸다. 가슴이 타오르고, 참아두었던 혐오감이 살의다
운 것으로 변해 전신으로 퍼졌다. 그러나 나는 애써 히쭉 한 번
웃어주곤, 심호흡을 세 번 했다. 그리고 하늘을 보았다. 새 한 마
리 날지 않고, 구름 한 송이 피어 있지 않은, 차가운 쓸쓸한 하늘
은, 정오 부근에서 접시만큼 구멍이 뚫려, 하늘 저쪽의 희디흰
권태가 엿보였다. 참 지겹게 을씨년스런 정오였다. 매운 회오리
바람이 다시 한번 황진 기둥을 내게 부렸을 때까지 하늘만 보다
가 나는, 비로소 몸을 추스리고 앉았다. 노파는 지극히 냉엄한
눈으로 나를 지키고 있었다.

"너도 속이 아픈 자냐?" 노파의 음성은 그러나 한껏 부드러워
졌다. "그래서 찾아든 자냐?"

"………"

난 대답하지 않았다. 그 대신 노파로부터 떠날 차비로 흘러내
린 바랑의 멜빵을 바로 잡았다.

"그러나 내 보기에 너는 아픈 속 때문에 오히려 살찐 자라, 치
유를 원하고 있어 뵈질 않는다. 너의 속은 게걸병이 만연하고 있
은 탓에 먹어도 먹어도 배만 고프고, 그래서 나중엔 조금 남았던
야들야들한 속까지 다 갉아먹어 치워버릴 게다. 그래 한번 더 충
고해두거니와 너는 왔던 길로 바삐바삐 돌아가거라. 그렇지 않
으면 이 할미의 율법이 너를 심판하게 될까 두렵다."

노파는 길게 말을 맺곤, 스산한 자기의 고장을 한번 휘둘러보았다. 눈이 빨간 검은 개가 한 마리 골목에서 나오더니, 미친 것처럼 두 바퀴 맴을 돌곤, 우리들 앞을 지나, 긴 돌담이 있는 곳으로 달려갔다. 사람은 하나도 보이지 않았는데, 개가 뛰쳐나온 그 골목으로 해서 웅성이는 소리가 흘러나오고 있었다. 아마도 거기가 장의 정오인 것 같았다. 나는 침을 꿀꺽 삼켰다.

"헤헤, 이놈의 배가 늘 고픈 건 사실입죠. 해두, 해두 말입죠, 속이 아픈 건 아닙죠, 아니와요. 헌데 아무래도 모를 것은입죠, 이 같은 하찮은 걸뱅이가 뭣이 그렇게 거슬려 기어코 쫓아내려는 겁죠? 세수를 못해본 지는 열사나흘 됩죠만, 그렇다고 뭐 그렇게 구린내를 풍기지도 않습죠, 않습죠."

말로는 깨끗한 척했어도 혹시 몰라, 소매 끝으로는 이똥을 쓱 문질러냈다.

"……네게는 남아 있는 속이란 정말 없구나, 가엾게도, 가엾게도 썩어 문드러져버렸어." 노파는 한숨을 쉬었다. 이어서 노파는 명상조로 이렇게 말했다. "속의 반은 썩고, 반은 성한 사람들이 성한 그 반의 아픔 때문에…… 그런 사람들이 여기를 오는데……" 그러다 노파는 발작을 일으켰음인지 목청이 터져라 하고 고함을 쳤다. "이 더러운 병균아, 돌아가거라! 그렇잖으면 내 입술 끝에서 너의 선조까지도 욕보임을 당하게 되리라."

"허이 내, 고, 고정하시와요. 아 글쎄 이놈이 어디가 어떻다구시리." 나는 되도록 침착하려 애쓰며, 내 전신을 한번 살펴도 보고 흔들어도 보았다. 여전히 피둥피둥한 피부며, 좋은 근육이며, 실한 허리였다. "그러십죠 예? 정 모를 말씀인뎁쇼. 선조까지 욕보인다는 말씀은 혹 노, 농담으로 하시는 말씀은 아니신지 모르

172

겠군입쇼. 헤헤헤, 헤에이참, 정말 공연스리 놀리셔, 이놈을 놀리신다구."

소녀가 가지런한 이빨을 애써 감추며 한번 소리 없이 웃었는데, 그 웃음이 내게 느닷없는 성욕을 불러일으켰다. 그건 묘하게 현기증을 일으키게 하며, 기분을 전환시켰다. "아가씨, 아가씬 정말 어머니가 되셔얍죠, 아무럼 돼얍죠." 나는 반복해주었다. 여자를 사랑하는 성실한 남자가 할 수 있는 소리란 그것밖엔 없는 것 같았다.

"………" 노파는 거둬들인 지팡이 끝으로 땅을 쿡쿡 찍고 있었다. 노파의 호신꾼 사내는 넋을 좀 잃은 듯 침을 한가닥 턱으로 흘리고 있었는데, 내겐 차라리 그가 맘에 들었다.

"애야, 이 할미가 오늘은," 노파가 소녀를 보고 속삭이는 소리였다. "왠지 머리가 아프고 현기증이 나는구나." 그러더니 고개를 쩔레쩔레 흔든다. 그러자 소녀는, 말은 없이 노파 곁으로 얼른 다가가, 노파의 발치에 무릎을 꿇고 앉으며, 희고 통통하고 가지런한 손을 내밀어, 노파의 이마를 짚는다. 소녀의 눈엔 눈물이 고여 있었다. 나는, 보기에 언짢고 화가 났지만, 참았다.

"……그래, 더러운 병균이야, 병균이지, 전염병이야, 병이야, 병." 노파는 갑자기 체머리가 된 듯, 참지 못하고 머리를 흔들어대면서, 앓듯이 중얼거렸다. 그러더니 소녀의 손을 홱 뿌리치고 발광하듯 일어섰다.

"넌 더러운 병균이고 말고!" 지팡이 끝으로 내 가슴을 협박하며, 노파가 소리쳤다. 그건 내 귀에는, 자기를 재삼 확인하기 위해서 내지른 소리로밖에는 들리지 않았다.

"이, 이놈은 도, 도무지 모르겠군입쇼."

나는 자꾸 노파가 불쌍해 보여 부드럽게 말했다.

"허긴, 허긴." 노파는 흐느낌이라도 참듯, '허긴'을 반복하더니, 새 한 마리 날지 않는 동지 가까운 겨울, 푸른 하늘 끝을 찾았다. 그러다 잠시 후엔 계속했는데, 그땐 냉랭하고 침착했다. "알 수 없겠지. 그걸 알게 되었다면 오늘 너의 발걸음이 순례자로서였겠지만, 그러나 알 수가 없을 테지. 그러면 일러주마, 겉의 아름다움을 교만하는 네게, 그것이 얼마나 흉측한 비단 자루인가를 일러주마……"

말을 하다 말고 노파는, 다시 하늘의 끝을 찾았다. 나도 하늘의 끝을 찾아보았으나, 하늘은 아기 얼굴의 죽음처럼 끝이 끝나 있어 없었다.

"……그래, 정말 그래, 너의 겉의 아름다움 속엔 살무사가 꿈틀대고 있다. 살무사가, 그것을 파먹고 있어."

"헤헤이요, 무, 무슨 그런 말씀을 —— 사, 사실대로 말씀드리면, 이, 이눔은 이날 이때껏 속탈이라곤 꼭 한 번밖에는 앓아본 적이 없는데, 그것도 아주 비공식적인 탈이었었습죠. 글쎄, 길 가운데에 은덩이가 하나 떨어져 있기에, 에라 모르겠다, 누가 볼세라 꿀꺽 삼켜뒀었습죠, 했더닙쇼, 참 젠장맞다 볼일 다 볼, 그눔의 것이 구절양장을 휘도느라 이눔의 창자가 뒤틀리기 시작하는데, 거 정 못견디겠더군입쇼. 뭐 데굴데굴 일엽편주로 굴렀습죠. 하지만입쇼, 구르면서도 아주 냉정히 생각을 하곤, 이렇게 결론을 턱 내렸습죠. '햐, 이눔의 창자야, 자네도 재물이라면 사죽을 못쓰고 미쳐 날뛰는구나야' 라굽죠. 허지만 그뒤론 속병 한번 없이 진짜 깨끗했는걸입쇼. 살무사가 파먹다닙쇼원?"

"호호호."

174

내 얘기의 어느 대목에선가 노파가 웃었는데, 웃음이 아무래도 어울리지 않는 것이, 꽤 오랫동안이나 고장난 벽시계모양 지내온 것 같았다. 그러나저러나 어쨌든, 난 우쭐해져 더 씨부리려 입술에 침칠을 하는데, 웃은 것 때문에 화가 곱절이 더 나버린 듯한 소리가, 나로 하여금 못 씨부리게 했다.

"어쨌든 썩 꺼져라. 네게서 나는 속 썩는 냄새 때문에 이곳의 바람이 토하고 있다. 난 이제 마지막 명령을 네게 내리겠는데, 너의 어미까지 내 입으로 저주하기 전에 썩!"

"자, 자, 잠, 잠깐만 참아줍시오. 차, 참아줍시오." 난 황급했기에 손까지 휘둘렀다. 노파뿐이라면 두려울 것 하나도 없지만, 노파를 보위하는 썩은 자식의 번들거리는 눈깔이 무서웠다. "이것만은 알아얍죠, 알아얍죠, 알아야 덜 억울합죠."

"그게 뭔지 냉큼 얘길하고 냉큼 떠나라."

"예, 예, 다, 다른 게 아니고 말씀입죠, 겉이 곱다 하여 반드시 속이 더러워야 할 그 이유를 모, 모르겠다, 이 말씀입죠. 헤, 헤, 소인놈은 방금 전에도 말씀드렸습죠만 속까지도 정말 깨끗하다니깐입죠. 그리고, 저어, 그리고…… 어찌 할머님은, 할머님 말씀대로, 그렇게 더러운 아가씨를 곁에 두고 계십죠? 진짜 바람이 토하겠사와요."

"………" 노파는 대답없이 한참이나 땅바닥에다 지팡이 끝으로 뭘 그리더니 드디어 입술을 열었다. "너는 대속의 무서운 이치를 모르고 있구나."

"대, 대속이라닙쇼? 부끄럽습죠만, 소인놈은 그저 암내와 땀내 밖엔 아는 게 없어서…… 없어서 그만."

"그래, 것두 당연하지." 내가 의아스러울 정도로 노파는 우울하고 침잠된 음성을 썼다. 그래서 나도 좀 우울하고 침잠된 기분이 들었다. "……하늘에 계시는 지극히 거룩하신 분은, 결코 대가가 없이는 죄를 사해주시질 않는 분이지."

"헤헤 거참, 더욱 아, 알쏭달쏭해서 도, 도저히 모르겠는뎁쇼."

"땅꾼의 비단자루 같은 이 젊은아 너는 아무리 해도 문둥이는 될 수가 없겠구나."

"헥, 거 원 벼, 별 말씀을."

"그러나 누구든 천국에 들고자 하는 사람이라면 문둥이가 되지 않으면 안 될 것이다. 뱀을 담은 비단자루가 천국에 들기는 약대가 바늘구멍으로 나가기보다 더 어렵지."

"헤, 헤헤, 헤헤, 헤헤헤."

"그러므로, 비유로 말하면, 그 자루를 뒤집지 않으면 안 된다."

"그, 그러면, 헤헤헤, 바로 할머님처럼 되겠군입쇼, 예?"

"그래, 대속이란 바로 그런 거다. 우린 겉을 바침으로 속의 맑음을 얻었고, 너희는 겉을 고집함으로 속이 제물로 된 것이다. 그러나 그것이 뱀주머니 뒤집듯, 그렇게 쉬운 건 아니다. 결코 쉽지 않지."

노파는 자기도 의식하지 못한 듯했지만, 교만스런 어조를 썼다. "그리고 이애를 내 곁에 두고 있는 건," 노파는 소녀의 얼굴을 별 의미없이 들여다보았다. "몰라도 좋다. 이방인이 알 바는 아니다. 알 바 아니지."

"아, 그야 그렇습죠. 아무렴은입쇼. 헤헤헤, 헌데 지금 대속의 무서운 이치를 얘기하던 중입죠? 만약 말입죠, 속이 가렵지 않은 사람이야 되짚는다 해도 벼룩 한 마리 뛰어나올 리 없습죠. 안그래요?"

"그런 이는," 노파는 갑자기 경건한 음성을 뽑아냈다. "꼭 한 분밖에 오시지 않았다. 비유로 말했으니 외람되게 비유로 하는 말이지만, 그분은 뒤집으면 다만 홀로 지극히 거룩한 분이요, 또 한번 뒤집으면 한톨의 먼지도 묻지 않은 지극히 정결한 유월절 양이었다. 죄진 만백성을 구원키 위해 그 대속물로 오신 것이다. 구원이란 그렇게도 어려운 것이지."

"헤헤헤, 허지만 농담이겠습죠? 농담입죠. 글쎄, 이 소인놈만 하더라도,"

"너는 속이 썩은 탓에 복음도 일단은 썩혀서 듣는구나." 노파가 버럭 성을 냈다. "네 창자에는 썩은 고기 냄새라야만 신선해지겠다. 어쨌든 이 가엾은 형제야, 죽음에 이른 그 내종(內腫)에서 바삐 너를 끄집어내라."

"그, 글쎄 말입죠, 소인놈의 창자가 뒤집어보아야 벼룩 한 마리 없다는 그 얘길 하려든 참이었다굽쇼. 헤헤, 속에 뱀은 그만두고 벼룩이라도 한 마리 들어 있다 해보시와요, 가려워 견뎌내겠습니까요? 안그래요? 안그래요?"

"그렇다면 너는 지독하게 썩는 음부를 통해 나왔겠구나. 네가 육신을 말하고 있으니, 나도 거기에 대해서 하는 말이다만,"

"헤, 헤헤헤, 헤, 농담이겠습죠. 만약 농담이 아니라면, 똥갈보 병든 여우마다 공작이나 장미를 낳아야 하고, 거머리나 고슴도치는 연꽃 속에서 태어난다는 말씀이 되어서, 할머님의 곁의 별로 아름답지 못함도 할머님의 어머님 탓이 되니깐 말입죠, 대속의 이치란 건 무서울 게 못됩죠. 건 뭐 밤은 밝음을 낳고, 낮은 어둠을 낳는다는 식입죠. 뭐 허지만 할머님은 육신을 말씀했던 건 아닐 텝죠, 물론 아닐 텝죠. 아니다뿐이겠습니까요."

노파의 입술이 잠깐 파르르 떨더니 음침 맞은 웃음을 흘렸다.
"역시 너는," 노파가 생각에 잠겨 느리게 받았다. "생각의 근원
이 육신인지라, 육신에 대해서는 잘도 말한다. 우주 속에 있는
자가 우주를 잘 모르듯이, 그렇게나 큰 죄 속에 있으므로 넌 죄
에 대해선 백치보다 더 어리석다. 죄는 철저히 육신의 것이 아니
니라. 그런데도 죄의 집이 육신인 것은 대속의 희생이 되도록 한
것이니, 육신이란 축복인 것이다. 너를 태어나게 한 썩는 음부에
대해서 내가 말한 것은, 너의 육신의 근원에 대해 한 말인데, 썩
는 음부를 너와 별개의 것으로 나누면 안되느니라. 나는 너의 어
미에 대해서 말했던 것이 아니다. 네 말대로 너의 육신에 벼룩
한 마리도 없다면, 그렇게 맑혀주는 썩는 음부란 네 육신 속에
있는 충혈(充血)된 죄라는 말인데……"
　노파는 말을 하다말고 입을 다물고, 불안한 사람모양 두리번
두리번 하다간 지팡이 끝으로 땅을 긁었다. 난 노파의 얘길 좀더
기다려 보다가, 그의 고백을 내 입으로 대신해주었다.
"역시 할머님은, 생각의 근원이 육신이 아니신지라, 육신에 대
해서는 잘 말씀하시질 못하는군입쇼."
　그리고 나도, 불안한 사람모양 두리번거리다 뒤꿈치로 땅을
팠다.
"………"
　노파는 날 쳐다보지도 않았다.
　침묵이 시작되었다.
　회오리바람이 이번엔 노가주나무 밑동에서 부스스 일어나 까
마귀의 날개를 비틀며 외떨어진 작은 돌집을 향해 달려가더니,
그 벽에다 머리를 짓바수어 자살해버린다. 동떨어진 집이라곤,

눈에 띄인대로만 말이지만, 그것 하나뿐이었는데, 돌벽을 덮은 이끼라든가 담쟁이 줄기의 굵기 같은 걸로 보아 그건 참으로 고색이 창연한 골동품이었다. 노파가 사는 집인 것 같았다.

침묵이 너무 오래 계속되었다. 소녀와 나는 서로 바라보고 있었지만, 역시 고색이 창연한 노파가 우리 둘 사이에 끼어 있어서 두 감정의 작열이 승화되질 못했다. 나찰 같은 녀석은 눈도 굴리려 하지 않고, 얘기에 끼어들려고 하지도 않았으므로 존재하는 것으로써 서 있는 것 같지 않았다. 나는 그를 언제든 잔뜩 곯려주려고 생각했다. 그건 틀림없이 한번 되게 키득거릴 만한 것이 될 것이다.

노파 쪽에서 먼저 침묵을 깰 것 같이는 보이지 않았다. 침묵이라든가, 뭐 그런 것에 노파는 참으로 잘 훈련돼 있음이 드러났다. 주검은 도척이까지도 성자풍을 풍겨준다고 하는데, 이 노파는 죽지 않았는 데도 주검 냄새를 풍겼다. 나는 차차로 발광이 나고 있었다. 참을성 없는 내 생각이지만, 이 늙어빠진 주검이, 이 지겨운 침묵을 부려서, 나를 어떤 방법으로든가 꽁꽁 묶어 무력하게 만든 뒤, 울 밖에다 갖다 던져버릴 작정인 것 같았다. 나는 심호흡을 세 번 했다. 바람이 토하는지 속이 메스꺼웠지만, 기분인지 피인지가 새롭게 돌려는 듯했다. 나는 말을 열심히 연구해 보았다.

"아마 틀림없이," 나는 의기양양해서 입을 열었다. "할머님은 저 아가씰 죽일 텝죠, 그렇습죠? 헤헤헤." 딴에 나는, 아주 굉장한 것을 추출해낸 것이다.

"………"

노파는, 힐끔 나를 한번 보고 다시 그전 상태로 돌아갔는데,

흔히 놓치기 쉬울 만큼 가늘게, 진저리를 한번 친 것을 난 보았다. 느낌으로만 친 건지도 모르긴 하다. 하지만 난 확신을 갖게 되었다.

"할머님은 자살 같은 건 할 것 같지 않기에 하는 말입죠. 헤헤, 이래뵈도 소인놈도, 딴엔 지금 대속의 이치속을 말하고 있는 겁니다요."

"………"

노파가 무섭게 날 노려보았다. 나는 힐쭉하니 한번 웃어 보이곤, 계속했다.

"이런 놈도 통찰력은 있다니깐입죠. 헤헤, 아직 할머님은 겉이 온전히 더러워지질 못했잖습니까요. 심장에선 계속 피를 맑히고 백혈구를 내보내고, 허파는 찌꺼기를 뱉아내며 신선한 것을 마셔댄단 말씀이에요. 심장이든, 신장이든, 허파든, 창자든, 뇌든, 허긴 그게 모두 안에 들어 있긴 하지만, 할머님식으로 생각해보면 그것 역시 껍질에 불과합죠. 속껍질이라고 해야 할깝쇼…… 헌데 그 속껍질에까진 아직 더러움이 칠해져 있지가 않은 게 분명합니다요. 생각해보니깐입죠, 문둥병이, 헤헤, 용서합시우, 문둥병이 속껍질까지 파먹기 시작했다면 도대체 살 수가 있겠습니까요. 허니까 육신이 아닌 것의 온전한 맑음은 얻었다고 볼 수가 없습죠. 육신이 아닌 것의 온전한 맑음을 얻으려면 말입죠, 헤헤헤, 결국 육신의 죽음뿐이라는 얘기가 되는데 말입죠, 헹, 누군 죽지 않는 사람도 있납쇼? 없습죠, 없어요. 허지만 물론 치열한 구도자(求道者)의 죽음과 속물의 죽음은 좀 다르긴 하겠습죠만, 것두 뭐 산다는 게 구도라고 할 수도 전혀 없진 않을 테니깐입쇼. 아무튼 말입죠, 그때 대속물이 하나 있어 송아지 잡듯 한 마리 턱 잡아놓은다치면 산목숨으로 온전한 맑음을 성취하겠습죠. 아 안그래요?"

"········"

노파는 입술을 실룩거리며, 구름 없는 하늘의 공허한 한점을 슬픈 듯 바라보고만 있다. 난 소녀를 보았는데, 그녀는 손가락 끝으로 땅을 팠지만 몹시 질려 있어 보였고, 나찰 같은 녀석은 지루해하고 있어 보였다. 나도 내 얘기에 질리고 있었다. 소득 없는 토론일랑 그만두고, 이젠 장통으로나 가봐야겠다는 생각이 들었다. 나는 뿌지직 일어섰다. 이마에 열이 오르고 뼈마디들이 삐걱거렸다.

발을 떼어놓기 전에 한마디만 더 부연해야겠다고 생각하며 나는, 흙먼지를 툴툴 털었다.

"그러나 그 경우 누가 구원받는 건지는 냉정히 한번 생각해보아야겠군입쇼. 반드시 할머님 쪽이라고 할 순 없을 테니깐입쇼. 안그래요? 그리고 또 이런 것도 있습죠. 대속물을 누가 소명(召命)해주느냐입죠. 그 역할은 아마도 누구라도 할 순 있겠습죠. 그럼입쇼. 문제는 소명을 당하는 자의 그 각성에 있는 겁죠. 허니깐은 소인놈이 해드리겠습니다요." 난 심정이 간질거림을 느꼈다. "정말 어떤 엉터리라도 할 순 있다굽쇼. 문제는 정말이지 그 소명을 받아들이는 자의 심정이 얼마나 무르익어 있었나 하는 거기에 있습죠."

나는 그리고 분위기가 조성되기를 기다리느라 꽤는 신파조로 말을 참았다. 그리고 드디어 엄숙하고 장엄하게 손가락 하나를 꼿꼿이 편 팔을 쳐들어 나찰 같은 사내 녀석의 가슴팍을 가리키고, 내가 내지를 수 있는 만큼 큰 목소리로 소리쳤다.

"보라, 흠없는 어린 양이로다!"

내 목소리의 여음이 내 귀에 들려왔는데, 그건 참 우렁차고 훌륭한 음성이었다. 소리를 지르고도 나는, 녀석의 가슴팍을 가리킨 손가락을 오므리지 않았는데, 녀석은 어릿드군해져 찔끔했고, 노파는 어이없는 하품을 했지만, 나의 손가락의 방향이야 어쨌든, 나는 소녀를 사랑하고 있었다. 나는 그 순간만은 참으로 명석했다고 언제든 말할 수 있다. 난 참으로 명석했었다.

나는 천천히 팔을 거두어 멜빵에 걸고 몸을 돌렸다. 그리고 발을 떼어놓았다. 그리고 한 발자국 반을 더 못 가서, 덜미를 잡히듯, 노파의 부르짖음 때문에 멈춰야 했다. 노파는 우는지 음성이 처절했다. 그리곤 더 말이 없었다. 나찰 같은 녀석만 이해할 수 없는 몽롱한 눈으로 날 흘겨보면서 내 옆을 지나 내가 가려던 쪽으로 달려갔다. 나는 뒤를 돌아다보진 않았다. 노파가 어떤 눈으로 나를 보고 있을진 모르지만 어쩌면, 애절한 눈이라면 한번 더 비공식적으로 토해야 될지도 모르기 때문에——그것이 난 두려웠다. 난 그래서 한참 서 있었다. 그랬더니, 도대체고드름이녹아내리는소리하나도들리지않는이건조한겨울의삵쾡이같은정오가불길하게울며내해골을통과하고내고막을찢어헤치고나는어지럽고비틀거려졌고사물이멀어져보이고내가자꾸만오그라져번데기처럼되어졌고오백라한도넘는문둥이떼가골목골목에서쏟아져나와대숲처럼날휩쌌고그들은웃지않았고내겐그들이종소리같은정오의웃음소리같은울음을웃는듯이보이고들렸고그건아마찢어져나비처럼흩어져간내수천의고막들이집떠난먼어디에서우는소리였을것이고나는웃어보려고했고그런데도나는터진밀가루부대처럼꿇어주저앉고있었고그리고는나는나의관객이되어나를구경하

182

기시작했고그를돌려쳐라돌로그를쳐라그런아스라한소리를들으
며나는벌벌기며노농담들맙시우헤헤헤마맙시우하고땅이손이라
도내밀어준듯땅을움켜잡고허우적이었고느닷없이헤에느닷없이
내게그리맙시우예맙시우그러나나는도대체맥을못추고개구리처
럼사지가벌려짐을당하더니두발과두손에핏방울로얼룩진무거운
사슬이걸리워졌고그리고는해방기념일이나무슨국경일일때광장
으로펴들고가는깃발모양펼쳐진채떠올려운반되었고사지가저리
며불편한듯땀방울을흘리며이사내는몹시쩡그리고버르적거리더
니못참고끝내쥐어짜낸음성으로부르짖었다.

"나, 나를 조, 좀 스게 합시우, 스게."

그리고서야 고통과 공포는 현실적으로 시작되었다.

"세워서 걷게 해라."

어디서 참으로 사람다운 것으로 느껴지는 낮은 음성이 들려
왔다. 그것은 된내기로 시들은 낙엽의 풀죽은 스적임이라고 해
도 좋을 정도로 낮고, 슬펐다. 난 금방 세워졌고, 눈물기를 느꼈
지만, 대신 히쭉 웃음을 날리고 소리가 났다고 생각되는 쪽으로
고개를 비틀어 보았다. 노파였다. 맏상제처럼 노파는 고개를 숙
이고 자기 그림자를 밟으며 걷고 있었다. 그 우편엔 예의 그 나
찰 같은 사내가, 좌편엔 역시 예의 그 천사 같은 소녀가 보위하
고, 그녀의 뒤엔 헤아리기엔 시간이 걸릴 만큼 많은 문둥이들이
따르고 있었다. 나는 그런 걸 보곤, 왠지 그것도 모르고 끌려가
면서도 좀 영웅적인 기분이 듦을 느꼈다. 픽픽 웃음이 나왔다.
이 성역이 송두리째 당의정(糖衣錠)이 되어 내 목구멍을 넘는 것
같아 지랄기가 스멀댔다. 쇠사슬은 나를 학대하며 괴로움을 퍼
부었는데 그것은, 나로 하여금, 내가 무슨, 이 세상을 기름지게

해왔던, 그런 기름이라는 기름이 몽땅 뭉친 자로써, 나로 인해 박제된 메마른 자들의 촛불이 되어 태워지고 있다고 생각하게 했다.

한번 토하고, 그리고는 오열하는 종루 밑을 우리는 지나고 있었다.

나는, 줄지어선 문둥이 노소들의 가운데로 해서 마을의 중심지라고 생각되는 곳을 통해 어디론지 끌려가고 있었는데, 그건 참 잘된 일이었다. 거기가 장터였으며, 생활이 있었기 때문에, 내가 혹시 문둥이가 아니라는 그 이유만으로 어떻게 된다고 하더라도, 하여튼 그때까진 충분히 즐겨둘 수가 있게 되었다.

집들은 어느 것이나 일정하게, 큰 주사위 모양으로 단층짜리들이었다. 그건 여름엔 찌는 듯이 더우며, 겨울엔 에이는 듯이 춥고, 사철 바람만 많고 비는 없는, 그런 해만 길고 지루하기만 한 지방에서 흔히 짓는 양식인 것으로 ──내 경험은 알고 있다 ──이 고장도 역시 음치(瘖癡)들만이 살고 있음이 틀림없어 보였다. 확실히, 이 고장에 유숙하고 있는 자연은 자갈에 닳아진 맨발을 아파하며 파열된 성대로 울부짖기만 했다. 노가주나무에선 까마귀만 우짖고, 종루는 머릴 풀고 울며, 모래 바람은 미쳐, 이 가난한 유숙자의 머리통을 먼지 속에다 처던진다. 그의 눈알을, 그의 혀를, 문둥병이 거머리처럼 파먹어 들어갔다.

창문이란 건 거의 없고, 어느 집이나 비슷하게, 남쪽으로 작은 출입문이 하나씩 나 있었다. 그건 그 속의 귀신들이 나들이하기 위해 뚫어놓은 것에 지나지 못해 보였다. 거래는 그런 문전문전에서 행해졌던 모양이었으나, 종소리를 듣고 일체의 거래가 중지된 모양으로, 주인 없는 물건들만 돌멩이들에 눌려 있었다. 물건들은 어디서나 흔히 볼 수 있는 싸구려들이 대부분이었다. 그건 참 웃을 수도 없게 만드는 광경이었다. 속세의 병균이 어떻게 하여 이 성역 중심부의 흙을 덮어쓰고 있는가. 노파라면 이렇게 말할지도 모를 일이다. "속을 갖지 않은 겉은 얼마든지 아름다워도 좋다"라고. "헤헤 그거야 그렇습죠. 그건 시체니깐입쇼. 그러나 속을 가진 자가 일단 그걸 이용했다 하면 속이 생깁죠. 그리곤 지독한 창병으로 변해버립죠" 라고 나는 대답할 것이다. 어쨌든 내 추측에, 물건들은, 이 지방을 상대로 하는 중간상인들이 있어, 그들에 의해 공급되고 있는 것 같았다. 방법이야 얼마든지 있을 게다. 단지 속세의 중간상인들로 하여금 성역의 흙만 상처 입히지 않게 하면 되고, 이 성자들의 성의(聖衣)에 속진만 묻지 않게 하면 될 그런 중간 지점만 정해놓는다면, 흥정의 방법은 저절로 생겨날 것이다. 서로가 서로들을 '더럽게' 본다는 공통점이 있으므로, 그 흥정은 그래서 지극히 위생적으로, 또한 정연하게 행해질 것이다.

그 거리가 다 끝나지 않은 도중에서, 나는 왼편 골목으로 꺾여 끌려갔다. 거긴 장은 아니고 그냥 살림집 사이의 예사 골목이었는데, 개 한 마리도 지나지 않았다. 얼마 걷지 않아 그 골목의 끝에 닿았는데, 세 길도 더 높아 보이는 돌담이 우리를 막았던 것이다. 그래서 비로소 안 건데, 참 돌도 많았다. 그것들 모두 추측건대, 바람 많고, 돌 많고, 여우 많던 땅에 버리워졌던 그들의 선조들이 그렇게 모아 쌓았을 것이었다.

돌담의 한곳에 구멍이 뚫려 있었다. 나를 인도하는 자를 따라 나는 거기를 통과했다. 그리곤 다시 놀랐다.

돌담 안에는 더욱더 기가찰 문둥이들이 줄 서 있었다. 그들은 가슴팍에 작은 항아리들을 하나씩 안고 있었는데, 매우 부지런하게도 그들은, 그 속에서 묽은 고약 같은 것을 찍어내어 상처에다 발라대고 있었다. 난 생각하길, "왜 이들은 겉을 낫게 하여서 속을 썩히려는가?" 했는데, 주의깊게 관찰해보곤, 난 어이가 없어 다시 픽픽 웃고 말았다. 그들은, 노파 식으로 말이지만, 죄가 아직 몸의 내부에서 다 빠져나오질 않고 끈적끈적 붙어 있어, 반은 깨끗하고 반은 더러운 문둥이들이었다. 그런데 내 보기에 그들의 삼분의 일은 화상을 입고 있어 보였다. 어쨌든 그들은 온전한 맑음을 성취하려 상처에다 뻘을 바르며 상채기를 더욱더 키우고 있었다. 그점에 있어서 그들은 참으로 근면한 농부들 같았다. 틀림없이 '아버지'의 상(賞)이 크리라.

집이라곤 한 채도 없었고, 거기서 항아리를 채우는 듯한, 썩는 웅덩이가 군데군데 있을 뿐이었다.

"여, 여보시유." 난 아무래도 입이 심심해 누구라 지목해서가 아니고 그냥 말을 던졌다. "농민의 팔자란 건 어디나 그저 요모양 요꼴이군입쇼. 가을에 수확을 해봐야 영혼은 가라지 쭉정이나 되고 말 터인데…… 헤헤, 아무튼 거 뭐 묘한 족속들이 사는데군입쇼."

"넌 중간집을 지나고 있느니라."

노파가 설명을 해주었다.

"예? 여, 여기가 말입죠? 헤헤, 허니껜 두룹죠, 이놈이 지금 윗집으로 가는 그 도중에 있다 이겁죠? 어쩐지 근질근질 하더라니, 그렇담 빨리 가얍죠."

난 말하며, 조급해 죽겠다는 시늉으로 몇 걸음 달리다가 하마터면 코를 깰 뻔했다. 나는 태워질 촛동강이지 대접받는 귀빈이 아닌 탓으로서였다.

"넌 거길 지나왔다."

노파의 이번 대답은 귀찮아한 듯했다.

"뭐, 뭐라굽쇼? 헹, 헤헹." 난 기가 차서 말을 못 이었다. 그렇다면 난 이미 심판을 받아버렸음이 분명하다. 내 상식으로 하는 말이지만, 심판은 윗집의 장미꽃 정원의 오월 그늘 아래, 포도주와 벌거벗은 천사의 가무 속에서 행해지리라는 것이었다. 그래야 비로소 거기서 낙방된 자가 멀리 쓸쓸히 가 살아야 될 때, 아무 즐거움도 없는 자기의 세계가 지옥으로 절감되어 하루에 팔만사천 번도 더 가슴을 치며, 팔만사천 번도 더 태워지고 토막나게 될 것이다.

"허, 허니껜두룹죠, 이놈이 지금 낙방되어가는 그 도중에 있군입쇼잉?"

"………"

거기에 대해 대답하는 자는 하나도 없었다. 그것이, 이제껏 내가 의식치 못했던 ──노파를 제외한 누구의 말소리도 들어보질 못했다는── 것을 일깨워주었다. 그래서 나는, 이 고장이, 하나하나의 전체가 모여 '순댓국솥' 같은 그런 한 덩어리를 만들고 있는 곳이 아니라, 지극히 깨끗한 한 거인 속에, 작은, 그냥 부분에 지나지 않는, 부분들이 끼어 있음을 알게 되었다라고 하는 것은, 같은 종류의 것이든, 다른 종류의 것이든, 또는 원숙한 것이든 유치한 것이든, 딴에는 자기들대로의 종교를 가져, 서로가 서로간에 이단자가 되고, 십자군이 되고, 순교자가 되는──전체와 전체가 부딪칠 때의 소음이 들리지 않았기 때문이다. 여기의 개인들은 지나치게 순화되어 자기네 향리(鄕里)의 까치집 하나 기억하지 못하고 있음이 뻔했다라고 하는 것은, 내가 나대로의 많은 기억을 갖고 있으며, 개미보다도 더 작은 살집 속에다 온갖 종교를 다 처넣고 있다고 해서 발도 못 붙이게 한다거나, 발을 이미 들여놓았으므로 어떻게든 그 발자국을 지워버리려고 하는 바로 그 이유 때문이다. 하긴 내가 이 외눈박이 녀석의 발가락을 너무 간지럽혔을지도 모르긴 하다.

"난 갑자기 느꼈는데, 바로 여기가 제일 좋을 것 같군입쇼." 난 떼를 쓰고 걸음을 딱 멈추었다. 그리곤 노파에게 한눈을 찡긋해 주었다. 정말로는 멈추려는 건 아니었다. 개미의 몸집이 차지하는 그 영토보다도 작은 내 공화국을 한번 더 선언해줌으로 해서, 이 거인이 어떻게 재채기를 하나 그것이 궁금했을 뿐이었다. 그리고 거기는 '중간집'이었다.

"이제 후회하느냐?" 그리곤 내가 대답할 겨를도 주지 않고 노파는 계속했다. "너야말로 이 할미의 대속물로 충분하구나."

"헤헤, 헤, 헤헤."

난 모질게 끌려가면서도 웃었다. 어쩐지 노파의 얘기가 내게서, 저항 같은 것을 둔화시키는 듯했다. 어째선지 내가 정리되어 버린 듯도 했고, 소명되어 있었던 듯도 했고, 기분 나쁘기는 하지만 보람이 느껴지는 듯도 했다. 난 내가 처량해져 입을 다물고, 소녀를 찾았다. 그녀에 대한 내 짝사랑이 그렇게 생각하도록 한 거겠지만, 그녀는 자기가 사랑하는 사람의 곤경 때문에, 반은 실신되어 사색을 띠고, 머리를 간추릴 줄도 몰랐다. "네가 이 각설이의 아픔을 앓아주고 있으니 난 앓지도 못하겠구나." 혼잣말하고, 이번엔 노파의 호위(護衛)꾼을 보았다. 그는 줄곧 나만을 지켜보고 있었는 듯했는데, 내 시선을 접하자 금방 머리를 떨구

188

었다. 그런데 이 재밋속 없는 사내만은 조금도 내 기분을 섞어 볼 일도 없었을 텐데, 왠지 그는 몸이 흐늘어진 것 만큼이나 마음도 흐늘어져버린 듯이 보여졌다. 콧물이 흘러도 닦지도 않고, 눈물에 잘 반죽되어 미끄러운 묽음이 된 눈곱이 콧잔등을 넘고 있어도 막무가내며, 발가락새에 자갈이 끼었어도 모르고 있었다. 허기야 내가 그의 심경을 엿볼 수 있는 거란 겨우 그런 것이었다. 해만 그저 아스라한 데서 여태도 무표정이었다.

천여 평 정도를 담으로 둘러싼 성역의 내장(內臟)을 강행군하고 나니 황량히 빈 들이 나타났다.

그 벌판 가운데에 고목이 한 그루 있었는데, 거기에 까마귀들이 새까맣게 앉아 우짖고 있었다. 그리고는 단조로운 고적이 창백했다. 여름의 소나기라든가, 봄의 들척지근이 구역나는 미풍이라든가, 계절이라든가 하는, 그런 것들이 여기서는 이단으로 몰려, 그 살과 영을 까마귀와 여우가 지옥으로 데려다줘버린 것만 같았다. 그러나 어쨌든, 죽은 잡초 사이로 난 이 좁은 황톳길은 내 맘에 적이 만족스러웠다. 내 송장을 내가 상두꾼이 되어 내가 메고 가는 그런 길일지도 모르지만, 장에서 장으로 떠돌며, 헌 데를 메꾸고, 구멍난 데를 때우고, 찢어진 데를 기웠던 그런 육신이 어찌되었든 오늘, 그런 영혼들의 거듭남의 강보만이라도 될 수 있다는 이것에 나는, 해긴 낮이건, 달길 먼 밤이건, 한번은 실컷 울 수 있을 것 같았다. 난 정말이지 울고 싶었는 데도 울지를 못했다. 나는, 타령이라도 좀 신명을 섞어 부르고 싶어졌지만, 어느덧 고목에 닿았기에, 신명은 금방 사라지고, 공포가 현실적인 것으로 압도해왔다.

고목 아래엔 피묻은, 모난, 독사 같은 돌들이 생령을 빨고, 피묻은 주둥이를 누에처럼 휘두르며, 또한 새 생령의 혈즙을 즐기고자 미쳐 있었다. 그리고 까마귀는 해를 가리고 떼지어 날며 돌이 즐길 잔치에 찌꺼기를 벌써부터 다투어댔다. 아마도 까마귀가 파먹어버려 죽음도 없는 그 주검을 밤엔, 여우가 달을 이고 와선 해골 속에 혀를 넣고, 빈 눈구멍에다 달빛이나 처넣어줄 것이다. 들쥐가 한 마리 돌 틈에서 살금살금 기어나오더니, 몇 번 고개를 어릿어릿 하다간, 마른 풀섶 속으로 사라진다. 버슬버슬 흩어지는 바람이 쥐가 사라진 풀섶을 흩트리자 마른 뼈들이 그 속에서 덜그덕거린다. 한낮이 황폐한 언덕으로 울며 도망치자, 까마귀의 날개에 먹힌 죽은 빛이 고목을 덮고, 어디선가 죽음이 산묘 울음 소리를 냈다. 하긴 너무 가물어 보였다. 성자(聖者)들은 영혼을 인색해하는 탓에 그들이 사는 땅엔 비가 오질 않는다. 그들이 사는 땅엔 사철 건조한 바람만 불고, 가을엔 이삭도 없으며, 겨울에 들어간 안방에서 그들은 여름에도 나오려 하질 않고, 그냥 사철 바람이 먼지만 흩뿌린다. 하긴 참 너무도 가물었는데, 어디 구름이라도 한조각 흘러오느냐, 까마귀며, 들쥐며, 산고양이며, 주린 돌이며, 황폐한 대지며. 어디서 돌 맞아 피가 방울지는 소리라도 들리느냐, 이 정액 말라 삐끄덕이는 고장, 영혼은 거머리가 되어 육신을 파먹고, 육신은 없는, 육신은 없는 고장의 어디서……

　나는, 고목에 등을 붙인 채 무지막지하게 묶여졌다. 나는 좀 침착해야겠다고 이를 갈아마셨다. 까마귀가 검은 부리를 열어 피 같은 목젖을 내보이며 미친 듯이 우짖고, 선회하며 부딪쳐오려다 말곤 한다. 나는 '시간의 이쪽에' 있어서 그렇지 죽은 거나 마찬가지라는 생각이 들었다. 적이 비참하고 외로웠지만, 뭐라고 할 말도 없었다. 내가 대체 뭐랄 것인가. 뭐랄 것인가.

"나그네야, 그렇게도 충고를 했는데도 너의 완악으로 해서 이 벌을 면치 못하게 된 너의 명복을 빈다." 노파가, 가라앉은, 거의 들리지도 않는 얘기를 시작했다. 나는 귀를 기울였다. 그리고 일점 일획도 놓칠 수 없다고 생각했다. "네가 이렇게 하는 것은 이 할미의 뜻으로서가 아니고, 이 할미의 선조들의 뜻과 그 존엄성으로서이다. 너는 마각으로써 성역을 짓밟았으며, 또한 순수를 오염(汚染)케 한 죄를 범했으므로 이곳의 율법이 너를 처벌하는 바이다."

"………" 난 뭐라고 해야겠는데 입이 떨어지지 않아 끙끙대다가, "헤헤헤, 뭐 농담이겠습죠" 하고 뱉아냈다. 그리고서야 나는 맥혈이 터진 기분을 맛보았다. 그래 몇 마디 더 중언부언했다. "아 그럼은입쇼. 소인놈은 온갖 장을 다 쏘다니며, 그곳의 음식에 배도 불러보고 토해도 봤지만, 그래도 여전히 장돌뱅이 그대로 남았으며, 저 겉이 고운 처녀는," 그녀는 노파의 무릎 밑에 풀죽처럼 엎질러져 있었다. "이 성역에서 얼마를 살았는지 모르는데도 조금도 성녀풍이 보이질 않고, 굶은 갈보 냄새를 풍기기만 하니, 헤헤헤."

"……그러므로, 하고 싶은 얘기가 있거든 두 마디 한도내에서 해라." 노파는 내 얘길 듣질 않았다.

"………" 나는 다시 혀가 굳어짐을 당해야 했다. 이 비정적인 문둥이 할미와 나는, 가까이 있긴 했으면서도 양극에 있었다. 닿을 수가 없었다. 그렇다면 난 피해야겠다는 생각이 들었다. 내가 무슨 이 고장 사람들의 죄 많은 육신을 위해 스스로 대속물이 되려는 생각이 조금이라도 있었다면 소영웅 심리의 탓이고, 정작 나로서는 내 발가락뼈라도 하나 던져줄 만큼 부자가 아니다. 나는 눈을 두리번거렸다. 그리고 내가 아까 소명해뒀던 녀석이 있다는 것을 기억해냈다. 그는 노파로부터 멀찍이 떨어진 풀섶에 가 앉아 뭘 골똘히 생각하고 있었다.

나는 말했다. "저분이 허락해주신다면, 저분의 발바닥에 한번만 입맞춤 하게 해주십시오."

"뭐라구?" 노파가 부르짖었다. 다른 문둥이들의 눈이 휘둥그래졌다. 소녀는 입술을 씰룩이며, 내게는 원망하는 눈으로밖엔 보이지 않는 시선을 보냈다.

"이것이 소인놈의 마지막 소원입니다." 나는 한껏 진지하게 덧붙였다.

그래서 내가 선택한 자가 내 앞에 서게 됐다. 나는 그의 눈을 약 반 식경가량 들여다보았다. 그의 눈이 젖고 있었다. 그때 나는 누구도 듣지 않게 그에게만 말했다.

"나로 하여금 당신께 입맞춤하게 해주십쇼."

"다, 당신은." 그가 태초의 말을 시작했다. 낮고 그윽한 음성이었다. "왜 나를 괴롭히시오?"

"나는 고독해서 그럽니다."

"그럼 왜 나를 택했소?"

"나는 당신 속에서 친근한 내 형제를 느꼈기 때문입니다."

"………"

"그리고 나는 당신의 돌에 맞고 싶습니다."

"나는 처음부터 괴롭소."

그는 그리고 두말도 없이 돌아서서 비칠비칠 물러섰다. 나는 하늘을 한번 보고 고개를 떨구어 대지를 보았다. 대지는 피묻은 돌로 해서 화평히 찢겨 있었다. 나는 눈을 들어 성자들을 바라보았다. 죄를 심판하는 그들의 표정은 엄숙했다. 그렇게도 많은 성자들이 죄를 죽이기 위해 그렇게도 진지하게 대결하고 있는데도 까마귀는 우짖고, 피묻은 돌 위에 씻길 비는 오지 않는다.

"네가 먼저 돌을 쳐라!"

노파가 내 친근한 형제를 가리키며 소리쳤다.

"⋯⋯⋯" 대답이 없다.

"네가 먼저 그를 쳐라!"

"⋯⋯⋯" 대답이 없다.

"네가 그를 쳐라!"

"⋯⋯⋯" 대답이 없다. 그 대신 그는 노파의 발 앞에 무릎을 꿇고 엎드린다.

"⋯⋯⋯" 노파는 얼굴을 찌푸리고 무섭게 그를 노려본다. 무서운 침묵이 흘렀다. 바람이 황진 기둥을 몰아다붙인다.

"⋯⋯저는" 드디어 그가 입을 열었다. "저 나그네의 겉이 부럽습니다."

"⋯⋯⋯" 노파는 입술을 씰룩였다.

"그리고 저 나그네의 가슴속 비밀은 더욱더 부럽습니다."

"⋯⋯⋯" 노파는 전신을 떨었다.

"저 나그네의 모든 것이 다 제게는 아름답게만 보이며 빛나 보입니다. 누구든 저 나그네보다 더 깨끗하고 아름다운 자가 아니면, 저 나그네에게 돌을 던지지 못할 것입니다. 겉이든, 속이든" 그리고 그는 일어나선 뭔가 갑자기 흘러빠져버린 듯, 멍한 눈으로 들 저쪽, 황진기둥이 피는 데를 바라보았다. 북망산 그늘이 거기서 느릿느릿 걸어와선 죽음 같은 침묵을 뿌렸다.

"너는 대속의 이치를" 참으로 오랜 후에, 발병 난 나그네 걸음
으로라도 잿마루 하나는 올랐음직한 그런 후에, 노파의 음성이
울려났다. 그러나 그것이 무섭게 고요한 오후를 깨뜨려버릴 수
는 없었다. 차라리 그것은 시체까지도 견디질 못하고 히히거리
고 뛰쳐나가 버린, 그래서 망산(邙山) 그늘만 가득 담긴 그런 관
곽을 폐쇄시키는, 은정(隱釘) 박히는 소리였다.
"그 이치를 두려워하지 않느냐?"
"........." 대답은 없이 그는, 흐릿한 눈으로 노파를 건너다보더
니, 무겁게 고개를 끄덕였다.

그러자 웬일인지, 나를 고목에다 비끄러매었던 사슬이 풀리기
시작했다. 난 열병 같은 오후에 입술이 타들고 탈수(脫水)가 되
어 있었기에 잘 이해할 수가 없었다. 그런데 이번엔 별안간, 천
사 같은 소녀가 달려와 안기더니 눈물을 쏟으며, 그 작은 주먹으
로 내 가슴을 쳤다. 나는, 얼른 감정이 돋질 않아, 말하자면 정보
(情報)에 대한 운동과 제어가 적절히 통제를 받지 못해, 멍청히
바라보기만 했다. 그런 경험도 또 오랜만인데, 그것은 내게 갓
서른 살임을 인식케 했다. 운동과 제어 사이의, 아주 짧은 순간
에 불과한 것이라곤 하더라도, 엇물린 그 치차(齒車) 사이의 살
균(殺菌)된 공백을 포착할 수만 있다면, 간음이든 전쟁이든, 다
른 이와 부딪침으로 해서 야기되는 어떤 종류의 도깨비든, 그것
을 거뜬히 수행할 수 있으며, 또한 자기만의 우직한 종복으로 만
들어 부릴 수 있을 것이다. 모든 종류의 신들과, 그 신들의 샤먼
이 살고, 명두를 불러내며, 영교(靈交) 때문에 육신이 삭고, 신장
(神將)을 부리며, 마늘 썩는 냄새 속에서 불기둥이 피어오르는
것도 그 비일상적인 방 속에서일지도 모른다. 그러고 보면 장

194

(場)들은 바로 그 비일상적인 방의 풍경이며, 일상적인 것들이 모여 쿨룩이는 그 요양소(療養所)일지도 모른다. 나는 장들에선 언제나 뒤틀려지고 난 뒤 언제나 무위를 느꼈던 것이다. 그래, 거기에 살균된 무(無)가 끼이는 것이다. 그래서 나는 계란을 열 개씩이나 먹은 뱀처럼, 울룩불룩 꾸불탕꾸불탕, 메마른 황도(黃道)를 번뇌하는 것이다. 그리고 이 경험은 나로 하여금, 비일상적인 그 방들을 엿보는 눈을 바뀌게 할지도 모르는 그런 것이다.

"나그네님." 누가 날 애절히 불렀다. 그래서 나는 비로소 다시 나의 상황으로 돌아오게 되었다. 보니, 내게 돌을 던질 수 없었던 그 사내가, 내가 묶여 있었던 그 고목 아래에 초연히 서 있었다. "나는 당신의 돌에 먼저 맞고 싶습니다."

나는 웃었다.

"당신이라면 돌을 들 수 있습니다. 당신의 돌로 나를 거듭나게 해주시오."

나는 웃었다.

"당신이 가지고 있어 보이는 그 수천의 죄 중의 어느 하나라도, 내가 가지고 있었다고 생각되는 선의 전부와도 바꿀 수 없어 보이는 바로 그 죄로, 제발 내게 세례를 베푸시오."

나는 웃지 않았다.

그는 눈을 감고 고개를 숙였다.

소녀는 그제야 정신을 차린 듯 황황히 도망쳐 풀섶에 가 숨어 버렸는데, 화사(花蛇)였었다.

"네가 먼저 돌로 쳐라!"

노파가 이번엔 나를 가리키며 소리쳤다.

"……" 나는 대답할 수가 없었다.

"네가 먼저 그를 쳐라!"

"………" 나는 대답할 수가 없었다.

"네가 그를 쳐라!"

"………" 나는 대답할 수가 없었다. 그러나 나는, 무릎을 꿇어 노파의 발가락 앞에 있는 돌을 주워들었다. 그리고 돌 맞을 자를 바라다보았다. 그는 왠지 초인적으로 몹시 아름다워 보였는데, 그것은 아마도 살인적인 조용함의 오후가 돌무더기가 되어 나를 쳐버린, 그리하여 삶도 죽음도 흘러빠져 버려버린 그 비존재의 나른함 탓으로였을 것이다. 그는 참 아름다워 보였다. 그의 전신은, 공포라든지, 부정하고 있으면서도 벗어나지 못하는 질서 속에서의 지극히 소시민적인 고뇌라든지, 그럼에도 이미 그를 구속할 수 없이 된 질서를 내려다보는, 그것 역시 지극한 소시민적인 것으로밖엔 안 보였는데, 그런 초탈의 표정이라든지, 눈물이라든지, 이빨 부딪침이라든지 아무튼, 도대체 부분적으론 누구에게도 어울리지 않을 것들만을 갖고 싫고 있었는데도, 그는 아름다웠다. 나는 그것들에 끌려 그의 앞으로 걸어갔다. 그리고 서너 치의 간격을 두고 그의 앞에 섰다. 그의 눈 속으로 고목의 그늘과, 가지 사이로 찢겨져 내린 오후의 햇빛이 쑤시고 들었다. 그리곤 열려 있었기에 나는 들어갔다. 먼지만 쌓여 있고, 쥐 발자국도 오래 전의 것이 그대로 있었다. 도대체 세월이 끼어들지를 못하고 있었던 것이다. 그리고 비로소 황진 기둥이 메마른 노가주나무를 뒤흔들고 종루를 덮기 시작했다. 나는 돌 든 손을 높이 쳐들었다가 그의 이마를 내리쪼았다. 그러고 나니 참 지루했다. 그는 다시 멈춰져버린 것이다. 나는 그로부터 떠나 소녀를 찾아 부둥켜안고는 되게 토했다. 그러다 나는 다시 끌려가고 있

196

었다. 묻지는 않았는데, 당연한 것 같긴 했다. 고목 뒷쪽으로 난 길을 통해야 했기에 보니, 그의 피는 붉었고, 그 붉음을 수백 개의 돌이 덮고 있었고 바람이 한 삼태기씩이나 흙먼지를 덮어씌우면 까마귀가 발자국을 만들고, 그리고 그것들 모두를 건조한 겨울날 오후의 구역이 양광(陽光)처럼 덮고 있었는데 그의 왼쪽 눈은 열려 있었고, 오른쪽 눈은 파열되어 있었다. 굽은 그의 손은 하늘 쪽으로 퍼져 거기서 얻었던 비밀을 반납하고 있었는데, 터진 입술 밖으로 흘러나온, 으깨어진 혀는 흙을 맛보고 있었다. 나는, 영혼으로부터 넌더리를 내고 몸뚱어리를 빼내어온 이 방탕된 '둘째 아들' 놈이, 도대체 어쩌나 보려고, 그의 명복을 빌어주었다. 그리곤 쿡쿡 웃어제쳤다. 내 가래침을 곱게 싼 명복의 당의정(糖衣錠)에 그의 위가 경련을 일으켰음이 틀림없었다. 나는 그 고목으로부터는 두 마장도 더 멀리 옮겨져 있었다.

계절만 계절이라면 아마도, 상여(喪輿)처럼 핀 찔레의 흰 꽃이, 그 계절의 적막한 푸른 들을 쉬어쉬어 흘러가며, 온철의 낮과 밤을 만가(挽歌)로 채웠을 그런, 한무더기의 찔레나무가 덤불져 있는 곳에서 나는, 세워졌다. 그 가운데 샘이 있었는데, 샘은 구름 없는 하늘을 마시고 푸르러 있었다. 샘의 동쪽으로, 한둬 마장 저쪽에 보이는, 그을음 덮인 망주석만 없었다면, 나 늘상 떠도는 각설이일지라도 바랑을 벗어놓고 턱 괴고 앉아, 사십주 사십야는 지내며, 어떻게 하여 대지는, 누천 년을 살아오면서도 앙금을 남기지 않고, 어떻게 하여 늘 시원(始原)으로 환원되는가를, 알아내려고 하였을 것이다. 그러나 나 각설이는 누구인가. 나는 대지로부터는 언제나 멀리 떠나서 대지 위를 망령처럼 지나며, 그 위에서 꽃 피었다 늙은 것의 즙을 내먹고, 열매에게는 내 정액을 입히며, 늘 떠나는 사내지만, 내 바랑엔 앙금이 쌓이며, 도대체 되돌아 거슬러 올라가질 못하고, 언제나 근심스러운 다음 장을 지나가야 되는 사내 — 그렇지만, 나의 이 방랑도 아마, 내 늙고 눈 어두워 더 걸을 수 없을 때, 그때 설령 내가 만리 타국장 어느 처마 밑에 쭈그리고 앉아 죽어간다더라도, 처음 떠나왔던 그 장에 내가 다시 돌아왔다고 믿게 된다면, 그땐 멈춰질 것이다. 그땐 빈 바랑이 짝없이 무거워져 내동댕이 칠 것이고, 그래서 나도 또한, 앙금을 갖지 않은 대지가 되어버릴 것이다. 그래서 그때 어쩌면, 슬프지만, 대지는 무(無)며, 색(色)이 아님을 내가 알게 될지도 모를 것인데, 왜냐하면 아직은 나는, 존재와 색을 사랑하며, 그것들에 탐닉되어 있으므로 갓 서른 살이란 무섭게 흔들린다. 참 무섭게 흔들린다. 샘 속의 내가, 누덕진 내가 흔들린다. 그리고 차차로 옷이 벗기워지기 시작한다.

그리고 샘 속의, 벌거벗은 내가 천만 개로 깨어지면서 찬물이 고문하며 끼얹어지기 시작했다. 나는 비명을 참을 수가 없었다. 그럼에도 내 음경은 자꾸 뻗치며, 귀두(龜頭) 끝에선 정액이 솟아올랐다. 명주 같은 손바닥을 가진 바로 그 천사 같던 소녀가, 그러나 환부를 치료하는 간호원의 그것과 별달라 보이지는 않는, 그런 보살핌으로, 내 전신을 문질러대고 있는 것이다. 그건 대충 목욕과 같은 형식이었는데, 아마도 그녀는 때려잡을 제물을 목욕시키는 여제관이었던 모양이었다. 그녀의 솜씨는 익숙했고, 숨을 약간 쌕쌕거렸으나 별로 당황하고 있는 것 같지 않은 걸로 보아, 그녀의 손으로 많은 '짐승'이 씻겨졌던 것 같았다. 그럼에도 그녀의 고은 손이, 씻김에 있어 내 국부를 주저함은 아무래도, 나를 사랑하고 있음에 틀림없었다. 혹시 사랑까지는 몰라도 아무튼, 나를 '짐승'으로 생각할 수 없었음은 분명했을 것이다.

"헤, 헤에, 헤에, 헤, 헤에."

나도 모르는 사이 나는, 어느덧 그녀를 쓰러뜨려 입술을 깨물며, 치마를 걷어올리기에 광분되어 있었다. "무, 물론, 어머니가, 어머니가 돼얍죠, 헤, 헤에, 돼, 돼얍죠!"

그런데 젠장, 골통 속으로 번개가 한번 일곱 바퀴 반을 돌더니, 나를 벌렁 까져 눕게 만들어버렸다. 그리고는 참, 하늘이 사과맛처럼 권태로웠다. 틀림없이 혼수(昏睡)가 나를 한번 되게 씹어, 삼키려다 토해낸 것이다.

그을음 덮인 망주석에서부터 새로운 시작은 태어났다. 나는 참 처량하게 묶여 있었고, 정강이 아래까지 장작이 쌓아올려져 있었다. 그리고 귀기울여 보니 눈웃음까지 만든 노파가 내게 뭐라뭐라 속삭여댔다.

……네게 영광스러운 날이라는 둥 너는 그 대속으로 하여 참회가 되었다는 둥 이제는 너는 어디를 떠돌아다니더라도 이 고장 사람이라는 둥 그러나 속죄는 되었으나 세례는 받지 아니하였으므로 아직은 거듭나지 못하고 자궁 속에 있는 유충(幼蟲)에 불과하다는 둥 세례는 대개 물로 베푸는 것처럼 생각하고 있으나 그것은 대속의 이치속을 모르는 세속화된 의식(儀式)일 뿐이므로 불로써 육신을 태워 반죽음으로 영혼을 소생시켜야 된다는 둥 그것은 무슨 말이냐 하면 속이 온전을 성취하기 위해선 겉밖에 다른 것은 바칠 것이 없다는 말이라는 둥 불의 세례는 너를 괴롭히겠지만 그것은 죄가 씻기는 아픔이며 잉태되었던 영혼이 태어나는 그 진통이라는 둥 그리고 할렐루야 내 주님이라는

둥......

　나는 갑자기 내 귓속이 몹시 건조해졌다는 것이 근심스러워졌다. 한마디도 내 귓속에서 젖어들지를 못하고 그냥, 귓속을 때굴때굴 구르다 멈춰져버리곤 했기에, 난 축축한 게 그리웠다.

　"아가야, 이번엔 네가 먼저 불을 대라." 부드럽지만 엄한 분부가 또 한번 뇌우처럼 귓바퀴를 스쳐갔다.

　"………" 대답은 없었다.

　"네가 불을 대라!" 이번엔 부드러움은 없는 분부가 울려났다.

　"………" 대답은 없었다.

　"불을 대라!" 몹시 엄하고, 찢긴 쇳소리가 쩌렁 울려났다. 그건 자기의 어떤 권위가 도전받고 있다고 느껴졌을 그런 때에만 찢어낼 수 있는 그런 소리였다.

　"………" 대답은 없었다. 그 대신 이번엔 소녀가 노파의 발끝에 이마를 조아리고 쓰러지며 몹시 울먹였다.

　"………" 노파도 울고 싶은 듯, 어깨를 좀 들먹이더니, 눈을 무겁게 내리감고, 지팡이에 온몸의 중량을 주어 자기를 지탱했다— 고 하는 것은 지팡이가 휘어지고 있었기 때문이다.

　"…… 소녀를 용서하시옵소서, 소녀는 모, 모, 못하겠나이다. 소, 소녀는 사, 사랑하고 이, 있나이다."

　"………"

　"………"

　"그러면, 그러면 네가, 그러면 네가 대신, 그러면 네가 대신 태워, 워지겠느냐?"

　노파는 흐느낌을 참고 있음이 분명했다.

　소녀는 두말없이 몸을 일으켜세우더니 내게로 뛰어왔다. 그리

곧 내 목에 매달리며, 눈물에 범벅된 얼굴로, 내 이마를, 눈을, 입술을, 목을, 어깨를, 가슴을 문지르며, 입술로 깨물고, 그리고 나중엔 몸을 밀착시키고 죽은 듯이 가만히 있었다. 정말 죽은 듯이 가만히 매달려 내 눈을 빤히 들여다보았다. 눈물 때문에, 그 득히 고인 석양 호수 같은 눈에 실낱 같은 웃음이 흐느적이고 있었다. 곧 밤이 드리우면 웃음도 사라질 것이다. 그 눈의 적요 속에서 성기는 왜 그렇게도 무력한가, 나는 진정으로 사랑하고 있었다.

나는 소녀의 눈을 견딜 수가 없어서 소녀의 머리칼 냄새를 맡으며, 그 머리칼 사이로 노파를 찾았다.

노파는 그때도 눈을 뜨지 않고 있었는데, 눈물은 없이 어깨만 몹시 들먹이고 있다간, "불을 다오" 하고 소리치며 우리 쪽을 노려보았다. 곧 검불마름을 태우는 불이 노파의 손으로 옮겨졌고, 노파는 우리 쪽으로 무섭게도 느리게 다가왔다. 느리다는 것이, 임박한 죽음보다도 더 무서운 것은 아무도 모를 것이다. 소녀의 눈은 깜박임도 없이 나만을 응시하고 있었다. 우리는 아마도 죽게까지 되진 않을 것이다. 그러나 이런 처지에 있는 우리들의 사랑이 우리를 죽일지도 모른다.

소녀의 눈에 공포는 없었지만 그 대신 나에게 무슨 얘기를 강요하고 있었다 나는 그래서 고개를 끄덕여주었다 그러자 소녀의 입술에서 고백이 통곡처럼 흘렀다 노파는 손만 뻗치면 불을 붙일 거리까지 다가왔다 나는 고개를 끄덕였다 소녀는 내 입술을 물고 뜯으면서 내 혀를 뽑아간다 우리는 사랑한다 노파는 불을 쳐든다 나는 소녀의 눈을 혀로 쓸어 감긴다 소녀는 내 목젖을 물어뜯는다 해는 오후의 중간에서 더는 구르지 않는다 소녀는 사

랑한다고 피를 쏟는다 죽은 바람이 너덜너덜 두루마기를 삭혀낸
다 소녀는 어머니가 되고 싶다고 한다 연기가 코를 찌를 것이다
우리는 다음 순간 어차피 잊을 것이다 노파는 불을 쳐들었다가
반쯤 내렸다 우리는 사랑하지 못할 것이다 나는 소녀의 귓바퀴
를 혀로 쓴다 노파는 우리의 허리께까지 불을 내렸다 우리는 이
내 아픔 때문에 이별하게 될 게다 우리는 사랑한다 나는 애비가
되고 싶다 소녀는 어미가 되기를 갈망한다.

"흐읏, 으흐흐, 흐흐훗,

흐흐훗, 으흐흐, 흐읏."

젠장, '고려자기'가, 깨어졌는가, '천년 불상(佛像)'이, 죽어
버렸는가 '신라의 달밤'이, 녹아내렸는가, 흐으, 노파의 손에서
불은 유성처럼 날라가, 버리고, 거기서 마른, 풀을 타고, 노파는
자기의 머리끄덩이를, 뽑아채며 울부짖고, 문둥이떼는 망주석들
처럼, 서서 뭔지, 죽어진 것을 조상하고, 들은 조금씩,더 타고,저
쪽 고목,아래선 까마귀가, 미쳐 우짖고,해만 끈덜끈덜,놈팽이처
럼,지나가며,휘파람을,분다. 참,빌어먹을,놈의,오후도,다,있다.

"당신이 누굽니까?"

노파가 머리끄덩이를 잡아채고 흙을 끼었다 말고, 핏발 선 눈
으로 나를 올려다보며 묻는다. 그런데 왠지, 어느덧 권위의 빛이
사라져버린, 그저 농가(農家)의 밥만 축내는 쓸모없는 할미의 눈
이 되어 있었기에, 난 웃음이 났다.

"나, 나 말씀입니까요?" 난 뭐라고 얼른 들려줄 말이 생각나지
않아 멈칫거리다 "아마도 세례를 베푸는 자겠습죠"하고 대답해
주었다. 그리고 되씹어 보니 너무도 정직한 대답을 해버렸다는
생각이 들어 후회가 될 지경이었다.

202

"세, 세례를 베푸는 자라구?" 노파는 경악을 금치 못하며 입술을 떨었다. 조금 전의 이해할 수 없던 발광은 깡그리 사라져버렸는 듯했는데, 노파를 위대하게 보이게 했던 잡귀잡신이 빠져나가느라 그랬는지, 잡귀잡신이 내리느라 그랬는지 어쨌는지는 모르지만, 어쨌든 노파의 손에서 벗어나간 불이 들을 미친 듯이 태우자 노파는, 한숨 자고 깨인 얼굴이 되었다.

"거뭐, 그렇습죠. 여름 지낸 나뭇잎은 찬땅에 굴리고, 겨울 지낸 나뭇가지엔 더움을 불어넣는다는 그런 식의, 헤헤, 아실지 모르겠는뎁쇼." 나는 몇 마디 더 하려다 미루어두고 소녀의 행방을 찾았다. 그러고 보니 나는 잠깐 동안 소녀를 잃고, 잊고 있었다. 보니 소녀는 잠을 쓰고[失神] 내 발치의 장작 더미 위에 쓰러져 있었다. 마음이 좀 아팠지만 별수없었다. 노파가 묶인 나를 풀어주지 않는 이상은 멀잖아, 삼복에 개 그슬려지듯 그슬려지고 말아버릴 형편이 아닌가. 싫더라도 자연이 베푸는 세례는 감내하지 않을 수 없게 되었다.

들불이 좀더 가까이까지 오르륵여 왔을 때에야 노파는, 들불을 의식한 듯, 한참 동안을 멍청하게 태워지는 들을 보더니, 뼈르적이고 일어나선 내게로 걸어왔다.

"댁은 댁의 고향으로 돌아가시오. 그리고 이 소녀를 버리지 말아주시오. 이 고장이 분만한 단 하나의 딸입니다." 노파는 나를 묶은 사슬을 풀기 시작하며 읊조렸다. "댁은 된내기나 흑사병이 사는 곳에서 온 자 같습니다." 내 몸은 금방 자유로워졌다. 그러고 나니 추위가 엄습해와, 나를 씻겼던 여제관이 가지고 왔던 내 의복과 신발과 벙거지를, 부지런히 입고 신고 썼다. "내게는 저 불쌍한 어린 백성들이 있으므로 이 이상 더 나를 고백시키지 마시오. 그리고 제발 어서 떠나주시오." 노파는 그리고 또 하나의 망주석처럼 눈을 감고 서서 움직이지도 않았다.

나는 노파가 오래 살지는 못할 것이라는 걸 느꼈다. 노파가 사실 살아 있는 건지도 의문이기도 했다. 나는 피를 좋아하지만, 그러나 송장의 피를 즐겨하지 않는다. 이젠 바랑을 여며도 좋을 때일 것이다. 그래서 나는 바랑의 아가리를 여미고, 이 고장이 분만한 단 하나의 딸을 안아들었다. 들불은 서너 걸음 저쪽까지 와 있었다. 나는 몇 걸음 걸어 들불로부터 좀더 멀리 피했다. 그리고 다시 소녀를 내려놓고 아까 하려다 삼켜뒀던 얘기의 마지막 구절을 들려주었다.

"아실지 모르겠지만 말씀입죠, 헤헤, 이놈은, 헤헤, 이천 년 동안이나 말뚝에 묶여 있던 푸, 푸, 푸로메테 메테우스의 요, 요한입죠, 헤헤, 세례자 요한 말씀입죠. 안됐지만 할머님, 그 장작을 입으셔요, 입으셔요, 그게 수의가 되겠습죠. 헤헤, 얼른 몸을 파묻으셔요. 이젠 속까지 오르륵 태우잖으면 정말 온전한 죽음도 성취가 힘들 걸입쇼. 대속의 이치라는 게 헤헤, 아 안그래요?"

그리고 나는 통소 한 가락 아낄 수 없어, 들불 연기 속에다 한 자락 태워줬다.

한데 이상하게도, 참 이상하게도, 선율에 훈련받은 독사모양으로 노파가, 이상하게도 온몸으로 끈들끈들 춤을 추면서 맹렬한 들불 쪽으로 딸려가고 있었다.

나는 통소를 멈추고 허리춤에다 꽂은 뒤 다시 소녀를 안아들고, 출발했다.

"나를 따르라,

나를 따르라."

아리랑 곡조 비슷한, 노래는 분명 아닌 노래 같은 소리가 들려
왔다.

"주가 다녀가셨다.

죽음이나 성취하자. 나를 따르라."

바람이 한 차례 몹시 불었다.

까마귀떼처럼 연기가, 하늘의 권태 속을 휘몰고 가자, 고목 아
래 누운 순교자의 한 개의 죽음을 뜯던 묵시록의 네 기사가, 고
픈 창자를 끄집어내들고 들로 달려갔다.

샘터에서 나는, 소녀를 내려놓고, 창백한 얼굴을 내려다보다
가, 그 얼굴에 찬물을 한움큼 끼었었더니, 긴 한숨을 불어내곤
깨어났다. 깨어나선 정신을 차릴 사이도 없이 기침을 해댔는데,
어느덧 불은 거기까지도 달려와 매운 연기를 피워대며 해를 붉
게 보이게 했다. 우리는, 이것저것 다른 생각할 겨를이 없어 손
을 잡고, 왔던 길을 죽자하고 달렸다. 바람이 불고 있었기 때문
에, 우리가 지나온 곳은 순식간에 불바다가 되곤 했는데, 그쪽에
서 뛰어오는 사람은 보이지 않고, 유독 노란 연기만 버섯처럼 피
어나고 있는 것이 보였다.

종루에서 흐르는 요령 소리 같은 종소리만 빈 고을을 가득 채
우고 있는, 거리는 슬펐지만 우리는 느끼지 않으려고, 애썼다.
노가주나무 가지에 까마귀는 보이지 않았다. 숨이 턱에 닿아서
우리는, 노파가 앉아 있었던 그 흰벽 밑에 주저앉았다. 그렇게도
스산하던 회오리바람도 아마 들로 달려가 그들의 죽음을 성취시
켜 거둬들이는지 없고, 연기 내음과 불티를 날라다주는 저녁 바
람만 스적스적 흘러왔다. 해가 기울고 있었다. 이제는 떠나야겠
다고 나는 생각하며, 외똘아진 돌집을 가리키고 물었다.

"저게 그 할머니의 집이던가?"

소녀는 고개만 끄덕였다. 나는 소녀의 손을 잡아 일으켜세워 거기로 향했다.

방엔 아무것도 없었다. 신주(神主)도 없었고, 등잔 하나도 없었다.

나는 소녀를 안아 뉘었다. 그리고 소녀의 사타구니를 더듬어 찾았다. 찔레덤불을 태우던 들불처럼 거웃도 참 무성했는데, 나는 아버지가 되고 싶었고, 소녀는 어머니가 되고 싶어 했다.

그녀는 축축했고, 씨앗은 여물었으니, 싹에 대해선 걱정하지 않아도 될 것이다.

나는 내 신부의 처녀(處女)를 남김없이 다 빨고, 그리고 감발을 매었다. 내 신부는 울었지만, 난 울지 않았다. 그래서 우리는 노파가 앉아 있었던, 세월의 오줌 자국으로 얼룩진 그 흰벽 아래, 파장의 어귀에서 헤어졌다.

명년 봄에, 오늘 묻은 내 동정(童貞)이 되살아날 때는 나는 또, 동정으로, 이 장(場)의 뭇계절을 통과해갈 게다. 하긴 난, 아버지가 되고 싶은 그놈의 동정 때문에, 늘 멈추질 못한다. 멈추질 못한다.

〔『68문학』, 1969. ?〕

千夜一話

"삼 년 후에나 나는 투표권을 얻게 되어 있는데."

시위에서 벗어나버렸던 포탄이, 생지랄을 부리다 죽어버린 그 구덩이 속에, 고개를 처박고 어린 병사는, 생각했다. 전생에 가슴을 난도질당하는 밤이, 싸늘하게 식어가며 가을에, 피를 흘렸는데 그것이, 어린 병사의 치켜든 엉덩이를 적시게 했다. 그는, 쫓겼던 병아리모양 엉덩이를 번쩍 치켜들곤 고개만을 한사코 흙 속에다 쑤셔넣고 있었다.

"그래서 내, 소리쳐주었지, 나는 아직 투표권도 없어요, 투표권도 없다구요. 그랬었지만 아무도 눈썹 한터럭 까딱하지 않았어." 나는 하학길에 덜미를 붙잡혀 트럭에 실려졌던 것이다. "정말이지 나는 솔직하게 말하고 있어요, 믿어주세요. 나는 재차재차 소릴 질렀지, 나는 그만쯤은 옳다고 믿었댔었으니깐 말야, 겁날 것 없었지, 그러나 젠장 누구도 내 얘길 믿지도 안믿지도 않았단 말야, 그런 낯짝들이었다구, 그런 낯짝이란 얼마나 분통터지게 하는 것이냐, 얼마나 미지끈한 것이냐, 그래 난 너무너무 외로워 눈물을 흘리고 말았었다…… 그땐 우스웠어."

그리고 어린 병사는, 자기도 모른새 킥킥 웃었다. 그러면서도, 머리만이라도 조금 더 길게 감추려는 듯, 그 머리로 한사코 흙탕 속을 비집었다. 그러면, 살인적인 모든 쇳조각들이나, 공포, 또는 전장에만 있는 어떤 광적인 질서 같은 것들이, 그를 외면해줄지도 모른다고 그렇게, 그는 생각하는 것 같았다. 그리고 그것이 그에게만은, 지극히 당연한 것이지 않으면 안될 것이, 그가 한번 그의 주위에 미지끈한 여러 낯짝들을 향해 명확하게 밝혔던 것처럼, 자기로서는 이 비극에 적극적으로 되기에는 아직도 삼 년의 세월을 더 요구당하고 있다는 그 때문으로서이다.

"후후 그땐 우스웠어…… 그렇지만 난 당연했다구, 그러니 눈치볼 것 없었다구. '우리 아버지와 나는 전혀 딴판이란 걸 좀 믿어달라구요 아버지와 나는 적어도 삼 년의 차이가 있단 말예요 아시겠어요?' 그랬더니 이번엔 내 곁에 있던 미지끈한 모든 낯짝들이 와아하고 웃어댔어. 그러면서 가래침 뱉듯이 한마디씩 씨부렸지.

'젠장맞을, 저눔의 덩치 좀 보라구, 거아니 미련스럽게 생겼어?'

'허지만 그 아직, 뼈가 자릴 덜 잡아뵈누먼.'

'그란개 조 낫살 때가 먹심 참 좋을 때구만이라우.'

'헛따 그 촌사람, 머시 그리 아는 것도 많노? 거좀 기를 패액 꺾고 얌전시리 쭈구시고 앉았시라 카이.'

'아 그라면 사둔은 내 말이 틀렸단 말여?'

'머시 틀리고 앙이틀리고가 있노? 촌사람은 그저 입 딱 봉해뿌고 뒈진놈 붕알맹키 있어야 된다카이.'

208

이 대목에선 근데 모두 가려운 듯이 웃어댔다. 허지만 난 그들
이 뭣 때문에 웃는지 도저히 알 수가 없었댔지.

'헤엣따 사둔은 백지 그래쌌네. 내가 말이사 바른말 안했는개
벼? 들어봬겨요 모도(모두) 글씨 조 낫살 때사, 독을 묵으면 독
이 안삭는 그라우, 엿을 묵으면 엿이 안삭는 그라우.'

이 대목에서 그 사람들 또 웃었어 난 또 알 수가 없었는데 후
후 훗……"

어린 병사는, 먼 훗날에야 그를 따라, 웃기 시작했다. 그러면
서 '촌사람' 얘기에 고개를 끄덕였다.

"그랬지, 그랬어, 돌이거나 엿이거나 눈 녹듯이 삭아버렸어, 어
이 헌데 나는 참 배가 고프구나, 그러고 보니……"

바람이 이는지 잎떨어진 가지들이 울고, 흩뿌리는 빗줄기에
쌓인 낙엽들이 또한 그렇게 쌓였던 울음을 울었다.

"아, 헌데 어떻게 이렇게도 갑자기 조용해지고 어쩌면 이렇게
도 푸근히 맘 놓아도 좋도록 아늑해졌는가, 아마 언제부턴지 비
가 내렸던 모양이지, 그래 비가 지금 내리고 있어."

어린 병사는 목으로 차게 타고 내리던 것이 입술에 묻자, 혀를
적셔보고 그렇게 중얼거렸는데, 어쩐지 그것이 몹시 비릿기하니
피냄새 같은 것을 풍기고 있어서, 병사는 그 비릿기함을 생각했
다.

"이건 어쩐지…… 다시 그 얼굴을 떠올린다. 그래 어머니의 죽
음이 그랬댔어, 새벽에 어머니는…… 돌아가셨는데 밖엔 비가
왔었고…… 추석 다음날 새벽 아 세 그루의 포푸라나무가, 서낭
당에 있었는데…… 왼손은 내 등을 쓸어주셨구나 그러나 나도
아버지도 모르게 숨을 거두셨는데…… 포푸라나무 아래를 뛰어

달빛하고 구름 그늘하고 찬비하고…… 의사는 없었다…… 어쩐
지 모든 것이 비릿기했다. 난 울지도 못했었고 세 그루의 포푸라
둥치 밑에 앉아서 나는 돌아가지도 못했었다. 의사가 있었더라
도 어차피 어머닌 돌아오시진 않았을지도 모르지 모든 게 비렸
다. 그리고 그런 건 목구멍에 맺혀 도대체 넘어가지도 넘어오지
도 않았는데……"

어린 병사는 그 비릿기했음의 느닷없는 해후에 몸을 한번 부
르르 떨고, 생각을 바꾸려 했다.

"나는 어쩌면 죽지는 않을지도 몰라." 그리곤, 처음엔 미지끈했
었는데 갑자기 웃어제쳤던, 그 사람들을 다시 떠올렸다. "훗훗
비록 그들 중의 누구와 함께 한방 맞았다 하더라도 나만은 삼 년
후에나 죽는 게 당연해, 당연하고말구."

이 생각은, 병사에게 신명나게 했다. 그래서 휘파람이라도 한
번 불어제치려다 그만두고, 자기가 죽어서는 안되는 모든 정당
성을, 생각해낼 수 있는 데까지 생각해냈다.

"게다가 나는 잘못했던 일이라곤 통 생각나지 않거든, 제법은
착했단 말야."

그는, 이렇게 자기를 주장하면서, 조금은 의기양양한 기쁨을
느꼈다. 그러면서도 한편으론, 스스로 스스로를 착하다고 생각
한 데 대한, 약간의 수치심도 어쩌지 못했으며 그렇다고, 쑤셔박
던 머리를 빼어내서 하늘을 향해 교만스레 쳐들지도 못했다. 어
쨌든 생각은 계속했다.

"내가 뭘 잘못했는데? 아무리 생각해봐도 죽어야 할 만큼 잘못
을 범한 일이란 없는데 말야, 없구말구지, 허긴 난 좀 늘 잠이 많
은 게 탈이었어, 그래서 아버지를 통한 솔로몬 왕의 야단을 맞은

적은 꽤 많았지만 그것이 죽을 만한 죄라곤 난 생각할 수 없어, 글쎄 없어, '이 게으른 잠충아, 넌 잠들기 전에 이 말씀을 이마에다 써붙이고 자거라. 솔로몬 왕의 잠언이니라. 〈좀더 자자, 좀더 졸자, 손을 모으고 좀더 눕자 하면 네 빈궁이 강도 같이 오며, 네 곤핍이 군사같이 이르리라. 네가 어느 때에 잠이 깨어 일어나겠느냐〉?' …… 훗훗 그분은 모두 말하기를 '하나님이 직접 손을 내밀어 일으켜세웠음에 틀림없다'는 그런 장로님이셨으니 그러실 수밖에 없으셨지, 뭐 그러니 난 그분의 곤란한 입장을 이해할 수 있지 있다구, '허, 허지만 아버지, 조, 조금만 더 자게 내버려두세요, 아이 좀 내버려두세요'난 투정을 부렸지, 그러면 또 '이 게으른 아야, 〈네가 어느 때에 잠이 깨어 일어나겠느냐? 좀더 자자, 좀더 졸자, 손을 모으고〉……'

'글쎄 아버지, 저도 알고는 있다구요. 허지만 만약 제가 지금 기어코 일어나야 된다면 잠이 강도처럼, 군사처럼……' 그리고 내가 돌아누워 이불을 머리끝까지 끌어올려버리면 후훗 장로님도 별수없으셨겠다. '원 녀석두! 발이나 좀 덮어라, 웬놈의 발이 이리 쇠도둑님 발만이나 하냐.' 말씀하시며 내가 이불을 끌어올렸기에 나간 발을 다시 이불을 끌어내려 덮어 감싸주시곤 혼자서 새벽 기도회에 나가셨지, 사립문을 밀고나가시면서도 한 번 더 '애야 시간에 늦지 않게 얼른 뒤따라나온다 잉?' 하시곤 기침 뒤 번 날리셨어, 그러고 나면 발소리가 멀어졌는데 그렇지만 아버지의 음성엔 도대체 내가 뒤따라나올 것이라는 실감은 조금도 섞여 있지 않았어, 헌데 이상하게도 아버지가 사립문을 나가시자마자 잠은 늘 싹 가셔버렸지, 그리고 아버지를 따르는 바람이 말라 버석거리는 옥수수대 궁을 뒤흔들곤 빈 논으로 달려나가는 소리가 갑자기 크게 들렸어, 그리곤 이상스럽게도 어머니의 얼굴이 한순간 얼핏 끼다간 아버지의 뒷모습이 보였지, 아버진 포플러의 세 나무 밑을 걸어가시며 찬송가를 읊조리셨다. 아버지는 정말 행복해뵈신 그런 환한 얼굴이셨어. 반주름의 그늘도 끼어 있지 않았어, 허지만 나를 웃게 만드신다. 석 달 내내 별렀다. 하루 새벽 기도에 내가 참석하게 되었을 때 아버지는 예의 그 솔로몬의 잠언을 설교하시며 의기양양하게 아들의 얼굴과 회중의 얼굴을 번갈아보셨던 것이다. 후훗, 날 웃게 만드셨다구, 이튿날 새벽은 난 또 '쇠도둑님 발' 같은 발을 걱정당해야 되었으니까 말야…… 오 그러나 동이 텄구나, 그러면 다시 빈궁 같은 강도 같은 잠이 퍼부었기에 천지 모르고 자다 보면 아버지가 다시 날 깨우셨구나 '오늘은 날씨가 여간 찬 게 아니더라.' 그러시며 아마도 교회에서 돌아오신 바로 그 길로 손수 지으신 밥상을 두고 날 내려다보며 앉아계셨지 '아으 벌써 이렇게나 됐어요?' 난 속으로 너무 죄송스러웠기에 우물쭈물할 수밖에 없었지. '아 글쎄 꼭 쥐새끼만한 것 한 놈이, 어떻게나 씨름을 하자고 덤벼서, 헤헤, 그래서 한 서른 판이나 했더니' 어머니가 계셨으면 틀림없이 이 대목에선 '애야, 그러다 다치기라도 하면 어쩌려고 그러니?' 하시고 이 애지중지하는 외동아들을 무척 걱정하셨을 것이었다. 그러나 아버진 그냥 빙그레 웃기만 계속하시며 '하나님이 주신' 음식을 달게 잡수셨다. '영 일어날 수가 있어야죠, 생각해보세요, 아무리 작은 녀석이라 하지만' 난 부지런히 밥을 밀어넣으며 계속했지. '몇백 번을 들었다놓았다 했으니 말예요, 허, 헌데도, 요 쥐새끼만한 게 영 넘어가질 않는다니깐요, 내참. 나중엔 후훗 참 어이없게도, 어떻게 된 셈인지 다리가 감겨 영 맥을 못 추겠

더라니까요.' 아버진 그때 즐겁게 웃으셨구나. 그래도 어이없게
도 매판 내가 넘어져버린 얘기만은 차마 못해 우물쩍거리고 있
으려니 '그게 뚝심만 갖고 되는 게 아니더냐?' 하고 이미 알고나
계신 듯 물으셨지. 허긴 오 년의 훈장(訓長) 경험도 갖고 그만 정
도는 짐작하실 수 있으셨겠지 '뭐, 뭐 그렇지도 않아요. 봐주니
깐 그렇죠 뭐. 짜슥, 쳐들었다 힘껏 내북치면 어떻게 되겠어요?
그럼 쳐들 때는 힘을 뿍 쓸 수 있으셨지만 내려놀 때야 어디 그
럴 수 있어요?' '건 잘했어, 잘했구나.' 웬일로 아버진 조금도
기분 상하신 얼굴이 아니셨다. 뭐든 시작했으면 끝장을 내고 옳
다고 생각한 것은 이겨야 된다고 늘 말씀하셨던 아버지가 아니
었던가 말이다. 그렇다면 씨름이라는 것이 원래 붙었으면 이기
는 자가 옳은 자로 되어 있는 것이 아닌가 말이다. 나는 그래서
약간의 혼란을 느꼈지만 그점은 아버지의 얼굴을 봐드려 여쭙지
않았다. 무척 어색해하실 게 뻔했으니까, 아무튼 나는 그눔의 꾀
라는 걸 아무리 생각해내려 해도 낼 수가 없었다. 짜내고 짜낸
것이 번쩍 쳐들어선 되게 빙글빙글 잡아돌리다 내려놓으면 아주
슬쩍 세워놓기만 하더라도 녀석 어지러워 맥못추고 제물에 무너
질 것이라고 했다가 결과는 구경하든 모든 꼬마놈들만 낄낄거리
게 만들고 나만 한 십분 세상 노란 경험을 했댔지, '헤헤, 그래
서' 난 변명을 계속했다 '영 잠을 깨려고 깨려고 했는데도 깰 수
가 없었죠 뭐. 깨려고 깨려고 하다가 사실론 제대로 자지도 못했
지만 말예요. 게다가 이마가 어떻게나 시린지……' '건 또 무슨
소리냐?' '헤헤, 이마에 써붙인 잠언 탓이죠, 뭐' 헌데 이상하게
도 그때 아버지의 얼굴은 엄하게 변해지셨다. 그때사 아차하고
후회했지만 늦었지. 그분은 옳지 못한 것에다 하나님의 말씀을

부려먹는 걸 극도로 싫어하셨던 걸 나는 잊고 있었던 것이다. 아무튼 난 늘 좀 잠이 많았댔어. 그것이 죽을 만한 죄인지는 모르지만 그외엔 내가 또 뭘 어떻게 잘못했는진 알 수가 없어, 없구 말구지, 헌데 정말 그것은 죽을 만한 죄일까?"

어린 병사는 그리고, 굉장히 달콤한 현기증을 느꼈다. 무슨 푸른 별이 살별처럼 흘러갔다간, 보랏빛 은하수가 되어 흘러오는가 하면, 샛노래진 허허한 공간이 열리면서, 천만 가지 색깔의 분수가, 폭죽처럼 피어올라 그 허허로운 곳을 채워버리고 있었다. 그런 걸 보며 그는, 한번도 가져본 적 없는 것 같은 그런 화평을 갖고, 여름밤 멍석 위에서처럼, 생각되어지는 모든 것에서 꿀을 모았다.

"아버지, 정말 그것은 죽을 만한 죄인가요?"

어린 병사는 언제나처럼, 스스로 판단하기엔 좀 벅찬 듯한 문제를 놓고, 아버지가 곁에 계시기라도 한 듯이, 아버지의 의견들길 원했다.

"아버지."

고통이 저미고 드는 하반신을, 진구렁창 속에서 빼어내지도 못하고, 포탄을 짊어진 채 쓰러진 늙은 병사는, 처절히 부르며 신음하고, 반항했다. 그는 전투대원은 아닌 것 같았고, 그냥 노무병인 듯했다.

"이것이, 최후의 날이니까?"

그의 손은 땅을 긁어 헤치고, 모든 것에 대해 주먹총 놓기에다 까져, 살점으로 누덕져 있었는데, 그럼에도 오히려 그의 원한은 더욱 사무친 듯했다.

전쟁은, 비에도 젖지 않았다. 진구렁창에 하반신이 푹 박혀버리지도 않았고, 손등에도 피 한방울 맺히지도 않았다. 열려진 무저갱(無底坑)에서, 이 세상에 충만되었던 생명의 수보다도 더 많은 수의 죽음들이 불과 연기와 유황 가운데로부터 피뿌린 옷들을 입고 쇄도해나와 번개보다도 더 잘 드는 낫으로 산 자들의 목을 베어내려 미쳐 날뛰었다. 산목숨을 입지 못한 죽음들은 영겁을 떠흘러야 하기라도 하다는 듯이 한을 주장했다. 그리하여 죽음들과 죽음들의 혼란이 있는 그 소용돌이에 끼어 생명들은 무저갱의 그 암흑한 아가리 속으로 삼켜들어갔는데 거기서는 알곡식도 쭉정이도 가려지지 않았다. 그냥 먹히워들어선 사라져버렸는데, 그들의 비명은 반항도 없었으니 텅빈 죽음이나 알맹이 없는 껍질로 쌓여선 태워져버렸을 것이었다. 그리하여 그 연기를 그 아가리가 뿜으면 거기로부터 황충과 불을 뿜는 용을 탄 죽음의 기사들이 죽음의 도리깨를 들고, 이 메뚜기들을 두들겨 팬다.

"이것이 최후의 날이니까? 최후니까, 아버지."

늙은 노무병은 쥐어짜내려 다만 그의 아버지를 찾았다. 찾았으나 대답은 없었고, 그런 대신 불 뿜는 용이 하늘의 암흑 가운데로부터 쓰륵쓰륵 그리고 수천씩이나 되는 혀에서 핏방울을 흘리며 내려왔다. 그 타는 혀의 불꽃 속에선 수억의 독침들이 미친 듯이 뻔쩍였는데 등에 탄 기사의 채찍질에 아프게 몸을 푸득이며 비로소 치달으면 그 아래서 나무도 피를 흘리고 돌도 피를 흘리고 산도 피를, 심지어는 땅 아래 살던 두더지까지도 영혼을 벗어던져 땅 위에서 피를 쏟았다.

늙은 노무병은 그런 광경들을 피부로 보며, 견딜 수 없는 공포로 견딜 수 없이 떨었는데, 그러나 죽음에 대해서보다는 이 환난에서 대답을 감춘 그의 아버지의 배신탓에 더욱더 떨었다.

하긴 어쩌면 그이 아버지의 편에서라면 이 조그만 인간의 육신적인 지극한 고통——갈증이라든가 에어내고 지지는 통증, 그리고 고독감 같은 것들의 한 승화된 형태의 분노에 그 한 대상으로써 당하고 있는 것이라고 해야 했을지도 모른다. 그가 하나님을 부르짖기 시작하면서 그의 육신적이던 그러한 모든 고통이 변질을 당하고 있던 것이다.

"어찌하여 당신은 묵묵부답입니까? 어찌하여 이 환난에서 고개를 돌리시고 목에 경직이 온 것처럼 부드럽게 고개를 돌리실 수가 없습니까?"

그는 아직도 회중 앞에서 향용해본 설교와 기도에서 저절로 익히게 된 조금은 과장적이며 신파조적인 그런 어투를 고치지 못하고 있었다. 그의 고백에 따르자면 그는 '하나님의 성전을 내 몸처럼 생각하고 살아왔던 장로'였던 것이다. 그리고 어쩌면 그도 어떤 지극히 평범하고 우직한 기독교도처럼 행복할 때라도 읍다운 음성을 써서 자기 음성이 풍기는, 비극의 '비릿기함'을 맡을 수 있었어야만 자기의 주와의 밀회를 가졌던 것처럼 생각하는 그런 어떤 기독교도였던지도 하긴 모른다.

"환난 이전의 조용한 날에는 더 쪼갤 것이 없는 불쌍한 영육과 재산에서, 당신의 몫을 떼어내시곤, 어찌하여 이 환난중에선 외면하시니까? 내 처까지도 당신은 앗아가지 안했니이까? 당신이 불러가신 것으로 그렇게만 알고 그저 감사하며 인간적인 모든 욕망으로부턴 홀로 떨어져 당신의 발치께에서도 가장 하찮은 자리만을 탐내왔었습니다. 아 허지만 저주하는 이 저주로운 입술에 흙을 먹이시옵시오. 하오나 한 번만 이 가운데로 옷자락을 나

216

타내소서. 그러면 내가 당신이 누군 줄 알겠나이다. 이눔 너무 고독해 그러나이다."

부르짖다가 이 노무병은 자기가 너무도 무섭게 대들었음을 깨닫곤 심히 공포스러워 주위를 둘레둘레 살폈다. 아무도 들었지 않기를 바라면서 그 아픈 회개로 이번엔 가슴을 찢었다. "아 주여 주여 아버지여, 이 참혹한 데서, 버리지 마소서, 버리지 마소서, 이 어리석음으로 인하여 주를 배반하였사오나 주여 이 더러운 입술에 전갈을 물리시고 이 더러운 입술을 갖게 하는 육신으로 지옥의 황충을 살찌우게 하더라도, 이 더럽혀진 영혼만은 버리지 마소서, 당신의 옷자락에 그 흙과 더러움을 닦아주소서, 흙속에 처넣지 마소서."

그러며 이 노무병은 자기의 입술을 자기의 손으로 찢으려 했는데 그러자 손에 묻었던 피와 비와 진흙이 그이 입 속에로 처넣어졌다.

그러자 그것이 일종의 영적인 갈증 같은 것으로 변질된 듯했던 그런 고통 하나를 끄집어내렸기에 그는 온종일을 뙤약볕 가운데서 혹사만 당했던 소처럼 흙탕 속에 고개를 처박고 흙탕을 빨아 거머들이기 시작했다. 그러다 죽을 듯이 토하고 또한 소처럼 나자빠졌다.

그래서 그는 말이라는 모든 말까지 다 토해짐을 당한 듯, 반쯤 입만 벌리고 더 아무 말도 못하게 되었는데 그때 천천히 그의 전신에로 아편액 같은 이완이 퍼져들고 있음을 그는 느꼈다.

"어쩌면 난 죽었는지도 모르겠는데 흐흐 이건 몸이 물처럼 흐르고 있잖아?"

그는 자꾸 멍해지고 있었다. 그래서 멍해진 눈으로 이 대환난

의 용틀임을 건너다보곤 힝쭉힝쭉 웃었다. 메뚜기떼 같은 황충
과 불 뿜는 용들이 태운 밤의 너훌거림과 도리깨를 거머쥔 기사
들의 갑옷자락이 내는 쌕쌕임, 그리고 이 닭달질 사이에서 일어
나는 굉음과 폭풍, ──나무가 쓰러지고 산의 허리가 분질러지고
생명은 으깨어지며 피를 흩뿌리고 그리고 그것들의 한가운데에
그는 있었는데 그는 두려워하지 않았다. 그는 웃기만 했다.

"아, 이 지랄은 지극히도 아름답습니다!"

그리고 또, 대구를 채웠다.

"이런 장관을 보시려고 그러니깐 당신은 세상의 타락을 종용한
겁니다요? 흐흐흐."

사실로 그의 눈엔 마녀원숭이 계집종이 가마솥 속에 마약을
끓이고 있는 것 같은 이 섬뜩지근한 악화 한폭이 이 세계의 부를
다 줘도 사기에 어려울 그만큼의 아름다움을 갖고 있는 것처럼
보이기 시작한 것이다. 게다가 그것은 격정을 지니고 펄펄히 살
아 있고 그 명암과 원근은 소용돌이치며 도착되는데 그럼에도
명암과 원근과의 간극엔 무서운 질서가 있고, 그 질서 안에는 또
괴로워하는 신음과 퇴기는 핏방울이 있어서 고통이나 성교나 쾌
락의 최고의 형태 그것이었다. 이 노무병은 그것을 권태로 늘어
져버린 원숭이 계집종의 젖퉁이에 손을 얹고 이 세계에서는 가
장 높은 설령(雪嶺) 꼭대기의 마녀네 부엌에 앉아 죄와 벌과 죽
음으로 발을 괴어놓은 삼발이 솥 속에서 끓는 이 혼돈을 푸근한
마음으로 내려다보고 있었다.

그런데 그것이 이상스럽게도 한순간에 숨막히는 정밀로 바뀌
어지고 말았다. 한방울의 퇴기는 유황도 한 일럭이는 파란 불길
도 도착되던 원근도 명암도 삼발이솥도 암자도 원숭이 계집도

218

다 사그라져버리고 원숭이 계집의 젖퉁이를 주물렀던 그 빈손
속에 그년이 만지게 해줬던 권태 같은 정밀과 정밀 같은 권태만
남아 버석였다. 그냥 그리곤 차가운 비와 검은 흐름이 반죽되어
하혈처럼 변해진 더럽게도 비린 밤만이 끈적끈적 모든 것 위에
흐르다 굳었다. 어쩌다 한번씩 찬바람이 쏴아 하고 불어가긴 했
지만 하혈 같은 권태 같은 이 정밀만을 더욱 버석거리게 더욱 질
척이게 했을 뿐 벌레도 울지 않았고, 부엉이도 울지 않았고 여우
까지도 썩은 고기를 찾으러 돌아다니지 않았다. 하긴 어디서 삼
백 년만큼씩이나 한번씩인가 찌이그덕 찌이 하는 소리라도 나긴
났는데 그것은 이 고적의 묽음을 더욱더 묽고 농도 짙게만 했다.
그 소린 아마도 척추의 반만 부러진 큰 소나무 한 그루가 바람탓
에 앓는 소리였을 것이다. 삼백 년이나 지나서 그 소리는 다시
나고, 다시 났다. 찌이끄 찌찌 끄덕찌익찌. 찌이 찌이끄—
"고 젖비린내나던 위안부가 또 웃는구나."
　노무병은 지랄 같던 밤이 갑자기 죽어져버린 듯한 이 새로운
시작에 얼른 적응이 되질 않아 우물쭈물하며 어찌할 바를 몰랐
다. 그래서 들었을 때에 아무렇지도 않았던 그런 시들한 웃음 소
리를 생각해내곤 자기도 덩달아 한번 펄쩍 웃었다. 높은 양반의
천막 속에서 고것은 킬킬 웃었을 뿐이지 정말 이 노무병과는 아
무 관계도 없었던 것이다.
"허지만 그땐 오줌이 좀 마려운 듯했었어, 오줌이."
　그리곤 다시 한번 피식 웃다간 느닷없이 이 새로운 상황을 인
식해버렸다. 무서운 아픔이 오줌을 마렵게 하는 그 부근 일대를
휩쓸고 있던 것이다. 이미 있어왔던 그 모진 통증의 재의식은 새
롭게 그를 몹시도 고독하게 하고 능긍(凌兢)케 했다. 그는 다른

종류의 악화(惡畫)를 다시 보지 않을 수 없게 되었는데 이번엔 외부에서가 아니라 그것도 자기 내부에서 보아야 했다. 게다가 이번엔 찬바람 도는 마녀 자신이 솥전에 서서 국자를 휘둘러대는 그런 악화였다.

"으으윽, 으윽."

노무병은 끝내 찢어지는 비명을 내고 팔을 휘저었다. 아무리 잘게 난도질해봐야 다섯 토막도 더 내지 못할 이 조그만 목숨 하나를 두고 달려든 더러운 황충은 팔만사천도 넘었으니 하긴 그의 토막 하나가, 수미산 한 덩이만큼씩은 되었어도 모자랐을 것이다. 어쨌든 이것은 전혀 새로운 벌레였으며, 게다가 더 쏘는 벌레였다. 광란의 도가니 속에선 그는 부당하게도 자기가 쭉정이 무더기 속에 아무렇게나 휩쓸려들게 되었음을 겁냈으나 이제는 그 무더기로부터 떨어져 다만 자기가 당하게 된 것을 겁내기 시작한 것이다. 너무도 하잘것없는 작은 쭉정이 중의 하나가 되어버려 자기의 하나님이 자기를 아무리 해도 발견치 못하리라는 아까의 그 초조는 이제 어느덧 자기가 너무도 커져버려 도대체 자기를 숨길 곳이 없게 되었으므로 눈감은 죽음일지라도 너무도 쉽게 자기를 발견하게 될 것이라는 그 초조로 바뀌었다. 조금 전에는 어떻게 해서든 자기를 드러내어 이 무더기 죽음의 한가운데로부터 끄집어져 올려지기를 바랐지만 지금은 어떻게든 자기를 숨겨 도대체 터럭 하나라도 끄집어내지지 않기를 바라게 된 것이다. 어떻게 되어서 광란 속에선 겨자씨 반만큼도 크지 않던 목숨이, 어찌 되어서 지금은 대륙보다도 더 커져버려 숨을 곳을 가질 수 없는가── 그는 그것을 아무리 해도 이해할 수는 없었다. 그래서 그는 몹시도 비겁해져 아무것도 보이지 않는 오방을 곁눈질하며 목을 한사코 움츠렸다. 그러면서 몸을 겨자씨만하게 응축시켜 어디선가 복병하고 있는 죽음의 눈으로부터 도망치려 버둥댔지만 그는 도대체 움직일 수가 없었다. 자벌레도 그만큼 꿈틀거렸으면 오리는 갔을 텐데 이 노무병은 등에 아직도 멘 채 자기 몸이거니 하고 있는 포탄의 멜빵만 더욱 죄어 놓았다. 그리고 아직은 겨자씨만한 목숨과 팔만사천의 황충과 대륙만한 목숨과 겨자씨만한 죽음이 팽팽이 겨누는 이 긴장 가운데로 이 노무병의 아버지의 옷자락은 나타나지 않은 듯했다.

"아, 아버지여, 주여, 나는 장로였었외다. 나는 하나님이신 당신의 성전을 내 몸처럼 생각하고 살아왔던 장로였었외다."

그는 드디어 그가 본래 지니고 있었을 그 톡톡하고 짜임새없는 목소리를 찾아 부르짖기 시작했다.

"솔직히 하는 말이지만, 이눔이 언제 푼수에 닿지도 않는 재물 탐낸 적이라도 있었고, 눈꼬리 곱게 쳐진 계집게 반마음이라도 둬본 적이 있었던가 말이외다. ……대체 이런 얼뚱한 소 같은 눔에게 무슨 죄가 그리 많아 당신은 이 참담한 지경에 이르러서 모른다 하시냐 말이외다."

'이눔은 죄인이로소이다'로 평생을 일관해서 되도록 많은 참회의 눈물을 기도대에 뿌리려렸던 그가 자기도 잘 모르는 속의 깊이깊이에서는 얼마나 교만하게 자기의 하나님과 정면으로 앉았던가를 지금에야 고백하는 것 같았다. 아마도 그는 대단한 분노를 끼쳤거나 그의 하나님 편에서 보자면 너무 성급히 자기를 포기하고 있었다. 분노든 성급이든 그것이야 어쨌든 그는 사실론 그의 사십 년보다도 더 긴 인생을 이 얼마 안되는 순간에서 통과하고 있는 중인 것 같았다.

"이눔은 늘, 세상의 화평을 화평스러울 때도 진심으로 빌었고 이 목숨 시험치 말기를 또한 빌었고, 또한 당신이 내게 맡긴, 달란트의 무게를 알아 헛되게 영예 탐내지도 않았고…… 그러면서 이눔은 그저 당신의 회당을 가는 그 들길에 풍요가 오면 늘 즐거워 찬송만 했고, 메뚜기 한 마리라도 죽이지 않으려면서도 그 메뚜기가 볏잎을 갉으면 맘만 아파했었던 그런 순직한 놈이었을 뿐인데, ……허지만 예수의 수난을 생각하라, 스데반의 베드로의 바울의 그외에 이름 없는 많은 신도들을 생각하라…… 흐흐읏, 허지만 주여, 나는 그들이 아니로소이다. 이점을 생각하소서, 지금 누가 당신을 훼방하기에 내가 당신 대신에 돌을 맞으리까? 누가 지금 당신의 성전을 헐기라도 하니이까?"

그는 끝내 자기 감정을 수습할 수 없는 지경에까지 이르러, 이를 갈아마시며 발악하긴 했지만, 어떻게든 그것이 그의 하나님에 대한 어린애다운 한 아첨의 형식인 것도 같았다. 아무튼 그는 갈등에 태워지고 있었다. 그러다 그는 통곡을 하며 엎으러져버렸다. 그리고 진심으로는 도저히 할 수 없는 말을 씨부리게 하는 혀를 깨물었는데 그가 살았던 한 생애가 그의 눈 속을 밤에 강둑을 달리는 십이열차 창빛처럼 지나갔다.

"장로 장립식 전날 밤," 그의 추억은 이 대목에서 오래도록 머물렀다. "나는 흥분으로 거의 미쳤었지. 그리고 어리석은 농부가 어떻게 그렇게나 큰 하나님 사업의 일꾼이 될 수 있을 것인가로 괴로워했었다. 목사를 모시기엔 너무도 재정이 빈약한 교회라서 장로가 그 직을 대신해야 되었기에 더욱 괴로웠지, 내게 그것은 얼마나 합당치 않은가. 그래서 기도했었구나, 뜨겁게 했었구나, 그저 한 모퉁이 작은 돌로 써달라고 성전을 짓는 한 모래

알로 써달라고 ——"

그는 비로소 냉정을 찾고 독실했던 것 같은 한 기독교도의 한 생애의 반성을 시작했다.

……자기는 참으로 하나님과 밀접해 있었던가, 아니면 그런 달콤한 착각의 맛을 즐겼던가, 또 아니면 세상의 온갖 선함을 자기 한몸이 갖고 있는 듯한 기분을 주는 설교의 누룩에 또는 세상의 온갖 비극을 자기 한몸에다 지니고서 대속의 제물로 스스로 태우고 있는 듯한 그 기도의 술에 또 아니면 온유하고 친근스런 웃음을 지어 속인을 대했을 때에 오는 쩌릿한 그 고답감에 중독되었던 것은 아닌가, 또 그것도 아니면 원래 비겁했기에 그런 방법으로 자기의 고독한 전 인생의 투쟁을 전가시켰던 건 아닌가, 아니면 자기는 그냥 가만히 있었는데 외로운 그의 쪽에서 너무 치근덕 치근덕 따라붙었기에 할 수 없이 설명하기에는 약간 장황스러울 어떤 종류의 피학증상을 심령 속에다 허락한 것인가, 대체 언제 그로부터의 부름이 있었기에 자기를 바쳤던가, 꿈에서 혹시 '그로부터의 편지라도 받았던가,' 언제 그의 발가락을 세어봤기에 그를 안다고 생각해왔고 다른 이에게도 들려줬던가, 혹시 그것은 일종의 독한 술은 마시었던가 혹시 교회당 문턱을 넘어서고 들어설 때마다 일종의 출세를 느꼈던 것은 아닌가, 성자였던 것은 아닌가, 생소적인 인간이기를 또는 법관이기를 바랐던 것은 아닌가, 도대체 언제 얼마나 당하기 어려운 곤혹을 당하기라도 해서 그를 불러냈던가……

"흐흐흣."

결국 그는 웃어버리고 말았다.

비가 조금씩 멎고 있었다. 그리고 좀더 차가워진 바람이 좀더 수선스럽게 자주 불었다. 그러자 부러진 척추를 앓는 나무의 찌이끄덕 소린 끊이지 않게 되었다. 그 소리와 소리 사이의 간극이 좁혀질수록 그것은 임종하는 자의 가래 끓이는 소리로 변하고 나중엔 관필을 다듬는 대패 소리 같은 것으로도 변했다.

나뭇가지들에 걸린 어둠의 중량으로 봐선, 자정에서 밤이 좀 가볍고 있었다. 그러나 이 노무병은 방금 전의 이완 이후 그 통증의 벌집이 되어 있는 육신 위에 시간을 느끼지 못하고만 있었다. 아마도 시간이라는 것은 삶이라는 바로 그 긴장만이 갖는 것이며 바위라든가 죽음이라든가 그와 유사한 이완들은 시간을 갖지 않고도 '사는' 그런 것들인지도 모를 것이었다. 그리고 그런 '긴장'들은 시간 속에서 해이되어가며 '이완'들은 시간 속에서 다시 응축되어져 에덴이 트로이가 되고 폼페이에서 로마가 일어서는지도 모른다. 그는 그러니까 시간 속의 한두 시간으로써 그의 밤을 지나는 중이었다. 그럼에도 정밀은 테를 더하고 있어서 무슨 변화의 한방울이라도 그 통 속에서 새어나올 것 같지 않았다. 그것이 그렇게나 무규칙적으로 처참할 수밖에 없는 것은 사실 겁화가 찰나에 무변이 한점에 타버리고 스러져버려버린 듯한 그렇게나 거창한 소용돌이의 뒤에 온 것이라서 그런지도 모르긴 하다. 태풍의 한가운데에는 태양의 한가운데에는, 노도의 한가운데에는, 또는 어쨌든 그런 종류의 지극히도 거센 것들의 어느 한가운데에는, 그와 같은 느닷없는, 정적 느닷없는 정지 같은 것이 끼게 마련이라곤 한다. 그리고 그것은 홍수를 만들어내는 개구리들이 죽을 듯이 울다가 어느 때 갑자기 울음을 그쳐버렸을 때의 그 납덩이 같은 기류라든가 억수로 퍼붓는 소나기나 퍼붓는 눈 속을 헤치다가 우뚝 멈춰서 보았을 때의 그 한순간의 바깥 세계와의 멀기도 먼 단절이라든가, 창자를 토해내며 하던 연설중의 어느 대목에서 갑자기 말이라는 모든 말을 다 잊어버리게 된 그 한순간의 새까만 허탈이라든가, 그런 것들과 너무도 흡사한 것으로 이 일종의 흑수정 한 알 같은 공간 속에서 어떤 짐승은 돌연변이를 일으키고 말기도 한다는데 머리를 두 개씩이나 갖게 된다든가, 또는 가슴에 구멍을 갖고도 아픈 줄을 모른다든가, 촌각을 백 년쯤으로 산다든가 한다는 것이다. 그리고 그것은 희디흰 몰락이며 이 희디흰 몰락 가운데에 있는 것들은 시간과 무시간 일이(一二) 사이의 완충적인 고장에도 이주해 가버린다는 것이다.

"아 이젠 좀," 노무병은 뼛속까지 깊이 스며든 피로를 느끼고 중얼거렸다. "쉬고 싶군. 고향집에 가서 푹 좀 쉬고 싶어. 할아버지들과 아버지의 또 마누라의 묘가 있는 데서, 아참 녀석은……"

그러다 그는 그렇게도 까맣게 잊고 있었던 한 친근한 얼굴을 만나게 되어 깜짝 놀랐다. 그래서 그는 깊은 애정과 슬픔을 갖고 그 얼굴을 더듬어나갔다.

"나로서는 뭔지 모를 깊은 슬픔을 그 얼굴 뒤에."

어린 병사는 아버지의 의견을 구하려다 그것이 얼마나 속절없는 바람인가를 깨닫곤 한숨을 한번 불어냈다. 그리곤 믿음직스런 판단보다도 더 머리를 파묻고 울고 싶은 가슴을 찾았는데 그 가슴이란 아버지의 얼굴이 지니고 있는 것들의 아무것도 갖고 있지 않았다. 엄숙한 표정이나 옳다고 여겨지는 판단 또는 믿음직스러운 미소나 역경을 헤쳐내는 강인함, 우레라든가 늑대 울음이라든가, 도깨비 같은 것들이 주는 공포의 한 끄트머리도 용납치 않는 그런 용사다움들의 어느 하나도 그 가슴엔 없었다.

그저 섬약하고 품에서 눈물을 흘리는 것이 잘못했음을 번연히 알면서도 품안에 것의 역정밖엔 들어줄 줄 모르는 그런 모순된 판단만을 갖고 있을 뿐이고, 아버지를 빼놓은 다른 밖은 도대체 별 관련이 없어 갇힌 공주처럼 늘 외로울 뿐이고, 그런데도 이 병사는 이 고단한 지경에서 용사다운 아버지보다 그 섬약한 가슴을 더 갈망하기 시작한 것이다.

"계셨었는데 어머니는…… 어머니…… 아 그랬기 때문에 모든 것이 다 용납될 수 있었어, 그랬기 때문에 아버지의 눈에 닿으면 부끄럽던 울음도 조금이라도 부끄럽기커녕은 얼마나 후련했던가, 그래, 그래서 어머니와 나는 아버지를 슬며시 속이고 어머니와 나 사이에서 아버지를 밀어냈었다. 적어도 내겐 그렇게 생각되어졌었다. 그래서 나는 내 딴으로는 아무리 큰 서름이 있었어도 아버지가 계실 때만은 울지 않기로 하고 있었다. 그리고 그렇게 해서 아버지에 대한 나의 질투심을 정복자적인 쾌감으로 바꿔놓고 있었다. 그러면서 나와 어머니만이 달콤하게 사랑했었다. 그랬었다. 그것은 슬픔이라고밖에는 도저히 달리 말해볼 수 없는 어머니 얼굴 뒤의 그 무척 신선하면서도 고달픈 그늘은 그러나 내게 더 오래도록 덮여 있지 않았다."

여기까지 추억했을 때 어린 병사는 다시 한번 더 한숨을 불어댔다. 그 한숨은 그런데 굉장히 성숙한 것이어서 체념을 내포하고 있었다. 사실로 그는 총 한방 쏴보지 못한 그의 첫 전투에서 무척 성숙해져버린 듯했다. 이런 비약은 그가 얼마나 비겁했고 그가 얼마나 순결했던가, 그리고 그의 말대로 아직은 아버지의 짐일 뿐인 것을 짊어지기에는 그가 얼마나 어리고 나약했던지, 그러면서도 어쩔 수 없이 그 한 귀퉁이를 짊어져 보려다 얼마나 어이없게도 허리를, 어깨를, 다리를 부러뜨리고 나둥그러져버렸는지, 꾀라고는 없는 이 순직한 병사가 얼마나 우직하게 대들다가 결국 자기의 현기증만을 만들어냈는지 그것을 알게 한다. 얼마나 어이없게도 단 몇 순간에 소년을 빼앗겨버렸는가를 세월이라는 것의 껄끄러운 긴 벽을 통해서야만 다듬어질 그런 씨알머리없는 지혜라든가, 가당찮은 교만 또는 얼토당토않는 분노 같은 것들이 얼마나 어이없게도 단 몇 순간에 깎여버려, 소주잔에 부러진 이빨처럼 지렁이 같은 신경만을 남겨놓게 하였는가를 알게 한다. 그리하여 잇추워진 신경이 얼마나 외부의 광증에 부대꼈는가를 알게 하고 얼마나 가여운 '흰 몰락'을 성취했는가를 그것은 알게 한다.

"……그리고 어쩐지 모든 게 비릿기했다. 모든 게 비렸다. 그리고 그런 건 목구멍에 맺혀 도대체 넘어가지도 넘어오지도 않았는데…… 어느 때부턴가 난 그 비릿기함을 잊고 있었다. 그리고 어머니의 얼굴도 까맣게 잊고 있었다. 꿈에서도 보질 못했다. ……그러나 어머니의 얼굴 뒤에 있던 그 깊은 슬픔과 같은 그런 그늘은 도처에 있었다. 그래 정말 어디에나 있었고 그 그늘을 보았을 때마다 나는 어머니의 머리칼 한올도 보이지 않는 거기에서 늘 어머니를 생각하곤 했다. 나로서도 이해할 수는 없었지…… 그 최초의 그늘은 아마도 어머니는 그렇게 왔다. 그해 겨울이 시작되는 어떤 토요일 오후였구나, 나는 창가에 앉아 있었는데 가는 빗줄기가 유리창을 때리기 시작하자 이상스럽게도 슬픈 어스름이 깔리며 그 창의 바깥 모든 사물들의 현실적인 얼굴들이 하나씩 하나씩 떠나갔다 떠난 그 빈곳에 그런데 그 깊은 슬픔이 괴어 있었다. 그것이 시작이었다. 그리고는 어디에서나 보게 된 것이다. 어떤 밤으론 혼곤스레 자다가도 한번 몸을 뒤척이는 사이에 한 일초나 그보다도 짧은 시간 동안 이상스럽게도 정신이 맑아져버린 때가 있는데 그런 순간 속에서도 나는 그 깊은 슬픔과 해후하곤 했다. 아마도 천장에선 쥐가 부스럭였을 것이고 바람은 마른 옥수수대궁을 흔들고 있을 것이었다. 그런가 하면 물레방앗간에서 비오는 날 어린애 간을 셋이나 내먹었다는 그 문둥이의 굽어진 손가락 끝에서도 어쩔 수 없이 보았고 간지럼을 먹곤 웃다가 웃다가 죽어 간을 빼앗겼다는 그 어린애의, 그렇지만 들어본 적 없는 그 웃음 속에도 그 깊은 슬픔은 있었고 홍수 때 떠내려와선 강변에 나자빠져 첫눈을 덮어쓰는 그 큰 나무의 흰 뿌리에서도 마누라로부터 쫓겨나선 문전걸식에서 얻은 보리 낟알을 씹으며 눈곱을 떼는 언덕 밑의 그 영감의 어깨에서도 때로는 아버지의 기도의 어느 대목의 여운 속에서도, 여자 국어 선생의 맑은 안경 너머에 있는 이상스럽게도 아름다운 사팔눈에서도, 그 국어 선생을 울려놓고 싶은 심정으로 난 매일 들떠 있었구나. 그리고 또 어디 큰 데서 큰 학교를 다니는데 방학이 되어 내려왔다는, 그리고 어렸을 때의 상처로 심하게 절뚝거리던 그 여자 국어선생의 여자 동생의 절뚝임에서도 절뚝임만큼이나 붉은 입술에서도, 얼마나 나는 간절히도 그녀의 지팡이이기를 바랐던가. 그러다 결국 촌놈의 애를 배고 자살했다고도 하고 장질부사 줄도 모르고 주사를 맞다 죽었다고 하던 그 소문에서도, 버스래야 하루에 두 번 도착하고 손님이 있대야 가난한 농군의 마누라들이나 인색한 봇짐장수들밖에 내리지 않는데도 짐삯

228

벌기를 희망하고 정류소 문 앞에 서 있는 그 왕년 연초조합 직원의 입벌린 구두코에서도, 그래, 그런 모든 곳에서 이상스럽게도 나는 너무도 곱게곱게 그리고 단정하게 듣기로는 드물게 정숙하고 신앙심 깊게 한오리의 불쾌감도 지니지 않은 그런 성품을 지니고 살다 그렇게 돌아가신 분의 얼굴을 그 깊은 슬픔을 해후하곤 했다. 그리고 나로서는 나를 몹시도 언짢게 생각하곤 어머니께 죄책감을 느꼈는데 어떻게도 그렇게도 하찮은 모서리들에서 하필이면 어머니를 만나곤 했던가. 그러나 사실로는 그 죄책감이라는 것이 거기 그 모서리들로부터 돌아섰을 때에야 늘 시작되었던 것일 뿐이고 내 시선이 그런 모서리들에 박혀 있는 동안에 그런 죄책감이란 아예 흔적도 없었다. 그러면서 나로서는 괴로운 한철을 보냈구나. 그래 그래서 죽는 방법도 제법 연구를 했댔구나, 후훗 허지만 그땐 꽤는 심각했지, 그도 그럴 수밖에 없었는데 나는 이 세상의 아름다움에 대한 어떤 기준을 잃어버렸으며 그 탓에 결국 나는 주독쟁이나 거지처럼 되어 남이 씹던 음식에도 아무렇게나 입술을 대게 될지도 모르며 발길로 차이면서 얻은 술잔에도 눈물을 빠뜨리고 감사하게 될 것처럼 생각혀 자꾸 비참스러웠었다. 장거리에서 나는 너무도 많이 그런 사람들을 보아왔던 것이다. 나중엔 나는 그들 중에 혹시 내가 끼어 있지 않나 하고 열심으로 찾기도 했었지, 그랬었어, 후후훗 그런데 다행이 거기에 나는 없었다. 아무튼 그러는 중에 나는 어머니의 진짜의 얼굴은 잊어버리고 영 기억해낼 수 없이 되었다. 진짜의 얼굴은……"

"진짜의 얼굴은 그래 진짜의 내 얼굴은 흐흐 녀석이 달고 있었댔군, 녀석이 닮고 있었어."

중얼거리다 노무병도 한숨을 한번 깊이 들이쉬었다. 그는 너무 순직해서 지혜라고는 도대체 없던 자기 아들의 얼굴을 더듬고 있었다.

"그리고 그것은 또한 할아버지들의 얼굴이구나."

노무병은 첨부하듯 이렇게 말해놓곤 뭔지 깊은 생각에 잠겨들고 있는 것 같았다. 고통 같은 것은 벌써 느끼고 있지 않은 듯했는데 간질병자처럼 그도 발작 후의 맥없는 평온에 당하는 중인 것 같았다. 하긴 독사도 독을 잃고 그냥 무자치나 될 만큼의 발광을 그는 치렀다.

"그러고 보면 우리는," 잠속에서처럼 그는 오랜 후에 계속했는데 '우리는'이란 아마도 자기 얼굴로밖에는 달리 보이지 않는 그의 아들과 자기를 놓고 한 말인 듯했다. "결국은 우리 할아버지들의 손자들일 뿐일지도 몰라. ……우리 할아버지들은 그래 땅만을 기업으로 살았던 우리 할아버지들은 땅에 뿌리를 박은 한 풀이기만을 바랬어 그래 그냥 풀이기만을 그저 땅에 죄 짓지 않기만을 바라고 땅에 제사 지내고 땅에 땀을 뿌리고 땅에 육신을 묻고 그리고 땅을 기업으로 남겼을 뿐이다. 하늘나라에서의 복이 어떤 것인지 영생이 어떤 것인지 허긴 그런 문제는 뿌리를 땅에 둔 풀에게는 별로 중요치도 않았겠지. 가을에 시들면서 봄에 돋을 자손의 번영을 생각하고 그러면서——내 아들의 얼굴을 생각하면——그 할아버지들은 조락을 슬픈 것이라곤 생각하지도 않았음에 분명해. 그리고 자기의 노쇠가 자기의 종말이기는커녕 한 회귀의 분기점이라고 그렇게 생각하고 그리고는 땀 흘리고 제사하고 기업 삼았던 그 땅으로 기쁘게 돌아가는 것이다. 그 뿌리 속으로 땅과 뿌리가 휘감겨 하나로 되는 그 맥 속으로 스머드는 것이다. 그리고 새로운 젊음을 기대하는 것이다."

노무병은 수천 번의 기도에선 한 번도 느껴볼 수 없었던 그렇게나 큰 열예를 느끼며 계속 천천히 생각해나갔다. 일곱 살 때 열렸어야 될 명오(明悟)가 뒤늦게 열리기 시작한 건지도 모르긴 하다. 물론 심령을 다 바쳐 비워버린 기도 후에 오는 그 이상한 충만감 역시 귀중한 것이며 또 아무렇게나 성취되는 것은 아버지만 이 열예와 그 충만감은 광야의 사십주야를 수행한 예수의 열예와 그후의 그의 신도들의 충만감처럼 그 시작에서부터 다른 것이 사실이다.

"우리 순박한 할아버지들은 그래 그렇게 군건히 뿌리를 땅에다 박고 있었다. 그리곤 영혼이니 뭐니 하늘로 뿌리를 뻗고 거꾸로 서야만 사는 그런 복잡한 건 아예 질색이었다니깐. ……그런데 나는 어쨌던가."

노무병은 여기에 생각이 미쳤을 때 미칠 듯한 분노를 새삼 느꼈다. 어쩐지 무척 많이도 속아왔다는 생각이 들어서였다.

"젠장 나는 어쨌던가? 그러고 보니 사실론 나는 무척 쓸쓸했구나. 어떤 집의 방탕한 둘째 자식모양 고향집을 떠나와선 흐흐." 씨부리다 그는 고래고래 악을 쓰기 시작했다. "주여, 하나님 아버지여, 당신이 낸 천국 모퉁이 주막에서 난, 씨팔, 노자를 싹 털렸수다. 노자를 깡그리 털렸수다. 천국이란 년 젖꼭지 한번 못 만져보고 사타구니에서 정액만 흘렸수다. 아아 하오니 주여 이 누덕진 영혼이라도 잡을 만하거든 담보로 잡고 그저 이 고픈 배나 한 서너 끼 채워줍쇼, 채워줍쇼, 노자가 정말 바닥이 났수다. 아 선조여 할아버지여." 그는 몹시 갈팡질팡 돌고 있는 듯했다.

"이눔이 돌아왔습니다. 왔습니다. 왔으니 송아지 한 마리 턱 잡으시고 쇠전에 매인 백 마리의 암소들 같은 당신들의 처첩들로 하여금 이눔의 정액을 받을 수 있게 하소서. 그리하여 하늘의 별무리 같고 바닷가 모래알 같은 그런 수많은 자식을 낳아 당신의 땅을 풍성하게 하소서." 어느덧 그는 다시 기도투의 음성을 찾아내어 걸치고 있었다. "그리고 아들들은 이 할아비가 얼마나 풍성히 여름을 지낸 가지였던가를 기억하라, 기억하라, 그리고 백 마리의 암소들 같은 너희의 할미와 어미와 처첩들로 더불어 풍성하라, 흐흐, 고 애리하던 풍금수, 너 내게로 잠자러오고 싶어했지, 흐읏 과부전도사여, 죄입니다. 죄라구요, 한 번의 욕정 탓에 평생을 가꾼 푸성귀 같은 영혼이 순간에 우박을 맞습니다요. 허지만 그녀가 떠난 다음, 어쩔 수 없이 나는 하나님의 보료에 앉아 그것도 두 번이나 수음을 하고 새벽 교회 문턱을 들어설 땐 참 얼마나 가당찮게도 장했던가, 얼마나 너그러이 나는 작은 도깨비 같던 여전도사를 굽어뽑더냐. 그러나 이젠 드디어 오라, 오라, 오라."

여기까지 씨부리다 노무병은 더는 씨부릴 수도 없는 피로를 새삼 다시 느끼고 모든 긴장을 풀었다. 열예 같은 것의 흰 그림자가 심정을 좀 덮고 있는 듯한 외에 분노라든가 욕정 같은 것은 차차로 사라졌다. 설사를 끝내고 그는 창백해져가던 것이다.

"헌데 녀석 지금은 들어와 있을까?"

그리곤 그는 더 아무것도 생각해내지 못하게 되었다. 왠지 의식이 자꾸 가물가물해져가는 것 때문에 타인이 갖고 있는 자기의 얼굴을 잡으려 한사코 버둥댔다.

"잡으면 잡으려 할수록 더욱더 멀어졌지. 그리고 오랫동안은 사실론 오늘 이전까지는 그저 막연한 영상만을 갖고 있을 수밖엔 없었지만 차차로 조금씩 눈뜨게 된 건 드디어 오늘 그것의 오분의 사쯤을 눈뜬 거지만 그 얼굴의 영상은 '죽음이라든가 깊은 휴식' 또는 짙은 수풀 그늘과 같은 그런 것들과 '밀접히 관련되어 있는' 것이었다. 그러니까 죽음이라든가 깊은 휴식 또는 짙은 그늘 같은 것들은 모두 지극히 모성적인 것이며 그렇기 때문에 빛나는 세계는 그런 방을 통해서야만 비로소 나타나게 되는 것이다. 이 어머니는 그런데 그것을 위해서 늘 아무렇게나 버려져버리는 태(胎)가 되어지는 그쪽에 있어온 것이다. 어쩌면 나의 어머니의 본래의 얼굴은 그런 것관 전혀 관계가 없었는지도 허긴 모른다. 나는 지금은 그분의 얼굴을 기억할 수가 없을 뿐이다. 그럼에도 나는 지금 가장 가까이서 그분의 얼굴을 만지고 있고 그 품은 또한 내게 얼마나 푸근하며 얼마나 걱정 없는 안식처인가를 느끼게 한다. 언젠가는 드디어 아버지 쪽에서 내게 질투를 느낄지도 모른다. 어 어머니 조 조금만 더 꼭 끌어안아주세요. 나는 아직 모든 게 너 너무 무서워, 도저히 대들질 못하겠어요. 도 도대체 히 힘을 낼 수가 어 없는 거를요, 힘을 모 못내겠어요……"

도대체 힘을 낼 수가 없어 늘어졌다가 노무병은 그러다가 자기가 영 죽게 될지도 모르겠다는 공포 때문에 이를 부딪치며 몸을 일으키려 안간힘을 썼다.

"녀석이 돌아와 마루 끝에 앉아 있음에 분명해," 그는 다시 씨부리기 시작했다. 도대체 움직일 수도 없을 땐 씨부리기라도 한다는 짓이 도움이 되는 것 같았다. "게다가 난 얼마나 오랫동안

이나 선영을 소홀히 했느냐 말야. 돌아가야지, 돌아가야지, 가야
지, 가서 할아버지의 얼굴들과 땅을 피폐시킨 죄를 참회해야지,
그리고 난 뒤 내가 죽어야지, 그리고 난 뒤에."

그러면서 오래 전에 보았던 거울 속에서의 자기의 얼굴을 회
생시키려 했다. 그러자 이번에도 아들의 얼굴이 떠오르고 그 얼
굴 위에 아버지와 할아버지들의 얼굴이 겹치면서 구릿빛으로 변
하더니 그것이 땅으로 변해버렸다. 그가 본 건 그런 것이었다.
그래서 그는 자기도 모른새 "아 한울님!" 하고 부르짖었는데 그
가 본 건 그런 것이었다. 땅을 기업으로 살다 땅이 되어져버려
그의 부활과 가을의 풍요를 거친 겨울의 죽음을 사는 땅의 이 한
울 속의 조화 바로 그런 것이었다.

비는 아직도 구질게 뿌리고 있었지만 그래도 동은 터오고 있
었다. 그래도 이 노무병의 눈에 확연한 모습을 드러내보인 것이
라곤 하나도 없고 모든 게 아슴푸레하기만 했는데 그런 아슴푸
레한 속에서 뭔가 지극히도 순백한——그것은 어떤 종류의 상념
의 체현(體現)이라고나 해야 할 그런 것이었는지도 모르긴 했지
만——손 하나가 아니 사실로는 얼굴이 그냥 그런 것이 자기를
부르고 있음을 노무병은 보았다. 그것은 그를 미치게 종용했으
며 그를 한 반짝이는 순간에로 이끌어냈으며 거기서 그로 하여
금 덫에 걸린 삵쾡이처럼 울부짖게 했다.

"암 암믄 암믄이지, 내가, 가지 가구말구지."

그러나 그의 노력은 실제로는 도대체 이뤄지지 않고 있었다.
자기의 상처가 어떤 것인지 그것을 그 자신도 모르고 있었지만
그의 다리나 엉덩이는 수백 쪽의 파편의 집이 되어 있어서 본래
의 크기의 두 배도 넘게 부어 있었는데 그것은 수백 마리의 미꾸

라지가 파고든 큰 두부 덩이나 또는 문어 다리를 연상시켰다. 물론 도대체 그의 다리를 물고늘어진 것이 무엇이었던지를 보고 말해주는 자가 없었으니 무엇이 그랬는질 확실하게 알 수는 없지만 고래고래 부르짖는 그의 의미 모를 고함 소리를 듣고 달려왔던 한 의무병의 견해에 따르자며 그는 생포용으로인지 뭣으로 쓰는 지뢰라던가 뭣에 옮였다는 것이었다. 그런 거야 어쨌든 그는 별로 유쾌하지 못하게 당해 있었고 그것 때문에 모든 그의 의지는 배반만 당했고 그것은 흙탕 속에 심어져 있었고 흙탕은 팥죽처럼 잘 묽게 저어져 있었고 그 자리에서 이듬해 봄에 핀 할미꽃 한 무더긴 좀더 흐물트러졌다. 게다가 또 그는 두 명이나 되는 의무병이 힘을 다해 벗겨주었을 그때까지도 자기가 배당받았던 그 포탄을 한사코 짊어지고만 있었는데 그것을 알았을 때 그 본인은 맥없이 한번 웃어버린 것으로 자기 수고의 값을 자기가 치렀다. 포구멍 속에다 집어넣어 볼 수 있었더라면 그 짐이 내시(內侍)였던지 아니었던지 알아낼 수 있었을 것이고, 그의 수고의 값도 셈이 되었을 것이었지만.

"저주하나이다, 저주하나이다, 그리고 저주하나이다."

이 노무병은 더할 수 없는 갈증을 느끼기 시작한 듯했다. 그래서 최후의 기력을 쏟는 그런 기도를 다시 시작했다. 그러나 그 기도의 값으로 그는 미친 듯한 웃음이나 얻어냈을 뿐이다.

"내 영혼을 찢어발겨 침뱉으며 저주하나이다. 그리고 이 저주의 이름으로 다만 한번 기도하나이다. 그리고 저주하나이다. 주여, 내 하나님이여, 내게 저 손을 잡혀주소서. 저 얼굴은 내 할아버지이다. 한 번만 만지게 하소서. 내 아내가 분만한 내 할아버지다. 우리 할머니가 분만한 내 아들이니라. 허락하소서."

"아항 그러구 보니 이 친구가." 노무병의 '다만 한 번의 기도'가 다 끝나기 전에 그런데 의무병들은 거기에 닿았고 그리고 기를 쓰고 뻗쳐내는 그의 팔의 의미도 알았지만, "허지만 이봐 이친구야, 이까짓 말라뒈, 이 국화 한 송인 해서 뭘해?" 하고 진흙 철갑된 군홧발로 질금 눌러 싹 비벼돌리고 말았던 것이다. 그리고 노무병이 미친 듯이 웃는 동안 그는 유쾌히 첨부했다.

"몽땅 썩은 갈보래도 살아 있으면 그쪽이 낫지. 아 안그래 이친구야? 그쪽이 났다구."

"글쎄 건 그럴지도 모르겠군."

별로 말하길 즐겨하지 않아보이는 다른 의무병이 혼잣말하듯 대답을 하자, 처음의 의무병은 더욱 강경히 주장했다.

"글쎄 그렇다구! 저 어처구니없게도 겁많은 친구의 엉덩이좀 보란 말야. 분명 이 친구가 날라다준 그 포탄에 혼구녁을 뺀 거야."

"글쎄 그럴지도 모르겠어." 그는 탄복했다.

"가슴에 구멍이 뚫렸잖아? 그래도 살아는 보겠다구," 처음의 의무병은 길을 재촉하며 부지런히 씨부렸다. 그들은 노무병을 들것에 싣고 길을 재촉하다가 한 포탄 구덩이 곁에서 발을 멈췄던 것이다. 들것의 뒤쪽 손잡이를 잡고 따르던 그 말하기 좋아하지 않아뵈는 의무병이 거기 와서 갑자기 멈춰버렸기 때문이다. "저렇게 멍청하고 꾀도 없게스리 대가리만 쑤셔박은 꼴이라니! 자 가세."

"그 근데 자 잠깐."

"거참 왜 그러나 거?"

"벌써 간 것 같네, 흙이다 흙이야, 이 친구도."

"그래?" 앞쪽의 의무병은 뒤돌아보지도 않았다. 그런 채로 들 것을 구덩이 쪽으로 기우뚱하니 했다. "별수없지."

"그야 별수없지." 뒤쪽의 의무병도 들것을 구덩이 쪽으로 기우 뚱했다. 그러자 '흙'은 구덩이 속으로 둔하게 쏟겨들면서 그 속 에 괴였던 물을 튀게 했는데, 그러자 이번엔 거기 언제부턴가 있 어왔던 그렇게나 '멍청하고 꾀도 없게스리 대가리만 쑤셔' 박고 엉덩이는 쳐들고 있던 다른 시체를 옆으로 비그르 넘어지게 했 다. 흙이 그의 한쪽 다리를 슬쩍 건드렸는지도 모를 일이었다.

그것을 곁눈으로 보고 있던 앞쪽의 의무병이 이번에도 입을 못 참고 한마디했다.

"허웃, 그 서로 참 다정하게 휘감는데."

"가세 얼른!"

이번엔 뒤쪽에 있던 의무병 쪽에서 걸음을 재촉했다.

"헌데 대체 이 씨앙눔의 비는 언제나 갤 거야?"

〔『사상계』, 1970. 1〕

세 變調

1. 흙

자칭왕이라는 경작왕(耕作王)이 살고 있는 황톳빛 궁전은 꼬불길 저쪽 한 언덕 위에, 아침의 나뭇잎엔 봄이 춤추다가 저녁의 가지엔 가을이 와서 찢겨 걸리는 계절의 땅, 고목 아래에 있다.

경작왕은 거기 세 층의 흙벽 건물을 자기의 성새(城塞)로 주위에 토담을 쌓고 쓸쓸히 살면서 자칭왕이라는 위로를 비(妃)로, 정적을 왕자로, 소음을 공주로 데리고 밭갈고 씨뿌리고 거두어들이는 치정(治政)에 땀 흘린다. 정적(靜寂)이래야 낙엽지는 소리며, 소음(騷音)이래야 꽃망울 터지는 소리다.

왕의 거실(居室)은 지하실 윗방인데 가구라고는 이렇다 할 만한 것이 없었다.

방은 온통 트여진 방이었지만 왕의 세심한 행정(行政)이 방을 네 개의 영지(領地)로 구분하고 있었다. 왕의 침구가 있는 우심방(右心房)과 불켜는 접시와 횃불 잡는 짐승기름 마름 등을 놓은 우심실(右心室)과, 통나무 상(床)을 위시해서 언제나 먹을 수 있는 식품류가 있는 좌심방(左心房)과 의류(衣類)를 두어두는 좌심실(左心室)이 그것이다. 그런데 왕의 침구래야 마른 옥수수 줄기 위에 깔아놓은 털이 뭉개어진 토끼털 가죽이며, 불켜는 접시래야 흙을 구워 만든 모양 없는 질그릇인데 그 속에 피마자 기름을 넣어 닥나무 껍질을 태우는 것이고, 식품류래야 생감자와 옥수수 나부랭이며, 의류래야 산토끼 털가죽과 노루 가죽 등을 아무렇게나 꿰매 맞춘 겉옷 한 벌과 모포 다섯 잎이 고작이었다.

사실상 우심방과 우심실, 좌심방과 좌심실의 구별이란 게 확연한 것은 아니었지만 북쪽벽 가운데에 있는 출입문과 남쪽벽 창과를 한 선으로 긋고, 그리고 서창(西窓)과 동창(東窓)과를 한 선으로 연결짓는다면 방은 자연 네 구획으로 구분되는데, 방 중앙의 교차점을 중심으로 남창과 동창과의 평방(平方)을 우심방, 남창과 서창 사이의 것을 우심실, 서창과 출입문 사이의 영지를 좌심실, 그리고 남은 인접장원(鄰接莊園)을 좌심방이라고 한다. 그런데 좌심실엔 지붕 밑방〔三層〕으로 이어지는 사닥다리와 그 천장에 왕이 출입하는 구멍이 있고, 좌심방의 구석편에는 지하실〔下層〕 창고로 통한 구멍과 사닥다리가 있다.

지하실이라고 하는 것은 거실의 출입문이 있는 언덕 위에서의 표현이고, 남쪽에서 본다면 지하실이 끼어 있지 않은 삼층 건물인데, 이것은 언덕에 등을 대고 지은 탓이었기 때문이다.

자칭왕 늙은 경작왕은 우심방의 토끼털 모포 위에 새우처럼 오그리고 누워 우심실의 가느다란 불빛을 바라보며 자신과 자신의 궁전과, 자기를 낳아주셨을 어머니와 아버지, 그리고 하늘과 들과, 계절과 날씨와, 아침과 저녁, 별과 달과, 바람과 결실과,

낙엽과 눈과, 꽃과 더위와, 보습날과 암소와 당나귀를 생각하며, 담배를 피우는 것이다. 그런 사념은 암전한 밑방의 암소와 같다.

다시 또 석양녘이 되었다.

왕은 들일을 끝내고 돌아오면서 아침에 피었던 잎과 꽃이 사스락거리며 떨어져내리는 가을의 이야기를 들었다. 가을은 장질부사로 죽었다 돌아온 아들의 혼백처럼 여름의 열기를 잃고 한숨쉬며 다가왔다.

왕은 어깨를 움츠리며 가을의 여윈 손톱의 창백한 빛깔을 바라보며 쓸쓸히 미소지었다. 새들도 깃을 오므리고 다가올 겨울의 적막한 추위를 덥힐 여름철의 이야기를 반추하기에 여념이 없는 듯이 둥지 속에 눈감고 있으며, 하늘도 동면문(冬眠門)의 계단을 거의 다 올라가며 쓸쓸한 한숨을 내뱉고 있었다. 하늘이 동면 속에 몸을 쉬면 별들이 쏟아져내려와 공허를 메울 게다. 벌써 별들은 하나씩 하나씩 공허의 하늘로 나래 펴 내리기 시작했다.

그러나 서녘엔 검은 구름떼들이 겨울을 몰고 올 마차를 손질하고 있었다. 그 무겁고 둔한 마차를 끄는 그 검은 갈기털의 노새는 올해도 죽지는 않은 모양이었다.

왕은 어깨에 쟁기를 메고 나직이 내리뜬 눈으로 어스름한 가을 석양의 귀뚜라미 우는 오솔길을 터덜터덜 걸었다. 왕의 걸음걸이는 근육이 모두 풀려버린 듯이 좀 게으르고 나른한 움직임이었는데, 앞서 걷는 살찐 노란 암소도 그럴듯했다. 왕의 콧구멍에론 잿빛 연기가 모락모락 피어오르고 있었다.

가을 석양의 소슬한 바람이 갈색의 들을 불어오며 건초를 서걱이게 한다. 그때 달이 떠올라 인적 하나 없는 들과 숲과 냇물을 비추며 왕의 부르튼 입술에 엷고 푸른 입맞춤을 한다. 왕은 이럴 때면 행복을 느끼고 암소의 엉덩이를 톡톡 두들긴다.

왕은 어느덧 자기의 소궁(小宮) 앞에 온 것을 알고는 비로소 담배통을 털고 진이 밴 누런 침을 뱉았다. 토담 밑에서도 귀뚜라미는 달밤을 가슴앓이하고 있었다.

왕은 사립문을 열고 토담 안으로 들어가 사립문 곁에 쟁기를 내려놓으며 다시 한번 깊은 한숨을 몰아쉬었다. 그리고 우리 문을 열고 암소의 엉덩이를 다정스럽게 쳤다. 암소는 김을 한번 훅 불더니 덤덤하게 우리 안으로 들어갔다. 암소는 매어둘 필요가 없었다. 그 안에 늙고 병든 수탕나귀 한 마리가 한구석에 묶여 있었는데, 암소가 들어서자 히히힝거리며 고독으로부터의 친구를 환영했다. 왕은 녀석이 좀 못마땅하게 생각되었지만 마른 건초를 한아름 안아다 던져주고 잠깐 동안 똥 오줌 냄새 풍기는 어둠 속에 서서 짐승들끼리의 교통(交通)을 엿들었다.

암소는 요즈음 암내를 내고 발광하며 울어대는가 하면, 그와는 반대로 아무것도 씹으려 하지도 않고 그저 언제나 누워 사념을 반추하던 짚북데기 위에 가만히 누워 있기만도 했다. 암소는 그 자신을 어떻게 주체치 못해 고독한 몸부림을 했다. 왕은 암소의 그 고독이 마음 아프게 느껴졌다. 암소는 왕에게는 마누라나 딸처럼 느껴졌었다. 그렇다고 왕으로서도 암소의 발정을 어떻게 해줄 수는 없었다. 왕에게도 이미 젊음은 없었던 것이다.

암소는 생식철이나 또는 그 '불만의 봄날[春情]'만을 빼놓는다면 언제나 명상의 실을 감는 '열한 백조(白鳥)의 누이'였으며, 고회청문신부(告悔廳聞神父)였으며, 말하는 침묵(沈默)이었지만, 이 '불만의 봄날'엔 암소는 여윈 맘으로 고독해하며 참지 못해 발광하는 것이다. 그러나 긴 밤을 불 밝혀 새우는 청상과부처럼 잘도 수절해왔는데, 그런 동안에 네 살이나 먹고 말았다.

왕은 이 아름다운 암소의 침묵과 행동에 관해서는 언제나 경이와 신비와 동정(童貞)을 갖고 생각하며 아껴왔었으므로 암소의 고독한 봄날을 마음으로부터 동정했으나 어디에 적당한 신랑감이 없었다. 물론 수탕나귀가 한 마리 있지만 이 녀석은——그도 젊었을 시절엔 밭 잘 갈던 씩씩한 사내였고, 풍신이 준수했던 녀석이었다. 갈기털은 반할 정도로 부드러워 명주실 같았었다. 게다가 근육은 힘으로 알이 배어 있었으며, 그 힘이 털빛에까지 반영되어 녀석의 젊음이 털을 밤빛깔로 태우던 놈이었으나 부스스하고 헝클어진 갈기털에 더럽게 벗겨진 잔등을 푸들푸들 떨고 서서, 눈곱이 찌직찌직 낀 눈으로 기침을 킥킥하는 주제에 얌전한 암소에게 끊임없이 추파를 던지지만, 왕의 마음엔 왠지 녀석에게 암소를 시집 보낼 생각은 들질 않았다.

"녀석의 젊었을 때 풍신보다 열 배나 더 잘난 놈이 있대도, 그렇대도 암소의 남편으로 맺어주긴 부족하단 말야. 왠지 싫거든."

한데 암소가 들어가자 갈비만 남은 병든 녀석이 그래도 최후까지 젊음을 추억이라도 하며 그것을 증명이라도 한번 더해보고 죽고 싶다는 듯이, 아랫배에 빈대처럼 오그라붙었던 요도구(尿道口)를 부산스레 키워내며 발짓을 한다. 그리고 힝힝거리며 천장으로 웃음을 보낸다. "저런 호로자식(胡奴子息) 같으니!" 왕은 눈살을 찌푸리며 걸어나오고 말았다.

울분에 빗장을 지르며 왕은 기분을 상해 지껄여댔다.

"저 늙은 후레아들놈은 쫓아내버려야겠어. 갈[耕] 수 없는 녀석은 필요없어. 갈 수 없는 녀석은 죽어야 마땅하거든. 죽어야 마땅해. 살아 있는 동안은 무엇이든 건강하게 갈아야 한단 말이야. 거기서 잡초가 자란다고 해도 말이다. 잡초가 자란대도 갈아야 하거든. 가는 일을 좀더 충실해야 한다는 것을 배운다는 것이 사는 일이야. 산다는 것은 무엇이든 가는 일이야. 한데 저 녀석은 필요없게 됐어. 사는 일이 지루하게 되어진 녀석이야. 숫제 살고 있지 않은 녀석이라니까. 새끼라도 내게 할 재간이라도 있다면 그것으로라도 살 권리가 있을지도 모르지만 말야. 그것도 어쨌든 가는 일이니까. 한데 녀석은 고자모양 맘뿐인 놈이야. 요구를 채워줄 수도 없는 녀석이 바람이나 살랑살랑 분다니까. 저런 호로(胡奴)놈은 쫓아내버려야지."

왕은 사립문 곁에 놓아둔 쟁기 쪽으로 걸어가며, "그렇기는 해도……" 하고 한숨을 몰아쉬었다. "그렇긴 해도 나와 성쇠(盛衰)를 더불었던 충실한 동지였는데. …… 하기야 놈은 추억이라도 갈고 있는지 모르지. 슬픔이라도 가는[播種]지 몰라 그래! 죽음의 준비나 서둘러두는 게 좋을 거야. 시체 속으로 기어들어갈 지렁이 연습이나 해두는 게 좋아. 봄이 되어 풀이 자랄 때쯤엔 어차피 쫓아내버려야 하니까" 덧붙여서, "나는 왕이므로 그만한 권리는 있거든. 암, 있고말고. 내 은총 안에서 따뜻이 월등하게 될 것을 감사해야 되지, 저 당나귀 녀석은" 했다.

쟁기는 사립문 곁에 소롯이 잠이라도 들어 있는 듯이 보였는데 보습에 달빛이 물들어 싸늘히 번쩍이고 있었다.

왕은 우선 사립문을 닫고 뾰족한 기둥에 새끼줄로 묶어 열리지 못하도록 했다. ──사립문을 지탱한 뾰족한 두 기둥은 왕궁을 지키는 천하대장군(天下大將軍)과 지하여장군(地下大將軍)처럼 버티고 서 있었다. ──그리고 왕은 쟁기를 다시 어깨에 메고 우리 옆의 창고로 갔다. 이 창고는 왕의 식물(食物) 창고도 겸해 있었으므로 왕이 특히 아끼는 물건만을 갖다넣었다. 왕은 쟁기를 내려서 한 옆에 놓고, 싸늘한 보습날을 툭툭 치며 인사를 나눌 것을 잊지 않았다.

"봄이 되기까지는 푹 쉬어두는 게 좋을 거야. 못쓰게 되어지는 날까진 같아야 하니까. 푹 쉬어둬. 넌 정말 가치있는 놈이거든. 넌 못쓰게 되는 그 마지막 순간까지 젊거든. 넌 늙을 줄은 모르는 놈이야."

왕이 창고에서 나와서 담밑, 해바라기와 옥수수의 마른 줄기 밑을 흐르는 똘똘가에 왔을 땐 달은 한 발이나 올라와 있었다.

"저 당나귀 녀석은 추억이나 수심을 가는 일을 하는지도 모르지만 말야……"

왕은 달빛에 염색된 노란 물을 움켜쥐어 몇 모금 마시고 얼굴을 한번 쓱 문지른 다음 흙 묻은 발은 씻지도 않고 거실〔二層〕의 계단을 이루고 있는 바위 언덕을 올랐다. 그리고 출입문의 손잡이를 잡아당겼다.

방안엔 창을 통해 달빛이 흘러들어와 푸르스름한 엷은 빛이 왕을 기다리고 있었다. 그 빛으로 방안의 물건을 분별할 수 있을 정도는 못 되었다.

왕은 볼의 수염을 거칠게 한번 쓱 문지른 뒤 피로하고 떨리는 걸음으로 남쪽 창 앞으로 걸어가서 잠깐 밖을 내다보았다. 달은 벌써 중천 가까이까지 떠올라 와 있었는데, 그것은 곧 진눈깨비 머금은 검은 구름장에 가려질 듯하게 보였다.

왕은 얼굴을 찌푸리고 하늘을 우러러보다간 한숨을 쉬고 시선을 뜰로 향했다. 귀뚜라미는 여전히 물레를 감고 있고, 고사(枯

死)된 줄기들은 계절의 한숨 같은 바람에 건들거리고 있다. 그 밑으로 똘똘물은 시새우며 흘러간다.

왕은 새삼스러운 듯, "계절은 어디에서 왔다가 어디로 가는 걸까?" 하고 뇌까렸다.

"어쩌면 씨앗 속에 계절의 궁전(宮殿)이 있는지도 몰라. 그 궁전의 수정궁에서 아가씨들은 누워 꿈꾸며 휴식하다가 들놀이에 나오는지도 몰라. ……그러나 들놀이 나왔던 아가씨들이 꽃다발 엮어 궁전으로 돌아가버리고 나면 그녀들의 유연(遊宴)의 천막(天幕)은 찢겨 습기 찬 바닥에 뒹굴고, ……그녀들이 베고 누워 별을 헤아렸던 돌팍은 그녀들의 몸내음을 잃고 비탄의 이끼를 뒤집어쓰고, ……숲이나 들이나 태양이나 모두 그녀들을 잃은 이별에 창백해져 있으면, ……서녘 하늘에서 눈물을 머금은 전령마부(傳令馬夫)가 그녀들을 찾아 바퀴를 굴린다. 마부의 눈에서 흐르는 눈물은 그리하여 지상엔 진눈깨비로 내린다. 그녀들이 떠나버렸기 때문이다. 씨앗 속의 궁전으로 들어가버리고, 성문은 닫혀져버렸기 때문이다. ……그래. 하기야 그래. …… 뭣이나 궁전을 갖게 마련이지. ……난 이 흙벽 세 층을 내 궁전이라고 하듯이, ……뭣이나 궁전을 갖게 마련이지. ……계절은 휴식 찾아 씨앗 속에 돌아오면 씨앗은 가지에서 떨어져 땅속으로 스며든다. 아가씨들도 이 나와 마찬가지로 씨앗 속에 세 층의 건물을 갖고 있을까? 그렇겠지. 틀림없어. 뿌리가 뻗고 줄기가 자라나는 걸 보면 알 수 있어. 그녀들의 황홀한 동경과 신비한 꿈이 줄기로 자라나 꽃이 피면 땅 아래를 비집는 세근은, ……그것은 ——그것은 어쩌면 말야, 어쩌면 이 세상은 양분(兩分)되었기 때문이야, 땅속을 차지하고 있는 흑령(黑靈)이 싫다고 발버둥쳐도 억지로라도 자기 몫을 빼앗기 때문일 거야. 땅속엔 두더쥐 같은 더러운 흑령이 살고 있다니까 말야. 놈은 생식(生殖)과 먹는 것밖에는 모르는 아주 본능적인 녀석이라고 하거든. 더러운 녀석, 순결한 아가씨들의 처녀(處女)를 탐내?" 왕은 아주 화가 났다. 왕은 가래침을 뱉어던지곤, 바깥의 풍경을 잊으려 하며 몸을 돌렸다. 아무래도 화가 치밀었다. 그래도 하는 수 없는 노릇이었다.

"처녀를 탐내? 못된 놈! 처녀를 탐내? 못된 놈. 놈은 굶겨죽여야 해."

왕은 숨을 헐떡이며 조끼 주머니를 뒤적여 담배 쌈지를 꺼냈다. 그것은 새끼곰 가죽을 오줌 속에 석 달 간 담가두었다가 털을 문질러버리고 만든 것으로 벌써 헤일 수도 없는 월령(月齡)을 간직하고 있었다.

왕은 쌈지 속에서 부싯돌과 심지—는 마른 쑥잎을 불에 태워 비벼서 만든 것이다—를 꺼냈다. 그리곤 격렬한 감정을 반영하기라도 하는 듯이 거세게 쳐댔다. 차돌 가루가 튀기며 섬광이 번쩍한다. 그렇게 네댓 번을 부딪치자 심지에 불이 옮아붙는다. 파리똥만한 불이 심지에 붙자 왕은 손을 팔랑팔랑 흔든다. 그러니까 불이 녹두알만하게 커진다. 이때를 기다렸다는 듯이 준비해 두었던 건초 마름에 불을 옮기곤 원을 만들며 팔을 휘두른다. 몇 번 돌리지 않아서 확 하고 불이 일어나 마름을 태운다. 왕의 털 많은 구릿빛 얼굴이 불빛에 좀 가엾게 보인다. 이미 감정 같은 건 표면(表面)되어 있지는 않았다.

왕은 마름을 태우며 일럭이는 불을 한참 동안이나 멍하게 바라보고만 있더니, 갑자기 생각이라도 난 듯이 우심실로 걸어가 벽에 튀어나온 돌팍 위의 접시로 옮겼다. 불이 닥나무 심지를 태우기 시작하자 피마자 기름이 지글지글하며 구수한 냄새를 풍긴다.

왕은 마름의 불을 벽에다 눌러끄고, 그것을 다시 짐승기름 마름과 나란하게 본래대로 두었다. 그리곤 생감자와 옥수수 나부랭이가 너절하게 뒹구는 좌심방으로 갔다. 왕은 검센 손바닥을 펴 큼직한 생감자를 한 알 들었다. 달은 이미 구름 속에 묻힌 뒤였다.

식사를 끝내고 왕은 우심방의 토끼털 모포 위로 쓰러지듯이 누웠다. 그런데 산들거리던 바람이 쌀쌀해지며 창구멍으로 진눈깨비 같은 것을 불어오는 것 같았으므로 왕은 다시 일어나 좌심실로 기어갔다. 그리고 겨울마다 창을 막았던 노루 가죽 세 잎에 토끼 가죽을 잇댄 모포를 모두 가져왔다.

왕은 우선 불을 곧 꺼버리게 할 것 같은 동쪽 창문부터 막았다. 창문은 어느 것이나 노루 가죽에 의해 봉쇄되는 겨울 동안만을 빼놓곤 언제나 해골의 눈자위처럼 열려져 있었다. 창에는 네 귀퉁이와 그 사이사이에 박힌 것까지 합쳐 여덟 개의 나무못이 있었는데, 그것은 가죽에 뚫린 구멍에 알맞게 있었으므로 창을 막는 일은 어렵지 않았다. 구멍을 찾아서 나무못에 걸기만 하면 되는 것이었다.

창을 막는 일이 끝나자, 이번엔 모포를 폈다. 두 장은 깔고, 그리고 석 장은 이불이었다. 그렇게 하고 나니 아주 그럴듯한 잠자리가 되었다. 왕은 하품을 한번 하며 잠자리 속으로 기어들어갔다. 그리고 새우처럼 몸을 오그렸다. 뼈마디가 쑤시고 아파온다.

그리고 허전하다. 어떻든 왕은 눈을 감고 잠을 청했다. 그러나 좀처럼 잠이 올 것 같지가 않다.

벽 한겹 저쪽 밖에선 사나운 바람이 소리지르며 진눈깨비를 몰아다 벽에 갈기고 있는지 창막이 가죽이 펄럭펄럭 찢길 듯하다.

"몹시 차고 어설픈 밤인 게지. 아무튼 봄이 될걸. 곧 봄이 될 거야. 한데 드러난 씨앗은 없었을까? 흙이란 건 토끼털보다도 씨앗에겐 따뜻한 건데. 어떤 씨앗은 돌팍 위에 떨어져 얼어죽을지도 모르고, 어떤 씨앗은 흙이 엷어 병들지도 모르겠는걸. 씨앗이 죽었기 때문에 불모지가 된 땅은 아직 보진 못했지만 말야. 바람이 나 좀 잠들어주었으면. ……한데 아무래도 저 수탕나귀 녀석은 쫓아내버려야겠어. 녀석은 겨울이나, 들팍 위에 떨어진 씨앗이나 같은 놈이거든. 너무 늙었어. 나처럼이나 늙어버렸어. 가엾긴 하지만, 소용없게 되었다. ……저 과년(過年)한 암소는, 그건 참 안되었지만." 왕은 중얼거렸다.

"밉긴 하지만, ……밉긴 하지만, 저 나귀 녀석이 새끼만 한 마리 갖게만 해준다면…… 덧될 말이지만, 하는 수 없는 노릇이겠는데. 하지만 저 교만하고 절개 굳은 암소가 그 추악한 녀석의 새끼야 갖진 않겠지. 물론이지." 왕은 흐뭇한 미소를 지은 채 어느덧 잠이 들었다. 피마자 기름만이 심지를 심장으로 자신의 고독을 작열시키고 있었다. 그 빛은 반딧불처럼 희미하고, 앓는 비구니의 염불처럼 피안의 복락을 염원하며 타고 있었으나, 길고 무서운 밤을 태우는 그것은 서낭당의 신령 같기도 하였다. 옴 기리나라 모나라 홈 바탁.

248

왕은 이따금 헛소리를 하면서 자고 있다. 밖엔 거센 바람이 숲과 들을 휩쓸고, 눈보라를 실어다 왕의 생활의 바람벽에 와 부딪치며 무너뜨리려 한다. 그래도 왕의 생활은 씨앗 속에 잠든 새싹처럼 동면 속에 차분히 가라앉아 봄을 기다리고 있다. 우수의 겨울은 봄을 기다리고 있다. 흙벽 밖에는 다만 왕이 노출시킨 퇴색한 생활의 잔재(殘滓)가 있었을 뿐이었다. 흙벽 안의 이쪽에만 생활이 잠재(潛在)하고 있었을 뿐이므로 폭군 같은 북풍이래도 잠재까진 뒤흔들지 못했다. 다만 잔회(殘灰)의 생활을 짓찢으며 겨울은 방황한다. 겨울은 죽어간다.

왕은 밤중에 소스라쳐 잠이 깼다. 밑방에서 암소의 낮은 울음소리와 무슨 앓는 소리 같은 것이 들려왔고, 시끄러운 발굽 소리가 들렸기 때문이다. 이런 일은 흔한 일이 아니었다. 늑대란 놈이 한 마리 들어왔었을 때에 이 암소의 소녀 시절의 이야기지만——그런 일이 한 번 있었으나, 울문을 튼튼히 한 뒤부터는 그런 일이라곤 없었다. 그래서 왕은 벌떡 일어나 모포로 몸을 감싸고 기름마름에 불을 붙여 밖으로 나왔다. 집 뒤의 고목이 바람에 비명하고 있었고, 눈보라가 따갑게 얼굴에 부딪친다. 음산하고 횡폭한 밤이 생명 있는 모든 것을 질투하고 있었다.

횃불은 조심하지 않으면, 바람이 불어 꺼버릴 것 같다. 왕은 모포로 바람을 막으며 울 문 앞까지 허둥지둥 왔다. 그런데 빗장이나 울 문은 여전한 채로 있었다. 왕은 고개를 갸우뚱거리며 빗장을 뽑고 울안으로 들어갔다. 발자국 소리와 신음이 여전한 가운데서 불쾌한 냄새가 찬바람에 휙 불려나온다.

왕은 횃불을 이리저리 해서 어두운 구석구석을 비추어보았다. 그리고 왕은 실망된 듯한 묘한 표정으로 고개를 쩔레쩔레 흔들면서도 좀 바보같이 웃었다. 수염이 약간 움직였다는 정도였다.

"헤헷, 녀석을 너무 탓할 일이 아니었지만, 이럴 줄 알았더면 고삐를 좀 튼튼히 해둘 일이었는데 그랬어. 가만있자, 당나귀 녀석의 저 고삐는, 그러니까 저 암소가 송아지 시절이었으니…… 나귀 녀석은 그때 중년을 넘어 송아지의 할애비뻘쯤 되었던 때니까…… 벌써 4년이나 흘렀군 그래. '네놈이 죽게 되면 네놈의 가죽은 벗겨 네놈의 고삐를 달아주지. 지금은 이런 모양 없는 새끼줄로 만족하지 않으면 안되겠어' 하면서 난 그때 시원찮은 줄을 달아주었었지. 그걸 녀석은 4년 동안이나 자랑스런 목수건이나 된다는 듯이 매달고 있었어. 녀석은 아마 그 동안 자신이 살아왔던 동안의 기억이나 의미들을 고삐 속에다 한올한올 새겨넣었는지도 몰라."

그리고 왕은 킥킥거리며 서서 있다가 변태적으로 갑자기 성을 내며 뛰쳐나와선 울 문을 쾅 하고 닫았다. 다시 빗장을 찌르곤 언덕길을 올랐는데, 뭔가 좀 차분스럽지 못한 움직임들이었다.

고목의 둥치가 귀신 모양을 하고, 왕 자기의 세계를 주관하고 있는 듯이 보여졌다.

우리 안에선 생식제(生殖祭)가 있었다.

왕은 왠지 형언할 수 없는 기분이 들어 고목 아래에 와선 멍청히 서 있기만 했다. 그처럼 양순하고 절개가 곧던 암소가 그와 같은 더러운 녀석과 붙어서도 오히려 만족스럽다는 표정을 하고 있었던 것이 자꾸만 화가 나고 구역질까지 났다. 그러나 그것은 본능이었다. 왕은 그것을 이해하고는 있었으나 저 늙고 추악한 수탕나귀 녀석과 젊고 예쁘고 풍만한 처녀 소와의 정사(情事)가 가능하리라는 건 생각지도 않았었다. 그랬기 때문에 당나귀의 정력이 감퇴되었을 것을 고려해서 고삐도 튼튼히 하지 않았었으며, 암소도 붙들어 매어두질 않았었다.

"후유, 어쩌면 잘된 일인지도 모르지…… 아무튼 새끼만은 어미 닮은 숫놈이나 되었으면 좋겠군. 그럼 저따위 추악한 놈 뒤둘 것도 없이 쫓아내버려야지."

왕은 한숨을 연거푸 두 번이나 쉰 뒤 횃불을 바람 쪽으로 들었다. 그러자 횃불은 지글지글 기름 방울을 몇 방울 떨어뜨리더니 이내 꺼져버렸다. 눈은 벌써 발목을 덮도록 내려져 있었다.

왕은 몸을 한번 경련하듯 떨곤 모포를 더 여미면서 자기 방문을 열었다. 왕이 문을 열자 바람이 획 불려들어와 가느다랗게 타고 있던 불을 꺼버렸다. 왕은 그러나 개의치 않고, 문을 닫고 발을 털털 턴 뒤 잠자리로 기어들어갔다. 그리고 다시 새우처럼 몸을 오그리고 눈을 감았으나 잠은 완전히 도망가버린 뒤였다. 왕은 그러나 눈을 감고 피부 속으로 파고들었던 한기를 녹이며 바깥의 바람 소리에 귀를 기울였다. 언제보다도 무섭고 서글픈 겨울밤이었다. 바람은 술 취한 마귀할멈처럼 낄낄대며 긴 손톱으로 왕 자기의 흙벽을 긁어대고 있었다. 이웃도 없고, 아내도 자식도 벗도 없다는 것이 새삼스럽게 무서워지는 밤이다. 늑대나 부엉이마저도 울지 않는다. 때때로 어떤 날 밤으로 왕은 그것들의 구슬픈 짖음과 울음에 귀 기울이며 위로를 받기도 했다. 그것들은 왕에게는 눈에 보이지 않는 이웃 사촌으로서 왕 자기의 삶을 확인시켜주는 벗들이었다. 이 무덤과 같은, 교통할 아무것도 없는 속에서 자기가 살아 있다는 것이 의심스러울 때, 살아 있는 것들의 숨결이나 음성을 듣고 공포를 느끼거나 우정을 느끼는 것은 자신을 다시 한번 확인시켜주는 것이 되었으니까. 밑방의 자기의 짐승들이 자기에게 베풀어주는 그것처럼. 그러나 이 밤엔 그것들도 바람에 불려 어느 먼 순례로 떠나버린 모양이었다. 그런가 하면 왕의 고독과 공포와 수심을 반분(半分) 짐져주었던 밑방의 가족들은 완전히 왕을 제외시키고 있었다. 왕은 그것들의 생식제를 지켜보고 돌아와선 그렇게 생각했다. 그것들은 왕 자기와는 하등의 관련도 없었는지도 모른다. 어쩌면 왕은 암소의 경애를 받는 것은 자기뿐이라는 착각 속에서 살아왔었는지도 몰랐다. 암소는 주인의——더없이 다정한——손길에 만족하기보다는, 할애비 당나귀의 아낙이 되어 정을 통하는 것에 더욱 만족해하고 있었다, 제기랄.

"그 교활한 후레자식을 진작 쫓아내버려야만 했었어. 열 번 찍어 안 넘어가는 나무가 없거든. 후레아들놈, 늙었다고 쉬도록 해뒀더니 도끼날이나 갈았던 모양이라."

왕은 질투 비슷한 허전한 소외감을, 동정(童貞)이 짓밟힌 수치심을 느끼며, 홀로라는 것이 무섭다는 걸 뼈저리게 느꼈다.

그럴 때면 왕은 사닥다리를 올랐다.

그래서 왕은 잠자리 속에서 일어나 사닥다리를 오르기 시작했다. 사닥다리는 팔뚝 굵기의 나무를 칡덩굴로 처매 만든 것이었다.

세 개의 층계를 오르면 웃방으로 이른다. 왕은 샘 파던 인부처럼 구멍 속에서 몸을 일으켜 삼층에로 몸을 나타냈다.

삼층엔 싸늘한 공기가 감돌고 있지만 그래도 왕이 언제나 느낄 수 있었던 것은——그것은 왕 자신의 노력에 의해 조작된 것이라 해도 과언은 아니지만——엄숙한 성스러움이었다. 이것은 짐승의 우리에서 느끼는 것과 같은 고조(高調)의 심정이었는데,

252

그것과는 지극히 성질이 다른 것이었다. 말하자면 왕은 그 중간에 거하면서 아래 위를 오락가락하며 모순 속에서 은연중에 조화를 찾고 있었던 것이다. 왕은 모순 그 자체였다. 왕의 조화라는 건 언제나 기로에 선 조화였으며, 어느 쪽에로든 기울어지지 않을 수 없는 조화였다. 가령 암소와의 사이가 좋을 때는 암소와의 조화가 이겼는가 하면, 암소에게서 실망을 느끼게 되면 삼층 벽안에서 위로와 조화를 찾는다는 그런 것이다. 이것은 수시로 흔들리는 것이었으면서도 조화는 왕의 쌈지나 오장육부(五臟六腑)처럼 왕의 것이었다. 조화는 왕을 온냉건습으로부터 보호해 주며, 활력(活力)의 상류(上流)를 이루고 있었다.

왕은 더듬거리지도 않고 남쪽 벽 앞으로 걸어가, 그 벽 앞에 웅숭크리고 서서 고개를 숙였다. 사실 왕은 자기 궁 안에선 명암을 문제삼지 않고, 뜻있는 곳으로 몸을 움직일 수가 있었다. 이것은 왕의 눈이 보이지 않는다 해도 궁 안의 물건이나 벽이 눈과 손을 가지고 있어 왕을 시중든다는 그런 것이나 같았다.

왕은 한동안의 묵상으로 진정되지 않는 모양으로 다시 부싯돌을 쳐댔다. 마름은 여기에도 준비되어 있었다. ── 왕은 대개의 밤에로는 ── 낮에라도 마찬가지였지만 ── 그저 묵상에 잠기는 시간을 조금 갖는다는 그것만으로도 기분이 좋아져 잠을 잘 이루곤 했었던 것이다.

불이 붙자 왕은 자기 발 앞에 있는 작은 통나무 상 위에 놓여진 역시 같은 질그릇 접시의 심지에 옮겨붙였다. 처음엔 조그맣고 파랗게 붙었던 불이 커지자 방안의 풍경이 돋아 뵌다.

삼층 방안의 풍경은 아래층과는 아주 달랐다. 아래층의 반도 못되게 작았는데, ── 왕의 거실은 또한 밑층의 그것에 비해 반도 못되게 작았지만——네 벽을 다 더듬어보아도 창문 비슷한 구멍 하나 없이 벽으로 둘러싸여 있었다. 그런데 남쪽 벽을 빼놓은 세 벽은 모두 공교히 입힌 노루 가죽 벽이었으며, 방바닥도 역시 노루 가죽으로 입혀져 있었다. 나머지 한 벽만이 흙벽째로 남아 있었는데, 그 벽 앞으로 상이 있고, 상 위엔 불밝힐 준비가 되어 있었다. 그리고 그 접시 불이 비친 그 벽엔 흙을 빚어 만든 여인상(女人像)이 벽에서 걸어나오려고 하고 있었다. 역시 정성어린 솜씨였으나 거장(巨匠)의 솜씨로 된 것은 못되었고, 구태여 설명해보자면 유방이 크고, 허리의 곡선이 깊고, 다리의 선이 가늘다는 그것으로 추측해서 여인에 가깝게 보이는 여인이라는 것이다.

그녀는 유방을 흔들며, 한 손엔 씨앗 주머니를 들고, 한 손엔 밤알만한 씨앗 하나를 들고, 그것을 금방 어디다 던지려는 중에 있다. 한데 왠지 시름겨운 분위기를 자아내게 하고 있었다. 그녀는 반쯤 입을 벌리고 무슨 타령이라도 읊조리며 겨울 밤이나 가을 저녁이나 씨앗뿌리는 일에 열중하여 낙엽지고 눈내리는 것에는 관심도 없는 듯했다. 그녀는 낮이나 밤이나 파종을 하면서도 결실과는 상관없어 하는 것은, 어쩌면 그녀는 눈이 멀어 있는 인연 때문이거나, 슬픔에 목이 멘 탓이거나, 자기 노래에 도취된 때문이었다. 왕은 그녀 앞에 무릎을 꿇고 눈물이 글썽이는 어린애 같은 눈으로 그녀를 우러러보고 있다.

밖엔 눈도 멎고 구름도 걷혀 다시 평온한 날씨로 변해지고 있었다. 숨었던 달빛이 눈에 덮인 들판과 숲을 비추기 시작할 때쯤은 새벽으로 바뀌어지며, 눈 대신 농무(濃霧)가 덮이기 시작했다. 무서운 밤이 새벽으로 바뀌어지려는 것이다. 사납던 바람결도 온순해지고, 산들거리는 훈풍이 남녘에서 불어와 눈을 녹이기 시작했다. 슬픈 맘으로 탐색에 올랐던 그 마부의 행복한 입김이 대지에 달콤한 것, 아마도 계절의 아가씨들의 유연의 텐트를 실었기 때문일 게다. 봄이 시작되려는 것이다.

"어머니, '나의 말에 귀를 기울이사 나의 심사를 통촉하소서. 나의 주, 나의 어머니여, 나의 부르짖는 소리를 들으소서. 내가 당신께 기도하나이다.' '어머니, 당신의 분으로 나를 견책하지 마옵시며, 당신의 진노로 나를 징계하지 마옵소서. 어머니 내가 수척하였사오니, 긍휼히 여기소서. 어머니, 나의 뼈가 떨리오니 나를 고치소서. 나의 영혼도 심히 떨리나이다. 어머니, 어느 때까지니이까? 어머니, 돌아와 나의 영혼을 건지시며, 당신의 슬퍼하심으로 인하여 나를 구원하소서. 내가 탄식함으로써 곤핍하여 밤마다 눈물로 내 침상을 띄우며 내 요를 적시나이다.' '어머니, 내가 당신에게 간구하옴은 내가 어떠한 형편에도 자족하기를 당신에게 배웠사오며, 비천에 처하는 것도 풍부에 처하는 것도 알아 모든 일에 배부르며, 배고픔과 풍부와 궁핍에도 일체의 비결을 배웠사옵는데도' 나의 어머니여, 어찌하여 나는 그것들로 이 그릇을 언제나 채우지 못하옵는지 말씀해주소서. 어찌하여 그것들로 이 그릇을 넘치게 할 수 없었는지 말씀해주소서. 이 그릇은 당신이 가르쳐준 비결들을 담고는 있으나, 그 비결들은 건시(乾柿)처럼 훌륭한 달콤함을 줄 뿐, 쓰더라도 목을 축여줄 즙액은 없더이다. 이 그릇을 넘치게 할 것은 없더이다. 이 겨울밤을 태울 아무것도 없더이다."

왕의 볼엔 눈물이 흘러내리고 있었다. 그러나 파종하는 여인은 대답은커녕 씨앗 하나를 어디다 던질까 하고 고르고 있는 듯이만 보였다.

"어머니, 당신의 대답으로써 이 몸 안에다 그 씨앗을 던지시옵소서. '씨앗은 작지만 자란 뒤에는 이 몸의 갈증을 해갈시키고 충만케 할 즙액을 줄 큰 나무가 되올 것입니다.' 하오나 아직까지도 당신은 그 씨앗을 아무 곳에도 던져넣지는 않았사옵니다."
왕은 한숨을 쉬며 자리에서 일어났다. 그리고,
"그러나 언제든 당신의 씨앗이 내 안에 떨어질 것이라는 건 알고 있습니다. 나는 그것이 내 안에서 천국을 열게〔結實〕할 것이라는 것도 알고 있습니다. 나는 그것을 믿음으로 해서 이길 수 있었던 것이었습니다만, 어머니, 당신의 너무 긴 침묵이 나를 괴롭힙니다"라고 말하면서, 여인의 손안에 든 씨앗을 슬쩍 만져 본 뒤 불을 끄고, 다시 구멍을 통한 사닥다리를 내려왔다. 그리곤 몸을 오그리고 이번엔 푸근히 잠이 들었다.

그 동안에도 밖엔 눈이 녹고 있었고, 검은 땅속에선 구근(球根)이 보습을 살피고 있었다.

왕이 잠을 깨었을 때쯤엔, 천지에는 새들의 노래와 꽃망울 터지는 소음으로 가득했다. 왕은 싱그러운 웃음을 머금고 자리에서 뛰쳐 일어났다. 그리고 세 벽의 창문을 막았던 노루 가죽을 모두 떼어내고 밖을 내다보았다. 성성하고 상그러운 봄날 아침의 희열이 출렁이고 있었다. 무섭고 지루하던 겨울이 가고, 나들이 갔던 공주가 돌아와 정원을 가꾸는 참이었다.

왕은 모포와 창막이를 개켜 좌심실에 놓고, 감자 두어 알과 옥수수 한 통을 움켜쥐고 밖으로 나왔다. 왕은 천천히 식사를 즐기며 고목 아래로 언덕을 내려서면서 창고에 들어가 쟁기를 메고 나와 보습을 살펴보곤, 우릿간 앞으로 갔다. 그리고 빗장을 뽑았다.

어쩌면 새침하던 암소의 서방질이 그 놈팡이의 씨를 가졌을지
도 모른다

　"아무튼, 녀석은 쫓아내버려야겠어. 설사 새끼를 갖게 하는 그
런 일을 만족스럽게 해치웠다고 하더라도, 그것이 미래에 대한
가능성이 없는 최후의 작열일 수도 있단 말야. 녀석에게선 가능
성 같은 건 포기되었던 터였으니까. 녀석은 쫓아냄을 받을 모든
조건을 다 갖추었으면서도 내 동정 안에서 살아왔던 놈이었지.
그것이 뭐이든 갈지 못하고, 또 그와 같은 가능성을 지니지 못한
놈은, 게다가 게으름을 가는 돌[磨石]로 삼아서 추악한 도끼날이
나 가는 놈은 쓸모가 없단 말야. 아주 악독하거든. 녀석은 이 당
장으로 쫓아내야지. 암. 어디 가서 오물 구덩이에 코를 박고 죽
어 오물을 더 보태주든 말든——내 맘은 후련해져서 다시 태어나
는 기분일 테니까.

　어리석게도 난 오랫동안 저따위 녀석과 함께 살아왔다니
까…… 몽둥이 하나를 준비하는 게 좋겠군. 나는 왕이므로 쫓아
낼 충분한 권리는 있거든. 나는 왕이므로 이유(理由)다. 나는 왕
이므로.

　이, 흙벽, 세 층은, 나에, 의해, 지배되는, 내, 전신(全身)이니
까. 나·는·내·전·신·의·왕·이·니·까."

　자칭왕이라는 경작왕이 살고 있는 황톳빛 궁전은 '수심(愁心)'
많던 그의 어머니가 수심을 잊기 위해 손놀리다 보니까 이루어
진 집이었다. 경작왕의 어머니는 '시름에 겨우면 냇가에 앉아 수
심가를 부르며 흙장난하기로 소일했었'는데, 즐거운 날이 없던

그의 어머니의 나날에서──제비의 나날이 한 채의 집을 쌓고 그 속에서 새끼를 치듯이──끝내 공교한 삼층집을 짓기에 이르렀으나, 아직도 젊고 죽지만 않았다면 하늘까지 쌓았을지도 몰랐다.

전쟁 좋아 떠나버린 남편 기다리면서, 애비 없는 자식 하나 보고, 그래도 절개를 지키느라 흙벽집이 완성되면 재혼하겠다는 구실로 하루 이틀 쌓은 것이, 일하다 보니 자기는 늙었고, 그 많던 구혼객들은 사라지고 없었다.

전쟁 떠난 남편은, 구혼객들이 전해준 이야기로는, 어디선가 구미호(九尾狐)를 얻어 살림한다는 말도 있고, '수선화 핀 들에서' 목동(牧童) 노릇하고 있다는 이야기도 있고, 어떤 인적 없는 강변에 백골만 오롯하더라는 풍설도 있는데, 아무튼 그 해골바가지에 어느 손이 있어 막걸리나 부어주었는지 몰라. '석 잔 술은 부어야지. 석 잔 술이나 마셔야 혼백(魂魄)인들 수심을 잊지.' 그래야 수심을 털어보지. 몰라, 막걸리나 부어주었는지 몰라.

2. 출가(出家)

"석 잔 술이나 마셔야 혼백인들 수심을 잊지. 몰라, 막걸리나 부어주었는지 몰라." 고구려의 왕도(王都) 평양성(平壤城) 외성(外城)의 어느 거리에서 점원(店員) 노릇을 하던 어느 시골집 둘째 아들이, 백리나 떨어진 그 시골집의 형님으로부터 온 편지를 읽고 하는 소리다. 편지는 길든 비둘기 다리에 처매져 날아온 것

이었는데, 사연인즉 예순 된 어머니가 출가(出家)하셨다는 소식
이었다.

 ……상략(上略). 어머님은 병들고 노쇠하신 몸으로 하루하루
를 사시는 것에 싫증을 내시고 귀찮아하시는 것 같이만 보였다.
게다가 요 몇 년 동안은——너도 집 떠난 지 어언 오륙 년이 되었
으니 세세한 사정은 알 수가 없겠으나——별로 하시는 일도 없
이, 잡초라도 뽑으시듯 한숨을 내쉬기만 하실 뿐 자신이나 가
족들을 위해서나 아무 일도 하시려 들질 않으셨다. 너도 전번의
편지에서 알고는 있겠다만——그러니까 그것이 사 년 전 가을이
지?——아버님이 호사(虎死)당하신 그해부터 어머님의 무기력은
계속되셨던 것 같다. 어머님은 호사당하신 아버님만을 곤한 봄
밤이나, 석화(石花) 같은 여름 밤이나, 추야장 긴긴 밤이나 만리
나 같은 겨울 밤이나, 그리워하시며 줄곧 새우셨는데, 지내놓고
보니 3년이나 흘렀던 것이다. 아마도 어머님은 아버님 곁으로 가
시고 싶으신 것이었느니라. 사실은 3년 전 가을부터 어머님의 혼
은 아버님이 호사당하신 산 마루턱에, 골짜기 골짜기마다를 산
울림처럼 유혼(遊魂)하고 있으셨던지도 모른다. 웃방의 한 구석
에서 여위어만 가시는 어머님은 그 유혼의 여인숙옥(旅人宿屋)에
불과하셨는지도 몰랐다.——형은 지금 1년 전의 이야기를 하고
있는 것이다.
 3년 간을 줄곧(나와 너의 형수와 아이들) 그런 어머님의 한숨
속에서 어쩌지도 못하고 불려가버릴 듯이 살아왔던 것이다. 글
쎄 어머님은 꽃이 피어도 한숨이시고, 꽃이 지면 진다고 한숨이
시고, 잎이 피어도 한숨이셨다. 단풍들도 낙엽지고, 눈내리고 인

적 끊긴 철은 말해 뭣하겠니?

그러다 보니 생활이라고 하는 것은 어머님의 한숨에 불려가 버리거나 눈물에 썩어내리는 듯싶었다. 지붕엔 이엉이 썩어 쇠비름이 우북하고, 그 많던 제비집도 다 허물어져 떨어지고, 그 많이도 날아들던 제비는 이삼 년 동안은 한 마리 구경도 못했구나. 그래도 솔직히 말이지만 우리 내외나 큰애나 불평 같은 건 품지도 않았다. 불평을 품었다면 죽어 구렁이가 될 거야. 이만쯤 말하면 형을 알겠니?

그래서 하다못해 우리 내외가 생각 끝에 어머님을 아버님 곁으로 하루라도 빨리 모셔다 드리자는 것에 합의했다. 이건 참으로 훌륭한 효도라고 생각되었다. 그래서 아내(너의 형수)와 나는 저녁 식사를 끝낸 뒤 어머니를 모시고 그 호굴(虎窟) 많은 산으로 갔다. 거기는 나무 하러 가셨던 아버님이 호사당하셨던 산이었다. ……중략(中略)

어머님은 조용히 눈을 감고만 계셨다. 퍽 행복한 듯하게도 보였는데, 어머님은 이런 날을 몹시도 기다리고 계셨다는 듯한 표정을 지으시는 것 같았다.

그날 밤은 여간 푸근한 것이 아니었다. 언제나 오월 밤이란 건 그러한 것이지만, 그날 밤도 산정(山精)이라도 속삭이는 듯한 향긋한 바람이 세상을 가득 채우고 있는 듯했다. 게다가 가느다란 초생달까지 가까운 나뭇가지에 으름처럼 매달려 있어서 손만 뻗쳐도 닿을 듯싶은 참으로 그럴듯한 밤이었다. 그런 밤을 택해 어머님을 아버님 가까이 모셨던 이 형의 배려에 너도 고마워하겠지. 그런 밤은 죽음까지도, 그리고 살육까지도 낭만적으로 이루어지는 것이 아니겠지? 말하자면 살육자나 받는 자나 공감(共

260

感)을 갖기 마련인데,──그 공감이란 건──그와 같은 살육이 은근히 상통(相通)된 화해나 조화 안에서 이루어진다는 말이다. 그런 밤을 택해준 자식에게 감사나 하신다는 듯이 어머님은 그저 손을 흔드시기만 하시고, 눈물만 흘리셨다. 그런 표현은 벅찬 감정일 때라야만 된다는 것은 너도 이해할 게다. 어머님은 한마디의 말씀도 못하실 정도로 흥분되어 계셨으니까. 어쩌면 어머님은 벌써 아버님과의 재회(再會) 속에 계셨던 게다.

그런데도 차마 우리는 떨치고 일어설 수가 없더구나. 그렇다고 아버님과의 재회를 위해 우리가 마련해드렸던 밤을 우리 스스로 깨뜨리며 머물러 있을 수도 없었다만,──우리는 그래서 용기를 내어 일어섰다. 그리고,

"어머님, 아버님 곁에 편히 가세요. 어머님은 가시지만 아버님이 자식들인 우리들 속에 구현(具現)되고 있듯이, 어머님도 우리 속에 살고 계시니 너무 애통하시지 마세요. 그래서 자식이 필요한 거지요. 어머님은 어머님의 후손들 안에 영원히 살아계실 거예요, 아버님같이." 이렇게 내가 말씀드렸다. 어머님은 한편으론 재회의 즐거움 때문에 좀 서두르는 듯도 하셨지만, 한편으론 석별이 안타까운 듯 고개를 흔드시고 손을 홰홰 저으시며 이 자식을 쳐다보고만 계셨다. 너의 형수는 아무 말도 안했다.

어쨌든 우리는 산을 내리오기 시작했다. 돌부리에 채이고 가시에 찔리면서 이경[乙夜]쯤 되어서는 산 밑까지 올 수 있었다. 그 시각부터 호랑이의 으르렁거리는 소리가 아주 먼 곳에서 간간이 들려오기 시작하더라. 그 소리는 먼 우레 소리마냥 몇십 리는 저쪽에서 들려왔지만, 호랑이는 하룻밤에 천리도 더 다닌다 안하더냐.

산 밑까지 와서 우리는 어머님에 대한 최후의 경모(敬慕)를 표현하기 위해 뒤로 돌아 산마루를 쳐다보고 고개 숙여 기원(祈願)했었느니라.

"아버님의 무덤을 뱃속에 가지고 다니시는 산신령님(호랑이를 산신령이라고 하는 줄은 너도 알지?), 어머님도 당신이 불러주십쇼." 나는 이렇게 했다. 너의 형수는, "아버님을 불러주신 그 고마운 신령님이 어머님도 불러주옵소서. 꼭 그 산신령님이 불러 주옵소서"하더라. 그렇게 기원하며 두 번 절하고 나니, 대답이라도 한다는 듯이 조금 더 가까운 산에서 호랑이의 으르렁 소리가 울리더구나.

어머님은 그 산을 바라보시며 늘 한숨짓곤 하셨었다. 어머님은 그 산속의 어느 호젓산 호굴을 고향(故鄕)이라고 생각하셨던 것이다. 그리고 그 고향을 어머님은 그리워하였다. 그 향수가 어머님에겐 병이었던 것이다. 어머님은 고향의 품에 돌아가 지금 그 병을 조섭하고 계신다 하는 생각이 들었을 때, 나는 내가 할 수 있는 최대의 효도를 한 것에 대해 만족했었다.

아버님이 호사당하신 산은 너도 기억하고는 있을 게다. 너도 어렸을 땐 그 산 밑에서 새알 줍기 놀이를 했었으니까. 그러나 그 산의 꼭대기쯤에 편편하고 넓은 바위가 있었는 줄은 몰랐을 게다. 거기는 그 근방에서 서너 군데의 호굴만 없다면 나무꾼들이 마음을 풀고 낮잠을 즐길 수 있을 만한 곳이니라. 어머님은 그곳에 남아계셔서 마음만 내킨다면 달이라도 주무르실 수 있으셨을 게다. 참으로 그처럼 훌륭한 신방(新房)은 온세상을 찾아봐도 몇 군데밖엔 없었을 거야. 얼마나 다정스럽고 뜨거운 밤이 되었겠니?——그날 밤에 참으로 오랜만에 이전에 여덟째 애를 봤

262

다만 쓸모없이 계집아이가 태어났지 뭐냐——

그런데 말이다. 그 이튿날 땅거미질 무렵인데, 누가 사립문 밖에 웅숭크리고 서서 집안의 동정을 살피고 있었다. 한데 흐느끼고 있었다. 아무 말도 없이 말이다.

부엌에서 밥짓던 너의 형수가,

"누구요? 쳇, 이런 옴팽이 집에 뭐 얻을 게 있을라구 구걸은 와요? 나가!" 하면서 바가지로 구정물을 끼얹어주고, 소금을 갖다 세 번 뿌리더구나. 가뜩이나 재수가 없는데 더 없다는 거야. 그래도 좀체로 가지 않고 등을 돌린 채 언제까지나 있을 양으로 서 있더구나. 나중엔 하도 이상해서 내가 나가서 보았잖니? 한데 나나 너의 형수나 놀라고 말았다. 글쎄 어머님이 되돌아오셨잖니? 옷이야 물론 가시에 찢겨 너덜거렸으나 상처 한 군데 없이 돌아오셨더란 말이야. 대체 어떻게 산신령이 되돌려보냈는지 그것이 의심스러웠다. 그 탐욕스런 산신령이 말야. 산신령도 무심하지, 그렇게나 아버님 곁으로 가시고 싶어하셨던 어머님을 돌려보내다니!

그로부터 또 일 년이 흘러온 것이다. 세월은 여류(如流)라서 지내놓고 보니 어떻게 빨랐었던 것도 같다만, 따져놓고 보면 아버님이 돌아가신 지 어언 사 년이나 된 것이다.

요 일 년 동안 어머님은 더욱 변해지셔서 한번도 웃으시지도 않으시고, 한마디의 말씀도 하시지 않으셨다. 어머님은 갑작스레 귀머거리에 벙어리까지 겹쳐버리신 것이다. 어머님은 칙간까지의 길을 왕래하시는 외엔 아무 일도 하시지 않고, 콧구멍만한 웃방에 웅숭크리고 앉아서 무더운 여름을 보내시고, 소슬한 가을을 보내시고, 그리고 매서운 겨울을 보내셨다. 어머님은 아마도 그 동안 자신을 처녀처럼 가꾸시고,──내 생각으론 죽음인 신랑을 기다리셨던 것 같다. 다시 오월이 된 것이다.

어머님은 팔순이나 되어 보이시도록 더 늙고 더 비참해지셨다. 어머님은 야윌 대로 야위어──애야, 이와 같은 비유를 쓰는 것을 용서해라. 하늘님이래도 나무로 장승상(長丞象)을 만들어 두기도 하잖니?──쓸모없는 늙은 당나귀같이 변해지셨다. 생각해보렴, 당나귀란 놈은 쓸모가 없으면 쫓아내게 마련 아니니? 그 고기를 먹을 수도 없으려니와, 뒤두면──절대적인 영향은 못될지는 모르겠지만──녀석을 볼 때마다 증오와 혐오를 느끼게 되고, 그것은 거기에서 그치지 않고 생활에까지 반영시키게 될 테니까 말이다. 그래서 우리는(이번엔 큰애까지 합쳐 셋이서) 다시 한번 궁리를 했다.

그리고 어머님을 장(葬)하자는 데 합의했다.

너도 같이 참석했더면 머리를 끄덕였을 것이다. 어머님은──우리에게는 말할 필요도 없지만──어머님 자신에게마저도 이미 필요없게 되어지신 것이다. 우리에겐, 솔직히 말하지만 아무래도 좋았다. 그러나 자기가 자기에게 이미 가치가 없게 되었을 때, 그를 사랑하는 이웃이 그에게 표현할 수 있는 최선의 사랑이란 건 그가 하고자 하면서도 하지 못하는 일을 도와주는 일이 아니겠니?

그리고 여기서 분명히해두어야 할 것은, 어머니라는 분에 대한 자식들의 생각에 대해서다. 어머니라고 하면 자식을 낳아 양육시켜주신 분이라는 의미겠지? 그러나 그런 정의(定義)는 생물 일반에 관한 통용적인 것이라는 건 너도 알 거다. 하나 적어도 영장(靈長)이라는 사람들에게 있어서의 어머니라는 개념은, 자기를 낳고 길러주시고 사랑해주신 모성(母性)에 대한 칭호(稱號) 이상의 의미를 갖고 있다고 믿는다. 이 말은 즉 어머니라는 현실적인 존재임과 동시에 추상적인 또는 관념적인 존재라는 것이다. 하느님과도 통한 의미다. 어머니는 신령과도 통한 의미다. 어머니는 '하늘 天'(始原)에서 '잇기也'(終末)에 이르는 의지(意志)라는 말이다.

자, 이제 다시 본래의 이야기로 돌아가기로 하자. 그런데 너나 나의 어머니는 어머님 자신이 어머니를 상실하셨으므로 이미 너나 나에게, 또는 그분이 처하고 있는 사회에 훌륭한 영향을 미치기는커녕, ─다시 한번 형의 비유를 용서해라만─자신에게나 타인에게나 곰팡이로 변해지신 것이다. 어머님은 이미 어머니가 아니신 것이다. 너나 나나 어머니를 잃은 것에 대해서는 슬퍼해야 할 일이다. 그러나 어느 시대에 속했든, 내가 분명히 말할 수 있는 것은, 그 시대가 성장된 시대라면 틀림없이 그 시대는 어머니에 대해 회의를 품을 것이고, 끝내는 기존(旣存)해 있는 어머니를 장(葬)하기 위하여 한쪽에선 상여(喪輿)와 만가(輓歌)를 준비하고, 한쪽에선 동정녀(童貞女)인 채로의 어머니를 모시기 위하여 물 찍어 머리 감고, 가마(駕馬)를 메고 연회 준비를 서두를 게다. 어떤 사람들은 어쩌면 영영 어머니를 모셔드리지 않을 사람도 있긴 하겠지.

한데 가만 있자, 나의 이야기가 어떻게 이렇게 독단으로 흘렀던가. 그렇지, ─그렇대도 이 형의 행동을 얼버무리려는 이야긴 절대로 아니었다. ─어머님을 장하자는 것에 합의했다는 데까지 말했것다? 그래, 거기까지 이야기 했었다. 우리는 아무튼 때를 기다렸다.

작년의 꼭 그 밤이 다시 한번 왔다. 올해의 그 밤은 구름이 끼어 있었다. 구름이 있으면 또 그것대로 좋은 밤이란 건 누구나 다 잘 알고 있을 게다. 말하자면 좀 뭔가 침중해지면서 자기의 운명을 달게 받아들일 그런 준비를 시켜주는 밤이란 걸 말이다. 너도 틀림없이 하느님께 감사할 거다, 그와 같은 밤을 택해주신 것을——작년의 그 밤은 지나치게 낭만스런 밤이어서 어쩌면 산신령까지도 술이라도 기울이며 마누라와 더불고 싶었던 밤이었을 게다. 어머님에게 권태를 더 연장시켜준 것은 그런 이유 때문이었을 것이지만, 우리로서는 도저히 두번 다시 모시고 산을 오를 수는 없었다. 확실성이 적은 그런 방법의 반복은 어머님으로 하여금 우리의 효도를 의심케 할 우려도 있었으니까 말이다.

어머님을 위한 최후의 저녁 식사는 덫에 걸린 산토끼 고기에 쌀을 한 되 바꿔다 맛있게 대접했다. 그래도 잡수려 하시지 않으시더라만, 가슴이 좀 뛰었기 때문이었을 거야. 그도 그럴 것이, 정혼(定婚)했던 죽음과 신비스러운 밤을 맞으려는데 가슴이 뛰지 않을 수 있겠니?

저녁 식사를 끝낸둥만둥 우리는 서둘렀다. 더 어두워지고 비가 내리기 전에 어머님의 출가(出家)를 도와야만 했던 것이다. 아무래도 어머님의 시집은 호굴이 많은 바윗등은 아니었던 모양이었다. 죽음인 아버님은 거기에는 계시지 않았던 것이다.

아내는(너의 형수) 어머님이 잡수시다 남긴 밥과 누룽지를 그릇 두 개에 채우고, 목이 가느다란 두 되들이 항아리엔 물을 채웠다. 그리고 소금을 좀 준비하였다.

큰애는 연장을 준비했다. 연장은 도끼 한 자루, 곡괭이와 괭이를 각각 한 자루씩, 흙을 담아올릴 삼태기 하나면 되었다.

준비가 다되어 아내와 큰애는 마을의 장지(葬地)로 앞서 출발
시켰다. 젖먹이와 어린것들만 빼놓고 큰것들은 마을로 쫓아버린
뒤였다. 나는 천천히 식후 흡연을 즐기며 마루 끝에 앉아 있었
다. 그들이 장지 가까이 도착되었을 때쯤엔 나도 서둘지 않으면
안되겠더군. 우선 나는 지게에 발채를 얹고 깨끗한 거적을 한 잎
깔았다. 그렇게 하고 보니 초라한 대로나마 그런 대로 몸은 불편
하지 않을 가마가 되더구나.

내가 어머님 방문을 열고 들어갔을 때쯤은 사위가 제법 어둑
해졌다. 어머님은 그 어둡고 지릿한 방구석에 그때도 쭈그리고
앉아 계셨을 뿐 아무 말도 없으셨는데, 흥분이 좀 가라앉은 듯이
보였다.

"어머님, 가십시다요. 모든 건 다 준비되었어요. 어머님은 저를
효자라고 하시겠지요? 저도 알아요. 아버님, 아버님이 기다리고
계십니다요." 나는 이렇게 말씀 올리며 어머님의 지릿하게 냄새
나는 삭신을 보듬었다. 어머님은 조금 몸을 뻗대셨지만 금방 조
용스러히 바지게 위의 거적에 쭈그린 자세로 앉으셨다.

그리고서 나는 뒷동산 너머 양지바른 그곳으로 걷기 시작했
다. 거긴 이웃의 노인들이 많이 묻히기도 하고 버려지기도 한 곳
인데 어느덧 마을의 장지로 되어버린 곳이다. 비라도 올 듯이 바
람기가 축축하였다. 어머님은 온몸을 사시나무 떨 듯 경련하시
긴 했지만, 그것은 어머님이 하실 수 있으셨던 제일 조용스런 태
도이셨을 것이다. 그 호젓한 장지까지 가는 동안 몇 번이고 나는
내 목에 뜨거운 방울을 느꼈었는지. 어머님은 울고 계셨던 것이
다. 하기야 정든 자식들을 떼어놓고 남편 가까이 가신다는 것도
한편으론 슬픈 일이셨겠지. 나도 목이 메이더라만, 어머님의 행

복을 위해선 별수가 없었다.

　아내와 큰애는 먼저 갔기 때문에 내가 어머님을 모시고 장지 가까이 갔을 땐 나직이 말하는 음성과 땅을 찍는 곡괭이 소리가 둔중하고 침울하게 울려오고 있었다. 솔직히 말해서 그때부턴 난 잘 걸을 수가 없었다. 그래서 난 지게를 세웠다. 그리고 어머님 쪽으로 고개를 돌렸다. 어머님은, 그때는 슬픔이나 집착으로 부터는 떠난 얼굴이셨다. 어둠 속에서도 그와 같은 것은 느낌으로 알 수 있는 것이다. 그와 같은 침울한 어둠 속에서도 나는 다 보고 다 느꼈다. 어머님은 나를 향해 주름 많은 얼굴을 히물거리시며 웃으시기까지 하셨다. 긴 침묵과 암울 속에서 비로소 어머님은 한 번 웃으셨다. 빛을 발견하고 한 번 웃으셨다. 확실히 어머님은 자기를 기다리는 '저쪽 언덕'의 등불을 보신 것이었다. 그 순간에 나도 눈만 껌벅이지 않았더면 그 빛을 보았을 것은 확실하다.──나도 싱긋하고 웃음으로 대답해드렸다. 그것으로 끝이었다. 어머님이나 나나 더 이상은 웃지 않았다. 나는 어느덧 어머님의 헝클어진 머리칼을 올려드리고 있었던 것이다.

　초경이 지나고 이경도 고비에 가까웠을 때에야 나는 겨우 아내와 큰애 가까이 갈 수가 있었다. 아내와 큰애는 보슬한 땅을 파내 제법 넓고 둥근 구덩이를 만들어놓고 있었으나, 그런 정도의 깊이로서는 어머님의 앉은키에 적합하지는 못할 것 같았다. 좀더 깊이 파야만 했다. 나는 우선 지게를 세워놓고, 아내는 좀 쉬도록 했다. 큰애는 도끼를 주어 적당한 크기의 나무 몇 대를 자르도록 시키고, 이번에는 내가 구덩이를 파기 시작했다. 구덩이를 파면서, '나도, 내가 나에게 필요없게 되었을 때 누가 이 일을 해줄 것인가' 하고 생각했다. 역시 자식(子息)은 필요한 것이었다.

　어머님은 바지게 위에 처음 자세로 앉아 계신 채 자기의 신방이 될 구덩이를 지켜보셨다. 아니 어쩌면 너무도 행복스러운 미래를 생각하곤 기절이라도 하셨는지 몰랐다. 아무튼 삼경이 훨씬 넘어 구덩이가 만족스럽게 되었기에 어머님 곁으로 가보니 어머님은 쭈그린 무릎에 얼굴을 묻고 얕게 코를 골고 계셨다.

　나머지 일이란 구덩이의 덮개를 만드는 일이었는데, 뭐 그것은 별로 힘들 것이 없었다. 적당히 잘라진, 수노루 다리 굵기의 나무를 건너지르고, 잎이 붙은 나뭇가장이를 덮은 뒤, 자갈흙을 쌓아올리면 되는 일이었다. 어머님이 들어갈 만한 구멍을 남겨놓고, 그 일이 끝났을 땐 무야(戊夜) 즉, 닭이 두 번째 홰를 치고 난 뒤였다. 아주 적당히 일이 진행되었던 것이다. 밥그릇과 물항아리, 소금접시를 들여놓는 안 일과 어머님을 모시고 들어가는 일이 끝나면 구멍을 막는 일만이 남아 있었다. 구덩이는 흡사 굶주린 호랑이가 아가리를 벌리고 바위 등에 기복해 있는 것처럼 보였다. 먼저 큰애가 밥그릇 따위를 굴속 한구석에 넣어놓고 나왔다. 우리는 중복하지만 싫더라도 어머니를 위해서 그 일을 해야만 했었다. 사실은 소금만이 필요했었는지도 몰랐다. 갈증은 자기의 생애에서 몇 방울의 정수(精粹)를 걸러내게 할 행복한 명상을 주었을 테니까.

　내가 어머님을 보듬어 내렸을 때에야 어머님은 놀라 깨시곤 좀 저항하는 움직임을 하셨는데, 그것은 무의식적으로 그러셨던 것이다. 그러나 자기의 상황을 살펴 깨달으시곤, 웬일인지 그 어둠 속에서도 나의 눈을 물끄러미 쳐다만 보시었다. 나도 마주 우러러보았다. 그 순간에 어머님과 나 사이엔 어떤 상통이 있었던 것이다. 어머님과 내겐 공감이 작용했다. 아주 벅찬 느낌이었다. 그러나 이 공감은 살육자와 피해자 간의 것과는 전적으로 구별될 성질의 것이었다. 말하자면 이 공감은 아주 인간적인 것이었는데, 반복하지만 고양(高揚)된 순간에만 상통되는 그러한 것이었다. 가해자와 피해자라는 관계는 절대로 없었다는 것은 너도 이해하고 있을 게다. 이런 것은 새로운 기준에 의해 측정되는 기존의 가치가——이 기준이란 말은 확실히 모호하고 꼭 끄집어 설명할 수는 없는 것이지만, 그래도 어떤 객관적인 점을 예(例)함으로 해서 그것의 어렴풋한 윤곽이라도 붙잡을 수는 있다고 생각한다. 가령 신라적인 우아함이나 섬세함은 우리 고구려 사람의 눈에는 여성적으로 보인다든가, 바위는 물보다는 단단하다든가, 제비는 뱀보다는 빨리 달린다든가 하는 이러한 비교 속에는 어떤 기준이 내포되어 있는 것이 아니겠니?——새로운 가치 앞에 무력해져서 자기의 몰락을 쓸쓸하더라도 기꺼워할 수밖에 없다는 이런 것이다. 그렇다고 그것이 전적으로 무시되며, 전적으로 몰락된다는 말은 아니다. 새로운 가치라는 것은 묵은 세대나, 그 가치라는 배경, 또는 토양 위에서 싹터 형성되는 것이다. 새로운 가치의 향토(鄕土)는 몰락한 가치의 폐허 안에 있다는 말이다. 내가 말하는 어머님과 자식 간의 상통은 실로 여기에 있었던 것이다. 자식이 돌 틈에서 버섯처럼 태어났다거나, 나는 새가 갈긴 똥처럼 뜻밖에 떨어져내렸다면 상통이라든가 어떤 공감 따위가 뭐겠니?

어머님은 "나를 내려다오" 하고 말씀하셨다. 그래, 두 번이나 "나를 내려다오" 그러셨다. 얼마나 오랜 침묵 후에 들은 목소리였는지. 내게는 내 언저리에서 부딪쳐 깨어지며 소리내는 포말

(泡沫)의 그것과도 같은 달콤함과 정다움을 느끼게 해주었다. 그 말씀은 가장 훌륭한 선고(宣告)였다. 어머님은 자기의 집념으로 부터 해탈하셨고, 자식은 자식의 절규에 성공한 순간이었다.

나는 어머님을 내 팔 안에서 대지에 발을 디딜 수 있으시도록 했다. 어머님은 땅에 발을 딛자 다른 아무에게도 고개를 돌리시지도 않고, 오직 나만을 향해 얼마동안을 바라보고만 계시더니 그 가냘프고 떨리는 손으로 내 얼굴을 어루만지시는 것이었다. 그 부드러우면서도 자신 없는 애무는 자식의 여명(黎明)을 얼마쯤 가지시려는 흡혈귀적(吸血鬼的)인 탐욕도 포함해서, 자기의 낙조(落照)를 넘겨주겠다는 그런 성스런 의식(儀式)의 애무였던 것이다. 그리하여 어머님은 내게서 확실히 얼마간의 미래를 흡입하셨다. 그리고 나는 어머님 속에 있는 어떤 불멸(不滅)을 남김없이 인수(引受)했다. 이 일이 끝나자 어머님은 두어 발자국 묘혈을 향해 걸어가셨다. 가시다 말고는 걱정하셨다.

"그애 장가를 보내라, 응?" 이렇게 말이다. 그래! 자식이란 필요한 것이다. 너도 장가를 가야 한다. 우리는 우리가 가치 없게 되었다고 생각될 때, 우리의 실행력(實行力)이 진(盡)했다고 생각될 때, 그때 우리가 반드시 지니고 있을 어떤 불멸을 넘겨주고, 또 그 상속자들에게서 동트는 빛의 얼마라도 얻어 몰락의 행복을 입힐 수의(壽衣)를 만들려면 자식이 필요하다. 자식은 반드시 필요하다. 그 말씀을 최후로 어머님은 어느 때보다도 확실한 걸음걸이로 구덩이까지 걸어가셔서 그 안으로 사라지셨다. 그런 광경을 나는 목도하였다. 그때 나는 어찌된 셈인지 말도 나오지 않았고 움직일 수도 없었다. 내 눈에는 강건너 불빛처럼 서두르는 아내와 큰애의 모습이 보이고, 흙을 덮는 연장의 금속성 음향과, 흙덮이는 소리가 들렸을 뿐이었다. 그래도 나는 자식을 갖고 있다는 행복을 어머니와 같이 느끼고 있었던 걸 게다. 그리고 아마…… 비가 내리기 시작했던 모양이었다.

그로부터 한 달이나 지난 후, 엊그저께 내가 거기에 가보았을 땐 무덤은 이미 고분(古墳)처럼 보였다. 쇠비름 몇 포기가 갈라진 황토 사이에 자라나 있었다. ──하략(下略)──

3. 유수(幽囚)

소금은 한 사리를 응고시키겠지.

어떤 바닷가에 살던 한 어부(漁夫)가, 고향의 단조로움과, 되풀이 이외의 아무것도 아닌 일상의 생활에 환멸을 느끼곤, 어디든 변화도 있으면서 신기하고 자유로운 땅으로 이주해 살까 하고 어떤 날 먼 도보 여행에 올랐다.

그 어부가 그와 같은 생각을 가졌던 것도 무리는 아니었다. 하루가 지고, 또 밤늦도록 바다에 낚시나 그물을 드리워보아야 신통스러운 벌이도 못되었을 뿐만 아니라, 나날이 반복되는 그 지루한 생활과, 나날이 보는 그 끝없이 단조로운 바다는,──어부의 생각으로선 자기의 사위를 뭣인가 해정(海精) 같은 것이 그물을 치고 옭아매두어 나중엔 보람도 없는 생활 속에서 독조기처럼 절여지다 썩어 죽게 될 것이라는 그 공포심이 자꾸 들었기 때문이었다.

"아무튼, 내가 떠나 본다면 내가 뭣에 묶여 있는 건지 어떤지를 알게 될 거야"라고 어부는 결정을 내렸다. 그리고 그 결정은 곧 어부로 하여금 실천에 옮기도록 했다.

그래 어떤 날 어부는 길을 떠났다. 어부에게는 처자도 형제도 없었으므로 떠나는 일이란 어렵지 않았다.

어부는 바다로 면한 길을 피해 되도록 내륙(內陸)을 향한 길만을 걸었다. 해가 지면 나무 뿌리를 베개 삼았다. 배가 고프면 열매나 뿌리를 씹었다. 비가 퍼부어도 걷고, 눈이 내려도 걸었다. 그러나 어부는 지칠 줄도 몰랐다. 상상할 수도 없이 훌륭한, 자기에게 약속된 땅이 자기를 기다리고 있을 것 같은 생각이 그의 전신과 영혼을 지배하고 있었던 때문이다. 어부는 그렇게 하여 오랫동안을 여행했다. 수천 개의 동계 표시도 보았고, 이정표도 보았으나 어부의 발걸음은 어디서고 정착되지 않았다.

그런 오랜 여행 끝에——겨울이 다가오려는 늦은 가을 저녁이었는데——어부는 한 햇불 같은 것이 일럭일럭하며 저쪽 산모퉁이에서 유혹하는 것을 발견했다. 어부에겐 그 햇불은 발길을 걷는 사람의 그것이 아니고, 약속된 누군가를 기다리고 있는 듯이만 생각되었다. 그리고 그 약속된 인간이란 바로 어부 자기일 것이라는 생각이 들자 금방 그렇게 믿게 되었다. 그래서 어부는 추위 때문에 아니라 환희 때문에 덜덜 떨었다. 떨면서 어부는 불빛 쪽을 향해 마구 달려갔다. 달려가면서 어부는 "여보세요, 난 오랫동안 내 자신의 빛은 보지 못했어요. 거기서 기다려줘요" 하고 절규했다. 절규하며 허둥지둥 달려갔다.

불빛에 거의 가까워졌는데, 그런데 웬일인지 아차하는 순간 어부는 깊은 함정 같은 속에 빠지고 말았다. 그 순간 어부는 기절이라도 할 듯했는데, 정신을 수습해서 주위를 살펴보곤 안심했다. 사냥으로 늙은 듯한 한 수염 많은 노인이 저 위에서 서성거리며 무슨 주문 같은 것을 외고 있었기 때문이다.

"'내통삼매내조아 외통삼매내조아.'" 그리고 그는 무엇을 그 아래의 어부의 머리 위에 뿌리는 것이다.

어부는 킥킥 나오는 웃음을 참으며, "영감님, 사람 좀 살려요!" 하고 고함쳐 올려보냈다. 그러나 위에선 아무 반응이 없다. 어부는 다시 한번 소리쳤다. 역시 마찬가지였다. 어부는 다급해지기 시작했다. 그가 귀머거리 노인이라면 우레 소리 같은 고함을 질러댄다 하더라도 어부의 구원은 불가능할 테니까. 어부는 본능적으로 우선 사방벽을 더듬어보았다. 그런데 벽은 미끄럽고 둥글었으며, 하늘로 향한 입구는 작게 보이고 까마득했다. 틀림없는 거대한 항아리 속이었다.

어부가 자기의 처지에 대해 좀더 확실하게 알게 되었을 땐, 횃불을 든 그 노인은 막 떠나려는 참이었다. 어부는 정신을 차릴 수 없이 다급해져 사방벽을 몸으로 부딪치며 고함쳐댔다.

"사람 살려! 사람 살려요!" 그러자 이제껏 귀머거리처럼 주문만 외던 그가 무슨 마음에서 되돌아와 항아리 속으로 고개를 밀었다. 그는 귀머거리는 아니고, 어떤 효과를 노린 모양이었다.

"사람입니다, 살려주세요! 난 짐승이 아닙니다." 어부는 희망을 걸고 우는 소리로 애걸했다.

"사람이래도 마찬가지야. 한계를 넘는 것에는 말야. 한계 안〔內〕이라도 마찬가지지만." 메마른 음성이었다.

"여보세요, 살려주세요. 난 간첩이나 도망자가 아니고 어떻게 오다 보니……"

"이봐요, 나는 자네들의 뼛조각을 주워모으는 그런 하잘것없는 ──물방앗간의 구두쇠 같은 영감이지. 한데 내게도 인정이 있을 성싶나? 난 이 변경을 지키고 뼛조각을 주우며 늙어왔다네."

"제발 구해주세요, 네? 난 나쁜 사람이 아닙니다. 난 어부예요. 살려주시면 일생 당신의 종이 되겠습니다."

"아니, 자네는, 자네가, 선택해서, 온, 길에서, 벗어나려고, 몸부림, 쳐도, 이젠, 때가, 늦었어!" 노인은 무정하게 말하며 배낭에서 아까와 같은 것을 움켜내어 주룩주룩 쏟는 것이었다. 어부는 그것을 맛보고 소금인 것을 알았다. 어부는 더욱 비통스러워졌다.

"아니에요! 난 절대로 선택인지 뭔지는 하지도 않았지요. 나는 무작정 이쪽 길로만 왔을 뿐인걸. 아직 길도 다 안되었잖느냐 말입니다. 살려주세요! 줄을 밀어 넣어주세요, 네? 영감님."

"어쨌든, 너의, 출가(出家)가, 너의 선택(選擇)이었어. 너는 너의, 항아리, 속에, 소금, 속에서, 너의, 왕국(王國)을, 건설하도록, 되었던, 놈이야."

"쳇, 제기랄 놈의 영감님! 수염을 뽑아버릴라." 어부는 분노로 욕설을 뱉고는, "떠나올 일이 아니었었어. 집 떠나올 일이 아니었다니까. 영감님, 지금이래도 다시 돌아가게 해주세요, 튼? 다시 고기잡이나 하고 싶어요" 하고 탄식했다.

"결국 그랬대도 말야, 꼭같아. 꼭같고말고! 더 걸어간대도 돌아간대도 마찬가지지. 태어난 걸 후회하는 수밖에 없어."

"제발 영감님 이렇게 울며 빕니다. 살려주십시오! 살려주시와요! 여기서는 절망입니다! 절망입니다! 절망입니다!"

그때 그 노인은 횃불을 들고 멀리 사라져갔는데, 그 암흑한 소금 항아리 속으로 메아리 같은 몇 마디의 말이 결론이라도 짓는 듯이 들려왔다. "꼭같고말고! 집 떠나오지 않았대도, 끝없이 길을 가본대도, 너는 결국 너의 항아리 속, 소금 속에 사리로나 될 놈이었거든. 하늘이나 쳐다보고 무슨 줄이나 내려오는지 기다려 봐라. '옴급급여률령사바하.'"

〔『세대』, 1970. 5〕

최판관

1

"저기 저 사내, 자넨 거 계집처럼, 얼굴에다 매력을 무척 띠워 올리길 좋아해 보이는군, 대체로 맑은 얼굴인데, 뭔지 좀 기댈 데라도 있는 투라구, 좀 앞으로 나서볼꺼나. 아 그러구 보니 자네는, 젖 좋은 암소 만 마리하고도 비교가 안될 저 비옥한 평야에서, 그 젖에, 또 그 꿀에 실컷 먹을 감았댔군. 자넨 참 드물게 호팔자였댔어. 헌데 안됐어, 무척 죽기 싫었을 텐데 말야, 나의 애도도 자네께 얹어두게나, 안됐어. 헌데 자네 할아비로 말하면, 살았을 땐 청백리로 인구에 회자터니, 죽자마자 그런데 갑자기 탐관오리로 변해 다섯 손가락을 갖고도 조상객을 셈하기 어려웠댔지. 어쨌든 그 할애비 덕이 자네껜 컸지. 글쎄 말야, 자네 할애비 덕이 없었던들 자네나 자네 애비나 평생 똥가랭이가 찢어지도록 가난스레 살았을지도 몰랐는데 말야. 그리고 가만 있어 보게나, 뭐 자네 그렇게나 급해할 것 없네, 글쎄 여기서야 세월 좀

먹을 일 없거든. 글쎄, 그렇군 이봐, 자네 애빈 자네 할애비보담은 좀더 솔직했었어. 글쎄 그랬네. 허니깐 말야, 자네 아빈 상당히 멋들어지게 살긴 살았었는데 말야, 글쎄 그리고 이게 사실이지만 말야, 자네 아빈 자네 할애비 축재 위에 거저 앉아 있었으면서도 글쎄 그것만 가지곤 좀 모자랐던 모양이었어. 조강지처하루에도 열두 번씩 몽둥이 뜸질해 쫓아보내고, 허헛, 이웃 고을 장자네 무남독녀께 눈독을 들인 거야. 헌데 알다시피 말일세, 참아깝게도 말일세, 향기로워야 될 그 몸에서, 내 말은 그 장자에 무남독녀를 두고 하는 말인데, 노린내가 나던 거야. 것두 아주지독한 걸로 말야, 게다가 참 아깝게도 말이야, 그게 또 언청이에 백치였댔다구. 그러나 자네 아빈 장가를 그 아가씨께 든 거야. 그따위 노린내쯤 전답문서나 돈궤 냄새라고 생각해버리면 흠 흠, 거 무척 향긋하군, 향긋해. 자네 아비가 아마 한뒤 십년전에 여길 지나가며 내게 그렇게 들려주더군. 향긋할 수밖에 없잖았냐고 말이지. 그런데 장가를 들고 난 뒤, 자네 아비가 자기마누라께 어떻게 한 줄 자넨 기억하나? 그 냄새나는 언청이 백치쯤 토굴 하나 파고 처넣어버린 거지 뭐. 그래도 세때 밥은 구멍 속으로 밀어넣어 주게 했기에 망정이지, 안그랬더면 자네는 글쎄 생겨가다 죽었을 게야. 그 토굴 속에서 자네 어민 자넬 낳은 거야. 허긴 색골이란 건, 악취나는 계집하고도 한뒤 번쯤 자보는 것을 무슨 흥미로 알거든. 허나 자넨 으리으리하고도 넓은 장판방에서 자랐지. 암소 같은 유모 둘이 밤낮을 번갈아들며 자네께 젖을 먹여댔었어. 가만 있어 보게나, 아 그리고, 자네 아비 말인데, 수십 명의 소작인들의 늙은 계집으로부터 어린 딸들에이르기까지 이틀밤씩을 지내는데도 신물이 나설랑, 나중엔 홍루

278

청루 숭한 똥갈보년들 수십 명씩으로 더불어 만단설화 다 펴는 구나. 허헛, 멋이 있어, 멋이 있다구, 헌데 그러다 아마, 근이 곯고 썩고 토막이 나고, 콧대가 주저앉고, 꺾어지고, 팍 물러나, 제 명대로도 못살고 죽은 걸로 돼 있지 아마. 분명해. 그러느라 하다 보니, 자넨 좀 뒷전이라, 문맹을 못 면하고 말 지경이었으나, 워낙이 총명한 탓으로, 뭐 소작인이 제아무리 약삭빨랐대도 볏섬 손해볼 일이란 없었지. 글쎄 문 걸어 잠그고, 콩 한 됫박만 방바닥에 쏟아놓으면, 허헛, 그리고 자넨 그 콩알들을 이쪽에 몇 낱 저쪽에 몇 낱 해서 수십 몇 낱을 나누면서는 늘 앓는 소리를 했댔는데, 어땠나 불알이라도 부풀어올라 터질 듯했댔나? 어쨌든 말야, 그렇게 서너 식경을 꿍얼대다 나오면, 아 가만 있어 보게나, 이러다 보니 감기기가 도지려고 드는군, 자넨 총명했어, 글쎄 두 번인가 길가다 들은 시조 가락이었을 뿐인데도, 자네는 어느 한 모퉁이 서툰 데 없이 불러제쳐, 아첨도 상급의 아첨을 대번에 받을 정도였댔으니깐두루 말야. 게다가 널리 사랑을 열고, 사미승으로부터 일등 문사들까지 다 손님으로 접대를 했댔으니. 감기야, 이건 좀 심한 감기라, 허나 자네 만나니 반갑네, 반가워. 그나따나, 자네는 대체, 저쪽 동네서 무슨 죄를 좀 졌던고? 알다시피, 여기 이 저울은 죄 무게만 좀 달아보도록 그렇게 만들어진 게야."

"그, 그기 말씸입니더."

"허허 왜 가진 죄가 없나?"

"그케 말씸입니더, 죄락 카므넌, 그기 죄 앙이굿는교, 즈기."

"더듬을 건 없지싶네, 없어."

"즈기 말씸입니더, 그카이, 죄락 카므넌 요눔이 살았었든 기,

그기 말캉 죄 앙이긋는교?"

"건 공손하고 빈틈없는 말이야. 허지만 자네도 이제 알았겠다시피, 여긴 그 모두 살았었던 자들이, 살고 난 뒤에 오는 곳이니깐두루, 그런 거야 아예 얘기될 게 없는 것 아니겠나. 그리고 자네 이미 다 들었고, 또 내 뒤쪽 벽에다 세 가지 기호로 그려놓아, 무식한 혼은 무식한 대로, 유식한 혼은 유식한 대로, 또 장님은 장님대로, 여기 입장한 그 당장으로 다 보고, 읽고, 더듬어서 알 수 있도록 해둔, 그 기호들의 의미대로 말이세. 요약해서 말하면, 원초적으로, 또는 우발적으로 불가피한 문제란 건 아예 얘기될 게 없는 거라구. 누가 말하기를 살생은 죄란대서, 자네 모래나 바위만 씹어 먹으며 버텨볼 재간이 있나? 글쎄 자네가, 밤에 길을 걷다 자네도 모른새, 얼마나 많은 지렁이를 밟아 죽이고 풀잎을 숨죽였던동, 그런 건 얘깃거리가 안된다구. 글쎄 말야, 담을 쌓느라고 쌓다가 실수를 해서, 돌 한 덩이가 길 쪽으로 떨어졌는데, 하필이면 그 돌이 원수집의 큰아들을 쳐죽이게 했다고 해서, 내가 자네네 큰아들의 목을 친다면 그게 공정한가? 관에선 자네를 옥에 처넣을지 모르지만, 나는 그 옥을 부수려는 자란 말야."

"그카믄 말씀입니다. 뭐 택별이 말씀디릴 죄락 카넌 기 말씀입니더, 요늠흔테넌 벨판 없지싶업니더."

"그, 그래? 거 반가운 얘기야, 반가운 얘기야, 반가운 얘기야, 이건 참 아마 내게 있어 그중 기꺼운 날이 될 듯싶어, 감기쯤 아무것도 아닌 거지. 이건 얼마만인가, 아마 내 평생, 내 평생이란 건 저 처음에서부터 오늘까지를 말이네만, 이것이 처음이지 싶어, 그러구 보니 이것이 처음이야, 나중에 봐서, 오늘은 풍악이

280

라도 잡히고, 자네와 한잔 거나히 들어야겠어, 글쎄 안그럴 수
없지. 글쎄 너무 울적히 살다 보니 감기만 도지고, 풍류도 잊고
있었댔군 그래. 자네 소린 기껍고 반가워. 일언이폐지하고 좋은
시 삼백이 다 뭣이며, 좋은 노래 삼천이 다 뭣이겠나. 자네 그 한
마디는, 삼백 수의 시보다도 좋고, 삼천 가락의 좋은 노래보다도
좋은데 말이야, 자, 내 귀가 즐거움에 목말랐을 때, 어서 더 좀,
그 향기로운 얘기를 더 들려줄 수 없겠나."

"그케 말씸이락 카이요, 요눔 우직흔 생각에넌 말씸입니더, 죄
에넌 기중 큰거로, 그카이 그기에 한 다섯 가지나 있넌 기 아잉
가 그리 알아왔넌데 말씸입니더."

"오우, 건 또 처음 듣는 얘기라, 흥미가 있네, 암른."

"헤헤, 판관님도요, 백찌 너무 그래싸시지 마이소. 요눔 백찌
부끄룹어 똑 죽겠씸더."

"허허허, 어서 잇게, 이쉬."

"요눔 그저 귀동냥만 해서 알아묵기로넌 말씸이라요, 불(佛)에
넌 오계락 카넌 기 있고 말씸입니더, 유(儒)에넌 오륜이락 카넌
기 있넌데, 고 오계락 카던가, 오륜이락 카넌기 잘 지케지므넌
거것이 그카이 선이 된다고 말씸입니더, 어계지므넌 그카이 거
것이 악이 된다넌 이 말씸이락꼬요."

"거 비단결 같은 변론이야. 거 비단결이야, 거 모두 난 처음 듣
는 소리라, 신기하기만 하고, 그러면서 가슴이 다 출렁이네야.
허고 보면 말야, 자네 살았던 고장이란 무척이나 신명이 나는 곳
인 듯해. 하루에 열두 번 풍악을 잡혀도 모자라겠어. 헌데 내게
자네 얘기가 좀 어려워. 좀 풀어 들려주었으면 고맙겠네, 거 어
려워, 우주 조화 속보다 어려운 듯해. 난 몰랐었구먼, 참말이지

몰랐댔어."

"허헉. 파, 판관님도요, 그거를 몰랐닥 카시므넌 그기 말이 됩니꺼 예?"

"글쎄 자네도 알다시피 난 저쪽 동네 저울 눈을 갖고 있는 게 아니거든."

"그카믄 내 일르더릴꾜?"

"간절히 내 원하는 게 그거 아니던가?"

"썽 안낼랑교?"

"허헛따 야사람아. 거 누가 좋은 노래를 듣고 난 뒤 그 가희를 때려주겠는고."

"맞씸더, 맞씸더. 헤헤. 요눔 생각에넌 말씸입니더, 판관나리가 데게 무섭어 어지럴 뺑뺑홀 중만 알았넌데 말씸입니더, 은제요, 여엉판 다러다 아잉교."

"그래 어떻게 되던고, 큰 죄라는 것들이 말이세."

"아참, 요눔 정신머리 좀 보꾜? 으짜다 거르케 깜빡 잊아뿌릿으꾜. 그카믄 믄저, 오계락 카넌 기를 풀어 말씸더리믄, 거 첫찌넌 말씸이라요, 절단코 살생을 해서넌 안된닥 카넌 기고."

"비단결 같애, 암믄이지, 살생을 해서야 되겠나, 안되지. 그러면. 자네는 생각에 어떤고?"

"그기사 문주도 마이소. 내사 제일 싫으하넌 기 살생 앙이었굿넌교. 퍼리 목심도 목심언 목심이락꼬요."

"비단결이야."

"아 물론이사, 요눔도 넘이 쥑인 닭괴기, 쇠괴기, 돼지괴기 묵기사 묵었다 앙이굿넌교. 하지만도, 그기야 부체님꺼지도 부체님 될락꼬 집 떠나기 전꺼지넌 고래 묵고 살쪘다 앙이오. 그기야 죽은 살 아니냑꼬요. 목심 없는 살이사 묵으바도 살이제 그게 살 생이굿넌교."

"비단결이야. 허고 그런 변명은 이제 그만해둬도 되겠네. 그런 기본적인 문제야 내 다 이미 밝혔던 일, 그렇다고 백정이 모두 삼악도에 떨어지며, 중이 모두 정토에 가는 것은 아니니깐두루 말야. 어떤 인연으로서든 생명을 부음받았으면, 어쨌든 그 생명을 생명답게 생명으로써 영위했으면 되는 게야."

"맞씸더, 맞씸더."

"그 둘째 계는 뭐든고?"

"아참, 요놈 정신머리 좀 보꼬? 그카이, 그 두찌로 요놈이 지킨 기는, 사음치 말락 카넌 그긴데."

"자넨 어쨌던고?"

"요놈이사 은제요, 요놈 펭생에 못난 지제집 하나만 똑 제집인 중 알고 말씸입니더."

"호우, 건 또 제법 잘 살았던 사내치곤 또 어려운 노릇이야. 아마 자넨 고자였댔나?"

"요놈이 고자락꼬요? 천만엡니더. 눈 딱 봉해뿌고 억제럴 했다 앙이굿섭니꺼."

"비록 나라두 말이네, 젊어 고은 채 죽은 계집이 여길 지나면 말이네, 자꼬 침이 흐르고, 정신이 다 몽롱해지곤 했는데, 자네는 그렇찮았던가 모르겠어."

"요놈언 택별이 모러겠십더."

"그래? 내 기억해두지. 어쨌든 자네는 정욕이 대단스럽질 못했댔군 응? 허나 사내란 건 색이 좀 과하다싶어야 세상을 좋게든 나쁘게든 어떻게든 꾸미는 게야. 그 어느 편이든 다 좋지, 좋은 거야. 헌데 자넨 색욕이 적었던 모양이었어."

"그거는 똑 그카다꼬만 말할 수도 천상 없다 앙이긋넌교? 판관
님도 아심서 백찌 그캐싸싱만요."

"허허허, 허긴 자넨 참, 더럽게 죽은 색골의 자식이었댔지. 게
다가 자넨 푼수에 넘치게 총명했댔고. 헌데 조금 아까부터 새롭
게 구토 멀미기가 들면서, 누천 년의 권태가 조금씩 조금씩 그
그늘에 내게 덮기를 시작하고 있는데, 글쎄 어쨌든 말야, 만약
자네에게 자네 아비의 이지러진 거울이 없었더면, 자네는 어쨌
을까? 자네는 음울하게 자라면서, 너무도 많이 자네 할애비나
아비의 처세를 듣고, 느끼고 또 도처에서 그들에 의한 상흔을 보
고, 아 그래, 그런 건 참으로 무서운 인각을 자네에게 남겼어, 더
욱이 자네 어미의 죽음은 자네 생명을 영 해롭게 뒤흔들었댔지,
내 알지 알아. 헌데 야사람아 내가 보고자 하는 건 자네 같은 비
단결의 어느 한구석에라도 한올 터진 데가 없는가, 또는 어디에
추악한 굵은 올이 짜든 데는 없는가, 그런 거야."

"으앳던동, 요눔흔테 사음죄넌 없넌 기 앙이긋소?"

"거 다 맞는 소리야. 어쨌든 셋째는 뭐라든 계든고? 간단하게
말할수록 좋겠네. 이 권태여, 이건 감기라. 어쨌든 건 또 뭐든
고?"

"그기넌, 넘으껏 훔치믄 안된닥 카넌 깁지예."

"아 그렇겠군. 허지만 자넨 부자였댔으니깐 말야. 자네 할애빈
악명을 떨친 탐관오리였댔구 말야. 게다가 자넨 푼수에 넘치게
총명했댔고. 구토 멀미야, 이건 감기치곤 독하고 신종(新種)이
야, 만약 자네에게 자네 할애비의 쪼각난 거울이 없었더면, 자네
는 어쨌을까? 나는 그것이 알고 싶었을 뿐인데 말야. 인간의 욕

284

망과 욕구의 저 시작과 저 끝이 맞닿는 곳에 있는 그 어떤 아리
송한 것의 정체를 알고 싶었는데 말야. 어쩌면 내 욕심이 지나쳤
던지도 모르긴 하지."

"으앳던동, 요늠흔테 투도죄넌 없넌 기 앙이긋소?"

"거 다 맞는 소리야."

"그카고 넷찌 계락 카넌 기넌."

"됐네, 됐어. 내 이렇게 손까지 홰홰 젓잖나, 됐다구. 멀미야,
누천 년의 권태라구. 헌데 야사람아, 내가 한 가지만 좀 물어봤
으면 싶은데, 괜찮겠나?"

"참 판관님도요, 무스키 말씀얼 그카시능교?"

"허으, 자넨 참 친절한 사내야. 생깃적 그대로 정중하고 삽삽
해. 자네야 워낙이 칭송만 받고 살았댔으니, 내가 하는 정도는
간에 기별도 안갈 게야."

"판관님도요, 백찌 너무 그캐싸지 마이소."

"그럼 말야 자네, 평생에 누굴 쬐끔 미워해본 적이라도 있었나?
허긴 내 자네 대답쯤 알 만하지. 하면서도, 이 대답 한마디쯤 좀
그럴듯이 듣고 싶은 그 울적함이 태산 같애."

"참 판관님도요, 똑 무스키, 아 알개(꼬아서) 엿 뺏아묵을란맨
치로 너무 그캐싸지 마이소. 내가 백찌 와 생사람을 밉으하꼬?"

"건 그럴 게야. 자넨 오계·오륜 '적' 으로 살려고 무척 애는 썼
던 사내였댔으니 말야. 이 구슬 속에 보이는 자넨 한때 조금 미
소년이었을 시절이 있었군. 자네 좀 시달리는 얼굴이라구. 도심
과 색욕이 자네겐들 유전 안될 리 없었지. 헌데 자네는, 괴로울
때면 말야, 무슨 부적처럼 자네 가슴속에 간직했던, 자네 할애비
애비 얼굴을 펼쳐내보는 거야. 그런데도 아직은 시달림이 가시

질 않고 있어. 참 아름다운 얼굴이었댔는데 말야. 헌데 말야, 평
판이 돌기를 시작하는데 말일세, 들어보니, 뭣이라는 양반, 물
론 자네 말이지, 무척도 점잖고 너그럽고, 의젓하며, 자선심에
동정심 많고, 보시 잘하고, 좋은 이웃이며, 좋은 친척이고, 훌륭
한 가장이며, 그러니까 한마디로, 미륵불 출세라는 거야. 어쨌
든 건 좀 자네게 과했어, 과했더라구. 허나 세상 이치속이란 그
런 법이지, 폭군 한번 모질게 다스리고 쓰러진 다음에 오는 군
주란, 그 역시 폭군이란대도, 반만 착한 데가 있으면 성군이 돼
버리는 거지. 과했어, 자네게 별로 어울리지 않게 과했어. 그러
고 보면 어느 철을 막론하고, 수(數)란 건 군주라. 시달리며 겨
우 자기를 꾸미려는 그 나이에 쯔츳, 자네는 평판의 기생 노릇
을 시작하는군. 아름답고 너그러이 웃고, 음성 부드러이 말하
며, 얼굴에 매력을 피워올리기를 시작하는데 말야, 전답 몇 마
지기 더 소작하자고 마누라나 어린 딸 분발라 데리고 와 은근히
속삭이는 소리에도 외면을 하는군. 자네는, 이 세상에 있는, 이
해할 수 없는, 세 가지 자취를 몰랐어. 그 하나야 하늘을 날으는
독수리 자취고, 그 둘은, 암석 위를 기어간 독사의 자취며, 그
셋은, 남자와 자고 오줌 누어버린 계집의 그 자취라. 자네는 오
줌 뉘어 보낼 줄은 모르고, 자네 평판에 금이 갈 그 자취만 알았
다구. 허웃 츠츳, 자 그래서, 이제 자네가 가야 할 국토는 여기
겠네, 나도 심정이 울적해, 즉슨 거기, 독에 타는 독사와, 피에
주린 빈대, 게걸은 못 면하고 욕망만 한없이 늘이는 독거미와,
지옥으로부터 신음을 나르는 두더지, 그리고 오계가 무엇이며
오륜이 무엇인지, 그 모습을 으스름 속에 감춰버리려고 날개에
서 음산한 그늘만을 흩뿌리는 박쥐들, 그리고 부엉이의 노래와,

까마귀의 통곡이 가득 찬 고장, 허지만 망각되어지지 않는데, 거기, 분명 자네의 정토가 서겠네. 허지만 그 자, 아직은 몇 마디 할 얘기가 남은 듯해뵈니, 아직은 그곳으로 데리고 가지 말고, 거 한옆에 좀 세워두거라."

"으, 으, 으째 그래됩지예? 요눔, 이치속을 통 알, 알아묵덜 못하긋씸더."

건 나두 마찬가지야. 허지만 독사에게 쫓겨보며 독에 타고, 빈대에게 그 피를 빨리고, 두더지 이빨에 자네의 그 평판이 속까지 갉히고, 아무리 구원을 청해 손을 흔들어보지만, 흔들수록 더 억세게 감겨드는 거미줄에 숨이 막히고 박쥐의 날갯짓 아래서 오계도 오륜의 모습도 볼 수 없게 되었을 때, 그때, 나는 자네의 깡마른 혼육(魂肉)을 보고싶은 게야. 자넨 대체로 비계가 너무 많아. 그땐 아마 우리 서로 이치속을 알지 싶어. 저 마왕의 첩년들은, 결국 자네가 사육했었던 그것들 아닌가. 물론 자네 속은 내 짐작하지, 자네는 저 싸가지없는 잡종들을 손톱으로 눌러 죽이기나 하면서 살았었다고 하겠지만, 내게 이르면 그것은 사육으로밖엔 안 보이는 게 탈이야. 자, 이제부터 자네는 진정으로 치열히, 그것들을 손톱으로 눌러 죽일 때야. 천년이 걸릴지 반년이 걸릴지, 그것은 자네게 달린 거야. 나는 언제라도 자네 다시 만나길 기꺼워할 테니깐두루. 자 그럼, 자네 얘긴 좀 있다 몇 마디만 더 들어주기로 하지. 허고, 그렇지, 저기 저 빙충맞게 못나뵈는 사내, 거 꽤는 울고 싶어하는군, 얼굴에 매력이 없는 건 좋지도 나쁘지도 않아, 좀 가까이 오실까, 허고 그래, 거 돌의자긴 하지만, 좀 앉게, 열나흘 길 고단하기도 할세라,

2

"그리고 이봐라, 자네 이 구슬 좀 자네 상 앞에 갖다 놓고, 이 빙충맞아뵈는 혼백이 전생을 어떻게 살아왔는지 번거롭게 사사로운 건 말할 것 없고, 그중 큰 사건으로만, 글쎄 난 대체로 늘 좀 지루해싸서 탈이야, 어쨌든 동안에, 나는 대개 좀 졸아두려는 거야. 그냥 몇 마디로 요약을 해서, 내게 들려주려나. 이 친군 석새삼베 비 맞은 듯해 흥미가 없진 않아."

"예입죠, 아 드디어 나타나는군입쇼, 글쎕쇼, 나타나는군입쇼."

"내 뭐랬나? 거 번거로워요, 번거롭다구."

"죄, 죄송하오나 말씀입죠, 어쨌든 말씀입죠, 서론이란 있어야 되는 법이고 말씀입죠."

"글쎄 거 좀 번거롭대두. 거두절미를 해요, 요약을. 징검다리 딛고 건너나, 다리 위로 건너나, 짚신 벗어 허리에 찌르고 물속을 걸어 건너나, 건너고 나면 거 다 이섭대천 아니겠나."

"예입죠, 지당허신 말씀이시옵니다. 그래서 나타나고 있군입쇼."

"허헉거, 안되는 종자로군. 자넨 거 평생에 계집질 한번도 못해봤댔나? 자네처럼 하다간 묘혈(妙穴)은 얻도 못하구시나 동창에 해뜨겠어. 어쨌든 잇게, 이쉬."

"글쎕쇼, 아까부텀 이와 같은 사건이 둘 나타났는데 말씀입죠, 그게 너무 작고 볼품이 없어서 말씀입죠, 소관의 생각에도 말씀입죠, 게 너무 부끄럽고 해서 말씀입죠, 지금 여러 가지로 궁리를 하는 중인데 말씀입죠, 궁리란 건 말씀입죠, 그건 소관의 직

288

책은 아닌 듯하옵고 말씀입죠, 그게 그러하온데 말씀입죠."

"이 사람아, 어디 궁리뿐만이겠는가, 사건의 크고 작음을 판단하는 일도 자네 직책은 아닌 거지. 허허헛, 자네 어쩌다 혹간 홍루라도 들를 일이 생기거든 아예 낫을 둬 가락 차고 들게. 그래 설랑 저것이 계집이다 싶으면, 낫을 꼬놔들어 우선 목부터 쳐내고, 또 다른 낫 휘둘러 쓸모없는 두 다리 쳐낸 뒤에, 그리고 일을 시작하란 말야. 계속하게."

"하오나 이 어줍잖은 소관도 말씀입죠, 묘혈쯤 찾는 데는 묘통한 수가 있삽고 말씀입죠, 처용 돌아와 문지방에 발들여놓을 때까지는 어쨌든 말씀입죠, 반홍은 돋구는데 말씀입죠."

"허허헛, 됐어, 그 정도면 자네도 보통은 못돼. 그래서 그 구슬 속의 '이와 같은' 두 사건은 어떻지?"

"저 촌로 평생에 두 번 작은 절도질이 있었는데 말씀입죠, 그 첫번째 것은 말씀입죠,"

"글쎄 자네 의견은 뽑으랬잖나. 사건이 작은지 큰지는 자네 알 바 아니잖나. 그래 그건 무슨 절도였댔지?"

"지지리도 못난 촌로 같으니라구. 글쎄 계란 두 개를 두 번에 나누어 훔쳤군입쇼."

"그건 또 흥미가 있어. 그 첫번째는?"

"그래서 말씀입죠, 이 소관이 궁리를 하고자 했삽는데 말씀입죠, 그게 글쎄 말씀입죠, 미성년 절도라,"

"미성년 절도는 자네겐 계산이 안되나? 원 옘병헐! 어쨌든 그게 몇 살 때였나?"

"글쎄 말씀입죠, 그때 저 촌로 열두 살 때였군입쇼."

"절도 장면은 어떤고?"

"장면이랄 것도 없는 겁죠."

"그럼 느닷없이 계란을 손바닥에 만들어 궁글이더란 말인가? 그렇진 않았겠지."

"늦은 봄날이군입쇼. 이웃집 암탉이 말씀입죠, 알을 금방 낳고, 글쎄 말입죠, 꼬꼬댁거리며 둥우리에서 내려오자 말씀입죠, 이 소년께 신기로웠군입쇼. 헌데 말씀입죠, 그 집 식구는 말씀입죠, 모두 들일에 나갔고 말,"

"손을 집어넣었군? 그야 나라도 그러지. 암믄, 그건 그 암탉의 잘못이었군. 글쎄 본의아닌 유혹이었어. 그 닭이 아마 수십 년도 전에 여길 지나갔겠다?"

"암믄입쇼. 그 닭에 대한 재판은 그때,"

"귀찮으러, 귀찮다구. 허면 그 계란은 어떻게 처리됐었던고?"

"자기 어미께 드린 걸로 돼 있곱쇼, 한 마리밖에 없는 자기네 닭이 낳았다고 말한 것으로 되었삽는데,"

"드디어 자네가 요령을 터득하는군. 건 명료하고 좋아. 계속하게,"

"대덕 무궁하옵니다. 헌데 그 어미는 말씀입죠, 잔잔히 웃으면서 받아놓고 말씀입죠, 혼자 웃으며 생각만 하기를 말씀입죠,"

"그러구 보니 기억이 나누먼. 그건 수탉이었댔어. 그 어미도 스물서너 해 전에 여길 지나갔댔지 아마. 헌데 두 번째는 어쨌던고?"

"그건 말씀입죠, 환갑해인데 말씀입죠, 역시 그 이웃집에 쇠스랑을 빌리러 갔다가 말씀입죠, 아무도 집에 없는 줄만 알고 돌아오던 차에 말씀입죠, 이번엔 다른 암탉이 알을 낳고 말씀입죠, 둥우리에서 내려오는 것을 보고 말씀입죠, 또 도심을 느꼈군입쇼."

"허허헛, 주책이야. 허지만 난들 안 그럴 도리도 없지. 어쨌든 마음이라도 쓰였을 테니깐 말야. 차라리 훔치는 쪽이 나아. 그러면 말이세 뉘우치기라도 하지만 말이야, 마음은 쓰였는데 극기에 극기를 하고설랑 돌아서버렸다면, 뒤에는 스스로 교만해한다구. 나는 어느 쪽인가 하면 그런 투의 옘병헐눔의 교만을 무척 싫어하거든. 어쨌든 이번에사 어미께 드릴 재간이야 없었겠지. 그래 어쨌던고?"

"이번에는 말씀입죠, 저 촌로도 능구렁이가 다 돼가지곤 슨 자리에서 톡 깨 입 속에 부어넣고 말씀입죠, 저으기 음미하며 말씀입죠, 잇몸으로 우물거리며 말씀입죠, 속으로 웃는데 말씀입죠, 앗차 이거 말씀입죠."

"왜 거 무슨 일이 있나?"

"글쎄 말씀입죠, 그 집 새댁방 문이 빵긋 열리더니 새댁 고운 얼굴이 삐죽 나오는군입쇼."

"헤으거, 그래서는?"

"새댁 수집게 웃으며 고개 까딱해뵈는데 말씀입죠, 소관께 느껴지는 투는, 노인장께선 이빨도 없으셔 수척해지시기만 하는데, 계란이야 노인장 보신에 좋을 듯하니 저어하지 마셔요, 이런."

"아거 고운 맘씨야. 거좀 기억해둬야겠어. 그래서 저 노구는 그때 어쩌든고?"

"검버섯 핀 얼굴이 말씀입죠, 잠깐 붉어지더니 말씀입죠, 뭐라구 꿍얼거리면서 말씀입죠, 헌데 이번엔 자기네 칙간으로 달려가는군입쇼."

"어서 잇게. 숨돌릴 겨를이 없어."

"후후후, 헌데 이게 무슨 지랄일깝쇼. 늘어진 불알을 사정도 안

두고 훑고 있군입쇼."

"벌써 말인가? 거 빠르기도 허이. 계란이 그처럼이나 보양에 좋은지는 거 내 몰랐네."

"그렇지는 않군입쇼. 그게 말씀입죠."

"내 다 알지 알아. 그래 어디. 자네가 이제 묘혈을 짚을 그 찰나에 온 듯해. 그래서?"

"그 들킨 절도 행위가 도심의 욕구 불만을 일으켰는 데다 말씀입죠, 수치의 감정이 혼합돼서 말씀입죠, 그 배설의 충동을,"

"됐네, 이제 그만 해두게. 됐어. 그외엔 뭐 특별한 게 없나?"

"그게 말씀입죠, 전부군입쇼. 그외엔 너무 평범하다 보니 말씀입죠, 평범하지도 못하게 됐고 말입죠, 너무 순하다 보니 순하게도 못되게 된, 그런 농부였군입쇼. 야심도, 욕망도, 애증도, 열병도, 냉병도 없었다니깐입쇼. 한마디로 말씀입죠, 그냥 살아 있었군입쇼."

"그래? 그냥 살아 있었다구? 어쨌든 그 두 건의 절도 행위에는, 자네의 주석과 상황만 있지, 개인개인들이 갖는, 그들 나름나름의 심리적 변화의 저 절묘함이 내포돼 있지를 않구나. 내가 알고 싶은 건 객관적 주석이 아니라, 주관적 또는, 이질적 체험의 내용 그것이란 말야. 그건 참, 그럴 것 없이, 그 당자께 들어보는 것이 좋겠어, 그래, 거 좋겠어. 여게 그때마다 자네는 어떤 충동에 당했던고?"

"쇠인놈은 그라장개, 안죽 오널까장도, 후애(후회)도 후애도 너무 많이 해쌈선 살았었구만이라우. 발뜽을 찧고자파 똑 죽겄당개요."

"그건 착한 짓이야. 허지만 내 물음은 그게 아니고 말이다."

292

"글씨 그랑개라우, 요 쇠인놈 후애만 시럽당개요. 지끔도 요로케 복짱을 쳐댐선, 그라고 올람선 후애를 후애를 안항그라우. 요 눈물도 비덜 안한다요?"

"허어거, 눈물은 거둬. 내게는 눈물이란 건 너무 짜와서 싫단 말이야."

"그, 그라면, 히, 그라면, 히히히, 요 쇠인놈, 히, 웃어 비주끄라우? 히히히."

"허어거, 웃음도 거둬. 내게는 웃음이란 건 너무 매워서 싫단 말이야."

"그라면, 요 쇠인놈 워짜면 긍낙이라는 조운 고제 좀 가보쑤 있으끄라우이?"

"자네 극락에 가려고?"

"그랄라고 안죽었겠는개뵤."

"컷두 빈틈없는 말이야, 컷두."

"앙그랄라면 씨발이제, 워떤 호리야들넘이 죽고습겄소잉? 안그랴라우?"

"컷두 빈틈없는 말이야, 컷두 어쩧든 간단해서 좋아. 좋구말구지. 그럼 뭐 더 따져볼 것도 없겠네. 즉슨, 자네 갈 곳은 여기야, 글쎄 여기라고, 저쪽."

"히히, 긍낙이겠지라우이맹."

"글쎄 저쪽 말이세, 자네처럼 말이세, 반만 어두운 데, 얼음이 반만 언 데."

"헤헤이, 어르신네는 쇠인놈 덱꼬 웃으개쏘리도 잘허싱만요, 참 웃으개쏘리꾼이시당개로."

"아니지 아냐. 난 지금 슬퍼서 하는 말이야. 자네는 거기다 극락 국토를 세울 수 있을 게야."

"아니, 그라면 고것이 참말로, 그라고 맨정신으로 하는 소리다요?"

"그러면 안그런 듯싶은가."

"젠장맞을, 아니 워쨌간디 요 쇠인놈이 그런 디로 가야 씨겄는 그라우? 어르신 히얏던 말씀은, 뉘우치는 것이기가 좋다고 히야서, 요 쇠인놈 아까부텀 월매를 후애를 해쌌튼그라우."

"글쎄 건 좋고. 착한 맘씨라고 내 안그랬던가?"

"그라면 워째서 요 쇠인놈이 고 못씰 디를 가야것냐고라우. 내 참말이제, 알다가도 모르것당개요."

"그야 이렇지. 자네 거길 가면 후회할 일 없을 게야. 후회란 건 벌레라, 심정을 갉지. 건 좋지 않아."

"차라루 이 쇠인놈 이를 갈아붙일 것맹잉만요. 후애가 다 머 말라뎈씨러질 후애것소."

"그래 바로 그거야. 그러면 살얼음쯤, 살어둠쯤, 아무렇게도 자네게 해로울 것 없어."

"그래도 요 쇠인놈, 긍낙 시계란 디 똑 좀 가봤으면 싶응만이오, 안되끄라우?"

"극락 세계란 곳은 자네 살기에는 대체로 좋질 않아. 너무 뜨거운 게 탈이야. 건 불꽃이라구. 자네 거기 갈 수 있단대도 후회할 게야."

"아니 고건, 난생 첨 듣는 소린디요. 똑 거짓쏘리맹이오. 워찌 되았던둥, 나 좀 거그로 디리보내주쏘잉? 나 참말로 후애 안할랑만이라우. 글씨 여그 오기 전에 듣기로는 말이지라우, 참말이제 안그랬더랑개요."

294

"어땠는데?"

"참 존 고지(곳)라고 험서나, 모도 말짱 거그갈 꿈만 꿔싸라우."

"좋은 곳이라면 어떻다는데?"

"글매라우 그랑개 고것이, 요로탕만이라우, 참 존 꽃덜이 삼백예순날 지도 않고라우, 고운 계집덜이 비단 옷을 입고서나, 그라고 술주전자를 바치들고 말이라우, 웃어쌈선 고 꽃바틀 댕기는디, 그래각고 술잔에 술 떨어지면 또 새 술 부서주고라우, 고 술은 그란디 묵어도 묵어도 안 취함선."

"그거야 어디 술이겠는가."

"앗따 그랑개, 진드거니 좀 전디고(견디고) 들어보쑈, 묵어서 안 취한 술이 워딧겄소. 취하기는 취하는디 마침맞게 취해각고 더 취하덜 안한단 말이지라우."

"야사람아, 나라면 그런 술 마시자고 그런 데 안 갈세. 마시면 마신대로 취해서, 그대로 잠도 좀 자보고, 비록 임금이란대도 멱살 한번 잡아볼 수 있어야."

"아이고 쯔쯧, 참 한심시런 어르신네요, 술 처묵고 와 달이나 씨는 게 그래 좋단 말인그라우?"

"허허허, 자넨 내 맘에 들어. 그리고는?"

"거그는 또 복송낭구가 있는디, 고 복송 한 개만 따묵어도 말이지라우, 왼 몸뗑이에 새 심(힘)이 펄펄 솟음선 황소라도 쎄리잡아 보독씨려뻐리게 하고잖단디, 그라장개 고 맛이사 다 말해 머세 쓰끄라우."

"거 안되지. 그렇게 장사들만 모여서야 한날 한신들 싸움이 그칠 새가 없게 되지. 자넬랑 아예 단념허게, 거 별로 좋은 곳이 아니겠구먼."

"헷따 그 냥반, 말귀도 솔찮이 어둡구만이라우."

"허허헛, 자네는 참 남을 즐겁게 하는 사내야. 그래서 자네는 그런 좋은 곳엘 가려고?"

"그랄라고 결심을 골백번 했구만이라우. 그랄랑개 다갈(달걀) 두 개 훔치 묵은 것끄장 후애를 하제, 앙그랄라면 워떤 호리야들 놈이, 백택없이 지 가심을 찢고, 발뜽을 찢끄라우."

"헌데 미안시러, 암 미안시럽제."

"헤헤이, 미안시럴 것끄장 머 있는그라우. 요 쇠인놈헌티 한 번 인정만 씨면 고뿐 아니겠는개뵤잉."

"미안시럴게, 자넨 그만 거길 지나와버린 거야. 글쎄, 자네가 바라는 곳 같은 곳은."

"곤 또 무신 말씸이끄라우이. 워찌 되얏든, 춥고, 배고프고, 어둔 디서는 나는 못 살겄소. 그렇다고 불끄텡이 손꼬락 댄 것맹이 뜨겁고, 목말르고, 아픈 것도 싫당개요. 워니 뉘야들 놈이 고론 디를 좋다고 허겄소마는, 나는 절단코 안 갈랑만이라우."

"자네는 떼가 참 많아."

"그라면 요것이 머 베문시런 디라야지라우. 존 고젤 가냐 못 가냐 아 고것이 갈라지는 판인디, 그라면 내가 안그랄 쑤 있겄냐고요."

"자네 좀 살아 있었을 때 그렇게 살걸 그랬어."

"에헤이, 고것이사 어만(딴) 말 아닌개뵤."

"어쨌든 말야, 왜 그렇게 못 살았던고?"

"고걸 내가 워떻기 알아라우? 워째 고리 백택없는 소리만 실실 해싼다요 글씨. 아 딴사람덜이 나 같은 건 사람도 아니람선 해꾸지를 안허는디, 내 쪽에서 백택없이 넘 해꾸지를 해라우?"

"자넨 욕심도 없었던가? 논 한 두락이라도 더 갖고, 좋은 음식에, 좋은 옷에, 갓 쓰고 장판에나 거드럭거리고 다녀보고 싶은 생각도 없었냐구."

"아니 어르신요, 시상 사람치고 고로케 안바랄 놈이 누가 있었는그라우? 고런 것도 말씸이라고 해싼다요? 고로케 바란다고 다 고로케 살먼 나맹이 가난시럴 놈은 또 워딨겄는그라우. 바랠 것을 바래야지, 씰디없이 욕섬만 부리싼다고 머시 되딜 안한다고요. 너물 묵고 물 마시고, 홀뚝(팔뚝) 비고 누웠이먼,"

"도통 다 됐어, 도통이야. 백일몽 한번 깨고 나니 저승길이었군. 자네 말일세, 그렇게 도통하라고 목숨 주었던 것 아니네. 비유로 말하면, 목숨이란 건 금전이나 같은 게야. 그래서 들어보게, 어떤 사람이 타국에 갈제, 그 종들을 불러 자기 소유를 맡기되, 각각 그 재능대로, 하나에게는 금 다섯 냥쭝을, 하나에게는 두 냥쭝을, 하나에게는 한 냥쭝을 주고 떠났더니, 닷 냥쭝을 받은 자는, 바로 가서 그것으로 장사하여 또 닷 냥쭝을 남기고, 두 냥쭝을 받은 자도 또 그렇게 하여 또 두 냥쭝을 남겼으되, 한 냥쭝 받은 자는 가서 땅을 파고 그 주인의 돈을 감춰둔 게야. 오랜 후에 그 종들의 주인이 와서 회계를 할 쌔, 다섯 냥쭝 받았던 자는 다섯 냥쭝을 더 가지고 와서, 말하되 주여 내게 다섯 냥쭝을 주셨는데, 보십시오, 내가 또 다섯 냥쭝을 남겼습니다. 하니, 주인 말하되, 잘했구나, 착하고 충성된 종아, 네가 적은 일에 충성하였으니, 내가 많은 것을 네게 맡기려니, 네 주인의 즐거움에 참여할지라, 하고 똑같이, 두 냥쭝 주었던 종에게도 그렇게 한 것이야. 헌데, 마지막으로 한 냥쭝 받았던 자는 와서 말하기를, 주여, 당

신은 굳은 사람이라 심지 않은 데서 거두고, 헤치지 않은 데서
모으는 줄을 내가 알았으므로 두려워하여, 나가서, 당신의 한 냥
쭝을 땅에 감추어두었습니다. 보십쇼, 이제 당신의 것을 받으셨
습니다, 하니 그 주인이 뭐라고 했겠느냐."

"고것이사 내 알 배 아니겠구만이라우이."

"이랬어. 이 악하고 게으른 종아, 나는 심지 않은 데서 거두고,
헤치지 않은 데서 모으는 줄로 네가 알았느냐. 그러면 네가 마땅
히, 내 돈을 취리하는 자들에게나 두었다가 나로 돌아와서 내 본
전과 변리를 받게 하였어야 될 일이었다."

"그라고 본개 고 이약은, 똑 고리대금쟁이나 칭송허는 것맹이
오잉?"

"그리고는, 그 한 냥쭝을 빼앗아, 열 냥쭝 가진 종에게 주어버
린 것이야."

"쳇, 그라면 고 속뜻이 워떻기 된다요. 있는 놈만 더 있게 살랑
것 아닌개뵤잉. 없는 놈은 그라면 죽으란 말배끼 더 되요? 고 있
는 것끄장 워째서 뺏느냔 말이냥개요?"

"다시 권태가 밀리는구나. 감기야, 독한 감기야. 이봐라, 이 무
익한 사내를 바깥 저쪽 어두운 데로 내어쫓으라. 아, 아니, 잠깐
그 사내도 한옆에 세워두게.

3

허고, 그 구슬일랑 내게로 다시 가져오라, 자네는 대체로 사설
이 많다구. 이번에는 저 스님을 이 구슬 속에 좀 모셔볼까? 스님

은 그러니깐, 중질을 한 오십 년 좀더 하셨댔군. 순수한 무를 결정시킨 이 구슬의 순수한 유(有)의 아름다움이여, 몇억만 겁의 이 순수한 무의 퇴적임이여, 이 퇴적 속에 모든 현상 재현될 수 있다, 과거와 현재와 미래는 아예 없는 것, 운동을 좇아 생겨나지만, 운동은 아예 극대한 멈춤. 멈춤 속을 운동해간 생육들의 족적 스러질 수 없다. 멈춤 속에 멈춰버림이여, 과거와 현재와 미래의 없음이여, 구슬 속 조화는 여기에 있다. 순수한 없음의, 순수한 멈춤의 이 한덩어리임이여, 있으면서 없고, 없으면서 있음이여, 자 재생해나라, 저 운명의 족적 등을 부표시키라. 나는 한 마리의 독수리임이여, 저 통시적 생육의 작위들의 공시적 재현이여, 저 들을 나는 휘어내려다보노라. 흠, 흠, 모든 운동의 과거 속으로 침전되어버렸던 모든 현상의 공식적 부표란 헌데 읽어내기 저으기 힘들어. 이것은 차라리 암호 같은 것이고, 해괴스럽다고까지 해야될지도 모르겠다구. 이 공시 공존의 현상에 어쩔 수 없이 따르는 저 폐쇄란, 우주의 침묵 같은 것이고, 그것은 또한 모든 개방의 국토임이여, 구슬임이여. 생육들은 땀과 눈물을 삐적거리며, 횡으로 횡으로만 몸부림쳤구나. 자 정진하라, 모든 현상의 종적 정지를 횡적 운동으로, 횡적 운동은 종적 정지로, 그리하여 저 생육들이 살고 죽음에 있어 쌓았던 업의 한 모서리라도 헐값에 매도치 마라. 나는 누구인가 하면, 한 극대한 정지와 극소한 운동 사이의, 한 극대한 종(縱)과 한 극소한 횡(橫) 사이의 변방 관리이기 때문일레, 흠흠, 가만있거라, 헌데 구슬 속의 이 운명은, 이 운명은 어찌 이렇게도 난마 같으냐. 이것은 아름다운 것인가, 추악한 것인가. 이렇게도 현란한 빛을 뿌리며 이렇게도 잡음들이 뒤섞이며, 이렇게도 쪼각난 현상들이 난

립해 있음은 아 혼돈의 끝가락이 시를 음악을 만듦이여, 권태가
마비에 쓰러져 눕는구나. 눈을 크게 뜨고, 심정을 차게 가라앉힌
뒤, 이 현상을 통시적으로 읽기에 드디어 정진하라. 그러구 보
니, 안개 속에서 봉우리들이 돋아나듯이, 그렇구나, 그러구 보
니, 이것은 어쩐 가을빈가. 산들은 짙은 운무에 허리들이 짤렸구
나. 그 머리들은 외로운 목신들처럼 시린 뿌리들로부터 몽상을
깬다. 차차로 밤이 깊어든다. 벌레 울음 소리도 별로 없는데, 어
디서 잠 못 들고 노루가 운다. 아 저 구슬픈 풍경 소리, 그 또한
고독한 목신(木神)임이여, 애처롭게 우누나, 그 뿌리를 고적 속
에 내렸음이여. 그리고 염불 소리, 그건 간간히 들리는데 그 또
한 목신임이여, 촛불임이여, 저 외똘아진 산사(山寺)는 목선(木
船)임이여, 저 고적의 가장 밑바닥으로 침몰됨이여, 가을이 비가
돼서, 비는 밤이 돼서, 밤은 바다가 돼서, 그 바다는 죽어간다.
심정에 음악이 출렁거림이여, 아 그리고 드디어 나는, 저 법당
안의 제우는 촛불을 볼 수가 있구나. 오, 저 제우는 촛불 아래 기
자(祈子)하는 저 계집을 보거라, 그건 아름다운 촛불이로구나.
저 스물세 살 젊은 스님, 헤아리는 백팔염주, 그 구슬마다엔 물
오른 백팔계집, 백팔번뇌는 스러짐이여, 번뇌 하나, 번뇌 둘, 번
뇌 백팔마다에 피어오른 저 계집은 몽락수 꽃잎, 촛불은 제운다,
밤은 깊는다, 창엔 비뿌리는 소리, 귀뚜리 소리, 자 비약하라, 이
목신적 풍경이여 비약하라, 촛불은 제운다, 귀뚜리 소리, 이것이
낙엽지는 소릴거나, 계집 사르르 옷벗는 소릴거나, 돌아왔어야
될 주지승은 새벽에도 안 오고, 스물세 살 젊은 스님 건장한 가
슴에, 촛불이 안긴다, 목락수 꽃이파리, 뿌리 뽑힌 저 목녀(木
女), 불(佛)이 탄다, 탄다, 귀뚜리 소리, 비뿌리는 소리, 촛불은

하매 오래 전에 꺼졌다, 저 무참한 새벽은 언제나 오는구나, 그것은 재를 뿌리며, 산의 봉우리로부터 산의 뿌리로 내린다. 옌네처럼 그리고 옌네도, 봉우리로부터 하산한다. 그리고 스물세 살 젊은 스님, 아 저 가여운 목동(木童), 저 불(佛)의 꺼진 잿더미에서 재처럼 사그라진다. 바랑을 걸머메는군. 떠나는군. 세월도 자꾸 떠나 떠난 세월은 그 조금이 아랫녘 옌네의 배에 쌓인다. 무참한 새벽이 거기 어렸던 목락수 꽃그늘을 빼앗아가버려 속이 비어버리게 되었던 저 백발염주엔, 떠나 안 돌아오는 상좌 그리는 주지승의 슬픔이 쌓여 차이고, 그러자 옌네는 해산을 하는데, 사산아로구나. 고자 서방 수청살이 골반이 쉰 거야, 쯔츳, 비극은 그것만이 아닌 듯하군. 자, 이 구슬이여, 나로 비약케 하라. 나로 한순간에 삼세를 열람케 하라. 삼 년이 흐르는군. 노숙에, 걸식에, 병고에, 주림에, 헐벗음에, 목마름에, 그리고 아마도 무엇보다도 내종(內腫)에, 그래 나는 그냥 내종이라고 말할 뿐이지만, 저 색골미동 골개탁주 다 버렸는데, 웬일로, 그리하여 드디어 귀로고사(歸路古寺)라, 헌데 이 웬일일꺼나, 병석의 주지승께 인사 한마디 없이 망나니 다 돼설랑 법당에로 들이닥치더니, 저런 행패를 부릴 수가 있다니, 두 손에 불상 움켜 쥐어 공중으로 쳐들더니, 법당 바닥에다 내북치는구나. 그 뒤에서 주지승은 피를 토하고 죽어가는데, 한걸음에 뛰어넘곤, 마을로 달리는군. 사산아를 낳았던 옌네를 찾는군. 밤이군. 뒷산 잔솔 속으로 데려가는군. 그리고는 싫어하는 저 불쌍한 암컷을 한움큼에 죽여버리는군. 쯔츳. 그리곤 장삼 벗어 그 암컷을 싸고, 땅 파서 묻어준 뒤, 휘파람을 한 번 간단히 부는데, 시절이 하수상해, 어디서 난리가 났다는 소문이라, 거기로 달려가는군. 무참히도 죽이고, 무참히도 강간하고, 무참히도 약탈하고."

"거 지루한 얘기가 아니겠나요. 그만해두시지요. 소승으로 말하면, 살욕이 과하고, 음심이 과하고, 탐욕이 과해서, 한때 생각에, 그런 것들이 모두 죄라면, 정화되지 못한 그런 죄근(罪根)인 채 땅 위에 드러내졌던 게 아닌가도 했었지요."

"헌데도 스님은 중질을 계속해왔는데, 그게 내겐 묘통하단 말야. 어떻소, 저 모든 파계에 따랐던, 저 가장 큰 동기에 대해 뭐 좀 할 말이?"

"허허헛."

"참 소탈한 웃음이시군. 허나 이 변방의 한 작은 벼슬아치의 직책을 고려해주기 바라오. 사내가 계집과 하룻밤쯤 잤다는 일쯤이야 오히려 건전한 바라, 문서로 정리할 것까진 없겠으나, 그 이후 그 계집을 죽인 것에 관한 한은,"

"참으로 짧은 동안이지만, 그런 뒤에야 난 평정을 좀 얻을 수 있었지요."

"아 평정을 얻었구려."

"소승은 결국 그렇게 도피를 해버렸었다는 걸 나중에야 알게 되었었지요."

"삼 년 본사를 떠나 유리했을 때, 그것이 도피였던 듯했는데, 그것으로도 도피가 못됐던 모양이었구랴."

"결국 못됐었지요. 그럴수록 그 엔네의 무게만 가중했댔으니, 견뎌낼 재간이 없었지요."

"그래서 종내는 돌아온 거구랴. 헌데 깨뜨린 불상에 대해서는 아무 참회도 번뇌도 치르지 않은 듯했는데……"

"건 그랬을지도 모르지요. 어쨌든 그짓은 도피하려고 한 짓은 아니었었지요. 도피라기보다는 아마도 도전이었지 싶습니다. 그리고는 환속한 거지요. 오욕에 스스로를 태운 거지요. 그건 자학 행위는 절대로 아녔었지요. 정말 순수히 훌륭한 동물이었을 겁니다요."

"그럼 그 환속은 저 도전에서의 승리였구랴."

"아마 그렇게는 대답될 수 없을 겝니다."

"오욕의 맛은 어땠었소?"

"방금 전에도 비슷이 말씀드렸었소만, 그때 소승은 다만 완전히 벌거벗은 인간이었을 뿐이었지요."

"그럼 다시 탈속하고 옛절로 돌아갔을 땐, 그 인간 위에 옷을 입혔었소, 아니면 포기였댔소? 그 이훈 불상도 없는 절을 고독하게 지켜왔는데 말이지."

"허허헛, 그땐 말씀이외다. 계집쯤 간통을 한다더라도, 그런 것쯤 뭐 그렇게 문제될 게 없었지요. 만 명의 계집이 애를 얻겠다고 와 있었다면, 다 애를 갖게 해줘도 좋았고, 그렇지 않아도 좋았던 거지요. 살생도 뭐 마찬가지였을 뿐이지요."

"그러면 어째서 그렇게 하질 않고, 내 보기에 늘 조는 듯하게 일생을 보내버렸댔소? 속박없는 정신의 성취란 제왕 이상의 것이고, 제국을 갖지 않았어도 제왕일 수 있었는데 말이외다."

"허허헛, 결국 다 마찬가지였댔지요. 내게 한번 인간적인 육성으로 말하게 한다면, 속박으로부터 어떠한 정신도 끌어올리려는 노력은 할 일이 아니라는 것이지요. 물론 내 경우는 그러한 노력의 무서운 포기였으며, 무서운 전략이었댔습니다만, 그거야 뭐 새삼스레 문제가 될 건 없겠지요. 어쨌든 속박으로부터 뛰어넘는다는 일, 그것은 가능하며 ── 그러나 그뒤에 오는 것은 일종의 시회 같은 것, 글쎄 말이지요, 그리고도 그뒤에 뭣이 남는다면, 그게 사리나 아닐까요. 사리란 나로서는, 도의 응결체라고는 아무래도 생각할 수 없군입쇼. 어쩌면 그것은 저 속박없는 정신을 담았던 육신적 생명이, 어쩔 수 없이 부피를 차지하고 있던 그 세계에서, 어쩔 수 없이 당하고 치러야 했던, 차라리 몹시도 이질적인 것, 그것은 다시 속박이라고 말해져야 될, 바로 그런 것일지도 모르지요. 도의 육화란 다분히 주술적 의미를 띠고, 그 주술로 인해, 그 위에서 숱한 절이 서고, 숱한 신도들이 따르는 듯한데, 허허헛, 그렇다고 소승은 그것을 무속적이라고 말할 생각은 없습니다요. 도의 육화 *Incarnation*란 주술적이라고 단언했을 경우에 오는, 저 세계의 혼돈을 상상해보십세요. 어쨌든 소승의 소견에는, 아까 판관께서 비유로 말씀하신 것처럼, 도라는 것도, 암석 위의 독사나, 하늘의 독수리나, 간부와 잔 음녀 같은 것이나 아닌가, 라고도 생각이 드는군요."

"허허허. 그러구 보니 이런 의문이 드는데, 저 속박으로부터 떠난 정신과, 아직도 속박 가운데에 깊이 잠겨 있는 육신과의 사이에 끼었을, 저 부조화를 어거하는 게 뭣일 것인가, 하는,"

"아마도 거기에 대한 대답은 얼마든지 있을 수 있겠지요. 판관께서 밝히셨습니다만, 판관께서 자리잡으신 곳이 바로 그 일점이 아니셨습니까요."

"그렇다고 한다더라도, 반드시 스님의 고견과 이 변방 관리의 의견이 반드시 일치한다고 할 수는 없을 듯한데 말이와다, 물론 출발에 강점을 두어서 하는 말인데,"

"대지와, 그 대지에 뿌리를 뻗는 뿌리와의 사이에 끼인 격절을 생각해보신 적이 없으실 수 없겠습죠. 어떻게 저 뿌리는 저 대지로부터 꽃을 피워낼 수 있는지 어떻게 저 뿌리는 대지를 죽지 않게 하는지, 저 격절을 생각해보십세요."

"아마도 우리 얘긴 할 만큼 한 듯하오, 마는, 그래도 나 이 하찮은 변방 벼슬아치로선, 아직도 스님을 어느 국토에 보내드려야 될지, 선뜻 판단이 나질 않아 그러는데, 이 문제에 대해서의 스님의 답변은 어떠실는지, 전제없이, 소박하게 말해서, 생명은 어쨌든 작위라는 점에서, 나로서는 스님의 일생을 두 기간으로 나눌 수밖에 없는데, 옛절로 돌아간 뒤부터 스님은 거의 작위를 멈추고 있었단 말이외다."

"결국 모든 게 무의미했댔지요, 순수히 무의미했댔어요. 작위나 부작위나 그거 모두 같은 것, 작위가 부작위며, 부작위가 작위며, 작위가 없으니 부작위도 없으며, 부작위가 없으니 작위 또한 없으며, 색즉시공 공즉시색."

"허으헛, 그럼, 잘, 가시구랴. 이 변방 작은 벼슬아치껜 스님께 드릴 국토가 없은즉, 정토도 말고, 염라도 말고, 모든 곳으로 가시구랴. 죽지도 살지도 않았으니 태어날 일도 없을 일. 정토도 그 혼심(魂心)에 없으니, 염란들 있겠는가. 오 저 우주가 혼신으로 열고 그를 맞아들이는군. 무라, 무라. 복되라고 결코 말할 수 없으나, 별수없이 수사상의 필요 때문에, 저 혼 없는 혼을 복되라고 말할 밖에 없는데, 저 복된 혼이여, 귀의하시오, 순수히 귀의하시오."

"판관 나리요."

"옴."

"내 말씀 앙이들어 볼랑교?"

"아, 자네, 안락하게 살다 온 사내, 그렇군, 내가 자네께 몇 마디 더 들어주기로 약속을 했었지 아마? 그래 뭔고?"

"그카이말입니더, 내 도통 알 까닭이 없다앙이긋업니꺼예."

"글쎄 그게 뭔데?"

"그카이 말씸이라요, 딴기 앙이고 말입니더, 으째서 저 죄 많언 중눔에 데릅게 얼럭진 혼백이 복되닥 카냐 요 이문(의문)입니더."

"그 대답은 글쎄, 한마디로, 나로서는 도저히 할 수가 없어."

"판관님이 그캐서야 말이 됩니꺼?"

"허나 번뇌는 자궁 같은 것이야. 그것의 극단적인 것은 얼마나 황홀한 불꽃인가. 하지만 이것은, 저 스님의 혼백에 대한 대답은 절대로 아니지 아니야. 번뇌는 정화수 같은 것, 그 정화수에 태워드는 저 혼의 찬란한 불꽃이여."

"그라면 요 쇠인놈은 벌노치 안히얐다는 고 말씸배끼 더 되요잉? 벌노란 것이 대천지 머세 씨는 약인 중은 몰루겠소마는, 나도 정화수란 것 접씨에 쪼꿈 떠놓고, 주왕신 뫼시도 봤소. 워찌되얐든지간에, 다갈 두 개 홈치묵은 것이사, 살인하고 너무 제집 알과 묵은 것보당은 헐썩 짝은 죄 아닌개뵤. 안그런그라우? 그라장개 나도 긍낙 시계 월매라도 갈 수 있겠소. 안그런그라우, 똑뿐질러 말씸 좀 하쑈."

"헹이참, 댁은 '거좀 기를 패액 꺾고 얌전시리 쭈구시고 앉았씨락 카이.'"

"'아 그라먼 사둔은 내 말이 틀렸단 말여?'"

"'머시 틀리고 앙이틀리고가 있노? 촌사람은 그저 입 딱 봉해뿌고 뒈진 눔 붕알맹키 있으야 된닥 카이.'"

"'헤엣따, 사둔은 백찌 그래쌌네. 내가 말이사 바른말 안 했는개벼? 들어봬겨요 모도, 글씨.'"

"그카먼 판관님이오, 자선이락 카넌 거 하고, 번노락 카넌 거
하고, 어너 쪽어기 더 아럼답닥꼬 생각하넌교?"

"자네는 어떻게 생각하나? 내 생각엔 말야, 그 둘 다 아름다운
것이지만, 그게 글쎄 서로 종류가 너무 달라서 뭐래얄지를 모르
겠어."

"맞씀더. 착한 일이락 카는 기는, 분멩히 말입니더, 긍낙 시계
갈 양반덜 끼 앙이긋업니꺼?"

"거 비단결이야."

"하무넌,"

"자네도 극락 세계를 갈려고?"

"헤헤, 똑 짱글라 말씀더리믄 그타 앙이긋넌교."

"허긴 자넨 자선심을 베푼 척할려고 꾸미긴 무척 꾸몄댔어. 건
비단결이야."

"뀌미기만 뀌몃긋섭니꺼? 했지예."

"호우, 거 장했던 일이야. 허면, 좋은 일 베푸는 데도, 그러니까
거기도 대체로 한 다섯 가지 정도나 있던가? 가령 호오사, 또는
오덕사 해서 말야,"

"그카이 회심곡이락 커넌 기 안있긋넌교? 회심곡이 머 아덜 줄
늠기 노래긋섭니까? 그카이 오계 오륜이 있고 말이라요,"

"자네는 자네 말대로, 처라고는 하나뿐이었던 모양인데, 그럼
자네 어땠나, 자네네 사랑방엔 거 모두 줘서 싫다 안할 홀애비
식개들도 많았댔는데, 어디 밤잠들이기라도 좀 보낸 적 있었던
가?"

"아이구 으얏꼬? 으캐 그런 패륜지사럴, 다른 이도 앙인 판관님

입으로 말할 수 있섭니꺼?"

"저 아집의 더러운 혼이 내 감기를 다시 도지게 하는구나. 오이 악취여,"

"으얏던동, 판관님 입으로도, 요눔이 죄는 없닥 안했습니꺼. 백찌 그래 밉어해쌍만이오,"

"글쎄 그러길래, 우리 다시 한번 만나자구 했잖았나? 내 저울 눈에는, 글쎄 이 눈금만 멕여져 있는 게 탈이야. 그것은 다만 죄의 무게만 달게 돼 있단 말야,"

"그카이 요눔언 죄가 읎다 앙인교,"

"글쎄, 그래서 탈이야, 그게 탈이라구."

"그라면 조 판관 어르신네라우, 요 쇠인놈이 한가지만 똑 물어바도 쓰끄라우?"

"잇게."

"그라면 말씀이지라우, 대천지 궁낙 시계란 고제는 워떤 사람 덜이 간단그라우? 나는 고것만 똑 좀 알았이면 싶우그만이오,"

"여봐라, 자네 거 들고 있는 명부에서, 찾아, 그 사람들 이름을 이자에게 들려주려나? 거두절미하고, 이름들만 읽어. 자 그럼 폐정하고, 나도 잠깐 입적해, 이 권태로부터 좀 떠나야겠어. 내일 다시 개정하지. 읽은 뒤, 이자들은 각각 제 갈 곳들로 보내라."

"글쎄 말씀입죠, 이게 말씀입죠, 내가 늙어 눈이 흐려져 볼 수가 없는지 말씀입죠, 아니면 말씀입죠, 명부의 글씨가 날랐는지 말씀입죠, 도통 적히지를 안했는지 어쨌는지 말씀입죠, 그게 말씀입죠, 대단히 죄송스러우나 말씀입죠, 글쎄 한 자의 글씨도 말씀입죠, 읽을 재간이 없군입죠, 글쎄 말씀입죠. 이눔도 늙었는지

308

말씀입죠, 기억력이 나빠졌는지 말씀입죠, 통 기억해낼 재간도 없고 말씀입죠……"

"그카이 살았일 때, 요른 씹으묵우갈손아, 드릅게 좀 새검시럽게 살았더무는, 영판 후히나 안헐 긴데, 으느 뇜이 열 제집 싫닥카며, 으느 뇜이 지 재물 넘주기 좋아하긋냐꼬? 가로늦게 그카이 바램이 난 기, 지끔이락또, 고노묵손덜 피 좀 알개, 천 제집 똥꿍딩이나 철썩철썩 때리밨이믄싶다 앙이가."

"아 그라고시나 가만있어 본개, 요거시 참말이제, 영 죽을 일은 아녔던맹인디, 내가 요거 참말이제, 씨잘 디 없이 죽었내벼. 요거 워디, 폭폭정이 치받치 올라싸서 전뎌 묵겄어? 누가 날 좀 살리쑈잉, 날 좀 살리돌라고라우. 허웃참내, 내가 참말이제 안죽을 걸 죽었는개벼, 백택없이 죽었내벼."   〔『월간문학』, 1971. 6〕

山北場
—「却說이 日記」基四

옷소매를 잘라내어 어깨로부터 맨살이 드러난 왼쪽 어깨엔, 고추와 숯을 꿴 외로 꼰 새끼줄을 둘렀고, 벗은 그 팔뚝은 피로 보이는 붉은색을 온통 철갑해 소름이 끼치게 하는 사내가, 누구나 다 달고 있는 그런 평범한 오른쪽 팔뚝의 오른손으론, 내놓은 자신의 음경(陰莖)을 잔뜩 움켜쥐고 바쁜 듯이, 골목을 통과해나갔다. 밀폐 같은 눈이 밀폐로 내리고 있어, 누구 하나 내어다보는 사람도 없고, 개도 짖지 않았는데, 북쪽에선지 어디서인지, 모루를 치는 망치 소리가 한번씩 들려오긴 했지만, 그 소리는, 밀폐의 열두 겹 항아리〔甕棺〕속에서 우는 사산아의 노래였을 뿐이고, 마을은 떠난 듯 보이지 않았다. 마을은 정말 떠난 듯했다. 그것도 오래전에 떠나고, 밀폐같은눈같은저녁수풀, 밑의 이엉 이은 지붕들에 눈만 내리고, 눈만 자꾸 내리고 그 닫긴 속에서, 해수 걸린 죽음만이 참아지고 있었다. 참고 있었다. 불은 아까부터 꺼지고 끄르륵 소리만 내는 장죽을, 이 없는 잇몸으로 한사코 빨아대며 누워서. 그러다 갑자기 생각이 난 듯, 피흘러 빠진 생명의 때묻은 흰 그림자를 벗어 횃대에 걸곤, 음험한 실체를 일으키더니 더덕진 문구멍에 눈을 대고 빼꼼히 밖을 내어다본다.

난 처음엔 두려웠고, 다음으론 우스웠고, 그 다음은 나 자신도 모르게 바짝 긴장이 되어 그 사내를 뒤따랐다. 그리고 어중간하게 떠들어주었다.

"헤헤, 선생, 신색이 퍽 좋아뵈는군입쇼, 예? 헤헤헤, 갈보집에라도 가시는 길입죠?"

그랬더니 그가, 걸음을 멈추고 돌아서선, 아주 이상스러운 그렇지만 무섭지는 않은 그런 괴물이라도 보는 눈으로, 나를 넋놓고 바라보기 시작했다.

"참 경탄할 만한 신색이셔요. 이, 이눔은 장돌뱅이올습죠. 헤헤, 다니다보니껜입죠, 참 풍만한 년도 있고 말입죠, 되게 말라 비틀어진 년도 있는데 말입죠, 그 어느 것이나 맛은 다 괜찮아요, 아 괜찮구말굽쇼. 헤헤, 그래 오늘도 이눔 터억하니 온 겁죠. 터억 온 겁죠. 눈 때문에 불은 끄고 있지만, 그래도 가슴이 허전해 몸부림은 치고 있는, 이 계집의 사타구니에다 정액 몇 방울 흩뿌려 장을 피워낼려고, 그럴려고 이래 왔습죠. 그점에 있어선 선생과 뜻이 대강은 일치되는 듯한데, 거, 양, 양물(陽物)이 시, 시리지 않을깝쇼? 언 양물은 갈보도 싫어합죠."

"………"

그래도 그는 말을 않고 입만 우물거렸는데, 내 보기에 그는, 갑자기 좀 떵해졌다거나, 또는 왠지도 모르게 느닷없이 전신에 타라(楕懶)가 퍼져버렸다거나, 하여튼 그런 무슨 불청객이 혀를 타눌러버린 그런 탓으로, 혀가 괴로워 쩔쩔매고 있는 것 같았다. 그래서 내가 더 계속했다.

"선생께서 이, 이놈을 귀찮아만 않는다면 이놈은 뒈질 듯이 선생을 따르겠습니다요. 아무렴입죠, 입죠. 헌데 선생의 그 왼팔과, 야, 양물이 너무 애처로워뵈는군입쇼, 거 정 애처로운뎁쇼. 그, 글쎄, 거 선생의 손 속에 꺼, 껍질만 남기고 알맹인 도망친 것만 봐도 알조입죠, 알죠."

"………"

그때 그가, 여태까지의 태도를 돌변시켜 왼쪽 팔뚝을 마구 휘둘러대며 낄낄거렸기에 난 몹시 우쭐해질 수 있었는데, 다음 순간엔 몹시 낭패된 기분을 맛보아야 되었다. 그의 그짓은 순전히 독자적인 것이었지 결코 내 얘기에 대한 반응이 아니었던 때문이다.

"드디어 제구시가 젖을 빨기 시작했다. 드디어 빤다, 빨아."

나는 그래서 어깨를 한번 으쓱해보고, 벙거지 차양을 괜스레 한번 쭈그러뜨려보는 것으로 나를 위로해주었다. 그리고, 그가 다시 걷기 시작했기에, 낭패감은 어쨌든 잠깐 접어두고, 부지런히 그를 따라야 했다. 그것이 내 의무인 것 같은 생각에 난 쩌들고 있던 것이다. 그는, 낄낄거리는 일과, 팔을 휘두르는 짓을 계속하면서도, 간혹 한번씩 어디선가, 흘러나와 퍼지는, 망치 소리 그거 하나를 질투하여, 파묻어 질식시켜버리려고 무자비하게, 부나비처럼 부딪치는 눈 속을, 유령처럼 잘도 헤쳐나갔다. 그는, 초인적으로 보일 정도로 몸이 잽쌌는데, 그가 한 번의 발길질로 칙간의 똥을 파먹던 개 한 마리를 절뚝이게 만들었을 땐, 난 그를 존경해버리고 있었다. 피골이 상접한, 엉성궂은 검은 털의 그 개는, 몹시 절뚝이며, 몹시 울며, 어느 골목으로 사라져버렸는데, 나의 선생이 그 골목에다 대고 욕을 퍼부어댔기 때문에, 난 어리둥절해질 수밖에 없었다.

"이 쌍놈의 할망구야! 잡귀잡신이 싼 똥을 파먹구 다녀? 에엣 쒜!"

"저, 저어 서, 선생, 선생, 헤헤이참, 농담도 잘허셔, 허신다구. 허셨습죠? 아니거들랑입쇼, 이눔도 좀 알도록 말씀을 허셔얍죠, 물론 그러셔얍죠."

"아하하, 제구시가 흥분되어 있구나. 발정되어 몸을 꼬고 있구나. 아하, 제구시가 옥문(玉門)의 빗장을 뽑고 수선화를 키워냈구나, 냈어. 오실 아기, 내 독생자여, 이 흰 누라가 너의 강보올시다. 너의 강보올시다. 잡귀잡신이 싼 똥으로 살며 빈 모루나 두들기는 이 가련한 백성아, 이 식은 백성아, 네가 그 모루에서 황금과 유황과 몰약을 짜내려고만 했던들 복이 있었을 것을, 복이 있었을 것을."

그러고 보니 기우는 오후였다.

선생은 씨부리면서도 돌진을 계속했다. 대변이라도 마려운 듯, 그는 몹시 거북해하기 시작했는데, 그건, 도망쳤던 알맹이가 어느덧 돌아와선, 내 선생의 그 큰 손을 빼꼭 채워놓은 그 탓인 것 같았다.

마을의 가운데엔, 좀 고전적인 마을이라면 어디나 있는 그런 고목이 한 그루 있었는데, 그 앞에 닿아서야 내 선생의 돌진은 멈춰졌다. 고목은, 장정 다섯 사람 정도가 팔을 벌려 이어 돌려도 그 아름을 벗어날 만큼 컸는데, 그녀는 전신을, 외로 꼰 새끼줄에 염습을 당해 있었고, 새끼줄은 그런데, 오색 헝겊 조각과, 남근(男根)을 연상시키는 돌과 깎은 나무를 물고 있었다. 그러고 보니 고목 주위에 세워져 있는 크고 작은 돌들이 모두, 하나의 궁극적인 형상에 있어 꼭같았다. 남근들이었다. 그것들은 한결같이, 낡고 낡아 풍화되고 있어, 앞으로 열람하려 벼르는 이 고장의, 어떤 소사(小史)를 말해주고 있는 듯했다. 눈송이들은 이 풍화의 지붕 위에도 쌓이고, 창턱에도 쌓였다. 그리고 어이없게도 느끼는 내 슬픔 위에로도 내렸다. 게다가 나무는 죽어 있었다. 아마도 죽었기에 염습을 당하고, 그 염습에다 혼백을 걸었을 것이다. 그 죽음 위에도 눈은 내리고, 혼백들은 벗었기에 몸시려 했다.

어이없게도 내가 슬프다가 그런데, 나는 선생을 잃어버린 걸 알게 되었다. 도대체 종적이 묘연해져버렸는데, 지진이 있었던 것도 아니니 땅속으로 빠져버렸다고 생각할 수도 없었다. 그렇다고 내가 백주에 유령을 쫓았다고 생각할 수도 없었다. 어쨌든 심정이 몹시 비틀리며 배신당한 기분이 들었다.

"선생, 어이 선생, 대체 어딜 갔습죠? 어디 계십죠?"

그래도 나는 불러보았다.

그래도 대답이 없었다. 그래 하는 수 없이 돌아서려는데, 그때에야 어떤 속에서 밖으로 흘러나오는 그런 음성이 있었다. 반가워서 그에게 입맞춤이라도 하고 싶었다.

"형제는 이쪽으로 오너라."

말소리는 고목의 뒤쪽에서 흘러나왔다.

"와서, 내가 얼마나 이 땅과 이 멸종될 인간들을 사랑하고 있는가를 형제야, 너는 보아두게."

"무, 물론 그래야겠습죠, 아, 물론입죠."

대답하며 나는 얼른 고목의 뒤쪽으로 돌아갔다. 그리고 나는, 선생이 그렇게도 감쪽같이 사라질 수 있었던 그 까닭을 알았다.

314

고목은 속이 텅 비어 있어 서너 사람 정도는 들어앉아 골패노름이라도 할 만했다. 나의 선생은 그 안에 있었던 것이다. 그리고 바닥에 누워 양물을 문지르고 있었던 것이다. 그래서 저절로 그렇게 연상된 거지만, 고목이 내품(內稟)을 보여주는 그 구멍은 틀림없는 음호 모양이었다. 한 둥치로 내려오다 두 뿌리로 분류(分流)하는 그 상류에 그 문은 열려 있었던 것이다.

"형제야, 형, 형, 형제야," 선생의 숨길이 거칠어지며, 손길이 번개처럼 빨라갔다. 나는 외면을 해줄까 하다가, 그가 지금 이 땅과 이 멸종될 인간을 위해 사랑을 보여주고 있는 것이라고 생각되어, 처음엔 그냥 별 감정없이 건너다보았다. 그랬더니 오래지 않아 그의 몸 속으로부터 사랑이 흘러나와 대지를 적셔댔다. 그런데 그의 태도와 표정은 어찌나 순교자답고 성자다웠던지 나중엔 나로 하여금 외경심을 갖고 보지 않을 수 없게 만들었다. 나는 어느덧 무릎을 꿇고 앉아 야영하는 약대 모양으로 그 구멍에다 대가리를 집어넣어놓고 있었다. 그리고 땀을 흘리고 있었다.

초췌해졌지만, 할일을 다했다는 듯한 그런 안도가 그의 얼굴에 번졌을 땐, 나도 뭔지 만족스러운 기분이 들었다. 하품처럼 그건, 순전히 전염이었는지도 몰랐지만.

그는 한참 묵상에 잠겨 있더니, 아주 온화하고 너그러운 얼굴이 되어서 다시 구멍으로부터 밖으로 나왔다. 음경은 깨끗이 사려넣은 뒤였다. 나와선 비로소 내게 아주 다정스레 빙긋이 웃더니,

"여보, 당신은 장타령꾼 아니오?" 하곤, 내 어깨를 포근히 감싸 안았다.

"아 그러믄입쇼, 입쇼! 헤헤, 참 잘도 아셔, 잘도 아셔, 헤헤,"

"형제야, 그리면, 이 형제야, 네가 뭣을 해야겠느냐? 뭣을 해야 겠느냐?"

"예에? 저어, 그런, 있자,"

난 기습당한 트로이의 저 어둡던 밤을 이해할 수가 있었다. 내 속에서 한두 마리의 목마(木馬)가 하혈을 한 것이다.

"그럼 내 일러주겠으니, 모든 장마다 다 가서 내 소식을 전해 라."

그의 분부는 지극히 엄했다.

"내가 너를 택했은즉, 너는 이제부터 내 '말씀'이라,"

그리고 그가 아주 치근덕스럽게 내 입술에다 자기의 입술을 댔다. 난 참 어리떨떨했던 게다. 이똥 냄새나는 그의 입맞춤이 구역질을 일으켰지만, 그래도 닦진 않고 대신 나는, 고개를 끄덕 끄덕해줬다. 그의 '말씀'으로 만들기 위한 그것은 할례였는지도 모르긴 했다. 그리고 나서야 난 여태껏 아무런 영문도 모른 채 썩 잘 이해해왔다는 생각을 해냈다.

"아 그러믄입쇼, 그러믄입쇼,"

난 되는대로 맞장구를 치곤, 그의 왼팔에 슬쩍 손가락을 대어 보았다. 그건 주사(朱砂)나 뭐 그런 종류의 물감으로 칠해져 있 었다. 손가락에 묻어나진 않았는데, 아마도 그는 몇 년 전부터 그렇게 칠해놓았을 것이었으며, 벗겨지면 다시 발라놓았음에 틀 림없었다. 어쨌든 내가, 그 물감이 무슨 냄새를 풍기는지를 알아 보려 손가락을 코끝에 갖다대자,

"피비린내가 나느냐?"

하고, 내 선생이 은근히 물었다.

"예? 헤헤, 피, 피, 비린, 말씀입니까요?"

"그렇다, 바로 피비린내다. 방금 전, 제구시에, 하늘이 닫히고, 번개가 치며, 아스라해졌던 그때에,"

"헤헤, 그, 그거야 선생만 그러셨지, 구경만 한 소인눔이야 웬걸입쇼?"

"바로 그때에 죽었다가, 손의 무덤으로부터 영원한 생명으로 부활된 그 피냄새다. 이 피는, 무덤을 열고 태어나온 손의 탯줄이 흘린 그것이며, 무덤 속의 정충의 강보였느니. 그리고 보아라, 생명의 이 고지(告知)를."

그리고 선생은, 숯과 고추를 꿴 외로 꼰 새끼줄을 흔들어보였다.

"그러니 왼갖 장에 다 외쳐라, 손이 태어났다, 손이 오셨다, 우리 주 손이 오셨다……"

그는 손을 쳐들고 찬송했다. 진짜로 기쁜 얼굴이었다.

"아 허구보니껜 말입죠, 정말 손이 오셨군입쇼, 예? 허구보니껜 두루,"

"자 그러니 내 '말씀' 아, 너는 저 길로 가라. 가서 먼저, 빈 모루를 치는 자에게, 그리고 그의 메마른 촌민들께, 먼저 이 복음을 전해라. 자, 어서 가, 가라구. 가서 씨를 뿌려라. 그럼 내가 거두겠다. 아니, 가만있자 첫 사업은 역시 내가 시작하는 것이 좋겠다. 그럼 형제야, 나와 같이 가자."

선생은, 꼈던 내 어깨를 풀곤 앞서 휘적휘적 걷기 시작했다. 병든 개처럼 걷기 시작했다.

오래잖아 삼십여 호의 마을을 벗어나고 우리는 내리는 눈 속에서, 들 가운데를 지나게 되었다. 뒤돌아보니, 마을은 산의 남쪽 언덕에 흩어져 있었는데, 굴뚝으로 저녁 연기를 뽑아올리고 있었다. 연기가 그렇게도 아름다운 것임을 난 미처 몰랐었는데, 연기가 오르자 마을이 갑자기 생기를 띠고 움직이기 시작했다. 아직 어느 집도 불은 밝히질 않아, 고분(古墳)들처럼 보임에는 역시 아까와 마찬가지였지만, 그러나 지금은, 그 속에서 참고 있는 것들이, 차가운 죽음 그게 아니라, 질화로 속의 알밤처럼, 따뜻이 익어 있을 다른 어떤 병(病)인 듯이만 느껴졌다. 그런데 내 눈에 영 설고, 마을의 이방인 같은, 도대체 터무니없는 어릿구군 한 집이 한 채, 그 마을의 맨 윗녘에 있었는데, 그것은 지붕 꼭대기에다 십자가를 세워두고 있었다. 그 지붕의 십자가 위에도 눈은, 아수르의 폭양처럼 내렸는데, 눈은 내렸는데도 그건 파묻히질 못하고, 강변의 촉루(髑髏)가 되어 묻히질 못하고, 굴렀다.

마을의 골목에서 들었던 그 망치 소리가 아주 가까워지고 있는 데를 우리는 걷고 있었다. 그러고 보니 망치 소리는, 들 가운데의 상여집 같은 오돌막에서 흘러나오고 있었다. 망치 소리와, 낮은 굴뚝으로 피어올랐다간 금방 흩어지는 연기만 없었다면, 그것은 눈을 두텁게 덮어쓰고 있어서, 낮은 한 둔덕이거나, 참새의 시체였을 것이라고 생각하게 했을지도 몰랐다.

바로 그 오돌막 앞에서 우리는 멈췄다.

선생은 너무 긴장한 탓인지 굳은 얼굴로 억지로 웃어뵈려고 애썼다. 그러다 눈을 부릅뜨곤 대짜고짜 피(같이 보이는 것이) 묻은 팔뚝을 문구멍에다 쑥 밀어넣으며 소릴 쳤다.

"전쟁의 씹구멍에서 태어난 이 후레새끼야! 손이 오셨다 찬송하라, 찬송하라 손이 오셨다, 마을님〔村長〕아, 찬송하고, 전파하라."

"………"

그러나 안에선 대답이 없다. 그렇다고 망치 소리가 멎은 것도 아니고, 더 잦아진 것도 아니었다. 염불하며 목탁치듯, 망치 소리는 일정한 간격을 두고 났다.

내 선생이 하는 이 짓은 오늘이 처음이 아닌 것이 분명했다. 우선 주먹을 처넣을 구멍이 준비되어 있었을 뿐만 아니라, 안에서의 반응 역시 만성적인 것이었기 때문이다.

안에서의 반응이 도대체 시들하자, 내 선생의 표정이 차차로 일그러지더니 나중엔 문둥이처럼 비참하게 변해졌다.

"너 빈 모루를 치는 자야, 너의 귀가 죽었느냐? 귀가 죽었느냐 말이다."

선생은 통곡하듯 소리치며 쑤셔넣은 팔을 휘둘러대는 모양이었다.

"손을 받아라, 이 후레새끼야, 손을 받아라. 애비도 모르고 자라서, 죽은 네 에미의 창병에 육수(肉水)는 썩고, 자궁은 장구벌레의 사원(寺院)이 된 이 가련한 백성아, 너의 속박을 풀어줄 의원이 태어나셨으니, 너의 촌민께 전도해라."

내 선생은 악을 썼다. 그런데 웬일로 그러다가 내 선생이, 고자빠기처럼 나둥그러져 내 발치에 대가리를 굴렸다. 그래서 기억해보니, 선생이 한번 단말마의 비명을 질렀던 것 같은 기억이 났다. 내 귀에는 웬일로 그것이, 소년 시절에나 들었던 우레 소리 같아서 별 실감이 없었던 것인데, 헌데 선생의 팔뚝은 잘려지고 없었다.

뭐 그리곤 아무 일도 일어나지 않았다. 그냥 적막하고, 희고, 그랬다. 선생은 잘려진, 어깻죽지 밑에서 선혈을 토해냈고, 선생

의 팔뚝을 어깻죽지 밑부분에서 부러 몽땅 잘라먹은 그 구멍에
서 잘려진 팔뚝이 떨어져나온 외엔 젠장 눈만 내렸지 어쨌단 말
인가. 선생은 눈 속에 전신을 처박고 정말 치사하게 움쭐움쭐거
렸다. 피가 눈을 사방 열자나 물들였는데, 진달래도 한 무더기
흐늘어져 곱기도 고왔다. 피는 단 한 사람의 의인(義人)처럼 소
돔을 태웠다.

　아마 선생은 죽을 것이다. 내가 현실적인 의식을 가진 거란 그
것이 전부였다. 뭐 죽을 게다. 헤헤, 뭐 그럴 게다. 내게도 한
무더기의 진달래를 흐늘일 것이 있다면 선생을 그의 제구시 속
에다 데려다주는 일일 것이다 그것은 강요되는 것은 아니다 안
에선 망치 소리가 다시 간헐적으로 흘러나왔다 결국 나는 선생
을 데려다주기로 작정했다 죽은 소처럼 움쭐거리기만 하는 선생
을 나는 두 팔 위에 걸쳐놓고 걷기 시작했다. 그때 손이 태어나
자 떠나버렸다 떠나버린 손은 눈 속에다 묻어줬다 마을의 창들
엔 드디어 피가 흐르고 밤이 붉게 젖고 소돔이 타고 소금이 날렸
다.

　고목에 닿기까지는 초경도 지나서였다. 나는 땀에 젖고 피에
젖고 피로에 젖고 구름처럼 부풀고 바위처럼 무겁고 헛간처럼
비고 구더기처럼 채워져 있었다. 한데 고목 안엔 피마자를 태우
는 불이 밝혀 있었고, 웬 할미가 밥상을 놓고 손을 비비고 있었
고, 불빛이 구멍으로 새어나와 밤의, 눈의 한 고장을 유형(流刑)
시키고 있었다.

　그런데 할미는, 독경인지 주문인지의 삼매에 빠져 도대체 인
기척을 느끼질 못하고 있었다. ……천강소지쥬야상륜속거소인
호도구령원견존의영보장생삼태허정륙순곡생생아양아호아신령

320

괴작관행필보표존제……

"선생이여, 당신의 제구시에 다 왔으니 한번 더 '사랑' 하시어
요."

그리고 나는 선생을 구멍 속에다 밀어넣었다. 꽤는 힘드는 작
업이었지만, 독경삼매에서 깨어나 혼비백산된 할미가 축귀경을
읊었는 데도 우리가 도망치질 않자 알아보고, 도왔기에 그 일은
쉽게 끝났다. 할미는 묻지는 않았다. 나도 설명하지 않았다. 뭔
지 무거운 슬픔 같은 것이 내 가슴속 밑바닥을 짓눌렀는데, 내
선생의 차가운 창백한 얼굴이 그 무거운 슬픔 위에서 자맥질했
다. 그러고 보니 선생은 눈을 뜨고 있었다.

"귀신은 서역(西域) 잡귀잡신이 들렸었지만, 참 착한 무당〔覡〕
이었었는데,"

눈을 감고 체머리를 흔들던 할미가 회억하듯 읊조렸다.

"저어 그보다도 할머님, 이눔 배가 고파 그런데 말입죠,"

나는 상 앞으로 다가앉았다. 그러자 할미가 인정머리없이 손
을 홰홰 저으며 당황스리 말렸다. 나는 목이 메임을 참으며 비굴
하게 물러나앉아야 했다.

"행여 박정하다고 하지 마오. 이 밥으로 몇 년이나 연명해온 식
구가 있어서 그러오. 나그네 양반, 당신은 좀 참았다가 우리 영
감과 같이 드십시다."

"………"

나는 고개만 끄덕였다.

"에미는 도망가버렸고, 애비는 이렇게 죽었으니," 할미는 눈물
을 흘리며 내 선생의 이마를 짚었다. "여보 나그네 양반, 남은
오누이는 어쩌겠소?"

"이, 이눔은 도대체 모르겠는뎁쇼,"

"아무튼 오늘은 내, 잠깐 다녀오리다. 그 어린것들이 애비를 얼마나 기다리겠어? 오 참, 헌데 댁은 댁은 어디서 오셨소?"

할미는 그림자를 쭈그렸다 폈다 하며 옷매무새를 여미더니 상을 들고 일어났다. 그리고 대답도 기다리지 않고 나가며 계속했다.

"한 십여 년 전에 참 참한 젊은 부부 한쌍이 이 고장엘 들어왔다오. 뭐 전도사라 하며 회당을 짓고, 댁도 그래서 온 거요?"

할미는 얘기를 하면서 밤의 눈 속으로 사라져버렸다. 난 더 들을 수가 없게 되고 말았다. 왠지 느닷없는 오한이 밀어닥쳤다. 그리고 고독의 쥐발바닥만한 자루가, 이 큰 나를 쭈그러뜨릴대로 무지막지하게 쭈그러뜨리더니 자기 속에 집어넣곤, 천야만야한 높은 벼랑의 중턱, 거기에 한 포기 돋아난, 민들레꽃 둥치에다 매달아놓는 것이었다. 위에는 바람만 우는 공허한 안개처럼 휩쓸고, 밑엔 내 선생의 뜬 눈이 팔만유순(由旬)도 넘는 넓은 밤바다로 열려 있었다. 피마자 기름을 태우는 불빛이 그 검은 바다를 석양처럼 조수해갔는데, 뱃노래도 없고, 떠난 사공은 돌아올 줄을 몰랐다. 나는 통소 한가락 뽑지 않을 수 없었다.

한데,
소
리
는
타
올
라
한

어
디
로
가
버
리
고

나중엔, 창백해진 잿덩이인, 나만 오롯이 남아 있었다.

내 선생은 너무 피를 많이 흘린 탓으로인지, 얼마 정도의 미동마저도 박제당한 상태에서 끝내 머물고 말았다. 나는 그의 마지막 말 한마디를 그렇게도 갈망했었는데, 그러나 그의 보랏빛 입술은 아무 말도 흘리지 않았다. 미지근한 입술을 내 입술에 비벼왔을 때 그의 '말씀'은 끝나버렸던지도 하긴 모른다. 반쯤 열린 입 속에 말 같은 것이 괴어 있었다는 흔적도 없긴 했다. 그의 죽음은 정말 완전무결했다.

그의 시체를 어찌할 것인지는, 나도 묻지 않았으려니와 할미도 말하지 않았으니 나로서는 모른다. 눈도 물론 감기지 않았으며, 그의 남은 팔뚝의 어깨가 두르고 있는 '생명의 고지'도 풀어내지 않았다. 오래잖아 잦아져버리겠지만, 불은 켜둔 채 할미와 나는 고목으로부터 떠나왔으니, 그 빛이 뜬 그 눈 속을 보래쳐가며 어디서 행여 세레이네스의 노래라도 들리나 귀를 기울일 것이다. 그러나 가여운 풀레바스여, 죽음이 또한 오래잖아 그대의 뼈를 주을 거네.

눈발은 조금도 가늘어짐 없이, 모세가 지난 홍해처럼 닫히며 내렸다. 정강이를 파묻을 지경이니, 새벽엔 아마도 처마끝에 닿을 것이다. 바람 한점 없었다. 닭소리도 개소리도 없고, 모루를 치던 망치 소리도 멈춰져 있어 소리란 하나도 없었다. 아니 어디선가 풍금 소리가 흘러나고 있었고, 가래 끓이는 소리가 있긴 있었다. 그런데 풍금 소리는 풍금을 치다 말고 잠이 온 풍금수가 건반에다 머리를 떨구고 까땍 조는 모양으로 네댓의 옥타브가 한꺼번에 울다간 자지러지고, 그러다가 다시 쏴아쏴 울려나왔는데, 그거야말로 가래 끓이는 소리 그것과 조금도 다를 바 없는 병든 랩소디였다. 그건 소리가 아니고 있었다. 소리가 아닌 것이 소리로 화하는 것이 다만 하나가 있었을 뿐인데, 그 소리란, 봄에 병든 나뭇잎 같은 창빛들이 밀폐 속을 짓틀며 기고 있는, 바로 그것이었다.

"흐흐, 보면 알겠지만 말야, 영감이 아주 우습다구요."

우리는 걸었다. 할미는 방향을 알았고, 나는 몰랐고, 할미는 유쾌히 떠들었고, 나는 묵묵히 들었고, 할미는 도중에 집엘 잠깐 들러 소반을 챙겨들고 나왔고, 나는 고개를 숙이고 기다렸고, 그리고 우리는 걸었고, 할미는 방향을 알았고, 나는 몰랐다.

"글쎄 집을 버려두고 왼날을, 왼철을, 어쩌면 죽을 때까질 게야, 저 속에서 나오려 하질 않는다니깐."

그래서 앞을 보니, 뭔가 새파란 혓바닥 같은 것이 틈 사이에서 그 안의 어둠을 핥고 있었다.

"아 저집은,"

"그래요,"

할미가 내 말을 가로막고 얘길 계속했다. "우리 영감이 사는 집이야."

"………" 나는, 말을 보류시켜버렸다. 한번 쏟았다간 나로서도 감당해내지 못할 것 같아서였다. 처음으로 돌아가서, 아무 일도 일어나지 않았으며, 몰랐던 걸로 해두자,——나는 입을 악물었다. 사실 나는 너무 주리고 너무 피곤했다. 아무것도 생각하고 싶지도 않았다.

"젊어서야 참 그중 씩씩한 남자였댔다우." 할미는 계속했다. 나는 귀만 남기고 멍청히 걸었다. 두텁게 쌓인 눈을 헤친다는 일은 모래밭을 걷는 것보다 더 힘들었지만, 닫혀진 눈은 아니어서 미끄럽진 않았다. "대장장이라우. 저 움막은 대장간이고. 허긴 여긴 모두 대장장이들만이 살았던 고장이었지."

"대, 대장장이들 말입쇼?"

"그랬댔다우."

"헤헤, 거 재미있군입쇼. 허, 헌데 아무래도 모를 건입쇼,"

"허긴 나도 잘 모르오만, 듣기론, 하원갑년(下元甲年) 전쟁이 만들어낸 고장이랍디다."

할미는 별 흥미없는 어투로 시쁘둥히 대답했다.

"저, 전쟁이 만들어낸단입쇼?"

"나도 잘 모르오만, 듣기론, 큰 전쟁이 한번 있었다는 게요."

"아 그야 있었겠습죠, 물론이겠습죠,"

"나도 잘 모르오만, 듣기론, 그 전쟁 때, 각처에서 대장장이들만 모아다 이 고장에다 데려다놓곤 무기를 만들게 했다는 겁디다."

할미는 귀찮은 듯 빠르게 섬겼지만, 자기 지식을 아껴서 하는 짓은 아니었다. 그래 더 묻지 않고 그냥 걸음만 옮겼더니, 이번엔 할미 쪽에서 몇 마디 더 해주었다.

"그러나 생각해보오, 전쟁이 끝났을 때 그들이 뭣을 해야 했겠는지를. 고향을 떠나온 지도 이십 년 삼십 년씩이나 되고 있었는데다, 풍문은 자기네들 고향이 쑥대밭이 되어 있었다고 했으니…… 그래도 죽을 셈치고 떠난 사람은 떠나고, 대부분의 사람은 그냥 눌러앉아 살았소. 밭을 일구고, 씨를 뿌리며 살았소. 생업을 바꾼 거요. 허지만 전쟁이 휩쓸고 간 뒤의 쇳물과 쇠똥에 젖은 메마른 땅이 곡식을 제대로 키우질 못했다우. 그리고 어쩐 일인지 자손들이 줄어들기 시작했소. 어쩌다 하나 근근이 낳은 건 세 살을 못 살고 죽고," 할미의 어조는 차차 흥분되기 시작했다. "대부분은 낳아보지도 못했소. 자라기야 몇 자라고 있지. 자란대도, 비비틀어져 힘들을 못 써." 할미는 여기서 갑자기 말을 멈췄다. 그리곤 숨을 조절하며 걸음을 좀더 빨리했다. 일럭일럭하는 파란 불은 눈앞에 있는데도, 도대체 가까워지질 않았다. "고자귀신이 휩쓴 거요, 고자귀신이. 전쟁에서 가엾게도 죽어간 적군의 병사들이 원귀가 되어 이 고을로 쳐들어온 거요. 허긴 어쩔 수 없잖겠소? 괭이나 쇠스랑이나 보습을 만들어야 됐던 그 우직한 사내들이 창이나 칼을 만들었으니. 그래서 죽은 병사들이 원귀가 된 거란 말이야. 그래선 이 고장의 암컷이라는 암컷의 자궁을 틀어막고 탯줄을 끊어버렸소. 그런데 남자들과 수컷들은 더욱더 기운이 뻗쳐 숫물이 나올 나이가 되면 걷잡을 수도 없이 날뛰어댔소. 그래도 숫물은 흘러보지도 못하고 그러다 시들더군. 후유우, 해서…… 정성이 지극하면 감천한다고…… 이렇게 밤낮으로 빌어보지만…… 헌데 말이라, 이젠 삼시랑[三神靈]이 영험을 잃었는지, 아니면 고자귀신에게 강간을 당했는지, 도대체…… 그런데 언제녘부턴지, 그 나무가 봄이 돼도 잎을 못 피워. 잎이 피면 세상은 달라질 텐데, 달라지지. 맨 처음에 그 낡에 삼시랑이 내렸다우. 어쨌든, 대장장이 업을 계속해나온 건 우리 영감뿐이었소. 헌데 영감이, 영감이 글쎄, 서역귀신들린 그 사내를 만나고서부턴 이상스럽게 돼가지곤, 글쎄 알아들을 수도 없는 소리만 씨부리며 늘 누굴 기다리고 있다니깐. 흐흐흐, 해도 그런 영감이 또 있을라구? 글쎄 이 꼬부라져 다된 할미를 어떻게나 아낀다구? 질이 좋은 쇠우쇠라고 말이라. 쇠우쇠란 건 피도 짜내지만 노래도 떡도 만들어내는 그 바탕이라는 게야. 해도 난 모를 소리지. 모를 소리라. 헌데도 난, 영감이 기다리는 그이가 싫을 것 같다우. 몹시 싫을 것 같아요. 나도 잘 모르지만, 그이가 왔다고 했을 땐, 글쎄…… 글쎄…… 흐흐흐," 할미는 신경질적으로 웃곤, "명두(明斗)가 내겐 안 내리고 영감께 내린 모양이라니깐" 했다.

"정말 이눔은 몰랐군입쇼. 허다면 지금도 손님은 있는 게군입쇼?"

난 간음기 같은 묘한 기분으로 떨며 말해주었다.

"손님? 손님은 영감의 한 눈이 멀어버리고 난 때부턴 하나두 없었어. 뻘건 쇠똥 하나가 영감의 왼쪽 눈을 파먹어버렸는데, 그때부터 참 별스런 놈의 소문이 돌기 시작한 게라. 원 터무니없게도. 글쎄 성성한 영감을 미쳤다고 하지 않게?"

할미는 분한 듯 떠벌렸지만, 내심은 뭐 분함이니 뭐니 하는 감정 같은 건 조금도 느끼지 않고 있는 듯했다. 지나간 분노를 회상해내는 투였을 뿐이다.

영감이 사는 대장간은 바로 눈앞까지 다가왔다. 얘기를 주고받으며 걷는다는 건 즐거운 일이다. 우리는 어느덧 대장간 처마 밑에 닿았고, 눈을 털었고, 그리고 들어갔다. 밖에서 보기론 대장간이라곤 할 수 없는 대장간이었다. 대장간이라면 거의가 다, 한쪽 벽이 없다든가, 네 벽이 다 있다더라도 팔뚝 굵기의 통나무를 울타리처럼 둘러서 통풍이 아주 잘되도록 해둔 것을 난 여러 군데서 보아왔던 것이다. 이건 분명히 개조된 대장간이었다.

대장간 안은, 풀무화로에서 일럭거리는 파란 숯불이 잠든 지옥처럼 권태로웠을 뿐이고, 어두워서 아무것도 보이질 않았다. 그러나 그 속의 기류가 주는 안온함은 나로 하여금 감발을 풀고, 허락된다면 일숙의 안식을 탐내게 하기에 충분한 것이었다. 나는 쓰러지듯 문쪽에 주저앉아 발을 길게 뻗고 우선 추위를 녹였다.

"영감, 내 왔수."

할미가 은근히 소릴 냈다. 그러자,

"엥? 허으, 힐멈이 또 왔군 그랴."

숯불이 있는 뒤쪽에서, 개구쟁이의 그것이 늙혀진 소리가 넘어왔다.

"글쎄 그렇대두요. 헌데 또 오다니 그게 무슨 말이우, 그게?"

할미는, 목구멍으론 낄낄거리며 개미처럼 잘도 더듬어 들어갔다.

"흐흐흐, 아 이 할망구야 안 죽고 또 왔으니 하는 말 아닌가. 암믄. 헌데 오다가 그이 비슷한, 거 뭐 중이라도 하나 못 봤소?"

영감이 몸을 일으켜앉는지, 북더미 부스럭이는 소리가 났다.

"아이구 이 주책머리없는 영감아, 그러다 병이라도 들리다. 츠쯔츳, 그나저나 배가 고팠겠소……"

할미의 음성도 화덕 뒤에서 들려왔다. 그리고 둘이는 무슨 짓을 어떻게 하는지 몰라도, 곧이어 죽을 듯이 낄낄거리며 지랄이었다.

"정말, 이, 이눔의 쇠우쇠는, 한번도 녹슬어본 적이 없다니깐두루. 적당히 말랑말랑하고, 적당히 펑퍼짐하고, 적당히 굳어 있고, 적당히, 적당히…… 허, 허드래두, 젊었을 때만이야 못하지."

"흐으, 아, 아 이눔의 영감아, 흐, 가, 간지러워 죽겠네, 미쳤수웅? 미쳤어? 그, 그만, 흐흐, 이 쭈구렁일 갖고 원."

"이눔의 것이 글쎄, 웃음도 만들고 눈물도 짜낸다니깐두루. 암튼, 이봐라, 이참 좋고 좋다. 요, 요골 갖고, 보습을 만들꺼나, 칼을 만들꺼나? 흐음, 허지만 그 어느 하나만을 만들어버리기엔 너무 아깝지, 아까워. 내 땀을 흘리고, 숫물을 흘려 씻어선 대체 얼마나 아꼈게?"

영감이 탄식하듯 말을 맺자, 할미도 입을 다물어버렸다. 잠깐 침묵이 흘렀는데, 그 침묵은 막 들려는 잠처럼 달콤했다. 나는 졸고 있던 것이다. 한데 '숫물'이란 정액이란 의미로 이 고장에선 쓰는 말 같았다.

"여보 할멈," 영감이부터서 침묵을 깼다. 한데 몹시 낮고 침통맞아 잠의 밑뿌리까지 흔들어놓았다.

"왜 그러우 영감?" 할멈의 음성도 전염되어 있었다.

"………"

숯잉걸이 탁탁 소릴 내며 튀고 있었다. 어디선가 멀리서 늑대가 짖고 있었다.

"그 사내는 죽었다우."

할미의 발음은 지나치게 또박또박 정확했다. "죽었어요."

"……흐, 흐으, 흐흐흐, 으흐흐……"

느닷없이 영감이 미친 듯이 웃기 시작했다. 어찌나 격렬한 웃음이었던지 짖는 것 같았는데, 나중엔 울음으로 바뀌고 말았다. 내겐 모든 게 잘 이해가 안되었다. 그러면서도 당연하다곤 믿고 있었다.

"……여, 여보, 할멈, 내, 내가 그를 얼마나 사랑했게! 어, 얼마나 사랑했었느냐 말이라! 헌데, 오늘은 했네 했어! 했다구. 이제 자네 속이 시원한가? 시원하냐구?하냐구?시원하냐 말이라 이 할망구야! 이제 됐냐 말이여?"

"………"

숯잉걸이 탁탁 소릴 내며 튀고 있었다. 어디선가 멀리서 늑대가 짖고 있었다.

"그래 됐네! 됐어 이젠. 서역 잡귀잡신에 눌렸던 이 고장 삼시랑〔三神靈〕이 이젠 허릴 피겠지. 필 게야. 흐흐, 그럼 그렇고말고! 내 할멈 이젠 손〔手〕이나 하나 빌어주게, 빌어줘 엥?"

영감은 변덕도 심했다. 난 어느 장단에 춤을 춰야 할지 알 수가 없게 되었다. 웃는다 했더니 울고, 운다 했더니 웃었다. 하긴 나도 약간은 내 정신이 아니었던 걸로 미뤄보면, 이 고장에 사는 귀신에 한번 쐬이고 나면 저절로 그렇게 되어지는 것인지도 몰랐다.

"에이구구, 내 이 정신 좀 봐," 할미가 필요 이상의 호들갑스런 어조를 쓰면서 나섰다. "여, 여보 영감, 내가 참, 글쎄 손님을 한 분 데려왔다우, 손님을. 이런 원 내 정신도……"

"아니, 손님을? 흐흐, 할망구가 손님을 데려왔어? 야 이눔의 할망구가! 그래 어디 있지? 병산〔兵士〕가 농분〔農夫〕가? 혹시 그 나그네는 아이겠지맹? 그래 어딨지?"

"에구구, 그 좀 주책 좀 작작 떨구랴, 원." 할미가 영감을 꼬집는 것 같았다.

"그리고 내 얘길 좀 들어요." 애기 달래듯 했다. "병사나 농부는 아닌 것 같지만……"

"야 이눔의 할망구야, 그럼 그게 거지 나부랭이지 손님이겠어?"

난 좀더 기다려보기로 했다. 우선 내가 몹시 게을러져 있어 혀 끝도 놀리기가 싫었다. 속의 어둠에 차차 익숙해지자 내부의 풍경이 어슴푸레 나타났다.

할미는 속삭이고 있었다. 들으려고 귀를 기울였더라도 잘 안 들렸겠지만, 난 대장간 속의 내 속의 이것저것을 핥느라고 하고 있었기 때문에 그들이 무슨 얘길 하는진 알 수가 없었다. 상처가 있다면 이럴 때 고름을 짜내야 되고, 벌이가 또 좀 있다면 이럴 때 셈을 해둬야지, 나만을 위해 시간의 얼마쯤을 떼어내 황도(黃道) 모퉁이 어디다 간직해둘 수는 없기 때문이다. 그러면 나도 고향을 갖게 될 것이고, 목장도 갖게 될 것이지만, 내가 그 고향 목장에로 돌아갔을 때 과연 내가 각설이로서가 아닌 내 땅의 주인으로서 되돌아왔다고 생각할 수 있을까? 나는 그냥 한 장(場)을 통과해나갈 뿐이다.

"뭐라구? 뭐, 뭐라구?"

영감이 느닷없이 꽥 소릴 쳤다. 그러자 그 안의 그렇게도 안온하던 분위기가 갑자기 식어 썰렁해졌다.

"야봐라, 이눔의 할망구가 이젠 노망을 했구나! 이봐, 그래 대장장이를 만들잔 말여? 아니 이눔의 할망구야, 나말고, 그래, 나말고 그래 누가 또 대장장이가 될 만하냐? 나는 못 하겠어, 못 하겠다구. 헹, 백골이라도 망치는 쥐고 있을 테다."

"글쎄 영감, 그렇게 화만 내실 일이 아니래두요." 할미가 달래는 음성을 썼다. 그러자 영감은 뭐가 서러운지 훌쩍이기 시작했다.

"눈, 비…… 이슬, 서리…… 뙤약볕, 비낀 볕이 내 살점 내…… 마음 다 발겨갔어도, 발겨갔어도 서러워 안한 것은, 안한 것은 말이라, 대장장이라는 이 업(業) 때문이었는데, 는데…… 보습이 되려는 것도 마음 한번 달리 먹으면 창이 되고, 칼이 되려는 것도 보습이 되더니…… 이 기막힌 조화 속 때문에 늙는 줄도 몰랐더니, 몰랐더니, 이제 내가 이렇게 되었단 말이라? 엥? 허으으 참, 해도 아직은 멀었어, 멀었단 말이여! 올 이는 아직 안왔고, 시우세는 아직 좋은 채로 있으니…… 손 하나만 더 만들면, 만들면……"

영감의 넋두리는 왠지 내게서 게으름을 앗아가버렸다. 나는 영감의 넋두리에 끌려들고 있었다. 무언지는 모르지만, 부름 같은 것이 내 안벽에서 반향되고 있었다. 영감의 넋두리는 주문처럼 계속되었다. 반복된 연습에서 이뤄진 듯하게 그럴듯이 신파조며, 유수(流水)였다.

"팔뚝 하나만 더 만들면, 그러면 이 불이 꺼져도 좋아, 멈춰도 좋지. 손 하나만 더 만들 수 있으면. 한 손엔 씨앗을, 한 손엔 보습을, 다른 한 손엔 창을……"

영감의 넉살과 오열은 쉽게 멈출 것 같지 않았는데, 나는 그의 넋두리에서 몇의 목소리와 몇의 향(香)을 동시에 들으며 맡았다. 만수를 손닳도록 싹싹 비는 무당의 음성과 짚이 타는 싸아한 냄새를, 곤장에 녹고 상사에 시든 딸은 죽을 날 앞에 칼 쓴 채 있고, 떠난 지는 오랜 한양 몽룡이는 소식 한자 없어, 정화수 한 사

332

발에 운명을 도(睹)하는 늙은 퇴기의 목쉰 간구와 정화수 냄새를, 백일기도만 드리면 얻을 수 있다는 아들 욕심에 일구월심 아흔아흐렛날 밤을 맞은 촌부(村婦)의 사살과 역한 냉(冷) 냄새를, ——그런 목소리와 향을 맡으며 난, 내가 감응되어가고 있음을 느꼈다.

"……팔뚝 하나만 더 만들면,"

"앗따, 영감, 그만해두구려," 듣다 딱했던지, 노파가 달래며 피마자 기름이 담긴 접시에다 불을 붙여 풀무 위에다 놓는다. "그만 하시구랴, 내 정말 잘못했쉐다요. ……손님이 있다잖았수," 그러나 손님이 있다는 건 할미에게도 그제서야 다시 기억된 듯했다.

"예? 헤헤, 여기, 여 있습죠. 아 여기 있구말굽쇼, 헤헤, 그러믄 입쇼."

난 이제 나서도 좋겠다는 생각이 들어 몸을 일으켰다. 언제까지나 나를 내가 방관자로 둬두고 보기에는, 사실 말이지 난 너무 참을성이 없는 사내다.

불이 피마자의 독특한 기름 냄새를 풍기며 커지자, 대장간 내부의 요철(凹凸)이 드러나며, 두문동(杜門洞) 깊은 골의 유대교도의 얼굴이 나타난다. 아닌게아니라 영감은, 왼쪽 눈을 뽑히고, 그 꺼져들어간 곳에서 눈물인지, 눈곱인지, 진물인지를 찐득찐득 흘려내고 있었다. 사실 남은 눈도 눈이라고 하기엔 여간 망설여지는 게 아니었는데, 숯냄새와 그 연기와, 기다림 같은 걸로 해서 꺼풀이 녹고 물크러져 고드름처럼 주렁이고 있는 탓이었다. (물론 차차로 알게 된 거지만) 그럼에도 그 눈 속에는 숯불과 기다림——그런 것들이 영화(靈化)되고 형화(形化)된 그것이 살고 있었다. 그 눈이 무섭도록 날 쏘아보았다. 나는 그래 헐쭉하니 웃고, 눈을 굴려 내려오다가, 또 한번, 이번에는 진짜 헐쭉하니 웃어야 되었다. 서툴고 엉성궂은 손 하나가 그 가슴팍에 새겨져 있었는데, 그것은 흉터로 된 것이었다. 불로 지진 것이 분명한 것이, 때가, 흐르는 땀에 닦여 수십 개의 지류(支流)를 갖고 있음에도 그것의 모양은 변함이 없었던 것이다. 녹피(鹿皮)에 가로 왈(曰)자 모양으로, 움직이는 근육 따라 그것도 요동했다. 그는 그 가슴팍을 해적처럼 드러내놓고 살아왔었을 것이었다. 그리곤 다른 풍경은 어느 대장간에서나 볼 수 있는 그런 것이었다. 다른 것이 있다면 모든 것이 여기서는 새롭게 달구어질 희망을 잃고 그냥 습적(濕積)되어 있어 보인다는 것뿐이다. 모루니 해머는 아직도 주인의 땀에 젖고 있는 듯했으나, 풍고는 형편없이 낡아 새는 바람이 더 많을 듯했고, 쇠우쇠는 정말 한 푼중도 보이지 않았다. 물론 거멍은 새롭게 더 두터워지고, 숯냄새도 새롭게 더 익어왔었을 것이지만, 십여 년 전에나 한둬 번 달군 쇠를 적셔보았을 그런 물이 담긴, 물통의 안벽 바로 그 낯짝이 전체의 분위기였다.

"헤, 절 기억해주시는군입쇼,"

나는 영감과 할미가 있는 쪽으로 다가가며 연신 허리를 굽신굽신했다. 그러면서 벙거지를 벗어 경의를 표했다.

"헤엥 거?"

"예, 장을 헤매는 나그네올습니다요. 하, 이렇게 궂은 날은 보다보다 처음인걸입쇼. 헌데 영감님은 신색이 좋아뵈는군입쇼예?"

"………"

영감은, 아직도 뭔가, 저만큼에 있는 생각이 자기에게로 돌아
오질 않고 배회하고 있다는 듯 우물쭈물하고 있더니, 한참 후에
서야 만연이 걸레처럼 되도록 웃음을 피워올렸다.

"허으 거! 거참 썩 잘생긴 사내다 엥? 거, 일루 오게, 와, 와서
불을 쐐, 쐬라구. 헌데 뭘 만들려구?"

영감은 할멈에게 똑똑히 들어 알고 있을 터인데도 내게, 뭘 만
들겠느냐고 물었는데, 직업 의식이란 놈이 되게도 영감을 문드
려놓았다고 나는 생각했다. 그 물음을 해놓곤, 영감은 웃음까지
도 싹 거둬버렸다. 내겐 그런데 그것이 우스웠다. 웃고 난 영감
의 얼굴은 풍수의 지맥 그림처럼, 개기름에 엉겼던 거뭉이 청룡
백호 날[脈]이 되어 있는 대로 길길이 날뛰고 있던 것이다.

"야봐라, 뭘 만들려는 거지? 난 다 만들 수 있다네, 암 무엇이
고 만들지. 강남엔 봄이라더라, 봄이라더라. 강남엔 말여, 봄이
란다구."

"아아 그래요잉? 그, 그렇다믄입쇼, 나, 난 창을 만들어야겠군
입쇼, 헤헤 뭐, 안 만들어도 좋굽쇼."

"………"

영감이, 분명찮은 초점의 외눈으로 나를 이윽이 쏘아보더니,
어깨를 경미히 한번 떨었다. 그러자 가슴팍의 손무늬도 꿈틀거
렸는데, 그것이 영감의 목젖을 따려는 것 같았다.

"허지만 허긴 여기도, 올 게여, 올 게라, 곧 잎이 필 거라니
껜,……"

뇌까리듯 말해놓고 영감은, 추억이나 시름에라도 잠긴 듯 숯
불을 내려다보았다. 그 모습은 그런데 몹시 고독해보였으며 피
로해보였다. 흐릿한 그의 그림자가 그의 등뒤에서 그의 목덜미

를 조르며 달려들다 멈칫해 서버린다. 그래도 영감은 자기의 그림자를 전혀 의식하고 있는 것 같지 않았는데, 내겐, 그의 그림자가 그의 머릿속의 무슨 묘혈에서나 걸어나온, 그것대로의 하나의 실체로 보였다. 그리고 확신해도 좋았다. 이 영감이 이 장의 음핵에다 대장간을 지어놓고 도사리고 앉아서 단물을 빨고 있다는 것을, 그것을 확신해도 좋았다.

"그, 그러믄 말씀입죠, 보, 보습을 만들어야겠군입쇼, 보습을. 봄갈이를 해야 될 테니껜입쇼, 건 안될깝쇼?"

나는, 딴엔, 할 수 있는 데까진 진지하게 응수했다. 말을 해놓고서야 엄숙함을 거느리게 되었는지도 모르긴 하지만. 나는 죽어버린 사내에게와 마찬가지로 영감에게도, 그리고 영감에게와 마찬가지로 나 자신에 대해서도, 상당한 존경심을 갖게 되었다.

"뭐, 뭣이라구? 크, 크흥!" 영감이 그런데 웬일로 화를 벌컥 냈다. "이 줏대라곤 개뿔만큼도 없는 나그네야, 그런 거 만들 쇠우쇠는 반푼쭝도 없다야, 없어!"

"그, 그러, 그러면, 헤헤, 에헤헤,"

"그러기에 저 손님은," 할미가 마침좋게 끼어들었다.

"뭘 만들자는 손님이 아니라잖았소. 손님, 일루 오구랴, 와서, 자 이거 좀 들어봅시다, 이런, 벌써 다 식었네, 에구우 이런, 어쨌든, 잠깐 불이나 좀 쬐구랴, 그럼 내 얼른," 하며, 할미는 찌개 그릇을 숯불 위에 얹는다.

"예헤예, 아 벌써 이렇게 불 옆에 와 있는 걸입쇼 뭐. 이런 날로는 불이란 게 어머니보다도 낫습죠, 낫습죠, 그러믄입쇼. 허지만 말씀입죠. 난 생각했기를, 대장간의 불이란 말입죠, 바로 어머니 그분이 아니겠느냐 했습죠. 헤헤헤, 어떠면 아주 '저으으기이'

우습게 들릴지도 모르겠지만 말입죠, 글쎄 영감님의 말씀을 듣다 보니 글쎄 그렇다는 생각이 들었다니겐입쇼."

"헤, 거 뭐, 뭐라구?"

영감이 비명을 질렀다.

"아니, 그런 말씀이 아니었댔습니까요? 난 좀 내멋대로라 내멋대로 얘길 풀이했습죠만, 그렇거나저렇거나 말입죠, 이 화덕에서 타는 숯불의 골반에서 격양가니 무훈담이 응아 소릴 퍼질러 내고 있는 것만 같은 걸입쇼. 헤헤, 싀우쇠는 정충이고, 영감님은 태(胎)거나 산팝[産婆]죠. 후후, 그런 게 아, 아니었댔습니까요?"

"........."

영감은 갑자기 오들오들 떨며 말을 뱉아내질 못하고 그냥 서 있었다. 밖엔, 바람이 시작되었는지 문짝이 덜컹거린다. 나는 그만큼 이해했으므로, 다시 피곤해져 화덕 앞에 다시 주저앉았다. 그리고 가만히 귀기울여 들어보니, 세상은 아주 변해져 있었다. 사십주 사십야를 폭우가 내리고 폭풍이 휘몰고 아라바의 농부들은 침몰되어 소용돌이에 뼈를 깎이고 매독걸린 네피림들은 웃다 배가 터져 죽고 창녀가 된 강남 처녀들은 치마폭을 엎어쓰고 낙화(落花)하고 그 수면에 창병에 문드러진 처녀(處女)가 부표하고 ──세상은 아주 변해 있었는데 우리는 노아 일가(一家)로 해발 일만팔천 척 아라랏산(山) 기슭에 정박해 겨울을 피하고 그림자를 벽에다 뿌리고 권태를 만끽하고,

"으흐흐홋 으흐으."

화덕 속의 숯불의 골반에선 손이 피어오르고

그런데, 울지 못하던 새가 죽을 때에 이르러 한번 소리를 내

듯, 그런데 영감이 웃어대는 소리가 났다. 그러더니 내 머리통이 갑자기 움켜쥐어지며, 되게 문드러지는 냄새가 나는 사이에다 끼워졌다.

알고 보니, 영감이 쫓아와서, 내 대가리를 자기의 사타구니 사이에다 끼워넣곤, 내 머리를 쓰다듬는 중이었다. 그런데 그건 쓰다듬는 것이 아니라 머리털을 부스러뜨리는 짓이었다. 난 어이없게도 강간을 당하고 있었다. 참 어이없게도.

"헤헤, 이, 이러심 안됩죠, 안됩죠,"

난, 어쨌든 좀 참았다. 그리곤 빈틈을 노렸다. 그건 금방 왔다. 머리를 쓰다듬는 일에 그가 이내 싫증을 냈기 때문이다.

"헤헤 안됩죠!"

그래서 이번엔 내가 영감의 대가리를 내 사타구니에 끼고 머리를 쓰다듬었다. 좀체 싫증이 나질 않을 정도로 재미가 났다. "헤헤, 뭐 안될 것도 없습죠, 없습죠," 나는 영감의 푸슬한 머리털을 비비꼬며 계속했다.

"흐으흐흐, 아 저이들이 미쳤내벼!"

할미도 낄낄대기 시작했다.

영감은 한데 묘하게도, 양순한 양보다도 더 숙녀답게, 내 사타구니에 머리를 처박은 채 가만히 참고 있었다. 그래 관심을 가져보니 영감은 훌쩍훌쩍 울고 있었다. 그리고 중얼거리고 있었다.

"그려, 난 산파라, 산파. 애비라 애비. 불은 에미고. 할망구는 쇠우쇠고, 난 애비고, 불은 어미고, 난 산파고, 할망구는 정충이고, 허면 이 장타령꾼아, 나를 눈 띄어준 자넨 뭔가? 자네는? 장차 올 그이는, 그이는 조화며, 피묻은 떡을, 떡에 피를 찍어서 잡쉬주시는 이……"

338

"애비님, 후후, 이, 이렇게 울지 마시겨요, 씨팔, 이렇게 청승떨
지 말란 말요."

난 갑작스런 혐오감을 어쩌지 못해, 영감의 머리칼을 한움큼
뽑아채버렸다.

"난 말입죠, 난, 절반은 농부고, 절반은 병삽죠. 헤헤, 이 장에
선 거두고 저 장에선 뿌리는 놈입죠."

난 마음속에서 들끓는 대로 막 씨부리다 영감을 힘껏 차던져
버리고 말았다. 영감은 쿵 하고 나가떨어졌지만 비명은 지르질
않았다. 난 속이 좀 후련했다. 할미는 속이 짜안한 듯했다. 얼른
달려와 부축하며, "젊은이가 어찌……" 운운하며 구시렁댔다.
찌개는 다 타버리고 있는지 싸안한 냄새가 코를 찔렀다.

"헌데 말입죠, 헤헤이요 애비님."

나는, 할미를 좀 위로해줘야겠다는 생각을 했다. 그래서 영감
께 아첨을 떨어보았다.

"뭐든 만드실 수 있으시다면, 저어 영감님, 보습이나 칼을 합쳐
한 가지 것으로 만들었으면 하는데 말입죠, 건 안될깝쇼?"

"엥?……"

"헤헤헤."

"허, 허다면."

"헤헤."

"그러니깐두루, 두루……"

영감은 생각을 해내느라 애를 썼다.

"헤."

"허니깐두루, 자루는 하나에 괭이와 칼을 양끝에다 꽂겠다는
그말이겠다?"

"말하자면, 그, 그런 말씀과 좀 비슷은 하지만, 헤헤헤, 전연 다릅죠. 모양은 말입죠, 아무렇게라도 괜찮지만 말입죠, 허니깐두루, 저어 이런 겁죠, 자기 땅을 파면 괭이가 되고, 남의 땅을 파면 칼이 되는…… 허니깐 한 자루에다 둘을 끼운다는 것관 다릅죠, 다르고말굽쇼."

"………"

영감은 애꾸눈에서 흐르는 찌꺼기를 손등으로 문질러대곤, 나를 살펴보길 열심히 했다.

"헤, 그런 건 안될깝쇼? 아, 안되면 뭐…… 그만둡죠, 전 사실이 통소 하나면 충분하니깐입쇼. 그러믄입쇼, 한번 불어드릴깝쇼?" 난 통소를 흔들어보였다.

"이건 말입죠,"

"야아." 통소에 관해 몇 마디 설명을 하려 하는데 영감이 끼어들었다. "응? 그래, 그러면, 그래서 말이라, 그럼, 그것이 무슨 모양이 될 것 같나?" 말하며 영감이 이번에는, 서둘러 일어서더니 접시에 담긴 피마자 기름 불을 가져와 내 얼굴에다 가까이 댔다.

"그, 그야 뭐,"

"허면 팔뚝 하나를 더 만들잖아도 되겠구나 엉? 되겠어." 영감은 내 발끝서부터 머리끝까지 살펴댔다. "허나 그 모양이 도대체 떠오르지가 않아, 안 떠오른다구. 어쩌면 천만 가지의 모양이 될 것도 같고, 어쩌면 모양이 사라져버려 남는 게 없을 것도 같고,"

"아 그게 그렇게 되납쇼? 헤에, 그, 그럼, 꽃이 되거나 소리가 돼버리기 십상이겠는뎁쇼."

"엥? 그, 그렇다면," 영감의 목소리는 내 내 등뒤에서 났다. 동

340

시에 등뒤에 있었던 내 그림자가 내 허파를 통과해나와선 할미를 덮어씌웠다. "아 그렇다면," 이번에는 그림자가 몹시 출렁이더니 대장간 안벽을 소리없이 두들겨대며, 밖의 사나운 적요를 인식시켰다.

"아 그렇다면, 아니 난 이거 갑자기 생각하게 됐는데, 가만있어봐, 하, 할멈" 영감은 불접시를 풍고 위에 놓더니 부산하게 할멈 곁으로 가, 할멈의 머리통을 두 손 속에다 굴리며, 떠들었다. 할미는 왠지 창백해지고 머저리가 되어 있었던 것이다. "난 오랫동안 머리가 아팠더라니, 머리가 아팠었어. 그래 생각에 고자귀신이 타누르고 있는 탓이거니 했댔는데 말이라, 허허으, 헌데 머리가 시원해지기 시작했단 말이여, 머리가. 그러면서 말이라, 꽃같기도 하고, 소리 같기도 한 것이 머릿속에서 빙글빙글 맴을 돈단 말여, 허허허으, 색, 색깔은 푸른 아지랑이 빛깔이구나, 아니 진한 보랏빛이군, 아니야, 독한 빨강이야, 아니, 뜨거운 노랑이군, 아니 희다 희어, 가만있자 것두 아냐, 아, 아, 모르겠어, 분명 색깔은 있고, 그것도 한 가지 색깔인데, 모르겠어, 걸 모르겠어. 그렇군 분명 검은색이다, 아니, 정반대야, 역시 갈색이래야겠어, 가만있어,"

영감은, 자기의 대가리 속을 들여다보면서, 음악책을 읽듯 했다.

내겐 다시 지루함이 밀려왔다. 나도 또한, 그 안의 습적인 분위기의 일부분에 불과하게 되어버렸다는 생각이 들고, 이 고장의 눈 밑의 생명들처럼 이 고장을 참아야 되게 되었다는 것이 비참을 불러세웠다. 잠잠히 눈만 퍼붓다 바람이 처음 시작되었을 때 나는, 생명을 체험했었는데, 이젠 바람이 잠들어준다면 잠깐

은 생명을 체험하게 될지도 모르게 바람은 불고 불어 새로운 적
막과 권태를 만들어버린 것이다. 바람의, 눈의, 밤의, 흔들리는
그림자의, 안온함의, 피마자 기름을 태우는 불의, 생명의 메커니
즘이 나를 무섭게 묶어버렸다. 영감은 아직껏 뭐라뭐라 씨부리
고, 할미는 머저리가 되어 듣고, 나는 입에 통소를 댔다. 그리고
되는 대로 구멍을 막고, 트고, 또 막았다. 그러자 곧이어, 이 온
역(瘟疫)의 상자 속에서 온갖 번열(煩熱)과 온갖 절망과, 온갖 괴
력(怪力)과, 온갖 고통과, 온갖 지랄이 사태지기 시작했다. 그것
은 내게 있어선 홍수며 아마게돈이었다. 이 홍수에 떠밀려가는
가느다란 비단구렁이 같은 것이 하나, 아니면 이 사태의 어느 한
모퉁이에 잔솔 같은 것이 한 포기 남아 있다면, 그것이 나의 미
래다. 소리가 모두 비상하고, 내가 그 희어져버린 심판의 아래
지쳐 늘어졌을 때 나는, 내 가느다란 비단구렁이의 목에 내 사타
구니를 걸고 있거나, 잔솔의 실 같은 가지에 내 팔을 걸고 있기
마련이다. 제팔일은 그래서 시작된다.

그리고 나서 난 아주 경이스런 광경을 보았다. 영감과 할미가
서로 붙어안고 있었는데 영감은 터진 바람주머니처럼 계속 웃고
만 있고, 할미는 깨진 독처럼 계속 울고만 있었다. 난 아주 어리
떨떨해질 수밖에 없었고, 어색해질 수밖에 없어서 우선 통소를
허리춤에 찔러넣곤, 아무리 사소한 뭣이라도 나를 해방시켜줄
것이 없나 하고 두리번거려 보았다.

"호호, 호호, 허허으, 온 것 같아, 온 것 같애, 온 것 같다구."

영감의 속삭임이 들리기 시작했기에 나는, 다른 노력은 할 필
요가 없게 되었다. 물론 그 속삭임은 계속되어왔던 어느 대목일
것이었다.

"보구랴!" 영감이 속삭이다 말고, 느닷없이 내게다 대고 소릴 쳤다. "댁은 어, 어디서 오는 길이우?"

"⋯⋯나, 나 말이오니까? 헤헤," 나는 얼른 뭐랄지를 생각해내질 못해 좀 우물거리다 되는 대로 뱉아줬다.

"고, 고향에서 왔습죠, 글쎄 거기서 왔습죠. 하하, 그러고 보니, 다음 장에 가서도 난 분명히 그렇게 말할 것 같군입쇼,"

"다, 다음 장에 가서도? 엥? 그, 그러면 이 고장이 댁의 고향이라는 말이 안되겠소? 흐흐, 건 묘한 일이군."

"웬걸입쇼, 그게 아닙죠, 나 같은 장돌뱅이야 고향이 장일 수밖엔 없잖겠습니까요? 장이란 건 말입죠," 난 차차로 신명이 나고 있었다. "그래요, 어디든 말입죠, 그 지방을 홍청거리게 하는── 어떤 아주 신비하면서도 늘 현현되게 하는 어떤, 뭐랄깝쇼, 동력이랄깝쇼, 짜임새랄깝쇼, 뭐 그런 게 있는데 말입죠, 헤헤, 그게 장이라는 겁죠, 그러믄입쇼. 모든 지방의, 모든 사람의, 심지어는 개미나 장구벌레에게도, 아주 오묘하게 유현한 그것들의 심층에는 장이 있습죠, 아무럼 있습죠."

"모, 모, 모, 를, 소리라,"

"헤헤이요 뭐, 그럴 리가 있겠습니까요? 아 들어보시어요, 겨울 낡엔 끊임없는 이동이, 맹수에겐 모성적인 선량함이, 바위에게는 소음이, 모래에겐 집적이, ──하여튼 뭣을 나타내게 하는 어떤 것, 그것이 장이라는 겁죠. 나타나게 하는 그것 속엔 황아전, 넝마전, 쇠전, 어물전, 왼갖 점포들이 있고, 거기서 사고 파는 겁죠. 헤헤헤, 허니깐두루 이 각설이놈의 고향이야 뭐 매양 한군뎁죠, 뎁죠,"

나는 시큰둥하니 끝은 맺곤, 이를 드러내어 소리없이 웃어보였다.

영감과 할멈은 통소 때문에 턱없는 지랄병이라도 걸렸는지, 떨어대는 걸 밖의 북풍처럼 잠시도 쉬지 않았는데, 영감이 내 누더길 눈이 곪을 정도로 바라봐쌌더니, 웬일로 털썩 무릎을 꿇는 것이었다. 그리곤 목이 타는지 마른 혀를 내두르면서 한사코 무슨 말을 토하려 하는 것 같았다. 그것이 내게서 혐오감을 자아냈다.

"헤헤, 꼭 담배꽁초에 얻어맞은 구데기 같군입쇼." 나는 입 속에서 우물거렸다.

영감은 무릎걸음으로 나를 향해 기어오고 있었다. 할멈은 멍청하니 서서, 내 보기엔, 모든 것이 무의미해졌다는 투로 보고만 있다.

"대, 댁이었구려?"

나는 두고 보고 있었더니, 영감이 내 볼을 뜨거운 듯 어루만지며, 쉰소리를 뽑아냈다. 깨어진 통소에서라면 그런 소리가 흘러나올 것이다. 영감 말대로 모, 모를 소리였다.

"헤헤, 그런 셈입죠."

난 영감에 대한 혐오감을 누르고 그냥 대답해주었다.

"하나에다 하나를 보태면 몇이지?" 이런 종류의 질문이, "그건 둘이다"라는 대답을 소명하는 것처럼, 나는 영감의 소명에 나를 계산시킨 것뿐이다. 그리고 나서야 우리는 굉장히 친근스러움을 느끼고 서로를 열심히 사랑했는데, 그런데 느닷없이 할미가 꽥꽥 소리를 쳐서 날 놀라게 했다.

"너 이놈 객구(客鬼)야, 들어봐라! 칼로 배지를 베고, 엄나무발에 무쇠가마를 덮어 천질 물 속에 집어넣을 것이로되, 이번만은

344

특별히 보아 한 바가지 물려주겠거니, 물러나라! 썩 물러나라!"

그리곤 장풍(掌風)이라도 쏟듯 오른팔을 휘둘렀다.

"아 내가 무, 무슨 짓을 했다구 그리 야박하게, 참 너무 야속하게 그러십죠? 왜 그러십죠?……" 난 도대체 이 연극으로부터 떨려나고 싶지 않아 중얼중얼하며 한잠 졸 생각으로 눈을 감았다.

"밤은 깊어졌고, 사나운 밖에선 바람이 울고, 늑대가 울고,……"

"원형이정천도지상," 할멈이 무슨 주문을 시작했는데, 차려왔던 밥상을 끌어다 자기 앞에다 놓고 앉아선 손을 비비며 목청을 뽑아낸 것이다. "삼태육성이십팔숙남두칠성북두칠성천지양기지신내조아……육갑육정천류지류사덕오행……당아자사피아자생 금일축귀불택방소……"

통소 한가락이 섞이면 더욱 신명이 날 것 같아, 나는 통소를 다시 뽑아들었다. 그리곤 다시, 통소 속, 가없는 바다 저 어디 섬에서 사는 세레이네들을 깨워 일으켰다. 그리하여 그녀들은 가슴에서 바다를 쏟으며 갈매기들처럼 애절히도 울었다.

"……좌청룡피질병우백호피호랑남주작피구설북현무피도적……천검일휘천지진동……"

할미의 음성은 신명에 들떠 높아져갔다. 눈은 벌써 이 세상의 것은 아닌 듯 저쪽 어디 피안을 더듬고 있었는데, 그 눈으로 그녀는, 자기의 조그만 수호신으로부터 이 우주의 주재자까지를 찾아내어, 그 주문으로 불러다 이 전쟁을 수행하려 하고 있었다. 그래서 오늘밤의 이 '객구'를 염(殮)해선 병에다 담아, 네거리 가운데 구멍을 파고, 장사지내려는 것일 게다. 아무튼 할미는 치열했는데, 오랫동안이나 객방(客訪)하고 있던 명두가 느닷없이 돌아와주었거나, 그녀 자신이 '객구'가 되어 염을 당하고 있거

나, 아니면 소지(燒紙)가 되어 태워올려지고 있었다. 얼굴은 땀
에 젖어 뻣쩍였다. "……옴급급여율령사바하." 그리고 주문은
다시 처음으로 되돌아갔다. 그것은 헤일 수도 없이 반복되었다.
나는 통소를 그만둬야 되었다. 영감을 찾았더니, 영감은 사라지
고 없었다. 나는 배가 고프고, 게다가 할미께 성욕을 느끼고 있
었다. 그래 다가가, 상 위에 차려진 조밥에 젓갈을 댔다. 밥은 식
어 있었지만, 입 속에서 꿀처럼 녹았다. 순식간에 그릇들은 비워
졌고, 내 속은 채워졌다. 무념무아가 할미를 염해놓고 있어, 객
구가 씻어낸 그릇들에 그녀의 일상(日常)이 담겨지고 있었다. 그
때 영감이 나타났는데 그는, 풍고의 뒤쪽, 어두컴컴한 데서 실체
는 아닌 것처럼 나왔다. 그는 가슴에 숯가마니를 안고 있었다.

　뱃속이 채워지고 나니, 식곤증이 밀어닥치며 모든 것이 왠지
나를 몹시 침울하게 했다. 아마도 새벽이 시작되고 있는 듯했다.
나는, 밖이 아무리 세찬 눈보라로 쌓였다 하더라도 이젠 떠나주
어야겠다고 생각했다. 평화도 전쟁도 아닌, 그것들의 외촌동에
서 살고 있는, 이, '전쟁의 씹구멍'에서 태어난 사생아들을 더
이상 보기도 싫었다. 이들은, 가망없는 전쟁을, 가망없는 평화를
준비하고 싶어하지만, 이 궂은 밤에 눈이나 내렸으면 내렸지 손
은 내릴 것 같지도 않았고, 또 손은 이미 죽어버려 눈 속에 묻혔
고, 나는 배가 부르자 침울해져버렸다. 여기서 구걸할 것이라곤
없는 듯했다. 전쟁과 평화의 외촌동에서, 또한 역시 외촌(外村)
스런 생과 사를 사는 이들에게서 내가 뭘 얻을 것이 있을 건가.
오히려 몇 푼의 적선을 생각하게 할 뿐이다. 그래, 떠날 때가 된
것이다. 그래 나는 감발을 다시 매기 시작했다. 일단 떠나려고
한 번 마음먹자 이곳의 모든 것이 무의미해져버렸다. 마른 웅덩

346

이처럼, 그리고 그 주변의 말라죽은 나무처럼, 행려자(行旅者)에게 아무런 휴식도 그늘도 주지 못하고 있어 보이는 이 고장은, 어떤 씨앗이라도, 어떤 종류의 의지라도 뿌리를 뻗지 못하고 그냥 타죽어버리게 할 것만 같았다. 팔이 잘려 죽은 사내가 언뜻 나타났다. 그리고 그의 피맺힌 절규가 들려왔다. 그것은, 밖의 북풍과 늑대 울음과, 안의 습적된 분위기와 외롭게 흔들리는 그림자와, 그런 것들이 뒤엉클어져, 열전(熱戰) 속의 지극히 목가적인 낙도 같은 권태를 자아내는, 그 틈바구니 속으로 스며들었다. 나는 감발매기를 다 끝냈다. 그래서 벙거지를 깊이깊이 눌러 썼다. 마음은 괴롭고 천근처럼 무거웠다. 이제 어디선가 전쟁이 성시를 이룬다고 하더라도, 그것 역시 어쩌면, 미쳐서 방황하다 죽어간 '서역귀신' 들린 박수처럼, 팔이나 잘리다 죽어가버릴지도 모른다. 그래, 여기서는 모든 것이 죽어가는 것 같다. 한때 전쟁도 평화도 만들던 그 의지와 주재(主宰)의 고장이, 이제는 다만 메마른 죽음만을 모루 위에 놓고 있다. 금색(禁索)에는 동녘귀신의 성기와 서역귀신의 성기와 하지후토서낭사방지신의 성기가 그냥 말라가고 있다. 아마도 이 고장을 통과하지 않으면 나도 또한 말라비틀어진 성기 하나가 되어 고목을 두른 금색의 한 곳에 끼이게나 될 것이다. 나는 일어섰다. 그리고 영감과 할멈을 내려다보았다. 영감은 숯가마를 아직도 안은 채 거의 백치가 되어 서 있고, 할멈은 읊던 주문을 잊고 상 위에 엎으러져 있었다. 그러자 갑자기 나는 이 세상이 끝나가고 있다는 생각을 해냈다. 밖엔 무(無)만이 포효하고 있다. 장은 끝나버린 장이었다. 아마도 이 파장은 자기 상전의 말씀으로 화해져버렸던 그 서역귀신의 종도(宗徒)가 죽어져버리자 시작되었던 것이다. 그리고 건반

(鍵盤) 만이 남았는데, 누가 그 건반을 디뎌줄 것인가——손이 내
려얄 텐데, 그런데 손은 잘려 눈 속에 묻혔고, 눈은 몇 세기의 밤
을 내리고 있다. 그 속에선, 내가 처음엔 방주(方舟)라고 생각했
던 이 대장간까지도 부표되지 않는다. 아무것도 구제받지 못한
다. 이 종말은 그렇게 은밀하고 완전하게 이 고장을 덮을 것이
다. 한 개의 방주도 떠오르지 않을 것이다. 헤, 헤헤, 헤헤헷, 어
딘가 장이 트고 있지 않는 한 이 각설이놈도 끝날 것이다. 끝나,
묻혀, 없어져버리고, 눈은 하늘까지 쌓여, 이 우주가 한 개의 큰
눈뭉치가 될 것이고, 그건 인력의 줄을 야생마처럼 끊고, 무화
정지 속을 구르다, 산화해버릴 것이다. 헤, 헤헤, 헤헤헷,
　"아니, 댁은 왜 웃으시오?"
　누가 별안간 꽥 소릴 쳤다. 아마도 영감이었다. 난 그를 이해
할 수가 없었다.
　"댁은 내가 숯이 아깝고 쇠우쇠가 아까워 그러는 줄 아시오?"
영감은 탄식하듯 더 계속했다. "그건 아니외다. 나는 기다려왔
소이다. 허지만 따지고 보면 결국 나를 기다렸던 것 같은데, 그
런데, 나는 오지 않고, 팔 하나를 더 매단 나는 오지 않고, 결국
나를 대장장이로밖에는 부려먹지 않는 댁이 온 거요. 나는 오지
를 않고…… 허면 여보, 당신은 그 값으로 내게 무엇을 줄 수 있
겠소? 나는 그것을, 그러니까 서럽지만 그것을 계산하고 있는
거요." 영감은 거의 유쾌한 듯이, 그리고 유창하게 뽑아내며, 아
낌없이 숯을 모두 화덕에다 쏟아넣었다. 그리곤 풍고를 이용해
바람을 불어넣기 시작했다.
　"………" 나는 도대체 대답할 말이 없었다. 도대체 영감의 이야
기 내용이 내게 전달이 안되고 있었을 뿐이다. 그렇다고 영감이

348

내게 대답을 촉구하고 있는 것 같지도 않아서, 쓰륵쓰륵 피어올라오는 숯불 구경이나 했다. 숯은 차차로 유방을 드러내고 있었다. 그리하여 그렇게도 닫고 있던 가슴들 속의 투명한 루비 같은 염통을 드러내놓고 정액을 요구하고 있었다.

그렇게 되자 영감은, 풀무질을 멈추고, 내겐 눈 한번 보냄이 없이 할멈의 등뒤로 가 할멈을 안았다.

"할머엄." 영감이 큰 숨을 한번 들이쉬더니, 묘하게도, 높은 소리로 할멈을 불렀다. 그런데 다음 음성을 듣고서야 나는, 그가 자기의 성대를 조절치 못하고 통소의 처음 삑 소리처럼 소리를 낸 걸 알았다. 극히 낮고, 침중하며, 그리고 정에 겨운 소리가 토막토막 흘러나온 것이다. "……난 기다렸었는데, 기다렸었는데 말이라……" 영감은 멈칫거리다 마저 채웠다. "어쩐지 기쁜 줄을 모르겠어,"

대장간 안은 차차로 더워지고 있었다. 난 좀 우물쭈물할 수밖엔 없었는데, 사실론 난 퍽이나 외롭고 있었다.

할멈은, 흐트러진 머리칼 사이로 이윽히 영감을 돌려다보더니, 스스러진 몸짓으로 궁둥이를 돌리고 앉아 영감의 마디 굵은 손가락을 세기 시작했다. 그러나 뭐 무슨 의미가 있는 헤아림 같지는 않았다. 그녀가 어떤 걸 느끼고 있는진 모르지만, 소박하게 말해서 어떤 슬픔을 느끼고 있다면, 바로 그 슬픔에 대한 저항을 그런 식으로 표출하고 있는 것이었을 것이다. "영감은 늘 기다려 오시잖았소?"

"그랬었지, 그랬었어. 그러나 난 알 수가 없단 말야. 좀더 다른 모양으로 올 수도 있었을 것 아닌가. 사자를 앞세우고 나팔이라도 불면서…… 그리고 구름같이 핀 연꽃을 타고 손이 그 뒤에 오는 거다……" 말을 하다 말고 영감이, 어정쩡히 서 있는 내게로 다가왔다. 남은 외눈 속에서도 숯불이 타고 있었다. 난 그의 눈 속에서 핀 숯불을 진달래처럼 따먹었다. "……여보, 나그네 양반 그냥 떠나실 수는 없겠소? 난 어쩐지 댁이 무서워졌소."

영감이 성심성의를 다해서 하는 말이었다.

"그러잖아도,.사실 그러잖아도 지금 떠나려는 중입죠. 허지만, 뭐 굉장한 오해라도 가지신 게 아닌지 모르겠군입쇼. 냉수라도 마시고 좀 천천히 생각해보시라굽쇼." 난 문가로 바닷게처럼 어기적어기적 뒷걸음질쳐갔다. "오늘밤은 굉장히 감상적으로 되신 것 같아요. 무, 물론 사내 하나는 죽었고, 헤헤, 그야 뭐, 아무튼 너무 극단적으로 생각하실 건 없습죠, 없습죠. 망치를 잡았던 손에 느닷없이, 뭐랄깝쇼, 헤헤, 뭐 배암 같은, 꽃 같은 그런 것이 쥐어져 도대체 용을 못 쓰는 것 같은데 말입죠, ……자, 그, 그럼 알, 알령히 계십소사, 알령히, 정말 알령히," 난 문을 등으로 밀어냈다. 그러자 구멍난 진공관 속으로 바람이 밀려들 듯, 소떼 같은 눈보라가 폭발져 들어왔다. 공포가 숨통을 틀어막는다. 아 젠장할 눔의 밤에 소금만 흩날리고, 씨부랄, 고자귀신의 좆대가리에 문드러진 이 계집년의 씹구녕에, 헛 정액만 쏟았구나, 씨부랄 것!

"여, 여, 여, 나그네 양반!" 내가 막 총알처럼 밤의 눈의 적막 속으로 뛰어나가려 하자, 영감이 내 바랑을 붙들고 불러세우는 말이다. "어, 언제 또 오시겠소? 예? 그것만 가르쳐주고 가십 쇼,"

"그, 글쎄요, 건 모르겠는뎁쇼," 난 좀 귀찮았기에 늘 하는 대답을 반복해주었다. 눈바람 때문에 숯불은 더욱더 살아올랐는데

350

도, 썰렁함이 가슴 밑바닥에서 일어났다. "틀림없이 난 아마 못 오게 될 겁니다요. 오라는 덴 없어도 갈 곳이 많아섭죠."

"정말 그럼 다시 오실 수가 어, 없단 말씀이시오?"

"그게 이눔의 성미니깐입쇼."

".........."

영감은 입을 다물고 한동안 고개를 숙이고 묵연히 있기만 하더니, 내가 나가려 하자 황급히 말리고, "그럼 할 수 없지요, 그냥 보내드리면 보류는 되더라도 종국엔 빚만 남게 될 테니," 하고, 뜻모를 소리를 중얼거리더니, 나를 인도해다 이번엔 자기가 거처했던 편안한 자리에 앉게 했다. 그러더니 할멈에게로 향했다.

"……여보 할멈, 어쩌겠소, 하는 수 없잖소? 때가 왔으니……"

할미는 망연자실된 채 영감을 그냥 올려다만 보고 있다. 그리고 한참 후에야 가늘고 흐느끼는 음성으로 이렇게 말했다.

"영감, 내가 어떡해야겠수?"

"쇠우쇠는 녹이 먹어들고, 생명은 세월이 먹는단 말이라. 글쎄 그렇단 말야." 영감은 할멈의 등을 아주 다정스레 어루만졌다. 나는 접시의 불을 찾았으나 불은 없었다. 한 가마니 벌겋게 달궈진 숯불이 안의 모든 풍경을 대변해주고 있었다. "그러니 오늘은 기쁘게 맞이해야겠어, 나도 왠지는 몰라, 그저 느껴지길 그렇게 느껴진달 뿐," 그리고 영감은 할멈을 보듬어세웠다.

"……녹이 할망구를 다 먹어버리면, 나도 또 그렇게 되어버리면, 결국 할멈,"

"모르겠어요, 난 참말 모르겠어요. 허지만 지금이 그때란 말이우?"

할멈은 무섭게 떨며 영감께 매달렸다. 영감은 고개만 무겁게 끄덕였다. 그러자 할멈의 경련이 멎고 우울이 흘렀다.

"정말 영감은 이 못난 할멈을, 생산 한번 못해본 이 할멈을, 정말이지 좋은 싀우쇠라고 생각해왔댔수?"

할멈은 매달리는 음성을 썼다.

"그, 그야 두번 말해 뭣하겠소? 이 평생 내가 얼마나 아꼈다구."

영감은, 내 듣기에도 만족할 만한 어투로 서슴없이 대답했다.

"……그, 그게 난 참, 고, 고마웠어요."

할멈의 얘긴 몹시 쓸쓸했다.

"고마울 거야 있나? 고맙고 뭐고를 따진다면 할멈이야말로 내게 잘해줬소." 말하며 영감은, 갈퀴 같은 엉성궂은 손가락으로 할멈의 머리를 빗기기 시작하고, 할멈은 다소곳이 서서 소녀처럼 영감의 눈동자만을 응시하고 있다. "정말 잘해줬소. 이제 마음이 자리잡았소."

"………"

할멈은 대답 대신 고개를 한번 끄덕이곤 화덕 앞으로 걸어가섰다. 그리고 거울 앞에 선 여인처럼 넋잃고 잉걸불을 바라보기 시작했다.

"퉁소 소릴 한번만 더 들었으면 싶으오, 영감."

할멈이 들릴 듯 말 듯하게 속삭였다.

"그는 벌써부터 불고 있잖소."

영감도 그렇게 대답했다.

"바람이 몹시 사납구랴."

"그래, 바람이 몹시 사납군."

"내일 아침엔 눈이 하마 처마끝에 닿겠지요?"

"하마 닿을 거야."

"눈이 녹으면 씨앗을 뿌려야 할 텐데……"

"씨앗을 뿌려야겠지."

"애들이 아비를 기다리다 풍금 위에서 잡다."

"………"

"사내애는 엎드려서 풍금의 발판을 자꾸 눌러 바람을 넣고 있었다우."

"………"

"어린 계집아이의 다리가 닿지를 않으니 그럽디다."

"………"

"헌데 계집아이는 그 위에 쓰러져 졸고 있더구랴."

"하마 처마에 닿았을라, 눈이."

"그애의 오빠는 누이가 잠든 줄도 모르고 글쎄 땀을 뻘뻘 흘리며 바람만 넣습디다그려."

"눈이 녹으려면 꽤 오래 걸릴걸."

"풍금 소리가 들리오."

"건 통소 소리라."

"참 멀리서 들리네요."

"그렇군, 멀리서 들려."

"그애들의 피를 한 방울만이라도 고목에 흘리면 그러면 잎이 필 것도 같습디다만."

"………"

"아무래도 안되는구려. 영감, 좀 도와주셔야겠수. 허지만 이러지 않아도 된다면 이러지 않게 해주구랴."

"………"

"그러시담 영감, 이젠 됐으니, 좀 도, 도와주구랴."

어쩐지 처절한 음성이었다.

"……그럼 잘, 잘가게, 잘. 내가 얼마나 할멈을 아꼈던가를 늘 생각해주게. 잘, 잘가, 가라구!"

영감은 할멈의 머리칼에 눈물을 뿌리며, 눈물보다도 더 짜거운 정을 보이며, 그러면서 망치질로 단련된 팔 안에 할멈을 보듬어들었다. 그리고는 어떻게 되었는지 '차마' 나로서는 모른다. 나는 도저히 웃을 수가 없었다.

이 쇠우쇠는, 쉽게는 녹지를 않았다. 적어도 삼백을 셀 동안은, 어쨌든 몸은 살아서, 단말마의 비명을 화염에 태우며, 숯불을 걷어찼다.

영감은, 얼굴이 익어 수포라도 잡힐 정도나 될 가까운 거리에서, 그런 광경을 보고 듣고, 그리고 침 흐르는 것도 몰랐는데, 갑자기 펑 하는 굉음이 나더니 숯불이 호랑나비떼모양 휘날랐다. 그러자 웬일로 영감이 바닥에 쓰러져 꿈틀거리기 시작했다. 나는 그 소리 때문에——아마 할미의 쭈그러졌던 뱃가죽이 풍선처럼 팽창되었다가 터진 소리였겠지만——비로소, 악몽과 같고, 환각과 같고, 최면된 것과 같은 상태에서 깨어나게 되어 부리나케 영감께로 다가가보았다. 그리고 영감을 안아 일으켜보다, 영감의 온 얼굴과 몸에 숯덩이가 끼얹어져 아직도 살이 끓고 있었다. 게다가 더욱 불행해진 것은, 하나만 남았던 눈, 그것까지도 빼앗기고 없었던 것이다. 그 눈두덩에 숯덩이가 박혀 있었는데, 먹피가 꽃뱀처럼 기어나오고 있었다. 녹혀지면서, 그리하여 몹시 노린 냄새를 풍기는 쇠우쇠의 말대로 하자면, 영감이 한 눈을 잃었을 때 명두가 내렸다 했는데, 두 눈을 마저 잃었으니 이젠 신장쯤이나 내렸을 것이다. 나는 빨리 도망치고 싶었다.

"내 눈, 내 눈, 눈," 영감은 손가락을 눈두덩 속에다 처넣으며 짐승처럼 울부짖었다. "눈이 어디갔어? 눈이? 으흐흑, 내 눈이? 쇠우쇠가 녹았을 터인데," 그래서 보니 할미는 불덩이로 화신하여 맹렬히도 타며, 근사하게 녹고 있었다. 불길이 아궁이 밖으로 뛰어나오며 미친 듯이 날뛰었다. "녹았을 터인데, 내 눈, 눈, 눈," 약먹은 개처럼 영감은 뺑뺑이질을 했다. 그러면서도 손은 오목하게 펴들어 거기에 뭘 받고 싶어했다. 그런데 이상하게도 내겐, 그의 손바닥에 그의 눈이 담겨져 있어, 손바닥으로 사물을 보는 듯하게 보여졌다. 그건 굉장히 두렵게도 했으려니와, 똥독을 기어나온 구렁이처럼 보이게도 했다.

"에라이쌍!"

나는 어디서 그런 분노가 폭발했는지도 모른다. 나는 그의 두 손바닥을 뒤꿈치로 짓밟고 빙글 한번 까돌려버렸다. 한번 그러고 나니, 나와는 아무 연척도 없는 증오가 끓어올라 참을 수가 없었다.

"에라이쌍!"

나는, 해머를 들어, 포르르포르르, 바둥대며 떠는 손을, 무지막지하게 내려쳐대버렸다. 그러면서도 나는 해머 자루에 느껴지는 영감의 끈적한 손땀이 몹시 불쾌했다. 영감의 손은 묵사발이 되고 말았다. 그래도 그 묵사발이 뱀꼬리처럼 떠는 건 그만두질 못했다. 그 피걸레에 빨간 숯불이 닿아 비린내와 노린내처럼 반사되었다 영감은 혼도되어버린 것 같았다 바람은 더욱더 사납게 윙윙거리고 있었다 기름먹은 숯불은 공룡이 되어 화덕에서 스륵 스륵 기어나오고 있었다 그런데 그 공룡의 아가리 속에서 손이 하나 불쑥 튀어나왔다 다음엔 다리가 불을 켜들고 나왔고 대가리가 화덕 전에 꺾여져 늘어졌다 난 땀을 뻘뻘 흘리고 있었을 것이다 그러면서도 어쩌지도 못하고 발이 묶여 있었을 것이다 늑대짖는 소리가 문밖에서 들려왔다 나는 떠나얄 텐데 떠나얄 텐데 이상하게도 내가 화염과 밤 사이에 끼어 꼼짝할 수가 없었다. 그런데 화덕 속에선 활짝 벗은 할미가 일어나앉았다간 다시 쭉 뻗고 눕더니 소릴 내며 몸을 짓틀고 있었다.

"아 그러구 보니 상사에 지랄이 났구나, 음지랄이 났어."

나는 도대체 움직일 수도 없으면서, 마음속의 정염이 오르륵 그녀의 몸을 태우는 그녀의 고뇌에 참을 수 없는 연민을 느끼고, 몸을 움직여보려 했다. 그러자 연민이 나를 또한 연민스럽게 보아주어 발이 떨어졌다. 그래 나는, 영감의 한끝을 끄집어 잡아당겨 화덕 속에다, 몸을 짓트는 할멈의 공허한 몸부림 위에다, 육박시켜주었다.

"자, 사정(射精)을 하시어요, 사정을──"

그리고 나는 뒷걸음질을 했다. 문이 등뒤에 느껴졌을 때 나는, 비호같이 몸을 돌려 문을 박찼다. 쌓인 눈 때문에 문은 쉽게 열려지지 않고 그 대신 나가떨어져버렸다. 나는 달렸다. 단숨에 삼십 리를 달렸다. 숨이 찼다. 심호흡을 했다. 그리고서야 나는, 내가 그렇게 겁먹을 아무 이유가 없다는 생각이 들어 뒤로 돌아 대장간을 찾았다. 그런데 대장간은 바로 지척에 있었고, 벌써 화염에 뒤덮여 있었다. 그것은 수천 년 간이나 적막 같은 기름에 찌들었던 밤의 한자락을 맹렬히 태우며, 눈벌판을 보래쳐갔다.

나는 피곤스러워 털썩 주저앉아버렸다 엉덩이 밑에서 눈이 비명을 지르자 곧 나는 목까지 눈 속에 묻혔다 어릴 때 북더기 속에다 자기를 계란처럼 묻어뒀던 기억이 났다 그건 내게 한가롭고 편안한 기분을 주었다 그래서 나는 대장간이 타는 것을 음미하며 건너다보았다 그것은 솔로몬의 요트처럼 밤의 여울을 헤치고 흘러갔다 바람으로 해서 자락진 눈의 잔잔한 파도에 석양과 꽃잎을 뿌리며 그래 뱃놈은 오딘의 백성임에 틀림없는 것이었다 이 궂은 밤의 항해를 그것은 지극히 여성적인 우아함으로 계속하고 있었다 그리하여 그 여성적인 우아함은 잘린 말뚝에서 방울져 시원(始原)스런 한 고장을 진달래 피웠던 그 한 광경을 떠올리고 또 그것은 구름 같은 연꽃을 타고 오는 황금빛 손을 연상시켰다 그리고 그것이 전쟁도 휴식도 없는 전장에서 열전으로 죽은 한 바이킹을 태워버리고 모닥만 남겼을 때 그 모닥이 바람 때문에 언청이처럼 씨득씨득 웃고나 있었을 땐 '말씀'만을 양식으로 이 고장엘 왔다가 죽어버린 사내의 주검을 떠올렸다. 어쨌든, 바람이울고거처잃은명두가울고유랑하던팔이울고사납게어두운밤에그속의알맹이까지를태우고대장간은떨어져나간팔처럼눈속에묻히고아무도한사람의의인이남아있느냐고묻는이는없었다.

나는 졸음에 먹히우려는 걸 간신히 뿌리치고 몸을 일으켰다. 끝난 장을 뒤돌아보면 소금 기둥이라도 될 것만 같아 나는, 뒤를 돌아다보지 않고, 되는대로 앞만을 헤쳐나갔다. 어쩐지 나도, 우울하게 불모스러워진 듯해져, 막 고함이라도 치고 미쳐 날뛰고 싶었다. 그것이 아마 고자귀신 들릴 그 징조인지도 모를 일이다. 나는 되도록 침착하려 애쓰면서, 잠시라도 머물고 싶지 않은 심정을 좇았다. 동구를 벗어나면 새벽이 기다리고 있을 것이었다. 그 새벽 속을 걸으면 머리가 맑아질 것이다. 그외에는, 나는 아무엇도 생각하지 않았다. 그냥 열심히 기다리는 새벽을 향해 헤쳐나갔는데, 삭다리 십자가를 꽂아놓았던 그 언덕 부근의 어떤 오돌막 창문에는, 그러고 보니 아직도, 흐릿한 불빛이 있어 어둠의 한 귀퉁이를 미지근히라도 데우고 있는 것 같았다. 전도(傳導)의 법칙에 의한다면 아마도 동은 거기서 트게 될 것이다. 너무 단조로워 혼돈스러운, 풍금 소리가 아직도 흐르고 있는 듯이 내게는 느껴졌다. 그리고 다른 데는 모두 싸늘한 밤이고 눈이고 죽음이었다. 　　　　　　　　　　　　　〔『현대문학』, 1971. 12〕

宿主
——「열명길」其二

1

날씨는 창세 이래, 그중 탁하고, 그중 어둡고, 그중 음산스러
웠다.

성(城)에서는 하루종일, 한 사람의 제장(祭長)도 나타나질 않
았고, 그래서 아편에 기갈든 백성들이, 모질게도 단단하고, 모질
게도 높은 성벽만 쳐대다가, 그래서 피투성이가 된 손목이나 그
래서 비꼬아 사태기 새에 찌르고, 죽은 새우처럼 저 토해져나와
더럽게 흐물어터져버린 그래서 황폐한 욕망 위에로, 저 그중 음
산스럽고 그중 어둡고 그중 탁한 날의 저묾이 덮어들고 있었다.
그런데, 그런 위로, 조종(弔鐘)은 하루종일 울고도 더 울 울음이
남아서 아직도 울고 있었는데, 그런데 그것은 그것의 대가리가,
그것의 애처로운 꼬리를 한없이 삼켜넣으며 한없이 뒤집혀지는
자맥질을 반복하고나 있는 듯했다. 그런데 그 음산스러운 저녁
에, 그런데 저 탁한 저녁에, 그런데 그 어두운 고장에도 그런데

비는 끈적끈적 내리기를 시작했고, 그런데 그것은 피처럼 검고 비릿기했다. 그러면서 뇌성은 아직은 멀리서 산이 우는 소리처럼만 떠돌고 있을 뿐이었지만 그러면서 번개는 그 어둠을 가르고 들었고 그러면서 끈적거리는 빗줄기가 굵어지길 시작하고 있었다. 그러면서 저 정토의 '큰불'이 드디어 현신하려는 것처럼 분위기가 삼엄하게 좁혀들고, 그러면서 그것은 폭우를 휩쌓아 안고 있었는데 그러면서 저 성벽에 묻었던 피와 살반죽들이 씻겨내려, 그러면서 성벽 뿌리 속으로 타고 스며들었다. 조종은 돌팔매에 살이 터진 뱀처럼 그것들의 가운데로 언저리로 타고 지나가며, 모든 휴식 없는 기갈든 저녁들 중에서도 가장 처설픈 것을 만들었다. 빗줄기는 점점 더 굵어지고, 세차지고, 사나워지고 있어서, 그 빗줄기가 세로질러 내리는 그 속력만으로도, 그렇게도 탁하고, 그렇게도 짓누르고, 그렇게도 썩고, 그렇게도 무겁고, 그렇게도 빽빽했던 기류를 뒤흔들어 태풍을 만들었다. 태풍과 폭우가, 그리고 그 밤새도록 불고, 그리고 기갈든 영혼들을 밤새도록 시달리게 하고 그리고 섬을 그 풍랑의 끝으로 치올렸다가 풍랑의 골짜기로 내동댕이치고, 그리고 단애에서는 물보라를 찢어대며 바위를 울리고, 그리고 단애에 깃쳤던 물새들의 대가리를 암초에 짓바숴대고, 그리고 그 폭우와 그 폭풍과 그 풍랑과, 그 혼돈 속에 낙엽처럼 섬을 처넣었다.

성에서는 저녁이 아주 깊어졌을 때도 한 사람의 제장도 나타나지 않아, 아편은 성밖에도 던져지지 않았다.

성안에서나 밖에서나, 한 개의 횃불도, 한 개의 초롱도, 타고 있지도 밝혀 있지도, 않았다.

2

그런 그 몹시도 늦은 밤에, 그런데 동편의 한 성루에 밝혀진 한 개의 등이 나타나고, 그런데 그것은 반딧불 같은 것이었지만, 거기서 몇십 개비의 아편담배가 던져지고, 그런데 그것은 던져지자마자 폭풍에 불려가버려선 폭우에 난도질을 당해버렸던 것이지만, 그 등은 그리고, 먼 뇌우의 흔적모양 꼬리를 조금 둔하게 흔들다간 사라져버렸는데, 그런데 그것은, 짝없이 커버린 황토색 시의복을 입은 난쟁이 광대가 들고 있었던 것이지만, 그 어둠 속에 그 흐릿한 불이 한번 나타났다 사라졌다는 것만으로도, 그런데 그 불은 거기에 다시는 더 나타나지 않고 날이 밝아져버렸었지만, 저 어둡게 타들고 있었던 육신들에, 저 섬에, 그런데 그것은 아편 같은 그런 소금을 뿌렸다. 그것은 그리고, 한 빨간 단추 같은 것으로 그 성루에 나타났던 것이다.

그 등은 그리고, 몹시 흔들려지면서 제당 안으로 옮겨졌는데, 제당으로 이어지는 대리석 바닥에 그 흐린 불빛이 조금 닿아 흔들려질 때마다, 바닥 위에서 튀겨지며 흐르는 빗물을 황톳빛으로 바꾸며, 그것은 곧장, 키 작은 광대가 입어 질척하게 끌리는 시의복 아래, 이 세계가 덮여져 있는 것처럼 보이게 했다. 그러나 저 키 작은 사내는, 그런 것에는 아무 관심도 없어했는데, 움푹 들어간 눈 속에서, 빨간 단추처럼 타고 있는 그 눈에 눈물기 같은 것을 조금 가진 외에, 왕 앞에서 어릿광지었던 때의, 저 천진맞은 짓궂음, 그러나 그때도 그는 별로 웃어보인 적은 없었지만, 민첩하게 꾸며내던 익살스러움 그러나 그때도 그는 별로 즐거워해보인 적은 없었지만, 저 우스꽝스러운 오만함, 그러나 그때도 그는 별로 한숨지어보인 적은 없었지만——그런 것 중의 하나도 그는 남겨 갖고 있어 보이지 않았다. 무척 침울해 보이고, 피라고는 다 빠진 얼굴이고, 비틀거리고, 황토복은 무덤모양 그를 밀폐시켜 걸음을 사자(死者)처럼, 하게 하고, 오뇌에 차 있고, 그런 그가 그런데도 그 황폐로운 가운데 곳으로 등을 들고 지나가고 있었다. 조종은 그때도 비처럼 불처럼 내리고 연소하고 있었다.

그 등이, 밖의 모진 비바람을 휘몰고, 제당 안에 비쳐지자, 그것은 모든 비평과 죽음과 불과 그을음을 썩이고 있었던 그런 차라리 웅덩이로서의 내부가 한순간 무섭게 출렁이었다. 그리고 다시 문이 삐그덕 소리를 내며 닫혀지자, 그 내부는 다시 썩기 시작하며, 냄새를 풍기기 시작했다. 비바람은 밖에서 윙윙거리며, 닫혀진 문을 휘갈겨대고 있었다. 빛은 그리하여, 제삿밥 얻어먹고 돌아온 귀신처럼, 그 안에 사려넣어져버리고, 저 큰 아가리를 가진 화룡을 불러냈다. 그을음 아래 전복처럼 기복해 있었던 선남선녀들은 사라지고 없었다. 키 작은 광대는, 고함이라도 내지르고 싶은 것을 억제하고, 그 웅덩이 속을 느릿느릿 피곤스레 걸어, 용상이 있는 곳으로 나아갔는데, 그가 든 등이, 그렇게도 작은 광대의 그림자를 한없이 늘여, 그 몹시도 넓고, 몹시도 천장이 높은 제당을 빼곡 채워버리고 있었다.

화룡 앞에서 그는 잠깐 멈춰섰다. 그리고 거의 무표정으로, 생명들이 불이 되어 들어가버린 그 검은 아가리를 올려다보다가, 알 수 없는 웃음을 한번 씻득 웃곤, 용상으로 이어지는 계단을 오르기 시작했다. 피반죽된 빨간 단추 하나가 그때 그의 눈에 띄었다. 그래서 그는 그것을 외면하려 했지만, 그 순간 어째서인지, 목이 길어나던 사내가 내밀던 손이 자기 앞으로 다가오는 것이 보이고, 그 손에는 그런데 이 섬의 모든 것이 담겨져 있는 것처럼만 그에게 느껴졌다. 키 작은 사내는 순간, 도망쳐 나가버리고 싶은 심정을 느꼈다. 그러나 그런 대신 허리를 굽히고, 그 응혈의 덩이에 떨리는 손을 댔다. 그리고 발작모양 몸을 떨었는데, 이상스런 광희가 그의 전신으로 밀려들고 있음을 그는 전율하며 느낀 것이다. 그는 그 응혈 덩이의 단추를 젖은 시의복에 미친 듯이 문질러대다가, 둔한 빛에 들여다보기 시작했다. 그것은 잘 익은 앵두처럼, 그의 작은 손바닥 위에서 밝은 빛을 발하고 있었다. 그는 한숨을 한 번 후 불어내고, 손가락으로 한 번 꾹 눌러본 뒤, 호주머니에다 넣어두었다. 사나흘 후에 그를 만나는 사람들은, 그가 그 단추를, 전에 그 옷의 그 부위에 달렸던 때와 똑같이 다시 달아두고, 때로 내려다본다는 것을 알아낼 수 있을 것이었다. 그러나 그는 그것의 내력에 대해서는 아무것도 몰랐을 뿐이고, 다만, 저 이상스런 광희와 전율을 통해, 자기가 어쩐지, 이미 연소되어버린 어떤 자의 몫에 떠맡겨져버렸다는 것만을 이상하게 느끼고 있었다.

용상 앞에서는, 그는 들고 있었던 등을 바닥에 놓고, 무릎을 꿇었다. 그 용상 위에는, 개기름에 번쩍이는 칠흑 같은 얼굴이, 잠이 들어 고개를 뒤로 떨구고 있었다. 저 칠흑같이 검은 얼굴의 큰 사내는, 너무도 작은 용포를 걸치고, 거기서 밤의 한 제국을 펴고 온종일 거기 앉아만 있어왔다. 그리고 홀쩍홀쩍 울었었다.

"폐하." 너무 큰 옷 속에서 헤엄을 치는 너무도 작은 사내가, 너무도 작은 옷 속에 감금된 너무도 큰 사내를 조용히 불렀다.

"폐하." 그리고 몇 번 더 불렀을 때에야 저 검은 사내는 깨어났는데, 깨어나선 늘 했던 버릇으로 도끼를 잡아들고 눈을 두리번거렸다. "이제는 당신이 왕이십니다." 작은 사내는 엄숙히 말해주며 일어나 두 번 읍했다. "이제는 당신이 법이십니다."

"아, 아 난 싫어, 글쎄 싫다구. 낮에도 몇 번이고 내 일러줬으니 너도 알겨."

검은 검센 사내는 울 듯이 부르짖었다.

"나는 한사코 안 바란단 말야."

"하오나 제비뽑기에서 용포가 폐하께, 그리고 시의복이 소신께 온 것은 불이 폐하를 왕으로 택하신 그 증거입니다."

"글쎄 난, 불이 누구를 어쨌건 그런 건 알고 있지 않단 말야."

"그러나 폐하가 이제 이 나라이십니다."

"요 우라질 꼽추새끼야, 내가 너를 친구라고 생각했기에 망정이지, 네 주둥아리는 벌써 찌그러지고 말았을 거다. 난 지금 나를 어째 얄지 그것만 모르고 있을 뿐이라구. 왕이 살아 계셨을 땐, 난 참 맘이 편했었는데. 이리 오라면 오고, 저리 가라면 가고, 눈 부릅뜨라면 뜨고, 도끼 휘저으라면 휘젓고, 그냥 그 일만 했었을 뿐인데도, 좋은 음식에, 좋은 옷에, 좋은 잠자리에 히히, 사흘째 저녁마다 한 번씩은 계집을 내려보내주셨고, 그랬었는데, 그리고 오늘은 계집과 자게 된 밤인데, 야헌데, 나로서는, 내가 시방 저 문을 나가도 되는지 안 되는지 그것도 모르겠단 말야. 나가서는 또 어디 가지? 성내 한바퀴 뺑 잡아 돌아봐? 그런 짓 안 미친눔도 할 만하냐? 야, 난 너를 정말 친구라고 생각하는데 말이다. 너나 좀 무엇 좀 심심치 않구로 시켜줄 일 좀 없으까? 저 빌어먹을 눔의 종소리, 난 하루종일 듣기 싫었더란 말야.

364

맘만 먹는다면 저까짓 눔의 종 한 도끼날에 빠개놓겠는데. 그렇지만 아무도 시키지 않는 일 내가 왜 하지? 왕 폐하나 시의 각하죽어 없어진 것쯤 이제 난 다 잊어버렸다구. 야헌데, 넌 내 친구잖냐 말여. 제장들하며 신도들이, 글쎄 내 말은 왕 폐하와 시의각하 다 태워지고 났을 때 얘기란 말야, 히히, 그것들 똑 굴병든개새끼들모양 나갔었지, 그때 나도 덩달아 나가려고 했었는데,너 자슥이 내게 왔었댔지, 그리곤 내 옷자락을 잡아다녔지? 안그랬었나 이 병골아? 그리곤 내 귀 좀 빌리자고 해, 내 허리 한번 크게 휘어두었더니, 너 이랬더란 말야. '댁은 어디로 가시려고 그러십니까?' 그래서 생각하니, 그건 참 큰일이었어. 글쎄 내가 어딜 가려고 그랬었던가 말이다. 그래 내 검은 중에도 얼굴을붉혔더니, 너 쥐새끼같이 또 말했어. '댁은 저 용포를 입어보시지 않으렵니까? 저건 참 지극히도 아름답군요.' 그래 듣고 가만히 생각해보니, 나는 마땅히 그래야 할 것 같더라구. 그때 나, 네게 한꺼번에 내 속정 다 쏟아버리고, 널 내 친구라고 생각해버렸다구. 넌 모르겠지만, 난 의리의 사내야! 너와 나는, 그랬었지,서로 도와가며 너는 시의복으로, 나는 용포로 갈아입었었다. 그건 정말 재미있어서 나는 웃었었다. 넌 안 웃었었다. 너는 너무작았고, 나는 너무 컸어. '이 옷이 내게는 석 자 세 치는 남는데,댁에게는 석 자 세 치쯤이 모자라누먼요.' 너는 그 말만 했어.그리고는 날더러 용상에 버텨앉으라구 했지. 나는 그랬고, 너는내게 절했어. 나는 웃었고, 너는 시의석에로 가서 앉았다. 내 보기에 너는, 황토밭 귀퉁이 쭈그리고 앉은 두꺼비 한 마리 같았었다. 그런 뒤에는 짜슥아, 멍청하게 하루를 보냈지 않느냐구. 너는 날더러 이 자리를 지켜야 한다구 그래서 난 그런 것뿐이야.

헌데 너는 배나 머리를 된통 들통이 나게 앓고 있었거나, 이빨이 다 어삭아져버렸지 아마? 넌 목죽을 듯이 낑낑대다간, 이를 부드득부드득 갈고, 대가리를 쳐댔어. 불쌍해서 못 보아주겠더라만, 나중에 보니 너는 자고 있었어. 그래서, 야 이래봬도 나도 생각도 할 수 있었다. 나는, 왕이 있었던 시절 생각했더라구. 그때나 얼마나 펄펄스러웠던가 말이다. 헌데 지금은, 아무도 내게 동아줄 열두 매 생염(殮)을 하지도 않는데, 글쎄 난 오금을 펼 수가 없게 됐다구. 젠장맞을 말이라."

"폐하, 이제는 잠자리에 드실 때이겠군입쇼. 날이 엔간히 새어가고 있는 듯하옵지만, 이제는 당신이 왕이십니다. 폐하께서 익히신 폐하의 자유를 다시 누리시고 싶으시면, 이제는 백성과 신하를 폐하의 주로 삼으시면, 폐하께서 느끼시는 생염(殮)이 스스로 풀리리다."

시의복 속에서 광대는 차게 말하고 있었다.

"아, 나 참, 그러구 보니 뻔듯이 한바탕 누워봤으면 싶구나. 헌데 하나 아닌 저 백성 너무 많아 어떻게 주인으로 삼는단 말이냐? 넌 보기에 별로 안 이쁘지만, 너를 모시면 내겐 편할 터인데. 야, 우리 이 옷 하나만 바꿔 입어버리면 너는 왕 폐하가 되고, 난 시의 각하가 될 것 아니냐? 우리 바꿔 입어볼래? 그러면 나 너 모시고 다니며 왕이라고 해줄 테니."

"헤헤헷, 폐하 각하, 황공하여이다." 광대는 광대 시절의 저 쳇소리 나는 짓궂은 목소리에 곡조를 넣고 있었다. "아직은, 때가 그때가 아닌 줄로 요 쇠인놈 아뢰나이다. 어느 개상놈이 있어 똥파리 사주팔자로 남 똥구멍이나 긁어주며, 뉘 있어 용상 바라지 않으리만, 때가 아직 아닌 줄 요 쇠인놈 아뢰나이다." 그리고 광

366

대는, 폴짝 재주를 한번 넘어보여주려다 바닥에 나둥그러지고 말았는데, 시의복 석 자 세 치 남은 긴 자락이 그를 휘감아버린 탓이었다. 용포를 입은 자는 그래서 박수갈채를 치며 떠나가게 웃고, 시의복에 휘감긴 자는 음험스러이 미소만 했다. 그런 뒤의 저 광대의 얼굴은, 전보다 더 싸늘해지고, 눈은 거의 살(煞)을 쏴내고 있어서, 저 용포 속의 검은 종자는 더 웃을 수가 없이 어중간하게 되어버리고 말았다.

"이제 금침에 드시기 전에 폐하께서는 소신이 올리는 말씀을 특히 괘념하소서." 광대는 냉엄한 음성으로 '폐하'를 거의 복종시키려 하고 있었다. "오는 새벽, 제장을 소집하는 종이 울리면, 아무리 옥체 기침키 어렵게 피곤하다고 할지라도, 기침하셔서, 선왕께서 아꼈던 말께 올라, 천천히 저 문을 드소서. 하옵고 두 말씀도 마시고 용상에 좌정하신 뒤, 도끼 오른손에 힘차게 쥐시고, 세 번 이렇게만 말씀하소서. '나는 왕이노라.' 그런 뒤의 일은 모두 이 소신이 귀염해 올릴 것이옵니다."

"가, 가만있어보자. 그건 여간 재미있는 놀음이 아닐 것 같다야. 헌데 난 뭘 외는 짓에 무척 서툴단 말야. 에잇 저 망할 놈의 종치기 영감쟁이!"

"종소리쯤 관심치 마소서. 저 늙은 종치기 제장은 어차피 궐명 이전엔 힘이 부쳐 죽고 말 겁니다. 벌써 종소리가 뜸해지고 있잖습니까. 소신께, 저 미친 늙은네께 베풀어줄 후덕이 다 계획되어 있으니 염려치 마십소서. 그는 왕과 시의의 죽음을 본 뒤 미쳐버린 듯하옵니다만, 충신이 아니옵니까? 충신은 마음으로써뿐만이 아니라, 그의 사지로써 그의 충성을 다하게 되어 있는 것입죠."

광대는, 검센 사내가 들어서 거의 쓸모 없는 말을 너무 많이 씨

부렁거리고 나서, 첫째 말께 올라 조회 참석하는 데서부터, 도끼
날과 눈알 휘번득여야 되는 대목까지를 자세하고 콜콜하게, 몇
번이고 반복해 들려주었다. 저 검센 사내는, 이전에 왕을 위해서
자기가 할 수 있었던 그 일의 반복에만 적이 신명을 돋우고 있었
다. "글쎄, 도끼 내두르며 눈 휘번득이는 데 나 재주 타고 특별
히 났다구."

"하옵고, 그 도끼는 폐하의 옥장삼아, 저 용상 곁에 세워두심이
더 위세가 있겠나이다."

이 점에 관해선, 저 칠흑 같은 얼굴의 사내는 불만이었으나,
"계집치고 잠자리 옆에 무기를 놓고 자는 것을 아무도 기꺼워하
지 않습죠" 하는 광대의 달콤한 말에 솔깃해, 마지못해 도끼는
용상 옆에 세워놓고, "그러면 계집이 어디 있단 말이냐?" 하고
초조하게 물었다.

"이 나라가 모두 폐하의 것이온데 어찌 계집이 없겠나이까? 이
밤은, 비록 한숨 깊이 들 시간은 남지 못했으나, 선왕의 이모 되
시는, 시녀장과 더불어 그 알뜰한 방에서 옥체 울울하심을 푸심
이 어떻겠나요? 그 여인네 늙기는 좀 하였으되, 왕과 살붙이던
여자이옵고, 왕통 출신이오며, 또 색욕이 세고, 기교도 많이 터
득된 터라 시녀들 교육도 맡고 있었으니, 하룻밤뿐만이 아니라
더 시들기 전 얼마 동안 족히 즐기실 만할 줄로 아옵니다."

"아니, 너는 지금 무슨 말을 나분대고 있는가? 감히 날더러 왕
의 이모와 자라는 말이냐?"

"왜 못 하시겠나요?"

"왜 못 해?"

"왜 못 하시겠나요?"

"왜 못 할 것 있어?"

그리고 까마귀 빛의 사내는, 그 검은 얼굴 속에서 흰 이빨을 드러내 병신처럼 웃고, 키 작은 사내를 번쩍 들어올리고는, "요 쬐꾸만 고깃덩이 속에 뭔가 나보다 큰 것이 어떻게 들어 있는지, 나는 그것이 아무리 해도 이상하단 말야. 그러니 너야 뭐라건 네게 먼저 물어보고 나는 뭐든 할 테다. 넌 정 재주꾼 같으니까" 하고, 한걸음에 밖의 폭풍우 속으로 달려나갔다.

그 뒤에서 광대는, 씰룩씰룩 체머리를 흔들다가, 시의 자리에 가 털썩 앉은 뒤, 용상을 멀거니 건너다보며 중얼거렸다. "들이 검어졌도다. 저 혼돈 속에 세상은 그러하여 한 발효를 위해 장사 지내졌도다. 불이여, 그대 우아스럽게, 아 화룡이여, 저 검은 노예로부터 흰 주인을 일으켜다오. 저 검은 유아는 아름답도다." 그러면서 그는, 무척 피로한지 눈을 감고, 거칠게 심호흡을 몇 번 했으나, 앉아 있을 수 없었던지 벌떡 일어나고 말았다. 그리곤 용상 가까이로 가, 거기 세워둔 큰 도끼를 내려다보다가, 등은 거기 놓아둔 채, 그도 또한 밖으로 나왔다. 너무도 큰 시의복은 무덤모양 그의 걸음을 느리게 했다. "아편은 아무리 늘 잡아 계산을 해도 석 달 분밖엔 남아 있지 않았었다구." 그는 어느덧 그것을 계산해놓고 있었다. 물론 왕궁 모든 창고의 열쇠는, 시의 대목수의 주머니 속에 고스란히 들어 있었던 것이며, 그 시의는 누구에게 그 열쇠 꾸러미를 전해줄 기회도 없이, 왕의 우정에 덮어씌워져 연기로 화해버리고 말았던 것이다. "저 엄청난 부, 그리고 저 폐인들, ……아마도 미친개 우리를 다섯은 비워버려야 겠구나. 우선 시의 각하님들 일지를 면밀히 검토하지 않으면 안될 거지. 아 이것은 창세 이래 가장 지독한 밤이겠어. 저 미친개들은 검은 왕께, 후훗, 보신탕으로 끓여드리고, ……저 개우리 속에서는 가장 처참한 고통과 발악이 시작되리라. 도대체 가능한가? 어쨌든 방법은 그것밖에 없는 것." 광대는 시녀장의 침실이 있는 쪽으로 시들어진 걸음을 옮기고 있었다. "밤새 이 섬이 난파라도 될 듯하군. 불어쳐라, 퍼부어내려라, 모든 걸 정화시켜라, 저 종소린 정말 싫군. 이건 창세 이래 외로운 밤이야, 이 늙은 종치기야, 이젠 죽어다오, 그러구 보니 종소리는 훨씬 빈도가 줄어들었군, 새벽 전에는 죽어버리겠지, 이 밤엔 나도 계집과 자고 싶다. 그러구 보니 아편 같았던 계집이 하나 있었구나." 그러면서 광대는 자기가 어느덧 저 '아편 같았던 계집'의 남정네가 늘 만지작거렸던 그 단추를 만지작거리고 있다는 것을 깨달았다. "그래, 벽안의 오대혼혈을 그 계집은 잉태하고 있어. 저런, 헌데 그 계집은 지금 어디에 있는가, 허나 너는 단애에서 스스로 떨어져 죽지는 않으리라. 너는 죽어가는 사내의 마지막 열망까지도 무참히 짓밟았던 저 아집의 덩이가 아니었던가, 너는 전순 (全純)했구나, 해골처럼 전순했구나, 본토 계집아, 아 본토 계집아." 광대는, 어둠 속, 빗속에 잠깐 우뚝 멈춰섰다. 종은 그때도 울며, 왕과 시의 대목수의 죽음을 슬프게 고하고 있었다. 그는 '본토 계집'이란 말을 그의 일지에서 조금 설명하고는 있었지만, 소박한 의미로도 어쨌든, 그는 그의 선조의 뼈를 한토막도 이 땅에 갈고 있지는 않았다. 그는 떠돌이 광대라고만 자기를 밝혔을 뿐으로, 다른 말은 한마디도 명확하게 해본 적 없이, 떠들어와, 이십 년 간이나 궁중에서 잊혀져왔을 뿐인 사내였다. 그러함에도 왕이 저 추악한 꼽추를 성밖으로 쫓아버리지 않았음은, 왕 스스로도 잘은 몰랐을, 저 난쟁이 속에 숨은 어떤 숨결 탓이었는지도 모른다. 어쨌든 저 외롭게 떠돌던 광대가, 만년에 쓴 일지(日誌)에서 밝힌 대로 하자면 그가 이 섬에 머물러버린 데에는, 이 국토의 화룡 숭배 때문인 것으로 되어 있었는데, 그러나 그 자신은 정작으로, 저 불 또는 화룡을 숭배하고 있지는 않았던 것으로 또한 되어 있었다. "내가 너를 연모하고 있었구나." 광대는 다시 걸음을 재촉했다. 그러면서, "저 검은 새 왕은 오늘밤 계집과 더불어 자야 되는 밤이야" 하고 시들없이 웃었는데, 사실로는 그래서 그는, 그 시녀장의 방안 동정을 좀 살피려는 길이다. 용포를 걸친 저 유아 같은 사내로 하여금, 저 시녀장이, 가능적으로, 모질게도 퍼붓게 될 비난과 모욕을 당하게 해서는 안된다는 것이, 그리고 왕의 계집이었던 계집으로 하여금, 새 왕에 올리는 한 겸허한 경축 잔치로써, 금침을 펴게 하지 않으면 안된다는 것이, 그 이유였다.

그 방의 문은 잠겨져 있지 않았다. 그는 슬며시 그 안으로 들어가보았다. 가느다란 촛불이 하나 거의 다 타들고 있었는데, 그 빛이 치렁이 드리운 보랏빛 비로드 휘장들을 흙처럼 보이게 했다. 키 작은 사내가 느끼기엔, 그들 간엔 여태도 아무 얘기가 오고가지 않은 듯하기만 했다. 어쨌든 저 까마귀 날갯빛 같은 얼굴의 저 큰 사내는 낙백이 반만 되어, 방의 가운데 어중간하게 서서, 자기를 어째야 좋을지를 잊어버리고 있는 듯했고, 약간은 늙었지만 검은 상복과 찌든 슬픔 때문에 오히려 더 요염해보이기까지 한 시녀장, 자기 침대 끝에 흐트러짐없이 걸터앉아, 눈을 감고 있었는데, 저 꼽추가 보기에 그녀는, 왕녀다웠던 자존심도 기개도 없었고, 다만 흐늘어져 만약 손가락이라도 한 번 댄다면 폭삭 무너져 재만 오소롯해질 듯했다. 그 방안에는 그런 훈륜이 감싸고 있었다. 그것은 저 삼자인 꼽추까지도 휘감아버려 침묵케 하는 것이었다. 그리고도 한참 더 있다가 시녀장이 한숨을 한 번 불어낸 것만으로 그 음독한 훈륜은 걷혀져버렸지만.

"뭣을 원해 이 밤중에 왔죠?" 떨리고 가늘지만 시녀장의 발음은 또록또록했다. "뭔지, 그걸 말해야 할 것 아녜요?"

"왕 폐하가 계셨으면, 오늘 내게 계집 하나 들여보내주었을 밤입니다." 검은 사내는 우직하게 털어놓고 있었다.

"그래서 내게 온 거예요?" 시녀장은 희미하게 웃고 있었다. "날더러 이 밤중에 시녀 하나 깨워달라는 말씀이군요? 오늘이 무슨 날인지나 아시겠나요?"

저 칠흑 같은 사내는 다시 반만 낙백이 되어, 시녀장의 '삼단 같은 머리'만을 바라보고 있다.

"그럼 우선 돌아가 있으세요. 내 어쨌든 시녀 하나 보내주리다."

그래도 저 칠흑 같은 사내는 미동도 않자, "왜 그러구 서 있지요?" 하고 시녀장은 묻고, 갑자기 미친 듯이 웃었는데, 그것은 '생리성의 변질성 정신병적'이었다. "아 그래서, 날더러 당신 계집 노릇을 하라는 것이지요?" 여자는 더 웃지 않았다. 저 검센 사내는 그때 한 번, 흰 이빨을 드러내고 웃곤, 그 여자의 고운 목덜미를 핥듯이 보기 시작했다.

"……참, 댁도 딱하세요." 시녀장의 음성엔 하나도 맥이 없었으나, 껄끄럽지는 않았다. "글쎄 오늘이 무슨 날인지나 아세요? 댁은 전혀 알 수가 없나요? 왕은 스스로 승하하셨으나, 남은 사람들껜 얼마나 깊은 상처를 남겼는지도 알 수가 없나요? 딸의 생사도 모르는 어미의 심사는 또 짐작도 안되나요? 그냥 돌아가세

372

요, 글쎄 오늘은 그냥 혼자 잠들어보세요, 내가 언제 댁 같은 양반께 이렇게 애원해본 적이 있었던가요? 착하신 양반."

그러자 저 검센 사내는, 그 어두운 얼굴을 더욱더 어둡게 하고서 뒤통수를 한 번 긁더니, 어중간하게 돌아서서, 문간 그늘 쪽에 숨어 서 있는 광대 앞을 막 지나가려고 한다. 그래서 저 키 작은 사내가 막 나서려는데, "아, 잠깐, 잠깐 계세요!" 하고, 여자가 소리를 쳐서, 키 작은 사내는 더 기다리기로 했다. "그래서 댁은 계집이 필요하시단 말예요, 이런 밤에?"

"왕 폐하가 계셨으면, 오늘 내게 계집을 하나 들여보내주었을 밤입니다."

검센 사내는 우직하게 반복했다.

"참 댁도 딱하세요!" 그러면서 시녀장은, 검센 사내를 정면해서, 시들어지고 슬픈 몸짓으로, 상복자락의 단추를 벗겨냈다. "딱하세요 정말. 오늘이 어떤 날인지나 아세요?" 검은 상복이 흘러내리고, 또 그 속의 흰 비단 옷폭이 모밀밭 한 뙈기만큼 희게 피어버리자, 저 검센 사내의 저 용포 벗어 팽개친 검은 몸이 산그늘이 되어 덮어든다. "한꺼번에 너무도 많은 참상을 당해버린 계집의 마음이 어떤 건지나," 계집은 거의 몽유적으로 계속 씨부리며, 오열하고 있었다. "댁은 전혀 모르세요! 그러구 보니 댁은 계집이 있어야 되는 날이군요." 여자는 저 산그늘 큰 자락에 저 모밀밭 한 뙈기를 다 흐트러뜨리며, "난 너무 외로운가봐요, 난 정말 견딜 수 없이 무서웠어요, 모든 게 내가 견디기엔 너무 엄청났어요, 나는 사내를 원하는 건 아니에요, 아, 그렇지만 당신 살갗 내음의 이 더러움이, 이 가슴의 뜨거움이, 무거움이 얼마나 위안이 되는지 모르겠어요. 허긴 나 전에 당신 생각도 몇 번쯤

했댔지요. 허지만 이 밤엔 그렇게는 생각하고 있지 않아요." 여자는, 저 산그늘 펴진 곳에 누워 진짜의 설움을 토해내고 있었다. 그러면서 그녀는 자기를 그 설움 가운데서 일으켜세우고 있었다. "결국 그래요, 왕녀도 한 계집인 것이죠, 창녀이고 싶은 계집인 것이죠. 그래요, 나는 나거든요. 무섭고, 외롭고, 죽고 싶지 않을 뿐이죠. 허지만 난 지금은 사내를 원하고 있지는 정말이지 않아요. 아마 내일은 늙기를 원하지 않게 될지도 모르지만."

작은 사내는, 쓴웃음을 잿덩이처럼 물고 그 방에서 나왔다. 그리곤 저 짓궂은 천지 가운데 팔을 펼치고 서서, 고개를 뒤로 젖힌 뒤, 저 후둘기는 차가운 빗줄기를 자학적으로 맞았다. 그러자 사나운 바람이 그의 옷을 펄럭이게 하면서, 바람 많은 날 줄에 건 젖은 이불 속 소리를 내게 했다. 천둥과 번개는 계속적으로 섬을 호두처럼 쪼개고 또 쪼개냈지만, 그에게는 두렵지 않은 듯했다.

"아 저 종치기는 가련스럽게 죽어가고 있군." 그때는 종은 바람에 의해서만 소리를 내고 있는 것 같았다. 하는 말로는 그는 고자라고 했지만, 그거야 어쨌든 종치기를 업으로 할멈도 자식도 없이 종하고만 늙어온 저 늙은이는, 오늘 좀 미쳐 있었음에 분명했다. 사실로 종소리가, 바람에 의해서만, 불규칙하고, 타서 뼈만 남은 절간 풍경 소리처럼 나고 있었을 때, 광대는 더듬거리며, 거의 기다시피해서 종루로 올라가고 있었다. 그리하여 그가 그 번갯불 속에서 본 것은, 피투성이의 종줄을 피투성이의 어깨에 고문처럼 감고, 피투성이로 바닥에 쓰러져 누운 저 종치기의 처참한 죽음이었다. 머리가 으깨어져 있는 걸로 보아서, 이 한 마리의 외로운 새는, 저 종소리의 바다 한끝 단애 중턱에 깃치고 살다가, 그 바다에 그림자를 던지고 그 위를 선회하며 살다가, 저 바다가 바람 때문에 미치고, 비 때문에 기울었던 밤에, 휴식 스러웠어야 할 밤에, 그 단애에 머리를 짓바수고, 저 소리의 바다 가운데로 가라앉아버린 것이다. 아마도 그는 진년진월진일진 시에 낳았었을지도 모르는 사내, 녹아서 소리며 바람으로, 쇠로, 불로, 물로, 그리고 사방으로, 결국 네 마리의 용이 되어 돌아가 버렸다.

아마도, 성벽 뿌리에 쓰러져 누웠던 저 기갈든 아편쟁이들은, 이 모진 밤에 죽었거나, 혼도 같은 짧은 설핀 잠에서 다시 깨어, 성벽을 쳐대고 있을 것이었다. 창세 이래 날씨는 그중 혼돈스러 웠고, 그리고 새벽이 가까워지고 있었다.

3

제장들은, 아직 덜 밝은 아침인데도, 누군가가 쳐대는 제장 소 집의 종소리를 듣고 일어나, 부석부석한 얼굴로 조복들을 입으 며, 몹시 의아해하고, 몹시 투덜들 댔다. 그들은 사실 밤새도록 잠들을 설피고 있었는데, 즉슨, "성밖에는 어쨌든 아직도 백성들 이 있고, 그들은 어쨌든 쉽게는 죽어버릴 것 같지 않으니, 한 왕 의 죽음 때문에 나라가 끝나는 것은 아니고, 그러나 어쨌든 위정 자 없는 국사란 이뤄질 수 없으니, 어쨌든 누군가가 그 역할을 담당해야 될 것이고"──그런 이유 때문들이었다. 조회길에 나가 고 있었을 때는, 그들의 머릿속은 터져나가고 있었고, 어깨는 휘 어진 대신 허리는 펴져 있었다. 빗줄기는 좀 가늘어졌지만, 바람은 더욱더 거세게 불어, 나뭇가지를 휘어 부러뜨리고, 성밖의 초가 지붕들은 날려가고, 세상을 참으로 어설프고 쓸쓸한 것으로 만들었다. 종루에선 쉬임없이 바람에 의해서 뎅그렁 뎅그렁 소리가 나고, 그것은 단애를 기어오르려는 파도 소리와, 문 삐끄덕이는 소리와, 닭 울음 소리와, 아편쟁이들의 잦아지는 소리와 섞여, 새벽을 참으로 어설프고 쓸쓸한 것으로 만들었다. "글쎄, 그렇다구, 그 자리를 담당하게 될 자는, 한 왕통을 세울 것임에 분명하고," 제장들은 그러나, 저 어설프고 쓸쓸한 세상과 새벽 속에서 머리가 뜨겁고, 목이 연꽃처럼 탔다. 그들은 모두 왕의 뿌리를 저 어설픈 곳에 내리며 피어가고 있는 것이다. "저 왕의 권세며, 부며 글쎄, 사적이란 걸 읽어보면, 가령 중니 같은 이는 일세의 성인으로, 인의를 펴기 위해 세상을 주류하고 다녔지만, 그의 문하에 들어가는 자는 겨우 칠십이 인뿐이었고, 그중에서도 인의를 행한 사람은 오직 공자 하나뿐이었으니, 인의란 좋으나 그렇게 탐할 것은 아닌 듯하고…… 그러나 충애공은, 비록 용렬한 왕이었으나, 그가 한번 남면하여 왕위에 오르니, 비록 중니 같은 성인이란 자도 신(臣)이 되었으니, ……세(勢)란 그래서, 백성을 복종시키는 데 그 으뜸의 물건이라, 누구든 한번 세를 맛보면 그래서 죽기를 한하고 그 자리를 물려 내주고 싶지 않는 법, 헌데 그 세가 무주(無主)로 팽개쳐 있다? 저 검센 종자의 든든한 호위며, 저 꼽추 광대의 익살이며, 수백의 계집이며, 그것도 또한 세에 핀 누룩이라, 취하게 하지."

그러나 제당에 들었을 때 그들은, 다만 입 다물고, 저 세의 미래의 누룩에 취했던 머리를 좀 식혀야 했다. 그들이 입조(入朝)하고 보아버린 그 처음 것은, 저 순박하던 종치기의 두개골이었

376

는데, 그것은 혀를 내물고 용상 위에 얹혀져 있었고, 눈은 도려 내져 썩은 피를 아직도 조금씩 흘려내고 있었다. 그의 몸뚱이는 그리고 그 용상 아래 아무렇게나 뒹굴려져 있었는데, 그 두개골은 빼어내문 혓바닥에서보다도, 그들이 진짜로 전율을 느꼈어야 할 광경은 거기서 일어나고 있었다. 뼈대만 크고, 굶어서 마른 한 마리의 광견이, 목에 쇠줄을 매고서, 그 내장을 파먹고 있었다. 그 개는 그러나 실체로는 보이지 않게 그 음식을 조용히 즐기고 있었다.

그리고 그들이 마지막으로 알아본 건, 시의석에 조그맣게 두꺼비처럼 뭉쳐앉아 있는 광대였고, 그는 가는 조그만 눈을 빤짝이며, 미친개처럼 자기네들을 아까부터 핥아먹고 있었다는 것을, 그들은 깨달았다. 그래서 성정이 팩팩한 망나니 제장이 한소리 지르며 내달려 하자, 저 악령의 껍질만 같던 미친개가, 갑자기 실체로 둔갑을 하며, 이빨을 세우고 으르렁거렸기에, 저 망나니는 움찔해지고 말았다. 그러나 그 개는, 다만 자기의 편안한 식사만을 침해당하지 않으려고 했는지도 모른다. 때에, 제당의 저 큰 문이 시녀장에 의해서 열려지고, 흰 말의 머리가 나타나자, 광대는 쪼르륵 일어나 화룡의 뒤쪽으로 돌아가 무슨 끈을 잡아당겼는데, 그러자 저 미친개의 목이 거기로 끌려간다. 개는 여우처럼 길게길게 울며 이빨을 드러냈지만, 아무것도 그가 대들어 물어뜯을 만한 것은 거기에 없었다. 그 개는 그래서, 저 화룡의 연자바퀴에 고개 한번 내두를 수 없이 묶여버리고 말았다. 그것은, 개를 무서워하는 자에 의해서, 소심하고 치밀하게 고안된 방법이었다. 개를 기 죽여버리고 난 뒤, 광대는 얼른 도끼를 찾아들고 쪼르륵 제당 문간에로 달려가며, 내용은 전혀 익살스럽지 않은 것을 목소리만 그렇게 꾸며 소리질러댔다. "폐하여, 보시와요, 어두웠을 적에 폐하께서 내린 형벌의 저 공명정대히 달콤함을, 이 밝은 날 다시 보시와요." 그러며 그는, 재주 한번 넘고, 손에 들었던 도끼를, 말께 올라탄 자에게 바쳤는데, 말께 올라탄 자는 이미 제당에 들어와 있었다. 저 희다 못해 푸르게까지 보이는 말의 잔등엔, 그 검다 못해 역시 푸르게까지 보이는 그 검센 종자가 타고 앉아 있었다. 광대는 다시 한번 폴딱 재주넘고, "외람되히도 폐하의 자리를 탐내고 앉았다가, 폐하의 도끼날에 목을 짤린 저 두개골을 다시 보소서." 저 검센 종자는 영문몰라 하면서도, 어쨌든 도끼날에 풍겨주는 피비린내를 흠흠하며, 광대가 고삐를 잡고 끄는 대로 말께 타고 들어갔다. "히히, 이 냄새는 참 좋구나!" 그는 그렇게 떠들고, 왠지 신이 나 히쭉히쭉 검게 웃었다. 그의 오늘까지의 평생에서 그는 최상의 밤을 가졌었고, 그러한 밤은, 만약 그가 왕이 될 것이라면 얼마든지 가질 수 있다는 것을 그는, 저 계집으로부터 반복해 듣고 있었던 터였는 데다, 저 튼튼하고 우아한 말잔등 또한 최상으로 기분 좋은 것이었다. 그는 그 이상의 것은 더 생각하고 있지 않았다. 그래서 그는, 호탕히 웃으며, "나는 왕이노라, 왕이 나노라" 하고 미친 듯이 고함치기 시작했다. 세 번만이 아니라, 스무 번 서른 번 고함치고, 품속에 넣어가지고 왔었던 모양으로, 고량주 해 많이 묵힌 독한 술을 병째 거꾸로 말 등이 다 젖도록 부어댔다. 그것이 그에게는 재미가 있는 투였다. 고삐를 잡은 광대의 얼굴은 한동안 좀 딱하다는 듯이 일그러졌었지만, 다시 침착을 찾고, 이 과열된 사내의 흥분을 효과있게 쓸 곳을 궁리하고 있었다. 그래서 그는 저 검센 사내를 용상에 앉힌 뒤 다른 일을 진행하려고 했던 그 각본을 고쳐버리고, 제장들이 머리를 모여 앉아 있는, 제당의 가운데쯤에서 말을 세우고, 외쳤다. "존경하는 제장 여러분, 여러분께서 들어 이미 알고 계시겠사오나, 다시 소생으로 하여금 오늘의 지고지대한 경사를 전하도록 합소서." 그의 목소리는 뱃속으로부터 맑고 분명하게 울려나왔다. 그러자, "아니, 너따위 잡패놈들이 오늘 우리를 불러모았던 말이냐?" 하고, 우악스러워 망나니 제장이 된 사내가 주먹을 휘두르며 내달으려 한다. 그러나 그는 패시시해져 뒷자리로 물러나버리고 말았는데, 마상의 사내가 흰 이를 드러내 검게 웃어 보이며, 다만 도끼자루 한번 꼬나잡아 보여준 것만으로 움찔해진 것이다.

"여러분은 이미, 저 불행한 종지기가 당한 형벌을 여러분의 눈으로 보아 알고 있습니다." 광대는 그러나 일단 말을 중단하고, 용상 위의 두개골을 가리켰다. "그러므로 경거망동은 삼가시는 것이 여러분의 목과 창자의 보전을 위해 좋은 일이라는 걸 재삼 강조하는 바입니다. 그리고 꿈은," 광대는 망나니 제장을 가리켰다. "공의 경거망동으로 하여 관직에서 물러남이 옳으리라만, 오늘은 성은이 망극한 날이므로 한 번 용서하노라."

"아니 이봐라." 대제장이 드디어, 냉엄하고, 쩌렁쩌렁 울리는 음성으로, 일어나 말한다. 그러자 마상의 사내는, 들이키던 술도 중단하고, 반쯤 낙백이 되어 어쩔 줄을 모르는데, 광대는 태연하고 자약하고, 여유가 있어 보였다. "누가 자네들께, 그렇게 오만한 주둥일 놀릴 권리를 주었는가? 자네 한낱 익살광대였던 자가 어찌 감히, 이 극중하고, 극엄하고 성스러운 국사를 운운한단 말인가? 치정을 자네들은 광대놀음으로 안단 말인가?"

"거 무엄하도다." 광대는 그것을 이미 기대하고 있었다는 듯했는데, 그의 음성은 서슬이 퍼렇다. "내 경고하노니, 한번 더, 쓸모없이 늙어 아첨에 허리가 휘어진 늙은이의 입에서 그런 욕된 소리가 나온다면, 나로서는, 새로 등극한 폐하가 그대께 내릴 극엄한 형벌에 대해 할 말이 없노라. 그대가 한번 더 일어나 익살을 부리겠다면, 나는 그대의 혀를 잘라야겠으나, 그 대신 그대의 두 손목을 잘라 미친개에게 던져주리라. 치정 또한 광대 줄타기라면 그대 뭐랄 것인가? 그대는 또한 왕의 광대는 아니었던가?"

"내 손목쯤 잘리는 건 두려울 것 없노라. 너 광대 말한 대로 내이미 황천길 멀잖노라. 그러나 너 한낱 노리개가 어떻게 무엄히 국사를 입에 담을 수 있겠느냐? 나는 이 나라 사직이 무너질 것이 다만 무서울 뿐이다." 그리고 그는, 조복을 찢으며 엎드려 통곡한다. 다른 제장들은 숙연히 앉아만 있는데, 그들은, 사태가 이미 이 지경이면 관전만 하는 것이 좋다는, 그러한 태도였다.

"그러면 이제 나는 그대의 두 손목을 취하리라. 그러기 전에 나는, 이것이 성은에 충만된 날임을 감안하고, 그대가 폐하 앞에 꿇어엎드려 그대 두 손목을 구걸할 기회를 주겠으니, 두렵거든 엎드려 그 손으로 비벼 용서를 빌라." 그리고 광대는, 어리떨떨해 있는 왕을 태운 말고삐를 이끌어 용상에로 간다. 그러면서 나직이 속삭인다. 뒤에서 대제장의 통곡이 폭소로 바뀌어, 짖는 듯한 소리가 처절히 들린다. "폐하, 폐하를 위해 재미있는 일을 소신이 꾸몄나이다."

"그것이 무엇이냐?" 마상의 사내는 솔깃해져 묻는다.

"폐하께서는 몇 번이나 그 도끼날에 튀기는 피맛을 보셨나이까."

"글쎄, 나는 무엇이든 셋만 넘어버리면 복잡해져버린단 말야."

"나는 저 늙은 대제장의 저 쭈글한 손목을 잘라, 그 손목들이 어떻게 뛰어노는가를 폐하에게 보여드리려고 합니다. 그거 재미 있지 않겠나요?"

"그, 글쎄 그것도!"

"혀를 내물고, '용용 죽겠지' 하고 있는, 저 용상 위의 대가리 가 우습지도 않삽나요?" 광대는 쭈르륵 달려가 머리칼을 움켜잡 고 그 두개골을 가져와, 마상의 사내에게 건네준다. "생손이 뛰 노는 것은 분명, 죽은 대가리의 웃음보다 훨씬 재미가 더할 것으 로 아뢰옵니다." 그러자 저 검은 사내는, 그 두개골을 받아 들여 다보다가, 빼문 혀에 술을 퍼부어 먹이며, 호탕히 웃고, 제당 바 닥에다 공처럼 굴린다. 그것은 지극히도 둔한 데그럭 소리를 내 며, 통곡인지 폭소인지를 계속하고 있는 대제장의 발 앞에 가서 머문다.

"그래, 그렇군. 네눔의 대가리 속은 재미날 일로 꽉 차 있단 말 야. 그러면 내가 어째야 되겠느냐? 글쎄, 난 몰랐댔는데, 생각해 보니, 영 심심하단 말야. 글쎄 난, 재미날 일이면 다할 수 있어."

"그러시면, 이제 말에서 내리셔서, 그 도끼와 함께 저 대제장께 가십세요. 아, 역시, 소신이 앞장서야겠습죠."

그래서 마상의 사내는 하마하고, 둘이는 대제장 앞으로 갔다. 그리고 광대가 희롱하듯, 대제장께 씨부려주었다.

"존경하고 경탄해 마지않을 대제장 각하시요, 만약에 진정으로 사직을 염려하옵시고, 손목을 염려치 않으신다 하오시면, 이 존 경할 만한 여러 제장님전에서 그 손목을 내놓아보소서! 그것을 증명하소서." 그리고 틈을 주지 않고, 유창히 또 계속했다. "대 제장 각하께서는 그러실 리야 없으시겠사오나, 혹간 비겁해지셔서, 일개 종자와 일개 광대 앞에 어찌 대제장이 손을 내놓을까보냐 하시고, 사직은 염려하나, 손목도 또한 염려하실지 모르나 제공들 보고 알았다시피, 폐하와 본인은 불로부터 선택되어진 터, 그리하여 사직은 새롭게 계승되어졌은즉, 어떤 변명도, 어떤 옷을 입은 반역도 용서되지 않을 터, 그렇다면 다만 지조를 보이는 고결함만을 지키는 것이 다만 그대를 위해 좋을 것인데, 왜냐하면 반복하지만, 그대 아무리 고담준론을 논하고, 그대 아무리 공명정대를 운위한다고 하더라도, 그것은 이미 그대만의 시절 착오에 그칠 뿐일 터이라 그러하다. 그대 노망치 않았다면, 다른 존경할 제장들과 마찬가지로 그대의 현실을 직시하라. 아무리 그대가 금관 조복을 하고, 좋은 방패와 좋은 칼을 그대 혀 밑에 갖고 있다고 하여도, 만약 그대가 헤어날 수 없는 수렁에 빠졌다면 그 수렁이 주는 비극을 인정해야 하는 것이다. 금관 조복이며, 좋은 변설이 그 수렁 속에서도 계속 빛날 것인가. 그대 저 문을 들어섰을 땐 그대의 두 다리에 금관 조복으로 들어왔으나, 이제 그것은 그대의 뜻대로는 되지 않을 터. 이 제당이 그대에게는 수렁이로다. 그러므로 이제 결단할 시각이다. 그대의 현실은 외면되지도 않으려니와, 도망쳐지지도 않는다는 걸 나는 한번만 더 강조한다. 그러면 그대 손목을 이 바닥에 가지런히 내밀 것인가, 무릎을 꿇고 빌 것인가, 그대 머리 위에 삼엄이 떠 있는 저 도끼날은 그것을 기다리고 있다. 나는 그리고, 이제는 더 이상 그대 같은 망령든 늙은이의 졸변과 더불어 토론하고 싶지 않으니, 내가 셋을 헤아리기까지만 그 입은 열고, 셋 헤아리기가 끝나거든 몸으로 말하라. 그때에도 계속 우유부단하고, 혀만 놀리고 있을 땐 그대는 손목을 자를 만큼도 가치가 없는 자라, 두 귀

382

를 베고, 코와 그대의 남근에 끈을 매어, 맨살 가슴팍엔 그대의 비겁한 행적을 방(榜)해서, 모든 마을마다 구경시키리라. 그런 후에 나는 그대를 마구간에 처넣어 마소와 같이 먹여주리라. 사람이 아닌 생물에게 그것은 큰 은혜일 것이로다. 나는 익살을 떨고 있는가? 하나——"

"아 이 나라는 장차 어찌될 것인고?"

"태평성세가 되리라. 둘——"

"아 저 어린 백성들은."

"넘치는 부와 복이 약속된 터. 셋——"

"아 화룡이시여, 불이시여." 대제장은 성성한 백발을 마룻장에 흐르리고 엎으러져, 두 팔을 머리 위로 뻗쳐, 가지런히 두 손목을 모아 내놓고, 기도했다. "어쩔 수 없어서 사직이 무너지고, 저 두 무뢰한에 의해 국사가 농락되어져야 된다면, 불이시여, 힘에 의한 세의 남용만이 치정이 아니며, 아무리 백성의 혀와 귀를 자르고 눈을 도려파낸다 하더라도, 백성은 죽지 않는다는 것을, 천의는 백성 편이라는 것을, 그리고 저들도 또한 늙고, 어느 날 그 세로부터 참담한 보복을 당한다는 것을, 깊이깊이 깨닫고 동의할 지혜와, 온유함을 저들에게 주시옵소서. 모제사바하."

"아 그대 혀는 아름답도다! 그러나 어찌하여 그대, 선왕이 아편을 백성께 던지고, 인신 제물을 바쳤을 때, 그 아름다운 혀에 자물쇠를 채워놓았던고? 그것은 의였던가? 그대의 혀는 아름답도다, 공허히 아름답도다! 그러나 나, 그대의 지조와 고결함을 한편으로는 무한히 칭송하는 바이다. 폐하, 이제 저 손목을 취하소서!"

도끼는 원을 그리며 번개처럼 날랐다.

그리고 저 대제장은 한식경도 다 흐르기 전에, 분수처럼 피를 손목으로 뿜어내고 죽어버려, 남은 제장들에 의해, 화룡의 아가리에서, 불〔火〕의 국토로 돌아가버렸다. 바람은 밖에서 떼귀신 울음을 울고 있었다.

4

성의 바깥벽에는 그날, 오랜만에, 느닷없이 방문(榜文)이 도처에 나붙어 바람에 펄럭였고, 제장들과 그들의 노복들에 의해, 아편과 음식이 넘치게 광주리 광주리 담겨져나왔다. 그때도 바람은 떼귀신으로 울며, 지난밤 샛비가 살을 파갖고 가버려서 형해만 남은 지표를 핥고 지나가고 또 지나갔다. 수없는 초옥 지붕들이 불려 날라가버렸고, 큰 냇가에 살던 사람들은, 가축들과 함께, 침수당한 지붕을 타고 바다로 흘러가버렸다. 쓰러진 나무며 뿌리며, 배고픈 애들의 울음이며, 망쳐진 전답이며, 굶주린 개들의 어슬렁거림이며, 한마당 잘 끝나버린 그 타작에서, 남은 쭉정이들은 그래서 바람에 불려가고 있었다. 그런데 방(榜)은 왕의 서거와, 시의 대목수와 대제장의 부고, 그리고 새 왕의 등극과 새 대제장의 취임에 관한 소식을 먼저 전한 뒤, 백성의 노고를 위로하면서 아편 배급을 최대한으로 후하게 할 것을 약속하고, 백성의 협조를 바란다는 요지로 끝맺고 있었다. 그것은 그리고 명문대가에 의해서처럼 달필 미사여구로 씌어진 것이 아니고, 알기 무척 쉬운 말로 재미있게, 또록또록 씌어져 있었다. 새로 대제장의 자리에 오른 자는, 방에 의하면, 어의(御意)에 의해서,

그리고 다른 여덟 제장들의 열광적인 인준에 의해서 '전에 궁중 광대였던 꼽추'로 되어 있었고, 어명을 받들어 방을 초한 자도 그로 되어 있었다. 그러나 새 왕의 등극이나 새 대제장의 취임에 관한 것은 어째도 좋았고, 백성들의 관심은 전부 아편에 관한 것뿐이었고, 그것은 그들을 만족시킬 만했는데도 그러나, "성군 만세"라든가, "성은이 망극하여이다" 하는 소리는 나지 않았다. 방을 초한 자가 그렇게도 누누이, '그러니 이제 돌아가 지아비며 아비 돌아오기 애타게 기다려 문밖에 앉아 있는 아내와 자식들께 돌아가, 생업에 다시 열심을 다해' 주기를 부탁하고 있었지만, 그렇게는 아무도 하지 않고, 오히려 더 편안스런 자리를 골라 성벽 뿌리에 누워버렸다. 성내에서는 그러나 당분간, 그들이 취하는 태도에 대해선 아무 신경도 쓰질 않을 모양이었다.

그날 정오가 되기 전에 물론, 저 제장들의 노복들에 의해, 저 제일 높은 단애 위에 혼도되어 있었던 대목수 부인도 궁중에 다시 모셔져, 어미 손에 간호되었고, 광견 우리도 모두 비워졌는데, 그 미친개들은 검은 왕께 보신탕으로 며칠이고 올려질 것이었다. 대목수의 부인은 회복이 빨랐지만, 회복된 대로, 더 침중해진 척, 자기가 처녀 시절에 썼던 방에 들어가 문을 걸어잠가버리고, 어미까지도 만나길 거절했으니, 그녀의 심경에 관해서는 아무도 몰랐다.

오후에는, 저 노복들 중에서 그중 끌끌해보이는 자로 십여 인 뽑아 한패를 만들어 성밖으로 내보내, 스무 살로부터 대략 십 년씩의 차이로, 비교적 아직 튼튼해뵈는 아편쟁이 백성 다섯을 강제 연행해왔는데, 그건 모두 새 대제장의 지시에 따른 것이었고, 왕이란 자는 보신탕과 시녀장으로 더불어 히히닥거리고나 있었다. 저 연행된 다섯 백성 중에서 한 젊은 사내만 제외하곤, 다른 중독자들은 완력에 의해 사정도 없이, 제일 넓은 미친개 우리 속에 함께 처던져넣어져 감금되고 말았는데, 그것은 저 제장이 된 사내의 각본에 의한 것이고, 그러기 위해 그는 우리를 비우게 한 것이다.

남은, 저 서른 안팎의 젊은 중독자에게는, 이상한 선택이 주어지고 있었다. 그는 우선, 아직 체내에 감도는 아편기가 있는 동안까지, 궁중의 빈방에 정중히 모셔졌다가, 그가 아편을 다시 요구하기 시작했을 때, 그는 비워진 다른 작은 우리 앞에 세워졌다. 그리고 그는 이제 스스로 선택하지 않으면 안되게 되어졌다. 우선 대제장은 그에게 "저 소녀를 보라, 그녀는 아담한 집과, 상당한 부와, 여자로서의 풍염함과 장래의 남편의 자식을 적어도 다섯은 약속하고 있다. 네가 원한다면 그것은 너의 것이다. 그리고 또, 저 우리 속을 보라, 저 네모진 흰 돌팍 위에는, 꼭 하루치의 아편과, 부시가 있고, 그 하루가 지나면 네겐 아편의 기갈과 부자유와 고통이 또한 눈앞의 미래에 놓여 있다. 나는 더 이상 아편은 주지 않을 것이다. 그래도 네가 원한다면, 저쪽의 모든 것이 또한 너의 것이다. 그러니 이제 네가 어느 쪽을 갖든, 꼭 하나만 가져라" 하고, 노복에게 그 문도 열어놓을 것을 명령했다. 문이 열렸다. 그러자 그 젊은이는, 미친 듯이 그 안으로 들어가 버렸다. 그리고는 무섭게 일그러져 푸르뎅뎅한 얼굴로, 아편께 달려가더니, 떨리는 손으로 어떻게 간신히 부시를 쳐, 아편에 연기를 만들어, 폐부 깊숙이 깊숙이 삼켜넣어, 연기도 내놓지 않으려 하며, 눈을 감았다. 삼라만상이 그때 다 그의 것이었으리라. 밖에서는 무거운 자물쇠가 잠기고, 그리고 발소리들은 멀어져갔다. 그 젊은이는 결국 아무것도 선택하지 않은 셈이었다. 대제장은 괴로워하는 얼굴로 대목수가 잘 걸었던 산보길을 걸으며, 단추 하나를 주물딱거리고 있었다. 그러나 그는 백성에 관한 한 아무것도 명확한 해답을 얻을 수가 없었다. 그는 무엇보다도 새삼스럽게, 아편을 정의(定義)할 수가 없었다. 끝내 그는, 저 죽은 왕의 젊었을 때와 마찬가지로, 저 버섯핀 용골두 밑으로 가 가부좌로 앉아 죽은 듯이 있어보았다. 그러다 신경질적으로 떨쳐 일어나선, 자기를 슬프게 한, 저 젊은이의 선택 아닌 선택 같은 건 깡그리 잊어버려 버렸다.

오후 늦게야 흩어져 돌아간 제장들은 그때, 자리깔고 누워 뜨거운 머리에 찬 물수건을 갈아대가며, 여러 가지 것을 제가끔 생각하고 있었지만, 생각들의 머리는 허리든 꼬리든 대개 엇비슷들했다. 즉슨, '……여덟 제장들이 단결하고, 또 종자들로 돕게 하여 쇠스랑이나 몽둥이로, 저 검센 사내와 파리만큼도 힘없어 보이는 저 광대를 쳐눕히면…… 그래, 그것쯤이야 어쩌면 가능하다…… 가능하지만, 아마도 많은 피를 흘리게 되리라…… 그러나 그것 또한 어쩔 수 없는 일이라고 쳐도, 그러면 이제 누가 왕위를 이어받을 것이냐?…… 이왕 쇠스랑이나 몽둥이로 시작되었으니, 저 막중한 자리를 놓고서야 어찌 처참한 살육이 없을까 보냐…… 그래서 혹간 살아남는다?…… 그러나 이 눈으로 똑똑히 본 바에 의하면, 성밖은 이미 피폐해질대로 피폐해졌는 데다, 쓸 만한 백성은 이미 폐인이 다되어 있었다…… 그들을 무참히 외면할 수 있을 것인가? 아니, 외면하고도 국정이 펴질 것인가?' 이만쯤에서 그들은 불나케 물수건들을 갈아대고, 또 앓아대며 생각을 했다. 그러나 그런 문제에 대한 방도는 도대체 떠오

르지 않았다. '……그렇다면, 차라리, 저런 골치아픈 문제는 일
단, 누구에겐가 전임시켜버리고, 한 제장직이나 굳건히 지키며,
세상 되어가는 꼴을 지켜보다 나서도 늦지는 않을 것이 아닌가.
그래, 그러구 보면, 한낱 광대라고만 천시했던 저 사내도 조금쯤
두고 볼 필요도 있지 않겠느냐'라고도. 그리고 그들은 저 한낱
추악한 꼽추광대가 오늘 해지기 전까지 해치웠던 여러 가지 것
을 떠올리곤, 소름과 혐오와 전율을 느끼면서도, 정직하게 말하
면, 조금쯤 경탄을 하기도 했다. 그러나 그것은 어쨌든 몹시도
불쾌하며, 언짢은 짓들이었다고도 그들은 했고, 그에게 감히 거
역치 못했던 까닭은 반드시, 도끼를 쥔 자의 우악스러움 때문만
은 아닌, 어쩌면 저 난쟁이의 속 어디서 우러나온 위엄 때문이었
는지도 모르겠다고도 했다. 그러한 위엄은 그러나 여간만 이해
하기 곤란한 것이 아니어서, 그들은 어쩌면, 저 광대에게는 무기
(巫氣)나 주기(呪氣), 또는 살(煞)의 어떤 센 것을 갖고 있는지도
모르겠다고도 해버리고. '당분간이지만, 어쨌든 그와 의가 상해
서 별로 이득될 것도 없으니, 되도록이면 언어 행동을 삼가하는
것이 좋겠지. 현자란 잘 참고 잘 기다리는 자라야 하는 법'이라
고, 슬며시 자기들을 '현자'의 부류에 접어두기도 했다. 아무도,
전에 왕의 호위를 맡았다가, 제멋대로 왕위에 오른, 저 검은 사
내를 괘념치는 않았다. 그는 다만 앞에 있을 때만 두려울 뿐이
고, 없으면 조금치도 두렵지 않은 그런, 멍에 풀린 미친개처럼만
여겨졌을 뿐이다. 그리고 저 제장들은 차차로, 차차로, 저 어줍
잖은 대제장은, 앞에 있을 땐 우스꽝스럽고 용렬해보이나, 보이
지 않으면 두렵고 막강한 사내라는 것을, 인식해가고 있는 참이
었다.

388

그날 밤에 대제장은, 성내에는 삼경까지 없었다는 것이, 시녀
장과 시녀들에 의해 밝혀졌다. 느닷없이, 무엇 때문에 대제장이
필요해진 왕이, 대제장을 불러들이라고 하명한 데서부터 문제는
생긴 것이다. 그러나 대제장은 분명히 성내에 있었고, 그것도 저
큰 제당의 시의석에 고요히 앉아 있었다. 그는 그리고 뭔가 일어
날 가능성이 있는 사태를 기다리고 있는 듯했고, 그것에 조용하
고 용기있게 정면하려는 마음의 여유를 가다듬고 있는 듯했다.
그러나 삼경까지 아무런 사태도 일어나지는 않았고, 저녁 접어
들면서 바람까지도 잠들어버린 성은 그래서, 창세 이래 그중 고
적하기만 했다. 삼경이 지났을 때 그는, 창백하게 웃고, 안의 등
불을 끈 뒤 제당으로부터 나왔는데, 그때는 그의 얼굴은 안도와
피로로 이상스럽게 일그러져 있었다. "이 혁변은 이제 일단락 지
어져버린 것이구나. 저 어줍잖은 제장들은, 이제 아첨으로 온통
꾸민 웃음을 꽃다발처럼 들고, 조정으로 몰려들리라"——그러고
보면 그는, 가능적으로 있을 수 있었을 저 제장들의 단합을 계산
하고 있었던 모양이었다. 그러나 혁변은 고요히 끝난 것이라고,
그는 안도의 한숨을 내어쉬었다. 그러면서도 그는 어쨌든, 현재
어수선하기만 해, 허스러운 부와, 허스러운 권력과, 허스러운 아
편만을 갖고 있는 성과 창고를, 저 가난과, 저 기갈로 미쳐 날뛰
는 성외로부터, 폐색시키는 것이 좋겠다고, 그래서 그밤에 그는,
철물 창고에로 가, 한 다발의 새 자물쇠를 갖고 나와, 나귀를 타
고 성문과 창고를 하나씩하나씩 점검해나갔다. 그래서 어떤 성
문과 창고에는 자물쇠가 둘씩도 끼이게 되었는데, 아무도 이제
바깥 출입이 자유로이 되게 되어 있지 않았다. 그 일은 나귀 타
고 성을 한 바퀴 도는 시간만큼만 걸렸다. 그러는 동안에 그는,

많은 것을 고려하고, 계획하고, 결정지었던 것이다.

그런 뒤 그는, 으스름한 궁내 복도를 조용조용히 걸어, 이전에 대목수가 썼던 방으로 들어갔다. 그것이 그가 자기에게 배당한 새 거처였는데, 양피지에 그려진 수십 폭의 이상스런 그림만을 빼놓는다면, 그는 그의 재산이라고 특별히 가진 것이 없어서, 다만 몸만 옮기면 되었었다. 한데 그 양피지에 그려진 그림들은, 만년에 쓴 그의 일지 속에도 충분한 설명이 없어, 못다 푼 수수께끼인 채, 그의 일지에 사적(史的) 주(註)를 달기에 만년을 다 보낸 다른 시의의 손에 넘어갔다가 태워져버렸지만── 그 시의는 나중에 뭍에서 고용되어온 자였다.

그 방엔 촛불이 대낮같이 밝혀져 있었다. 그래서 그는, 저 사대에 이르렀던 벽안 시의들의 생활의 풍모를 한눈에 읽을 수 있었지만, 그는 그것을 보류해두고, 우선 침실로 들어가, 저 긴 시의복 그대로 투신하듯, 침대 속으로 들어가버렸다.

그러나 편안한 숨 세 번도 못 내쉬고 있을 판에, 문 한 번 두드린 법도 없이, 누가 문을 벌컥 열고 들어와, "광대야, 이 사기꾼 꼽추 난쟁이야" 하고 고래고래 소리를 쳐, 그는 황급히 일어나 읍을 해야 했다. 대취한 왕이었다.

"폐하, 이렇게 누처에 왕림해주신 성은 황공무지로소이다."

"이봐 대체 너란 놈은 어디를 싸돌아다녔더란 말이냐?"

"폐하께서 소신을 찾으셨나이까?"

"찾고 뭐고 없어. 벌컥 다 뒤진 거야. 헌데 말 좀 해보거라."

"소신의 불충,"

"야야, 그런 귀에 복잡한 소린 집어쳐. 너와 난 친구라구. 난 의리의 사내야. 널 만났으니 어쨌든 기뻐. 헌데 난 말야. 이 밤엔

390

말야, 대목수의 계집과 잤으면 싶은데, 어때 그래도 되겠나? 낮에 얼뜻 보았을 뿐이지만, 그거 침을 돋우더군. 그래도 되겠나. 난 물론 너따위가 뭐라든, 내 맘대로 할 수도 있다는 걸 지금은 안단 말야.” 대제장은 좀 난처한 얼굴이다. “그런데도, 나는 의리의 사내란 말이거든. 나는 뭐든 네게 물어보고 난 뒤, 하기로 약속했던란 말이지. 그러나 이젠 약속을 달리 하려 한다. 지금부턴 내가 원하는 일이면 너는 하지 않으면 안된다. 그것이 왕이라고 히히, 저 늙은 년이 귀에 못이 박히게 일러줬단 말야.”

“헤헤이올시다.” 대제장의 음성은 갑자기 광대기를 띠었다. “폐하께선 농담이 흉측스럽게 늘으셨군입쇼이.”

“이봐, 난 너를 친구라고 생각한대도 지금 농담을 하고 있는 건 아니란 말야.”

“그러시면 불학무식하고 우락부락하기만 해설랑, 파리 한 마리 잡겠다고 벽을 전부 허물어뜨리는, 그런 순 쌍녀러 포수도, 봄철에는 사냥을 하지 않는 내용을 아시나이까?”

“야 이 우악스러운 꼽추야, 그건 또 무슨 어리광이냐?”

“즉슨, 천래의 자연 법도가, 새끼 밴 짐승은 상하게 하는 것이 아니라는 것이고.”

“그러면 어떻다는 것이냐?”

“그 짐승을 해치는 그 손에 화가 있어, 어느 날 시들없이 곪아 떨어져버린다 하옵고.”

“그러니깐 이 쌍녀러 난쟁이야, 난 새끼 밴 것이면 뭐든 해꼬지 하지는 않는단 말야.”

“또, 남의 계집 보기를 여우나 구렝이 보듯이 해서, 외입 한번 못해보는 반편이 선비라도, 마누라가 임신을 하고 보면, 남의 계집을 새벽 살쾡이 씨암탉 보듯이 함은."

"그건 또 무슨 속뜻이냐?"

"아무리 자기 계집이라도 새끼가 든 배를 탐하고 나면, 그 근이 또한 시들없이 썩어 문드러지는 탓이옵고."

"그러나 너야말로 불학무식하구나. 너는 죽은 왕께서 모든 세끼 밴 계집들로 희롱하고 제사한 것도 보지 못했느냐?"

"헤헤이올시다. 이런 말씀드리기 뭣하기는 하오나, 아시다시피 그 양반으로 말하면 그탓에, 전신에 청독이 들고, 오장 육부가 썩고 물크러져, 그 좋은 영화 다 버리고 제물에 죽어버리지 안했나이까!"

"허긴 그것도야! 허나 내가 그 계집탓에 속이 편틀 못허다구. 고 뱃속엣 것쯤 한 도끼날에 죽여버릴 수도 나는 있다구."

"하오면 폐하께선, 손이 미치지 않는 독 밑바닥 무김치 한토막 꺼내먹자구, 그 독을 부숴 깨겠나이까?"

"야이, 간특한 자슥아, 넌 무슨 말을 하자고 그따위로 빙빙 돌리는 거냐?"

"즉슨, 그애를 죽이려다 그 에미까지 죽이고 만다는 요말 입넨다."

"자슥! 그러나 난 속이 안 편해 !"

"그러하오시면, 풍더분한 시녀들로 더불어 폐하의 잠자리를 돕게 하면."

"아 그러구 보니, 히히, 그거 또 좋은 생각이구면. 그러면 내, 오늘 저녁은 대목수 계집은 참아줘볼 테니, 거 하나 들여보내게, 들여보내. 그리고 네가 뭐라든, 무슨 법도가 어떻든, 난 그런 건 아랑곳하지 않을 작정이야. 저 대목수의 계집은 볼 때마다 근이

불끈거렸다구. 까짓 뱃속의 새끼쯤 한꼬챙이 꿰찌르면 그뿐이지, 제놈이 견뎌내? 허나 오늘밤만은 의리상 참아준다. 법도란 게 뭣에 쓰는 종내긴지 내 알 바 없으되, 내 이만쯤 의리를 지켰으니, 제쪽에서도 할말 없으렸다. 야, 날 좀 신나게 해라."

"시녀장은 어떻게 하시렵니까?"

"건 다 늙었더군. 자리 깔기나 시키지 뭘. 뭐라고 너모양 주둥아릴 놀리면, 손목을 잘라버릴 테니, 그 점은 염려말거라. 글쎄, 난 왕이라구." 왕은 갑자기 세련되어 있었다.

그리고 왕은, 벌써부터 홍분이 되어 어중간하게 걸어나가고, 남은 대제장은 차게 웃었다. 그의 머릿속은, 저 명에 풀려, '왕'이라는 이름으로 날뛰기 시작하는 사내로 하여 다시 터질 듯했다.

"이것이 발효 속에 나타난 독이로구나."

어쨌든 대제장은, 채우지도 않고 아무렇게나 내버려둔 시의의 보석함 속에서 아무거나 하나 쥐어들고 나가, 시녀들의 방으로 들어갔다. 그리고 그는 몇 마디 농담을 주고받은 데서 얻은 피임 상식으로, 월후가 오늘 끝나버린 시녀 하나를 불러내, 보석을 들려주고, 왕의 방문을 가리켰다. 그녀는 아마도 애를 갖지는 않을 것이었다. 그녀는 그래서 두말도 없이 그 문안으로 들어가버렸는데, 곧이어 그 계집의 낄낄대는 소리가 복도에 울려났다. 그리고 조금 있으니, 죽은 왕의 이모가, 맨살에 잠옷을 꿰어 입느라고 야단하며 도망치듯이 그 방에서 나와선, 난쟁이 대제장을 발견하고 달려왔다. 그리고는 가엾게 부들부들 떨며, 버림받은 슬픈 눈으로, 대제장을 내려다보았다. 그래서 대제장은 그녀의 손을 한번 꼭 쥐어주고 돌아서려는데, 그녀가 속삭였다.

"그는 하마터면 내 손목을 잘랐을 거예요. 나는 이제 딸애의 방에나 가서 실컷 울었으면 싶어요. 그러나 그 앤들 이 떳떳치 못한 에미 울음을 용납해줄 듯싶지도 않군요."

"그러시다면 내 방에라도 가시겠습니까? 시의님들이 드셨던 좋은 포도주라도 좀 드시면,"

"아 당신은 여전히 친절하시군요."

둘이는 대목수가 썼던 방으로 들어갔다. 그리고 둘이는, 차탁을 가운데 놓고 건너다보고 앉아 조금씩 들었다. 늙은 여자는 병적으로 씨부려대쌌다.

"헌데 한 가지 여쭤볼 수 있겠나요?"

대제장이 그녀의 수다를 중단시키고 나섰다. "대개 내가 알기로, 피임에 관한 얘깁니다만,"

"호호, 대제장 각하께서 갑자기,"

"글쎄 거 좀 알고 싶어 그럽니다. 월후 전후 일주일 내에 있는 자궁은 애를 배지 않는다는 정도로밖에,"

"아마 반드시 그렇지만도 않는 듯해요. 헌데 대제장 각하께선 애를 원하지 않나부지?"

"뭐 반드시 그런 건 아닙죠만,"

"그러면 늙은 여자가 적격이겠습네,"

"허허, 거 좀 일러주십세요. 꼭 좀 알고 싶어 그럽니다요."

"그중 안전하기로서야 남정네 쪽에서 방출을 밖에 하는 것이겠지요."

"그러나 건 도대체 권할 수 없는 일."

"그리고 난 거 이름은 모르지만, 대목수 각하가 계셨을 때 제조한 약인데, 그걸 난 피임약으로 알고 있지요. 내가 보았기로는,

394

항아리만큼이나 큰 병 속에, 염소똥 크기는 되는 흰 알약이었더랬습니다. 저 장 속 어디에 아직도 고스란히 있으리라는 생각인데."

"아 그거 참, 마침 좋군입쇼! 허면 그 약은 누가 복용하는 겁죠?"

"복용하는 게 아니라, 여자 편에서 속 깊숙이 밀어넣어두는 거죠. 아마도 대목수 각하께선 애를 배게 하고 싶어하지 않았고, 왕폐하께선 그 반대이셨지요. 결국 그 약은, 말씀드리기 난처하옵니다만, 선왕 폐하께서 현 왕 폐하께 잠자리 여인을 내려보내셨을 때마다 쓰게 하셨던 것으로 알고 있습니다."

"흐음." 대제왕은 뭔지 깊은 느낌을 받은 얼굴이었다.

"호호호." 시녀장은 취하고 있었다.

"허지만 나 정도 늙으면 그런저런 아무것도 필요없다는 것 모르세요?"

대제장은 미소했으나, 곤혹을 느끼고 있는 표정을 감추지 못했다. 대제장의 느낌에, 이 여자는 권력의 양지에서만 살며, 그 아편에 중독이 되어, 이제는 다만 소박한 여자일 수만은 없게 된 것 같았다.

"그러시다면 어디, 이 꼽추와 하룻밤 지내실 만합니까?" 대제장은 곤혹과 구역질과, 그리고 약간의 외로움과 성욕과, 또 저 피임약이 줄지도 모를 어떤 느낌에 대한 호기심으로 되는대로 말해버렸다. 그것은 그녀에게 그러나 조금이라도 불쾌감을 주지 않았던 것 같았다.

그녀는 다만 시들하다는 듯이 말하고만 있었는데, "이 배는 그래도 왕만을 실어 건넜던 배라우"였고, 저 난쟁이는 그 밤에 세

번만 관계했는데, 두 번째의 방출은 밖에다, 그리고 도지기는 피임약과 더불어서였다. 그는 그리고, 밖에다 하는 방출은, 많은 절제심이 필요하며, 방출 후에 오는 심리적 불만족은 사내의 병을 만들지도 모른다고 했고, 귀두가 적이 따가웠던 도지기에서는, 선왕이 자기에게 내려주었던 모든 계집들이 또한 그러했었다는 사실을 알고, 쓰게 웃어야 했다. 그는, 계집이란 귀두를 쓰리게 하는 어떤 것이라고만 알아왔었던 것이다. 검은 왕은 그리고 그것을 언제까지고 깨닫지 못하게 될지도 모르리라. 대제장은, "모든 젊은 계집은 쓰리게 하는 것"이라고 들려줄 것이다.

이튿날은, 대제장은, 좀 늦게 깨어, 아직도 자고 있는 시녀장을 깨워, 적이 은근한 목소리로 시녀들께 행할 피임 교육과, 피임약 배급에 대해 들려주고, 또 석 자 세 치는 남는, 시의복의 단을 올리게 하고 아직도 주머니 밑바닥에 뒹구는 빨간 단추 하나도 달아달라고 부탁한 뒤, 평상복으로 아편 창고로부터 들어갔다. 그리고 그는 그 안에서, 해가 중천이었을 때까지 아편량을 계산하는 데에 보내고 나왔는데, 어두운 얼굴이었고, 광견 우리 쪽에서는 처절한 절규가 계속되고 있었다. 그는 그래서 그 길로, 그 우리 쪽으로 갔다. 그 우리들 속에 억류된 아편광들은 미쳐들 있었다.

그중 늙은 아편쟁이는, 밤새도록 벽에 머리를 쩌댄 모양이었으나, 이제는 더 그짓도 계속하지 못하고, 바닥에 쓰러져 병든 개처럼 기며, 혀로 바닥의 광견 오줌을 핥고 계속 짖어댔다. 조금 덜 늙은 자는, 작은 철창살을 붙들고 몸을 경련해대며, 똥오줌을 질금질금 갈기고 잦게 흐느꼈다. 중년의 사내는, 자기 손톱으로 제 사지를 짓찢어대며, 그 상처에다 흙먼지를 털어넣으면

396

서, 그 고통으로부터 아편을 빨아내려고 하고 있었다. 네 번째의 사내는 옷을 전부 찢어발겨 던져버리고, 눈을 휘까던지고 엎드려 누워선 자기의 아랫도리를 바닥에 문질러대고 있었는데, 그러한 고통을 통해 그는 황홀을 얻고 싶은 눈치였다. 그리고 마지막으로, 선택에 놓여졌던 저 독감방 젊은이는, 아직은 덜 극심한지, 창살에 눈을 대고 밖에다 아첨의 눈길을 보내며, 아편을 달라고 계속계속 애원하고 있었다. 모두의 눈물은 붉고, 인간적인 것은 하나도 남겨놓고 있어 보이지 않았다. "발효란 어렵도다." ── 대제장은 몹시 언짢은지, 얼른 돌아 자기방을 들어가선, 술한모금 두텁게 마시곤, 그때 끝내놓은 시의복으로 갈아입은 뒤, 시녀장의 간청에 따라 대목수 부인 방 앞으로 갔다. 시녀장의 말로는, 자기는 몇 번이고 간청을 해서 들여달라고 했어도 딸이 문을 열지 않았다고 했고, 왕은 세 번째의 시녀와 더불어 방금 전에 다시 침실에 들었다고도 했다. 물론 피임약은 잊지 않고 누구에게나 조금씩 미리 나누어주었다는 말도 덧붙였다.

대목수의 미망인은, 자기를 방문해온 자가, 전에는 광대였지만 지금은 대제장이 된 사내라는 걸 알곤 문을 열어주었기에, 대제장은 별 수고 없이 그 안으로 들어갈 수 있었다. 그녀는, 자기 어미가 문에 대고 이미 모든 걸 속삭여 들려준 것을 다 듣고 있어서, 자기의 처지가 어떻게 되어 있다는 것을, 그리고 이 대제장밖에는 어디에고 구원을 요청할 곳이 없다는 것을 알고 있었다.

"어머님께서 따님의 안부를 초조로히 염려하고 계시온데." 대제장은 우선 그렇게만 말해놓고, 잠깐 반응을 기다리는 듯 입을 다물었다. 그날은 맑고, 또 한낮인데도, 휘장을 다 가리고 있어,

방안은 박모 같은 슬픔이 두텁게 끼어 있었다. 대목수의 여인은 아무 말도 하지 않고, 우스꽝스럽게 뎅그렁 짧아져버린 황토색 시의복 위에 매달린, 단추 하나를 뚫어져라 하고만 내려다보고 있다. 그녀의 배는 적이 불러 있었는데도, 소녀티는 여태도 남아 있었고, 그 소녀티 속에 그런데, 한꺼번에 원숙해버린 슬픔만 어디엔지 갖고 있었다.

"아 이 단추를 보고 계시는군요." 대제장은 무슨 다른 화제를 찾으려고 그랬다. 그랬더니 의외에도 그녀 쪽에서 토를 달고 나섰다.

"그래요. 그걸 무엇 때문에 그이는 내게 주려 하셨는지 그걸 생각하고 있어요."

"혹간 무슨 내력이라도."

"그이는 거기서 백성을 보셨어요 아마."

"배, 백성을 입쇼?"

"백성들이 아편에 중독이 되어 성을 나가고 난 뒤, 그이는 아마 그걸 주웠을 거예요. 그래요. 그래서는 손바닥에 놓고 벌레 죽이듯 죽여보려 했었을 거예요." 그녀의 음성은 떨리고 있었지만 잔잔하고 또록또록 했다.

"아 그랬군입쇼! 그래서는입쇼?"

"글쎄요, 그이의 생각에 그 단추는 죽어주지를 안했던 모양이지요."

"아 그랬댔군요. 그랬댔군요." 대제장은 거의 부르짖고 있었는데, 그의 음성은 종잡을 수가 없어서, 기쁜 건지 절망적인 건지 알 수가 없었다.

그리고 조금 침묵이 계속되었고, 이번에는 대목수 미망인 쪽에서, 거의 애원하는 음성으로 말을 텄다.

"난 언제부터도 이 궁중이 싫었었어요. 이제 내겐, 아버님도 남편도 이 궁중엔 없으니, 떠나서 아무데 가서 살아도 되겠지요? 내가 오늘 해전에라도 떠날 수 있을까요?"

"글쎄올시다." 대제장은 무척 망설였다. "떠나실 수 있으신대도 베옷 짚신에 감자 뿌리로나 연명하셔야 하올 터인데." 대제장은 망설였다.

"그런 문제라면 염려치 마세요. 난 그렇게 살고팠으니까요. 아무것도 궁중 물건은 가져가지 않을 것이에요."

"하오나 국사는 왕 폐하가 하시는 것, 내 한번 은근히 여쭈어 보리다."

"한 아녀자의 가출까지야 폐하께서 아실 일이 있겠나요?" 대목수의 계집은 입술을 짓물고, 눈물을 떨어뜨린다.

"하오나 부인으로 말씀드리면 왕족이옵시고…… 어쨌든 기다려 보시오. 무슨 방도가 정 없을 수야 없겠습죠."

그리고 대제장은 깊은 데서 우러나는 미소로 나왔다. 문밖에서 초조로히 기다리고 있던 그녀의 어미에게는, 지금 따님 방엘 들어가보아도 좋을 것이라고만 간단히 대꾸하고. 그 길로 그는, 제장들이나 방문하려고 나섰다. 제장들과 자기 사이에서 한번도 진지한 말이 통해져 있지 않았다는 것을 그는 생각하고 있었다. 그리고 제장들은, 이른 아침부터 목욕하고 조복 입은 뒤, 조정으로부터의 조회 소집 종소리를 기다렸으나 들리지 않아, 한껏 준비하고 꾸며놓았던 변설이며 웃음에, 녹이 슬어가고 있는 중이었다. 그리고 왕은, 세 번째의 시녀와 시들어버린 뒤, 검도록 자고 있어서 해거름판까진 깰 듯하지 않았다.

"이 색깔은 홍옥(紅玉) 같구나! 백성은, 죽지를 않는다. 백성은." 대제장은 자기도 잘 의식하지 못하면서, 단추를 열심히 두 손가락 바닥 새에서 눌러대면서, 중얼거리면서, 걷고 있었다. "대체 백성이라는 저 집단적 한 짐승은 뭐라는 것들인가? 저 광견 우리 속에서, 미친개가 다 되어 있는, 저 속(屬)을 알 수 없는 짐승들은 그러다 결국 죽어버릴 것은 아닌가?"

돌아오는 길에는, 그는, 제장들과 그들의 부와, 그들의 미끄러운 변설을 생각하고 있었다.

"아편은 자유 같은 것이오." 제장들 사이에서 일등가는 현자로 알려지고 존경받는 연로 제장의 변론이었다. "그래서 아편이 풍족하게 주어졌을 때, 백성은 국사에 쓸모가 없게 되며, 아편이 완전히 끊길 때, 그들은 아편을 얻기 위해 반란을 꾸미게 될지도 모릅니다. 어느 것이나 치정자가 바라는 것은 아니지요. 그러므로 현명한 치정자는, 백성을 결속시키고, 백성으로 하여금 국사에 참여케 하지만 저항케 하지 못하게 하는 철사줄로써 아편을 쓰는데, 언제나 그들이 아편에 갈급해 있을 정도로만 공급해줄 일입니다. 그러면 그들은 그때, 치정자가 원하는 쪽으로 그들을 바치는 것입죠. 어쨌든 그들은 길들여진 어미소모양, 너무 많은 자유와도 살지 못하지만, 갓 코뚫은 송아지처럼 완전히 거세당한 자유와도 살질 못합니다. 자유란 갈급할 정도로만, 그저 보여주는 것으로 족하다고 생각합니다."

대제장은 다만 미소만 보여주었을 뿐으로, 아무것도 자기 의견은 내비치지 않았다. 그로서는 아편을 아직 어떻게 정의할 수가 없었을 뿐이다. 그로서는 다만, 아편은 어떤 수분 같은 것, 또는 어떤 발효, 어떤 변질을 돕는 어떤 매개체 같은 것일지도 모

400

른다고——그런 식으로밖에 달리 아무 결론도 이끌어낼 수가 없었다. 저 현명한 제장도 그런 변론 후에, 다른 제장들과 똑같이, 아편량을 알고 싶어했었다.

"짐작하시겠지만, 아직도 그것은 산더미처럼 쌓여 있으니 과히 염려치 마십시오."

"아 그렇다면 좀 안심이에요. 어쨌든 장래를 염려하는 치정자는, 비록 현재 아편이 태산 같다 하여도 세월이 지나면 없어질 것을 계산하는 법인데, 어디 이웃 뭍에라도 사람을 보내어 아편 제조공을 몇 데려오는 것이 어떨까요?"

"그건 모두 내게 맡겨두십시오."

대제장은 차갑게 대답했었다. 저 제장들은 조금도 백성을 사랑하고 있지를 않았다. 그들은 다만, 자기들의 부와, 왕궁 밖에 미치는 권세와, 안일함만을 한사코 고수하고 싶어했고, 그가 설사 개란대도, 그들이 이 왕국에서 얻을 수 있는 최고의 영화만을 지켜주는 군주라면 그들은 언제라도 무릎꿇고 아첨을 바칠 준비를 하고 있었다. 대제장은 그것만을 확인한 셈이었다.

이 말을 그리고, 대제장은 마지막으로 했었는데, 그가 제장들을 만나려고 출발했던 때 이미 준비해 있었던 그 말이었다.

"뒤 군데서 받은 밀고에 의하면, 존경받을 제장님 중의 뒤 분께서는, 아편이 다 없어졌을 장래를 위해서란 명목으로, 광주리 아편의 절반씩을 덜어내어 사사로이 감춰놓고 있다는데, 그러한 횡령이란, 백성을 위하여 그 심정의 두터움에도 불구하고, 우선 국물을 삿되이 절취하는 행위며, 백성이 갖는 권리를 또한 삿되이 횡취하는 비위라, 이후 그런 일이 한 번이라도 더 있다는 것이 밀고되면, 충성으로 국사에 전념하셨던 그 모든 영예에 누될 것은 차치하고서라도, 삼족에 화가 미치게 될 터이니 모두 각별히 유념하셔서, 공명정대히 국사를 해주기 바라는 바외다."

"아니 그러한 일이, 제장들 사이에서 있을 수가 있다는 말이시오?"

"글쎄올시다. 나는 그런 밀고를 받고 있으니까요. 조강지처도 믿을 수 없는 세태에, 하물며 타인들로써 데리고 있는 종복들이야 더 일러 말할 것 없겠습죠. 가장 안전책은, 좋은 일이건 나쁜 일이건, 오른손이 한 일을 왼손이 모르게 하는 것이겠습죠."

5

대제장이, 시의들 일지나 좀 읽어볼까 하고, 자기 방에로 다시 돌아왔었을 때도, 날은 밝은 채였었고, 시녀장이 또한 거기 있었다. 그녀는 대제장을 몹시도 기다렸다는 투로, 무척 반겼지만, 얼굴은 웬일로 질려 있었다. 그리고 두서없이 씨부려댔는데, 왕께서 임신중인 딸로 침방을 돕게 하라는데 어떻게 해야겠느냐는 것이, 그 골자인 듯했다.

"왕께서 그러신다면야 어쩌겠습니까요? 왕은 이 나라의 주며 법이신데, 감히 누가 어명을 거역할 수 있겠나요?"

"그렇지만, 내 손으로 그애를 죽여 장사지내는 한이 있어도, 그 짓만은 나는 시킬 수가 없어요."

시녀장은 치를 떨었다.

"설마 어명을 거역하려는 건 아니겠습죠?"

"어명 이전에 어미에겐 자식이 있다는 걸 모르시나요? 대체 옳

402

치 않는 일이라도 백성이 따라야 된다면 그 나라의 장래는 어떻게 되겠나요? 할 수 없어서 따라야 된다면 그 백성의 한은 한 세대만 통할 것이지만, 그 임금의 누는 만 세대 인구에 회자될……"

"무엄한 말, 삼가지 못하오?" 대제장이 갑자기 소리쳤기에 시녀장은 새파랗게 질려 부들부들 떨기만 했는데, 눈에는 풀어볼 길 없는 한이 변한 눈물이 크렁찼다. 한참 후에, 대제장 쪽에서 웃어보이며, "따님을 아끼시는군요?" 했을 때 그 눈물은 줄기줄기 흘러났다. 대제장은 그리고, 그녀의 손을 꼭 쥐어주며, "대저 모성애란 자기 목숨을 초개처럼도 버리게 함을 내 알고 있은즉, 따님을 아끼느냐고 묻는다는 일이 어리석겠습죠" 하고 나직이 계속했다. "그래요, 난 그러나 그런 아름다운 인정을 그렇게 많이는 접해볼 기회를 갖지 못했습니다만, 그런 인정을 보게 되면, 난 늘 한 목자 부부를 생각하곤 합죠." 대제장은 그리고 멍하니 하고선, 뭘 추억하는 눈치였다. 그리고 이었다. "저 많기도 많은 열무날 중에서도, 화룡께 바치는 제물이 세 번째 바뀌었던 저 첫 열무날 제물이 되었던, 저 궁중 양치기 부부 얘기를 나는 하고 있는 중입죠."

시녀장은 갑자기 아무것도 이해할 수 없다는 얼굴로 울지도 못하고 있다.

"그 부부는, 저기 보이는 저 남악에서도 남쪽 옴팡진 기슭에서 참 곱게 살았댔습니다. 그 양치기 남자는, 왕께 바칠 양을 몰고 오는 날로 내게 그 기슭의 생활을 얘기해주곤 했는데, 내 짐작에, 그 집은 지금 아마 주인이 없어 쓸쓸한 채 있는 듯합니다. 아 헌데 따님을 스스로 죽이고 장사를 지내시겠다구요!"

"하오시다면," 시녀장의 얼굴은 갑자기 밝아져 보였다. "대제장 각하께서는, 내 딸애를 데리고 거기 가서, 살라는 말씀이신가요? 아 참 밝으신 양반."

"나는 지금 한 선했던 백성의 추억만을 다만 말하고 있을 뿐입니다요. 그런데 지금 아마 해가 지고 있군입쇼. 그러면 곧 밤이 되겠습죠. 그러면 폐하께선 따님을 부르러 스스로 나타나실 겝니다. 그러구 보니 그래요. 난 아마 폐하를 뵈러가야 될 그 시각에 있는 듯합니다. 헌데 시녀장 각하께선 정말 깊이깊이 따님을 사랑하고 계셔서 죽음도 두렵지 않은 그런 맑으신 얼굴이십니다. 죽음인들, 글쎄 목숨인들 두려울 것 없으시다는 저 아름다운 얼굴을, ……그래요, 헌데 난 언제나 밤으론 좀 어설픈 기분입죠. 난 늘 어머니를 생각하다 잠들곤 한답니다요. 만약에, 어머니를 어머니이자 동시에 계집으로 모시고 또한 데리고 살 수 있는 사내가 있다면 그는 가장 이상적인 형태로 사는 사내일 겝니다요." 대제장은 계속 중언부언했다. "헌데 직접으로 말하면, 시녀장 각하는 꼭 어머니 같은 계집입니다."

시녀장은 종잡을 수 없는 표정을 짓고 있었지만, 여인이 지닌 감수성으로 그녀는, 모든 걸 자기 나름으로 해석해버리고, 그때 걸어나가려는 대제장의 뒤통수에다 대고, "아마 저녁에도 이 방문은 잠겨 있지 않겠지요?" 하고 속삭였다. 대제장은 그래서, 고개를 어린애처럼 끄덕인 뒤, 성문 열쇠들만 꾸러미로 해놓은 걸, 몹시 무거워 귀찮다는 듯이, 문옆에 놓여진 작은 탁자 위에다 소리나게 던져놓고, 복도로 나섰다.

"아마도 나는 아주 잠시 저 열쇠 꾸러미를 잃게 될 것이다. 어쨌든, 어느 시대에든 그 시대마다에는, 그 시대의 악이든 선이

404

든, 그것을 동시에 감싸는 모성적 정신이 그 시대의 그늘 쪽에는 있는 것이고, ……그것은 비록 악만을 싸안고 있었대도 아름답다. 어쨌든 아름답다…… 그리고 그것은 바뀌어진 시대의 악이든 선이든 그것을 감쌀 새로운 모성적 정신의 거름이 된 뒤, 어쨌든 사라지지 않으면 추하고 거추장스러운 것으로 변한다. 그것은 아름다운 대속, 아름다운 부활이 아닌가. 아마도 나는 아주 잠시 후에, 지금 잃어지고 있는 저 열쇠 꾸러미를 다시 찾게 될 것이다." 대제장은 왕의 침실을 향해가며 혼잣말을 하고 있었다.

왕은 도대체 아무 즐거움이 없는 얼굴로 방안을 초조로이 서성대고 있었다. 그 검은 용안에 이전에 껴 있었던 정욕의 개기름도, 또 넘치던 힘으로 불근거리던 근육의 율동도 없고, 그 대신 저렇게도 큰 몸뚱이 속에서도 정신은 한번도 숙성해본 적 없이 썩어, 그 안에서 노예 근성만 물지렁이처럼 서식해버린 저 웅덩이의 더러운 냄새만 방안 가득히 피워놓고, 그는 그림자처럼만 남아 있고, 대제장의 눈엔 왕의 실체는 보이지 않았다. 그것은 무척 더럽고 우스꽝스러웠다. 대제장은 읍도 하지 않고, 싱긋이 웃어버리고 말았다. 왕은 대제장이 나타났기에야 비로소, 살 일이라도 났다는 듯이 반기며, 떠벌이기 시작했다.

"이봐, 넌 도대체 어디다 코빼기를 질러뒀기에 한번도 볼 수가 없었지?"

대제장은 웃기만 하고, 잔에 왕의 술을 따라 찔끔거리며, 의자에 푹 박혀 앉았다.

"이봐, 왕이 할 일이란 게, 계집에게 힘이나 내먹이는 일뿐이라면, 난 다시 정내미가 떨어졌어. 이보라구, 이 탱탱하던 살이 하룻낮 사이에, 그래 이따위로 늘어져버릴 수가 있나? 사실로 철근 같던 이 허리며, 이 팔이며, 이 다리가, 야 이거 좀 보라구, 저연하고 나긋나긋한 저 계집들의 몸에 녹아 이 모양으로 시지끈하고 떨리기를 시작한단 말이냐? 그뿐인 줄만 알면 또 오해야. 내 아랫도리는 인두로 지진 것모양 타구 있어. 저년들은 썩은 홍어 같다구! 야 헌데, 대목수의 계집쯤이라면,"

"폐하." 대제장은 얼른 왕의 떠벌림 속에 뛰어들었다. "모든 젊은 계집은 쓰리게 하는 것입죠. 하오나 왕께서 하실 일이란 너무 많습죠. 가령 ──"

"그것이 무엇이냐?"

"끌끌한 젊은이들을 모아다 씨름을 가르친다든가, 도끼 쓰는 법을 가르친다든가 말입죠."

"히야, 거 좋은 일일 듯하군."

"나라의 힘을 증강하는 것도,"

"야 더 씨부리지 마라. 너는 혀가 길어. 흐훗. 거 신날 일이야 씨름이나 도끼 쓰는 일에 이르러서야 그 어느 눔이 내게 당할 텐가. 야 그럴 것 없이, 당장에 몇 놈쯤 모아라. 내 한꺼번에 싹쓸어 뵈어줄 테이니. 야 이거, 정 새힘이 돋는구나, 거 뭘 우물거리고 있어?"

"허허헛, 뭐 그렇게 급할 게 있나요? 밝는 날 시작하셔도 좋고…… 그러면 저 제당을 그런 힘과 기술을 닦는 장소로 했으면 꼭 좋겠습죠. 화룡님전에서……"

"글쎄 넌 혀만 길어. 그럴 것 없어. 지금 나와 나가자. 넌 언제나 그 꼽추 등에다 뭐든 쓸 만한 것 한짐씩은 지고 다닌단 말야, 자 나가자구. 너는 용상에든 시의석에서든 앉아 술이나 찔끔거리며 날 좀 보란 말야, 난 어쨌든 도끼춤을 한번 춰보일 테니,"

"아, 좋겠습죠!" 둘이는 나갔다. 왕에게는 계집쯤 벌써 문제가 아니고 있었다. 그는 소리를 냅다 질러대며, 복도에서부터 도끼를 내두르고 제당으로 이어지는 길을 치달았다. 주방지기들이며, 시녀들이며, 정원지기며 뭐며, 왕의 도끼춤을 본 자들은, 그 자리 엎드러져 부들부들 떨어댔는데, 그뒤에서 저 볼품없는 꼽추만이 너그럽게 웃으며 따르고 있었다. 그러면서 그는, 혼비백산해 있는 한 원정(園丁)에겐, 왕 앞서 제당에 가 불 밝히기를 시켰고, 주방지기 할멈에겐 술과 안주를 내오게 했다.

그러는 동안에 벌써 왕은 삼백 번 기합을 지르며 몸을 허공의 연꽃처럼 산화시켰는데, 종내 싱거웠던지, 시의석의 대제장께 와 "야 어쩐지 이깃은 싱거울 뿐이다. 누구든 상대가 있었으면 해" 하고, 병을 거꾸로 들어 반말 정도의 술을 한꺼번에 마시고, 부그적부그적 양추도 쳐선 제당 바닥에다 내쏘았다. 가슴에 흘린 술을 손바닥으로 문질러 땀도 닦아냈다.

"하오나 폐하, 진짜 훌륭한 무사는 허공에서도 상대를 찾습니다."

"야 거 너는 혀만 길다구!"

"허시면 보소서. 우선 저 화룡을 정면하시고, 흔들림없는 자세로서 보십소서. 옳습니다. 그러시면 저 화룡의 두 눈 사이를 무섭게 지켜보소서. 조금 더 눈을 부릅뜨소서. 좋습니다. 아 좋습니다. 아직은 움직이지 마소서. 조금 있으시면 이제 폐하께서 쳐눕히실 상대가 나타날 것입니다. 아직은 움직이지 마소서. 그 상대가 나타나기를 간절히 바라소서. 아 좋습니다. 서른 셀 때까지만 그렇게 계시면 이제 뭔가 나타납니다. 말씀하지 마소서. 기를 모으십소서. 호흡을 중단하십소서. 자꾸 어두워들고 있군입쇼.

눈을 부릅뜨소서. 드디어 무엇이 나타나려는 찰라입니다. 시력
에 모든 기를 모으소서. 아, 드디어, 무엇이, 어두운, 안개 같은,
것이, 피어오르는군입쇼. 저 소리는 무엇입니까. 그것은 바람 소
리 같군입쇼. 눈을 감지 마소서. 소리를 들으소서. 저 검은 안개
속을 살펴보소서. 그 속에 밤보다 더 짙은 더 검은 뱀의 꼬리가
휘적휘적하고 있습니다. 아윽, 저 붉은 눈을 보십소서, 화룡입니
다. 날으는 화룡입니다. 불 같은 혀를 내두르며 시퍼런 불을 좍
토해냅니다. 도끼로 그 정수리를 치소서, 불룡의 꼬리가 폐하의
목을 감고 듭니다. 도끼로 치소서, 아윽, 저 화룡의 이빨이 폐하
의 머리를 삼키려 듭니다. 화룡의 발톱이 폐하의 가슴을 찢습니
다, 도끼로 치소서,"

　　그런데 왕은, 그 자리에 나무둥치처럼 나둥그러지고 말았다.
그리고는 죽은 듯이 눈을 휘몰아올려 희게 뜨곤, 전신을 경련했
다. 대제장은 차게 웃으며, 한잔 더 잔에 붓고 있었다. 그러는 동
안에 시간은 초경으로 달려와 있었다.

　　시녀들에 의해 왕은, 방으로 옮겨졌다. 그리고 과일주와, 시녀
들의 주물름으로 해서 깨어나, 한동안 정신나간 것처럼 있으며
앓아쌌더니 느닷없이 분통을 터뜨리고 대제장을 불러들이라고
호통이었다. 대제장은 그때, 자기 방에서, 시녀장과 다른 잔을
들고 있었는데, 그가 아무렇게나 던져두었던 성문 열쇠 꾸러미
는, 그때도 가지런히 그 위에 얹혀 있었다.

　　왕은, 대제장이 나타나자, "넌 좀 거짓말이 독한 놈이야! 어째
서 여태도 대목수의 계집년은 꼴이 보이지 않느냐? 나는 왕이
야" 하고 고함부터 내지르길 시작했다. "저따위 썩은 홍어 같은
년들 난 싫어졌다구. 자 내게 그 계집을 데리고 오라."

"폐하, 진정하소서."

"진정하다니? 너는 독한 종내기야. 네 주둥아리선 거짓말만 쏟긴다구!" 왕은 도끼를 거머쥐고, 저 작은 그래서 한주먹짜리의 꼽추를 내려다보았다. "나는 이제 너를 찍어버릴지도 모른다. 너는 있지도 않은 화룡을 꾸며내는 놈이라, 너 같은 건 있어서 해라고. 넌 한마디로 무당 같은 녀석이야!"

"하오나 폐하." 대제장은 흐트러짐없는 눈으로, 왕의 눈 속을 깊이깊이 올려다보았다. "화룡은 있습니다. 그 화룡은 왕께만 나타납니다. 선왕은 그 화룡과 늘 같이 지내셨습니다. 이 방안에 있는 저 작은 화룡들을 보십소서."

"녀슥아, 넌 또 시작인가? 나는 다른 계집을 원하고 있을 뿐이다. 나는 지금 그 방에로 뛰들어갈 판인 거다."

"폐하께서는 심정이 울적해지신 것이군입쇼."

"그래, 난 속이 드글드글 끓고 있는 거다. 나는 좀 울고 싶다구." 왕은 실제로 흐득흐득 울기를 시작하고 있었다.

"그리하오시면야, 폐하의 울적함을 풀어야겠습죠. 누가 폐하보다 더 큰 자가 이 나라에 있겠나이까. 대목수의 부인으로 더불어 폐하의 울적함을 푸소서." 그리고 대제장은 손뼉을 쳐, 시녀를 불렀다. 그리고 분부했다. "너는 가서, 대목수의 부인께, 이 자리에 왕림하는 영광을 갖게 하라."

왕은 그제서야 배시시 웃으며, 도끼를 치우고, "너는 참 쓸 만한 친구야" 하고, 대제장의 꼽추 등을 쓸어주었다. 때에, 질린 시녀가 돌아와, 그녀는 이미 방에 없고, 자기가 살펴본 바로는, 언제인지 왕궁에서 떠나 없는 듯하다고 전했다. 그 말을 듣고, 왕이 나서기도 전에 대제장이, 얼굴에 노기를 띠워내며, "무엄한

지고! 그게 사실이란 말이냐?" 하고 벽력 같은 고함을 쳤다.

"아직 자세히는 모르겠사오나, 소녀의 생각에 그런 듯만 싶었
나이다."

"그러면 너는 지금 나가, 너의 동료들과 함께, 그 계집의 어미
라도 찾아 데리고 오너라. 그 어미야 알 터인즉," 시녀는 부들거
리며 나갔다.

잠시 후엔 시녀장이 질린 얼굴로 나섰다.

"너는 너의 딸을 어쨌는고?" 대제장의 음성은 더욱더 노기에
찼다. 시녀장은 그 당장에 사건 돼온 형편을 눈치챘기에, 조금
진정할 수 있는 것 같은 눈치였다.

"나는 내 딸을 내 손으로 죽이고, 내 손으로 묻어버렸나이다."

"네가 네 딸을 죽여?" 왕이 나섰다.

"그랬나이다."

"그 죄값은 나중에 따질 일이로되," 이번엔 대제장이 왕께 기회
를 주지 않고 나섰다. "대체 무슨 연고였던고?"

"에미는 비록 정결치 못하나," 시녀장은 완전히 태연을 찾고 있
었다. "딸애만이라도 욕되게 살지 말라고 그런 것이옵니다. 아시
다시피 그애에겐 지아비가 있었고, 또 그 지아비의 씨를 잉태하
고 있사온데,"

"너 간특한 계집년, 무엄하다!" 대제장은 왕께 여유를 주고 있
지 않았다. 그는 호통을 치며, 왕의 도끼를 잡아들고, 눈을 부라
렸다. 왕은 반만쯤만 낙백이 되어, 큰 어떤 사내가 벗어던져놓은
검은 잠옷처럼, 침상가에 걸쳐져 있다. "어떻게 에미치고, 짐승
도 그러지 못할 일을 항차 인간이, 그런 끔찍한 일을 저지를 수
있단 말이야. 그것은 인륜지도에 있어서도 역천 행위일 뿐 아니

410

라 한 나라의 주며, 법이신 폐하께서 한 계집으로 하여 수청들라
하면 따라야 옳겠거늘, 오히려 복종치 않았으니, 그 또한 반역자
라, 너는 살기를 바라기 어렵겠도다."

　말을 끝내기가 무섭게 대제장은, 도끼를 들어, 그녀의 어깨를
향해 내리찍어버렸다. 그러나 키 너무 작은 사내의 도끼는, 그녀
의 복부를 길게 잘랐을 뿐이고, 그것은 그리고 피를 뻗쩍이며 바
닥에 나둥그러져버렸다. 한꺼번에, 시녀장의 내장이 바닥에 터
져나고, 그것은 뜨거운 피를 풍기며 꿈틀거렸다. 왕까지도 질린
얼굴이었다.

　그 시체는 그밤으로, 시녀들만에 의해, 화룡의 아가리에 처넣
어지고, 종내는 그을음이 되어버렸다. 그리고 새 시녀장엔 그중
인물이 못나서 늘 뒷전으로만 돌던 계집이 올랐다. 대제장 보기
에 그녀는 간약했고, 자기에게 쓸모가 있었다. 그리고 아마도 대
제장은 옳았다. 그녀는 결코 시녀들 편에 서주지는 않을 것이었
다. 그녀는 왕에게가 아니라, 엉뚱하게도 대제장께 충성을 맹세
했었다.

6

　밤에 왕은 혼자 잤다. 그는 토할 만큼 마시고, 그리고는 흐득
흐득 울다 침대 밑에로 굴러떨어져선, 그런 채로 잠들어버렸다.
그는 외로움이 무엇이며, 슬픔이 뭣인지도 사실로는 몰랐다. 그
러면서도 그는 울었고, 그리고 흐릿하게 몇 남은 유년 시절의 기
억을 더듬어냈었다. 어머니 품이며, 아버지의 음성이며, 자기만

의 다락방이며, 어머니가 서툴게 만든 인형 같은 것들이었다. 그러나 그는, 자기의 운명을 뒤바꾸어버리는 것 같은, 그런 커다란 사건들이라든가, 날짜 바뀌기라든가, 나이 같은 것은 기억하지도 알지도 못했다.

그는 자면서도 악의식에 시달렸다. 광대였던 저 난쟁이의 목소리를 가진 불용이 그의 목을 감아대는 것의 반복이었고, 그는 그래서 끓도록 뜨겁게 전신을 태우며, 이미 불인지 용인지 분간치 못하게 된 저 난쟁이에게, 살려달라고 울며 매달려야 되었었다. 그것은 참으로 어수선하게 반복되어졌다.

대제장은, 버섯핀 용골두 밑에서, 떨며 뜬눈으로 밤을 새워버리고 말았다. 광견 우리로부터는, 미친개가 되어버린 아편쟁이들의, 아편을 달라는 절규가 일었다 잦아졌다 하며, 귀 가지고는 참아낼 수 없게 새어 흘러나고 있었고, 그것을, 배를 갈리고 한꺼번에 창자를 토해내던 죽음과, 포르륵 포르륵 떨기를 멈추지 않던 열 개의 손가락의 저 잘린 두 손목과, 이미 죽어버린 몸이 토막내지며 풍기던 저 역한 피냄새, 그런 것들과 엇갈리고 섞여선, 대제장을 무섭게 괴롭혔다. 그래서 처음에 그는, 그것들을 떨쳐내려고, 귀도 막아보고, 눈도 감아보았었다. 그러자 그것들은 그의 내부를 차지해버리는 것이었다. 회피는 불가능하다는 것을, 차라리 그것들을 응시해버리지 않으면 안된다는 것을, 그는 그래서 알아버리고, 가부좌로 용골두 아래 앉았다. 그리고 천천히 심호흡을 계속하며, 기를 양미간으로 모았다. 그리고 그는, 자기가 해치워버린 모든 사건들을 하나에서 열까지 샅샅이 되살려내려 했다. 우선, 저 죽었던 종지기의 번히 뜬 눈 속에 머물러버렸던 번갯불로부터, 모자란 힘에 끌리며 내던 둔중한 살소리,

412

뼈소리, 제단 위에 뉘여졌을 땐 그는 느닷없이 살아서 일어설 듯했었다. 밖엔 비바람이 치고, 제당문들은 삐끄덕거렸었다. 나뭇가지 우는 소리, 어디서 지붕이 웃는 소리, 성벽을 휘갈기던 바람 소리, 물소리, 무서웠었다. 도망치고 싶었었다. 눈을 번히 뜬 시체는 금방 일어서려고 하고 있었다. 자기는 그 눈을 참을 수가 없었다. 손가락을 뻗쳐넣어 그 눈에 찔렀다. 그것은 살기를 돋았다. 도끼를 쳐들었다. 그리고 온갖 기력을 다해 굳은 저 목을 내리찍고, 쓰러져 넘어져버렸었다. 얼마가 흘렀는지 모른다. 제당문은 삐끄덕이고 아직도 있었고, 비바람 아직도 뿌리치고 있었지만, 날이 번하게 밝고도 또 있었다. 그래서 참을 수 없는 구역을 느꼈지만 비바람 속으로 나가, 광견 우리로 갔었다. ……대제장은 몸서리를 쳤지만, 자기가 어느덧 그러한 광경들을 조금쯤 즐기고 있다는 것을 깨달아내곤, 불쾌해져 웃었다. 그러나 그때는 이미, 저 살풍경들이, 조금도 공포스럽거나 잠 못 들게 하는 것들로는 남아 있지 않았었다. 그리고 잠 잘 시간을 놓쳐버려, 그는 거기 앉아 별이나 보며, 날을 밝혀버리기로 했다. 한 명제가 떠오른 것이다. "왕은 어째서 불을 그의 치정에 도입했던 것일까?"——이것은 날이 샜을 때까지 그로 하여금, 그 용골두 밑을 서성거리게 했다. 그는 아마도 수많은 것을 생각했을 것이었다. 그는 최후로, 용골두를 한번 아름해보고, 사방으로 일곱 발자국씩 내디딘 뒤, 종루로 올라가고 있었다. "그는 아마도 전쟁을 수행하고 있었을 것이었다."——그는 그렇게 중얼거리고 있었다. 그러나 이 결론에 대한 주석은, 그의 일지에 몇 구절 씌어 있을 뿐이었다.

종루에 올라 그는 우선, 성내를 휘어내려다보고, 새벽잠에 달콤하게 잠긴 듯한 저 표면적인 평온을 마음 편하게 호흡한 뒤, 성밖으로 눈을 돌렸다. 거기는 부활이 끝나버리고 난 장터 같았다. 넘치는 자유와 나태들이 나체로, 저 황폐로운 기갈과 구속과 죽음들로부터 빠져나와, 거적때기 위에 새우처럼 오그리고 누웠거나, 책상다리를 하고 앉아 멍하니 흙을 바라보고 있거나, 반듯이 누워서 하늘에다 오줌을 갈기고 있었다. 누구도 깨어 있지도 않았지만, 누구도 졸고 있지도 않았다. 그것은 이제 죽음도 삶도 아닌 죽음, 아닌 삶──경지는 거기까지는 아닐 텐가. 똥과 죽음, 똥과 삶, 정액도 소금도 거기는 없는데, 그것은 진정으로 내면적인 평온이었다. 대제장은 그것을 또한 마음 편하게 호흡한 뒤, "그러나 나는 다음 단계의 전쟁을 수행하게 되어져 있는 터──"그러며, 제장들을 소집하는 종을 쳐댔다. 그리고는 광견 우리 쪽으로 걸음을 재촉했다. "하나만이라도 살아남아 준다면,"

그런데 아직은 네 아편쟁이들이 살아 있었고, 가장 어렸던 사내가 죽어 있었다. 그는, 장 속에서 죽은 어린 새처럼, 그 우리의 한 귀퉁이에 오그라져 누워 뻣뻣해 있었는데, 그는 살고 싶은 것 때문에 광란하다, 너무 많이 피를 흘리고, 그래서 죽은 것 같았다. 대제장의 얼굴엔 아무 표정도 떠오르지 않았다. 가장 늙었던 아편광은, 아직 죽지는 않은 모양이지만, 먹지 않고 마시지 않아서인 탓으론지, 온 피부가 다 갈라터지고 탈수되어, 그것은 소금 기둥처럼 버스럭거렸다. 대제장의 생각에, 정오가 되기 전에 그도 죽을 것이라고 했는데, 그러나 정오보다도 늦은, 저녁녘에 숨을 거둬버리고 말았다. 대제장은, 자기가 원한다면, 당분간은 그를 살릴 수도 있다는 것을 알았지만, 언젠가는 다시 치러야 될 저 무서운 형벌을 그에게 두 번씩이나 치르게 하고 싶지 않아 대제장은 그가 죽도록 내버려두었다. 남은 세 사람의 증세는, 그 본능적 발로의 형태가 달랐을 뿐으로, 결국은 모두 비슷했는데, 그들은 극도로 신경질적이었다. 헛소리를 씨부리며, 목을 쥐어 뜯었다가, 똥구멍을 파고, 그러는가 하면 반듯이 누웠다가 벌떡 일어나선 발가락을 꼬물거리고, 코를 후벼파는가 하면 성기를 쥐어뜯었다. 그런 수선스런 짓들은 거의 의식없이 행해지고 있어 보였다. 그들은 살아는 있었지만 의식은 없었다. 그러나 어쨌든 대제장은, 그들에게 희망을 걸어도 좋을지 모른다고, 그래서 기분을 좀 돌리고 제당으로 향했다. 제당문을 들어섰을 때의 그의 얼굴은 표나게 유쾌했으므로, 내용도 모를 조회에 참석했던 제장들을 어리둥절하게, 또 맘 놓게 했다.

"안녕들 하시오? 폐하의 분부를 받들어 오늘 제공들을 왕림케 한 것이지만," 대제장은 단에 오르는 길에서부터 연설하기 시작했다. "폐하께서는, 국사가 준 심신의 피로로, 아직 이 자에 용안을 보이시지 않으오시나, 본인의 생각엔, 폐하께서 용안을 보이시기 전에, 또한 우리는 우리끼리 좀 의논할 일이 있잖겠나 하고도 여겨집니다."

"글쎄 좋은 말씀이십니다." 연로 제장이 동의하고 나섰다.

"하오면, 이 자리는, 제공들의 고견을 기탄없이 토로하는 자리로 삼읍시다요. 그러하시면 그 아니 국사에 도움이 되겠나요?"

그러나 누구도 처음에 입을 열려 하고 있지 않는데, 드디어 망나니 제장이 나섰다.

"나는 이 점이 좀 알고 싶소. 제장들께 내리는 녹봉의 문제라오."

이 문제에 대해서는 모두 박수라도 치고 싶은 얼굴들이었다.

"아, 그건 참 중요한 문제입죠." 대제장은 기탄없이 동의하고, "폐하의 공식 발표가 있기 전에, 나로서는 무어라고 감히 말씀드릴 수가 없으나, 이 자리에서, 내가 폐하께 드렸던 진언의 내용은 말씀드릴 수가 있겠군입쇼."

"글쎄 좀 들을 수 있도록 허락하시오." 망나니 제장이 다시 나섰다.

"외람된 일이었습니다만, 내 눈으로 제공들의 생활하시는 형편을 대강 보았기에, 내가 진언해올리기를, 여러 제장님들의 생활이란 그저 미천한 백성들의 초옥 생활이나 다를 바 없는 듯하오니." 이 대목에서 누군가가 깊은 한숨을 한 번 내뱉어서, 여러 제장들의 눈살을 찌푸리게 했다. 그러나 대제장은, 다만 유쾌한 듯이 계속했다. "제장님들께 내리는 녹봉은 녹봉대로 상례대로 하사하시고, 거기에다 제장들께 다스릴 땅을 조금씩 떼어드리는 것이 어떤가 하였던 것입니다."

"허어 거 두터운 통찰이시오!" 좀 연소하지만, 간특해뵈는 제장이 말하자, 모두 고개를 무겁게 몇 번씩이고 끄덕였다.

"어쨌든 폐하께서는 그점을 고려하고 계시오니 본인이나 제공들은 선처를 기다리고 있을 밖에 더 있겠소. 그러나 상례로 내리는 녹봉은, 나중에 제공들의 청지기들을 본인께 보내주시면, 생금으로 보내드리겠으니 그점은 염려치 마시오. 하옵고, 다른 고견들을 좀."

"글쎄올시다." 연로 제장이 나선다. "대제장께서 제언하신 그 땅의 문제이온데."

"글쎄, 본인께 그 복안이 있는데, 그러시다면 들어주시겠나요?"

"아 즐거이 경청해올립죠!"

"그러시다면 감히 말씀드리겠습니다만 제공께서도 아시다시피 이 나라 전체라는 게 그 얼마나 넓은 것이겠습니까? 헌데 본인까지 합쳐 이 자리에 아홉 제장직이 공직으로 있는데, 이 조그만 섬 하나 십등분 해본들, 사실 국사에 쓸 세금 올리고 나면 현재 받는 녹봉 십분의 일쯤의 수확도 못 얻게 되는 겁죠. 물론 녹봉은 녹봉대로 내린다 하오나, 어디에 금 열리는 나무나 가꿔지고 있으면 모르겠으나, 그렇지도 않을 경우는 그것 역시 증수된 세금에서 다시 내려질 것이 아니겠나요. 그러니 또한 결과는 마찬가지로 돌아오게 되는 것입죠."

"그야 우리가 원하는 바는 결코 아니지요." 연로 제장이 받는다. "그러시면 무슨 묘안이라도 내품하고 계신지요?"

"글쎄 그래서, 고심참담이 생각하고 생각한 끝에 ── 대제장은 말을 중단하고, 한숨을 쉬어보았다.

"생각하신 끝에 말이지요?" 망나니 제장이 성급을 부린다.

"생각한 끝에, ……글쎄 어떨까요, 이런 말씀을 드리면?"

"기탄없이 말씀하십쇼." 이구동성으로 말하며, 제장들 궁금해 쌌는다.

"생각한 끝에, 가령 병대 같은 것이라도 ──"

"아니 대제장 각하, 그러면 다시 해적질에 나서시겠다는 말씀이시오?" 연로 제장이 노한 음성을 한다.

"그렇게는 아직 말씀드리지 않았지요. 본인은 다만, 다스릴 땅을 더 가질 수 있으면 그것이, 폐하나 제공들에게나 덕이 아니겠느냐고만 말씀드리고 있는 중입죠."

"그러나 화평을 깬다는 것은, 선영들 소망에도 어긋날 뿐 아니라, 천리에도 어긋나는 일이 아니겠소?" 연로 제장이다.

"허허허." 대제장은 꾸민 듯이 한 번 웃었다. "화평을 깨는 게 아니라 화평을 골고루 나누어갖자는 겁죠. 여러 제장님께서 심려하고 계시던 점을, 폐하와 본인도 식숙(食宿)의 달콤함을 잃고 또한 걱정하였던 것입니다. 즉슨, 아무리 아편이 현재 태산같이 쌓여 있다고 해도, 어느 때든 바닥이 드러날 일. 그러면 저 기갈든 백성들을 위해 어떻게 해줄 묘안이라도 제공께서는 갖고 계시다는 말씀인가요? 그때도, 제공들이 현재 갖고 있는 그 화평이 무참히 깨어지지 않을 것이라고 누가 장담하실 수 있겠나요?"

연로 제장까지를 합쳐 아무도 입을 열지 못한다. 그리고 잠시 무거운 침묵이 흐르고 그것은 그들에게 아편이 없어진 성밖의 아비규환을 떠올렸다.

"그러니까 그렇게 되기 전에, 뭍에서 아편 제조자라도 하나 데려오기를 귀띔해주신 현명한 제장님도 계셨었습니다만, 그것은 우선 이 점에서부터도 난관에 부딪치게 됩니다. 즉슨, 그러면 생아편은 누가 재배하는 것이냐는 것입죠. 게을러지고, 나약해져 성벽만 쳐대다가, 아편이 주어지면 그것으로 만족해버린 저 백성들을 과연 제공들이라면 아편업에 종사시킬 만합니까? 아시다시피, 전원은 황폐일로에 있어, 현재의 궁중의 부도 언제 깨뜨려질지 누구도 모르고 있잖느냐 말이외다."

아무도 나서는 자가 없고, 그 대신 깊은 한숨만 몇 가닥 흘러났다.

"그래서 그렇게 되기 전에, 백성들껜 이웃 섬의 아편을, 제장님

418

들껜 그 섬들의 부화 화평을 갖게 해드리겠다는 것입지요. 성벽을 쳐대는 백성들의 저 기갈의 문을 이웃 섬에다 돌리자는 것이고, 그리하여 아편 조공을 받자는 것입죠."

"아, 그것은 천하의 명안이시오!" 한 제장이 무릎을 치고 나서자, 연로 제장은 앓 듯이 끙하고만 있다.

"그래서 윤허가 내게 있었사온데, 다름이 아니고, 병대의 조직에 관해서입니다."

"허나 대제장께서는, 그러시면, 저 아편에 중독된 백성을 고려해보셨나요?"

"그야 물론입죠. 그러기에 제공들을 모집한 게 아니겠나요? 제장님들께선 어쨌든, 오륙 명에서 칠팔 명씩의 쓸 만한 노복들을 거느리고 계시니, 만약 미래를 염려하신다면, 그들로 하여금 병대를 조직함에 있어 제공들의 반대가 있을 수 없다는 것이, 폐하의 의견이십니다. 물론 하루 한나절씩만 훈련은 받게 되는 것이며, 그 한나절을 제외하면, 그들의 상전을 모시는 데 소홀할 수 없는 것입죠."

"허허허." 연로 제장이다. "나는 그 탁견에 반대하려고 해서가 아니라, 노파심으로 말입니다만, 그 몇 안될 종자들로 하여, 모든 백성이 다 건강하여 병사나 같은 이웃 땅을 쳐 빼앗을 수 있을까 그게 의문이외다."

"허허허, 참으로 훌륭하신 통찰이십니다. 그러하오나 대저 대사를 도모함에는 황모 한올의 허라도 있어서는 안되는 법, 그 모두 본인 의중에서 다 계산된 바이오니, 어쨌든 시험삼아, 제공들의 종자로 하여금, 종소리 듣고 이 제당으로 모두 모이도록 분부나 해주시오. 물론 이건 좀 빠른 얘기올습니다만, 일되어가는 것

보아가면서, 뭍에 사람 보내어, 그곳 일등가는 검사며, 씨름꾼이며, 주먹쓰기며, 손발쓰기 사범들을 고용해올까도 한답니다."

"아 그것 또한 천하의 묘안이시외다." 모두 소리 높여 그 의견에, 그제 이르러서는 찬양했다.

그래서 사실로 한 십여 명의 역술꾼[力術士]들이 고용되어왔었다. 한데, 저 난쟁이 치자(治者)의 일지에 단 시의의 주(註)에 의하면, 그 역술꾼들은 끝내 고국으로 돌아가질 못하고, 종신병신들이 되어 그 섬에 눌러앉아 살 수밖에 없는 것으로 되었었다. 그러한 비극은, 그들 모두 고국 떠나 너무 오래된 탓에 심신이 울적할 것이라고, 왕실에서 다만 그들에게만 베풀어준 야외 잔치가 끝난 다음날 일어난 모양인데, 전날 마신 술이 덜 깬 새벽에 그들은 느닷없이 묶여야 되었던 모양이었고, 재판을 담당한 제장의 선고에 의해서, 주먹 잘쓰는 자와 칼을 잘쓰는 자에게서는 두 손목의 힘줄을, 날 듯이 발놀림을 잘하는 자에게서는 뒤꿈치 뼈를, 하는 식으로, 끊겨지고 뽑혀져야 되었던 모양이었다. 이유는 전날 그들에게만 열어준 잔치에서, 그들이 성은을 배반하고 역적 모의를 했다는 것이었는데, 그 잔치의 흥을 도우러 갔던 모든 시녀들이 그것을 증언했었다. 그러나 그들의 힘줄을 끊고 뼈를 뽑은 저 시의의 주(註)에 의하면, '그러나 그들은 그 잔치에서 하루종일 성은을 감사하고 찬양했'고 되어 있었다. 어쨌든 뭍에서 고용되어온 자 중에서는, 다만 저 시의 혼자 별고없이 늙었을 수 있는 자였었다.

"그러면 이제, 제공들께 직책을 드릴 터인데, 윤허에 의해서이오."

대제장은 그리고, 차례차례 지목해가며, 직책을 맡겼는데, 연로 제장께는 치안과 재판의 직책을 맡겼다. 그리고는, 농업을 관리하는 제장, 세금을 징수하는 제장, 상업과 선박을 관리하는 제장, 산림관리 제장, 교육관리 제장, 의무관리 제장 등이고, 국방관리 제장은 당분간 공석으로 두었다. 대제장은 자기대로의 몫을 갖지 않았다. 모든 제장은 그것에 대해 아주 만족하고, 박수갈채했다.

그리고 "열무날은 지키되 인신 제물이나 동물 제물도 폐지할 것"이라고 대제장은 못을 박고, "열무날은 교양 강좌의 날"로 삼았다.

그런 뒤 대제장은, 시녀들 시켜 주육을 내오게 하여, 그들은 해도 아직 덜 떠오른 아침부터 마시고, 제당 떠나게 웃고, 아첨하고 하다가 돌아들 갔다.

제장들만 모여 돌아가는 길에 그들은, 자기들만 듣도록 수군댔는데, "이보라구, 저 대제장 말이야. 위인이 거 겉은 못났으나 속 포부가 확실히 거 위인이야" 하면서도, 왕에 대해서는 한마디도 언급이 없었다.

왕은, 오후 늦게야 잠에서 깨어나, 반말 가까이의 물을 들이키곤, 술 때문에 터져나는 머리를 물수건으로 처매놓고, 대제장을 맞았다. 그는 버쩍 여위고, 술에 시달려 반길 줄도 성낼 줄도 몰랐다. 그는 그저, 땀이 썩는, 그리고 위가 썩는 냄새나 풍기고 있었다가, 대제장이 하도 제당에까지 산보라도 하기를 권해 따라나섰다. 그리고 왕은 거기서, 머리에 수건을 동인 젊은이며 중늙은이들 한 오십여 명이 모여, 서툴게 몽둥이를 휘둘러대거나, 꾀 없이 하고 있는 씨름을 보고서, 좀 힘을 얻었다. 그는 서투른 짓들을 참아낼 수 없어, 용포를 벗고 검은 가슴을 내놓은 뒤, 그들

속으로 뛰어들어가, 기합을 내지르며, 묘기를 보였다. 대제장의 눈에는, 왕이 묘기라고 부리는 짓에 허가 너무도 많아 보였는데, 훈련 없는 힘만으로 자득한 기술인 때문 같았다. 그날은, 대제장은, 민심을 좀 살펴보고 오겠다고 하고 물러났지만, 다음날부터 그는, 병졸들의 팔놀림이나 발놀림에서, 허가 발견되는 즉시로 시정해주는 데 나섰다. 그러면서, 속으로 웃었는데, '허를 보는 눈을 가졌다고 반드시 좋은 무사가 되는 건 아니다' 라는 것이, 그의 자조의 이유였다. 왕은 그리고 완전히 도취되어버려, 주색까지도 거를 정도였다.

대제장은, 나귀 등에 타고, 혼자서 성문을 나서고 있었다. 왕께는 민심을 살펴보겠다고 했지만, 사실로는, 그는 나귀 등에 한 다리의 양고기와 한 자루의 쌀, 조금의 소금 등을 싣고, 왕궁에서 보이는 산의 남쪽 기슭을 향해가고 있었다. 가는 도중에 만난, 소년들의 놀림 같은 것은 오히려 그에게 즐거웠지만, 아무렇게나 길바닥에 쓰러져 자는 애들의 퉁퉁부은 뱃가죽 위로 솟은 퍼런 혈관이나, 굶주려 무기력해진 노파들의 무관심, 별 소득도 없을 고역, 풀뿌리 캐기라든가 나무 껍질 벗기기 같은 것들에 시달리고 있는 옌네들의 흐린 눈에서, 그는 구역질을 느꼈다. 외면하지 않고 어쨌든 그는, 그런 모두를 다 보았다. 그들은 언젠지, 아편 따라 성벽 뿌리로 가버린 그들의 아들이나 남편이나 아버지들은 잊고 있는 듯했다.

산의 남쪽 기슭에 있는 목수의 집에서는, 대목수의 여인이 살고 있었다. 아무렇게나 또아리쳐올린 머리를 하고, 목수 옌네가 입었을 듯한 베옷에, 미천한 서민 옌네처럼 살고 있었다. 그녀는 처음에, 대제장을 보고 좀 질린 얼굴이었으나, 금방 무표정해지고는, 고개를 다소곳이 숙여버렸다.

"나로서는 말씀을 드리고 싶지 않으나…… 어머님께서 돌아가셨다는 부고를 전해야겠기에……"——그것이 얼마나 잔인한 화두인가를 대제장은 알고 있었지만, 그는 다른 말은 모두 생략해버렸다. 왜냐하면 그는 그녀의 슬픈 교만을 잘 알고 있었고, 그것은 어떤 아름다운 말도 비웃어버릴 것을 그는 또한 알고 있었기 때문이다. 어머니의 부음을 듣고도 그녀는 조금 입술을 떨었을 뿐이다.

대제장은, 말께 신고 온 것을 풀어, 그 초옥 마루에 부렸다. 그런 뒤, 다시 말께 올라, 인사도 없이 사립문을 나섰다. 대목수의 여인도 아무 말도 하지 않았다. 그러나 그 여인은 마루 끝에 앉아 대제장이 언덕을 내려가고 있는 것을 언제까지나 바라보았다. 그러면서 그녀는 눈물을 흘려내고 있었는데, 어머니에 대한 부음과 또 어쩐지 사람이 다녀갔다는 것으로 온 갑작스런 쓸쓸함 때문이었다. 저 황폐로운 들을 나귀는 졸 듯이 느리게 지나가고 있었다.

그리고 저녁은 오고 있었다.

7

광견 우리 속에, 그래도 살아남았던 저 세 사내들은, 광란했던 닷새를 지나고서는, 물론 여전히 아편에 대한 광적인 집념은 끊지를 못하고, 만약 그 앞을 사람이 지나가기라도 한다면, 온갖 비굴로써 아편을 구걸하기에 애는 썼지만, 들여놓는 음식에 손을 대기 시작했다, 그것은 싹 보이는 전조였다.

대제장은 그들께 독한 고량주를 들여보내라고 하고선, 제당에로 가 병사들의 격검과 씨름을 보며, 누가 그중 많은 역량과 신망을 지니고 있는가를 살피기 시작했다. 아편쟁이들에게 술을 들여보내주었던 자는, 시간마다 와서 상황을 보고했다. 나중에 대제장은 그들을 한 우리에 넣고 꽹과리며 징이며 소고 등을 넣어주어 보라고도 했다. 보고하는 자는 웃으며 "그네들이 드디어 풍악을 만들고 있삽니다. 그러나 시끄러워 들어볼 재간이 없나이다"했다.

"그래? 오늘부터 삼일만 술은 과량으로 주고, 그뒤엔 반량으로 줄이게. 그리고 그 삼일 후엔 완전히 끊어버리란 말야."대제장은 뭔가를 만족하고 있었다.

왕은, 한 사람이라도 제장이 나타나 이 훈련을 지켜보기라도 할라치면, 어린애처럼 호기가 나서, 자기가 지닌 온갖 재주를 시험해보이곤 했는데, 워낙 타고난 모양으로, 그의 기술은 부쩍 늘어 있었다. 한데 대제장이 관찰해본 바로 한다면, 그는 양기가 너무 드세어 음기 쪽의 호응을 못 받고 있는 허점을 갖고 있었다. 왕의 기술은 얼핏 꽉 짜여 허가 없는 듯하나, 꽉 짜여져보이는 거기에 허가 있었던 것이다. 그 짜여짐이 한 번만 무너진다면, 왕은 완전히 붕괴될 것이었다. 그러나 언제나 허를 내보이는 짜여짐, 그리고 그 허를 허이게 보이게 하는 비허로 만드는 조화가 아니면, 누구도 꽉 짜여짐을 언제까지나 지속해내지 못한다는 것이, 그의 관찰의 결론이었다. 왕은 도끼날을 내둘러, 삼겹 사겹, 어떤 때는 오겹쯤의 연꽃을 피워내는 투였다. 거기에 그리고 아무도 도전하지 못할 뿐이고 서당 선생들처럼, 문간 안쪽으로만 돌았던 노복들의 경의만을 자아냈을 뿐이다. 대제장은, 왕의 그 충만된 양기를 좀 분쇄해버리고 싶은 욕망을 느꼈고, 그것이 자신에게 중요한 의미를 갖는다는 것을 계산하고도 있었다. 그래서 뽑아낸 젊은이는, 그저 평범한 키에, 그저 평범한 체구를 갖고 있는 자였다. 그러나 대제장의 눈에, 그는 암범다운 음험함과, 암범다운 게으름과, 암범다운 민첩함을 갖고 있었다. 대체로 그 젊은이는 씨름을 해도 그저 겨우고 섣불리 나분대지를 않았는데, 그것은 상대방을 초조하게 만들기에 충분했다. 그러다가 일단 행동에 들면, 민첩하고 불 같아서, 상대방의 혼을 뒤흔드는 것이었다. 격검에도 그랬다. '좋은 방어는 좋은 공격'이라는 걸 그는 아마도 천성적으로 알고 있는 듯했고, 그 좋은 방어를 좋은 공격으로 돌변시켜버리는 음험함 역시 천성적인 것 같았다. 음과 양이 잘 조화된 젊은이였다. 그러나 그것뿐이었으면 대제장은 그를 선택하지는 않았을지도 모른다. 그런데 그는 시선이 흐트러지는 눈을 갖고 있지 않았고, 모든 병졸들이 그를 사랑하고 있었던 것이다.

"너는 한번 폐하와 맞서보라, 그러나 폐하의 상대라는 것만 보이고 서투른 공격은 아예 시도치 마라. 폐하께서는 무섭게 너를 공격할 것인데, 너는 다만 피하기만 하면 된다. 피한다는 것은 물론 가장 어려운 것이다. 그러나 공격을 곁들이려 할 때이고, 다만 피하기로만 한다면, 너의 정도의 실력이면 다섯 번 시도에 두 번은 성공할 수 있다. 네가 만약 피하기 다섯 번 다 성할 수 있게 된다면, 그땐 너는 어떻게 공격할지 알게 되리라. 어쨌든 이십 합쯤의 폐하의 공격을 네가 다 피할 수 있다면, 그땐 폐하의 조화가 초조로움으로 깨어질 터인데, 그때 너는, 폐하의 오른쪽 어깨를 치고 나서라. 오른손을 쓰는 자의 허는 오른손에 있다는 것을 기억해두라."

그래서 왕과, 뽑힌 젊은이는 백인 주시 아래, 왕은 솜으로 도끼 모양을 한 것을 들고 한쪽은 두텁게 솜 입힌 목검을 들고 맞섰다.

그러나 이 승부는 한 합도 끝나지 않아, 뽑힌 젊은이의 머리에 솜도끼가 내려처지는 것으로 끝났다.

이 대결은 매일 한 번씩, 병사의 사기앙양을 위해서라는 명목으로 가져졌다. 그리고 한 열흘쯤엔, 둘이의 실력이 비등해졌다는 공론이 돌았는데, 그도 그랬을 것이, 왕은 자기의 교만에 제자리걸음을 하고 있었고, 뽑힌 자는 불철주야로 연습을 쌓았는데, 좋은 상대를 갖고 있었던 때문이다. 그래서 대제장은 속으로 자족하고, 그 젊은이를 불러, "허나 너는, 옥체와 서민의 몸과는 같지 않다는 것을 명심하라. 불의 때문이 아니면, 옥체에 너의 검을 감히 댈 수 없는 것이다. 불의란 이런 것인데, 어쨌든 왕보다 나라는 크다는 것에 견주어 하는 말이다"라고 당부했다. 그는 현명했던지, 깊은 존경의 눈으로 저 난쟁이의 눈을 우러러보고 읍했다. 그로 하여금 백부장을 삼았다. 그리고 그가 뽑은 자들로 하여 각각 십부장 오부장을 삼고, 그 병대는 드디어 조직을 견고히 할 수 있었다.

그리고 그날로, 백부장 인솔하에 병졸 이십여 명을 성밖으로 보내, 이전에 대장장이였던 자들과, 가죽 다루던 자들과, 옷짓던 자들을 골라내어, 데리고 성내로 돌아와, 광견 우리 속에 가두어 넣어버리고, 아편은 끊어버렸다.

8

새 왕과, 새 대제장이 위에 오른 후, 달포나 지나갔다. 성밖에
선, 아편이 충분히 배급되고 있었다는 사실까지도 까마득하게
잊어버린 채, 구태의연했지만, 성안에서는 많은 변화가 있어서,
병사들겐 창검이 들려지고, 쇠가죽으로 다뤄진 갑옷이 입혀졌
다. 이미 그들은 이전의 사노복(私奴僕)이었던 것으로부터 벗어
나, 한 큰 질서를 만들어버리고, 헐어지는 부분의 성벽을 쌓는다
거나, 민심을 살피러 나가는 제장들 호위를 서고, 대제장 손수
내어주는 아편을 분배한다거나, 또는 황폐해가는 농지 개발에도
나서고, 삭아지고 있는 어선 수리에도 쓰여졌다. 그것은 큰 힘이
었다. 그리하여 외무관리 제장은, 뭍 어디에서 역술꾼들을 초청
해올 계획을 세우고 있었고, 치안관리 제장은, 요즘 항간에서 횡
행하는 절도 행위 단속에 병졸들의 힘을 빌었다. 제장들은 제장
들대로, 자기가 맡은 일에 고심참담했는데, 그것만으로도, 이 새
왕국의 초석은 닦여져 있는 증거였다. 그러나 대제장말고는 아
무도 아편량은 몰랐다.

그 즈음에 그런데, 한 특기할 만한 풍문이 돌고 있었는데, 백
부장과 비등하게 훌륭한 병사로 정평이 있던, 한 십부장이, 반란
을 꾸미고 있다는 것이 그것이었다. 그 풍문의 출처가 어딘지는
아무도 모른다. 대제장 앞에 불려나간 그 십부장은, 다만 "자네
가 무엄하고도 외람되게도 반란을 도모하고 있다는데?" 한마디
만 추궁을 들었을 뿐이다. 그런 뒤, 출처야 어떻게 되었든 연로
제장이 내린 교수형 선고에 따라, 제당의 시계탑 높은 곳에 목을

매달리고 사흘 동안 모든 병졸로 하여금 역적 모의의 최후가 어떤가를 보게 했다. 한데, 대제장이 본 그 병사는, 자기가 뽑아 백부장을 삼은 그 병사보다 덕은 모자랐으나, 간사하고 표독스러운 데가 있으며, 능히 그 간사함과 표독스러움으로 덕을 수하에 거느릴 만했던 것이다. 대제장은 어쩌다 한번, 그 병사에게서 자기 자신의 모습을 발견하고 흠칫 놀랐던 것이다.

그런데 또 그 즈음에, 두 명의 시녀가 죽은 사건이 있었는데, 전해진 말로는 자살이라고 하나, 그 사실은 어떤지 누구도 몰랐다. 한데 그녀들은, 특히 왕의 총애를 받았던 모양이나, 소문은, 백부장과의 사랑에서, 백부장의 애를 배게 되자, 그것이 발각될게 두려워 자살한 것이라고 했다. 이 소문의 출처는 다름아닌, 저 새 시녀장에게서였다. 그러나 백부장 쪽에선 전혀 모를 일이고, 그런데도 그는, 옥 대신으로 쓰는 광견 우리에 갇혀지고, 재판정에 나서야 했다.

재판에 들어가기 전날밤에, 대제장이 그런데 단신으로 그 우리 앞에 나타나, 한 병의 좋은 포도주와 잘 요리된 한 덩이의 양고기를 밀어넣어주고, 연민 깊게 그를 위로하고 갔다.

"물론 너의 결백은 내가 믿고 있지. 그러나 내가 알기로, 폐하는 너의 생명을 용서할 듯하지 않다. 허나 나는 너의 결백을 믿어. 나로서는, 너의 죽음까지는 부당하다고 믿지만, 그러나 국법이 너의 목숨을 원한다면 별수없지. 그래서 지금 나는, 폐하께 나아가 너의 결백을 진언해볼 작정이니, 죽는 날 죽더라고 남아답고 병사답게 담대하라."

백부장은 머리를 떨구고 다만 감개의 눈물을 떨어뜨렸다.

대제장은, 그에게 한 약속대로, 물론 왕께 나아갔다.

428

"폐하께서는 백부장을 죽이시겠나이까?" 대제장은 농담처럼 물었다.

"나는 그를 죽일 테야!" 왕은 눈을 부릅떴는데, 자기와 필적하고도 남을 듯한 저 젊은이를 평소 조금쯤 두려워해왔던 듯했다. "암튼,"

"그러나 폐하께서는 그러시지 못하리다." 대제장은 또 농담처럼 말했다.

"왜 못한단 말이냐?"

"그는 그의 밑에 병사들을 데리고 있고, 그 병사들은, 외람된 말씀이오나, 그를 깊이 경모하고 따릅니다. 그리고 소신은 폐하께서 그 시녀들의 목을 조르는 것을 보았기 때문입니다."

"그래서 내가 그자를 왜 못 죽인단 말인가? 어쨌든 그년들은 그 놈의 씨를 배었지 않나? 그건 너의 입으로 한 말이야."

"천만의 말씀입죠." 대제장은 차게 웃었다. 그러며 밖에다 대고, "여봐라, 시녀장으로 하여금 이 자리에 대령케 하라" 하고 분부한 뒤, "소신은 그 백부장에게도 시녀를 하나 첨매주어 애를 갖게 해 가정을 꾸며주어야겠다고만 했었습죠."

"야 이 꼽추새끼야, 너는 절대로 그렇게 말하지 않았다구!" 왕은 치를 떨며 도끼 자루를 쥐었다가, 맥을 떨구고 말았다.

"바로 이 문밖엔, 백부장과 다섯 명의 병졸이 서 있나이다. 폐하께서 소신의 목을 치기 전에," 대제장은 조롱하듯 계속하고 있다. "폐하께서, 재판도 거치지 않고 목눌러 죽인, 저 두 시녀의 얘기를 소신은 저들에게도 들려줄 것입니다. 만약에 백부장이, 억울하게도 폐하 때문에 죄를 뒤집어쓰고 있다는 것을 안다면,"

"야, 야, 이 꼽추야, 그만해두라. 나는 어쨌든, 언제든 너의 머리통을 쪼개낼 것이다."

때에 시녀장이 대령했다.

"너는 말해라, 저 두 시녀는 누구의 씨를 잉태했던가?" 대제장은 속삭이듯이 물었다. "나는 솔직한 대답을 원한다."

"왕세자가 될 아기님들로 아뢰옵나이다."

"뭐? 폐하의 씨라고?" 대제장은 적이 놀라보인 척한다. 그러자 "뭐? 내 씨라고? 내? 씨란 말이지?" 하고 왕은 미친 듯이 부르짖으며, 바닥에 무릎을 꿇고 가슴을 치더니 끝내 흐득이기 시작한다. "아, 너는 무서운 놈이다! 너는 독한 놈이다!" 왕은 그 말만 반복했다.

"그러나 우린 서로 돕고 있습죠." 대제장은 왕의 뒤통수에 대고 말하며, 시녀장더러 나가라고 눈짓한다. "그래요, 서로 돕고 있어요. 왕은 공명정대히 백성을 다스리는 법, 헌데, 삿된 투기심으로 계집들을 죽이고, 그 죽음을 나라의 동량이 될 인재에게 누명씌움도, 국사의 일익을 맡은 대제장으로서도 참을 수 없는 노릇입죠. 그래서 폐하는 저 백부장을 죽이시겠나이까?"

왕은, 미칠 듯이 몸을 떨어대며, 나가라고만 고함을 친다.

"하오면 평안히 주무시옵소서."

그리고 대제장은 문을 열고 나와, 아직도 문밖에 서 있는 시녀장과 더불어 자기 방으로 간다. 그녀에게 그는, 금 열 냥쭝을 주고, 그리고 같이 자리로 들어갔다. 아마도 저 압살당한 시녀들은 왕비의 꿈을 꾸었던 모양들이었다. 그녀들은 피임약을 사용하지 않은 게 시녀장께 밝혀졌고 월후가 끊긴 게 알려졌던 것이다. 그 이후, 다른 시녀들은 아무도 왕비될 꿈은 꾸지 않았다.

이튿날, 재판은, 대제장의 유수 같은 변호를 받아, 모든 제장들의 사형 구형에도 불구하고, 백부장의 목숨은 산 채, 평졸로 좌천해버리는 것으로 일단락졌다. 평졸이 된 그 백부장은, 저녁에 조용히 대제장을 찾아와, 혈서로써, 그리고 죽을 목숨이 살아 있는 그 죽음으로써, 충성을 맹세하고, 그날로부터 대제장 개인 호위병의 역할을 억지로 떠맡았다.

"아니, 그럴 것까진 없네. 어쨌든 자네나 나나, 국법에 위배되는 한 서로 원수가 될 수도 있으니 말이지."

대제장은 덤덤히 말하고, 역대 시의들 일지를 읽는 데 눈 돌렸다.

저 좌천당한 백부장은, 그래서 그날 밤으로부터 시작해서, 대제장의 그림자처럼 따르며, 저 왜소한 사내를 보호할 판이었다. 그 첫 일로써, 그는 대제장의 문밖에 버티고 서서, 대제장의 기침 소리 하나에도 관심을 기울이고, 비록 시녀장이 원한대도, 그녀의 입실 여부를 자기부터 알고 난 뒤에 들여보내곤 했다. 잠은 서서도 자고, 문에 등짝을 대고 앉아서도 자고, 새벽녘쯤이면, 문을 가로막고 뻗어져서도 잤다. 그는 그 일을 기쁨으로써 했다. 대제장은 말리다 못해 나중엔, 자기 방 건너편에 그의 방을 한칸 마련해주고, 어리고 순해뵈는 시녀로 하여금 그의 잠자리를 돕게도 했다. 물론 그 시녀에겐 피임약 배당은 되지 않았다. 대제장은, 그 젊은이를 자기가 아끼고 있다는 것을 문득 깨닫고, 웃었다.

9

그런 후 당분간은, 평온한 날만 계속되었다. 아편 중독으로 감금되었던 자들은, 한 번 풀어주었더니 맹수처럼 아편에 덤벼들었기에, 큰 방을 하나 비우고, 문도 다시 해달아, 그 속에 합숙시킨 뒤 그들이 하여튼 뭐든 작위할 수 있는 일들을 주었다. 그것으로 족했다. 아편에 대한 광열적인 집념만을 뺀다면, 그들도 또한 이제는, 병졸들이나 마찬가지로 정상적이었다. 그런데 성밖에서는, 아편 중독이 극심해서든, 신체적 허약으로서든, 설사병으로 해서든, 어쨌든, 사흘 건너만큼씩 사람이 하나씩 죽어가서, 병사들의 몇은 그 시체를 처리하는 일에 쓰여지기도 했다. 아직백부장직은 공석인 채였다. 그 동안에 두 번, 대제장은 남악 기슭의 대목수 엔네가 사는 초옥을 방문했고, 그때마다 그는, 그녀가 생활에 구차하지 않을 것들을 섬세히 배려해서 나귀 등에 싣고 갔다. 그녀도 결국 그를 조금씩 반기기 시작했다. 그는 이제범할 수 없는 자가 되어 있었다. 제장들은, 딴에들 골머리를 썩히며, 그러느라 얼굴을 그을리며 매일 성밖으로 나가, 민심도 살피고, 또, 사유 선박은 몇 척이며 국유 선박은 얼만데 얼마가 삭아졌다는 둥 농사일 돼가는 형편은 어떤데, 칠순 노인들만에 의한 고기잡이는 어떻다는둥, 돌아와 대제장께 보고하곤 했다. 물론 그들께도 호위병 하나씩과 한 마리의 나귀들이 딸려졌다. 대제장은 다만 깊이깊이 경청한다는 것뿐으로, 아무 의견도 내질 않아, 전에 망나니였던 제장으로부터 추궁도 당했지만, "좀 두고 기다려 보십시다. 지금으로써야 상태를 보다 깊고 넓게 알아낸다는 일보다 더 중요할 일이 없겠지요. 병근을 찾지 않고서야 치료가 되겠나요?" 하는 게 그의 대답이었다. 그러는 무렵의 왕은, 초췌하고 심심한 큰 어린애였다. 제장들 모인 데 나서보아도 아무것도 이해할 수 없으며, 이제 자기가 일등가는 무사라는 자부심도 없어져 도끼춤 추는 데도 흥미가 없었다. 그는 때로, 자기의 흰 말을 타고 성내를 미친 듯이 질주해보기도 했지만, 그것에서도 그는 그렇게 대단한 흥미를 못 느낀 듯했는데, 말 쪽에서 그를 여간 달가워하지 않은 탓 같았다. 그는 그렇게도, 저 아름다운 말을 험하게 다루었다. 그는 성밖에로는 나가볼 생념도 하지 않았는데, 그건 그의 평생을 성 내에서만 살아온 탓 같았고, 또 그의 고정관념은, 자기는 다만 성 내에서만 살게 되어 있다고 형성되어 있었던 모양이었다. 그는 어쨌든, 툭 터진 넓은 곳에 대해선 아주 호기심 많은 한때, 동경을 가져본 외에는, 다만 두려워하고 있었다. 그는 한마디로 소심한 큰 유아였다. 황음과 폭주벽이 새삼스럽게 들어버린, 외로운 검은 껍질이었다.

아편은, 애초에 대제장이 계산했던 것보다, 훨씬 더 빨리 줄어들고 있었다. 아편에 대해 그 당시 지식이 없었던 관계로 오산을 한 것인데 중독자들에게 있어서의 아편 필요량은 나날이 증가해왔던 것이다. 가령 네 대나 다섯 대에서 열 대나 열다섯 대로 불어나버린 것이다. 그것은 저 삼대 사대 부자 시의일지에 충분히 씌어져 있었다. 그리고 자기가 시의의 일지들을 좀더 일찍 읽었더면, 처음에 광견 우리에 감금해버린 저 다섯 명 중독자들의 변화에 대해 초조하지 말았어도 좋았다는 것도 뒤늦게야 대제장은 알았다.

대제장은, 한 사나흘치 배급이나 할 정도로밖에 남아 있지 않은 아편을 앞에 놓고 뭔가를 골똘히 생각했다. 문밖에는 물론 그의 호신병이 칼을 차고 서 있어서, 비록 왕이란대도 함부로 안을 들여다보게는 되어 있지 않았다. "그리하여 드디어 그날이 왔구나."——대제장은 그리고 나와, 시녀장을 은근히 불러내, 정깊게 둘이서 한잔씩 나눈 뒤, 그날은 밤이 이슥해졌을 때까지, 그것도 깊이깊이 자버렸다. 한잔 나누면서 그는 시녀장에게, 도무지 종잡을 수 없는 말을 횡설수설했었다. "글쎄, 아직도 거, 허기야 여걸이란 있는 법이지, 있구말구, 국방관리 제장 자리가 비어 있단 말야, 헌데, 자넨 거 정말 충성스러운 데다 지혜가 출중하다구, 그뿐인 줄만 알면 또 오핼세여, 글쎄, 거 폐하의 윤허만 한 번 턱 있어버리면 말야, 헛헛헛, 글쎄 자네의 그 얼굴도 칭찬할 만하거니와, 그 몸은 가히 경국지색이라, 폐하 더불어 오늘밤 한 이경까지 망월이나 하며, 글쎄 거 뭐 총애쯤 받아놓기 어렵잖을 터인데 말야, 헛헛헛, 어쨌든 내 이경쯤 한번, 아니 뭐 그럴 것 없지, 어쨌든 시녀들껜 폐하 뫼시고 망월이나 나갔다구 해두고 말야, 글쎄 국사란, 다 그렇게 이뤄지는 것이라구, 드러내져서 뭐 그렇게 좋을 것도 없지, 달이 저녁엔 아마 썩 좋을세여."

밤 이슥해서 깨어서는 그는 호신꾼 불러, 냉수 청해 실컷 들이키고는, "나는 지금 폐하와 긴히 의논할 국사가 있어 그러니, 너는 가서, 폐하가 옥침에 드셨는지 어쨌는지 동정을 좀 살피고 오너라. 아마 시녀장은 알렸다. 허고 지금이 때가 한 이경이나 되었을거나?" 했다.

호신꾼은 정중히 읍하고 나갔다가 이내 돌아와선, "폐하께옵서는 시녀장과 더불어 망월중에 계신다 하더이다" 했다.

"그래? 폐하가 그러시다면," 대제장은 뭘 좀 생각한 듯하더니

이었다. "저 재판관리 연로 제장을 좀 모시고 오너라. 뭐 그렇게 바쁠 일은 없겠다. 난 그 동안 머리라도 좀 식히며, 우선 나대로 충분히 생각해둬야겠으니, 글쎄다 삼경에서 사경 사이까지만, 모시고 오면 되리라." 그리고 대제장은 보석함을 열어, 닥치는대로 한웅큼 쥐어 호신꾼께 건네주며, "동료들 함께 골패라도 놀다 다녀오면 되겠구나" 했다. 그러자 아직 너무도 젊은 호신꾼은, 민망한 중에도 즐거워 어쩔 줄 몰라하며, 열두 번 읍하며 나간다. 그는 그 길로, 그의 가난스런 부모네 집엘 들르기나 할 것이다.

호신꾼의 발소리가 멀어지는 소리를 들으며 대제장은, 왠지 비참한 얼굴이 되더니, 이내 극복해버리고, 무엇에 쓰려는지, 장에서 수십 자루의 초와 한 뭉텅이의 성냥을 꺼내 품에다 넣곤, 밖의 동정을 살핀다. 그리고는, 발소리를 죽여 밖으로 나갔는데, 사실 달은 그렇게 좋지 않았고, 그것도 엷은 구름장에 가려져 있었는 데다, 그는 도둑고양이처럼 날렵히 움직여서 아무도 그를 본 사람은 없었다.

그는 처음에, 웬일로 아편 창고로부터 들어갔다가 나와서는, 화룡의 아가리에 채워넣게 준비되어 있는 기름 창고로 들어갔다. 그런 뒤는 건초와 짚더미로 쌓인 마구간 옆 창고로 갔다.

그런 한식경이나 지나 그는, 그 오밤중에, 왕의 침방 앞에 나타나, 그 문을 두들겨대기 시작했다. 그의 전신은 땀에 젖었고 그것은 배어나와, 저 동 큰 황토색 시의복조차도 바람은 없고, 궂은비만 내리는 날의 돛폭모양 보이게 했다.

"후훗, 국법을 담당한 제장 나으리가 국법의 이름으로 입회하러 지금 오겠지." 문은 좀체로 열리지 않았다. 그 문밖에 대령하고 있는 시녀들은, 물러가 자라고 해서 벌써 물러가고 없었다.

"친구여, 후훗, 나의 친애하는 친구여, 자네가 날 죽일 수 있는 그 마지막 기회를 그대는 놓치지 말라."

그런 오래잖아, 안에서 문이 벌컥 열리고 개기름에 검게 번뜩이는 성난 사내가 하초를 덜렁인 채 불쑥 나타났다. 그리고 그는 한 아귀에 문밖의 저 꼽추의 등을 나꿔채 안으로 들어갔다.

"이 쌍녀러 자식아, 또 무엇 때문에 이 밤중에 날 괴롭히는 거냐?"

"폐하, 진정하소서, 이 쇠인놈, 친구가 기립기로 이 밤중에 왔나이다." 대제장은 광대 시절의 음성을 찾아 뽑아내기 시작했다. "그것이 잘못이라면, 이 쇠인놈 물러나겠사오나." 대제장은 말하며 왕의 침대를 흘낏흘낏 보았다. 거기는 애리디애린 시녀와, 예의 시녀장이 이불폭으로 젖가슴을 가리고 수치스럽고도 초조롭다는 듯이 하고 있다. 그러나 대제장은 내색지도 않고 이었다. "그러하오나, 친구치고는 폐하, 참 야속하여이다." 이 대목에서 왕은 병신처럼 썻득 웃고 꼽추 등을 놓아준다. "글쎄, 이 쇠인놈, 하매 오늘일까, 하매 내일일까 하고 늘 기다렸삽기를, 글쎄 계집 하나 내려주시기를 그렇게 고대했었답니다요."

"으흐흐훗, 망할저식!" 왕은 그제서야 영문을 눈치채겠다는 듯이 호탕스러히 웃고, "녀슥, 그 말하기가 그렇게 어렵드냐? 왜 좀 진즉 말 안했나 말야?"

"하와서, 이 쇠인놈 이경쯤에 또 왔었드랬는데, 폐하께선 조 화 용월태님들과 달구경에 납셨다구요이?"

"달구경? 흐흐훗, 야 그것도이! 야, 내 언제 달 좋아하게 생겼냐? 야 그럴 것 없이, 너 그 황톳물에 빠진 듯한 그 옷쯤 벗어버려라. 그리고 저 자리 속으로 기어들란 말야. 그게 달구경보다 낮지 않겠냐?"

"헤헤이요, 폐하도 원! 저 계집들이라면, 성루에서 한번 밀어뜨려 으깨지는 꼴쯤 보는 쪽이 낫겠군입쇼." 광대는 이 대목에서 폴딱 재주 한번 넘고, 왕의 술병을 거꾸로 들어 목구멍에다 부어넣는 체하다가, 재채기를 하고 나둥그러져 보인다. 때에 왕은 신명이 돋아, 자기도 부어넣으며, 저 벗은 계집들더러 엉덩이 춤을 일궈 흥을 돋우라고 성화다. 그것이 왕의 분부인지라, 계집들은 마지못해 돌아가면서도, 시녀장은, 저 대제장의 속셈을 몰라 눈치보며, 누구에게 아첨할지 몰라 속이 거북한 눈치다.

"폐하, 이것 참 즐거운 밤이올시다. 하온데 이것이 사실이오니까?"

"무엇이 사실이고 아니고가 있어?"

"글쎄 말씀입죠." 광대는 일어나, 시녀들 엉덩이에 매달려, 그 어줍잖은 키로 엉덩이를 흔들어보인다. "근래 백성 간에서 말입죠." 광대는 입은 입대로 놀렸지만 몸으로 묘기는 묘기대로 부려 시녀들까지도 제 흥을 찾기에 이르렀다. "제장들에 대한 신뢰가 전에 없이 두터워지고 있어, 그것을 시기질투하는 자가 이 궁중에 있어 백성과 제장들 사이를 이간하려는 흉측한 음모를 꾸미고 있다 하옵는데."

"너는 지금 노래를 하는 것이면 곡조가 붙어야 할 것 아닌가?" 왕은 대제장의 얘기쯤 이미 아랑곳하고 있지 않았다. 그는 벌써 애리애린한 시녀의 뒤에 서 있었고, 그의 귀며 눈은 닫혀 있었다. 그래서 광대는, 그들 사이에다 저 타는 듯이 달콤한 술을 처부어대며 계속했다. "그래서 왕은, 세 가지 것을 잘 써야 하옵는

줄로 아는데, 그 첫째는, 모든 말 잘하는 혀를 말하기 전에 잘라
야 하고, 그 둘째는, 모든 칼 쥔 자의 손목을 잘라 자기 창고에
넣어두어야 하고, 그 셋째는, 재판을 맡은 자의 머릿속에다 철사
줄을 넣어놓아야 합니다. 헌데 대저, 저 말 잘하는 혀란 많을수
록 좋지 않으며, 저 창고 속의 손이란 많을수록 좋은 법인데, 그
손목들을 주인들께 돌려 자기 땅을 팔 땐 괭이나 보습을 들리고
남의 땅을 팔 땐 창이나 검을 쥐어주는 것이고, 또 어떤 자가 다
만, 가슴속에 간직하고만 있고 표시는 절대로 하지 않았다고 한
대도, 만약 왕에게 불만을 품고 있다고 한다면, 그저 잡아들여
엄중히 문초 고문한 뒤, 재판에 넘기고, 왕은 그저 철사줄만 흔
들고 있으면 국법을 맡은 자가 저 죄인을 반역자로 둔갑시켜줄
터이니, 그 셋째 역시 있어서 유용한 것입니다. 후후훗, 거기에
누가 법이 없다고 말할 것이며, 누가 왕이 공명 정대하지 않다고
말할 수 있나 말입니다." 대제장은, 그리고 계속 바깥쪽에 귀를
기울이고 있는 듯했다. 어쨌든, 나중에 추측되어졌지만, 그는 시
간을 벌고 있는 중이었다. 때에 왕은 시들어지고 있었다.
　"아 폐하여, 나의 친구여," 대제장은 그리고도, 신파조로 중언
부언 무척도 많이 씨부려대고 있었다.
　그런 얼마 후에 그런데, 어지러이 달리며, 수런대는 소리가 그
두터운 왕실벽 안까지 들려오고, 잇따라 비상을 알리는 종소리
가 요란스레 울려나가고 있었다.
　"불이야──"
　"아편 창고에 불이야──"
　그런 부르짖음들이 그리고 함성이 되어서 들려왔다. 그러자
두 시녀들은, 옷을 찾아 입기에 분주하고, 왕이란 자는,

"뭐, 불이라구? 불이라구? 불이면 어떻단 말이냐?"라고 지껄여 대며, 이런 사태에 어떻게 처신할 바를 몰라하기만 했다.

"폐하, 우리는 지금 아마도, 서로간 셈해두는 것이 좋겠습니다."

그 순간의 대제장의 얼굴은 핏기없이 너무나도 싸늘한 것이어서 감각이 둔한 왕까지도 질릴 정도였다.

"우리는 서로 도와왔던 것입니다. 그리고 이제 내가 폐하를 불의 정도로 보내드리는 것은 나의 우정의 표시인 것으로 알아주십쇼."

그리고 침묵했는데, 밖의, 저 창세 이래 그중 어수선한 발소리와 외침 소리와, 종소리에 저 침묵은 끼어서, 무덤 같은 한 정적을 만들었다. 그 정적 속에서는, 아무것도 움직이지도, 죽지도 살지도 않았다. 뭔지, 그때가 가까워오고 있는, 그 과도적 한 공백 한 정지, 그리고 한 '발효'가 거기에는 다만 있었을 뿐이다. 그리고 발소리들은, 그 방의 문앞에서 급기야 나고, 연로 제장이 배알을 요청하고 있었다.

대제장은 그 문을 열었다. 그때도 그의 얼굴은 핏기없이 희었다.

"아편 창고가 타고 있소이다!" 연로 제장은, 늙은 숨을 조절 못하고 부르짖었다. 그의 뒤에는, 대제장의 호신꾼과, 대여섯의 병졸들이 나한처럼 서 있다.

"알고 있소이다." 대제장의 음성은 그 역시 핏기없이 싸늘하게 희었다. "그래서 본인은 지금, 그 내용을 폐하께 묻고 있는 중이오. 들어들 오시오."

"폐하께 말씀이시오?"

그러나, 대제장은 그 물음엔 대답도 없이, 왕께 힐문한다.

"어째서 폐하는 아편을 태운단 말요?"

"아니 폐하께서?" 연로 제장은 경악하고, 정신이 혼미해졌는지 비틀거린다.

"뭐, 뭐라구? 너 이 싸가지 없는 광대야——"

왕은 그 순간, 불같이 화를 내고, 도끼를 꼬나잡아, 바람 소리를 내며 쳐들어 올렸다 내리친다. 그러나 그 도끼는 자루의 중두막이 잘려, 무력하게 땅에 구르고, 왕도 또한, 오른쪽 어깨에 피를 보이며, 나가떨어져 뒹군다. 대제장의 호신꾼이 맞서 있었던 것이다.

"무엇들 하느냐?" 대제장의 호령이 병졸들께 퍼부어진다. "너희들은 저 검은 사내를 끌어내 사지를 비끄러매라."

그리하여 병졸들은, 명주실로 꼰 휘장끈을 칼로 끊어다, 왕이었던 자의, 무력히 꿈틀거리는 사지를 비끄러맨다. 시녀들은 반쯤씩 죽어서, 방의 구석에 처박혀 있다.

"이 간악한 자는," 화재 현장으로 달려가기보다, 대제장은 간단한 연설을 한다. "백성의 신망이 주로 여러 제장들께 두터운 것을 투기하고, 오로지 왕좌만을 탐내서, 백성의 생명 같은 아편을 태우고, 그 누명을 제장들께 씌워 백성과 제장 사이를 이간하려 도모했던 것이다. 그러니 너 어린 계집……" 대제장은, 애리한 시녀를 가리킨다. "아직 세속에 때가 묻지 않았으면 솔직할 터인즉슨 한이경으로부터 삼경까지, 왕과 너희들은 어디에 있었던고?"

"폐, 폐하께서는……"

"두려워하지 말라. 정직함에는 상이 따르는 법, 벌은 따르지 않

440

느니라."

"쇤네들과 더불어, 여, 여기에, 계, 계셨었나이다."

"뭐라구?" 이번엔 대제장의 호신꾼이 내달았다. "너는 어린 계집이 거짓밖에 배운 게 없구나. 내가 여기에 와보았는데도 할말이 있느냐?"——이 점은, 연로 제장도, 그로부터 들어서 알고 있던 터였다.

"하, 하오나, 소, 소녀는 사, 사실을,"

"이 쇤네가 보았삽기로는," 이번에는 시녀장이, 어린 시녀의 말을 가로막고, 주루쭉쭉한 얼굴에 어울리지 않은 아첨 한구름 띄워놓고 나선다. "폐하께서는 그때, 아편 창고를 태우러 가셨나이다."

"오, 그대는 정직하도다." 대제장은 우선 말해놓고, "저 어린 계집 또한 비끄러매라" 하고, 또한 분부했다. 그리고 이번엔 어조를 약간 달리하여, 시녀장께 말한다. "그대는, 정직한 바라, 목숨은 물론 나라에서 상을 내림이 마땅할 터라," 대제장은 여기서 말을 잠깐 중단하고, 시녀장을 건너다본다. 그러자 시녀장은 만면에 안심한 표정을 피워올리고, 달려와 대제장 앞에 엎드려, 대제장 발등에 입을 맞추며, 수백 번 감사하고, 충성을 맹세한다. "마는," 대제장은 그리고 느리게 잇는다. "너는 그것을 네눈으로 보았고, 그래서 알았으면서도, 화재가 더 커지기 전에 방지할 방도를 차리지 않았으니," 대제장은 한 병사의 손에서 창을 받아쥔다. "그건 거짓보다도 더 간교한 바라, 살려둠은 화근이며, 녹이겠노라." 그리고 대제장은, 그 창끝을 꿇어엎드린 저 계집의 흰 목에 내리찔러 꿰어버린다.

"자, 이제 너희들은, 이 두 계집을 성루로 끌고가, 거기서 떨어뜨려, 백성의 분노를 달래게 하라."

그런 뒤에야, 대제장은 연로 제장과 더불어, 화재 현장으로 달려갔다. 그러나 그 화재는, 그 창고가 이미 반쯤 타고나 있었을 때에 발견되어졌던 모양이었다.

제장들과 병졸들과 제장들의 처첩들까지도 다 나와, 진화하기에 전력을 다했지만, 소방 시설은 아예 되어 있지 않은 터에, 또 누구도 소방 훈련을 받고 있지 않아서, 그저 분주하게 서성거리는 중에 그 건물은 쓰러져 누워버리고, 날 희부연히 밝을 때쯤엔, 어떻게 진화가 되었다고는 해도 남은 건 무너져내린 용마루와 서까래와 기둥들의 숯, 모락모락 피어오르는 연기, 그리고 불기, 그리고 재뿐이었다. 그리고 조금씩 혼을 잃어버린 군중들. 그들은 모두, 저 어줍잖은 체구의 대제장만을 바라보았다. 한데 그 대제장은, 누가 보기에나 반은 미쳐서, 한 병사의 창으로 저 뜨거운 잿속을 헤치며, 아편을 찾고 있었다. 그러다 통곡하고 짖듯이 부르짖었다.

"저 왕을 끌어내라! 그리고 그도 또한 불살라 백성의 원성이 어떠한가를 알게 하라. 아 이런 비극이 있을 수 있단 말이오?"

그는 실제로 울고 있었다. 보다 딱했던지, 연로 제장이 다가와 이렇게 소근거려 충고했다.

"이미 일이 이렇게 되었으니, 어쩌시겠소? 저으기 심신이 피로해뵈시는데, 어쨌든 조금 쉬시고, 천천히 생각해보시는 게 좋을 듯하오. 아편이 언제든 떨어질 것은 이미 각오했던 바 아니었소? 그것이 좀 준비없이 빨리와 문제이오만, 그러나 아편 없이도 백성이 살 수 있다는 것은 대제장 각하의 현명하신 배려로 우리가 이젠 알고 있잖소? 그러나 저 왕의 처사에 대해선, 백성의

442

이름으로 우리가 처벌하지 않으면 안될 듯하온데, 용상을 지켜 앉아 있다고 반드시 왕은 아니라는 것을 본인은 증언하고 싶소."

대제장은 다만 침통해 침묵만 하고 있자, 연로 제장이 대제장의 호신병에게 흰 말을 몰고오게 해, 그 말에 그를 태워 침실로 보냈다.

그런 뒤 연로 제장은 원로답게 일장의 연설로써 모두 돌아가 주기를 바라고 왕이었던 자에 대한 재판은 오후에 열 것이라고 공고했다.

그 오전엔 성밖엔 방만 나붙고, 아편 배급은 없었다. 방은 전에 없이 명문으로 초해져 있었는데, 백성의 제장들에 대한 신뢰에 대해 심심히 감사하는 데서부터, 왕의 '음모,' 두 시녀의 공모를 소상히 밝히고, 아편에 대한 문제로써, 여러 제장들의 유감의 표시와, 그러나 이것은 전에 없이 무서운 결단을 요하는 시간임으로, 결코 사기 저하되지 말고, 아편에 대한 집념을 끊어버릴 것을 간곡히 부탁한 뒤, 아편으로부터 구원된 그들의 이웃들의 이름을 나열하고 저 검은 왕의 집형에 참석해 분노를 풀기를 바라고 있었다.

그리고 물론, 아편을 끊고 본디 사람들이 된 백성들의 이웃들은 그날, 종일 저 아편광들 사이를 오락가락해서 보였다.

그 오후에 검은 왕의 재판은, 극히 간단하고 형식적으로, 제당에서 열렸고, 대제장이 귀띔한 바에 의해서, 형은 왕궁 밖, 전에 장이 열렸던 바닷가, 다져진 모래펄에서 집행되었다. 그러나 제장들과 병졸들을 빼놓으면, 정작 있어서 지켜보아 주어야 될 백성은 거기 하나도 없었고, 굶은 개들이 빙충맞게 몰려와 게으르게 보고나 있었다.

전에 백부장이었던 사내가, 십부장들과 더불어 집행 준비를
했다.

"너는 검은 종자이니, 그 검음에 더 진한 검음을 입혀줌은," 대
제장은, 흰 말등에 앉아 깊이깊이 생각하고 있었다. "내가 너를
소중하게 여기고 있다는 그 표시다."

그때, 병졸들은 왕이었던 자의 벗긴 전신에다 칠흑 같은 송진
을 입히고 있었다. 왕이었던 자는 퀭해진 눈으로 불쌍스러이 두
리번 두리번거리며, 도대체 지금 자기가 어떻게 되어가고 있는
지 모르겠다는 투였다.

"그리고 너는, 불로부터 택함되고, 이제는 네 몫의 일을 다 수
행했으니," 대제장은 깊이깊이 생각하고 있었다. "네게 불로써
대접함은, 내가 너를 존중하고 있다는 그 표시다."

전에 백부장이었던 자와 병사들이 각각 횃불을 하나씩 들고
송진 입혀진 죄인의 곁으로 다가가고 있었다.

"너는 듣거라." 연로 제장이 그의 직책을 수행하는 말이다. "이
나라와 백성은 너의 그러한 중죄에도 불구하고, 저 바다를 네게
주었으니, 네가 할 수 있으면 뛰어가 널 살려라. 그리고 이 나라
와 이 백성의 자애 깊음을 감사하라." 그리고, 연로 제장이, 전
에 백부장이었던 사내에게 눈짓을 하자, 그는 기다렸다는 듯이
유유히, 저 검은 왕의 발바닥에다 횃불을 댔다. 그러자 송진이
지그르르 끓으며, 그 불이 저 검은 자의 발바닥에서 일럭일럭 붙
고, 검은 자는 오랏줄이 우두둑 터지도록 용을 쓰며 비꼬고 비명
을 냈다. 그와 동시에 다른 병졸들도 횃불을 그의 전신에다 대고
지져 그 불에 타, 오랏줄이 터지게 했다. 그리고 오래잖아, 화염
에 쌓인 저 검은 자는, 전신이 자유로워졌다.

444

바다는 필사적으로 뛴다고 해도, 쉰 번 숨을 천천히 내쉬어야 되는 저만쯤에 넘실대고 있었다. 그리고 그 바다에 이르른 데까지 병사들은 가운데에 골목을 만들어놓고 두 줄로 서 있었고, 그들도 또한 횃불과 창검을 손에 들고 있었다.

"네게 생명에 대한 비굴스런 집념보다, 증오가 많다면," 대제장은 현실적인 문제를 생각하고 있었다. "너를 살리려 가망없는 뜀박질을 하기 전에, 차라리 내게 와, 나를 네 품에 안고 함께 불이 되어지기를 바랐을 것인데—— 나는 어쨌든 이십 보도 못되는 거리 안에 있잖나. 그러나 늘 너는 내 머리를 쪼갤 기회를 놓쳤듯이, 또한 죽고 나서 후회하리라. 후훗훗." 대제장은 백치처럼 웃었다.

검은 왕은, 바다만을 일념으로, 불붙은 연처럼 펄럭이며 뛰어가며, 비명을 모질게 토해내고 있었다.

그는 어쨌든 역사였다. 몇 번이나 쓰러지고, 쓰러져선 바닥에다 몸을 비벼 불을 털어내고, 그때마다 물론 열 선 병사들의 다른 횃불들이 그에게 다른 불을 옮겨 붙였지만, 그리고 또 달렸다. 어쨌든 그는 역사였다.

바다 가까이 가, 그 젖은 모래 속에다 머리를 처넣는 데까지는, 어쨌든 살아서, 영웅적으로 기를 써댔다. 그러나 그때는 물이 나가고 있는 때여서, 저 검었던 몸은 잘타고, 대가리와 굵은 뼈를, 천년 전에나 죽었을 당나귀의 촉루처럼, 물나간 모래펄에 가지런히 남겨두었다. 그의 이빨들은 희었었으니 저 검은 피부 속에 조직되어 있었던, 뼈들도 희었으리라. 그러나 그것들은 모두, 그을려 종잡을 수가 없었다.

대제장은 빨간 단추 하나를 신경질적으로 그리고 거의 무의식적으로 주물럭거리고만 있었다. 저 흰 말께 탄 그의 얼굴은 그리고 거의 푸러보이도록 희어 있었다. 그의 일지의 문구대로 하자면, '검은 까마귀가 죽고, 그 무덤에서 흰 비둘기가 날라나온 것'이었다.

왕위에는 그리고 바로 그날로, 병사들의 열광적인 환호와, 제장들의 어중간한 박수 갈채 속에서, 저 꼽추 대제장이 올려졌는데, 그것은 병사들에 의한 아주 돌변적이며, 이상스러운 분위기에 의해서 그렇게 되어진 것이다. 누가 처음에 시작하였는지는 모르되, 그리고 병사들은, 저 깨끗한 말께 올라탄 저 추저분한 꼽추를 삼겹 사겹으로 싸면서, 창검과 횃불을 하늘 높이 쳐들어 올려,

"인신(人神)이 오셨다!"

"화룡 만세!"를 외쳐댔었다. 그 사기는 충천했고, 그 함성은 섬의 백 년 잠을 일시에 깨울 듯했다. 드디어 화룡이 인신의 형태로 온 것이다. 그러나 물론 그 인신의 그늘 쪽에는, 전에 백부장이었다, 좌천당한, 저 신망두텁고 충성스러운 사내가 있었고 그 사내는 비록 좌천당해 평졸에 머물러 있었지만 그의 두터운 양지 쪽에, 저 끌끌하고 우직스런 병졸들을 거느려오고 있었다. 그 병졸들은 그리고 그들의 그늘 쪽에, 전에 자기네들 상전이었던 자들의 기분좋지 않은 유령들을 갖고 있었다.

"인신이 오셨도다."

"화룡 만만세!"

"인신 만세!"

전에 광대였던 사내는, 그래서 왕위를 수락하며, 꼭 한마디만 연설했는데, 그가 나중에 번의했는지 어쨌는지는 아직 모르지만

그 스스로는, 자기도 또한, 검은 왕과 마찬가지로, 한 단계 더 변화되어져야 할, 한 과도적 상태로 보았던 모양이었다. 그리고 다른 편에서는, 저 용렬한 왕을 모셨던 시의, 대목수 부친이 쓴 일지의 어떤 구절에 영향되어져 있었던 것도 같았다.

"과인은, 이 위를, 과인 종신토록, 그리고 세습적으로 지키려고 하지는 않을 것이노라. 이것이 과인이, 백성을 과인보다 더 높이 존경하고 있다는 표현이 되어지기를 과인은 또한 바라노라."

"인신 만세!"

"화룡 만세!"

"만세!"

왕은 잇따라, 등극 잔치를 성대히 베풀고 겸해서 치안과 재판 담당의 연로 제장으로 하여금 치안과 재판 담당의 대제장직에 봉하고 공석이었던 국방관리 제장에는 전에 백부장이었다 좌천당한 노복 출신의 평졸에게 봉한 뒤, 모든 제장들껜 아직 정복 안된 이웃의 섬을 하나씩 분할해 그들로 하여금 섬주(島主)까지 겸하게 했고, 만삭으로 치달려가고 있는 대목수 부인으로 그 어미에 이어 시녀장을 삼았다. 그리고 병사 중의 십부장인 자들에 겐 백부장직을, 오부장들에겐 오십부장직을, 그리고 평졸들껜 십부장 발령들을 했다.

그리고 성밖 백성들껜, 호구당, 밀 한 말씩과, 그네들의, 이미 저당잡혀져버린 모든 문서들 속에서, 집문서만을 무상으로 되돌려주었다.

그래서 미래의 땅에, 그들의 모든 것은 새 시녀장의 자궁 속의 그것처럼 지금 자라고 있고, 또한 만삭으로 치달려갈 것이었다. 인신이 오셨도다. 옴.　　　　　　　　　　　〔『세대』, 1972. 7〕

심청이

──「南道」 基三

혼처(魂處)

고 옌니 히었던 말로서나는, 자기는 산 짚은 디서 와서 갯가 찾아간담시나, 원지는 산으로 또 돌아갔이먼 싶다고 히었었소이. 부모도 서방도 자석도 없냐고 내가 물었을 때마둥, 허라는 대답은 안 험시나, 응달 창꽃 한숭어리맹이 고 옌니 웃기만 히였었는디, 그래설랑 찬찬히 살펴보면, 떠나뻐랐든 내 마누래가, 떠났일 때 고 낫살(나이)에서 한 살도 더 안 묵고 돌아와 있는 것 겉였소이. 삘 존(좋은) 일 없임선, 나만 혼차 늙어왔었는디 말이요, 흐흐흐, 내 말이 요거 영 씨가 안 묵었이끄라우? 헌단대도 해필이먼 시상(세상)에 똑 씨묵은 이치만 있이란 법은 없잖겄냐고라우, 헌디 말이제, 요만침이나 늙은개 말인디, 물리(文理·物理)가 통해짐선, 가만히 있기만 히어도 글씨, 시상 돼가는 것 환허게 내다비고, 그래설랑, 시상이란 그저 한 오륙십 년 살고 또 하직해뻐릴 고런 고장이제, 멋 히어보겄다고 백련이고 천련이고

448

위격다짐으로 살아볼 만헌 데는 아니라고 히였었는디 말이제, 그렇다고 워니 개쌍님 있어서 죽는 것이 그리 좋겠소마는이, 헌디 말이제, 고것이 또 아니등만. 글씨, 그저 허릴없이 새복에도 시리고, 햇살에도 시리고, 저무는 볕에도 시리고, 구둘막 밤에도, 글씨 옘병허겄다고 몸만 시려쌓고 또 맘은 워디 정붙이덜 못허구시나 자꼬자꼬 워디로 떠남선 하직을 허더니, 아 고 젊은 옌니 몸 가참게 지내다 본개, 홋홋홋, 곌당코 고것이 아녀. 글씨 내 말은 반다시 고런 것만도 아니드란 요것이여. 내 몸뗑이서 아닌 저실에 잔뿌렝이가 니림선, 늙은 나무에 꽃이 필라고를 시작혀. 그라다 본개, 시상이란 백련이고 천련이고 떠날 고쟁이 아니고 말여, 통히었던 물리 끔째기 뜻이 없어짐서나, 시상은 물리갖고 윈영(운영)되는 것 걸지가 않고 말여, 손꾸락 발꾸락에 호꼰시리 열이 올르는디 말이제, 하 고런 오랭이 팍 물어갈, 시상이 원지부텀 고렇거니 우멍시럽었이까이! 하헌디, 조 오랭이 물어갈 제집년, 그란디 떠나버리고 난개, 인제는 전맹이(전처럼) 맘만 춥고, 몸만 시려뻐리고 말들 안허요 글씨. 그람선, 젊은 제집헌티 피뭉어리가 들어뻬린 요 이치를 놓고는 암만 암만 물리를 통해볼래도 안 통해지고, 썩을녀러 한숨만 하루 열뒤 발썩이나 삭 아니림선, 내가 뽀짝뽀짝 죽어가요이. 대천지 내 쇠이 월매나 독허게 삭았이면, 하초 끄텡이서끄장 썩은새물이 흘러니리끄라우? 글씨, 월매나 속이 짜안시러면, 쇠피(소변)를 볼래도 하초가 무쭈룩험선, 고룸 돼뻐린 속이 흘러니리겄냐 요 말이오. 나 원지 무신 심이 고렇거니 좋았었간디, 다 늙은 요 잡놈, 암만 밤이 짤 왔어도(짧았어도) 고 가픈 재 셋썩 안 넘고는 못살었있끄라우이. 그람선도 먹심 좋고 밭갈이 잘 허고, 전에는 그저 누구네 자

부거니 허고 범생히 봤던 동니 옌니도, 인제는 보통으로 비덜 안 히어, 지 젊은 제집 두고설랑도, 넘우 제집 똥꿍뎅이 보기를 개백정놈 똥개 보듯이 히었었더니, 고 제집 떠나고 난개, 인제 워짠 일로, 일어나도 못허겄고, 죽도 못허겄고, 살도 못허겄소. 글씨, 시상맛을, 다 늙어 끔쩍시리 요만침이나 알아놓고 난개, 무신 놈의 독한 벵이 요렇기나 들었이끄라우이? 글씨, 고 옌니 나 헌티 고렇거니나 잘 히어주었더란 말이여. 그랑개 전에는, 나 고렇거니도 잠이 안 와, 짤운 밤 새울래도 댐배나 열뒤 대 묵고는 히었었는디, 고 옌니 오고부텀은 잠은 늘 썬뎃기 자고 히었더랑개. 글씨, 초저녁 한재 넘고 씌었다 깨서 목말라 물찾으면 워니녘에 내 목구멍에 물 넘우오고, 그래 또, 두 고개 넘고 또 죽었다 깨어서, 하매 요것이 몇 점이나 되었으까 생각헐라고 댐배통 찾으면, 요번에는 내 목구멍이 싸안해짐선 매쿰해지요이. 고때끄장도, 안죽도 접싯불이 홀홀 뛰고 있는디, 고 옌니는 고때끄장도 안 자고, 내 버선컬이며, 심지어는 글씨, 나 죽으면 입고 갈 수의 끄장도 꾸매고 있었더란 요 말이오. 그러면 머 말 다헌 것 아니겄소? 그래 내가, "임자는 잠도 안 온단가?" 허고, 또 실멩이 보둠아딜이면, 고때사 실멩이 누움선, "벨랑 잠이 안 옴선, 조 유제(이웃) 아 우는 소리를 듣잔개, 자꼬 젖몽오리가 슬라고 허요이" 허드란 말이오. "아따, 그러면 내 자석이나 하나 낳겨. 워뗘, 하나 나줄란겨, 말란겨?" 내가 고렇게 졸르면 또 웅달에서맹이 웃고설랑, "영감님은 참 심도 조으시라우. 헌디 펭생을 워찌 외롭게 보내싰단대요이?" 하고 물었구만이라우.

"낸동(나인들) 워쩌겄어? 고 잡년 글씨 도망가뼈렸드라네. 내 마누라 말이여. 늘 사립짝만 쳐다봄선 안 살았겄는가이?"

"그랴요이? 고 참 안되았구만이라우. 그라면 원지쩍에 가시단 대요?"

"그랑개, 가만있어배겨, 그라고시나 본개, 고것이 그랑개 자네 낫살 때였인개, 한 서너십 년도 전 안되겠다고? 남사당패 한놈 허구시나 눈맞아 홀겨가뻐린 것여. 내 속으로사 평생 분허고 이가 갈림선도, 살다 본개, 돌아오면 용서히어주어야겠다고, 등 또 닦거리주어야겠다고, 그래설랑 지다림선 사립짝 바라봄선, 한해 또 한해, 살다가 글씨 살다 본개, 내 정 다 바침선 살다 본개, 시월(세월) 여류라."

그려요, 그렇게 살았었소이, 요 나. 늘 지다림선 말이지라우. 헌디, 해거름판이었겠구만이라우, 밭 구텡이 구텡이 좀 휘어휘어 둘러서, 행이나 또 허고시나, 동구도 바라봄선, 흰옷 입고 떠난 옌니 흰옷자래기로 들어시까 그래서 바라봄선, 또 맘 한쪽으로는, 벌써 돌아와 문턱에 앉아 날 지다리까, 그람선 오잔개, 글씨 누가, 제집은 제집 겉은 것이, 글씨 내 집 사립짝 앞에 글씨 누가 씨러져 있기는 있더라고라우. 나 눈 딲고 보고 또 봤었소이. 손 딲고 또 만치봤었소이. 그라고 난개사 눈물이 늙은 눈에서 흘르는디 말요, 월매나 집 찾는다고 애를 썼간디 고렇게나 상채기가 나고, 고렇게나 옷은 걸레가 되었으끄라우이? "아, 그랑개, 오늘에사이, 자네가이, 날 찾어서이, 자네가이, 글매이, 왔네이, 자네가이." 나 움선, 보듬아다 고 옌니 아랫묵에 뉩히놓고, 움선 미음 낄여 믹이고 움선, 얼굴 딲아주고, 움선 흔튼 머리 빗어 구리비내(비녀) 낭자 히여주고, 움선 마누라 고리짝 열어 옛적 입던 옷 입혀주고, 움선 내리다 본개, 허허이, 요것이 내 낫살이나 되었일 할마씨가 아니고 말이제, 허헛허, 글씨 떠났던 때,

바로 고 낫살 고대로 돌아온 것이 아니냐 요말이드라고라우. 지
다리고 지다맀음선도, 살다가 본개시나, 허기는 말이제, 얼굴도
다 잊어뻐리고 말았제라우마는, 그래도 죽은 자석 나(나이) 세
보뎃기 마누라 나이는 시어놓고 있었는디, 글씨 조것은 하나도
안 늙었음시나, 여태도 너무 곱더란 말이랑개요.
　"그랑개 자네는, 산 짚은 디서 니리왔제이. 그랑개 산신령 니리
준 술 한잔 잘못 묵고 잠자다 왔단 말 아니겄어 요것이? 나 고것
도 몰루고, 혼차 참 원망도 너무 했었구만이. 나 자네 유혼(流魂)
조 사립짝 너무(너머)로 늘 봄서나 살았드라고. 고 이치속이 그
랑개, 헛허헛, 몸은 잠시나 혼백은 늘 내게 왔더란 고것 아니었
겄어? 헌디 떠날 때 꽂고 갔던 은비내는 워쨌단디야?"
　헌디 고 옌니 말로는, 니려오기는 산 짚은 디서 나와 니리왔담
선도, 고보담 전에는 워디 갯가에서 살았더라고 히였었소.
　"그랴이? 그라면 용왕님전에서 살았더랑가? 고것또이! 나 자네
늘 지다렸드랑개. 배고픈 아 문턱에 앉아 지다리넷기, 밭일 나간
오매 젖불어 돌아오기 지다리넷기, 고렇게 자네 지다렸드라고."
　"헌디 저그 조 아는 왜 조렇기 울어싼다요? 저그매(저의 어미)
가 없으끄라우?"
　"왜 없겄는가? 배가 고픈개 그렇겄제. 저 아 에미가 글씨 젖이
통 안 난당만. 헌디 쟈(저애)가 운개 임자 속이 짜안헌가?"
　"불쌍도 히여라, 워짜고이?"
　"자네 속에 머시 찌인 일이 있제이?"
　그래도 고 옌니 응달 창꽃맹이 웃기만 험선, 고 대답은 오랫동
안 안 히였었는디, 하룻밤은, 그랑개 고 제집 떠나뻐리기 한 사
날 전 밤이나 안되었으끄라우? 요렇기 대답히였구만이라우이.

452

"그랴요, 찌인 일이 있구만이라우."

"조런 수가! 고것이 대처니 머시단디야? 서로 몸대고 삼선, 고런 걸 감촤놔서 쓰겄어?"

"요런 제집도 자석새끼가 하나 있구만이라우이. 조 서른재 마흔재 워디워디 넘으, 인제는 되저히 찾아갈 쌍싶지도 안허요만, 거그 워디, 울 오매, 내 자석새끼 살고 있단개요."

"허어이 조런순! 그라면 아부며 낭군이며 거그 있을 틴디 자네는?"

"고렇게 묻지 마쑈이, 나 울고 접소, 울고 접어라우."

"그랴이, 그라면 내 안 물을랑만. 조런, 눈물이나 거뒈겨. 내 안 물을랑개."

"그래도 나 말해삐릴랑만요. 영감님은 나헌티 참 잘 히여주신개요."

"워따나, 벨 요상시런 소릴 다혀. 나는 자네 땀세 벵인디."

"글씨 영감님, 아부며 서방있는 년이 요로고 댕기겄는그라우? 글씨 나는 아부지 얼굴 한번 못 보고 큰 년잉만이오. 울 오매 말로는, 내 아부지는 기중 실한 바닷사나였다고 허요. 헌디 내 자석새끼헌티도 고 말배끼 나도 헐 말은 없단개요. 그라면 다 알아빴제라우이? 전에 우리는 갯가에서 삼시나, 살 팔아서 살았더랑개요. 인제 요 제집 내력 다 알아뻬맀구만이라우이?"

헌디도 고것이 모도 무신 뜻인지는 나는 몰루겄고 말이요, 조 젊은 옌니가 기양 안씨럼선, 백택없이 나헌티도 유제서 아가 울면 속이 좋덜 안허기를 시작혀요. 글씨, 늙은 할매 손에 에린 자석 띠놓고 떠나와, 인제 워딘지 찾아가도 못하게 생깄다먼, 고 에미 가섬 월매나 상히였겄소이? 뉘집 아가 울던 아가 울면, 조

에미 귀에는, 지 새끼가 배고파 문턱에 앉아 우는 소리 안 같겄
소이? 글씨 안 그럴 쑤 도저히 없을 것잉만요. 나끄장도 맘이 짠
안해라우. 산 짚은 디 워디 남은 아는, 오매만 지다리요이. 고 아
눈에는, 구름도 안 좋고, 꽃도 안 좋고, 새도 안 좋고, 원지나 오
매가 사립짝으로 들어시꼬 고것배끼 맘에는 없소이. 고라는 새
날은 저무요이. 밤에도 자다 말고서나 옆자리를 더듬어보요이.
오매는 안죽도 안 왔소이. 조 아는 밤에 그래서 우요이. 고라는
새 고 아는 늙어뻐맀소이. 조 늙은 아는, 그래도 늘 사립짝만 바
라보고 사요이. 조 늙은 아 속에서는 눈물이 말를 새가 없네라우
이. 그래서 늙은 아는, 문턱 끝에 앉아 맘만 자꼬 짠안하구만이
라우이.

　워쨌든동, 고 날은 고 엔니, 움시나 밤을 새움선, 날 보고시나
아부지라고도 험선, 또 낭군이라고 험선, 날더러 함께 고 워디
짚은 산속 들어가, 자기 오매 남편 험선, 자기 남편 험선, 지 새
끼 할애비 험선, 애비 험선, 넷이서 살자고도 히였는디, 참말이
제 나도 그라고는 싶어도, 요 다 늙어뻐려 저승질 문 앞에 놓고,
내가 또 워디 떠나겄냐고, 나는 고렇게배끼 대답헐 수가 없등만
이오. 헌개 고 엔니 고것 모도 옳은 말이라고 험선도 쓸쓸한 얼
굴을 영 감추덜 못 히여요. 고때 내 속에 하직이 아주 가찹게 오
덩구만이라우. 요 엔니를 암만히여도 나 죽을 때끄장 내 곁에 붙
들어둘 쌍싶덜 안히여라우. 그래설랑 나, 고 엔니 손 붙잡고,
"자네 원지든 날 베리고 떠날 것이제이?" 하고 물었어도, "고런
말씀은 왜 차꼬 허신다요?" 허기만 험선, 안 떠난다고는 안 허등
만요. 그래, 나는, 나 죽거들랑 떠나돌라고 허고, 저는 웃기만 허
고, 나는 맹시를 시깄고, 저는 웃기만 히였소. 하직은 펄쎄 와 있

었구만이라우.

"헌디 가면 워디 정처나 있단겨? 글매 나 죽을 날 월매 남도 안 히였은개, 나 죽고 나면 저그 조 양지 쪽에 자네 손으로 날 좀 묻어주고, 요 집까댁이며, 전답이며, 몇 푼에든 팔면, 자네 가는 질 노자는 되겠는디, 그래 워디로 갈라간디?"

"요 제집 태어났던 디도 거그고, 컸던 디도 거근개, 갯가배끼 더 갈 디가 있겠는그라우."

"거기 가는 질은 환허게 알겄제맹이?"

"고걸 글매 몰라라우. 눈에는 환히 비는 디도, 몸은 어만디로만 간단개요. 그라다 본개 여그끄장 안 왔겄는개뵤잉."

"거그 가면 무신 해묵고 살 질은 있단디야?"

"워디가라우? 그래도 안 가보고는 못 전디겄어라우."

"괴향이란 디는 그런 법이겄제맹."

"고 탓만도 아닌 것맹여라우."

"대처니 갯갓이란 워떤 디란댜?"

"갯갓 말인그라우? 호호호, 글씨요이, 아 그렇지라우, 여그는 하늘하고 땅배끼는 없는디, 거그는 하늘하고 땅하고 물하고, 고렇게 셋이서 함께 사요."

"그랴이, 고것또이? 허기는 갯갓 살던 사람은 하늘하고 산만 보고는 깝깝히여서 살기 에렵겄제."

"글씨 고 탓도 아니랑개요. 전에 나 거그서 살았일 땐 벨랑 아무껏도 생각 안 히였었는디, 거그 떠나 살다 본개, 살망살망, 안 들던 생각이 들더란개요."

"고건 또 머시단댜?"

"아부지 보고 접은 고것잉만이오. 예삿 옌니덜 다 그러뎃기, 잘

낳이나 못낳이나, 한 서방 지대고, 나도 다른 엔니덜 살뎃기 살아보고 접은 고것이단개요."

"고것이사 에련헌 말이겄어?"

"살던 산에, 오매 두고, 자석 두고 떠나왔일 고때사, 그래서 떠난 건 아니었고라우. 사나하고 소굼 생각 너무 간절히여 떠났었는디, 고것이 헌디 배꼈어라우. 원지부텀인가, 아 울음소리를 듣기 시작험선 고것이 배꼈더랑개라우. 조 아는 또 울기를 시작형만요이?"

"갯갓에는 그랑개 아부며 낭군이 있단댜?"

"글매라우. 그래도 내 생각으롤랑은, 고 실한 바닷사나가 날 지다리고 있을 듯만 싶웅만요. 글씨, 우리 오매 낭군은 실한 뱃사나였다요. 헌디 내 낭군도 실한 뱃사나였구만이라우. 글매 내 아부는 실한 바닷사나였대라우. 헌디 내 새끼 애비도 실한 바닷사나였단개요. 실한 바닷사나."

고 엔니는 그라고, 반츤 혼이 빠진 것맹이 씨분대쌓는디, 그래서 내 속 짜안한 정으로, "원지던 질 떠나겄다면 몸죄심 해겨. 사나 죄심 해겨. 그저 통하고 말아뻐리면 그뿐이겄는디, 통하고 나면, 삼끈 열두 매로 엔니 목 둘러뻐리는 일이란 게 짜들아지게 쌔뻐맀은개. 행이나 워떤 남정헌티 홀겨 살겄다고 따라나섰다가는 큰일이여. 삼끈 열두 매 목졸라 질갓에 베리뻐리면 고뿐이제 워짜겄어" 허고 일러주었소마는, 내가 너무 심허게 말해뻐맀다는 생각도 들어요이. 워쨌든 고 밤 지내가뻐맀고, 고 이튿날 밤도 또 고렇게 얄궂고도 처량히 지내갔고, 고 사흗날 정심도 둘이서 뜨끈히 히여 묵었는디, 논 구텡이 좀 돌아 중우가랭이 적시갖고 석양판에 돌아와본개, 딴날 겉으면 정제(부엌) 문턱에 앉았

456

얼 옌니가, 고 날은 안 비어라우. 더러 그런 때도 있었지라우만, 고 날은 그래도 딴날과 달라라우. 구리비내 하나만 방바닥엔 남아있고라우, 그저 최용해라우. 어설퍼라우. 찬바램이 돌아라우. 나는 그래서나, 고 옌니도 떠나뻐린 중 알았구만이라우. 나는 고런 경험을 전에 히여봤었은개요. 전에 마누라 떠났일 때도, 방바닥 고 자리에는 구리비내만 남아 있었소. 늙은 눈에서 눈물이 날라고 허는 걸, 기양 먼산 우두머니 봄시나, 그날 해 저물리뻐렸소. 인제는 동구고 사립짝이고 더 바랠 일도 남아 있덜 안헌 듯 싶등만요. 고 하직은, 너머나 쇠히 와뻐렸지만, 마지막 하직인 것을 나는 알았은개요. 헌디 웃제서는, 고 늘 뽀채던 아가 워디로 갔는지 없어졌다고 험선, 뒤십호배끼 안된 동네가 송신이 나게 뒤집어졌는디, 글매요, 내 가심으로 고때 무신 뜻이 찡허니 오기는 히였어도, 동네다 대고 나 아무 말도 안히였구만이라우. 저녁에 동네서는, 아 업어간 호랭이 쫓아간다고, 횃불 잡고 몽뎅이 들고, 징 쳐댐시나 산으로 올라닥찼지만, 나는 글매, 나허고 살던 옌니 떠났다는 말은 입밖에도 내덜 안히였드랑개요. 헌디, 호랭이 쫓아간 고 사람들, 아 입었던 옷가지는커냥 머리카래기 하나 못 찾고, 새복 다 돼서 어깻죽지 니리고 돌아와봤더니, 글씨 워디서 워처케 원지 왔던동, 고 아가 문턱 밑에 지쳐 씨러져 자고 있는디, 웬 옌니 저구리를 덮고 있더란 것이었소. 허기사 나 고 아 울음소리 초저녁부텀 듣고 있었구만이라우마는── 나는 그래도 아무 말도 안히였네라우. 글매, 아무 말도 허고 싶덜 안허는 걸 난들 워짜겠냐고라우? 워짜겠소 글씨?

　나는 히여도 인제, 요것은 그렇다고 히여야겠소. 머시냐 허면, 고 옌니는, 떠나뻐렸든 내 마누라, 산 짚은 잠 잤거나, 용왕님전

심청이　457

시중들다 돌아온, 바로 내 옛마누라는 아니었다는 요것 말이오. 내 사설(사실) 이약이제, 떠났던 내 마누라 죽어뻐린 것 펄쎄부텀 알고 있었은개요. 글씨, 기양 바람질에만 들었을배끼지만, 고 사당패들 지내가뻐린 워니 질갓에, 젊은 제집 하나 목졸려 죽어 씨러져 있었더라고 히였었은개 말이오. 고 얘기 글씨 다 들어 나 알고 펄쎄부텀 있었은개요.

히여도 인제 나, 요것도 또 확실헌 새실(사실)이라고 혈랑만요. 내 마누라, 참 한시럽게 죽었던 넋, 워디 갈 고지(곳) 없어, 떠돌아댕기고 또 댕기다가시나는, 산에서 와서나 갯갓으로 간담시나 나허고 석 달 몸붙이 살았던 조 옌니 몸 석 달 빌려, 나헌티 겔국 돌아왔었다는 요것 말이오. 내 말이 씨가 안 묵었으끄라우? 그래도 시상에 반대시 씨묵은 이치만 있으란 법은 없지 않은개요. 참말이제 나, 여러 번이나, 달은 없고 비만 철없이 니리는 밤으로, 내 마누라 흰옷입고, 내 사립짝 앞 처량시리 서 있었던 것 보아왔었은개요. 그래설랑 내가 뛰나가 손잡아 불러들일라면, 고 흰 마누라 소리도 안 냉기고 워디로 떠나가곤 히였었제, 히였었소. 몸뗑이 잊어뻐린 고 마누라, 고렇게, 내 사립문전에서, 글씨 몇십 년 떠돌았더랑개요이. 헌디 조 갯갓 찾아 떠난 옌니 왔던 뒤, 암만 비가 열사날 퍼부서도 나 한번도 저 유혼 본 적이 없었더란 말이오. 그랴, 우리는 만냈었소. 그라고 이승에서, 살아, 석 달 지냈소이. 산에서 온 조 옌니, 몸으로 갯갓 떠나뻐린 뒤부텀, 그란디 나헌티서는 영실(靈室) 니얌이 핑기기 시작형만이라우. 마누라, 그랑개이, 돌아왔구만이. 돌아왔어이. 그라고 들어 본개, 저승에서 말하는 임자 소리 환허게 들겄구만이. 이승에서 산깐치(까치) 우는 소리 들음선, 저승에서 손짓허는 마누라 홀목(손목) 환하게 다 보겄어. 나는 한 나무 겉네이. 내 뿌렝키 저승으로 뻬치고, 내 등걸이 이승에 그리매 떤지는 한 나무 겉네이. 나 요롷게 살았임시나, 저승이며 이승 오고가네이. 가고오네이. 저승 워디서 도란거림선 내 이약허는 소리 이승 워디서 웃음선 내 말허는 소리 다 딛기고, 나는 살아 있네이. 죽어 있네이. 갯갓으로 몸으로 찾아간 고 엔니 발소리는, 그래설랑은 땅속 더 짚은 디서 울리나오고이, 갯갓으로, 몸으로 간담시나, 자꼬 저승으로 이서진 질을 살아서 한없이 가네이. 등불맹이 가네이. 학맹이 가네이. 감시나 자꼬 옷벗어 이승에 던지네이. 엔니 엔니 엔니.

————지나감시나

　내 가심에서는 인제 젖이 더 안 흘르네, 젖이 안 흘르네. 워짜끄냐, 요 펭퍼짐한 바우 우에서 쬐꿈 놀다 우리 가끄냐? 헌디 오매 함께 있는 디도 워짠다고 요롷게 뽀채기만 뽀채쌓고, 울기만 울어쌓냐? 워짜자고 너는 에린것이 에미 속을 요리도 빠짝빠짝 태우냐고? 쪼꿈 가면 산 지내고, 쪼꿈 가면 들 지내고, 쪼꿈 가면 내 지내고, 쪼꿈 가면 갯갓 나고, 거그 가면 아부 있고, 아가 아가 울지 마라, 울지 마라 우리 애기, 내 속 짠 눈물 석 섬 서 되도 더 흘렀겄네. 조 재 넘을 때는 한잠도 참 실폭허게 자주더니, 워짜자고 또 깨서 요렇게도 못살게 칭얼거려쌓냐고. 글씨 젖은, 속에서만 멍어리지고, 겉으로는 안 나오는디, 고걸 그리 빨아쌓면, 내 속 참말이제 짜안한 눈물배끼 머시 더 나오겄냐. 둥게둥게 둥원아 날러간다 학선아, 어울치, 자, 여그 요렇게 내 저구리 좀 깔고 누웠으면, 내 조 또랑물 좀 묵음어다 믹이주께 울

지 마라잉, 참말이제 울지 마잉. 어울치, 아 그라고시나 본개, 나
도 뫽이 말르네. 여그가 하매 워디만침이나 되꼬? 소굼허고 사
나허고, 그랴, 사나허고 소굼헌티 미쳐, 널 베리고 요 에미 떠났
던 것 잘못혔다고 내 월매나 빌었냐고. 어울치, 쯔츳, 잘도 잘도
마시네. 그랑개 인제 물배라도 채왔단디야? 인제 실폭허단디야?
요 반석은 뜨뜻혀서 참 좋네이. 아쯔츠쯔쯔 잘도 자네, 우리 애
기 잘도 잔다, 뒷집 개도 잘도 자고 앞산 개도 잘도 잔다. 그랴
그랑개, 니 깜냥에도 지쳤던맹이제이. 헌디 벌쎄 해가 질라고 허
네, 질라고 허네 해가. 조 큰 산 그리매가 자꼬 덮어니리네. 산
자래기 밤 괴이먼, 나 고걸 워쩌키 참으꼬? 나 산 싫어서, 나 산
자래기 채이는 밤 싫어서, 소굼허고 사나허고, 야지허고 바다허
고, 그래서 널 띠놓고 도망쳤던 에미여. 허긴 너사 안죽 너무 에
린개 몰르겄어도, 전에는 우리덜, 야지허고 바다허고 사나허고
소굼허고 살았더라고. 산주름도 허기는 큰 물자락 곁여. 그래도
나는 물자락 멀리서 봄선 살고 싶제, 고 물자락 워디 떠 있는 나
뭇잎 겉은 오막에서는 살고 접들 안혀. 소굼허고 사나허고, 호호
호, 조 실하던 영감, 그래도 바닷사나는 아녔었제. 조 실한 산사
나, 품에서는 임기(淫氣) 조섭 잘도 히었어. 헌디 조 썩어질 나,
잡년, 음독 좀 풀릴라 들먼서, 손발 끄텡이가 호꼰해질랑개, 전
에 벵들었던 디서 고룸이 흘름선, 아새끼 우는 소리에 애간장 다
녹아나는디, 아, 아가, 아가, 잘도 자네, 우리 애기 잘도 자네, 검
동이도 잘도 자네, 소록소록 잘도 자네. 그라고 본개 석양이네,
땅꺼무여, 요 밤을 워짜꼬? 우리 애기 워짜꼬? 썩어덱씨러질, 저
그들끄장만 좋았이먼 됐제, 아새끼는 워짠다고 퍼내질러서, 조
포소근히 든 잠을 설피게 헌디야? 그라먼 고때마둥 조 산(山) 늙

460

은탱이는 물었었제. 그라먼 나는, 속에 두두레기가 돋아나서 그란다고 입 속으로만 대답히였을 쑤배끼. 헌디 고것은 두두레기는 아녔더랑개. 고것은 워짜먼 문동벵이었을겨. 요 삐말른 젖텡이 속속 워디 앉아, 제집 문뎅이가 아파허는 고것이었드랑개. 손꾸락 발꾸락 다 오구라들고, 눈썹 없는 문드러진 제집년이, 오구라져 앉아 아파서 울더라고. 나는 고런 문뎅이를 많이 봤었은개여. 비라도 올라고 날이 꾸무레히여지먼, 조 제집 문뎅이는, 워디 처매 밑 옴팡헌디 쭈굴치고설랑 기양 우는겨. 고것은 세름이여. 고것은 문드러지는 몸뗑이가 아녀. 고것은 사는 고 아픔이여. 살다 보먼 고렇게, 모서리진 데 다 깩이나가뻐림선, 왼 몸뗑이 진물만 덮여뻐리는겨. 고것뿐이먼 그래도 괜기찮어이. 고 아픈 것을 워니 때 끔째기 만내뻐리는 고것이 탈이여. 썩을녀러! 저그들 좋아허는디, 대처니 아새끼는 무신 그리 삐족헌 볼일이 틱별히 있다고 고렇게 불거져서 지에미 속을 썩큔디야? 삐져나왔이먼 또 고뿐이제, 울기는 지랄 육실헌다고 뱀이나 냇이나 개리도 않고 고렇게나 운단디야, 썩을녀러! 헌디 고 육실헐눔의 울음소리는 생육갑헌다고 내 짚은 속에서 울리나올 건 또 머시여? 고것이 글씨 사탈이었더랑개시나 시방. 헌디 야야, 우리가 그랑개 워디만침이나 왔이끄냐? 고단새 해는 조 큰 산 목고개 속으로 꼴깍 너무가뻐리고 말았으끄냐? 물배만 불러각고도 너는 참 잘도 자네. 헌디 새들은 워디로 날아들 간디야? 날아설랑 워디들로 간단디야? 나무들이 수런거리기를 시작허네. 헌디 워디서 또 아 우는 소리가 들린디야? 워디서 늙은 할망태기는 지침을 조렇기도 해싼디야? 나, 나무들이 그런개벼, 그런갑제? 그, 그러까? 육실헐 녀석! 글씨, 너는 여그 있는디, 또 뉘 아가 운디야?

워디서 애비도 없는 호리자석은 운단디야? 너는 누구간디, 또 누가 운디야? 나, 나무들이 그런갑제? 나무들이? 너, 너는 밤에도 울었제이. 새복에도 울었제이. 낮에도 울었었어. 원제나 문지방 바끄로 두 다리 걸치니리놓고 고렇게 울었드랑개. 니 에미 니 애비 집에 다 있어도 늘 사립짝 봄시나 안 울었냐고이? 산 짚은 디 띠놓고 온 내 자석새끼 울음을 넌 울었드란 요말여. 내 말이 틀렀단냐? 니가 울 때마동 나는 젖이 아팠고이. 가심이 아팠고이. 에미가 아팠고이. 그랑개 고것이 오늘이었으끄나? 너는 혼차 문턱에, 산 짚은 디 띠놓고 온 에린 자석맹이 앉아 울었었고이, 에미를 지다리고 있었고이, 나는 에미가 아팠고이, 그래 나는 너를 품었고이, 나는 그랑개 에미였고이, 우리 아부 만내 살자고 나는 널 달갰고이, 그랑개 너는 울음을 끄쳤고이, 그랑개 너는 내 새깽이였고이…… 헌디 너는 지끔 잘도 자는디, 또 뉘아가 워디서 운단디야? 썩을녀러! 아매 나무가 도란거리는 소리것제. 워짜면 내가 우는 소리도 겉어. 헌디 고것도 아닌개벼. 그랴, 진작부텀 고것이 아녔던개벼. 이 육실헐년아, 그라먼 머시란댜?

나 전에, 기양 한 제집이었을 때, 나, 내 집 문전에 홍등 밝히놓고 사나들 지다릿을 때, 고때는 나 참말이제, 내 사나, 넘우 사나, 고런 것 한번도 안 개릿었는디…… 워떤 사나든 다 내 사나고, 다 넘우 사나였었는디, ……헌디 워째서, 나 지끔은 가심에다 홍등 써놓고 자석새끼 품에 안기 바래는 디도, ……워째서 자석은 넘우 자석 지 자석이 훽연히 개려지는지, 고것을 몰르겄다야. 워째서 지가 난 자석만 자석이고, 지가 안 난 자석은 자석이 아닌지 고것을 난 암만혀도 몰르겄다고. 지끔 내 가심엔 홍등이

훤허게 밝혀 있는디, 대처니 에미 잃은 저 아는 워디서 운단디
야? 해는 펄쎄 산목구멍 속으로 앵두맹이 너무가뻐렸는디, 워디
서 조 서럽운 아는 앵두겉이 운단디야? 아가 아가 아가.

———자꼬 지나감시나

한 미친 제집년이 산에서 니리와각고 요 동니를 지나감시나,
"획시 우리 아부 못 봤이끄라우?" 허고 물었는디, 조 미친 잡년
은 저구리를 워디서 워떤 년헌티 뺏기간디, 맨살 어깨로 고라고
댕깄으꼬이. 보나마나 사나깨나 홀꿀겨.
"우리 아부는 실한 바닷사나다요이. 누가 울 아부 좀 못 봤이끄
라우?"
그랑개, 조쪽 엉떡 밑에 사는 영감타구, 실쩍실쩍 조 제집을
곁눈질해 봄시나, "바닷사나라면 바닷가 가야 안 있겄다고이?"
허고 대답히여준개, 요 제집 "그래도 울 아부가 날 찾으로 댕깄
는지 몰라서 안 묻는개비요" 허고, 똑똑시럽게 대답허등만.
"글매, 그라고시나 가만 짚어본개 말여, 워디가, 고 영감이사
바닷사나는 곌단코 아녔지만 말여, 그랑개 고것이 하매 원지쩍
이나 되꼬? 글씨 한 영감이, 글매 그랬었제이, 마포건에 상복 입
고시나, 요질 두르고 짚세기도 신고 말여, 주렁막대 짚고 요 동
니 지나간 적이 있는디, 혼차 씨부렁거려쌓는겨. 무신 뜻인지는
몰르겄어도, 요래 쌓는겨. 낫청룡에 작대기 백호, 거 날들 다 좋
기도 좋다마는, 쯔춧, 쯧, 공알감씨에 화근이 있었구랴, 거그 벵
란이 있었어, 츠쯧, 인제 용의 생기가 흘르덜 안 허니, 비록 날
좋단들 그거 죽은 제집이제, 머세다 쓸겨. 요래 쌓는겨. 듣기로
는 풍수란디, 거 실성거렸드라고. 산 날[脈]을 두고시나 글씨, 무

신 제집 보넷기 보는겨. 혹시 고 늙은네 잔내 아부 아녔는가는
몰르겄어도, 인제 죽었기도 펄쎄 죽었겄네. 글씨 고게 하매 원지
쩍인디."

"그라먼 고 뇌인네(노인네) 워니 쪽 질로 갔이끄라우?"

"조쪽 모텡이로 누런 구렝이맹이 돌아가뻐렸제. 아매 고게 석
양판이었어."

"아부지 아부지 아부지."

　　　　　　　　　　　　　　　　　　——자꼬 자꼬 감시나

"실한 뱃사나를 만낼라먼 워니 질로 가야씨끄라우? 누런 구렝
이 겉은 사나 말이라우." 한 달친 잡년이, 저는 갯갓 찾아간담시
나, 산으로 더 짚이 들어가는 질을 걸음선 고렇게 물었는디, "내
가 워떻기 알겄냐. 조 아래쪽 조 옴팽이 집에 사는 판쇠는, 소싯
적 사당패들 따라댕긴다고 열시[閱世]가 많은개, 가서 물어보면
혹깐 갈치줄라" 히였더니, 헌디 요 잡년 고런 늙은탱이헌티 워떻
기 반해뻐렸간디, 고 집에 머물러 사흘 살고 떠나까 히였더니 또
사흘을 살고 떠나까 또 히였더니, 글씨 사흘을 더 살고 떠났구
만. 그래 동니 젊은네가 가서 고 내력을 물어 본개, 고 판쇠 늙은
탱이놈 엉큼하게 웃음시나, "내가 처음에는 이렸어, '저그 조 쌓
인 빨래 다 빨아주먼 갈치주께' 히였더니, 사흘 품 들었고, 두번
째는, '조 뒤터 새로 일쿤 밭 끈트럭 다 파내주먼 갈치주께' 히
였더니, 닷새 품 들었고, 마지막으로서나, '나허고 하룻밤 자고
나먼 갈치주께' 히였더니, 흐흐흐." 허드랑만. 그래서 젊은네들,
"그래서 워찌 히얐소?" 허고 물은개, "먼슬 워찌 히야? '뱃사나
를 만낼라먼 바닷가로 가야 안 만내겄냐?' 고렇게 갈치줬제. 그

464

랑개, '고건 맞는 말씸이구만이라우' 허고 좋아험선, '그라면 워니 질로 가먼 갯갓으로 가끄라우?' 허고 요 엔니 묻길래, '요 팔도천지 한 질만 빼놓고 세 질로 가먼 워디를 가도 갯갓은 나와' 허고 내가 갈치줬더니, '그라면 고 한 질은 워니 쪽 질이다요?' 허고 또 묻길래, '고것이사 동쪽 남쪽 서쪽 질 빼논 질이제' 내가 갈치줬더니, '고맙네라우 영감님' 허고 절함선 떠났더라고" 허고 요 여시(여우) 겉은 영감탱이 말허드란디. 그라고도 차코 킬킬 웃기만 히여서, 젊은네들, "암만혀도 영감은 속에다 머슬 더 숭키놓고 있지라우?" 허고 다구쳐 물은개시나, 흐흐흐, 요 노망헌눔의 잡놈, 제놈의 늙은 근을 내비는디, 흐흐흐, 고게 글씨, 외로 꼰 삼실에 열두 매로 칭칭 묶이 있드랑만 글씨. 그래서 젊은네들, "요것이 대처니 무슨 짓이끄라우?" 허고 웃은개, "글씨 나도 무신 짓인지는 몰르겄어도, 인제 영 풀어내고 싶덜 안 허당개. 죽을 때끄장 요대로 둘랑만" 허드랑겨.

"그래도 무슨 내력이 안 있겄소이?" 젊은네들 물은개, "벨것은 아녀. 고 엔니 미쳐도 좀 요상시리 미친겨. 글씨 말여, 나허고 하룻밤 자자고 헌개시나, 아무 말도 안 허고 속곳 풀어니리더니, 요번에는 반짇그럭 갖고 와설랑 삼실 찾아내갖고, 나보고 두접실 한끄텡이를 잡고 있으란겨. 그라더니 외로 꼼선, '영감님은 소싯적에 사당패 따라댕깄담서요이?' 허고 묻는겨. 그래 내 '그려' 허고 대답히였더니, '영감님이 아매 소싯적에, 낭군있는 젊은 엔니 하나 홀과다 통하고 쥑였겄소이?' 허고 엉뚱시런 말을 허는겨. 나는 고게 무신 소린지 뜻은 몰르겄어도, 고것도 무신 음담패설이거니 허고서나, '그랬이먼 또 고것이 너허고 무신 상관이여?' 허고 나도 엉뚱시럽게 물은개, '그래서 인제 영감님 죄

많은 뿌렝이 열두 매 염히여서 쥑일라고 그러요' 허고 대답험선, 고 제집년 요렇게 염히여논거. 그라고 난개서야 인제 나헌티 허락하는디, 요렇게 염해논 채 그랑개 밤 지내고 났더니, 제집년 떠날 채비 험선 '인제 요 끄텡이서 썩은새국물 흘를 것잉만이라우' 허는거. 그래설랑 내 대답히였제. '염히여서 장사지냈으면 마땡히 썩어야 안 되겠냐이?' 히였더니 제집 웃음선 떠났는디, 속 이치야 워찌 되었던동, 염라대왕님 사시는 고쟁이 고렇게나 호꼰시럼선 안온허담사야, 백택없이 요 어설픈 시상(세상) 살자고 요렇게 버둥댈 것이 또 머시겄냐 생각이다고. 인제는 나 열두 매 염돼서 땅속에 아조 짚이짚이 묻혔으면 싶기도 허당개. …… 아미타불, 나무 나무 나무."

──자꼬 또 자꼬 감시나

"월매를 더 가야 갯갓에 닿으끄라우?" 갯갓에서 낭자머리 한번 못 히여보고 산(山) 시집살이 히였다는 옌니가, 질게 땋니린 머리로 지내감선 물었는디, "고 질로 기양 감선, 뒤 재만 더 너무면 거그 내 친정있는 갯갓이구만이라우" 허고 내가 일러준 개시나, "댁네 아부도 거그 있겄소이?" 허고 고 옌니 물었드라고.
"그려요. 그래도 나 울 아부 얼굴도 몰로오." 내가 말한개,
"우리는 워짜면 요롷게 둘이 똑같으끄라우?" 허고 고 옌니, 내 홀목(팔목)을 잡았다고.
"댁도 그랑개 아부 얼굴도 못 보고 컸다요? 츠쯔쯧. 글씨 우리 오매는 날 배고 있음선 과택이 돼뻐렸단디, 괴기잡으로 나간 울 아부 영 안 돌아왔단다요. 고 땜시 울 오매, 뱃사공 시집살이 원지 과택될 지 몰른다고, 딸만은 산(山)사람헌티 시집보낼라고 히

466

였단디, 내가 가매타고 요 집 문전 당도헌개, 요 집서 생이 나가고 있었구만이라우이. 우리 낭군 급살맞아 장사지낸다고 헙디다. 낭군 얼굴 한번 못 보고, 내 머리 올려 낭자는 히였소마는, 나 안죽도 처녀구만이라우. 그람선도 요롷게 살고 있소. 아무리 아무디에 울 오매 안죽도 살고 있일 틴개, 지발이제 한번 찾아가서, 나 봤다고 말씸 좀 허고, 내 명년 가실일이나 끝내면 한번 댕기로 갈 틴개, 우리 씨아부 씨오매 대접할 떡쌀이 좀 곱게 빠놓우라고 히여주쑈. 시집살이 워떻기 허드냐고 묻거들랑은, 눈깜고 삼 년은 지냈은개, 인제는 귀막고 삼 년 지내는 중이라고만 좀 히여주쑈. 우리 낭군 소석 묻거들랑은, 산 짚은 디 워디 저승서, 삼 년 건너 한번씩 와서 한식경쯤이나 나허고 지내고 간다드라고도 히여주고, 내 얼굴 워떻드냐고 묻거들랑은, 글씨요, 요 풍진시상 하직 펄쎄 히여뼈렸은개, 요 시상 땡볕이 뜨거먼 월매나 뜨거부며, 겉으로 내 얼굴 끄실린들 고거 또 벨것이겄소이? 댁은 내가 부럽어 빈다고라우? 댁은 풍진 시상 속으로 속으로 니리갈라고 요래 가는디, 나는 거그서 자꼬자꼬 우에로 올라간다고라우? 아이고매 사둔, 고런 소리 허지도 마쑈. 나도 제집으로 태났는디, 워찌 사나며, 억신 품이 안 기립겄소? 차라루 내 눈에 사둔은, 솔나무 우, 모가지 진 흰새맹이오. 아무껏도 걸개 칠 것 없이 훨훨 날아댕기는 흰새맹이오. 헌디 나는 인제 여자도 아니요이. 낭자머리로 산통 한번 못 치러본 요 배를 갖고 저승에 가면, 최판관님 머시랄끄라우? 그라면 낭자 한번 못 히여본 제집이 화작질에 골개탁주 다된 사둔을 보고는 최판관님 머시랄 것맹이냐고라우? 에렵소, 에러워라우.

헌디 사둔 떠나간개, 내가 와시렉이 무너짐선, 재가 되네. 내

가 재가 되네. 그람선 사둔 따라 내가 가네. 둘이서 감시나 혼차
가 되네. 앉기만 허면 삘그렇게 나오는, 허다못혀 똥개 제집끄장
도 좋와라 됨선, 나 훨훨 재 너무가네. 사나 찾아가네. 아부 찾아
가네. 산통 찾아가네. 저승으로 안 가고, 조 풍진 시상 속으로,
사나덜 품 찾아 내가 떠나네. 조것은 참말이제, 월매나 보기좋운
예펜네란디야. 사나 사나 사나."

—— 지나가고 또 감시나

"우리 아부 날 찾는단 소문 못 들었으끄라우?"

"자네 아분가는 몰라도, 하매 오래오래 전에, 워떤 미친 영감타
구 하나, 상복자락에 요령 매달고 여그 들렀다 해거름판에 조 고
개 넘어가뻐린 일은 있었제."

"뭐랍뎌? 휙시 내 소석 안 묻습뎌? 뭐랍뎌?"

"글매, 뜻은 잘 몰루겄어도, 날이 모도 헬맥이 끊기설랑, 살아
있어도 살아 있던 안 허고, 그거 빼말르단겨. 지헹[地形]을 두고
서나 히였던 말여. 나도 상두꾼 노릇으로 펭생을 살아왔인개, 풍
수(風水)도 많이 보아왔이나, 고 늙은네는 썩 달밨단개. 글씨 수
근이라던가, 액근이라던가, 뭐 고런 것이 날의 조 아래쪽에서 펄
쎄 벵들어뻐렸단겨. 그래서 내, 고것이 대처니 무신 이미(의미)
속이냐고 물었드니, 글씨 지헬[地穴]에 창뱅이 들었단겨. 그래
내 음에 미친 늙은탱이로 쳐뻐리고 잠잠해뻐렀는디, 아매 지 죽
어 누울 자리나 찾으로 댕겼던 모냥이라. 지 상주노릇 지가 히여
감선 말여. 황토색 상복으로 조 고개 고닳게 넘어감선, 허리 찼
던 요령 흔들던 고 늙은탱이 뒤다대고, 그래서 내, 소리 뒤 가락
멕있구만. 어얼럴러." 상사뒤야 상사뒤야 상사뒤야.

468

──또 지나가고 또 감시나

"워찌 조놈으 아는, 지 에미 품에 앵기서도 조리 울어싼다요 글씨? 참 딛기 싫소. 아매 조 아지매는 넘우(남의) 아를 훔치다 지자석 맹글라고 허는갑소."

"요바라, 요 젊은니야, 고런 소리 함부로 허는 것 아니다이. 니 머리 땋닌린 것 본개, 너 안죽 시집도 안 간 모냥다린디, 대처니 저구리는 워짜고시나 미친다니맹이 고라고 워디를 가냐?"

"나 가매타고 시집은 못 가봤어도, 나도 자석은 있는 에미구만이라우."

"온 저런 쑹악헌 수가! 워쨌든동 날 따라오니라, 나 입던 헌 저구리 하나 줄 틴개."

"아이고 할매도, 참 고맙소, 고마와라우. 긍낙(극락) 가겄네."

"헌디 너는 워디를 가냔개?"

"나는 갯갓으로 강만요. 거그 가면 울 아부 만내볼 쑤 있으끄라우?"

"요 미친다니야, 내가 고걸 워처키 알겄냐? 니가 너 가부(너의 아비) 얼굴을 알 것 아녀?"

"고걸 몰라라우."

"그람선 워떻기 찾아."

"울 아부는 실한 뱃사나라요."

"뱃사나사, 갯갓사나면 다 뱃사나 아니겄냐?"

"고 중에 글씨 하나다요. 기중 실한 사나랑만이라우."

"젊은니가, 고 낫살도 아닌디 펄쎄 실성거리서씨까? 츠쯧, 그래 대처니 워떻기 니 속에는 궁니가 있는맹인가?"

심청이 469

"그라장개 나는 속으로, 우리 낳게 허신 삼시랑님 이름 삼만 번 불름선, 백일 지도 다 디리요. 우리 아부들 얼굴 비돌라고, 워디 있는지 갈치돌라고, 백일 지도 다 디림선 요라고 댕기요. 영험시런 삼시랑할매, 삼만 번 불르요. 할매 할매 할매."

혼처(混處)

고 제집 히였던 말로는, 아부 만낼라고 산에서 왔담선, 아부 찾으면 저 가부(저의 애비)랑 함께 에미 자석헌티 돌아가야 씨겄다고 히였는디, 고 '아부' 란 말이 참말이제 요상시러요. 글씨, 저를 지 에미헌티다 배주게 헌 뱃놈허고, 지 새끼를 지 뱃속에다 넣어준 뱃놈허고가 겹치 각고, 이치로는 두 뱃놈이야 될 성싶은디도, 똑 한 뱃놈맹이 알고, 또 고렇게 말헌단 말이랑개요. 한 모텡이가 달아난 년인개 안 그렇겄소마는, 내 속심이 따로 있어서, 요렇게 실멩이 고년 속을 한번 떠봤구만이라우.
"산(山)시악씨는, 갯갓살이 몸 익힐라면 요것조것 썩 에럽덜 안 헐겨" 히였더니,
"워디가라우, 나 전에는 똑 요런 갯갓에서 살았었구만이라우" 허고는, 인제 나헌티 기어붙어요. 글씨, 정젯일(부엌일)이며, 서답이며 집 치우기며 다 헐 틴개, 워떻기 잠자리허고 목구멍 풀칠 좀 시키줄 수 없겄냔 것이었소. 안 그래도, 제집 돌라는 뱃놈만 많고, 제집은 모지래던 판에, 고것이사 큰물 때 워디 강촌서 떠니리온 씨암퇘지 겉여서, 내 속으로 너무 좋았지만도, 얼렁 허락을 안 허고 있었더니, 아니나달르겄소, 고년 움시나 내게 매달림

470

선, 품쌊은 안 바란다고 히였소. 제집이사 머, 고렇게나 큰 달뎅이 겉든 안 히여도, 푸루쭉쭉헌 것이 사나도 썩 뽀채겄고, 사나 후릴 재간도 있어비는 것이, 내 장삿속에는 거 참말이제 씰모가 있을 듯허드란 말이오. 그래설랑 내 인심씨는 것맹이, "에따, 요 돈 갖고, 조 오래비들 따라 장터 나가, 연지도 사고, 분도 사고, 옷도 한 벌 몸 맞는 걸로 사입고 오니라. 저녁은 괴깃국으로 배 불리 줄 틴개" 허고, 빚줘났소. 그라고 나먼 인제 지 택까리로 (자기 멋대로) 떠나던 못헐 것 아니겄소이? 그라고, '오래비들'이란 건 머 달른 놈들이겄소, 내 밑에 머심맹이 부리는 왈패놈들인디, 똑 두 놈잉만이라우. 고놈들은 씰모가 참 많아라우. 트집 잡는 뱃놈들 멕살이 끌어내뻐리는 일로부텀, 사니각시〔男娼〕 찾는 사나허고 잠자주기꺼장, 또 고런 일은 벨로 흔허든 안히여도, 워쩐 때는 뒤어지게 얻어맞기를 바라는 놈이 있는디, 그런 놈헌티까죽 허리끈 뜸질히여주기, 또 몇 푼 갖고 와서 귀띔해주고 가는 뱃놈 과택네 하룻밤 서방노릇 히여주기, 머 요것조것 씰모가 많당개요. 그람선 저그들꺼장 서방 각씨 삼고 사는디, 나도 제놈들헌티 세때 공짜밥에, 막걸리사발에, 워짜다 한번썩 튀전판 뒤바주기에다 인정 틱별히 많이 쓰고 있다고라우. 고것들이야 워떻든지간에, 아따나, 글씨 장터 갔던 조 제집 돌아와, 괴깃국 믹이고, 뀌미놓고 본개, 아따 요것은, 일등 가래도 서럽을 기생이겄습디다. 고날로부텀, 요 제집 소문은 난리난 것맹이 퍼져뻐렸는디, 그라고 본개, 운이 좀 나간 듯싶던 내 주막이 다시 흥청거리기를 시작허는디, 글씨 돈궤를 다시 맞춰야겄다는 생각꺼장도 실맹이 들라고를 히여요. 내 인젱〔人情〕이 도탑다 본개, 아매 서낭님 전에서 날 보살피준 듯히였소. 글매, 사나들은, 고 제집 순

번 지다리겄다고시나, 방방마다 술상놓고 앉아설랑 눈이 삘그란
채 하품들만 해쌓다먼 알아볼 쪼 아니겄소잉. 다른 제집들은 머
제집도 아니고라우, 고것만 제집이었더랑개. 그러장개 혹깐 튀
정부리고 난리치는 일도 더러 있으나, 글씨 저 왈패놈들 됐다 머
세 씨겄소. 고때쯤에는 내가, 조 제집헌티 세때 밥으로 믹이고,
열흘씩 걸러 막걸리도 한되씩 쌨으로 쥐서, 제년이 고 한 됫술을
금값으로 팔든 똥값으로 팔든 내 관기치 않았는디, 그래도 고 제
집 질거워허는 빛이 없는 건 수상시렀소. 걱다가 또, 요건 참말
이제 영 알 쑤 없는 노릇인디, 장터 큰 포목상이나 한량 손님보
당, 우락부락헌 뱃놈들을 더 섬겨요. 거참 요상한 제집이었소 그
랴. 고 제집 속에 글씨 멋인지 사정이 있었을 것인 디도 물어보
든 안 히었은개 알 쑤는 없을배끼요. 물어본댔자, 워디서 소박맞
고, 똥까랭이 찢어지게 사는 친정으로 돌아가는 질이라던동, 또
는, 워디 식모질 가다, 말 잘 허는 노름쟁이헌티 욕을 당하고 죽
을라고 했다는동, 머 대개는 고런 내력들이라, 나는, 시악씨들
내력 겉은 건 애초에 거들떠 들어볼라고를 안 하고 있소이. 내
팔짜 싸난 것도 워짜들 못허고 있는 판에 넘우 서럼끄장 보탤 건
또 머시겄냐 요것이, 내가 통해뻐린 도였더랑개요. 헌디 조 잡년
헌티 무신 옘병헐놈의 지랄귀신이 덮어씌웠간디, 한동안 잠잠허
다가시나 끝째기 지랄발동을 하고 나섰이끄라우?

까닭이는 횐연히 몰르겄소. 워디 벨랑 안 먼디서, 웬 문뎅이
제집이 아새깽이허고 지침을 해쌈시나 울고 있어서, 내 잠도 과
히 편털 못허고 있었는디, 밤쭝쯤이나 됐이끄라우? 글씨 고년허
고 잠자던 사나, 내 방문을 차고 들어와각고는, "조런 순 천년
독새(독사) 제집을 놓고는 돈 옮와쳐묵는 너 백여수 쥑이뻐리겄

다"고, 난리를 피기 전에 사탈이는 벌어진 모냥이었구만이라우. 내 잠 덜 깬 눈으로도 본개, 조 사나가 머슴 흔들어비었는디, 고것이 글씨 물어뜯기서 그렇던지, 손톱으로 할캥여져서 그렇던지, 피에 뒤덮여 아주 볼 쑤도 없구로 고렇게 돼 있더라고라우. 고것 참 큰일났덩만이오. 까짓녀러것, 건달놈들 불러딜여, 대문 밖으로 떤져내뼈리라고 히여도 될 쌍험선도, 또 한쪽으로 생각 히여보니, 고것이 기양 무신 튀정이 아니고, 사내 쳐놓고도 가뜩이나 쇠중시런 디를 다치고설랑 고 야단인디, 벱이 무섭고 관이 무섭어져라우. 그러장개, 화대고 술값이고 다 구만두드래도, 약값끄장 안 물어낼 재간은 없드란 이 말이시여. 그래 내, 손이 발 되드락 빌고, 돈궤 열어 약값끄장 보태, 조 사내는 워떻기 워떻기 달개 보내기는 히였어도, 그라고 난개 제년 반 달 벌이가 홱 없어져뼈림선, 내 장사 돼갈 꼴을 생각허니, 눈앞이 캉캄히여지더라고요. 고 소문이사 난리 두 번 난 것맹이 퍼져뼈릴 것잉만요이. 그러장개 대천지 조 쎄리쪽일 잡년을 워째 놀까만 싶은 것이, 쇡이 송신해 똑 죽겄더라고라우. 그래 내, 치매 말 단단히 매고시나, 놈들 불러, 고년 방으로 안 갔겄소? 히였더니 조년, 뼬그렇게 벗은 몸으로, 월매를 고 사나헌티 채이고 밟히고 맞았던동, 피철갑을 허고시나, 구석에 처백히 앉아 소리도 안 내고 울고 있는디, 고렇게 될 때끄장도 내가 몰랐던 까닭이는 아매도, 고 제집년 고렇게나 채이고 밟힘선도 끽소리 한마디 안 허고 앙당물이고 참았던 고 탓맹이였소. 고 뼬그란 몸뗑이를 본개, 불쌍 시럽기는커냥은, 내 속 워디서 불이 붙었던동, 사지에 열이 올름선, 가심이 월럭벌럭히여, 전뎌묵기 아주 에럽어라우. 그래 내 조놈들 보고설랑, 조년을 광 속에다 욍기놓고, 네 다리 묶어 짬

매라 시킨 뒤, 내 치매폭 찢어 주뎅이는 틀어막아뻐렸소이. 내
속은 자꼬 근지럽어라우. "워짤랑그라우?" 두 넘이 다 실멩(신
명)이 나쌓서 물어라우. "요번에도 까죽끈으로 족칠랑그라우,
아니면 바늘 끝으로 쑤셔댈랑그라우?"

"아녀, 요번에는 안 그랄 챔이구만."

그라고 나, 정제 나가 윤두(인두) 달콰왔소이. 그람선 우리들
은 웃었소이.

헌디, 머 환장혈 일 났다고, 속하게 무신 일을 허고 싶덜 안해.
뻘그랗게 달콰진 윤두 대강만침 식어지기 지다림선, 땅꾼 구렝
이 놀리뎃기, 조년 눈앞에서 윤두 놀렸소이. 그람선 머리끄뎅이
도 쪼꿈 태우다, 북꽃 끄트머리를 오구라지게도 허고, 손톱 꿰지
는 니암도 질기다 본개 윤두가 마침 맞게 식어라우. 그래서 우선
젖텡이다가도 뒤 점 지져도 주고, 호복지에도 댓 점 안 지져주었
겄는개요. 그람선 인제 찬찬히 찬찬히, 고 제집 지얼(제일) 쇠중
시런 디로 윤두를 갖고 갔소이. 쥑여서는 내가 옥살이를 헐 것인
개, 나도 고것은 다 시엄(셈)험선 그란 것이오. 흐흐흐, 대강 다
식었기는 했어도, 홋, 홋, 홋, 글씨 윤두 끄텡이서는 지지직 허는
소리가 아조 얄팍허게 남선, 초저녁부텀 사나들이 쏴낸, 사나 타
는 니얌새가 아조 상기롭게 맡아져라우. 고 잡년 고때는 기절혼
도 해뻐리고 말았지만, 절단코 죽지는 안 히였을 것잉만요. 고
깨굴창(웅덩이)에 그라고 윤두는 꽂혔었소이. 그라고 난개사,
내 속이 개운시럽선, 머신지는 몰르겄어도, 백힌 침이 뽑히져나
갈 때맹이, 머시 차침차침 내 몸에서 얼운허게 빠져나가더라고
요. 저그들끄장 각씨 서방 삼고 지내는 조놈들이 워떻게 지랄떨
던지사 말히여서 멋허겄소. 흐흐홋, 헌디 고 밤에, 배깥에서는,

474

눈비가 섞여 니리고 있었는디, 뉘집 워디, 글씨 벨랑 멀도 안한 처매 밑에서던가, 아 우는 소리가 끊치덜 안허고 나고, 그라고 또 들어보먼, 고 아 에미지 싶은 제집 지침소리가, 껌게껌게 들리고 있었구만이라우이, 낮에 동냥왔던 고 문뎅이 제집일 것잉만요.

글씨 고 밤은, 눈허고 비가 섞여, 고 밤새도록 떨어진 낭구 잎사구를 울맀는디, 가실도 엔간히 엔간히 짚어들고 있었는개 말이오. 고 짚은 가실 밤에 글씨, 아가 울고 낭구 잎사구가 지침을 하고, 문뎅이 제집이 지침을 하고 낭구 잎사구가 울, 비허고 눈이 섞여서 니맀소. 저실이 가찹아지고 있었는디. 윤두맹이 여름이 지졌던 흔척들만 쬐꿈씩 냉기고, 그래서 요것저것 헐 것도 없이 모도 말짱 벨수없이 멩년 봄끄장 죽어가고 있었는디. 멩년 봄끄장 멩년 봄끄장 멩년 봄끄장.

——떠돎시나

아부님들 보시기는 여그 요 화냥년, 쉰재도 더 넘을 산들의 짚은 디, 워짜다 새 울어도 고 울음 못 떠나고 니얼 들어도 우는 디, 거그다, 산 애기 산 오매 산 채 묻어놓고, 죽은 울음 죽은 지침 한뎅이 독(돌)맹이 싸서 품고 온 년잉구만요. 히여도 나 고보당 전에는, 똑 요런 갯갓서 살았었는디, 푸줏간을 히였었소. 울 오매랑 나랑 동업을 히였더니요. 오매 살 한 점, 내 피 몇 방울, 저미내고 짜내서 배깥 뜰에 내어노먼, 코도 밝은 아부님들 니얌맡고 왔었소이. 볼에는 연지, 가심엔 한숨, 뱃속에는 꺼생이(거윈), 입술에는 비늘웃음, 아랫도리에는 뿌렝이 짚은 창병——여그 요 화냥년, 사둔네들 딸년, 참말이제 한번도, 떼진 재산 바랜

적도 없고라우, 그저 한 그럭 고봉 담은 보리밥, 한 남자 하룻밤
홀꿀 분연지 쪼꿈, 푸른 저구리 다홍치매, 사나 무게 모를 만큼
취할 독소주, ──고만쯤 바랬대서 내가 욕섬많은 년이었으끄라
우? 내가 너머 욕셈이 많았이끄라우. 푸른 저구리 다홍치매 푸
른 저구리 다홍치매 푸른 저구리 다홍치매.

──늘 떠돎시나
  나도 그랑개, 한때는 에미였었소이. 한때는 나도 딸이었었소.
히여도 여그 요 화냥년 애비 몰르고 자랐네라우. 낭자머리는 해
보도 못허고, 사나 오백나한 다 품어난 내 새끼도, 아부 몰르고
자랑만요. 울 오매 허는 말로는 실한 바닷사나, 실한 뱃사나. 물
도 말고 산 짚은 디, 죽어서도 말고 산 채 묻어논, 내 새끼 애비
도 실한 뱃사나, 조 넓기나 넓고, 조 짚기나 짚은, 조 푸른 바다,
한 그물에 낚아내던 사나. 괴기잡아 살던 남정. 히히히, 그라고
본개시나, 사둔네들 얼굴이 끔쩍시리 괴기낯짝으로 보이네. 울
아부 있었으먼 한 그물 떤짔겠네. 히히히, 요 메말른 제법, 벨랑
오래도 안 전에는 풍더분한 제집이었더랑만요. 한때는 글씨, 벨
랑 오래도 안 전인 한때는 글씨, 사둔네 오백나한 헤미침선 빠져
갔소. 그래도 지끔은, 사둔네들 말른 뻬만 더그럭거림선 무너지
요이. 바다 바다 바다.

──떠돌고 떠돎시나
  아부지, 아부지, 우리 아부지, 요것은 인제 제집도 아닌 제집
이구만이라우. 무신 난리를 요 몸뗑이가 치렀으꼬? 속에서는 문
지(먼지)가 폴썬거리는디, 껍데기서는 진물 말를 새 없네. 안죽

476

도 나 나이로는 젊어도 늙어빼린 제집. 아부지 소석 들을 질 없네. 바람은 불어 자꼬 강남으로 가는 디도, 강남서 오는 제비는 없고 요것은 너머도 무섭은 저실이네. 저실 속, 진태 속, 옴팡한 디 앉아 우는 조 문뎅이 얼렁 죽어주도 안허네. 아부지, 우리 아부지, 나 지도허네니다, 백날 정성 모돠 지도허네니다, 움선 지도허네니다. 요 젊어 못씨게 된 딸 지도허네니다. 지도허네니다. 아무껏도 바랠 것도 없는 고 빼마른 심정으로서나 아부지 얼굴 한번만 보기 지도허네니다. 아부 귀묵었으면 눈으로 보라고 몸으로 지도허고, 눈멀었으면 귀로 들으라고 소리냄선 지도허네니다. 지도허네니다 지도허네니다 지도허네니다.

——떠돌고 또 떠돎시나

바다는 소리도 없네이. 그리매도 없는 몸이네이. 조 바다 우 워디로 걸어간 낭군 빠춘 그리매라도 조 짚은 속 워디 너훌대고 있으까? 바다는 불 겉네. 월럭월럭 탐선도 그리매도 없는 몸, 불 겉네. 바다는 불이네. 바다는 소리네. 왼통 소리네. 불은 소리네. 몸이 있어도 몸이 없는 몸. 그리매 없는 소리. 워디서 소리들이 날 부르네. 날 부르네 날 부르네 날 부르네.

혼처(婚處)

조 소리는 짚세기 신었네. 조 불은 마포건 썼네. 조 바다는 상복 입고, 나뭇배 우에 쭈굴치고 앉아 있네. 아부지, 날 좀 뜨십게 히여줘겨요. 그리매 없는 몸, 몸 없는 그리매, 내가 아부지 가심

으로 녹아져 들어가네. 낭군, 아 내 낭군, 요 데럽은 제집 좀 뵈
겨요. 아부, 요 죄많은 딸 좀 뵈겨요. 요 독살맞은 에미, 당신이
태우네니다, 씻기네니다, 상[香] 발라주네니다. 배는 땅굴 겉은
저녁의 캉캄헌 디로, 나를 싣고, 메똥 속으로 가넷기 가네. 그람
선 내 꺼풀들이 벳기지네. 소리만 남네. 소리는 희게 하늘로 날
아가네. 고것은 옌기 겉여, 그리매 없는 흰 옌기 겉여. 조 아랫녘
나뭇배 우에는, 딸이 에미 모냥을 허고시나, 아부가 신랑 모냥을
헌 가심팍에 파묻히 껌게 죽어 있는디, 배는 조 뼈무데기를 실은
채로 워느 녘에 삭아져, 바다 밑 기중 최용헌 디에 달맹이 까라
앉아 있네. 거그서는 빛이 빛이 아닌 빛이 빛나고, 어둠이 어둠
이 아닌 어둠이 어두운디, 고것은 달은 아니까, 글씨 몰라. 요보
(여보), 인제 쉴 땐개뵈이. 쉴 땐겨 쉴 땐겨 쉴 땐겨.

　　　　　　　　　——그라고 바닷가 사는 할마씨 말 듣잔개
　글씨 고 옌니, 조 어둔 저녁에 말여, 자꼬 자장노래 겉은 걸 험
시나, 자꼬 저 어둔 바대로 걸어니려가는겨. 감선 입었던 옷 말
짱 벗어떤지뻐리길래, 가실도 요롱게나 짚어서 추운 밤에도 말
여, 미역이나 깜을라고 조라는갑다 허고 말여, 나는 기양 넋없이
고 옌니 뒤만 봤더라고. 고건 머시라꼬? 글씨 머시래야 씨꼬?
조 어둔 저녁에, 조 어둔 바대로 걸어니리감선, 노래허든 조 흰
몸을, 글씨 멋 겉다고 히여야 쓰까? 당최 씨 안 묵는 소리도 겉
지만, 고것을 글씨 무신 등이라고 히여도 쓰까? 글씨, 땅도 바대
도 하늘도 다 어둡어, 땅도 바대도 하늘도 없어져뻐렸는디, 그래
설랑 늘 생각히였던 것맹이로, 나 죽어 묻힐 디는 아매도 조럴
것이다 히였었는디, 헌디 고 옌니가 노래험선 니려가는 거그로,

478

그저 번험선 흐르작거리는 오쉴질이 생기더라고. 그래서 나 생각히였기를, 아 조것은 혼백이 하직험선 흔드는 옷고롬인가도 히였더랑개. 고 엔니 이승서 저승으로 고렇게 노래험선 니려가는 것 겉드라고. 조 짚으 디 짚은 워느 짚은 속으로 말여. 허긴 모도 데럽다고 고 엔니헌티 춤뱉고 똥물 찌얹은 것도 나 알고 있제. 고 엔니 밥 좀 돌라고 내 집 사립짝 앞에도 더러 왔었은개, 고 엔니 썩든 니얌도 나 죄다 안당개. 그래도 나 노상 눈시울 적셨드니. 글매 고 초라한 엔니, 워디서 줏었는지 몰라도, 구멍 뚤버진 독(돌) 한 뎅이를 원지부텀인지 안고 댕김선, 조 진물 찐젝이는 젖꼭대기를 고 구멍에 물리는겨. 고렇게 와갖고는 "할매, 우리는 배가 고프구만이라우" 히였어. 그렇던 엔니가, 고렇게도 어둔 디를 걸개칠 것도 없이 니려감시나, 고 데럽던 껍데기를 하나썩 하나썩 벗어가더라고. 고때는 아매 고 엔니 날아가고 있었을겨. 무신 두텁은 껍데기 속에서 고 맑고 캐칼한 것이 깨 나와갖고, 훨훨 날아가고 있었드랑개. 고 엔니는 그라고 더 비덜 안 히였어.

전엔 나 별랑도 잠을 짚이 들덜 못 히겄어서, 노상 바대 섧게 우는 소리며, 밤퀭이 우는 소리 겉은 것이나 듣고, 씬 담배나 대여섯 대썩 태움선 밤을 새뻐리고 히였는디, 글씨, 하릴없이 죽음질 앞에 놓고 보면 고렇게 되는 뱁여, 헌디 고날 밤은, 나 죽은뎃기 짚이 잠 잘 잤구만이. 맴이 펭하(평화)시럼선 왼갖 시럼이 다 없어져뻐려.

글매, 내 말이 씨는 안 묵는지는 몰라도 말여, 고 엔니가, 내 속 워디서, 아조 젊은 채로 일어나, 날아가뻐린 것 겉였은개. 그라고 난개 인제, 내가 사흘쯤이나 더 살랑가, 석 달쯤이나 더 살

랑가, 고것이 시엄(셈)되기 시작험선, 인제는 요 시상 하직 다히
여뼈렀구만이. 인제는 죽어, 펜히 묻혔으면 싶구만이. 그라고 나
서도 바대며 밤쾡이 우는 소리나 아시미리허니 들었이면 싶제.
나도 참고 왔던겨. 요롷게 꺼죽은, 요 풍진 시상 사는 디에 쭈그
러져 추히여도, 속은 안 그런겨, 글씨 안 그런겨. 고운겨 고운겨
고운겨.

　　　　　　　　　　　——그라고 고 할마씨 죽었는디
　글매 자기 말대로, 사흘만에 고 할마씨 죽어뼈렀는디, 고 동안
은, 글씨 진태도 진태도 고렇게나 니릴 쑤 있으며, 바람도 바람
도 고렇게나 불 쑤가 있으며, 바대도 바대도 고렇게나 쑹악헐 쑤
가 있었이까? 헌디 고 할마씨 죽던 날 늦은 저녁때부텀은, 물론
이사 껌은 구름은 쪘어도 하늘이, 미쳤던 조 잡년 속곳맹이 찢어
절랑은 속살이 보인개, 거그로부텀, 조 미쳤던 잡년 하혈 겉은
섹양이 쐬어니렀는디, 그래서 또 획시 워니 강마실에서 떠니리
온 씨암퇘지라도 없이까, 아니면 무신 썰 만한 판자때기라도, 또
아니면 비단 싣고 먼디 댕기는 장삿배라도 뿌서져 안 밀리왔이
까, 또 아니면, 바우에 대가리 깬 큰 괴기라도, 또 아니면, 부정
탄 재물 욍기던 뱃놈 썽낸 물질 달갠다고 떤지뼈린 돈줌치는 없
이까 ——허기사 고것 참 우멍시런 배뽀겄어도, 그래서 모도 갯갓
으로 나가봤지 안 히였겄드라고이. 헌디 고런 건 글씨 아무것도
없이, 되떼 모래톱만 더 곱아지고, 아 그렇제, 참 여러 가지 색깔
낭구 잎사구들이 밀리와 물주룸맹이 쌓였기도 허고, 거그로 노
을이 떰시나 쐐니렀었제. 헌디 참말을 말허면 고것뿐은 아니었
었구만. 글씨, 벨랑 물보래도 세었드라고. 그랴, 거그 한가운디

480

에 머시 있기는 있었어. 글매 말여, 아무리 눈질을 피해서 안 볼라고 히여도 비는 것이 있었고, 아무리 쎄빠딱 새려넣고 말 안헐라고 히여도 말이 차꼬 맹글아지는, 고런 것이, 글씨, 고 최용시런 한가운데 누워 있었드라고. 고 석양, 고 바다 끄트머리 닿는 디, 또 뭍의 발꾸락이 쟁긴 디, 거그 있었어. 다른 머시 또 있겄어? 할마씨 죽기 사흘 전에 봤다던, 고 제집의 신체(시체)말고, 또 머시겄냐고? 고 제집은 글씨, 하늘을 보고 누워 있었는디, 꾸둥꾸둥 솔아진 젖가심부텀 머리 끄뎅이는 출렉이는 바댓물에 쟁겨 있고, 허리하고 궁뎅이는, 바다 끝하고 땅 시작이 닿는 디, 거그 걸치 있었고 말이제, 고 아랫동니는 모랫뻘에 묻히 있었더라고. 헌디 고 엔니 노상 가심에 품고 댕김선 젖멕이든 애기, 구멍 뚤버진 독은, 거그 없었구만이. 그 아는 워디만침에서 에미 손을 놓치고, 지끔은 워디서 울고 있으꼬이? 사설 이약이제, 조 죽은 에미 얼굴에도 고 눈물은 괴어 있었네.

참말이제 고것은, 너머 섬뜩치근험선도 눈을 딴디로 못 돌리구로 허는 고런 것이었어. 고것은 무신 뿌렝이는 아니었으니까? 고 제집 꾸덩진 진 목고개 너무(너머)서, 울창시런 잎사구들이, 바다맹이 바람질에 출렉었네. 조 무수한 잎사구들이, 푸르다 못해 껌게 흔들렸네. 고때 찢어진 껌은 구름 새에서 하혈 겉은 놀이 비춰니린개, 조 무성시런 잎사구들 우로 가실이 와뻐려. 꼽짝시런 가실이, 조 푸른 잎사구들 우에다 석양을 뿌려. 그람선 조 단풍든 이파리들은 흐르젝임선 떨어져, 흘러갔네. 흘러갔네.

고 신체는 고왔네. 섬뜩지큰험선도 고왔더라고. 고것은 바다허고 산하고, 그라고 고 연놈들이 야합허는 고 처용네(處容的) 방의 한가운디에 서 있었구만. 고 삼세(三世)의 가운디로 고때 어둠이 덮어들기를 시작헌개, 고 주검으로부텀 죽음이 시나브로 떠올라와설랑, 왼갖 고쟁이로 다 흩어져뻐려. 그라고 난개 거그 목심도 죽음도 아무껏도 남덜 안혀. 고것은 빔선도(보이면서도) 안 비는 워떤 것여. 그래, 고때는 모도, 저녁밥상 앞으로 갈 때라고, 한숨 한번씩 쉬어내고 돌아실라고 허는디, 워디서부텀서 구실픈 요령소리가 들리더니, 쬐끔 더 있은개, 마포건에 상복 입고, 짚세기에 주렁막대 짚은 늙은네 하나가, 아주 젊은 얼굴로, 엉떡의 어둔 디서 니려오더라고. 혹시는, 고것은 저무는 마지막 날빛이었던지도 허기는 몰루제. 워쨌든, 고 젊은 얼굴의 늙은네 아무도 보던 않고 그냥 봉사 그림자맹이 고 엔니 누웠는 조 삼세로 니려가등만. 그라고는, 고 엔니 뉘어놓고 서서 봄선 꿈짝도 안허는겨. 고때는 요령도 더 안 흔들고, 늙은 얼굴도 젊은 얼굴도 더 아녀. 얼굴은 있었이까 몰라. 고것은 조 하혈 같은 석양의 마지막 방울은 아녔으까? 고것은 아녔으까?

그란 뒤로도 서너 겁(劫)이나 더 흘렀이까? 고때사 고 상복자락에 가느른 흐름이 있음선 비그르 무너져뻐려. 그랴, 무챔이 무너져버려. 그람선 머시라고 소리를 냈단디, 나중에 귀밝은 사람 헌티 들은개 요랬당만.

"아가, 너 본개 내 눈이 뜨이네. 너는 한숭어리 연꽃이여."

허나, 고것은 워째도 좋겠제이.

글씨, 조 그늘 찐 상복자락이, 글매 미그르 무너져뻐렸드라고. 그라고 난 뒤, 거그 본개, 조 젊은 얼굴의 늙은네는 간 고지(곳) 없고, 글씨, 고렇게도 가실도 짚어졌고, 저실도 매와지고 있었는디, 그런 시절이었는디, 글씨, 거그 누런 구렝이 한 마리가 남아 있어갖고는, 조 제집의 왼 몸뗑이를 휘감아 틈선, 조 제

482

집의 헌데마동 핥고 있드란 말여. 그라고 모도 마지막으로 본
것은, 고 누런 구렝이가 애기 얼굴을 하고시나, 저 엔니의 바닷
물 괴인, 기중 짚은 속으로 쑥 들어가뻐린 고것이었제. 고것이
었어.

허기는 고것은, 조 푸들어지던 석양 마지막 빛은 아니었으까.
글매, 아니었으까?

시상은 그라고 끔쩍이 닫겨, 숨도 못 쉬구로 어두워져뻐렸은
개.

고날 밤도 또 풍랑은 심했었는디, 이튿날 고 갯갓으로 누가
또 나가봤일 때는, 거그 아무껏도 없드랑만. 글매, 없드래.

참말이제 거그, 아무 일도 없었던 것맹이, 기양 잎사구들만 물
자락맹이 쌓여 있었을 뿐이었단개로, 어제 확실허게 봤던 고 엔
니, 못 본 것이라고 쳐두고시나 잊어뻐리는 수배끼잉. 글씨, 속
이야 워처키 되었던지간에, 껍데기 시상은, 전이나 지끔이나 머
똑같은 것일배끼잉. 그러니 머 또, 비오는 날 비오는갑다, 날 떠
든 날 날 떠들었는갑다, 임 오시는 날 임 오시는갑다, 그람선, 세
때 묵을 헹편 못 되면 두 때만 묵고, 비구름 찌면 짚세기 삼고,
날 떠들면 나막신 깎음선, 그저 그럭저럭 살면 되고, 모도 죽은
개, 죽어서는 워디 묻히면 고뿐이제, 머 뻴 틱별시런 일 또 있겠
냐고이. 글씨, 암만암만 살아도, 살아서는 요 시상 껍데기로만
떠돌구로 고렇게 안됐냐고.

그저 떠돌구로 그저 떠돌구로 그저 떠돌구로.

우리 민담(民譚), 또는 민속(民俗)에서는, '금'과 '누런 구렝
이'가 혼동되어 있다. 이 '누런 구렝이'는 '업'으로 불려진다.

지관(地官)에 의하면, 명당(明堂)에 묻힌 뼈는, 누렇게 변해, 아주 누근누근해진 채, 천년이 가도 썩지 않는다고 한다. 이건 아주 희귀한 민담인 것 같지만, 명당은 때로는 샘에도 있어서, 여기에 수장(水葬)된 시체는, 날개달린 '누런 송아지'로 되어, 곧 등천하려고 했다고 전한다. 이런 관계들은 바로 연금술(鍊金術)적이다. 십오(一五) 세기경의 연금술사 보누스 Bonus에 의하면, "다만 금(金) 하나만이 순수하며, 완전하게 건강한데, 이것은 건강한 몸 속을 돌고 있는 깨끗한 피 같은 것이다"라고 하고, 금은 불변의 것으로 알려져 있다. 그러고 보면, '금'이 풍수지리 사상에 있어 영생(永生)의 상징으로 되어 있음을 알게 하는데, 사실상 '구렁이[龍]'는 연금술에 있어, '자연의 힘' 또는 '자연 그 자체'라든가, "원소(元素)' 또는 'PRIMA MATERIA' 등등, 가장 중요한 국면들의 상징으로 되어 있다. ──'샘에 장사 지내진 시체가 날개돋친 누런 송아지로 전신(轉身)되었다'는 민담은, 네 마리의 용(龍 : 辰生辰月辰日辰時)을 거느리고 태어난 여아(女兒)가 가장 청아한 '소리'의 형태의 금(金)으로 변해졌다는 '에밀레종' 전설과 마찬가지로, 약간 천착해볼 점이 있지만, 그러려면 이야기가 길어지므로, 이 자리에서는 취급치 않으려 한다. ──그래서 내게는, 좋은 자리에 묻혀 누근누근해진 채, 결코 썩어지지 않는 저 '노란 뼈'는, 연금술적 '솥'에서 나타난 '금'의 다른 언어처럼 여겨지는데, 이 '금'은, 연금술이 실제에 있어, 금의 제조에 실패하기 시작한 때부터, '누런 업 구렁이'의 형태로 형이상학화한 것이 아닌가도 또 여겨진다. 그래서 저 '누런 업 구렁이'는 선조의 영(靈)으로 인식되어지고, 그것은 대지(大地)가 지닌, 특히 남성적 음력(男性的 陰力)으로 숭앙되어진다.

이것은 음덕(陰德)이라는 말로 곱게 포장되어진다. 연금술적 '솥'이 '명당'으로 화하고, 이 '명당'이 여인의 '자궁(子宮)'으로 인식되어지는 데서부터, 저 '남성적 음력'이 출현한다. 이것은 확실히 고차적 음양학설(陰陽學說)이고, 식물적 윤회론(植物的 輪廻論)이다. 왜냐하면, 저 좋은 땅에 심긴 씨앗은 거기에 머물지 않고, 훌륭한 자손들을 번성시키는 데 이어지기 때문인데, 저 씨를 묻어놓은 혈(穴)이 만약 '정승을 태어나게 할 자리'였다면, 그 혈에 묻힌 선조의 음력——근력(根力)으로 후손 중에 정승이 난다는 예는, 그 정승을 낳은 현실적 어미의 자궁과 저 선조의 산소 — 명당(明堂)이 동일시된 예이고, 선조의 음력(陰力)의 발현의 과정을 소상히 설명하는 예이다. 이때, 정승을 낳은 저 어미의 자궁은, 현실적인 남정네를 통해, 시할아버지나 시아버지의 정충을 받고, 그 사선조(姒先祖)와 남편을 자식으로 길러낸다. 이 관계는 바로 기독교 신화(神話)이다. 그럼에도 한국적 발상은, 대지(大地)에 그 뿌리를 박고 있다. 이것은 형이하학적 연금술의 형이상학에로의 위대한 한국적 비약이다. 그래서 이제 나는, 저 형이상학적 '업 구렁이'가 결코 비실재의 것이 아님을 알게 된다. 한번쯤 더 전이시키거나, 보다 깊게 천착해본다면 이 '업 구렁이'는, 우리 민속(民俗) 심층 의식 속에 엄존하고 있는, 집단적 아니무스의 형태를 입을지도 모른다. 그러나 그것은 나의 분야는 아니다.

  나로서는, 내 졸작 「남도(南道)」 연작들의 주인공들이 여인들이었으므로 해서, 언제나 여성들이 파괴되어갈 때 남성이 구원을 성취하는 데 반해 계속 파괴되어가며 남성을 정화만 시키던 저 여성의 구원은 대체 어떻게 이뤄지는가, 그 뒷받침만 만들 수 있으면 그뿐이다. 그래서 나는, 시적 창녀(詩的 娼女)를, 연금술적으로는, 현자의 창녀(娼女)를 예찬하는 바이다.

그러나 어쨌든, 이런 발상은 다분히 기독교적이다.

〔『현대문학』, 1973. 2〕

구원과 중생(重生)을 향한 탐색

金 慶 洙

　박상륭의 소설을 온전히 이해하기란 어렵다. 그것은 그의 소
설이 여느 작가들과는 확연히 다르기 때문이다.『죽음의 한 연
구』라는 그의 장편소설의 제목이 시사하는 것처럼, 박상륭의 소
설은 허구적이라기보다는 현학적이며 학술적인 탐색의 외양을
갖추고 있다. 그의 소설에는 샤머니즘과 기독교 및 불교의 교리,
세계에 산재한 신화와 전설에 대한 인류학적 고찰 및 그것에 대
한 심리학적 해석 등, 실로 온갖 지식이 백과사전적으로 혼합되
어 있기 때문이다. 이는 그의 초기 작품집인『열명길』은 물론 대
표적 장편인『죽음의 한 연구』와 그 후속편이 되는 4권의 장편소
설인『칠조어론(七祖語論)』을 보아도 금방 확인된다. 그 동안 그
의 작품에 대한 평단의 관심은 물론이고 일반의 접근도 용이하
지 않았던 것은 바로 이런 이유 때문이다.
　이런 사정은 지금이라고 해서 별로 달라진 것이 없지만, 그래

도 그의 소설에 대해 애정을 가지고 천착해 들어간 몇 편의 글이 있음은 실로 다행스러운 일이다. 그의 소설이 샤머니즘의 극복이라는 우리 문학의 과제를 떠안고 있다고 보면서 특히 요나 콤플렉스의 국면을 면밀하게 검토한 김현의 글이라든가, 「남도」및 「뙤약볕」연작을 중심으로 박상륭 소설의 물질 상상력의 체계를 규명했던 우남득의 논의, 우화소설로서의 「열명길」의 1960년대적 의미를 타진한 천이두의 글 및 그 이후에 발표된 서정기 · 김진수 · 임우기의 글들이 바로 그것인데, 이 몇 편 안 되는 글들은 박상륭 소설의 전모는 아니더라도 그의 소설을 이해하려는 사람들에게 아주 중요한 도움을 제공하고 있는 글들이다. 그런 의미에서 박상륭은, 역설적으로 말해, 어쭙지않은 동어반복의 찬사만을 되풀이하여 받고 있는 다른 작가들에 비해 월등히 행복한 작가라고 해도 좋을 것이다.

이번에 묶여지는 그의 작품집은 그가 1971년에 처음으로 묶어낸 작품집 『박상륭 소설집』에 이은 두번째 작품집이다. 출판의 시차는 꽤 큰 편이지만, 그렇다고 그의 이 두 권의 작품집에 수록된 작품들이 주제적으로 아주 상이하거나 많은 변모가 있는 것은 아니다. 이 책에 수록되어 있는 「숙주(宿主)」나 「심청전」등이 첫번째 작품집에 수록되었던 「열명길」이나 「남도」연작의 속편으로 되어 있는 것에서 알 수 있듯이, 여기에 수록되는 작품들 또한 이전 작품들의 연장이거나 그와 겹쳐지는 초기 작품에 속한다. 뿐만 아니라 이번 작품집에는 그의 데뷔작이기도 한 「아겔다마」와 「장끼전」 및 「강남견문록(江南見聞錄)」 등이 수록되어 있는데, 따라서 이번의 그의 두번째 작품집의 간행은 어떤 의미에서는 1975년 그의 대표 장편인 『죽음의 한 연구』가 발표되기 이전의 초기작을 망라하는 작품집이라고도 할 수 있다.

박상륭의 소설이 우리의 샤머니즘이 잔존하고 있는 전통적인 마을을 무대로 하면서도, 이야기되는 사건 속에 불교 및 기독교의 세계관이라든가 인류의 신화적 원형과 같은 메타 구조를 차용하거나 수용하고 있다는 것은 그의 소설을 한 번이라도 읽어 본 사람이라면 누구나 쉽게 알 수 있는 사실이다. 이는 남도의 토착 정서와 그 저변에 놓인 죽음과 재생의 우주론적 세계관을 절절하게 그리고 있는 「남도」 연작이라든가 그의 대표 장편인 『죽음의 한 연구』에서도 단적으로 확인되는데, 이번의 작품에서는 그런 점이 더욱 강조되어 드러난다. 비록 염라국의 판관을 소재로 한 「최판관」 같은 작품이 없는 것은 아니지만, 이번 작품집에 수록된, 데뷔작인 「아겔다마」에서부터 「각설이 일기」 연작에 이르는 초기의 박상륭의 작품들은 기독교적 세계관의 소설적 연장이라 할 만큼 기독교적 세계관 내지는 기독교 신화의 메타 구조를 수용하고 있다. 「아겔다마」에서 우리는 직접적으로 유다라는 기독경(基督經) 속의 인물을 만나거니와 그 밖의 소설에서도 우리는 스스로를 세례자로 칭하는 인물들을 만난다. 뿐만 아니라 「경외전(經外典) 세 편(篇)」과 같은 작품에서는 베데스다라고 하는 기독교적 공간이 극화되어 있음을 보게 된다. 뿐만 아니라 '각설이 일기'라고 부제가 붙은 「쿠마장」 「산동장」 「산남장」 「산북장」과 같은 작품에서도 서른셋의 나이로, 이른바 육화된 '말씀'의 존재가 되어 장터를 떠도는 세례자의 모습이 나타나 있다.

이처럼 박상륭의 소설이 기독교적 세계관을 차용하고 있는 것은 사실이지만, 그렇다고 해서 그의 세계관이 곧 기독교적인 것은 아니다. 오히려 그의 관심사는 기독교적 세계관 혹은 기독교

의 교리 내에 정착된 신화를 인류학의 보편적인 사고로 넓히거
나 변용하는 데 있다. 결과론적으로 이런 변용은 물론 기독교적
이 아니며, 따라서 근거가 불충분하여 기독경의 논리 속에 포함
되지 못한 것들을 일컫는 '경외전(經外典)'이라는 이름이 보다
합당하다. 아니 오히려 그의 소설 전체가 이러한 소설로 우회해
들어간 경외전이라고 해도 무방할 정도다. 여기서 박상륭이 좁
은 의미의 기독교적 세계관이라든가 전통적인 샤머니즘의 세계
관을 풀어놓는 보다 넓은 맥락은, 이른바 죽음과 재생이라고 하
는 인류 보편적인 신화로 상정되어 있다. 엘리아데 및 기타 종교
인류학자들의 노작을 통해 널리 알려져 있는 죽음과 재생의 신
화는, 말 그대로 영원회귀(永遠回歸)의 염원이 구현되어 있는 원
시적인 사유의 체계다. 탄생과 죽음으로 이어지는 인간의 삶의
사이클이 거듭되는 조락(凋落)과 신생(新生)으로 이어지는 자연
의 순환 원리와 다를 바가 없다는 인류학적 관념이 그의 소설의
주된 주제를 형성하고 있는 것이다.

　　이런 주제의 형상화를 위해 박상륭 소설의 거의 모든 무대는,
설사 그것이 「열명길」 내지는 「담쟁이네 집」과 같은 우화적인 공
간일지라도, 항상 외딴 농촌과 같은 제한적인 곳으로 그려진다.
그리고 그 시간적 배경 또한 대부분 추운 겨울로 설정되어 있는
데, 특히 공간적으로 박상륭 소설의 무대는 한결같이 삶의 모든
기운이 쇠해버린 불모지로 그려진다. 박상륭의 이야기－공간은
「장씨전」에서 확연하게 드러나듯 가뭄이 계속되는 벽촌이거나
눈보라가 일거나 우계(雨季)가 계속되는 마을 등으로 그려지는
데, 아마도 "날씨는 창세 이래, 그중 탁하고, 그중 어둡고, 그중
음산스러웠다"고 하는 「숙주」의 첫 문장은 그의 소설 전편을 감

싸고 도는 대표적인 기후적 상징이 될 만하다. 박상륭의 소설이 취하고 있는 이런 시공간적 특성은 한결같이 그 이야기―공간의 불모성을 환기하기 위한 장치인데, 그 불모성은 사람들의 생식 불능에서부터 자연의 황폐함에 이르기까지 거의 보편적이다. 아마도 이는 「산북장(山北場)」의 이야기 공간에서 단적으로 확인될 것이다. 각설이가 들른 한 마을의 불모성은 그곳에 사는 할머니에 의해 아래와 같이 묘사된다.

"[……] 그래도 죽을 셈치고 떠난 사람은 떠나고, 대부분의 사람은 그냥 눌러앉아 살았소. 밭을 일구고, 씨를 뿌리며 살았소. 생업을 바꾼 거요. 허지만 전쟁이 휩쓸고 간 뒤의 쇳물과 쇠똥에 젖은 메마른 땅이 곡식을 제대로 키우질 못했다우. 그리고 어쩐 일인지 자손들이 줄어들기 시작했소. 어쩌다 하나 근근이 낳은 건 세 살을 못 살고 죽고," 할미의 어조는 차차 흥분되기 시작했다. "대부분은 낳아보지도 못했소. 자라기에 몇 자라고 있지. 자란대도, 비비틀어져 힘들을 못 써."

박상륭의 소설의 공간은 작품에 따라 세부적인 정도의 차이는 있을망정 모두 위에서 이야기되는 것과 같은 그러한 곳으로 그려진다. 물론 그곳에서 영위되는 구체적인 삶의 형상이 없는 것은 아니지만, 그 삶의 모양새조차 그다지 볼 만한 것이 못 된다. 그의 소설에 등장하는 산 사람들의 형상이란 대부분 기괴하기 짝이 없다. 꼽추와 난쟁이, 혹부리, 외다리, 창병 든 사람, 아이를 못 낳는 늙은이와 고자 영감, 폭탄이 터진 바람에 곧 죽어갈 병사 등이 그의 소설에 가득 넘쳐 흐르는 인간군상이다. 이런 인물군상들의 불구성 또한 그들이 사는 곳의 불모성을 환기시켜 주는 하나의 비유인 것은 물론이다. 대지의 불모성이라고 말할 수 있을 이런 불모성은 결국 모성의 불모성과 연관되면서 인간의 원초적인 삶 자체가 불가능한 상황을 설정한다. 천이두가 적절하게 지적한 것처럼, 박상륭 소설의 이런 불모성이 사회적 정황의 한 비유일 가능성을 배제할 수는 없지만, 그러나 이런 불모의 공간은 그 자체로 인간 삶의 근본적인 위기 상황을 대변하고 있다. 그것은 마치 서구의 어부왕 *fisher-king* 신화를 환기시킨다. 지금도 그렇지만 생명을 잉태하지 못하는 땅은 죽은 땅이며, 그것은 같은 생생력(生生力)을 지닌 여성적 원리의 황폐함과도 상통하면서 동시에 그 대지 위에 살도록 운명지어진 남성 인물들의 죽음을 야기하는 위기 상황으로 확산된다.

박상륭 소설의 주인공들은 「각설이 일기」 연작에서 보이는 것처럼 대부분 구도의 행각에 나선 수도승의 면모를 강하게 환기시키는데, 이런 그의 면모는 마치 황폐화된 어부왕의 왕국을 재생시킬 성배를 찾는 기사와도 같다. 이 점에서 박상륭 소설은 '탐색하는 영웅'을 중심으로 한 고전적인 이야기 플롯을 하나의 메타 구조(기저 구조)로 취하고 있다고 해도 과언이 아니다. 많은 경우 박상륭의 주인공들은 세례를 베푸는 자 내지는 '말씀'의 육화, 혹은 '경작왕(耕作王)' 등으로 불려지는데, 이렇게 불려지는 그의 면모는 아주 복합적인 종교적 영웅의 그것을 연상시키기 때문이다. 이 인물들의 이런 우주적 영웅의 면모는 「각설이 일기」 연작의 3편인 「산남장(山南場)」의 주인공의 다음과 같은 자기 설명에서 확인할 수 있다.

〔······〕나 늘상 떠도는 각설이일지라도 바랑을 벗어놓고 턱 괴고 앉아, 사십주 사십야는 지내며, 어떻게 하여 대지는, 누천 년을 살아오면서도 앙금을 남기기 않고, 어떻게 하여 늘 시원(始原)으로 환원되는가를, 알아내려고 하였을 것이다. 그러나 나 각설이는 누구인가. 나는 대지로부터 언제나 멀리 떠나서 대지 위를 망령처럼 지나며, 그 위에서 꽃 피었다 늙은 것의 즙을 내먹고, 열매에게는 내 정액을 입히며, 늘 떠나는 사내지만, 내 바랑엔 앙금이 쌓이며, 도대체 되돌아 거슬러 올라가질 못하고, 언제나 근심스러운 다음 장을 지나가야 되는 사내 — 그렇지만 나의 이 방랑도 아마, 내 늙고 눈 어두워 더 걸을 수 없을 때, 그때 설령 내가 만리타국장 어느 처마 밑에 쭈그리고 앉아 죽어간다더라도, 처음 떠나왔던 그 장에 내가 다시 돌아왔다고 믿게 된다면, 그땐 멈춰질 것이다.

앞서 말한 박상륭 소설 고유의 무대 설정과 주인공의 위와 같은 전형화는, 궁극적으로는 일회적인 삶의 유한성을 뛰어넘어 영원한 회귀(回歸)를 지향하는 서사적 플롯을 요구하고 또 그것에 의존한다. 삶과 죽음, 그리고 그 죽음에 뒤이은 재생을 완수하는 원형적 패턴의 회복이야말로 박상륭의 소설이 지향하는 궁극의 서사론이다. 탄생에서 죽음에 이르는 인간의 삶은 유한하다. 이 유한함은 물론 생명 본래의 유한성에 말미암는 것이지만, 보다 근원적으로 살펴보면 인간 의식의 발전이 초래한 무의식적 원형의 망각에서 비롯된 것이라 해도 과언이 아니다. 자신의 삶이 자연의 순환 체계의 흐름에 동참하고 있다는 것을 망각하는 한 삶의 유한성은 어떤 차원에서든 극복이 불가능하며, 그것은 끝없이 비극적인 것으로 남을 수밖에 없다. 그것은 삶 자체의 의미까지를 도저한 무(無)의 심연 속으로 떨어뜨린다. 이것이야말로 삶 속에 내재한 죽음이라 할 만하다. 한 해를 기준 삼아 온갖 지나간 때[時]의 더러움[汚穢]을 정화하고 새로운 때를 맞이하는 신년제(新年祭)야말로, 사람의 삶을 죽음과 재생의 순환하는 원형적 패턴 속에서 이해하고 또 그럼으로써 사람살이의 유한성을 뛰어넘으려는 무의식의 요청이 빚어낸 한 형태라고 할 만하다. 인류의 제의의 한 원초 형태는 바로 이렇게 죽음의 유한성을 새로운 삶으로 받아들이려는 적극적인 의지의 집단적 반영인 것이다(그의 소설 가운데 우화적 성격이 짙은 「열명길」과 그 속편인 「숙주」는 이런 의지가 왜곡되었을 때의 파행성을 탐구한 듯한 성격이 짙다. 정치적 폭압과 그에 저항하지 못하는 지식층의 근시안적인 추종과 동조의 현실을 비유적으로 고발하고 있는 듯한 이 두 작품은, 사람 삶에 대한 그릇된 이해가 어떤 광기로 연결될 수 있는가를 보여주는 단적인 우화로 읽힌다. 「열명길」 연작의 이런 파국은 영원회귀에의 욕구가 순수하게 제의적인 맥락에서 일탈되었을 때의 인간 삶의 필연적인 왜곡과 파국을 그리고 있는 것으로 이해될 수도 있는 것이다).

박상륭의 소설은 사람의 한 살이[生]가 갖는 원초적인 의미를 탐구한다. 삶 자체가 일반적인 사람들의 리얼리티인 것은 사실이지만, 박상륭의 소설에서 그 삶이란 것은 과도기의 한 단계에 불과할 뿐이다. 말하자면 삶이란 것은 죽음과 재생의 우주론적 순환 법칙의 한 중간 단계로서의 의미 그 이상은 갖지 못하는 것으로 인식되고 있는 것이다. 그리하여 박상륭의 소설에서 삶은 어느 자명하면서도 궁극적인 목적지를 지향하는 한 징검다리 정도의 의미 이상은 갖지 못한다. 그리고 여기서 그 궁극의 목적지는 바로 잃어버렸던 원향(原鄕)이 되며, 삶의 최종적인 의미 또한 그것을 회복하는 것으로 인식된다. 그의 「강남견문록」에서 이 잃어버린 원향은 "원초적인 자유와 희망과 행복을 느낄 수 있었던" '황금 시대'로 이야기되고 있는데, 작품에서도 언급되고 있듯이 그리로 향하는 오솔길은 여전히 가능성으로만 남아 있을 뿐 쉽사리 가시적인 영역에 편입되지 않는, 인접했으나 좀처럼 다다를 수 없는 '다른 세계'로 남아 있다. 「장씨전」에서의 비유를 들자면 그곳은 갈증뿐인 지상의 삶을 구원해줄 수 있는 이상향인 '다비소(茶毘所)'라고 이야기되기도 한다.

이런 황금 시대의 회복, 또는 회귀의 가능성은 삶에 대한 일상적인 사유의 체계에 의해서는 주어지지 않는다. 다름이 아니라 그것은 죽음에 대한 보다 적극적이며 근본적인 사유를 통해서만 그 존재가 드러나는, 그러니까 일정한 인식이 전제되어야만 가능한, 일종의 홀로그램상의 공간이기 때문이다. 세계에 대한 우리들 인식의 대부분이 주관적인 홀로그램에 의존하고 있다는 것을 생각하면, 이와 비견될 만한 사이버 스페이스는 인간 삶의 과정에 더 이상 존재할 수 없을 것이다. 박상륭의 소설에서 사람살이의 유일한 리얼리티로서 죽음과 그 완수의 과정이 가장 중요한 테마를 이루고 있는 것은 바로 이런 이유이다. 위에서 말한 이상향으로서의 '다비소'가 화장터의 다른 말이라는 사실은 이 점에서 시사하는 바가 크다. 죽음의 완수라는 삶의 최종적인 의미에 대한 박상륭의 강박관념이 얼마나 큰 것인가는, 그가 서구의 고전적인 작품인 『천일야화(千一夜話)』를 패러디하고 있다는 사실에서도 확인된다. 인간이 남긴 이야기 가운데 살아남기로서의 이야기하기라는 치명적인 본질을 풀이하고 있는『천일야화』라는 고전조차도, 그의 소설에서는 '거듭 태어나기 위한 죽음을 이야기하기'라는 의미로 패러디되고 있는 것이다. 제목까지도 상징적인 그의「천야일화」라는 작품에서, 그는 전쟁터에서 폭격을 맞아 상처를 입고 곧 죽을 처지에 놓인 한 노무병의 입을 빌려, 그리고 그의 의식을 빌려 아래와 같은 인식을 아무렇지도 않게 내보이고 있다.

　　〔……〕가을에 시들면서 봄에 돋을 자손의 번영을 생각하고 그
　러면서──내 아들의 얼굴을 생각하면──그 할아버지들은 조락
　을 슬픈 것이라곤 생각하지도 않았음에 분명해. 그리고 자기의
　노쇠가 자기의 종말이기는커녕 한 회귀의 분기점이라고 그렇게
　생각하고 그리고는 땀 흘리고 제사하고 기업 삼았던 그 땅으로
　기쁘게 돌아가는 것이다. 그 뿌리 속으로 땅과 뿌리가 휘감겨 하
　나로 되는 그 맥 속으로 스며드는 것이다. 그리고 새로운 젊음을
　기대하는 것이다.

　박상륭 소설에서 삶이 죽음과 동일시되고, 젊음이 늙음과, 그리고 어머니가 아내 등등으로 동일시되거나 환시(幻視)되는 것은 바로 이런 이유 때문이다. 그것은 역설이라면 우주적 역설이다. 따라서 대지의 불모와 병행하는 것으로 그려지는 성불구의 황폐한 현실 또한 결코 부정적인 함의를 갖지 않는다. 오히려 그것은 새로운 재생을 위한 한 판의 난장(亂場)이 가능한 한 토대로서 기능한다. '각설이 일기'라는 부제가 붙은 네 편의 작품(「쿠마장」「산동장」「산남장」「산북장」)은 공히 박상륭적 주인

공의 고행, 혹은 세례 여행의 과정을 그리고 있는데, 이 과정에서 각설이가 전전하는 전통적인 저잣거리인 '場(장터)'의 의미가 온갖 부조화의 것들이 혼용된, 불교적인 비유를 들자면 일종의 오온(五蘊)과도 같이 그려지는 것은 바로 이런 측면에서 이해되며, 또한 그의 소설에 등장하는 기괴한 인물군상들과 상식을 뛰어넘는 폭발적인 사건들——예를 들면 살인과 강간, 근친상간, 방화 같은——또한 이와 결부되어 있다. 「산북장」의 진술을 빌리면, 그 장은 아래와 같이 설명된다.

그래요, 어디든 말입죠, 그 지방을 흥청거리게 하는——어떤 아주 신비하면서도 늘 현현되게 하는 어떤, 뭐랄깝쇼, 동력이랄깝쇼, 짜임새랄깝쇼, 뭐 그런 게 있는데 말입죠, 헤헤, 그게 장이라는겁죠, 그러믄입죠. 모든 지방의, 모든 사람의, 심지어는 개미나 장구벌레에게도, 아주 오묘하게 유현한 그것들의 심층에는 장이 있습죠, 아무렴 있습죠.

앞서 말했던 것처럼, 박상륭 소설의 인물들은 한결같이 비정상적이고 기괴한 몰골을 하고 있다. 그리고 이들 인물들이 서로 얽히면서 만들어가는 사건 또한 기괴하기 짝이 없다. 어떤 동기가 부여된 것으로 보이지 않은 살인과 강간, 폭력, 격렬한 파괴충동 등은 일종의 난장(亂場) orgy이라고 해도 과언이 아닌데, 이 점에서 각설이로 대변되는 그의 주인공이 황폐화된 삶의 현실을 저잣거리에서 찾고 또 그것을 일종의 에너지가 창출되는 하나의 장(場)으로 본 것은 소설적인 의미에서 탁월한 비유라고 할 만하다. 즉, 인간 세상의 장(場)은 그것이 내포한 난장성(亂

場性)으로 인해 죽음에서 재생으로 향하는 내적인 에너지를 간직하고 있는 자족적인 마당이라는 인식이 그의 작품의 저변에 깔려 있는 것이다. 이런 난장의 형식은 철저하게 그 이야기를 둘러싸고 있는 문화적인 규범이라든가 윤리적인 규범과 대치된다. 바흐친 식으로 말한다면 그것은 공식적인 모든 것을 무너뜨리는 파괴력을 지닌, 일종의 카니발과 같은 의미를 띠고 있다. 그가 「심청전」이나 「장씨전」, 그리고 『천일야화』 같은, 이미 존재하는 작품을 패러디하는 것도 이와 마찬가지다. 패러디 또한, 그것이 이미 존재하고 있는 작품의 텍스트성을 전복시킨다는 점에서, 원작품에 대한 예술적인 카니발화, 난장화와 마찬가지이기 때문이다. 말하자면 이런 급작스런 파괴와 폭력의 일상화는 죽음 상태에 처한 대지가 신생으로 향해 나아가는 한 과도기적 사건이 되기에 모자람이 없는 것이다.

박상륭의 소설에서 이런 난장을 동반하면서 행해지는 죽음으로의 진행은 많은 경우 남녀의 성적인 관계를 동반한다. 그것이 난장과 맺어져 있다는 측면에서 성적인 난장이라고 불러도 무방하다. 박상륭 소설이 죽음과 재생의 원형적 패턴을 형상화하는 과정에서 요나 콤플렉스를 강하게 내보이고 있다는 것은 김현에 의해 이미 지적된 바이다. 요나 콤플렉스란 일종의 깊이에의 강박관념을 일컫는데, 일반적으로 여성의 생식기에 대한 회귀 본능으로도 이야기된다. 인류학적으로 대지는 요나와 동일시되며, 그 위에 뿌려지는 씨는 남성의 정액 *semen virile*과 동일시된다. 대지와 그 위에 뿌리를 내리는 식물의 관계는 이처럼 남성과 여성의 성적 관계에 정확하게 대응하는 것이다. 그리고 이런 사유의 연장선상에서 성관계는 대지를 가는〔耕〕 행위와 동일시된다.

498

박상륭의 소설에서 흔하게 반복되는 겁탈 내지 근친상간의 모티프는 바로 이런 대지의 경작과 밀접하게 연관되어 있다. 그것은 비유적인 경작이기 때문이다. 「세 변조(變調)」의 '흙' 편에 나오는 경작왕은 이를 다음과 같이 표현한다.

〔……〕 갈〔耕〕 수 없는 녀석은 필요없어. 갈 수 없는 녀석은 죽어야 마땅하거든. 죽어야 마땅해. 살아 있는 동안은 무엇이든 건강하게 갈아야 한단 말이야. 거기서 잡초가 자란다고 해도 말이다. 잡초가 자란대도 갈아야 하거든. 가는 일을 좀더 충실해야 한다는 것을 배운다는 것이 사는 일이야. 산다는 것은 무엇이든 가는 일이야.

바로 이런 맥락 때문에 박상륭의 소설에 빈번하게 등장하는 성관계 내지 여인의 살해 또한 박상륭의 소설에서는 신생을 위한 제의적 과정으로 그려진다. 그것은 우주적 질서를 모방하는 하나의 상징적인 행위인 것이다. 『죽음의 한 연구』에 이르면 이는 완벽한 신성혼(神聖婚)의 형태로 변모되어 나타나는데, 결국 이는 성적인 난장이라 할 만한 그의 소설의 공격성과 파괴성이 우주적 차원에서 대지의 갱신을 가져오기 위한 제의적 행위임을 말해준다. 재생을 위한 전(前)단계로서의 이 치열한 역동성이야말로 그의 소설의 전형적인 갈등과 그 해소의 국면인 것이다.

이 글의 모두에서도 말한 바 있지만, 박상륭 소설의 이러한 신화적 탐구가 전형적인 남도 사투리로 치장된, 그리고 샤머니즘의 잔영이 짙게 드리워져 있는 우리의 전통적인 마을 공동체를 배경으로 그려져 있다는 것은 다시 한번 살펴볼 필요가 있다. 절절한 남도 사투리의 구음(口音)이 그 자체로 전통적인 정서를 환기시키는 것은 물론이지만, 한편으로 그것은 박상륭이 추구해 들어가는 다분히 논리적인 신화적 세계의 복원의 문제와 쉽게 맺어지는 것으로 보이지 않는 것 또한 사실이기 때문이다. 박상륭 소설에서 이런 작업이 어느 정도 의식적으로 행해지는 것은, 그가 전통적인 샤머니즘의 상상력을 국지적인 사유 체계가 아닌 인류의 보편적인 사유 체계의 그것으로 받아들이려고 하기 때문인 것으로 생각된다. 역으로 말하면 이는 기독교의 세계관 또한 보편적인 샤머니즘의 사유 체계와 근본적으로 다를 바 없다는 사실 때문에 가능해지는 것인데, 이 경우 그의 소설이 지향하는 바는 당연히 샤머니즘의 보편화라는 것으로 요약될 수 있다. 그는 우리의 샤머니즘과 기독교적 사유 체계의 한 교점을 탐색하고 있다. 반복해 말하지만 그가 '경외전'이라는 제목을 사용하고 있는 것 또한 이런 맥락에서 이해되는 것이다. 이런 각도에서 보자면 박상륭의 소설 작업은 전통적인 샤머니즘의 극복이나 초월이라는 문제와는 처음부터 거리가 멀며, 오히려 그것의 우주론적 본질을 캐는 작업과 긴밀하게 연관되어 있다고 할 수가 있다. 박상륭의 소설이 우리 소설의 범주 안에서 이해되어야 하고 또 해석되어야 하는 중요한 근거는 바로 여기에 있다.

박상륭의 소설은 풍부한 종교적 인유와 상징, 신화적 사유 체계를 수용하고 있다. 그런 까닭에 불교나 기독교의 세계관은 물론 인류학과 비교종교학의 영역에서 이루어진 성과들을 일종의 '무장된 시각'으로 지니고 접근했을 때 보다 풍부한 의미를 드러낸다. 물론 그것들과 그가 추구해 들어가는 세계에 대한 오해 때문에 초기에 그의 소설이 온전한 '소설'로서 받아들여지지 않

았던 것도 사실이다. 그러나 소략하게 살펴본 것처럼 그의 소설
은 특히 샤머니즘이라는 우리의 전통적 사유 체계와 우리 소설
고유의 이야기 문법과 긴밀한 연관을 맺고 있다. 바로 이런 측면
에서 박상륭의 소설은, 적어도 우리 소설의 전개 과정에 관심을
두고 있는 사람이라면 꼭 한 번 거치지 않으면 안 될 일종의 통
과의례의 장(場)을 형성한다고 말할 수 있다. 이 주장을 좀더 밀
고 나간다면, 그의 소설 세계를 '소설의 난장'이라는 한마디로
부를 수도 있을 것이다. 그만큼 박상륭의 소설은 관념 세계의 탐
구라는 우리 소설의 한 흐름의 모습을 보기 위한 좋은 예가 되어
주고 있는 것이다. 아울러 이 책과 이전에 발표한 『박상륭 소설
집』에 수록되어 있는 그의 대표적인 중·단편 작품들이 1960년
대에 발표되었다는 점에서, 그의 소설은(이문구 및 서정인 등과
함께), 최인훈과 김승옥 등에 제한되어 성급하게 설정되어 있는
1960년대 우리 소설의 올바른 지형도를 그리는 데에도 상당히
중요한 자료가 될 것이다.